btb

Buch

Der blinde Richter Sir John Fielding hat mal wieder reichlich zu tun. Nach getaner Arbeit will er sich allerdings ein Vergnügen gönnen. Gemeinsam mit seiner Frau und seinem Gehilfen Jeremy geht er in das Crown and Anchor, wo unter der Patronage des musikbegeisterten Lord Laningham ein Konzert stattfindet. Die Fieldings sind höchst gespannt, denn ihr neuester Schützling, die Köchin Annie, wird in diesem Konzert ihr Debüt als Sängerin geben. Der Kunstgenuss wird jäh gestört, als Lord Laningham, den es vor Begeisterung nicht mehr auf dem Stuhl hält, tot zusammenbricht. Alles scheint auf eine natürliche Todesursache hinzudeuten. Doch Sir John hegt seine Zweifel, hatte der Tote sich doch bevor er starb eine Flasche Wein kommen lassen und sich kurz darauf plötzlich in Krämpfen gewunden. Die fragliche Weinflasche ist allerdings unauffindbar, und Lady Laningham verweigert die Autopsie des Leichnams ihres Gatten. Als sie kurze Zeit später selbst unter mysteriösen Umständen zu Tode kommt, scheint sich Sir Johns Verdacht zu bestätigen. Aber es bleiben viele Fragen: Welche Rolle spielt Arthur Paltrow, der Erbe und künftige Lord Laningham, bei der ganzen Sache? Gibt es vielleicht einen Zusammenhang mit dem grausigen Fund in der Themse, dem Verschwinden eines Pfandleihers und dem Fall des armen Tischlers Roundtree, den Richter Fielding zu einer höchst milden Strafe wegen Trunkenheit in der Öffentlichkeit verurteilt hat? Wieder einmal sind Sir Johns und Jeremys Spürsinn und all ihre Intelligenz gefordert, um den Täter schließlich doch zur Strecke zu bringen.

Autor

Bruce Alexander ist das Pseudonym eines erfolgreichen und renommierten amerikanischen Autors. »Das letzte Konzert« ist der fünfte Band einer Serie um den scharfsinnigen Richter Sir John Fielding (1721–1780), den Halbbruder des berühmten Schriftstellers Henry Fielding.

Bruce Alexander bei btb

Hinter geschlossenen Türen. Roman (72012)
Von unbekannter Hand. Roman (72704)
Die zweite Wahrheit. Roman (72107)
Der Zorn des Gerechten. Roman (72413)

Bruce Alexander

Das letzte Konzert

Roman

Deutsch von Andreas Jäger

btb

Die Originalausgabe erschien 1998 unter dem Titel
»Jack, Knave and Fool« bei G. P. Putnams Sons, New York

Umwelthinweis:
Alle bedruckten Materialien dieses Taschenbuches
sind chlorfrei und umweltschonend.

btb Taschenbücher erscheinen im Goldmann Verlag, einem
Unternehmen der Verlagsgruppe Bertelsmann.

1. Auflage
Deutsche Erstveröffentlichung Mai 2001

Umschlaggestaltung: Design Team München
Umschlagfoto: Photonica/Mukai
Satz: Uhl+Massopust, Aalen
KR · Herstellung: Augustin Wiesbeck
Made in Germany
ISBN 3-442-72775-8
www.btb-verlag.de

FÜR DIE KESSLERS,
JASCHA UND JULIA

1. KAPITEL

In welchem wir das Crown and Anchor besuchen und ein Lord tot umfällt

Da ich es auf mich genommen habe, von Sir John Fieldings Meisterleistungen auf dem Gebiet der Ermittlungsarbeit zu berichten, von den berühmtesten Fällen, die er als Richter am Gerichtshof in der Bow Street zu verhandeln hatte, so fürchte ich, das von mir dargebotene Bild könne im besten Falle ein wenig unausgewogen sein, im schlimmsten Falle sogar grob verzerrt. Jedes Mal, wenn ich zur Feder griff, entstand sozusagen ein Porträt des Mannes in einer Krise, ganz und gar besessen – wie er es in der Tat sein konnte – von seinen Bemühungen um die Lösung irgendeines Rätsels und die Ergreifung irgendeines Übeltäters. Es war nicht immer so. Vielmehr hat sich Sir John in all den Jahren, die ich mit ihm verbringen durfte, alles in allem als ein Mann von ausgeglichenem und angenehmem Temperament erwiesen, als gerechter und milder Vorstand seines Haushalts.

Zu der Zeit, von der ich berichten will, im Frühjahr 1771 also, gehörten diesem Haushalt vier Personen an: der Herr selbst, seine Gattin Lady Fielding (die Witwe Katherine Durham, mit der er sich in zweiter Ehe verbunden hatte), Annie Oakum, unsere höchst fähige Köchin, die gerade ihr sechzehntes Jahr vollendet hatte, und ich, Jeremy Proctor, nur wenige Monate jünger, Sir Johns »Freitag«, wie er mich zu nennen pflegte, zuständig für jegliche Art von Arbeit – Träger und Putzhilfe für Lady Fielding, für Sir John Schreiber, Vorleser, Laufbursche für Botengänge aller Art, und – wann immer es vonnöten war – ein jederzeit verfügbares Augenpaar. (Es sei daran erinnert, geneigter Leser, dass all seine bemerkenswerten Leistungen noch weitaus bemerkenswerter wurden durch die Tatsache, dass er blind war.) Wir zwei jüngeren Mitglieder des Haushalts wurden in einem Maße wie Kinder von Sir John und Lady Fielding behandelt, wie es für nicht Blutsverwandte nur möglich war. Wohl hatten wir unsere Pflichten, wie allerdings auch die Kinder in jeder richtigen Familie. Doch saßen wir mit den Älteren nicht nur an gewöhnlichen Tagen in der Küche bei Tisch, sondern auch dann, wenn sich Gäste in unserem bescheidenen Speisezimmer einfanden. Bei solchen feierlicheren Anlässen war es uns gestattet, am Tischgespräch teilzunehmen, mit gebührendem Respekt, wie es sich für Kinder gehört, und nur dann, wenn wir direkt angesprochen wurden. Nie gab es zwei, die sich glücklicher geschätzt hätten als Annie und ich.

Oft gingen wir ins Theater, alle vier miteinander, und immer ins Drury Lane, wo der große David Garrick seine Kunst darbot. Er und Sir John waren gute Bekannte und grüßten einander wie Freunde. Doch war es nicht nur Mr. Garricks freigebiger Umgang mit Eintrittskarten, der uns so häufig in seine Aufführungen lockte. Vielmehr lag es daran, dass er so oft Shakespeare auf die Bühne brachte. Niemand übertraf ihn in seiner Liebe zu dem großen Barden – vielleicht mit Ausnahme von Sir John. Zu Mr. Garricks Inszenierungen von Shakespeares Werken nahm Sir John uns mit, und zu keinen anderen. Ganz gleich, welche Andeutungen Annie in seiner Gegenwart fallen ließ, er war nicht dazu zu bewegen, den »neuen Stücken«, wie er sie nannte, eine Chance zu geben. Und als Lady Fielding einmal mit besonderer Betonung eine begeisterte Besprechung von Vanbrughs *Die gereizte Ehefrau* vorlas (gewiss kein »neues Stück«, sondern vielmehr eines, das man nach runden fünfzig Jahren wieder entdeckt hatte), da musste sie feststellen, dass ihre Mühen vergebens waren. Sir John wollte sich partout nicht ködern lassen.

»Ach Kate«, hatte er ihr entgegnet, »es mag ja ein sehr gutes

Stück sein, aber gewiss keines von der *besten* Qualität. Warum warten wir nicht ein wenig, bis uns das Beste geboten wird?« Nach einer Weile fügte er dann hinzu, so als sei ihm der Gedanke gerade erst gekommen: »Weißt du, Kate, wenn ich mich nicht irre, gibt David nächste Woche wieder den *Hamlet*. Was würdest du denn dazu sagen, hm?«

So kam es, dass es für uns nur das Beste gab – oder gar nichts. Und meiner Meinung nach wurden wir dadurch nur umso reicher beschenkt. Ich erinnere mich noch deutlich an Annie Oakums erste Begegnung mit dem Theater. Sie fand nicht lange nach ihrem Eintritt in Sir Johns Haushalt statt.

Nicht *Hamlet*, sondern *Othello* war das Stück, das an jenem Abend auf dem Spielplan des Drury Lane stand. Es war kein Geheimnis, dass Mr. Garrick die Tragödien den Komödien vorzog; wenigstens wurde dies weithin vermutet. Jene entsprachen, wie ich meine, eher seinem Naturell, denn sein Gebaren war von großem Ernst; er hatte nichts von einem Narren an sich. Es ist aber auch nicht zu bezweifeln, dass die besten Rollen bei Shakespeare den Tragödien vorbehalten sind; und als Spielleiter der Truppe zögerte er nicht, solche Stücke zur Inszenierung auszuwählen, die ihn als Schauspieler am besten zur Geltung brachten. Gewiss war er bei Annies Einführung in das Theater als Mohr in großartiger Form. Wie jeder, der ihn je gesehen hat, zugeben wird, war er nicht so sehr ein Schauspieler, der durch großartige körperliche Präsenz überzeugte. Mit anderen Worten, er sprang nicht auf der Bühne hin und her und fuchtelte nicht mit den Armen, während er diese großen Verse sprach; ein solches Verhalten war, wie er zweifellos gesagt hätte, weder der Würde der Figur noch der des Dramatikers angemessen. Aber nie hat irgendjemand so wie er mit seiner unvergleichbaren Stimme den Worten Shakespeares solche Musik entlockt. Es war diese Qualität, die Sir John so sehr gefiel. Und diese Qualität war es auch, die an besagtem Abend der guten Annie schier die Sprache verschlug.

In seiner Großzügigkeit – und weil es ein ruhiger Abend gegen Ende der Spielzeit war – hatte uns Mr. Garrick eine Loge ganz in der Nähe der Bühne verschafft. Wir hatten in der Tat den Eindruck, als befänden wir uns auf ihr und als spielten die Schauspieler ihre Rollen unmittelbar links und rechts neben uns. Ich saß neben Annie ganz vorne, ein wenig über die Brüstung gelehnt, während Sir John und Lady Fielding hinter uns Platz genommen hatten. Daher konnte ich die Wirkung dieser neuen Erfahrung auf sie, die mir inzwischen wie eine Schwester geworden war, aus nächster Nähe beobachten. Es war in der Tat höchst bemerkenswert. Zuerst glaubte ich, was sie so beeindruckte, sei die äußerliche Pracht der Szenerie, die sich unseren Blicken darbot, als der Vorhang sich öffnete – die üppig bemalten Kulissen und die Kostüme der Schauspieler. Aber nein, es war mehr als das. Ein wenig später, nach einigen flüchtigen Seitenblicken in ihre Richtung, wurde ich gewahr, dass ihre Lippen gewisse Ausdrücke und kürzere Verse formten, die von den Schauspielern gesprochen wurden; nicht *gleichzeitig* natürlich, denn sie hörte sie zum ersten Mal, sondern kurz hinterher; so als wolle sie die Worte mit ihrem eigenen Mund ausprobieren. Sie schenkte mir keinerlei Beachtung, und als ich sie in den Pausen zwischen den Akten in Gespräche über das Stück und die Leistungen der Schauspieler zu verwickeln suchte, fand sie sich gänzlich unfähig zu sprechen, so sehr hatte sie das Gesehene und Gehörte in seinen Bann geschlagen. Lady Fielding, die Annie ebenfalls genau beobachtet hatte, warf mir einen Blick zu und schüttelte lächelnd den Kopf; dann flüsterte sie Sir John etwas ins Ohr.

Obgleich ich es nicht für möglich gehalten hätte, ging Annie im Verlauf des Stücks noch stärker im Bühnengeschehen auf. An manchen Stellen fiel ihr angesichts von Jagos böswilligen Lügen die Kinnlade herab. Und als Mr. Garrick in der schwarzen Maske des Othello, diesen Lügen Glauben schenkend, grollend jenen fürchterlichen Fluch ausstieß: »Verdammt sei sie, die büb'sche Dirne!« – da stockte ihr vor Entsetzen der Atem. Bei Desdemonas Ermordung hielt sie sich die Hand vor den

Mund und stieß einen kleinen Schrei aus; doch solchermaßen war die Gewalt von David Garricks Spiel, dass sie nicht die Einzige war, die erschüttert ihre Stimme erhob. Als der letzte Vorhang fiel, zeigte sich unsere tapfere Zuschauerin vollkommen überwältigt; die Tränen strömten ihr über die Wangen; so reichlich flossen sie aus ihren Augen, dass sie nahezu geblendet war und das Taschentuch, das Lady Fielding ihr anbot, erst dann sah, als es ihr in die Hand gedrückt wurde.

Ich war mir zwar nicht ganz sicher, wohin dies führen mochte, doch Sir John bestand darauf, uns alle hinter die Bühne mitzunehmen, damit wir Mr. Garrick zu der Inszenierung und seiner eigenen Darstellung gratulieren und ihm dafür danken könnten, dass er uns so großzügig eine eigene Loge zur Verfügung gestellt hatte. Ich führte unsere kleine Gruppe in die Tiefen des großen Gebäudes hinab, da ich von unseren früheren Besuchen her den Weg recht gut kannte. Sir John hielt meine Schulter fest gepackt, während wir die Treppe hinunterstiegen, und die Frauen bildeten die Nachhut. Annie schien ein wenig unwillig; vielleicht widerstrebte es ihr, dem Zustand der Verzückung, in dem sie während der letzten paar Stunden geschwebt hatte, ein Ende zu bereiten.

Als wir uns seiner Garderobe näherten, trat ein Paar aus der Tür heraus, ein Mann und eine Frau, die beide höchst prachtvoll gekleidet waren; sie unterhielten sich in einer Sprache, die ich für Holländisch oder Deutsch hielt. Der Gentleman und ich verbeugten uns zum Gruß, seine Lady lächelte, und die beiden eilten recht geschwind an uns vorbei.

Als wir in der offenen Tür erschienen, sprang Mr. Garrick sogleich von seinem Stuhl am Schminktisch auf. Er bot einen recht seltsamen Anblick, als er uns begrüßte, denn auf einer Gesichtshälfte – auf der linken, so weit ich mich erinnere – trug er noch seine dunkle Bühnenschminke, während die andere, die er bereits abgewischt hatte, in seinem natürlichen rosigen Teint leuchtete. Er sah halb wie ein Mohr und halb wie ein Engländer aus. Mein Blick fiel zufällig auf Annies Gesicht, als sie seiner gewahr wurde; sie schien schockiert. Hatte sie angenommen, der Mann auf der Bühne sei wahrhaftig ein Mohr?

Sir John erkundigte sich nach dem Paar, das vor uns in der Garderobe gewesen war. »Das waren doch Deutsche, nicht wahr?«, fragte er. »Ich wusste, dass Sie eine treue Gefolgschaft in Frankreich haben. Ist Ihr großartiger Ruf nun noch weiter vorgedrungen?«

Mr. Garrick lächelte bescheiden und senkte ein wenig den Kopf. »Ich weiß nichts von Frankreich«, sagte er. »Und im Allgemeinen würde ich sagen, wenn ich auf der anderen Seite des Ärmelkanals vorgestellt werde, könnte ich ebenso gut ein Gemüsehändler sein, so wenig weiß man dort von mir. Nein, Sir John, die beiden sind ein Ehepaar aus Österreich; entfernte Verwandte meiner Frau. Aber wie Sie schon sagten, sind sie mehr oder weniger Deutsche, und als solche sind sie sehr begabt in der Kunst der Krittelei. Sie haben mir diverse Vorschläge unterbreitet, wie ich meine Darstellung noch verbessern könnte, und hatten sogar gewisse Ratschläge für den Autor parat.«

»Für Shakespeare?« Sir John bedachte die Vorstellung mit einem kurzen, spöttischen Lachen. »Nun, mir scheint, man müsste ihnen ein wenig Respekt beibringen. Es fragt sich, wie viel sie wirklich verstanden haben.«

»In der Tat, doch ihr Einwand war mehr grundsätzlicher Art. Sie hielten es für vollkommen falsch, dass dieser tragische Held Afrikaner sei.«

»Ach, wie wenig sie doch von der Welt wissen – oder von der menschlichen Natur. Aber David, mein Bester, ich weiß, dass ich für uns alle spreche, wenn ich sage, dass an Ihrer Darstellung unmöglich irgendetwas zu verbessern gewesen wäre.«

Wir alle stimmten in dieses Urteil ein.

»Sie sind zu freundlich, Sie alle. Wirklich, ich bin nicht berufen, meine eigene Darstellung zu beurteilen, denn sobald ich die Bühne betrete, werde ich ganz und gar von der Schönheit der Sprache unseres großen Dichters überwältigt. Dennoch habe ich den Eindruck, dass ich nicht allzu schlecht gespielt habe, wenn man bedenkt, dass ich das Ganze mit einem gichtigen Fuß bewältigen musste.«

(Mir war, nebenbei bemerkt, aufgefallen, dass er seine Beine ungleich zu belasten schien, als er so vor uns stand; seine linke Seite stützte er, indem er die Lehne des Stuhls, auf dem er gesessen hatte, mit einer Hand fest umklammert hielt.)

»Wir hatten ja keine Ahnung!«, rief Sir John. »Bitte, setzen Sie sich doch.«

»Ja, ich fürchte, ich werde den kommenden Monat aussetzen und dem Fuß eine Pause gönnen müssen.«

Lady Fielding nutzte den Moment, während er wieder Platz nahm, um einzuwerfen: »Mr. Garrick, unter uns befindet sich eine Person, die uns in ihrer Wertschätzung des Stückes und der Schauspieler alle übertroffen hat. Solche Ströme von Tränen habe ich noch nie zuvor gesehen.«

»Alle mit gutem Recht vergossen, Lady Fielding«, erwiderte er, »denn es ist tatsächlich eine ebenso herrliche wie furchtbare Tragödie. Doch wer ist die Person, von der Sie sprachen?«

Indem er dies sagte, richtete er den Blick auf Annie, die beinahe entsetzt zurückzuweichen schien, da sie einer so großen Persönlichkeit vorgestellt werden sollte. Dessen ungeachtet fasste Lady Fielding das Mädchen mit festem Griff am Ellenbogen und zog sie nach vorne.

»Es ist unsere Köchin, Annie Oakum, und sie ist ausgesprochen tüchtig, trotz ihrer jungen Jahre. Der heutige Abend war ihre erste Begegnung mit dem Theater.«

Annie geriet leicht ins Straucheln, als sie einen Knicks machte. Eine ganze Weile war sie völlig sprachlos, doch schließlich sagte sie: »Freut mich, Ihre Bekanntschaft zu machen, Sir.«

»Aha, eine gute Köchin seid Ihr also, Mistress Annie?«, bemerkte Mr. Garrick mit einem gnädigen Lächeln. »Dann wird es nicht schwierig für Euch sein, eine gute Partie zu machen, da dürft Ihr versichert sein.«

»Ich…«, hub Annie an. Sie stockte und platzte dann heraus: »Das ist nicht meine Absicht, Sir.«

»Ihr wollt nicht heiraten? Wie schade, so ein hübsches Ding wie Ihr.«

»Vielleicht eines Tages, Sir, aber ich habe eine Ambition.«

»Und die wäre?«

»Ich will Theaterschauspielerin werden. Eines Tages werde ich Desdemona sein.«

Darüber mussten wir alle lachen – ich ebenso wie die anderen. Es war nicht böse gemeint, dessen bin ich mir sicher. Wir lachten lediglich vor Überraschung.

Stets auf das Wohl anderer bedacht, beeilte sich Lady Fielding, den Schaden wieder gutzumachen. »Meine liebe Annie, bitte vergib uns, aber das ist uns vollkommen neu.«

Annie wandte sich ihr zu, und eine tiefe Röte stieg ihr in die Wangen. »Das ist auch kein Wunder, Ma'am, denn ich habe mich erst heute Abend dazu entschlossen.«

Da sah Mr. Garrick sie mit tiefernstem Blick an. »Ich muss Ihnen sagen, mein liebes Kind, dass die Hälfte aller jungen Damen, die mich nach einer Vorstellung aufsuchen, Erklärungen wie die Ihrige abgeben. Ich sage dann, was ich jetzt auch sage, dass nämlich der Bühnenberuf bei weitem keine so vergnügliche Angelegenheit ist, wie es den Anschein haben mag. Um Schauspieler oder Schauspielerin zu werden, bedarf es mehr als eines bloßen Wunsches. Sie müssen notwendig Talent besitzen. Sie dürfen keine Scheu vor mühevoller Arbeit haben. Und Sie müssen lernen, Enttäuschungen zu ertragen. Es ist ein viel schwereres Leben, als Sie sich vorstellen können.«

Annie erwiderte seinen Blick mit nicht minder ernster Miene. »Ich danke Ihnen für die Warnung, Sir«, sagte sie zu ihm, »aber ich werde zu den Auserwählten gehören.«

Ich bin überzeugt, dass von uns allen, die wir dort versammelt waren, niemand ihren Worten so viel Glauben schenkte wie ich.

Am folgenden Tag sollte ich ihr *Othello* vorlesen. Das raubte uns über mehrere Tage hinweg Stunden, die uns für die Erledigung der uns zugewiesenen Aufgaben fehlten. Anschließend wünschte sie, *Romeo und Julia* zu hören, welches sie über alles liebte. Und so arbeiteten wir uns weiter durch die meisten der Stücke hindurch, wenn auch nicht durch alle. Ich war ihr nicht böse wegen der so zugebrachten Zeit. Es bereitete mir einige Freude, die Dramen laut zu lesen, denn schließlich sind die Worte Shakespeares dazu bestimmt, gesprochen zu werden.

Aber während sich das Jahr 1770 seinem Ende zuneigte und ich mit Annie die Reise durch die Werke des großen Dichters fortsetzte, kam es ihr eines Tages in den Sinn, auf meine Dienste zu verzichten. Sie brachte es mir in den folgenden Worten nahe:

»Jeremy«, sagte sie, »wenn ich Schauspielerin werden will, wird es doch nicht ausreichen, dass ich die Stücke vom Vorlesen her kenne, oder?«

»Wohl nicht.«

»Ich muss in der Lage sein, sie selbst zu lesen.« Darauf sah sie mich mit festem Blick an. »Ich will, dass du mir das Lesen beibringst.«

Ich dachte darüber nach, doch ich hatte nicht die leiseste Ahnung, wie ich es anstellen sollte. Ich selbst besaß keine Erinnerung daran, wie ich zu dieser Fertigkeit gelangt war; mir schien es, als habe ich einfach irgendwann angefangen zu lesen – und das in sehr jungen Jahren.

»Mir ist ein Gedanke gekommen«, sagte sie. »Wir sitzen hier am Küchentisch einander gegenüber. Du liest, und ich höre zu. Wenn ich nun neben dir säße, und du zeigtest mir die Wörter, während du sie läsest? Dann würde ich sie mir merken und könnte sie recht bald selbst lesen. Was hältst du davon?«

In Ermangelung einer besseren Methode schien mir die ihre einen Versuch wert. Und so rückten wir unsere Stühle zurecht und begannen. Mit welchem Stück wir unser Experiment durchführten, kann ich nicht mehr sagen. Wohl aber erinnere ich mich lebhaft daran, wie mühsam es war, sich Wort für Wort und Zeile für Zeile hindurchzuarbeiten. Da sie einen hellen

Verstand und ein gutes Gedächtnis besaß, unterbrach sie mich fortwährend und trieb mich schier zur Verzweiflung. Sie stellte Fragen, die ich nicht recht beantworten konnte, und das ließ sie an meinen pädagogischen Fähigkeiten zweifeln; ich zweifelte ja selbst daran. Nichts war übrig von dem beträchtlichen Vergnügen, das mir das laute Lesen der Stücke zuvor bereitet hatte. Jeder Tag mit ihr wurde zu einem Kampf und einer Qual. Oft waren wir einander böse.

Das Weihnachtsfest setzte dem Unternehmen schließlich ein Ende. Sir John und Lady Fielding schenkten mir Sir Edward Cokes vierbändiges Werk *Institutionen des englischen Rechts*. Dies sollte der Beginn meiner juristischen Ausbildung sein. Sofort begann ich es durchzulesen, wofür ich die Stunden verwendete, die ich zuvor Annies Leseunterricht gewidmet hatte. Als sie protestierte, erinnerte ich sie einigermaßen hochnäsig daran, dass auch ich eine Ambition hätte und dass die meine mir ebenso viel wert sei wie ihr die ihrige. Wir stritten uns. Sie schmollte. Sie versuchte auf eigene Faust weiterzumachen, kam aber häufig zu mir um Auskunft in Fragen der Aussprache oder der Bedeutung. Bei diesen Gelegenheiten war ich oft sehr schroff zu ihr; dann schmollte sie wieder, und manchmal zankten wir uns. So geht es nicht selten auch unter Brüdern und Schwestern in richtigen Familien zu, und so ging es zu Beginn des Jahres 1771 in unserer eigenen zu.

Sir John und Lady Fielding konnte es nicht entgehen, dass zwischen Annie und mir eine gewisse Verstimmung eingetreten war. Der Hausherr gedachte uns aufzumuntern und zwischen uns Frieden zu stiften, indem er uns eine besondere Freude machte. Es fügte sich nun so, dass zu jener Zeit Shakespeare nicht dargeboten wurde, sodass Sir John sich anderswo nach einer Zerstreuung für uns umsehen musste. Dabei verfiel er auf das Crown and Anchor – damals wie auch noch heute ein weiträumiges Gasthaus im *Strand*. In jenen Tagen fanden dort die von der Akademie für Alte Musik geförderten Sonntagskonzerte unter der direkten Schirmherrschaft des Lord Laningham statt. Wenn Shakespeare für uns nicht in Frage kam, so würde eine Dosis Händel gewiss die gewünschte Wirkung erzielen. Die mächtigen Chorklänge dieses verstorbenen großen Meisters würden Annies Laune sicherlich heben; in letzter Zeit war sie nämlich oft mürrisch und bedrückt gewesen. Schließlich wussten wir, dass sie die beste Musikerin von uns allen war; als Sängerin von Balladen und alten Liedern, die sie im Covent Garden gelernt hatte, hatte sie nicht ihresgleichen.

Und so war es denn ausgemacht: Wir würden uns zu einem frühen Abendessen mit Mr. Donnelly und Mr. Goldsmith im Crown and Anchor einfinden, welchem eine musikalische Darbietung folgen sollte, wie es in ganz London keine bessere gab. Es würde ein Abend werden, den wir so bald nicht vergessen würden, versicherte uns Sir John. So war es in der Tat, geneigter Leser, wenn auch aus Gründen, die niemand von uns hatte vorhersehen können.

Wegen des begrenzten Fassungsvermögens der Arrestzelle im Gericht in der Bow Street sah sich Sir John genötigt, auch am Sonntag eine kurze Gerichtssitzung abzuhalten. Der Samstagabend brachte ihm stets eine reiche Ernte an Trunkenbolden ein. Er fertigte sie zügig ab, damit er und sein Protokollführer Mr. Marsden den Rest des Tages in Ruhe genießen konnten. Gewöhnlich bedeutete dies, dass er sie mit einem milden Urteil abfertigte, doch selbstverständlich gab es bisweilen Komplikationen. Wie ich mich erinnere, kam es damals zu einer solchen, als ich gerade müßig auf einer der hinteren Bänke des Gerichtssaals saß und zuhörte, wie der Richter einen Fall von öffentlicher Trunkenheit nach dem anderen verhandelte. Nachdem sie einen Teil der Nacht und den ganzen Morgen gehabt hatten, um wieder zu sich zu kommen, waren die Angeklagten nunmehr sowohl nüchtern als auch reumütig, wenn das Erlebnis sie auch gehörig gebeutelt zu haben schien. Der Letztere von ihnen, hoch gewachsen, hager und angetan mit Jacke und Hose aus grobem braunem Baumwollstoff – wozu er jedoch eine Plaidweste mit schottischem Muster trug –, konnte die Strafe von zehn Shilling nicht bezahlen, die Sir John verhängt hatte, denn er hatte, wie er erklärte, den gesamten Inhalt seiner Taschen »versoffen«. Seinen Namen gab er mit Thomas Roundtree an, und er behauptete, sein Brot als Zimmermanngeselle zu verdienen; er gehöre zu einem Trupp, der mit Ausbauarbeiten an einem der großen Häuser am Bloomsbury Square beschäftigt sei.

»Um welches große Haus handelt es sich?«, fragte Sir John.

»Es ist das Haus des Lordoberrichters«, antwortete Mr. Roundtree.

»Und um welche Art von Ausbauarbeiten handelt es sich?«

»Wir bauen ein neues Wasserklosett ein, Sir, damit die Ladies es hübsch bequem haben, das machen wir. Ich bin ein guter Arbeiter, Sir, das bin ich wirklich.«

»Aha. Nun, ich nehme an, dass Sie es in diesem Fall nicht vorziehen würden, dreißig Tage im Fleet-Gefängnis abzusitzen, um der Geldstrafe zu entgehen. Das ist an diesem Gericht so üblich.«

»Nein, Sir, das würde ich allerdings nicht vorziehen, denn ich bin ein Arbeiter und würde ohne Arbeit dastehen, wenn ich wieder rauskäme.«

»Sehr vernünftig argumentiert, Mr. Roundtree. Was schlagen Sie denn nun vor?«

»Je nun, ich könnt es Ihnen vielleicht nach und nach abbezahlen.«

»Da habe ich eine bessere Idee. Warum bleiben Sie nicht noch eine weitere Nacht als unser Gast hier in der Bow Street? Morgen früh können Sie dann in Begleitung eines unserer Constables zu Ihrem Arbeitsplatz gehen und den Zimmermeister, für den Sie arbeiten, bitten, Ihnen zehn Shilling zu leihen. Wenn Sie ein so guter Arbeiter sind, wie Sie behaupten, sollte er nicht zögern, Ihnen das Geld vorzustrecken. Ihm können Sie es dann nach und nach zurückzahlen, wie Sie es mir angeboten haben.«

Thomas Roundtree stand da und rieb sich unschlüssig das Kinn. »Nun ja, Sir...«

»Haben Sie Familie?«, fragte Sir John.

»Nee«, erwiderte er, wenn auch erst nach kurzem Zögern.

»Dann gibt es niemanden, dem Ihre Abwesenheit für eine weitere Nacht auffallen würde.« Sir John wurde jetzt ungehalten. »Kommen Sie schon, Sir, entscheiden Sie sich: entweder das oder das Fleet-Gefängnis.«

»Na, wenn Sie's so ausdrücken, dann nehme ich Ihre Einladung an. Ich hoffe aber doch, dass das Abendessen ein bisschen besser ausfallen wird als das Frühstück.«

»Wir werden Sie schon nicht verhungern lassen. Das ist unsere Pflicht.« Sir John ließ seinen Hammer auf den Tisch niederfahren. »Mr. Fuller, führen Sie den Gefangenen zurück in die Arrestzelle. Und Mr. Marsden, haben wir noch jemanden?«

»Niemand mehr, Sir«, antwortete der Protokollführer des Bow-Street-Gerichts.

»Dann ist diese Sonntagssitzung geschlossen.« Er schlug noch einmal mit dem Hammer auf den Tisch, stand auf und streckte sich. »Ich werde mir vor dem Abendessen noch ein Nickerchen gönnen«, verkündete er. »Wir haben einen langen Abend vor uns, und ich möchte dafür in Form sein.«

In Form waren wir, und auch dem Anlass gemäß gekleidet, als wir uns kurz vor fünf Uhr zu Fuß auf den Weg zum Crown and Anchor machten. Es war Januar, und so war um diese Stunde der Tag bereits so gut wie vorüber; die untergehende Sonne war dem Dämmerlicht gewichen und dieses wiederum der Dunkelheit. Doch der Laternenanzünder hatte bereits seine Runde gemacht, und unser Weg – über die Russell Street in die Drury Lane und von dort zum Strand – war hell erleuchtet und wimmelte von Londonern, die die letzten Stunden ihres freien Tages genossen. Sir John, erfrischt von seinem Nachmittagsschläfchen, ging voran; Lady Fielding hatte seinen Arm genommen. Solange er den Bezirk von Covent Garden nicht verließ, den er so gut kannte, war die Gefahr gering, dass er einen Fehltritt tun würde; sollte ihm dennoch ein solcher unterlaufen, so war seine gute Gattin an seiner Seite, um ihn wieder auf den rechten Weg zu bringen. Annie und ich folgten ihnen dicht auf den Fersen.

»Sag mal, Jeremy, diese Händel-Musik, die wir heute hören sollen – was hältst du davon?« Annie stellte diese Frage, während wir die Russell Street entlanggingen.

»Nun«, erwiderte ich, »nach dem, was ich so gehört habe, ist sie wirklich großartig. Lässt einen die Herrlichkeit der Schöpfung fühlen und so weiter. Äußerst erhebend.«

»Tatsächlich? Mir kommt sie bloß schrecklich laut vor. Ich kann die Worte nicht verstehen.«

»Sir John hält jedenfalls große Stücke auf seinen Händel«, sagte ich.

»Oh, das stimmt allerdings. Ich hab eben Spaß an einer guten Ballade, einem Bänkellied.«

»Du kennst sie alle.«

»Ich kenne viele«, stimmte sie mir zu. Und dann, mit einem Seufzer: »Jedenfalls, ob's nun gut oder schlecht ist, ich freue mich darauf, mal etwas zu essen, was jemand anderes gekocht hat. Sir John und die gute Lady möchten, dass wir uns heute Abend recht gut amüsieren, und was mich betrifft, bin ich fest dazu entschlossen.«

Damit verfiel sie in ein Schweigen, das anhielt, bis das Schild mit der Krone und dem Anker vor uns auftauchte. Ohnedies hätten wir unser Ziel kaum verfehlen können. Geschlossene Karossen, Kutschen und Droschken drängten sich um den Eingang und luden ihre Passagiere, Ladys und feine Herren, auf den Gehsteig ein. Das rege Treiben, das sich vor unseren Augen abspielte, schien darauf hinzudeuten, dass wir hier an der Schwelle zum großen gesellschaftlichen Leben unserer großen Stadt standen.

»O Jeremy«, rief Annie an meiner Seite, »das ist ja so aufregend! Sieh nur all die Leute, wie fein sie angezogen sind! Wie sie dahinzugleiten scheinen – als ob sie auf Luft gingen, könnte man fast sagen. Verdammt, ich werde an meinem Gang arbeiten müssen, wenn ich als Lady durchgehen will.«

»Und an deiner Ausdrucksweise«, bemerkte ich. »Eine Lady sagt nicht ›verdammt‹.«

Sie blieb stehen und wandte sich zu mir um; es sah aus, als sei sie im Begriff, mir eine scharfe Erwiderung an den Kopf zu werfen. Doch dann beruhigte sie sich und sagte mit großem Ernst: »Du hast ja Recht, wenn du mich korrigierst. Ich weiß, ich rede nur allzu oft wie eine Dirne. Ich muss lernen, es besser zu machen. Ich *werde* es lernen.«

Nachdem wir in das Crown and Anchor eingetreten waren, gingen wir gleich zügig weiter, doch Lady Fielding hielt den Arm ihres Gatten mit festem, sicherem Griff und steuerte ihn behutsam durch die unregelmäßige Reihe von leeren Tischen auf die innere Tür zu, die zum Schauplatz der abendlichen Festlichkeiten führte. Annie und ich blieben dicht hinter ihnen.

Das Crown and Anchor ist wie viele Schenken und Gasthäuser in London, wenngleich reputierlicher als die meisten. Was es jedoch von allen anderen unterscheidet, ist der große Ballsaal im rückwärtigen Teil. An dessen Stirnseite befindet sich eine Bühne, auf welcher in diesem Augenblick Notenständer und Stühle für die musikalische Abendunterhaltung aufgestellt wurden. Der Tanzboden war so dicht mit Tischen zugestellt, dass die Kellner sich kaum zwischen ihnen durchzwängen konnten. Das taten sie aber dennoch, denn an vielen Tischen hatte das Essen bereits begonnen, und an den übrigen floss der Wein in Strömen. Solchermaßen verteilt, konnten durchaus vierhundert Personen in dem großen Ballsaal Platz finden, und es hatte den Anschein, als seien schon annähernd so viele anwesend.

Annie und ich traten vor, denn unsere Augen waren schärfer als die Lady Fieldings, die ein wenig kurzsichtig war. Wir ließen unsere Blicke über die versammelte Menge schweifen, bis der meine schließlich auf eine vertraute Gestalt fiel, die an einem fast leeren Tisch ganz in der Nähe der Bühne stand und uns zuwinkte. Es handelte sich unzweifelhaft um Mr. Donnelly, vormals Schiffsarzt und erst jüngst (durch Sir Johns Fürsprache) zum medizinischen Berater des Coroners der City of Westminster bestellt, dem die Untersuchung unnatürlicher oder verdächtiger Todesfälle oblag. Ich winkte zurück und wies die Übrigen an, mir zu folgen.

Auf engen, gewundenen Pfaden zwängten wir uns an Kellnern und so manchen müßig plaudernden Gast vorbei, bis wir schließlich zu dem Tisch gelangten, an dem Mr. Donnelly und Mr. Oliver Goldsmith, der bekannte Autor, uns erwarteten. Beide waren aufgestanden, lächelten und begrüßten uns auf das Herzlichste. Wir setzten uns, und sogleich sprudelte die Unterhaltung los.

Mr. Goldsmith scherzte über Mr. Donnellys plötzlichen gesellschaftlichen Aufstieg: »So viele Einladungen bekommt er neuerdings, dass er ganz vergessen hat, wie es bei ihm zu Hause schmeckt.«

»Was den Geschmack beleidigt, darf man getrost vergessen«, erwiderte der Arzt. »Um die Wahrheit zu sagen, liebe Freunde, Sie sollten wissen, dass unser Noll hier – ich meine Mr. Goldsmith – die meisten dieser Einladungen für mich eingefädelt hat, jedenfalls die bei den größten Häusern.«

»Aber erzählen Sie uns doch, Mr. Donnelly«, erkundigte sich Lady Fielding, »ob Sie sich inzwischen in Ihren neuen Behandlungsräumen recht gut eingerichtet haben?«

(Zu Beginn des Jahres hatte Mr. Donnelly seine beengten Räume im Obergeschoss eines Hauses in der Tavistock Street gegen ein größeres und überhaupt sehr viel ansehnlicheres Quartier in der Drury Lane eingetauscht. Der verstorbene Dr. Amos Carr hatte früher dort seine Patienten empfangen.)

»O ja, in der Tat«, antwortete er. »Es gibt dort ein größeres Wartezimmer für meine Patienten – und die Wohnräume sind separat und recht geräumig. Es ist wirklich eine angemessene Adresse für Patienten aus den besseren Kreisen.«

»Und haben sich diese schon eingefunden?«, fragte Sir John.

»Oh, gewiss doch, ja. Es scheint, als hätte ich mit einem Schlag sämtliche Patienten des seligen Dr. Carr geerbt.«

»Aber«, warf Mr. Goldsmith ein, »er ist viel zu bescheiden. Sein Aufstieg in die feine Gesellschaft hat ihm bereits Patienten der zarteren Sorte verschafft.«

Und obwohl er seine Worte mit einem Augenzwinkern begleitet hatte, begriff ich nicht recht, was er meinte. Den Übrigen erging es möglicherweise ebenso.

Mr. Goldsmith beugte sich über den Tisch und sagte in einem Bühnenflüstern, das laut genug war, um den Lärm der Menge zu übertönen: »Die … Damen, meine Freunde, die Damen. Anscheinend rennen sie ihm mit allerlei Weh und Ach die Tür ein. Eine wahre Epidemie von Frauenleiden scheint die besten Häuser Londons heimzusuchen. Er schleppt die Krankheit ein, wo immer er auftaucht.«

Die Röte, die bei diesen Worten Mr. Donnellys Wangen überzog, war nicht zu übersehen. Wir alle lachten spöttisch über seine Verlegenheit. So war er gezwungen, Mr. Goldsmiths Klatsch zu bestätigen. »Es ist zum Teil wahr«, gab er zu. »In der vergangenen Woche hatte ich ein Dutzend neue Patienten. Bis auf zwei waren es nur Frauen. Es bedurfte einiger Anstrengung und umfangreicher Nachforschungen, um mit ihren Beschwerden Schritt zu halten. Schließlich habe ich meine medizinische Laufbahn als Schiffsarzt begonnen, und an Bord eines Kriegsschiffes war der Bedarf an solchem speziellen Wissen ausgesprochen gering. In Lancashire habe ich einige Entbindungen durchgeführt, aber ansonsten ist meine Erfahrung recht gering.«

»Und da war auch mein liebes Weib Kitty«, warf Sir John ein. »Sie allein haben die Wahrheit über ihren Zustand herausgefunden.«

»Und wie Jack mir schon oft erzählt hat«, sagte Lady Fielding, »haben Sie ihr – der Herr sei ihrer Seele gnädig – das Sterben sehr erleichtert.« Die gesamte Tischrunde gab mit gedämpftem Gemurmel und frommem Nicken ihre Zustimmung kund, bis sie in nicht weniger ernstem, aber nicht ganz so düsterem Ton fortfuhr: »Ich denke, dass Mr. Donnelly als Frauenarzt durchaus eine gute Figur machen wird. Ich habe ihn während seines Besuchs im Magdalenenheim kurz vor Weihnachten beobachtet. Sein Umgang mit den Patienten ist sehr liebenswürdig, und vor allem kann er zuhören. Nichts wünschen Frauen sich mehr, als ernst genommen zu werden.«

Da ertönte hinter uns eine neue Stimme: »Jack, alter Freund, bist du das?«

Doch Sir John hatte die Stimme erkannt, noch bevor ich mich umdrehen und das Gesicht identifizieren konnte. Schon war er auf den Beinen und streckte dem Sprecher die Hand entgegen. »Alfred Humber! Wie schön, dich zu sehen – und welcher Ort wäre besser dafür geeignet als das Crown and Anchor.«

»Ja, wir waren eine Zeit lang regelmäßig sonntags hier zu Gast.«

»Und dann habe ich meine Kate gefunden. Du hast sie bei unserem Hochzeitsempfang kennen gelernt.«

»Gewiss, gewiss«, sagte Mr. Humber.

Er verbeugte sich so tief, wie es sein beträchtlicher Leibesumfang nur zuließ, und presste seine Lippen auf Lady Fieldings Hand. Sir John stellte ihn allen am Tisch vor und lud ihn ein, sich zu uns zu setzen. Wie es sich fügte, wählte er den Platz neben Mr. Goldsmith just in dem Moment, als zwei Kellner auf uns zukamen und wortlos die Speisen vor uns auf den Tisch knallten, um sogleich wieder zu verschwinden, wie sie gekommen waren, nämlich im Laufschritt. Alles geschah so schnell, dass wir nicht umhin konnten, zu lachen.

»Nun, Mr. Humber«, sagte Mr. Goldsmith, »wie es scheint, haben wir schon einer Flasche Wein den Garaus gemacht. Würden Sie wohl noch eine öffnen?«

»Mit dem größten Vergnügen, Sir.«

Während Mr. Humber mit dem Korkenzieher beschäftigt war, fragte Mr. Goldsmith ihn, ob er im Handel tätig sei.

»Gewissermaßen bin ich das, jawohl, Sir. Man könnte sagen, dass ich im Geldhandel tätig bin. Ich bin Makler in Lloyds Kaffeehaus.«

»Geld, sagten Sie? Nun, das ist ein Thema, das mich sehr interessiert. Es kommt zuweilen vor, dass ich die eine oder andere Summe investieren möchte. Wie könnte ich das Geld am besten für mich arbeiten lassen?«

Und so begannen die Herren Humber und Goldsmith ein Gespräch, das sich über das gesamte Abendessen hinziehen sollte. Der unglückliche Goldsmith, der wenige Jahre darauf hoch verschuldet starb, hatte immer davon geträumt, ein großes Vermögen zu machen.

Das Mahl, das man uns vorgesetzt hatte, war besser, als ich es erwartet hatte. Um so viele Personen zu versorgen, muss man schlichte Kost anbieten, und schlichte Kost war es, die wir serviert bekamen. Das Essen war nicht zu vergleichen mit dem, was Annie uns zu Hause zu kochen pflegte; selbst ihre einfachen Eintöpfe waren immer von einer köstlich pikanten Würze. Doch waren unsere Teller üppig mit gutem englischem Rindfleisch gefüllt, nebst einem ordentlichen Stück Blutwurst; das Ganze war übergossen mit einer Sauce aus Bratenfett, und Brot zum Auftunken stand ebenfalls bereit.

Während wir speisten, beobachteten wir den Fortgang der Vorbereitungen für das Konzert. Durch eine Tür im hinteren Teil des Saales traten einer nach dem anderen die Musiker ein, um ihre Plätze auf der Bühne einzunehmen. Endlich begann das Geklapper Hunderter von Messern und Gabeln sich zu legen, und ein rundlicher, rotgesichtiger Mann trat an die Rampe, in dem ich den Zeremonienmeister vermutete. Er hob Ruhe heischend die Hände und wartete, bis das tiefe Brummen der Gespräche ein weniger leiser geworden war. Wir saßen so dicht an der Bühne, dass ich die hervortretenden Adern auf seiner geschwollenen Nase ausmachen konnte.

»Meine Damen und Herren«, rief er ins Publikum, »ich bitte um Ihre Aufmerksamkeit – insbesondere um die der Damen.

Wie Sie sicherlich wissen, steht heute Abend die *Cäcilienode* von Georg Friedrich Händel auf unserem Programm. Leider sind wegen des rauen und unfreundlichen Wetters, das wir in diesen letzten Winterwochen haben erdulden müssen, die Sopranstimmen unseres Chors etwas dezimiert. Kurz, ich richte mich an die Damen in der Zuhörerschaft mit der Bitte, unseren Sopran mit einigen freiwilligen Sängerinnen zu verstärken. Der Chorleiter hat mich wissen lassen, dass Ihnen, sollten Sie zuvor noch nie an einer Aufführung dieses großen Werkes mitgewirkt haben, die Noten zur Verfügung gestellt werden; auch werden Sie vor dem Auftritt noch in Ihren Part eingewiesen. Nun … ich bitte um Meldungen. Wer von Ihnen hier im Saal wäre dazu bereit? Irgendwelche Freiwillige, die an diesem großen Ereignis teilhaben möchten?«

Zuerst schien sich niemand zu melden. Doch dann erhob sich eine nicht mehr ganz junge Frau von ihrem Platz an einem Tisch nahe der gegenüberliegenden Saalwand und stapfte entschlossen die Stufen zur Bühne empor.

Da beugte sich Lady Fielding vor und sagte ganz ernsthaft: »Ach, Annie, Liebes, geh doch hin! Du hast eine so entzückende Stimme. Du würdest ihnen eine unermessliche Hilfe sein.«

»O, Ma'am, das kann ich nicht! Das könnte ich nicht!«

Von der Bühne tönte es: »Keine weiteren Freiwilligen? Man sagt mir, wir brauchen wenigstens noch zwei, und insgesamt fünf wären ideal.«

Vom hinteren Ende des Ballsaals kam eine weitere Dame nach vorne.

»Bitte, Annie, tu es für uns«, bat Lady Fielding. Und Mr. Goldsmith und Mr. Donnelly, die meines Wissens Annie noch nie hatten singen hören, schlossen sich an und begannen sie ebenfalls zu beschwatzen.

»Aber ich kann keine Noten lesen«, jammerte Annie verzweifelt. »Ich habe das Stück noch nie im Leben gehört!«

»Hier ist noch eine!«, rief Lady Fielding mit lauter Stimme. *»Wir haben eine Freiwillige!«*

Und so war Annie gezwungen, sich zu erheben, was sie, widerstrebend wie eine unschuldig Verurteilte, auch tat. Ohne ein weiteres Wort verließ sie unseren Tisch und stieg die Stufen an unserem Ende der Bühne empor, als führten sie zum Schafott. Trotz wiederholter Aufforderungen ließen sich aus der großen Menge keine weiteren Sängerinnen rekrutieren, sodass schließlich die drei durch die Tür hinausbugsiert wurden, durch welche die Musiker eingetreten waren.

Daraufhin blickte der Zeremonienmeister sich um, und nachdem er sich vergewissert hatte, dass die Mitglieder des Orchesters alle an ihren Plätzen saßen, trat er noch einen Schritt vor und verkündete dann mit noch lauterer Stimme: »Für diejenigen unter Ihnen, die unsere Sonntagskonzerte regelmäßig besuchen, bedarf der Mann, den ich Ihnen jetzt ankündige, gewiss keiner Vorstellung. Er ist ein großer Förderer der Künste im Allgemeinen, der Musik im Besonderen und dieser Konzerte im Speziellen. Seit zwei Jahren ist uns sein Interesse nun schon Inspiration und Ansporn, und nicht zuletzt hat er uns stets aus eigener Tasche großzügig unterstützt, wann immer der Zuspruch des Publikums zu wünschen übrig ließ und solche Unterstützung notwendig wurde. Wir vom Gasthaus Crown and Anchor und Sie, die Sie die Akademie für Alte Musik unterstützen, stehen tief in seiner Schuld. Lassen Sie uns dies alle mit einem großen Applaus für unseren Schirmherrn bezeugen, für Christopher Paltrow, den Earl of Laningham. Ladys und Gentlemen, ich präsentiere Ihnen Lord Laningham!«

Der Applaus, der dieser überschwänglichen Ankündigung folgte, wirkte etwas spärlich und eher höflich als herzlich. Doch schien der Mann, dem er galt, sich daran nicht zu stoßen. Er sprang von seinem Platz nahe dem anderen Ende der Bühne auf und hüpfte, eine Art Zeremonienstab schwenkend, mit verblüffender Behändigkeit die Stufen hinauf. Er war ein Mann, der, wie ich schätzte, das achte Lebensjahrzehnt bereits erreicht hatte; wenigstens legten die tiefen Falten in seinem Gesicht dies nahe. Wenn seine Bewegungen auch nicht die eines jungen Mannes waren, wirkten sie doch auf etwas gezwungene Weise so, als wolle er immer noch wie ein Jüngling voller Saft und Kraft erscheinen.

»Ich muss mich für ihn entschuldigen«, sagte Mr. Humber zu uns allen am Tisch, vielleicht mit etwas zu lauter Stimme. »Er macht sich wirklich ganz fürchterlich zum Narren.«

Dann musste Lord Laningham noch durchaus sein Sprüchlein sagen, bevor die Musik beginnen konnte. Doch er fasste sich kurz. »Liebe Freunde der alten Musik, wir haben in der Tat ein prächtiges Programm für Sie heute Abend, und zwar ausschließlich von unserem Lieblingskomponisten Mr. Händel, der Herr sei seiner Seele gnädig. Nun, da ist natürlich zum einen die *Cäcilienode*, aber dazu kommen wir später.« Er hielt einen Moment inne, räusperte sich ausgiebig und wandte sich dann Hilfe suchend zu den Musikern um. »Ach ja, wir beginnen mit zweien von Mr. Händels Concerti Grossi, den beiden ersten, wie ich höre, aus … was war es noch gleich?« Wieder wandte er sich an das Orchester. Dann fuhr er fort: »Aus Opus drei, sagt man mir. Bitte, Herr Kapellmeister!«

Damit zog sich Lord Laningham auf seinen Ehrenplatz zurück, einen Stuhl, der direkt vor dem Orchester platziert und zum Publikum hin ausgerichtet war. Er setzte sich, behielt aber den Stab in der Hand, mit dem er die Bühne betreten hatte. Dieser war mit Goldfarbe überzogen und lief in eine kugelförmige Verdickung aus, so groß, dass die Hand eines Mannes sie gerade umfassen konnte.

Der Kapellmeister, das heißt der Violinist, der uns am nächsten saß, erhob sich, versicherte sich der Aufmerksamkeit des Orchesters und ließ die Musiker das erste Stück im Programm anstimmen. Es war bemerkenswert, wie es ihnen gelang, unter seiner Anleitung alle gleichzeitig einzusetzen; sobald sie aber begonnen hatten, setzte er sich wieder hin und spielte als einer unter vielen mit. Und es waren in der Tat viele – ich zählte dreiunddreißig –, unterteilt in Streicher und Hörner verschiedenster Art, wobei die Streichinstrumente ein wenig in der Überzahl waren. Ich erinnerte mich an Annies Einwand bezüglich der Lautstärke der Musik, und wenn ich auch zugeben musste, dass etwas Wahres daran war, so lag doch in der gewaltigen Klangfülle eine gewisse Erhabenheit. Ich mochte es, wie die Musik in stetem Wechsel lauter und leiser und dann wieder lauter wurde; und ebenso war es mit dem Tempo: Einmal schritt sie für eine Weile würdevoll und gravitätisch dahin, um dann ganz unerwartet in den lebhaften, schnellen Rhythmus eines Tanzes, einer Gigue oder einer Allemande, zu verfallen.

Lord Laningham selbst hatte eine große Vorliebe für diese schwungvollen Passagen. An solchen Stellen riss es ihn jedes Mal förmlich von seinem Stuhl, und dann stampfte er im Takt mit seinem Stab auf den Bühnenboden – jedoch leider nicht genau im Takt der Musik. Mir fiel auf, dass die Musiker ihm oft verärgerte Blicke zuwarfen, wenn er so umherpolterte und -sprang. Doch er selbst amüsierte sich dabei anscheinend ganz köstlich; so sehr verausgabte er sich bei seiner Privatvorstellung vor dem Orchester, dass er nach Ablauf von zwei Concerti Grossi (deren Aufführung vielleicht eine halbe Stunde in Anspruch genommen hatte) vollkommen erschöpft war. Er winkte einen Kellner heran, gab dem Burschen recht ausführliche Anweisungen und deutete dann auf den Tisch, an dem er, Lord Laningham, zuvor gesessen hatte. Im Nu war der Kellner mit einer frisch entkorkten Weinflasche und einem Glas wieder bei ihm. Das Glas verschmähte der Lord mit einer wegwerfenden Geste, stattdessen packte er die Flasche mit festem Griff und nahm einen kräftigen Schluck daraus. Da sein Durst fürs Erste gelöscht war, nahm er wieder seinen Platz ein, und nun betrat der Chor die Bühne.

Zwischen dem ersten und dem zweiten Teil des Programms trat eine Pause von zehn, vielleicht auch fünfzehn Minuten ein. Später erfuhr ich, dass noch ein dritter Teil geplant war, nämlich Auszüge aus der *Wassermusik*, welche bei den Konzertbesuchern stets sehr beliebt war. Während dieser Zeit standen die Musiker von ihren Plätzen auf und gingen auf der Bühne umher. Einige verließen die Bühne auch, vielleicht um einen gewissen Ort aufzusuchen. Der Chorleiter unterhielt sich mit einigen Sängerinnen und Sängern, die sich um ihn versammelt hatten. Annie, etwas kleiner geraten als die meisten anderen, war in der Gruppe fast nicht zu sehen. Während all dieser Zeit saß Lord Laningham auf seinem Platz, wo er sich dann und wann mit einem Schluck aus der Flasche stärkte.

Während wir warteten, ergötzte uns Mr. Humber mit Anekdoten über frühere Narreteien des Schirmherrn: etwa, wie ihn einmal die majestätische Gewalt der *Feuerwerksmusik* derart mitgerissen hatte, dass er von der Bühne herabgestiegen war und eine Parade quer durch den Zuhörerraum angeführt hatte; oder wie er bei anderer Gelegenheit, da er dem Orchester für eine seiner Meinung nach überragende Interpretation irgendeines Werkes seine Reverenz hatte erweisen wollen, jedoch keinen Hut zur Hand hatte, vor den Musikern seine Perücke gelüftet und einen Schädel enthüllt hatte, der bis auf ein wenig Flaum über den Ohren vollständig kahl war.

»Er gibt eine so lächerliche Figur ab«, sagte Mr. Humber. »Einige kommen nur her, um sich über ihn lustig zu machen. Ich verstehe nicht, wieso die Akademie sich überhaupt mit dem alten Knaben abgibt – nun, sie hat wohl keine andere Wahl. Ich nehme an, es liegt an dem vielen Wein, den er trinkt.«

Die Mitglieder des Orchesters hatten sich wieder vollzählig versammelt und saßen auf ihren Stühlen. Der Chor hatte sich auf dem Podium links von den Musikern aufgestellt, wobei die Sopranistinnen, unter ihnen Annie, am hinteren Ende standen.

Ich rechnete halb damit, dass Lord Laningham irgendeine Art von Ankündigung von sich geben würde – aber nein, er blieb sitzen. Er wirkte etwas bedrückt, aber auch beunruhigt und schien sich auf seinem Ehrenplatz nicht recht wohl zu fühlen; jedenfalls rutschte er auffallend häufig hin und her.

Vielleicht wollte er auch nur seine alten Knochen sortieren und sie für seinen nächsten Auftritt lockern, denn kaum hatten Chor und Orchester wieder eingesetzt, da war er auch schon wieder auf den Beinen, zweifellos inspiriert vom dröhnenden Klang der großen Kesselpauken. Aber diesmal tat er nichts weiter, als mit seinem Stab auf den Boden zu schlagen. Er ging ein wenig unsicher auf und ab, dann lenkte er seine Schritte zum Chor, wo er die Sopranistinnen lüstern beäugte – besonders die hübsche Annie, wie es schien. Der Chorleiter suchte seine Verärgerung hierüber nicht zu verbergen.

Übrigens kann ich nicht mit Gewissheit sagen, ob ich Annie bei dieser Gelegenheit wirklich singen hörte. Sicherlich vernahm ich den Chor, und sie war ein Teil davon. Ihre Lippen bewegten sich, und ihr Mund war geöffnet. Ich beobachtete sie genau, bis Lord Laningham sich ihr näherte, worauf sie ihr Notenblatt hob und sich dahinter verbarg.

Immer noch wanderte er umher, wenn auch mit unsicherem Schritt. Den Zeremonienstab schleifte er jetzt hinter sich her und klopfte nur ab und zu damit auf den Boden. Er war blass geworden. Sein Gesicht war mit Schweiß bedeckt. Die Menge kommentierte seinen Zustand mit dumpfem Gemurmel, während er den Weg zurück zu seinem Stuhl fand und auf diesem zusammenbrach. Er ließ seinen Stab fallen, der einige Fuß weit über die Bühne rollte. Da beugte er sich vor, als wolle er ihn aufheben, aber irgendwie gelang es ihm nicht mehr, im Vorbeugen innezuhalten, und er stürzte, nachdem er völlig die Kontrolle verloren hatte, der Länge nach zu Boden. Sein ganzer Unterkörper zitterte und zuckte, wodurch er den Stuhl, auf welchem er gesessen hatte, umstieß. Die halb ausgetrunkene Weinflasche kullerte über die Bretter, ihr Inhalt lief aus. Dann, es mag dies seine letzte bewusste Handlung gewesen sein, hob er den Kopf – jedoch nur, um sich zu erbrechen. Rindfleisch- und Blutwurststückchen und eine gehörige Menge einer ekligen roten Flüssigkeit, die ich für Wein hielt, ergossen sich aus seinem weit offenen Mund. Es war ein höchst unangenehmer Anblick.

Einen Augenblick lang war es ganz still. Das Orchester war verstummt, ebenso der Chor. Die Zuhörer waren wie betäubt und konnten nur mit offenen Mündern glotzen. Doch die Stille währte nicht länger als einen Augenaufschlag, denn in der nächsten Sekunde schien sich schon die gesamte Bühne um den Gefallenen zu versammeln. Laute Rufe und Schreie erhoben sich, auf der Bühne wie in der großen Menge im Ballsaal. Mit einem Mal brach das Chaos aus.

»Welch eine Schande!«, rief Mr. Humber. »Er ist betrunken zusammengebrochen und hat sich vor unseren Augen die Seele aus dem Leib gekotzt! Das geht nun wirklich zu weit!«

Überall ringsum waren ähnliche Rufe der Entrüstung und des Abscheus zu hören.

Mr. Donnelly jedoch, der sich bereits erhoben hatte, deutete die Vorgänge in anderer Weise. »Du lieber Gott«, sagte er, »der Mann ist krank! Ich muss tun, was ich kann, um ihm zu helfen.« Und mit diesen Worten ließ er uns am Tisch zurück und rannte auf die nahen Stufen zu, die zur Bühne führten. Ich sah, wie er sich einen Weg durch die Menge bahnte, die Lord Laningham plötzlich umzingelt hatte.

Es waren Rufe zu hören.

»Macht ihm Platz!«

»Nicht so drängeln! Sie zerdrücken ja meine Violine!«

Plötzlich – Mr. Donnelly hatte soeben die auf der Bühne ausgestreckte Gestalt erreicht und sich neben ihr niedergekniet – spürte ich, wie mich jemand am Ärmel zupfte. Es war Sir John, der eigens um den Tisch herumgegangen war, um meiner habhaft zu werden.

»Jeremy«, flüsterte er mir heiser ins Ohr, »du hast ein gutes Paar Augen und genügend Verstand, um Einzelheiten zu erkennen. Erzähl mir rasch, Junge, was du genau gesehen hast, von dem Zeitpunkt an, als Lord Laningham die Bühne betreten hat.«

Das tat ich in weniger als einer Minute. Äußerst konzentriert lauschte Sir John meinen Worten. Als ich fertig war, nickte er.

»Und als du diese Weinflasche zuletzt gesehen hast, rollte sie gerade dort oben über den Fußboden?«

»Das ist richtig, Sir«, sagte ich. »Der Inhalt hat sich über die ganze Bühne ergossen.«

»Dann bringe mich zur Bühne, denn wir müssen die Ordnung wiederherstellen, den Schauplatz räumen und diese Flasche finden.«

»Ja, Sir John. Fassen Sie meine Schulter.«

Die auf der Bühne versammelte Menschenmenge schien sich verdreifacht zu haben, als Sir John und ich dort ankamen. Er versuchte sie niederzuschreien, doch selbst sein eindrucksvolles Organ ging in dem Tumult unter. Da kam mir eine Idee, was zu tun war. Wir standen mitten im Orchester, oder vielmehr dort, wo das Orchester noch Minuten zuvor gewesen war. Wenn ich doch nur …

»Hier, Sir John«, sagte ich, »lassen Sie sich auf einen Stuhl helfen. Wenn ich sie einigermaßen zum Schweigen bringen kann, dann können Sie eine Ihrer großartigen Drohungen ausstoßen.«

»Also gut«, erwiderte er. »Versuche dein Bestes.«

Er nahm meine Hand und erreichte so den Stuhl. Ich half ihm, sich in die richtige Richtung zu drehen, und schärfte ihm ein, sich nicht zu rühren, damit er nicht stürzte. Dann eilte ich zu dem lautesten Instrument des Orchesters hin, welches unbeaufsichtigt war.

Ich griff nach den Schlegeln – sie waren mit Schaffell überzogen – und begann auf die Pauken einzuschlagen wie ein Wahnsinniger, ließ sie dröhnen wie Kanonenschläge und rührte sie dann lange und heftig wie rollender Donner; wieder und wieder hämmerte und schlug ich mit aller Macht auf sie ein.

Als ich aufblickte und alle Augen auf mich gerichtet sah, alle Münder vor Überraschung aufgesperrt, da wusste ich, dass ich aufhören musste, und widerstrebend beendete ich mein Konzert. Nun ertönte des großen Mannes Stentorstimme.

»Ich bin Sir John Fielding, Richter am Bow Street Court. Ich fordere Sie alle auf, die Bühne augenblicklich zu räumen. Mit Ausnahme von Lord Laningham, seinen engsten Familienmitgliedern und des behandelnden Arztes Gabriel Donnelly müssen alle sofort diesen Ort verlassen. Die Bow Street Runners sind alarmiert worden, um sicherzustellen, dass diese Anordnung befolgt wird. Jeder, der sich dennoch weigert zu gehen, kann damit rechnen, den kommenden Monat im Newgate-Gefängnis zu verbringen.«

Wie alles da zum Ausgang stürzte! Musiker und Chor flohen durch die Tür hinter der Bühne. Diejenigen Zuschauer, die aus Neugier oder Besorgnis auf die Bühne geeilt waren, verließen sie wieder so, wie sie gekommen waren, über die Stufen zu beiden Seiten. Nach weniger als drei Minuten blieben nur noch Lord Laningham, Mr. Donnelly sowie eine prachtvoll gekleidete Dame, in der ich Lady Laningham vermutete, mit uns auf der Bühne zurück.

Aber wie ich auch suchte – und ich verbrachte die nächsten zehn Minuten damit, alle Ecken und Winkel zu durchstöbern –, von einer Flasche, gleich welcher Art, war keine Spur mehr zu finden.

2. KAPITEL

In welchem ich den Constable spiele, jedoch keine gute Figur mache

Die Männer, die an unserem Tisch im Crown and Anchor gesessen hatten, kamen in Sir Johns Amtszimmer hinter dem Gerichtssaal in der Bow Street Nummer vier wieder zusammen. Über eine Stunde war vergangen, seit Lord Laningham so plötzlich auf der Bühne erkrankt und in so unrühmlicher Manier vor Hunderten von Zeugen gestorben war. Während einige den Ort augenblicklich verlassen hatten, waren die meisten geblieben; einige von ihnen sicherlich aus Sorge um den greisen Edelmann, die Mehrzahl jedoch nur, um einen Mann im Todeskampf anzugaffen. Der Tod hatte ihn schließlich dahingerafft. Lady Laningham, die die ganze Zeit über neben ihm gekniet hatte, gab sodann Bescheid, und zwei Kellner des Crown and Anchor transportierten die Leiche gemeinsam zu einem Einbalsamierer in der Fleet Street unweit des Gasthauses.

Nachdem dies geschehen war, hatte Sir John den Musikern und den Mitgliedern des Chores erlaubt, die Bühne wieder zu betreten, um ihre Instrumente und Noten einzusammeln; anschließend schickte er mich los, den Wirt ausfindig zu machen und zu ihm zu bringen. Es überraschte mich nicht, dass derjenige, welcher den Zeremonienmeister gegeben hatte, sich als der von mir Gesuchte herausstellte. Er machte sich höchst bereitwillig auf den Weg zu Sir John, und ich trottete lediglich hinterdrein. Dann wurde ich jedoch wieder losgeschickt, um Annie zu suchen und an den Tisch zu holen, sodass ich von den Fragen und Antworten, welche die beiden austauschten, nichts mitbekam. Ich fand sie beim Chorleiter stehend, der streng auf sie einredete und dazu die Stirn runzelte und mit dem Finger wackelte. Was immer sie getan hatte, es schien ihm sehr missfallen zu haben. Ich hörte jedoch keine Einzelheiten, denn kaum hatte ich mich so weit genähert, dass ich ihn hätte verstehen können, da verstummte er plötzlich. Er wandte sich ab und marschierte davon, vielleicht auf der Suche nach einer anderen bedauernswerten Sopranistin, die er ausschelten konnte. All dies spielte sich in dem Bereich hinter der Bühne ab, den man durch die Tür erreichte, durch die sowohl der Chor als auch die Orchestermusiker abgegangen waren. Annie wollte nur wissen, ob wir nun endlich in die Bow Street zurückkehren könnten, und nachdem ich ihr versichert hatte, dass es bald so weit sein würde, packte sie ihre Notenblätter zusammen und schloss sich mir an.

Wir mussten nicht mehr lange warten. Sir John fanden wir bei den Übrigen am Tisch – seine Befragung des Wirtes konnte nicht lange gedauert haben –, und alle zusammen brachen wir auf. Wir waren unter den Letzten, die den Schauplatz dieses unglücklichen Vorfalls verließen. Sir John lehnte es ab, darüber zu sprechen, mit der Begründung, er wolle auf dem Nachhauseweg ein wenig darüber nachdenken. »Wenn Sie, meine Herren«, sagte er auf dem Gehsteig vor dem Crown and Anchor, »uns jedoch begleiten möchten, würde ich nur zu gerne von Ihren Bemerkungen und Beobachtungen in dieser Angelegenheit erfahren. Vielleicht können wir uns dazu in der Bow Street Nummer vier versammeln.«

Sie waren in der Tat gerne mitgekommen, und wenn sie es auch kaum erwarten konnten, miteinander über den Todesfall zu sprechen, so waren uns die Herren Donnelly, Goldsmith und Humber doch in solchem Abstand gefolgt, dass sie Sir John nicht sonderlich gestört haben konnten. Bei unserer Ankunft in der Bow Street waren Lady Fielding und Annie die Treppe zu unseren Wohnräumen hinaufgegangen, während ich auf Sir Johns Anordnung vorausgeeilt war, um in seinem Amtszimmer

Kerzen anzuzünden und auch sonst alles für seine Gäste vorzubereiten.

So war es hell genug im Zimmer, als sie eintraten, und auf Sir Johns Schreibtisch stand eine Flasche guten Weinbrands, die ich aus der untersten Schublade hervorgeholt hatte; dazu vier Gläser, gründlich abgewischt und in Reih und Glied aufgestellt.

»Oho«, krähte Mr. Goldsmith begeistert. »Was haben wir denn da? Ist das spanischer Fundador oder französischer Cognac?«

»Sein Ursprungsland kenne ich nicht«, erwiderte Sir John, »ich weiß nur, dass er angenehm im Geschmack ist und den Magen tüchtig wärmt.«

»Ausgezeichnet«, meinte Mr. Humber.

Ich füllte Gläser für alle außer mir selbst und reichte sie herum. Die Herren nahmen die im Zimmer umherstehenden Stühle und zogen sie dicht an Sir Johns Schreibtisch heran. Ich war nicht aufgefordert worden, mich zu entfernen, und so suchte ich mir ebenfalls einen Sitzplatz.

»Sir John?«

»Ja, Mr. Goldsmith?«

»Ihr Interesse an der Sache lässt auf einen Verdacht Ihrerseits schließen, Lord Laningham sei keines natürlichen Todes gestorben.«

»Ach … nicht notwendigerweise. Laut Jeremys Beschreibung herrschte auf der Bühne nach Laninghams Zusammenbruch ein großes Durcheinander. Ich hielt es für angebracht, zumindest die Bühne zu räumen, damit Mr. Donnelly sich um den armen Mann kümmern konnte. Nach Jeremys Paukensolo ist mir das schließlich auch gelungen.«

»Und dafür bin ich Ihnen beiden sehr dankbar«, sagte Mr. Donnelly.

»Andererseits«, fuhr Sir John fort, »kann auf Grund der Ereignisse, die seinem Zusammenbruch vorangingen, die Möglichkeit eines unnatürlichen Todes nicht ausgeschlossen werden.«

»Aber warum denn?«, fragte Mr. Goldsmith, stets der Zweifler.

»Ja, warum?«, echote Mr. Humber. »Lord Laningham war gewiss reif zum Sterben – fünfundsiebzig Jahre alt, soviel ich weiß. Er hatte ein schwaches Herz und meines Wissens bereits mindestens einen Schlaganfall hinter sich.«

»Du scheinst sehr gut über seinen früheren Gesundheitszustand informiert zu sein«, meinte Sir John.

»Das liegt daran, Jack«, entgegnete Mr. Humber, »dass ich mich bereits im vergangenen Jahr einmal kritisch über Lord Laninghams Verhalten während der Konzerte geäußert habe, worauf mir ein Medikus, der zufällig mit am Tisch saß, all dies mitteilte. Seiner Meinung nach suchte Lord Laningham mit all seinem törichten Gehopse nur zu beweisen, dass er trotz seiner Jahre noch gesund und rüstig sei.«

»Da hören Sie es, Sir«, sagte Mr. Goldsmith. »All das scheint sehr wohl verbürgt zu sein. Wie kommt es, dass Sie trotz alledem noch einen Verdacht hegen – selbst wenn es nur ein leichter ist?«

»Nun, zunächst einmal muss ich Ihnen, Mr. Goldsmith – und auch dir, Alfred –, entgegnen, dass ich als Richter sowohl das Recht als auch die Pflicht habe, jegliche Art von Verdacht zu hegen. Es ist wahr, dass ich oft einer bestimmten Konstellation von Tatsachen eine obskure Deutung beilege – doch es trifft auch zu, dass sich eine solche Betrachtungsweise in der Mehrzahl der Fälle als berechtigt herausstellt. Wenn ich einen Anflug von Zweifel verspüre – der eher ein Gefühl als ein Gedanke ist –, dann gibt es gewöhnlich einen guten Grund dafür. Ich habe mit der Zeit gelernt, meinen Zweifeln zu vertrauen.«

»Aber zu diesem Zeitpunkt«, sagte Mr. Goldsmith, »haben Sie lediglich Vermutungen … Zweifel? Ohne dass es einen guten Grund dafür gäbe?«

»Nun, betrachten wir doch einmal die Abfolge der Ereignisse, einverstanden? So weit ich informiert bin, sprang Lord Laningham förmlich auf die Bühne, nachdem der Wirt ihn angekündigt hatte. Er tollte eine gute halbe Stunde lang dort oben umher, bis eine Pause eintrat, während welcher der Chor die Bühne einnahm, um die Cäcilienode zu singen. Als er dessen gewahr wurde, setzte er sich auf einen Stuhl, um sich auszuruhen, und da er Durst bekommen hatte, winkte er einen Kellner herbei und schickte ihn los, ihm eine Flasche Wein zu bringen. Nun, wir können zum gegenwärtigen Zeitpunkt nicht sicher sein, wo diese Flasche herkam, denn ich hatte noch keine Gelegenheit, mit dem Kellner zu sprechen. Der Wirt aber teilte mir unaufgefordert mit, er sei sich nahezu sicher, dass die Flasche von Lord Laninghams eigenem Tisch genommen worden sei. Der Lord habe nämlich die Angewohnheit gehabt, an Konzertsonntagen Weine aus seinem privaten Vorrat ins Crown and Anchor mitzubringen. Der Wirt hat versprochen, die Kellner zu befragen, um herauszufinden, welcher von ihnen den Wein brachte, und den Burschen dann zu uns zu schicken. Warum dies von solcher Bedeutung ist? Weil Lord Laningham gierig aus jener Weinflasche getrunken hat und erst *danach* Anzeichen des Unwohlseins zu zeigen begann.«

»Aber«, wandte Mr. Goldsmith ein, »diese Anzeichen traten keineswegs sofort auf. Es verging fast eine halbe Stunde bis zu dem Schauspiel seines Zusammenbruchs auf offener Bühne.«

»Oh, tatsächlich? Ich hatte angenommen, dass es nicht annähernd so lange dauerte«, sagte Sir John. »Alfred, wie viel Zeit verstrich deiner Schätzung nach zwischen dem ersten Schluck, den der Lord aus der Flasche nahm, und dem Moment, als er zu Boden stürzte und sich übergab?«

Mr. Humber überlegte. »Eher eine halbe Stunde, würde ich sagen, vielleicht auch weniger.« Dann, nachdem er noch einen Augenblick über die Sache nachgedacht hatte, fügte er hinzu: »Wir könnten von dem Chorleiter oder dem Kapellmeister in Erfahrung bringen, wie weit sie genau in ihrem Stück fortgeschritten waren. Das könnte uns helfen, eine genauere Schätzung anzustellen.«

»Du hast Recht«, pflichtete Sir John bei. »Sollte es sich herausstellen, dass dieser Punkt von entscheidender Wichtigkeit ist, werden wir uns vielleicht an diese beiden wenden. Aber lassen wir es zunächst dabei, dass er dieses, wie Jeremy es beschreibt, ›eigenartige‹ Verhalten erst an den Tag zu legen begann, nachdem er von dem Wein getrunken hatte – indem er nämlich ein wenig ziellos umherwanderte, seinen Stab hinter sich herschleifte und über die Bühne taumelte, bevor er schließlich zu seinem Stuhl zurückkehrte, wo er dann zusammenbrach.«

»Ja, ich glaube mich an diese frühen Anzeichen zu erinnern, dass mit ihm etwas nicht stimmte«, sagte Mr. Humber. »Du willst also sagen, Jack, dass er zumindest eine gewisse Wirkung zeigte, kurz nachdem er aus dieser Flasche getrunken hatte? Nun, es war in der Tat nicht zu übersehen, dass er nach dem Trinken weniger lebhaft war als zuvor.«

Es schien, als wenn Mr. Humber, der zunächst gezweifelt hatte, sich Sir Johns Auffassung in dieser Angelegenheit annäherte. Mr. Goldsmith jedoch leistete weiterhin entschlossen Widerstand.

»Der Wein! Der Wein!«, polterte er. »Ich hoffe, Sie werden mir verzeihen, Sir John, aber – bei allem Respekt – Ihre Argumentation ist nicht zureichend. Sie beruht auf einem logischen Trugschluss…« Hier reckte Mr. Goldsmith den Zeigefinger in die Luft und zitierte: *»Post hoc, ergo propter hoc.«*

»Meine Lateinkenntnisse sind bescheiden«, sagte Sir John, »doch sie reichen wohl aus, um Ihr Zitat zu übersetzen. Es bedeutet in etwa: ›Nachher, folglich deswegen‹. Ist das korrekt?«

»In der Tat. Sie scheinen zu glauben…«

»Oh, ich verstehe sehr wohl, was Sie meinen«, fiel ihm Sir John ziemlich schroff ins Wort. »Sie unterstellen, dass ich argumentiere, der Wein, den er getrunken habe, sei der Grund für seinen Tod. Ich tue nichts dergleichen! Ich stelle keinerlei Behauptungen auf, ob irrig oder logisch durchdacht. Ich suche lediglich meine Zweifel zu erklären. Ich gestehe allerdings ein, Mr. Goldsmith, dass es gewiss nicht ausreichend wäre, wenn sich meine Zweifel lediglich auf das Auftauchen dieser Flasche Wein gründeten.«

Im Glauben, in der Auseinandersetzung den Sieg davongetragen zu haben, plusterte sich Mr. Goldsmith ein wenig auf und lächelte in einer Weise, die nur als selbstzufrieden bezeichnet werden konnte. »Sehr freundlich von Ihnen, das einzugestehen, Sir John«, meinte er.

»Und doch«, fuhr der Richter fort, »betrachten wir das Auftauchen jener Flasche im Zusammenhang mit ihrem plötzlichen und vollständigen *Verschwinden* während der Zeit, da der Lord darniederlag und sich alles um ihn drängte, dann – *dann*, so sage ich, gibt es eine hinreichende Grundlage für Zweifel.«

»Ich bitte dich, Jack«, warf Mr. Humber ein. »Du sprichst von ›Verschwinden‹? Ist das nicht ein zu starkes, ein zu dramatisches Wort? Sagen wir lieber, die Flasche war hinterher nicht mehr zu sehen.«

»Es wurde aber nach ihr gesucht. Jeremy – ich nehme an, du bist noch hier –, hast du sie nicht gesucht?«

»Das habe ich, Sir, jawohl«, antwortete ich. »Zehn Minuten lang habe ich die Bühne Zoll für Zoll abgesucht.«

»Aber, du lieber Gott«, rief Mr. Goldsmith einigermaßen ungehalten, »es müssen annähernd hundert Menschen dort oben gewesen sein – Musiker, Sänger, Lord Laninghams Familie, Bedienstete des Crown and Anchor, dazu die ... die bloß Neugierigen – alles hat sich dort zusammengedrängt. Es ist durchaus möglich, dass ein Kellner die Flasche aufhob, nachdem er gesehen hatte, wie sie über den Boden gerollt und dabei ausgelaufen war, um sie anschließend einfach wegzuwerfen. Das wäre die logischste Erklärung für das, was Sie als ihr Verschwinden bezeichnen.«

Sir John schwieg ein Weilchen, dann sagte er: »Trotzdem werde ich an meinem Zweifel festhalten. Aber, Mr. Donnelly?«

»Ja, Sir John?« Der Arzt antwortete fast widerstrebend. Er saß etwas abseits von den anderen und hatte die Debatte mit abwesender Miene verfolgt, so als sei er mit seinen Gedanken woanders.

»Von Ihnen haben wir noch nichts gehört. Ich hatte gehofft, Sie könnten uns ein wenig über die Art von Lord Laninghams Tod aufklären und vielleicht ein paar Fakten beisteuern. Zum Beispiel – wenn Sie so freundlich wären, meinem nagenden Zweifel in diesem Punkt mit Nachsicht zu begegnen – wie lange, nachdem er aus dieser Weinflasche getrunken hatte, trat der Tod ein?«

»Ungefähr nach einer Stunde, schätze ich.«

»Könnten Sie uns beschreiben, auf welche Weise er starb – seine Symptome, wenn Sie so wollen?«

»Nun, das Erbrechen haben Sie natürlich bemerkt.«

»Allerdings«, rief Mr. Humber. »Ob es uns gefiel oder nicht, *das* haben wir alle gesehen!«

»Alfred, bitte, lass Mr. Donnelly fortfahren.«

Und dieser fuhr fort: »Wie Jeremy hatte ich die frühen Anzeichen bemerkt – offensichtlich Schwindelgefühle und Unwohlsein –, schrieb sie aber seinem angetrunkenen Zustand zu. Nachdem er zusammengebrochen war und sich übergeben hatte – es war im Übrigen tatsächlich ein Zusammenbruch, denn er schien danach fast jede Gewalt über sich verloren zu haben –, nach seinem Zusammenbruch jedenfalls drehte ich ihn um und lockerte seinen Kragen, um ihm das Atmen zu erleichtern, das ihm offensichtlich Mühe bereitete. Einige Minuten lang lag er so da, zwar bei Bewusstsein, aber völlig entkräftet. Seine Frau kam hinzu und versuchte mit ihm zu sprechen, doch er war nicht in der Lage, zu antworten. Ob er verstand, was sie sagte – Worte der Zärtlichkeit und der Ermutigung waren es –, weiß ich wirklich nicht. Er verfiel in Zuckungen und anschließend in ein Koma, aus welchem er nicht wieder erweckt werden konnte. Ich schätze, dass dieses letzte Stadium nahezu zehn Minuten andauerte. Sein Puls wurde schwächer, und schließlich blieb sein Herz ganz stehen.«

»Danke sehr, Mr. Donnelly«, sagte Sir John. »Diese ungeschönte Schilderung war, wie ich finde, von der hohen Qualität, die wir von Ihnen gewohnt sind – präzise, anschaulich und nüchtern. Nun muss ich Sie erneut bitten, meine Neugier in dieser Angelegenheit zu befriedigen: Kennen Sie irgendein Gift – um das Wort endlich einmal auszusprechen –, das einen Tod wie den von Ihnen beschriebenen auslösen könnte?«

»Nein, Sir John, keines.«

»Na bitte, da haben Sie es!«, tönte Mr. Goldsmith. »Er kennt *keines*!«

»Aber«, fuhr Mr. Donnelly fort, indem er die Stimme erhob und sich über den Einwurf hinwegsetzte, »ich muss klarstellen, dass ich so gut wie nichts von Giften verstehe. In meiner Laufbahn als Schiffsarzt in der Königlichen Marine spielten sie keine Rolle. Was meine erfolglose Tätigkeit in Lancashire betrifft – wer weiß? Vielleicht waren einige der Todesfälle, die ich als natürlich ansah, durch Bilsenkraut oder Fingerhut beschleunigt worden. Jedenfalls hatte ich keine Ursache, Verdacht zu schöpfen.«

»Ich verstehe vollkommen«, sagte Sir John. »Aber besitzen Sie nicht vielleicht Bücher, die geeignet wären, etwas Licht in die Angelegenheit zu bringen?«

»Ja, allerdings, und ich habe vor, sie heute Abend zu konsultieren, um dieser Möglichkeit, diesem ›Zweifel‹, den Sie geäußert haben, nachzugehen. Um die Wahrheit zu sagen, ich war keineswegs zufrieden mit der Erklärung, die ich Lady Laningham für den Tod ihres Gatten lieferte. Ich sagte ihr, er sei an Kreislaufversagen gestorben, weil sein Herz aufhörte zu schlagen. Was natürlich letzten Endes immer die unmittelbare Todesursache ist.«

»Würden Sie es wagen, eine Vermutung hinsichtlich der mittelbaren Todesursache zu äußern?«

»Das würde ich nur sehr ungern tun. Es schien sich um eine gastritische Störung von erschreckender Heftigkeit zu handeln. Was eine solche Störung auslösen könnte, ist mir ein Rätsel. Abgesehen von den weiteren Nachforschungen, die ich erwähnte, und abgesehen von einer Autopsie von Lord Laninghams Leiche dürfte es keine Möglichkeit geben…« Mr. Donnelly hielt inne und runzelte die Stirn. Sein Blick drückte Frustration aus.

»Was haben Sie, Sir? Ihnen ist doch ein Gedanke gekommen.«

»Mir ist tatsächlich ein Gedanke gekommen – doch er ist inzwischen vollkommen nutzlos für uns. Ich dachte mir, hätten wir das von Lord Laningham Erbrochene nur aufgehoben und es einem fähigen Chemiker zur Analyse vorgelegt, dann hätte er uns vielleicht sagen können, ob es irgendeine fremde Substanz enthielt, die eine derart heftige Reaktion hätte auslösen können. Aber Sie, Sir John, haben dem Wirt gestattet, die Bühne zu säubern, nachdem die Leiche entfernt worden war.«

»Ach ja, das stimmt. Es schien mir nur recht und billig.«

»Als wir gingen, sah ich zufällig einen seiner Bediensteten mit Putzlappen und Eimer anrücken, um die Schweinerei aufzuwischen.«

»Nun, vielleicht das nächste Mal – obgleich ich hoffe, dass es kein nächstes Mal geben wird.«

Während dieser Unterhaltung zwischen Sir John Fielding und Mr. Gabriel Donnelly hatten die beiden anderen Herren geschwiegen, doch in ihrer Haltung unterschieden sie sich deutlich voneinander. Mr. Humber war ganz offensichtlich fasziniert von allem, was gesagt wurde. Mr. Goldsmith dagegen schien es lediglich über sich ergehen zu lassen, da er sich durch seine Freundschaft mit Mr. Donnelly und seinen Respekt vor Sir John genötigt sah, beide ausreden zu lassen. Als nach dem Ende des Gesprächs für eine Weile Schweigen eintrat, überraschte es mich durchaus nicht, dass Mr. Goldsmith derjenige war, welcher es brach.

»Ich habe nur noch einen Einwand vorzubringen, wenn es gestattet ist.«

»Nur zu«, erwiderte Sir John, indem er gleichgültig mit der Hand wedelte.

»Es ist nur dies – ein schlichter Appell an Ihre Vernunft. Hätte man die Absicht, jemanden zu vergiften, dann würde man *nicht* einen so öffentlichen Rahmen wie diese Sonntagskonzerte wählen. Und dann auch noch oben auf der Bühne? Vor Hunderten von Zuschauern? Das ergibt keinen Sinn, Sir.«

»Ja, ja«, meldete sich Mr. Humber zu Wort, der sich wieder hatte umstimmen lassen. »Mr. Goldsmith hat dieses Argument auf dem Weg vom Crown and Anchor hierher bereits vorgebracht. Es scheint mir sehr überzeugend.«

»Ach, aber ist es das wirklich?«, fragte Sir John. »Was war es denn, was diese Hunderte sahen? Einen Greis von fünfundsiebzig Jahren, der wahrscheinlich zu viel gegessen und mit Sicherheit zu viel getrunken hatte und dort vor ihren Augen herumhüpfte, wie es sich für einen Mann seines Alters nicht gehörte; der den Narren spielte, wie er es früher schon häufig getan hatte, und der sich zu viel zumutete. Viele der Anwesenden wussten, dass er nicht gesund war. Sein Zusammenbruch dürfte niemanden allzu sehr überrascht haben. Es kann sein, dass einige sogar ein solches Unheil vorausgesehen hatten und nur deshalb gekommen waren, weil sie damit rechneten, dass es eines Tages dazu kommen würde, und weil sie dabei sein wollten, wenn es so weit war.« Er schüttelte seinen mächtigen Kopf und leerte sein Weinbrandglas in einem Zug. »Nein, ich weise Mr. Goldsmiths letztes Argument noch entschiedener zurück als seine anderen Punkte. Im Gegenteil, ich bin davon überzeugt, dass jemand, der einen anderen zu vergiften beabsichtigte – gesetzt, das Opfer wäre Lord Laningham –, genau eine solche Zeit und einen solchen Ort wählen würde wie die Bühne des Crown and Anchor während eines Sonntagskonzerts.«

Als wir über die Hintertreppe zur Küche hinaufgingen, drangen uns die Stimmen von Annie und Lady Fielding in einer Lautstärke entgegen, die einen Streit vermuten ließ. Wenn sich auch bald herausstellte, dass dem nicht so war, so waren sie doch zweifellos unterschiedlicher Meinung.

»Aber Annie, du musst es tun!« Lady Fieldings Stimme tönte voller Nachdruck, als wir am Treppenabsatz anlangten. »Es ist eine große Ehre, erwählt zu werden.«

Ich öffnete soeben die Tür, gefolgt von Sir John, als Annie, die mit dem Rücken zu uns stand, heftig zurückgab: »M'lady, genau das hat mir auch Mr. Wills, der Chorleiter, gesagt. Aber wie kann es eine Ehre sein, wenn es nur in Schmach und Schande für mich enden kann?«

Wir traten in die Küche, und die beiden Frauen verstummten für einen Augenblick – aber nur für einen Augenblick, denn beide wandten sich zu uns um, bereit, uns ihre jeweiligen Standpunkte vorzutragen. Sir John stand verdutzt da und schien sich für den Angriff zu wappnen.

»Jack«, sagte Lady Fielding, »du musst mit diesem Mädchen reden und es zur Vernunft bringen.«

»Vernunft, wie? Die ist offenbar neuerdings sehr gefragt. Verzeih mir diese Bemerkung, Kate. Ich komme gerade von einer Diskussion, in der sehr häufig an die Vernunft appelliert wurde. Mein Kontrahent scheint zu glauben, dass ich vollkommen frei davon bin. Aber genug davon. Was gibt es denn?«

»Annie ist vom Chorleiter eigens eingeladen worden, dem Händelchor beizutreten. Die anderen beiden Freiwilligen wurden nach der so tragisch unterbrochenen Aufführung mit Dank entlassen. Aber unser Mädchen Annie wurde gebeten, ein festes Chormitglied zu werden. Er hat sich sehr schmeichelnd über ihre Stimme geäußert – das gibt sie zu – und sie als wahrhaft herausragend bezeichnet. Und weißt du, was sie geantwortet hat? Sie hat ihm gesagt, sie sei bei uns als Köchin angestellt und habe keine Zeit für derartige Dinge.«

»Nun... hat sie denn Zeit dafür? Mit anderen Worten, wir sind doch für unsere Mahlzeiten auf sie angewiesen, oder etwa nicht?«

»Natürlich sind wir das. Aber anscheinend hat sie ihm das auf eine Art und Weise gesagt, die ihn beleidigte – nicht zu sehr, hoffe ich –, indem sie andeutete, die Musik sei von geringerer Bedeutung im Vergleich mit ihren täglichen Pflichten.«

»Nun, das finde ich äußerst bewundernswert. Bravo, Annie, mein gutes, treues Mädchen!«

»Aber nein, Jack! Sie hat Talent. Und es ist erkannt worden. Sie sollte die Gelegenheit bekommen, es zu entwickeln. Ich habe angeboten, sie an Konzertsonntagen hier in der Küche zu vertreten. Es gibt auch Proben, die allerdings finden tagsüber statt.«

»Nun, ich verstehe, was du meinst, Kate. Nur an Sonntagen, wie?«

»Und nicht an *jedem* Sonntag – nur an Konzertsonntagen während der Saison. Im Grunde haben wir ja ihre Gefügigkeit ausgenutzt, seit sie bei uns ist. In vielen Haushalten hat die Köchin sonntags frei, oder man gestattet ihr, das Essen früher zu bereiten, damit sie den Rest des Tages für sich hat.«

»Ja, ja, ich verstehe. Hmmm.« Sir John rieb sich nachdenklich das Kinn und nickte. »Diese Entscheidung muss allerdings Annie überlassen bleiben. Wir können sie nicht zwingen, sonntags Händel singen zu gehen, nur weil wir glauben, sie sollte das tun. Vielleicht hat sie dem Chorleiter gar nicht deswegen diesen Grund angegeben, weil sie uns besser dienen wollte. Vielleicht war das nur eine Ausrede, hinter der sich ein anderer, persönlicherer Grund verbirgt.« Dann wandte er sich in ihre Richtung. »Annie, sag mir doch, habe ich nicht, als ich soeben hier eintrat, etwas von ›Schmach und Schande‹ gehört? Ich glaube, du sagtest: ›Wie kann es eine Ehre für mich sein, wenn es mir nur Schmach und Schande bringen wird?‹ – oder etwas in der Art. Hast du das gesagt?«

»Ja, Sir John.«

»Was hast du damit gemeint? Wie könnte dir das Schande bringen?«

»Sie kann keine Noten lesen«, warf Lady Fielding ein.

»Nein, das kann ich wirklich nicht. Als sie mir die Notenblätter in die Hand gedrückt haben, sahen all die Noten für mich bloß wie Fliegendreck aus. Eine der Damen hat mir meinen Part vorgesungen, und ich habe es auch gut hinbekommen, so weit sie es mir vormachen konnte – ich habe ein gutes Ohr für Melodien –, aber wir mussten schon bald auf die Bühne, und da hatte sie mir erst einen Teil vorsingen können. Weiter konnte ich nicht. Mr. Wills hat gesagt, er hätte genau gemerkt, wo ich ausgesetzt hätte, denn von der Stelle an wäre der Sopran ganz flach und tot gewesen. Das war als Kompliment gemeint, aber in Wirklichkeit habe ich mich so geschämt, weil ich nur den Mund auf- und zumachen konnte und so tun, als würde ich mit den anderen singen.«

»Ich verstehe. Nun, bei einer regulären Probe könnte man dir doch beibringen, auch den Rest zu singen.«

»Vielleicht«, erwiderte sie, »aber es ist ein langes Stück mit ganz vielen Melodien. Und dann gibt es da noch etwas anderes, was mich noch mehr beschämt.«

»Und was ist das?«

Ihre Unterlippe zitterte, sie schniefte ein wenig, aber dann gab sie sich einen Ruck: »Selbst als ich noch mitgesungen habe, konnte ich nur *ah-ah-ah* machen, weil ich die Worte auf dem Papier nicht lesen konnte. Manche konnte ich erkennen, weil Jeremy ein bisschen mit mir gearbeitet hat, aber ich fürchte, ich bin keine gute Schülerin.«

»Sie *ist* eine gute Schülerin«, platzte ich heraus, von Schuldgefühlen gepackt. »Es liegt an mir; ich bin kein guter Lehrer. Mir fehlt die Geduld.«

»Das geht mir auch oft so«, sagte Sir John. Dann begann er wieder sein Kinn zu reiben, während er über die Angelegenheit nachdachte. »Du willst also lesen lernen, ja?«

»Mehr als alles andere, Sir. Ich komme mir so dumm vor in diesem Haus, weil ich keine Buchstaben kenne.«

Da kam mir eine Idee – eine, die mir schon Monate zuvor hätte kommen sollen. »Sir John«, sagte ich, »es gibt da einen Mr. Burnham, der als Lehrer von Jimmie Bunkins wahre Wunder vollbracht hat. In wenigen Monaten hat er Bunkins beigebracht, aus dem *Public Advertiser* vorzulesen, und jetzt hat er ihn sogar auf den *Robinson Crusoe* angesetzt. Vor ihm hat es kein Lehrer geschafft, Bunkins auch nur die Grundlagen des Lesens und Schreibens nahe zu bringen.«

»Tatsächlich?«, meinte er. »Dann könntest du vielleicht einmal bei diesem Mr. Burnham anfragen. Wenn er bereit wäre, noch eine Schülerin aufzunehmen, wäre ich meinerseits bereit, für ihr Schulgeld aufzukommen – in gewissen Grenzen, versteht sich.«

»Oh, Sir John«, rief Annie, »dann wäre ich die glücklichste Köchin in ganz London!«

»Und würdest du dann auch die Einladung, im Händelchor zu singen, annehmen?«

»O ja, ganz bestimmt. Wenn ich nur erst die Worte lesen könnte, würde ich mit dem größten Vergnügen mitsingen.«

»Also gut dann. Jeremy«, sagte Sir John. »Geh morgen zu Mr. Bilbos Haus und erkundige dich nach diesem Burnham.«

Der nächste Tag begann wie viele andere. Ich wachte um sechs Uhr auf, vielleicht auch etwas früher, und zog mich rasch an, um mich vor der feuchten Winterkälte zu schützen. Anschließend ging ich hinunter, um das Feuer in der Küche zu entfachen, wie es meine allmorgendliche Pflicht war. Annie erschien, rieb sich die Arme und vollführte einen Tanz auf dem Küchenboden, um das Blut zum Fließen zu bringen, und machte sich dann an die Arbeit. Während sie das Wasser aufsetzte, den Tee bereitete und die Speckseite herunterholte, um davon Streifen für unser Frühstück abzuschneiden, ließ sie ihrer Begeisterung über die Aussicht, bei einem richtigen Lehrer lesen zu lernen, freien Lauf.

»Es ist ja nicht so, als wüsste ich nicht zu schätzen, was du für mich getan hast, Jeremy, alter Freund, wie du auf die Wörter gezeigt und sie mir vorgesagt hast.«

»Aber trotzdem habe ich dich sitzen lassen, als ich die *Institutionen des englischen Rechts* in die Hände bekam. Da hatte ich nur noch Zeit für das, was *ich* tun wollte.«

»Das war dein gutes Recht. Jeder hat seine eigenen Ziele. Außerdem war ich danach ständig hinter dir her, um dich nach diesem oder jenem Wort zu fragen. Ich weiß, dass ich ein Plagegeist war.« Dann zögerte sie einen Moment und warf mir einen höchst fragenden Blick zu: »O Jeremy, glaubst du, Mr. Burnham wird mich nehmen?«

»Nun, das hoffe ich.« Dann, nachdem ich etwas mehr darüber nachgedacht hatte, sagte ich: »Ja. Ja, ich glaube, das wird er.«

Etwa um diese Zeit kam Lady Fielding herunter, wie üblich zur Frühstückszeit mit Pantoffeln, Nachthemd und einem warmen Morgenmantel bekleidet. Sie kauerte sich auf einem Stuhl nahe dem Feuer zusammen und wärmte sich die Hände. Sie war früh auf den Beinen; gewöhnlich kam Sir John vor ihr herunter, fertig angekleidet für den Tag. Ich wunderte mich über sein Ausbleiben. Lady Fielding ließ sich von Annie eine Tasse starken Tee geben, bedankte sich und erklärte, Sir John sei von Constable Benjamin Bailey in irgendeiner Angelegenheit nach unten gerufen worden, habe aber versprochen, zum Frühstück zurückzukommen.

»Ist er ausgegangen?«, fragte ich. Fast immer wurde ich aufgefordert, ihm bei solchen Exkursionen zu assistieren.

»Ich glaube nicht«, erwiderte sie. »Er ist nicht zurückgekommen, um seinen Mantel zu holen, und den würde er an einem Morgen wie diesem gewiss brauchen.«

Und so schnitt ich mir ein großes Stück Brot ab, bestrich es mit Butter und nahm es mit, da ich befürchtete, dass dies mein einziges Frühstück bleiben würde. Ich sagte, ich würde ihn zum Frühstück rufen und dabei herausfinden, worum es sich handelte. Wenn sich an diesem Morgen etwas Aufregendes ereignen sollte, wollte ich dabei nicht fehlen.

Als ich die Treppe herunterkam, herrschte im Untergeschoss bereits rege Geschäftigkeit. Ich sah mich um und gewann den Eindruck, dass dort fast die Hälfte der rotberockten Truppe von Bow Street Runners auf den Beinen waren. Sie hatten sich paarweise aufgestellt, alle mit Pistolen und Säbel bewaffnet, und nahmen Instruktionen von ihrem Kommandanten Constable Benjamin Bailey entgegen. Nachdem sie ihren Auftrag erhalten hatten, machten sie sich Paar für Paar auf den Weg nach draußen. Nahe bei Constable Bailey, jedoch ein oder zwei Schritte weiter hinten, stand Sir John, der Richter am Bow Street Court und Oberbefehlshaber der Runners. Von Zeit zu Zeit rief er seinen aufbrechenden Soldaten ein paar ermunternde Worte zu. Ich stand in einigem Abstand und kaute an meinem Brotkanten, während diese Aktion durchgeführt wurde. Ich wollte keinesfalls stören, da ich den deutlichen Eindruck hatte, dass es sich um einen Notfall handelte. Sobald die letzten beiden Runners aufgebrochen waren, trat ich vor. Wie ich bemerkte, war Mr. Bailey ebenfalls im Begriff zu gehen.

»Wir dürften alle Stellen abgedeckt haben, an denen sich einer wie dieser Slade verkriechen könnte«, sagte er zu Sir John. »In einer Stunde haben wir ihn in der Arrestzelle, wenn ich mich nicht sehr irre.«

»Das hoffe ich inständig«, erwiderte der Richter. »Wir dürfen nicht zulassen, dass ein Angriff auf einen Vertreter des Gesetzes ungestraft bleibt. Sagen Sie den Männern heute Abend, wie dankbar ich ihnen bin, dass sie für diese Suche ihren Dienst ausgedehnt haben.«

»Das ist doch selbstverständlich, Sir. Cowley mag vielleicht nicht unser Bester sein, aber er ist doch einer von uns.« Dann sah Mr. Bailey sich um, als wolle er abschätzen, ob die Lage es zuließe, dass er sich nunmehr verabschiedete, und dabei fiel sein Blick auf mich. Er nickte mir mit ernster Miene zu. »Hallo, Jeremy«, sagte er. »Was bringst du uns für Neuigkeiten?«

»Neuigkeiten vom Frühstück«, antwortete ich, vielleicht eine Spur zu schnoddrig. »Man schickt mich, Sir John zum Essen zu bitten, wenn es ihm genehm ist.«

»Also gut dann«, sagte Mr. Bailey und wandte sich zum Gehen. »Ich mache mich jetzt auf den Weg.«

»Viel Glück, Sir«, rief Sir John ihm nach. Und dann zu mir:

»Essen, hast du gesagt? Nun, mir bleibt wohl nichts anderes übrig, denn hier gibt es für mich kaum noch etwas zu tun.«

»Was ist geschehen?«, fragte ich.

Er seufzte. »Gestern Abend zu später Stunde kam Constable Cowley hinzu, als gerade ein Raubüberfall verübt wurde. Er erwischte den Räuber sozusagen auf frischer Tat und überwältigte ihn auch sogleich mit seinem Knüppel, worauf er ihm das Messer abnahm, mit dem er sein Opfer bedroht hatte. Doch als Cowley sich bückte, um ihn zu durchsuchen, zog der Bursche einen Dolch aus dem Ärmel und stach den armen Constable in den Oberschenkel. Er fügte ihm eine Fleischwunde zu, und obwohl der Stich keinen großen Schaden anrichtete und auch nicht das Blut hervorspritzen ließ, reichte die Verletzung aus, um ihn an der Verfolgung des Täters zu hindern, denn der Schurke nahm sofort die Beine in die Hand, nachdem er den Constable verletzt hatte. Das Opfer des Raubüberfalls blieb zurück und half Cowley, Mr. Donnellys Sprechzimmer zu erreichen, zu dem es Gott sei Dank nicht sehr weit war. Es geht ihm nicht allzu schlecht, und er ist dort geblieben, um sich zu erholen.«

»Aber ich nehme doch an, die Identität dessen, der ihn verletzt hat, ist bekannt?«

»Ja, Cowley kennt ihn, denn er hatte ihn schon zweimal zuvor wegen Trunkenheit und Raubes festgenommen. Jonah Slade heißt unser Schurke. Ich kenne ihn ebenfalls, denn er ist bereits wegen beider Vergehen vor meinem Richterstuhl erschienen. Er konnte nicht wegen Raubes belangt werden, da seine mutmaßlichen Opfer sich weigerten, gegen ihn auszusagen – vermutlich, weil sie bedroht wurden. Viele der Runners sind ihm schon einmal über den Weg gelaufen. Mr. Bailey hat Recht, es sollte nicht zu schwer sein, ihn zu finden.«

»Könnte ich bei der Suche behilflich sein?«, fragte ich.

»Ich bezweifle, dass du viel ausrichten könntest, da du ihn nicht von Angesicht kennst und auch keine Spitzel hast, die dir ins Ohr flüstern, wo er sich versteckt hat.«

»Da haben Sie wohl Recht, Sir John.«

»Es gibt allerdings einen Dienst, den du mir erweisen könntest; ich bin sicher, er übersteigt nicht deine Fähigkeiten. Warst du gestern in meinem Gerichtssaal?«

»Allerdings, Sir.«

»Dann erinnerst du dich vielleicht an einen Burschen namens Thomas Roundtree, dem ich erlaubt habe, für eine weitere Nacht unter unserer Obhut zu bleiben, damit er sich das Geld für seine Strafe borgen kann, anstatt einen Monat im Fleet-Gefängnis abzusitzen.«

»Ich erinnere mich sehr wohl an ihn – groß und hager, unrasiert und ziemlich abgerissen.«

»Nun, da hast du einen Vorteil mir gegenüber, doch ich bin sicher, dass du ihn zutreffend beschrieben hast. Wie dem auch sei, ich hatte die Absicht, Mr. Perkins zu bitten, ihn zum Haus des Lordoberrichters zu bringen, wo er mit Zimmerarbeiten beschäftigt war. Mr. Perkins wohnt ganz in der Nähe, wie du weißt. Nun ist er aber auf der Jagd nach dem Räuber, wie auch alle anderen Constables bis auf Mr. Fuller, der sich um die Gefangenen kümmern muss.«

»Sie wünschen, dass ich ihn begleite?«

»Ja, wenn du nichts dagegen hast, dir diese Verantwortung aufzubürden. Du wärest dann offiziell ein Constable *pro tempore*. Wir werden dich mit einem Paar Pistolen ausstatten, wenngleich ich meine, dass wir bei dem Burschen auf Handschellen verzichten können. Er scheint doch recht gefügig zu sein. Also, fühlst du dich einer solchen Aufgabe gewachsen?«

»Durchaus, Sir«, antwortete ich, »und ich bin stolz, dass Sie mich gefragt haben.«

Nachdem er einmal die Bow Street Nummer vier hinter sich gelassen hatte, schien Thomas Roundtree in der Tat ein gefügiger, ja sogar liebenswürdiger Bursche zu sein. Kaum waren wir ein paar Schritte die Straße entlanggegangen, als er mich zum Lachen brachte, indem er plötzlich stehen blieb und sich überall zu kratzen begann. Die morgendlichen Passanten machten einen großen Bogen um ihn, weil sie ihn wohl für vollkommen blödsinnig hielten – oder, schlimmer noch, von einem fürchterlich juckenden Leiden befallen. Doch ihn kümmerte das wenig; er zog nur die komischsten Gesichter, während er dastand und sich unter seiner Plaidweste ausgiebig kratzte und rieb.

»Ihr habt ja eine regelrechte Flohzucht dort in eurer Arrestzelle«, sagte er. »Ich glaube, ich habe wohl hundert Stück aus eurer Herde mitgenommen.« Er kratzte sich erneut. »Aha! Das wäre dann Nummer hunderteins.«

Ich musste einfach lachen über den Burschen. Er war ein richtiger Hanswurst. Er hätte gut in Zettels Schauspielgruppe gepasst.

»Man kann mich nicht des Flohdiebstahls beschuldigen und mich schon gar nicht deswegen vor Gericht stellen, denn wie du selbst siehst, junger Herr, sind sie ganz aus freien Stücken mit mir gegangen.« Endlich ließ er von seiner Beschäftigung ab und ließ mit allen Anzeichen des Wohlbehagens seine schmalen Schultern kreisen. »Aaah!«, stieß er hervor.

Ich fasste ihn am Ellenbogen und trieb ihn zur Eile an. »Kommen Sie jetzt«, sagte ich. »Wir müssen los.«

»Ja, das müssen wir wohl, aber gib nur Acht, junger Herr. Wenn du mir zu nahe kommst, könnte es dir passieren, dass sie sich an dir gütlich tun.«

Ich ließ von seinem Arm ab, und kaum waren wir zusammen losmarschiert, da rieb ich mir schon voller Unbehagen das Handgelenk. Nach wenigen Schritten wandte er sich zu mir um und sagte: »Ich möchte dich etwas fragen.«

»Und was, bitte?«

»Wo gehen wir hin?«

»Nun, zum Bloomsbury Square«, erwiderte ich, »zum Haus des Lordoberrichters. Dort sind Sie doch beschäftigt, oder etwa nicht? Dort müssen Sie hin, um sich vom Zimmermeister Ihre zehn Shilling zu borgen, nicht wahr?«

»Das ist schon richtig«, sagte er, »aber ich gehe dorthin, um mein Tagwerk zu beginnen, und nicht bloß, um mir Geld zu borgen. Und um das tun zu können, brauche ich mein Werkzeug. Du hast ja deins dabei – einen Knüppel, den du den Leuten über den Schädel ziehen kannst, Pistolen, mit denen du auf mich schießen kannst, wenn ich versuche, dich zu würgen – was ich niemals tun würde, bei meiner Ehre. Ich brauche auch mein Handwerkszeug – Hammer, Säge, Axt, Bohrer und so fort –, denn ohne das kann ich nicht arbeiten.«

Er hatte es fertig gebracht, mich zum Stehen zu bringen, was seine Absicht gewesen war. Ich stieß einen tiefen Seufzer aus, um meinem Ärger Luft zu machen. »Und wo befindet sich Ihr Handwerkszeug?«, fragte ich.

»In der Stube, in der ich penne. Ich wollte nicht damit in der Gegend rumlaufen, weil ich dachte, irgendein Lausebengel würde es mir am Ende klauen und mich so um mein täglich Brot bringen. Nein, nein, ich bin vielleicht neu in London, aber so viel hab ich schon gelernt über das Leben auf euren Straßen.«

»Und wo ist diese Stube?«

»In der Half-Moon-Passage – das ist genau die andere Richtung.«

»Einverstanden«, sagte ich, indem ich auf der Stelle kehrtmachte, »sehen wir zu, dass wir so schnell wie möglich dorthin kommen, damit Sie das erledigen können. Sie mögen es vielleicht nicht glauben, aber ich habe mich noch um andere Angelegenheiten als die Ihren zu kümmern.«

Wir trabten los in Richtung Half-Moon-Passage. In dieser Gegend schien eine größere Schar von Fußgängern unterwegs zu sein. Roundtree kam auf seinen langen Beinen recht gut voran, ich dagegen war gezwungen, große Sätze zu machen, um mithalten zu können. Ich musste ihm dicht auf den Fersen bleiben, Flöhe hin oder her, denn sonst wäre ich kein Bewacher, sondern bloß ein Begleiter gewesen. Mir schien, wir würden schneller zum Ziel kommen, wenn wir die Abkürzung durch Covent Garden nähmen; und so stieß ich ihn kräftig an, als wir in die Russell Street kamen, und zeigte mit dem Kopf die Richtung an. Im Nu hatten wir das Gewimmel und Gedränge hinter uns gelassen.

»Na, das ist schon gleich viel besser, was?«, meinte er. »Ich musste meine Beine ganz schön strecken, um mit der Menge Schritt zu halten.«

»Und ich musste rennen, um mit Ihnen Schritt zu halten.«

»Ach, wirklich? Tut mir Leid, Kumpel, das ist mir gar nicht aufgefallen.«

Er verlangsamte sein Tempo, und gemächlich schlendernd kamen wir nach kurzer Zeit in Covent Garden an. Eine oder zwei Stunden später würde der Markt übervoll mit Käufern sein, doch zu jener Stunde trafen wir dort nur einige wenige an, die sich früh aufgemacht hatten, weil sie hofften, frisches, gerade vom Bauernhof eingetroffenes Gemüse vorzufinden. Wahrscheinlicher war es jedoch, dass man sie mit den Resten vom Vortag abspeisen würde. Die frische Ware wurde für den späten Andrang aufgehoben.

Wir kamen an einer Bäckerbude vorbei, wo ein Bäcker gerade damit beschäftigt war, Brotlaibe und Brötchen aus den Tiefen des Backofens hervorzuziehen. Der Duft des frisch gebackenen Brotes wehte zu uns herüber und brachte Thomas Roundtree so prompt und schlagartig zum Stehen, als sei er gegen eine Mauer geprallt.

»Was meinst du, junger Herr?«, sagte er, indem er die Hände in einer flehenden Geste vor der Brust verschränkte. »Ich hab heute Morgen noch nichts zu essen gekriegt. Du willst einen Mann doch nicht mit leerem Magen zum Arbeiten schicken, oder?«

Es war immerhin möglich, dass er noch nichts gegessen hatte. Durch die plötzlich angeordnete Suche nach Jonah Slade war in der Bow Street alles drunter und drüber gegangen. Ich war versucht, mir selbst ein Brötchen zu gönnen, falls es mir gelänge, ein ofenfrisches zu ergattern. Und so begann ich mit der Frau, welche die Waren feilbot, zu handeln – nicht um den Preis, sondern darum, welche der Brötchen ich zu erwerben gedachte. Sie wollte davon nichts wissen; es sei allein ihre Entscheidung, was sie verkaufte.

»Wenn das so ist«, sagte ich, »dann kaufe ich nur ein Brötchen, und zwar für ihn hier« – ich zeigte auf Roundtree –, »auch wenn es kalt ist und höchstwahrscheinlich schon einen Tag alt. Wenn Sie zwei verkaufen möchten, müssen sie schon aus dem Schub sein, den Sie gerade aus dem Ofen gezogen haben.«

»Nun, dann bekommst du eben gar keins, du frecher Bengel. Geh mir aus den Augen!«

Sie hätte so weitergemacht und mich gewiss noch mit einem Fluch belegt, hätte sie der Bäcker selbst nicht in diesem Moment zum Schweigen gebracht. »Maggie, gib ihm, was er verlangt. Siehst du nicht, dass der Junge aus der Bow Street kommt?«

Und so bekamen wir unsere Halfpenny-Brötchen und sie ihren Penny, den sie allerdings mit saurer Miene einsteckte. Die Brötchen waren warm und dampften in der kalten Morgenluft. Wir zogen uns in einen Winkel gleich hinter der Bäckerbude zurück, um sie zu verspeisen, und ich lüge nicht, wenn ich sage, dass mir noch nie ein Brötchen so gut geschmeckt hat.

»Für einen Häscher bist du ein ganz feiner Kumpel«, meinte Roundtree genüsslich kauend.

Ich wusste nicht genau, was ich von dieser Bemerkung halten sollte. Gewiss hatte er sie als echtes und ehrliches Kompliment gemeint, aber dennoch verriet sie eine Abneigung, wenn nicht gar eine feindselige Haltung gegen alle Constables – die »Häscher« oder »Schnapper«. Nun, und warum sollte es auch anders sein? Er war vor zwei Tagen von einem solchen – wer es gewesen war, wusste ich nicht – wegen öffentlicher Trunkenheit verhaftet worden. Dieses unangenehme Erlebnis konnte nicht spurlos an ihm vorübergegangen sein.

Doch ich ließ all dies beiseite, indem ich erwiderte: »Für jemanden, der sagt, er sei neu in London, haben Sie schon einiges an Gaunerjargon aufgeschnappt.«

»Das liegt an den Leuten, mit denen ich arbeite«, sagte er. »Das sind raue Burschen, ganz und gar nicht die Sorte, von der man erwarten würde, dass sie im Haus des Lordoberrichters arbeiten. Ich hab mir tatsächlich ein paar ihrer Ausdrücke angewöhnt.«

»Woher stammen Sie?«, fragte ich ihn.

»Aus Lichfield«, antwortete er wie aus der Pistole geschossen.

»Das war auch einmal meine Heimat«, bemerkte ich.

»Was du nicht sagst! Das ist ja vielleicht ein komischer Zufall! In welchem Teil der Stadt hast du denn gewohnt?«

»Ich weiß es nicht genau. Ich war noch zu klein, als dass ich mich dort richtig ausgekannt hätte. Ich erinnere mich allerdings noch, dass es in der Nähe eine große Kirche gab.«

»Da kommen wir der Sache schon näher«, sagte er. »Ich glaube, ich weiß, wo das ist. Und dann bist du also nach London gekommen, was?«

»Nein, nicht sofort. Meine Mutter und mein jüngerer Bruder sind dort im Jahre 1765 während der Typhusepidemie gestorben.«

»Oh, daran erinnere ich mich noch«, warf er ein, »ganz furchtbar war das. Sind viele draufgegangen damals.«

»Mein Vater und ich sind dann in eine kleine Stadt gezogen« – ich zog es vor, den Namen nicht zu nennen –, »und dort fand er ebenfalls den Tod« – auch die brutalen Umstände seines Todes wollte ich nicht beschreiben –, »sodass ich als Waise zurückblieb. Erst dann ging ich nach London, allein, im Alter von zwölf Jahren.«

»Na, wenn das keine traurige Geschichte ist! Aber du hast in London deinen Weg gemacht und bist auf der richtigen Seite des Gesetzes geblieben.«

»Das kann ich mir nicht als Verdienst anrechnen«, entgegnete ich. »Einem Mann allein verdanke ich meine Rettung. Sie sind ihm begegnet. Ich will Ihnen erzählen, was er für mich getan hat.«

Worauf ich Roundtree die Geschichte meines ersten Tages in London lang und breit erzählte: Wie ich von einem »unabhängigen Diebesfänger« und seinen Spießgesellen übertölpelt worden war und man mich unter einer falschen Anklage wegen Diebstahls vor das Gericht in der Bow Street gebracht hatte; wie Sir John Fielding ihren Betrug aufgedeckt und den einen mit einer Verwarnung entlassen hatte, während der andere nach Newgate geschickt wurde; und wie Sir John mich zu einem Mündel des Gerichts gemacht und schließlich in seinen Haushalt aufgenommen hatte.

Als ich mit meiner Erzählung fertig war, stand Roundtrees Mund vor Staunen weit offen. Nie hatte ich einen besseren Zuhörer für meine Geschichte gehabt – und ich hatte sie schon oft zum Besten gegeben – als diesen ungehobelten Zimmergesellen aus Lichfield. Er schien davon ausgesprochen gerührt.

»Und das ist also derselbe Mann, der es mir ermöglicht hat, mir mein Bußgeld zu borgen, anstatt ins Gefängnis zu gehen?«

»Eben der – Sir John Fielding.«

»Oh, ich habe schon von ihm gehört. Das ist der, den sie den Blinden Büttel aus der Bow Street nennen, oder?«

»Ja.«

»Immer fair und gerecht.«

»Das ist er in der Tat.« Ich steckte mir den Rest meines Brötchens in den Mund; seines war schon vor einer ganzen Weile verschwunden. »Aber nun«, sagte ich zu ihm, »müssen wir uns aufmachen, um Ihr Werkzeug zu holen und Sie damit im Haus des Lordoberrichters abzuliefern.«

»Das müssen wir wohl. Aber du bist ein guter Geschichtenerzähler, Kumpel. Bei Gott, ich könnte dir den ganzen Tag zuhören.«

So etwas von einem Mann zu hören, der doppelt so alt war wie er selbst, konnte einem Fünfzehnjährigen schon zu Kopfe steigen. Ich marschierte nun mit festerem und gleichmäßigerem Tritt, getragen von Zuversicht und einem ungewohnten Gefühl der Männlichkeit. Wir redeten – ach, ich weiß eigentlich nicht, worüber wir auf unserem Weg in die Half-Moon-Passage redeten. Ich glaube mich zu erinnern, dass er mich um Rat fragte, in welcher Gegend er sich wohl eine neue Wohnung suchen sollte, da Covent Garden für einen einfachen Burschen wie ihn zu viele Versuchungen und zu viel schlechte Gesellschaft bot. Er wollte wissen, ob Southwark in Frage käme, und ich klärte ihn über den schlechten Ruf dieses Stadtteils auf – »nicht besser als Covent Garden, und an manchen Stellen sogar schlechter«. Ich empfahl Clerkenwell – »ein wenig außerhalb gelegen, wird viel gebaut dort, Wohnhäuser und so weiter.« Er dankte mir überschwänglich und sagte, er würde einmal hinfahren und es sich ansehen.

Dann wandte er sich plötzlich ohne jeden Bezug zu irgendeinem früheren Gegenstand unserer Unterhaltung zu mir um und fragte: »Wie kommt es, dass du keinen roten Rock trägst wie die anderen Constables?«

»Das hat damit zu tun, dass ich ein Constable« – wie hatte Sir John es noch ausgedrückt? – »*pro tempore* bin.«

»Ist das irgendwie was Besonderes?«

»Nein«, erwiderte ich, während ich nach einer Definition meines Status suchte, die noch mit meiner Würde vereinbar wäre; »ich bin eher so etwas wie ein Lehrling.«

»Aha«, meinte er, »damit kann ich wohl was anfangen. War selbst sechs Jahre lang Zimmermannslehrling.«

»So lange?«

»Ich hatte einen strengen Lehrherrn. Deiner ist allerdings längst nicht so streng, und er würde auch nicht wollen, dass du's bist. Ich wette, die Schießeisen, die du da hast, sind noch nicht mal geladen.«

»Oh, das sind sie sehr wohl. Mr. Baker, unser Waffenmeister, sagt, es gibt nichts Dümmeres, als eine ungeladene Pistole mit sich rumzutragen.«

»Aber du hast noch keinen umgelegt, oder?«

»Nein, das will ich auch nicht.« Nach einigem Nachdenken und im Interesse der Wahrheit fügte ich sodann hinzu: »Einmal habe ich allerdings einen angeschossen.«

»Ehrlich? Ein junger Bursche wie du?«

»Ja, ehrlich. Er ist gestorben, wenn auch nicht an der Schusswunde.«

Darauf verstummte er für eine ganze Weile. Doch als wir aus der Bedford Street in die Half-Moon-Passage einbogen, wurde er wieder munter und spielte wie zuvor den Hanswurst.

»Dieses Haus, in dem ich wohne, das war ursprünglich ein Gasthaus, vor hundert Jahren oder mehr, vielleicht auch vor tausend, so verrottet und baufällig, wie es ist. Würde mich nicht wundern, wenn ein kräftiger Wind es eines Tages umblasen würde. Na, ich hab noch nicht lange da gewohnt, als ich plötzlich so ein merkwürdiges Kommen und Gehen bemerkte, und Rufe und hässliches Lachen mitten in der Nacht, wo ein Arbeiter wie ich seinen Schlaf braucht. Na, ich hab Augen und Ohren offen gehalten und ein bisschen rumgefragt, und ich hab rausgekriegt, dass dieses Haus, in dem ich wohne, als großes Hurenhaus bekannt ist. Na, und dann wird's Sommer, und ich komme abends heim, nachdem ich mein Abendbrot verputzt hab, und geh den Gang lang, und da stehen meine holden Nachbarinnen in ihren Zimmertüren rum, im Hemd oder mit noch weniger an, manche jedenfalls, sodass man die Möpse und alles sehen kann, gerade so als wollten sie ihre Ware feilbieten. Na, ich sag dir, das war vielleicht ein Anblick! Und selbst jetzt, im Winter, seh ich sie manchmal im Gang, wenn sie sich gegenseitig besuchen, einfach so, ohne sich was dabei zu denken.«

Und dann hob er die Arme und begann, wie eine Frau über die Straße zu trippeln, und rief dazu mit Falsettstimme: »Ach, Moll, kann ich dein braunes Kleid haben? Mein blaues ist ganz schmutzig geworden, und ich hatte keine Zeit, es zu waschen. So hab ich sie gesehen, splitternackt im Gang, oder jedenfalls fast. Und da soll ein Mann sich keine Gedanken machen? Jetzt siehst du sicher ein, dass ich nach Southwark ziehen muss – oder wie hieß das andere noch?«

»Clerkenwell«, sagte ich.

»Ach ja, das war es – Clerkenwell. Muss ich mir merken«, sagte er ernsthaft. Dann hellte sich seine Miene auf: »Aber da sind wir ja schon. Es dauert bloß eine Minute, bis ich mein Werkzeug geholt habe. Dann machen wir uns auf nach Bloomsbury.«

Das Haus war so, wie er es beschrieben hatte, gewiss nicht besser. Ich war früher schon oft hier vorbeigegangen, hatte aber durchaus nichts Bemerkenswertes daran gefunden. Man betrat es durch einen schlichten Durchgang, der einst als Zufahrt für Pferdekutschen gedient haben mochte. Durch diesen gelangte man in einen Innenhof, in welchem Schmutz und Unrat aller Art umherlag. Ein übler Gestank ging von diesen Abfällen aus. Der Hof wurde auf drei Seiten von zwei Stockwerken mit Zimmern umschlossen. Das Gebäude war zum Hof hin nicht offen, sodass der Gang, von dem Roundtree gesprochen hatte, abgeschlossen und düster war; nur alle fünf oder sechs Meter ließ ein kleines Fenster etwas Licht in die Finsternis dringen.

Wir stiegen eine kurze Treppe zum ersten Stockwerk empor, und er ging vor mir den Gang entlang.

»Gib nur Acht, dass dich nicht eins von diesen nackigen Weibern packt und in ihr Zimmer schleppt. Die können ganz schön aufdringlich sein!« Er kommentierte seine Bemerkung mit einem albernen, gackernden Lachen. »Dass du dich bloß nicht von denen erwischen lässt – so ein junger Bursche wie du!«

Wieder dieses Lachen. Schließlich gelangten wir zu einer Tür etwa in der Mitte des Ganges, und dort griff er tief in seine Manteltasche und zog einen Schlüssel hervor. Er hielt ihn mir vor die Nase, als sei es eine Art Talisman oder eine päpstliche Reliquie.

»Ich schließ die Tür immer ab. Huren sind bekanntermaßen ein diebisches Pack, und mein Handwerkszeug und mein anderer Kram ist einiges wert.«

Im Dämmerlicht konnte ich erkennen, dass der Schlüssel zwar groß war, aber auch alt und rostig. Wenn das Schloss, zu dem er passte, ebenso alt war, dann war sein Werkzeug bei weitem nicht so sicher, wie er glaubte.

Er bückte sich, um den Schlüssel hineinzustecken, und drehte ihn im Schloss um. Ich muss mich auch ein wenig vorgebeugt haben, denn als er den Kopf plötzlich mit einem Ruck nach links drehte, sah er mir direkt in die Augen.

»Da ist grad eine von denen«, flüsterte er mir eindringlich zu. »Eins von diesen nackigen Weibern!«

Zu meiner Schande drehte ich mich um und sah nach. Das war mein großer Fehler. Denn kaum war meine Aufmerksamkeit derart grundlos abgelenkt (denn es gab nichts zu sehen), da ließ er seinen mageren Körper mit verblüffender Heftigkeit emporschnellen und versetzte mir einen Stoß, dass ich gegen die Wand zum Hof geschleudert wurde und zu Boden stürzte. Bevor ich mich wieder aufrappeln konnte, war er schon drinnen und hatte die Tür hinter sich geschlossen. Als ich mich endlich aufgerichtet hatte und auf sie zutaumelte, hörte ich, wie der Schlüssel im Schloss umgedreht wurde.

Sofort begann ich mit der Faust gegen die Tür zu hämmern, doch es nutzte alles nichts. »Aufmachen!«, rief ich. »Ich darf Sie nicht aus den Augen lassen!«

Seine Antwort war ein Lachen. »Ich komme gleich wieder raus«, rief er zurück.

Durch die Tür hörte ich Schritte, Bewegungen, hektisches Treiben. Mir kam der Gedanke, die Tür könnte nicht so besonders dick sein, da ich die Geräusche dahinter so deutlich hören konnte. Vielleicht könnte ich sie aufbrechen. Und so trat ich bis zur Wand zurück, nahm zwei Schritte Anlauf und warf mich heftig mit der Schulter dagegen.

Ich spürte, dass sie ein wenig nachgab, aber gleichzeitig fühlte ich auch, wie ein stechender Schmerz meine Schulter durchzuckte. Vielleicht hätte ich die Tür tatsächlich aufbrechen können, aber es bestand die Gefahr, dass ich mich vorher zum Krüppel machte. Es musste einen besseren, schnelleren Weg geben, dachte ich; dann fiel mir ein, was Constable Perkins mir vor nicht allzu langer Zeit beigebracht hatte: dass es nämlich möglich war, ein Schloss mit einem Pistolenschuss zu knacken. Der Trick, so hatte er gesagt, bestand darin, die Kugel richtig zu platzieren – nicht direkt in das Schloss, sondern zwischen Tür und Rahmen, dort, wo der Riegel des Schlosses einrastet.

Ich zog die Pistole aus dem Halfter und fand die Stelle, die mir am ehesten geeignet schien. Dann spannte ich den Hahn, hielt den Lauf dicht an das Schloss und drückte ab. Es war eine recht große Pistole mit einem ordentlichen Kaliber. Sie machte einen Satz in meiner Hand, als der Schuss sich mit lautem Krachen löste, und ich fürchtete schon, ich hätte zu hoch gezielt. Aber nein – als der Pulverdampf sich verzogen hatte, sah ich, dass die Kugel ihr Ziel gefunden hatte. Sie hatte genau an der Stelle, auf die ich angelegt hatte, ein erschreckend großes Loch in das Holz gerissen.

Ich steckte die Pistole wieder ein, zog den Knüppel heraus, den mir Mr. Fuller, der Wärter, gegeben hatte, und versetzte der Tür einen gewaltigen Tritt – und gleich noch einen. Endlich sprang sie auf, und Teile des zertrümmerten Schlosses prasselten zusammen mit der Kugel hinter der Schwelle auf den Fußboden.

Mit einem Satz war ich drinnen und blickte mich um. Ich sah keine Spur von Roundtree – nur ein Fenster, dessen Läden weit offen standen. Ich eilte hin und sah nach unten. Und da war er tatsächlich, nicht mehr als drei Meter unter mir, doch er rannte bereits, ohne sich ein einziges Mal umzusehen, einen schmalen ungepflasterten Durchgang entlang in Richtung Straße, in der Hand seinen Werkzeugkasten und ein paar Habseligkeiten.

Ich zog meine zweite Pistole und dachte, ich könnte ihn vielleicht noch verwunden, wenn nicht gar töten, doch … Ja, dieses »doch«. Waren zehn Shilling es wert, einen Menschen dafür zu verletzen, vielleicht gar umzubringen? Ich war wütend auf ihn wie auch auf mich selbst, doch diese Frage konnte ich nur verneinen. Vorsichtig entspannte ich den Hahn der Pistole und steckte die Waffe wieder ein. Wenn ich auch nicht damit rechnete, ja nicht einmal darauf hoffte, Thomas Roundtree dort anzutreffen, begab ich mich doch sogleich zum Haus des Lordoberrichters am Bloomsbury Square.

Da ich eine beträchtliche Strecke in großer Eile und ebenso großer Erregung zurückgelegt hatte, war ich ordentlich verschwitzt, als ich endlich ankam und mit dem schweren Türklopfer laut gegen die Haustür hämmerte. Wie ich erwartet hatte, wurde mir vom Butler geöffnet. Ich war entschlossen, mir an diesem Morgen keine seiner üblichen Fisimatenten bieten zu lassen.

»Aha«, sagte er, »es ist der Knabe aus der Bow Street. Solltest du den Lordoberrichter zu sehen wünschen, muss ich dir leider sagen, dass dies bei deiner Aufmachung unmöglich ist. Du liebe Güte – du hast ja sogar Pistolen dabei! Nein, mit Pistolen auf gar keinen Fall! Am besten gibst du mir den Brief, und ich werde ihn gewiss …«

»*Nein*, ich wünsche *nicht* den Lordoberrichter zu sehen!«, schrie ich ihn an. »Und ich habe auch *keinen* Brief zu übergeben!«

Statt zu antworten, stand er einfach nur da und blinzelte dreimal. Endlich fand er die Sprache wieder und fragte scheinbar ungerührt: »Was führt dich denn dann her?«

»So viel ich weiß, arbeitet bei Ihnen ein Trupp Zimmerleute. Sie bauen ein Wasserklosett ein.«

»Das ist richtig.«

»Bringen Sie mich zu ihrem Meister. Ich wünsche ihn zu sprechen.«

Ein direkter Befehl. Wie ich das genoss!

»Äh … nun … jawohl, wie du willst. Würdest … würdest du vielleicht in der Vorhalle warten wollen? Es ist recht kühl heute Morgen.«

Das überraschte mich so, dass ich es fast versäumt hätte, ihm zu danken. Aber ich besann mich noch rechtzeitig und trat dann ein, um mich neben der Bank aufzustellen, auf der ich schon öfter gewartet hatte, wenn der Butler den Eindruck gehabt hatte, meine Kleidung sei für das Haus des Lordoberrichters angemessen.

»Du darfst Platz nehmen, wenn du möchtest.«

»Nein, ich ziehe es vor, zu stehen.«

»Wie du es wünschst«, sagte er, indem er einen Schritt zurücktrat. »Äh... sag einmal, geht es vielleicht um die Vase?«

»Ich weiß von keiner Vase. Den Zimmermeister, wenn ich bitten darf.«

Er nickte, machte auf dem Absatz kehrt und eilte davon. Es konnten nicht mehr als drei Minuten vergangen sein, als er auch schon zurückkehrte, gefolgt von einem kleinen, drahtigen Mann. Der Zimmermeister trug grobe Arbeitskleidung; ich bemerkte Sägespäne auf seinen Kniehosen. Er sah sich neugierig um, während er auf mich zukam, und ich vermutete, dass er diesen Teil des Hauses zum ersten Mal betrat. Nach einer Weile blieb der Butler zurück – obgleich nicht so weit, dass er nicht bequem hätte mithören können – und ließ den Mann allein auf mich zugehen.

»Was wollen Sie denn von mir?«, fragte der Handwerker.

»Lassen Sie mich zunächst fragen«, erwiderte ich, »wie lautet Ihr Name?«

»Dismas Cullen heiß ich, und stolz bin ich drauf. Und jetzt musst du mir sagen, worum es überhaupt geht.«

»Gerne«, erwiderte ich. »Ich komme vom Gerichtshof in der Bow Street. Ein Mann, der dort wegen eines geringfügigen Trunkenheitsdelikts festgehalten wurde, ist meiner Bewachung entkommen. Er gab an, in Ihren Diensten zu stehen, und war auf dem Weg hierher, um sich von Ihnen die zehn Shilling für die Geldstrafe zu borgen, die ihm das Gefängnis ersparen würde. Ich bin sicher, dass er nicht hier gewesen ist, denn er weiß sehr wohl, dass dies der Ort ist, an dem ich zuerst nach ihm suchen würde. Aber ich bin zunächst zu Ihnen gekommen, erstens um Sie zu bitten, ihn für uns festzuhalten, sollte er sich hier blicken lassen, und zweitens, um Sie zu fragen, ob Sie Informationen haben, die uns helfen könnten, ihn zu finden.«

»Das ist doch der Thomas Roundtree, von dem du sprichst, hab ich Recht?«

»Habe ich das nicht gesagt? Entschuldigen Sie bitte. Ja, er ist es.«

»Na, dann will ich erst mal was klarstellen. Er ist nicht mehr bei mir angestellt. Am Freitagabend, nachdem wir hier fertig waren, haben sie festgestellt, dass eine ziemlich wertvolle Vase verschwunden ist, eine chinesische war's, und am Samstagmorgen haben sie uns wissen lassen, dass wir verdächtigt werden. Na, ich war mir verteufelt sicher, dass ich sie nicht gestohlen hatte. Und bei dreien von meiner Truppe war ich mir auch sicher, denn die drei sind mein Sohn, mein Bruder und mein Schwager. Ich konnte für alle einstehen außer für Roundtree. Also sind wir mit ihm zu seiner Bude in der Half-Moon-Passage marschiert und haben alles durchsucht, aber da war nichts dergleichen zu finden. Das hab ich dem Lordoberrichter selbst gemeldet, und er hat gesagt, es gäbe keine sicheren Beweise, die den Burschen belasten, aber er wollte ihn nicht länger hier im Haus haben. Und ich auch nicht. Also hab ich ihn ausbezahlt und ihn seiner Wege geschickt, und dabei hat er uns die ganze Zeit erzählt, wie unschuldig er ist. Wir vier, meine Verwandten und ich, wir haben schon in vielen Häusern von edlen Herrschaften gearbeitet und noch nie diese Art von Schwierigkeiten gehabt.«

»Sie hätten ihm die zehn Shilling also ohnehin nicht geliehen?«

»Ha! Niemals! Der Lordoberrichter hat die Sache so geregelt, dass er mir den Wert der Vase von dem Geld abzieht, das ich bekomme, wenn die Arbeit hier fertig ist – immerhin fünf Guineas! Wir werden an diesem Wasserklosett herzlich wenig verdienen. Er sagt, ich bin selber schuld, weil ich ihn eingestellt hab. Und wenn man's von seiner Warte aus betrachtet, hat der Mann ja Recht. Dem Roundtree zehn Shilling leihen – das wär ja noch schöner! Da kann er bis zum Nimmerleinstag warten!«

»Nun«, entgegnete ich, »weshalb haben Sie ihn denn eingestellt? Was wussten Sie über ihn?«

»Nicht genug. Mein jüngster Bruder ist heim nach County Wexford gefahren, um unsere Mutter zu besuchen, die furchtbar krank und alt ist. Er ist für uns alle gefahren. Aber so hatten wir zu wenig Leute für diesen Auftrag, also hab ich einen Anschlag gemacht, und darauf haben sich einige gemeldet. Roundtree schien mir der beste Mann in dem ganzen Haufen zu sein, und er hatte seinen Gesellenbrief schon seit zwölf Jahren, also hab ich ihn genommen. Ehrlich gesagt, schlecht gearbeitet hat der nicht. Aber ich verfluche den Tag, an dem ich ihn zum ersten Mal gesehen hab.«

»Aber Sie wissen nichts über ihn, was uns helfen könnte, ihn zu finden?«

»Na, er wohnt in einem schlimmen Haus in der Half-Moon-Passage, eine richtige Räuberhöhle und ein Hurenhaus obendrein.«

»Ich kenne es. Ich bin dort gewesen.«

»Und – na, lassen Sie mich mal nachdenken – er ist aus Lichfield. Da ist sein Gesellenbrief ausgestellt.«

»Das wusste ich auch schon.«

»Weiter kann ich Ihnen nicht helfen.« Er zuckte mit den Achseln. »Tut mir Leid, junger Mann, er hat uns beide drangekriegt, wie's scheint.«

Während ich mich noch bei Mr. Cullen bedankte, tauchte der Butler plötzlich an meiner Seite auf – oder vielmehr, er materialisierte sich irgendwie auf geisterhafte Weise. Er öffnete die Tür und machte mir damit deutlich, dass meine Besuchszeit abgelaufen war. Da ich keine andere Wahl hatte, gab ich nach und erwiderte auch nichts auf seine geflüsterten Abschiedsworte, mit denen er mich in die Kälte entließ.

»Einen Gefangenen zu verlieren«, sagte er, und dann machte er eine Reihe von schnalzenden Geräuschen mit seiner Zunge: *»Tsk, tsk, tsk.«*

3. KAPITEL

In welchem mich auf einem Friedhof ein grässlicher Anblick erwartet

Es blieb mir nichts weiter übrig, als in die Bow Street zurückzukehren und Sir John von meinem Versagen in Kenntnis zu setzen. Das tat ich auch, und zwar in seinem Arbeitszimmer, wo ich mit hängenden Schultern und zerknirschter Miene vor ihm auf einem Stuhl saß. Ich erzählte den Vorfall nicht in allen Einzelheiten; so ließ ich die Finte aus, mit der Thomas Roundtree meine Aufmerksamkeit abgelenkt hatte, da ich es als zu beschämend empfunden hätte, dies einzugestehen. Stattdessen sagte ich lediglich, Thomas Roundtree habe mich übertölpelt; er habe sich mein Vertrauen erschlichen und mich dann niedergeschlagen, sich in das Zimmer geflüchtet und dort eingeschlossen.

Sir John hörte sich alles schweigend an, mit so ausdrucksloser Miene, dass ich darin keinen Hinweis darauf lesen konnte, wie er diese für mich so unendlich peinliche Angelegenheit aufnahm. Als ich geendet hatte, ergriff er schließlich das Wort. »Ich würde mir an deiner Stelle deswegen keine allzu großen Vorwürfe machen, Jeremy«, sagte er. »Ich habe den Burschen ebenso falsch eingeschätzt wie du. Sagte ich nicht, er mache einen ›gefügigen‹ Eindruck?«

»Ja, schon, aber…«

»Solche Dinge passieren von Zeit zu Zeit. In diesem Fall wird der Bursche sich noch selbst ins Unglück stürzen. Er wird sich wieder und wieder wünschen, er hätte den Monat im Fleet-Gefängnis abgesessen, denn wenn er gefasst wird, dann wird sehr viel strenger mit ihm verfahren werden. Aber ich vermute, er ist mit der Absicht in die Half-Moon-Passage zurückgekehrt, nicht nur sein Werkzeug, sondern auch jene Vase in seinen Besitz zu bringen.«

»Meinen Sie wirklich? Mr. Cullen, der Zimmermeister, sagte, sie hätten die Stube gründlich durchsucht.«

»Möglicherweise ist Mr. Roundtree gewiefter im Verstecken als Cullen und seine Verwandtschaft im Suchen. Vielleicht eine lose Diele? Ich erinnere mich, dass du in einem Haus in der Half-Moon-Passage einmal einen regelrechten Schatz entdeckt hast. War es etwa zufällig dasselbe Haus?«

»Nein, Polly Tarkins Haus war zwei Häuser weiter Richtung Strand. Dieses hier ist in noch schlechterem Zustand.«

»Was du nicht sagst«, sinnierte er. »Irgendwann wird noch eine neue große Feuersbrunst oder ein gewaltiger Wind all diese uralten und baufälligen Häuser hinwegfegen. Das könnte London in der Tat zum Vorteil gereichen.« Er hielt inne. »Du könntest ja zu dem Haus zurückgehen und dich dort noch einmal umsehen. Möglicherweise findet sich ein Hinweis darauf, wohin er geflohen sein kann.«

»Vielleicht zurück nach Lichfield«, meinte ich.

»Möglich – obwohl ich es bezweifle. Er hatte Lichfield in der Stimme, allerdings überlagert von einer stärkeren Schicht London. Ich wage zu behaupten, dass er nicht erst seit ein paar Monaten hier ist, sondern schon seit Jahren. Wie dem auch sei, ich werde an den Richter von Lichfield schreiben und ihn darum bitten, Roundtree für uns festzuhalten, sollte er dort auftauchen. Wir werden sehen. Es gibt Dringenderes zu erledigen.«

»Was denn, Sir?«

»Ich möchte einen Brief an unseren neuen Coroner Mr. Thomas Trezavant aufsetzen. Vielleicht wärst du so gut, ihn für mich zu schreiben, Jeremy.«

Ich erwiderte, dass ich das sehr gern tun würde, rückte meinen Stuhl näher an seinen Schreibtisch heran und nahm Feder und Papier, welches er aus seiner Schublade genommen hatte, entgegen. Das Tintenfass stand wie immer auf meiner Seite des Schreibtischs, sodass es vor den ausladenden Gesten sicher war, die er zuweilen zu machen pflegte. Ich tauchte die Feder ein und sagte ihm, ich sei bereit.

Dennoch begann er nicht sofort, wie es sonst seine Gewohnheit war. Er saß eine Weile da, den Kopf in den Nacken gelegt, offenbar tief in Gedanken versunken. Ich hielt es für wahrscheinlich, dass er sich in diesem Fall den genauen Wortlaut des Briefes noch nicht im Voraus überlegt hatte und ihn nun im Kopf formulierte, ehe er ihn von sich gab. Aber ich hatte mich geirrt.

»Dieser Roundtree«, sagte er. »Ich muss sagen, der Mann erstaunt mich.«

»Ach? Wie kommt das?«

»Nun, er ist Schauspieler genug, um uns beide über sein wahres Wesen getäuscht zu haben. Ich prahle nicht, wenn ich behaupte, dass ich mich nicht so leicht täuschen lasse. Und verwegen ist er! Bei Gott, es bedarf wirklich einer Verwegenheit, eine Vase aus dem Haus des Lordoberrichters zu stehlen. Auch Roundtree kann nicht entgangen sein, dass der Lord für seine große Strenge bekannt ist.«

»Aber selbst er hat zugegeben, dass es keine klaren Beweise gegen Roundtree gibt. Vielleicht hat jemand vom Personal die Vase genommen und darauf gesetzt, dass der Verdacht notwendig auf die im Haus beschäftigten Zimmerleute fallen würde.«

»Das scheint in der Tat eine Möglichkeit«, meinte Sir John, »allerdings ist es in Anbetracht von Roundtrees Flucht die sehr viel unwahrscheinlichere. Interessant, dass der Lordoberrichter sich damit begnügt hat, nur den Wert der Vase in Rechnung zu stellen.« Er schloss seine Überlegungen mit einem Schulterzucken und einem »Je nun« ab, dann machte er sich daran, den Brief zu diktieren: »An Mr. Thomas Trezavant, Coroner, City of Westminster. Werter Mr. Trezavant ...«

Nach dieser Einleitung rekapitulierte er seine Zweifel bezüglich Lord Laninghams Tod und untermauerte sie wie zuvor in knapper Form mit Fragen und ein oder zwei Argumenten. Sir John formulierte in einem klaren, fließenden Stil, der es mir als seinem Sekretär leicht machte, seinem Diktat zu folgen. Er schloss mit der Frage, ob nicht eine gerichtliche Untersuchung der Todesursache angezeigt sei, und legte eine Autopsie nahe.

»Möchten Sie noch etwas hinzufügen?«, fragte ich.

»Fehlt denn noch etwas?«

»Nein, aber es ist noch viel Platz.«

»Dann werde ich den mit meiner Unterschrift ausfüllen.«

Was er auch annähernd tat. Ich legte ihm die Feder in die Hand, platzierte sie auf dem Briefbogen, und er besorgte den Rest, wobei er am Ende noch einen ungewöhnlichen Schnörkel anhängte.

»Nun, wie sieht das aus?«, fragte er. »Ein wenig besser als mein übliches Gekritzel?«

»Wenn das ein Gekritzel ist, dann ist es jedenfalls ein sehr eindrucksvolles Gekritzel.«

»Dann ist es gut. Eine Unterschrift soll auch gar nicht gelesen, sondern vielmehr respektiert werden.«

Darauf faltete ich den Brief zusammen, verschloss ihn mit Wachs und drückte sein Amtssiegel darauf.

»Du wirst den Brief natürlich zustellen«, sagte er, »und auf eine schriftliche Antwort warten. Da dies dein erster Besuch im Hause von Mr. Trezavant sein wird, musst du dir Adresse und Wegbeschreibung von Mr. Marsden geben lassen. Er führt über alle derartigen Einzelheiten Buch. Ich wüsste nicht, was ich ohne ihn machen sollte.«

An der Tür hielt ich inne, weil mir plötzlich etwas Wichtiges einfiel. »Sir John«, sagte ich, »ich bitte um Verzeihung. Ich war so mit meinen eigenen Angelegenheiten beschäftigt, dass ich vergaß, wegen der Suche nach Jonah Slade nachzufragen. War sie erfolgreich? Ist er gefasst?«

»Leider nicht, doch wir werden weiter nach ihm suchen. Wir

können nicht zulassen, dass ein Angriff auf einen Constable ohne Strafe bleibt.«

»Und Mr. Cowley?«

»Es geht ihm gut.« Ich wandte mich sodann zum Gehen, wurde jedoch von Sir John zurückgerufen. »Jeremy«, sagte er, »wenn du auf dem Rückweg in die Nähe der St. James Street kommst, könntest du vielleicht in Mr. Bilbos Haus vorbeischauen und dich nach dieser Sache mit seinem Mr. Burnham und unserer Annie erkundigen.«

»Das werde ich tun, Sir John.«

»Es wäre allerdings angemessen, zuerst Mr. Bilbo selbst zu fragen, da er schließlich der Hausherr ist. Vergiss das bitte nicht.«

Mr. Trezavants Butler begrüßte mich höflich an der Tür, hatte nichts gegen mein Äußeres einzuwenden (die Pistolen hatte ich selbstverständlich in der Bow Street gelassen), und als ich ihm sagte, ich bringe einen Brief von Sir John Fielding an seinen Herrn, bat er mich einzutreten. Er ließ mich in der Vorhalle warten, während er Mr. Trezavant meine Ankunft meldete. Ich konnte nicht umhin, den Unterschied zu bemerken zwischen der Art, wie ich hier empfangen wurde, und der Behandlung, die mir zuvor am Bloomsbury Square zuteil geworden war.

Es war ein großes Haus, größer als alle, die ich je zuvor betreten hatte, mit Ausnahme der Residenz des Lordoberrichters. Von meinem Standort gesehen, weitete sich die Vorhalle zu einem ausgedehnten Empfangsbereich aus, dessen eine Seite von einer geschwungenen Treppe eingenommen wurde, die zu den beiden oberen Stockwerken führte; die andere mündete in einen langen, dunklen Korridor, in dem der Butler verschwunden war. Von dort ging rechts und links je eine Tür ab, und die Wände waren mit Gemälden behangen. Das Fehlen jeglicher Familienporträts ließ mich vermuten, dass Mr. Trezavant im Handel tätig war. Und die Tatsache, dass die vorhandenen Bilder Hafenszenen und Seestücke darstellten, mit Segeln, die sich in der Ferne im Wind blähten, legte nahe, dass seine Geschäfte mit der Seefahrt zu tun hatten.

Es war ein sehr stilles Haus. Minutenlang konnte ich nichts weiter hören als die Geräusche, die von der Straße her durch die Haustür eindrangen. Dann endlich vernahm ich den festen, gemessenen Schritt des Butlers, der durch den langen Korridor zu mir zurückkam. Er nahm in der Mitte des Empfangsbereichs Aufstellung.

»Mr. Trezavant kann Sie jetzt empfangen, junger Herr«, verkündete er. »Wenn Sie mir bitte folgen würden.«

Ich tat wie geheißen und versuchte, ihm im Gleichschritt zu folgen. Unsere Schritte hallten im Takt von dem glatten, gebohnerten Fußboden wider. An der letzten Tür auf der linken Seite machte er Halt und klopfte an. Von drinnen wurde »Herein« gerufen. Der Butler öffnete die Tür und meldete mich schlicht als »einen jungen Mann vom Gericht in der Bow Street«. Dann verließ er uns und schloss die Tür hinter sich. Kein Zweifel, in diesem Haus legte man großen Wert auf korrekte Umgangsformen.

Ich begriff, weshalb dies so war, als ich zum ersten Mal Gelegenheit hatte, Mr. Thomas Trezavant in Augenschein zu nehmen. Er war nicht so sehr ein Mann, der Wert auf Förmlichkeit legte, als vielmehr ein gewaltiges Bündel von Förmlichkeiten, das die Gestalt eines Mannes angenommen hatte. »Gewaltig« in dem Sinne, dass er selbst von einer gewaltigen Leibesfülle war, die sich in alle Richtungen über den Stuhl ergoss, auf dem er thronte, sodass er die Illusion vermittelte, gar nicht zu sitzen, sondern an unsichtbaren Fäden aufgehängt hinter seinem ebenfalls überdimensionalen Schreibtisch zu schweben.

Doch nun gab er den Blick auf den Stuhl frei, indem er sich mühsam erhob. Er streckte mir über den Schreibtisch hinweg die Hand entgegen, doch gewiss nicht, um einem so jungen Burschen wie mir die Hand zu schütteln, dessen Name ihm nicht einmal genannt worden war, sondern um die Übergabe zu erleichtern.

»Ich glaube«, sagte er, »Sie haben einen Brief für mich.«

»Jawohl, Sir«, antwortete ich, indem ich denselben aus der Tasche zog, »von Sir John Fielding, Richter am Bow Street Court. Er bittet Sie um eine schriftliche Antwort, wenn Sie die Güte hätten.« Ich reichte ihm den Brief.

»Nehmen Sie doch Platz«, sagte er und wies auf einen Stuhl. »Möchten Sie eine Erfrischung – eine Tasse Kaffee vielleicht?«

Ich hatte bereits das silberne Kaffeeservice auf einem in der Nähe stehenden Tischchen bemerkt. »Oh, sehr gerne, Sir, vielen Dank.«

Er rief den Butler herein und zeigte auf den Kaffeetisch. »Bitte bedienen Sie unseren Gast, Arthur.«

Er wartete geduldig, bis Arthur den Kaffee eingeschenkt und mir serviert hatte. Erst als ich Tasse und Untertasse in der Hand hielt, senkte Mr. Trezavant sein beträchtliches Gewicht wieder auf den Stuhl herab, wodurch dieser erneut unsichtbar wurde. Er räumte eine Stelle auf dem Schreibtisch frei, auf dem sich Akten und Geschäftsbücher stapelten, um Platz für den Brief zu schaffen. Sodann rückte er seine Brille zurecht und wandte seine ganze Aufmerksamkeit dem Brief zu.

Als er damit fertig war, blickte er recht finster drein. Doch als er die Brille abnahm, brachte er ein Lächeln zu Stande.

»Ich hatte zwar erst einmal das Vergnügen, Sir John zu begegnen«, sagte er zu mir, »ich erinnere mich jedoch, dass er blind ist.«

»Das ist richtig, Sir.«

»Sagen Sie ihm von mir, dass er für jemanden mit einer derartigen Beeinträchtigung eine sehr gute Handschrift hat.«

»Ich sollte Ihnen wohl sagen, dass ich es war, der den Brief nach Sir Johns Diktat geschrieben hat. Es handelt sich um meine Handschrift. Die Unterschrift ist allerdings die seine.«

»Ach ja, die Unterschrift – sehr ausdrucksvoll. Bitte richten Sie das von mir aus, ja?« Er lächelte erneut, allerdings etwas zögerlicher als zuvor. »Aber da der Brief Ihnen ja diktiert wurde, kennen Sie selbstverständlich seinen Inhalt.«

»Selbstverständlich, Sir.«

»Dann gestatten Sie mir auch, über diesen Inhalt zu sprechen, und anschließend können Sie Sir John meine Meinung in der betreffenden Angelegenheit übermitteln.«

Sollte ich ihn darauf aufmerksam machen, dass Sir John ausdrücklich eine schriftliche Antwort wünschte? Es schien nicht ganz der rechte Moment dafür. Er wollte offenbar unbedingt darüber sprechen. »Nun ja«, willigte ich widerstrebend ein, »ich bin einverstanden.«

Er beugte sich zu mir und lächelte wieder ausgesprochen süßlich. »Nein, wirklich«, sagte er, »das kommt überhaupt nicht in Frage.«

»Sir?« Ich fürchte, meine Überraschung zeigte sich nur zu deutlich in meiner Reaktion.

»Nein, in der Tat«, sagte er äußerst bestimmt. »Ich sehe keine Notwendigkeit für eine gerichtliche Untersuchung. Ich gestehe ein, dass Sir John einige interessante Fragen aufwirft. Auch gebe ich zu, dass ich bei dem fraglichen Ereignis nicht zugegen war. Dessen ungeachtet halte ich eine Untersuchung für sinnlos, es sei denn, es würde eine Autopsie durchgeführt – und eine Autopsie kommt doch sicherlich nicht in Frage.«

»Aber warum denn nicht?«

»Nun, wenn ich mich nicht irre, involviert eine Autopsie das Aufschneiden der Leiche, die Untersuchung der inneren Organe und so fort, habe ich Recht?«

»Ja, Sir. Mr. Donnelly ist ein wahrer Experte in diesen Dingen.«

»Aber es ist so schmutzig, so *unziemlich*. Solche Methoden mögen bei gewöhnlichen Verbrechensopfern von Nutzen sein, aber für Angehörige des Adels scheinen sie nicht angemessen – nein, absolut nicht. Man denke nur, wenn es zu einer Autopsie käme, geschweige denn zu einer gerichtlichen Untersuchung, so würden die Leute gewiss glauben, diesem Tod hafte irgendetwas Fragwürdiges an. Das können wir doch nicht zulassen, oder? Und man bedenke, was dies für die bedauernswerte

Witwe bedeuten würde! Nein, bei aller gebührenden Achtung vor Sir John und seinen Zweifeln, ich sehe keinen Sinn darin. Schließlich war Lord Laningham annähernd achtzig Jahre alt. Höchste Zeit für ihn zu sterben, wenn Sie mich fragen.«

Thomas Trezavant, der kürzlich ernannte Coroner der City von Westminster, hatte damit seine Meinung kundgetan. Mir kam es so vor, als habe er seine Entscheidung mit allzu großer Emphase zum Ausdruck gebracht, bestand sie doch letztlich darin, überhaupt nichts zu tun. Zweifellos war er seiner selbst nicht so sicher, wie er nach außen hin erscheinen wollte – jedenfalls sehe ich es heute, fast dreißig Jahre später, so. Vielleicht versuchte er nur, sich selbst zu überzeugen.

»Nun«, fuhr er fort, »ein junger Mann, der so gut und leserlich schreibt, wie Sie es in diesem Brief getan haben, muss sehr aufgeweckt sein; jedenfalls aufgeweckt genug, um meine Argumente Sir John zu übermitteln. Ich verlasse mich darauf, dass Sie das tun werden.« Und dazu lächelte er ein strahlendes und höchst gewinnendes Lächeln.

Ich war geschmeichelt, aber nicht abgeschreckt. »Aber Sir«, entgegnete ich, »Sir John hat mich ausdrücklich angewiesen, Sie um eine schriftliche Antwort zu bitten.«

Sein Lächeln verflog. Es war klar zu sehen, dass ihm dies nicht behagte.

»Es ist wirklich bloß eine Formalität«, fügte ich hinzu. »Und es würde mir in der Tat sehr helfen, Ihren Ausführungen gerecht zu werden, wenn Sie ein paar Worte zu Papier bringen wollten, die mir als Notizen dienen könnten, um Ihre Position deutlich zu machen. Sie können sie einfach unten auf den Brief schreiben. Der Lordoberrichter macht es oft so.«

»Oh?« Er dachte über meinen Vorschlag nach. »Der Lordoberrichter, sagen Sie?«

»Jawohl, Sir.«

»Nur ein paar Worte?«

»Nur ein paar.«

»Nun, ich denke, das könnte ich tun.«

Und mit diesen Worten nahm er die Feder zu Hand, die er bei meiner Ankunft zur Seite gelegt hatte, und kritzelte sehr rasch einige wenige Worte unter Sir Johns kunstvolle Unterschrift. Nur sehr wenige. Dann faltete er den Brief zusammen, ohne sich die Mühe zu machen, ihn zu versiegeln, und rief nach dem Butler. Mit einer ähnlichen Kraftanstrengung wie zuvor hievte er sich sodann von seinem Stuhl empor. Und nachdem ich hastig meinen restlichen Kaffee hinuntergeschluckt und die Tasse abgestellt hatte, erhob ich mich ebenfalls und machte mich bereit, den Brief in Empfang zu nehmen – doch zuvor schienen noch einige abschließende Formalitäten vonnöten.

»Darf ich Sie nach Ihrem Namen fragen, junger Mann?«

»Ich heiße Jeremy Proctor, Sir.«

»Seien Sie versichert, dass mich die Zeit nicht reut, die ich mit Ihnen verbracht habe, Mr. Proctor. Ich sehe mit Freuden weiteren Begegnungen entgegen, und auch einer langen und glücklichen Zusammenarbeit mit Sir John Fielding. Bitte lassen Sie ihn das wissen.«

Damit bot er mir die rechte Hand; ich drückte sie und nahm den Brief aus seiner linken entgegen.

»Ich danke Ihnen, Sir. Es war mir ein Vergnügen.«

»Arthur, bringen Sie Jeremy Proctor zur Tür und geben Sie ihm unsere besten Wünsche mit auf den Weg.«

Arthur nahm den Auftrag mit einer Verbeugung entgegen. Ich verabschiedete mich mit einer Verneigung von Mr. Trezavant, und Mr. Trezavant entließ mich mit einer Verbeugung. Verbeugungen in Hülle und Fülle!

Wieder folgte ich dem Butler durch den langen dunklen Korridor, und als er mir die Tür zur Straße öffnete, fiel mir auf, dass er den Anweisungen seines Herrn aufs Wort Folge leistete.

»Ich wünsche Ihnen alles Gute, junger Herr«, sagte er.

»Das wünsche ich Ihnen ebenfalls«, sagte ich und winkte ihm zum Abschied zu.

Ich marschierte los. Dabei sann ich darüber nach, dass es auf irgendeine merkwürdige Weise tatsächlich ein Vergnügen gewesen war. Was Mr. Trezavant offensichtlich an gesundem Menschenverstand fehlte, das machte er durch ausgesuchte Höflichkeit wett. Er gehörte einem Menschenschlag an, über den ich zu jener Zeit nichts wusste und über den ich heute nur wenig mehr weiß: ein geborener Höfling, einer von der Sorte, die allein mit guten Manieren jeden Widerstand zu überwinden sucht und mit Lächeln, Komplimenten und einem sicheren Sinn für die Verteilung der Macht in jeder gegebenen Situation die Nähe dieser Macht sucht, ohne dabei den Rest der Beteiligten zu brüskieren. Der Mann war kein Narr, so viel war klar. Nur durch große Erfolge als Kaufmann konnte er zu einem so prächtigen Haus gekommen sein. Doch sein Verstand war von der Art, die sich am liebsten nur mit Zahlen abgibt, mit Soll und Haben. Bei allem Übrigen rettete er sich in strikte Förmlichkeit.

Nachdem ich mich ein Stück von dem Haus entfernt hatte, glaubte ich den Brief gefahrlos öffnen zu können, um nachzusehen, was er darauf geschrieben hatte. Ich gebe die Worte hier in ihrer ganzen kryptischen Knappheit wieder:

»Sehe keine Notwendigkeit. Unziemlich. Sinnlos. – T.«

Alles, was ich damals wirklich und wahrhaftig dachte, war dies: dass der Mann ein vollkommener Esel sei.

Das Haus, das ich aufgesucht hatte, stand in der Little Jermyn Street. Ich war über den Piccadilly dorthin gelangt. Zu meiner Überraschung stellte ich nun fest, dass sich hinter der Ecke, die ich mir ausgesucht hatte, um die Mitteilung am Ende von Sir Johns Brief zu lesen, die St. James Street lag. Ich wusste, dass ich in der Nähe von Mr. Bilbos Haus war, hatte jedoch nicht geahnt, dass ich ihm so nahe war, denn in der Vergangenheit hatte ich immer den Weg über Pall Mall gewählt, ohne sonderlich auf die Umgebung zu achten. Ich bog also in die St. James Street ein und ging auf das Haus zu, das ich so gut kannte.

Jack Bilbo war der Inhaber von Londons größtem Spielsalon. Er war ein Mann mit Vergangenheit. Es gab dunkle Gerüchte über die Art und Weise, wie er zu dem Vermögen gelangt war, das er in die Ausstattung und Eröffnung seines inzwischen florierenden Unternehmens investiert hatte. Einige behaupteten, er habe sein Geld während des Franzosenkriegs mit Schmuggel verdient; andere meinten, er sei Kapitän eines Freibeuters in der Karibik gewesen und habe dort alles geplündert, dessen er habhaft werden konnte, mit Ausnahme der britischen Schiffe. Die meisten jedoch taten solche Erzählungen als bloße Ammenmärchen ab und erklärten mit großer Überzeugung (wenn auch stets hinter seinem Rücken), Black Jack Bilbo sei nicht mehr und nicht weniger als ein Pirat gewesen.

Sein Aussehen hätte dazu gepasst. Kahlköpfig bis auf einige verirrte Haare, weigerte er sich, eine Perücke aufzusetzen, und trug stattdessen einen großen und buschigen schwarzen Bart, der die untere Hälfte seines Gesichts vollständig verdeckte. Sein nicht sehr hoher Wuchs wurde durch einen kräftigen Körper wettgemacht, der überaus reichlich mit Muskeln und Sehnen ausgestattet war. Oft ging er mit beträchtlichen Summen Geldes in den Taschen zu Fuß und unbewaffnet durch Londons Straßen, doch nie hatte man gehört, dass er auch nur einmal von Räubern belästigt worden sei. Sein wildes Aussehen und sein Furcht einflößender Ruf schützten ihn vor jeder Unbill.

Und doch nannte Sir John ihn seinen Freund. Jack Bilbo war mehr als einmal in unserem Hause zu Gast gewesen. Er war offen und ehrlich, und er hatte die Großzügigkeit besessen, meinen Freund Jimmie Bunkins von der Straße zu holen und ihn zu seinem Mündel zu machen. Er hatte ihn vor einem Leben als Straßendieb bewahrt und ihm Ehrlichkeit, Loyalität und Gehorsam beigebracht. Nur in einem Punkt hatte Bunkins keine Fortschritte gemacht, und das war das Lesen und Schreiben – keine Fortschritte, sage ich, bis zu dem Zeitpunkt, da Mr. Burnham sein Lehrer wurde, wenige Monate vor den hier berichteten Ereignissen. Mit seiner freundlichen und überzeugenden Art, seiner Erfahrung im Unterrichten und seiner einfachen und direkten Methode erzielte der junge Mr. Burnham von Beginn an gute Resultate. Wie ich Sir John erzählt hatte, las Bunkins bereits die Zeitung und wandte sich nunmehr einem noch anspruchsvolleren Material zu – Büchern. Ich hoffte, unsere Annie ebenfalls Mr. Burnhams Unterweisung anvertrauen zu können.

So kam ich zu dem Haus in der St. James Street, welches einst dem unglücklichen Lord Goodhope gehört hatte. Wie es in die Hände von Black Jack Bilbo gelangt war, ist eine Geschichte, die ich bereits erzählt habe; ich werde diesen Bericht nicht dadurch aufhalten, dass ich sie wiederhole. Nur so viel sei gesagt, dass der Haushalt unter Mr. Bilbos Leitung demokratischer geführt wurde als zuvor. Er unterhielt keinen großen Stab von Bediensteten – Lakaien, Zimmermädchen, Dienstboten und dergleichen –, sondern lediglich eine Köchin und ein oder zwei Küchenmädchen, sowie zwei »Putzhilfen«, wie er sich ausdrückte. Diejenigen, die im Hause wohnten und die zum größten Teil im Spielsalon beschäftigt waren, teilten sich die Verantwortung für Ordnung und Sauberkeit im Hause und waren angehalten, so weit wie möglich für sich selbst zu sorgen. Da es keinen Butler gab, befolgten alle, die sich im Hause aufhielten, Mr. Bilbos Anweisung, wonach derjenige, der ein Klopfen an der Tür hörte, gehalten war, dem Besucher zu öffnen. Im Großen und Ganzen funktionierte dieses System, wenn man es so nennen kann, recht gut. Häufig jedoch musste man lange am Eingang warten, bis man endlich von einem der Bewohner gehört wurde.

In diesem Fall hatte ich das Vergnügen, von einer alten Bekannten begrüßt zu werden. Es war das vertraute Gesicht von Nancy Plummer, das mir entgegenlächelte. Zum ersten Mal war ich ihr fast drei Jahre zuvor begegnet, und zwar bei meinem ersten (und nahezu einzigen) Besuch in Black Jack Bilbos Spielsalon. Sie arbeitete dort als Empfangsdame und Bedienung. Doch sie wohnte auch unter dem Schutz ihres Dienstherrn in diesem Haus, das einst die Residenz eines Grafen gewesen war, und hier hatte ich sie schon oft getroffen

»Jeremy«, rief sie, als sie die Tür öffnete, »komm rein! Ich muss dir allerdings sagen, dass Jimmie B. noch bei seiner Morgenlektion ist.«

»Schon in Ordnung«, sagte ich und trat ein. »Ich muss sowieso zuerst mit dem Meister reden.«

»Oh, der ist wohl da, ja.« Sie schloss die Tür. »Aber ich bring dich nicht dahin, wo er ist. Nicht für Geld und gute Worte würde ich mich trauen, da reinzugehen.« Dabei schien ihr ein ordentlicher Schauer über den Rücken zu laufen. »Mr. Bilbo ist unten im Keller. Wir haben den Rattenfänger im Haus. Die Männer sind alle da unten, die gucken zu und rufen und johlen und feuern den Rattenfänger an. Die Köchin und ich und die anderen Ladys vom Haus, wir haben uns oben in Sicherheit gebracht, schön weit weg von diesen furchtbaren Kreaturen. Ich bin runtergekommen, um uns Karten zu holen, sonst hätte ich dein Klopfen gar nicht gehört.«

»Dann geh nur, Nancy«, sagte ich. »Ich werde ihn schon allein finden.«

»Das ist lieb von dir«, erwiderte sie. »Einfach nur den Gang entlang …«

»Bis zur letzten Tür rechts und dann die Treppe runter«, ergänzte ich.

»Du kennst dich ja gut aus. Dann lasse ich dich mal allein.« Sie tänzelte zur Treppe hin. »Ach du gütiger Jesus, wie ich diese Viecher hasse!«, jammerte sie, während sie die Stufen emportrippelte.

Ich kannte mich in der Tat gut aus, noch von meinen ersten Besuchen in diesem Haus her, als es der Wohnsitz der Goodhopes gewesen war. Es kam mir vor, als sei dies schon sehr lange her, wenngleich ich wusste, dass dem nicht so war. Doch war seither so viel passiert. Ich konnte mich kaum noch an jenen Jungen erinnern, der damals ganz allein nach London gekommen war.

Noch bevor ich das Ende des Ganges erreicht hatte, drang das Lärmen und Poltern von unten an meine Ohren. Als ich die Tür aufstieß, hörte ich Lachen, Rufen und Schreien, dann wieder Lachen – alles Laute männlicher Ausgelassenheit. Ich achtete darauf, die Tür hinter mir sorgsam zu schließen, denn es wäre fatal gewesen, hätte ich eines dieser verhassten kleinen Geschöpfe in die übrigen Stockwerke des Hauses entkommen lassen. Ich folgte der Wendeltreppe nach unten und fand mich in einem Raum wieder, der nur wenige Stufen oberhalb der Küche lag. Er war recht groß, musste aber für gewöhnlich einigermaßen dunkel gewesen sein; jetzt war er so gut es ging beleuchtet, mit Kandelabern, einzelnen Kerzen und sogar einer Öllampe, verteilt über sämtliche horizontalen Flächen von mehr als ein paar Quadratzoll Ausdehnung. Dennoch verblieben noch einige düstere Winkel, und in diesen hatten offenbar die Ratten ihre Löcher. Etliche dutzend lagen bereits tot oder sterbend am Boden, doch eine große Menge von ihnen zappelte und strampelte auch in einem geräumigen Käfig, den der Rattenfänger persönlich bewachte. Seine Terrier sprangen erregt und voller Tatendrang um ihn her.

So fasziniert war ich vom Anblick dieses Schauspiels, dass ich um ein Haar über eine große Gestalt gestolpert wäre, die auf einer der unteren Stufen saß. Es war Mr. Bilbo selbst. Er drehte sich um, erkannte mich und schlug mit der flachen Hand neben sich auf die Treppenstufe.

»Setz dich, mein Junge. Sieh dir das ruhig mal an«, sagte er zu mir. »Es ist eine Wissenschaft für sich und es hat auch etwas von einer Kunst.«

Ich nahm seine Einladung an und ließ mich neben ihm nieder. An der Wand gegenüber von meinem Platz hatte eine Gruppe von Bewohnern und Angestellten des Hauses, allesamt männlichen Geschlechts, Aufstellung genommen. Ihre lauten Stimmen waren es, die ich Augenblicke zuvor vernommen hatte. Jetzt waren sie alle verstummt.

»Er hat schon zwei Löcher ausgeräumt«, erklärte Mr. Bilbo, »und jetzt wird er sich das da vornehmen.« Er zeigte auf einen Punkt direkt vor unseren Augen, einen Spalt zwischen Wand und Fußboden, der auf einen Umfang von etwa drei Zoll, vielleicht auch weniger, erweitert worden war.

Der Rattenfänger genoss sichtlich die Aufmerksamkeit seines Publikums. Bei seinen Vorbereitungen gebärdete er sich wie ein Gaukler bei einem Jahrmarkt; er warf den Burschen, die sich zur Linken aufgestellt hatten, immer wieder Blicke zu und lächelte sie an, und hin und wieder verbeugte er sich vor Mr. Bilbo, dem Hausherrn. Jetzt griff er tief in seine Manteltasche und zog ein kleines Pelztier hervor, das ich zunächst für eine Ratte hielt. Aber nein, sein Fell war glänzender und von einem helleren Braun, und sein Schwanz, kürzer als der einer Ratte, war ganz mit Fell bedeckt. Er hielt es mit beiden Händen hoch, sodass alle es sehen konnten.

»Was ist das?«, fragte ich Mr. Bilbo.

»Ein Frettchen«, sagte er. »Hier kommt die Wissenschaft ins Spiel, denn das Frettchen ist ein natürlicher Feind der Ratten. Es mag klein sein, aber es ist tückisch, und die Ratten fürchten es, denn es tötet sie, wie es will – dieses hier allerdings nicht.«

»Ach? Warum denn nicht?«

»Sieh genau hin, Jeremy, dann wirst du erkennen, dass sein Maul mit einem Stück kräftiger Schnur verbunden ist. Wenn es auch hungrig ist, es kann doch nicht töten, und fressen kann es auch nicht. Jetzt schau dir einmal an, was er mit diesem kleinen Burschen anstellt.«

Ich beugte mich vor, um besser sehen zu können. Erwartungsvolle Stille herrschte nun – nicht ein Flüstern war zu hören. Die einzigen Geräusche kamen von den Hunden, drei an der Zahl, die aufgeregt winselten und auf ihren Vorder- und Hinterläufen hin und her wippten. Ihr Herr kniete nieder und ließ das Frettchen frei, das sofort auf das Rattenloch zuschoss. Ohne Schwierigkeiten quetschte es sich durch die enge Öffnung, bis nichts mehr von ihm zu sehen war.

»Aber«, fragte ich Mr. Bilbo, »wenn das Frettchen keine Ratten töten kann, warum schickt man es dann in das Rattenloch?«

»Um sie aufzuscheuchen – einen Moment noch, dann siehst du es.«

Tatsächlich verging nur ein Augenblick, oder allenfalls zwei oder drei, bis ich das Ergebnis erblickte: Die Ratten kamen hervorgeströmt. Ich hätte nicht geglaubt, dass dieses kleine Loch so viel von ihnen verbergen könnte. Kaum hatte sich eine hindurchgezwängt, als ihr auch schon die nächste auf dem Fuß folgte. Einmal draußen, schossen sie in alle Richtungen davon. Doch sie konnten nicht hoffen, den Terriern zu entkommen, die sich wie wild auf sie stürzten, einer nach dem anderen – eine Pfote auf den Kopf, die andere auf den Schwanz, dann der schnelle und kräftige Biss, der dem kleinen Untier das Rückgrat brach, oder ein tüchtiges Schütteln des Kopfes, um ihm den Hals zu brechen; und dann auf zum nächsten Opfer, und so fort.

Wieder war die Küche von lebhaften Rufen und dröhnendem Gelächter erfüllt. Die Männer, die dem Schlachten zusahen, schienen ebenso erregt wie die Hunde, welche die Arbeit leisteten. Und ich gestehe, verehrter Leser, dass auch ich mich von dieser brutalen Demonstration des natürlichen Daseinskampfes anstacheln ließ. Welch ein Anblick bot sich mir da!

Mr. Bilbo beugte sich nahe an mein Ohr und sagte so laut, dass ich es trotz des Lärms in dem Zimmer verstehen konnte: »Siehst du, Junge, das Frettchen kriecht in das Loch, ohne zubeißen oder töten zu können. Aber die Ratten wissen das nicht, und sie haben solche Angst vor ihm, dass sie in Panik geraten und die Flucht ergreifen. Und wenn sie sich dann nach draußen stürzen, werden sie von den Terriern gepackt.«

Immer noch kamen sie hervorgekrochen, und das Töten nahm seinen Lauf. Dann bemerkte ich, dass einer der Hunde die Ratten nicht tötete, wie es die beiden anderen taten. Der kleine, braunweiß gefleckte Bursche war ebenso schnell und stark wie seine Gesellen, doch hatte er eine Ratte in den Fängen, dann hielt er sie nur gerade so fest, dass sie nicht entkommen konnte, anschließend rannte er mit ihr zu seinem Herrn, der das Opfer am Schwanz packte und es zu den anderen in den Käfig warf. Dann stürzte der Hund sich wieder in das Getümmel und auf die nächste Ratte, die er wiederum dem Rattenfänger brachte.

Ich zeigte auf den braunweißen Hund, der solchermaßen beschäftigt war, und sah Mr. Bilbo fragend an.

»Ja, darin liegt nun die Kunst«, erwiderte er, wieder mit lauter Stimme. »Dieser Hund ist von seinem Herrn so abgerichtet, dass er nicht tötet, sondern ihm die Ratten lebend bringt, sodass er sie behalten kann. Das war gewiss nicht so einfach, denn es liegt doch wohl in der Natur des Terriers, dass er Ratten tötet.«

»Aber warum?«, fragte ich. »Warum will der Rattenfänger sie denn lebendig?«

»Oh, sie haben schon ihren Nutzen. Er hat mich gefragt, ob er einige mitnehmen dürfte, damit er am Rattenkampf im Keller des King and Castle teilnehmen kann. Hast du noch nie davon gehört?«

»Nein, was geschieht denn da?«

»Da lassen sie Terrier gegeneinander antreten, um zu sehen, welcher in einem kurzen Zeitraum die meisten Ratten töten kann. In ganz London bieten Gasthäuser und Schenken diese Art von Vergnügungen an, Hahnenkämpfe und dergleichen, natürlich nur, damit die Leute ihr sauer verdientes Geld dabei verwetten können.« Er zwinkerte mir viel sagend zu. »Ja, gewiss«, meinte er, »das ist auch nicht schlimmer, als den feinen Herren ihre Scheine aus der Tasche zu ziehen – und ich bin der Erste, der das zugibt.«

Mit einem Mal stand er auf und wies auf den Boden. Ich sah, dass es keine Ratte war, die da aus dem Loch herausschlüpfte, das man zwischen Holz und Verputz gebohrt hatte, sondern das Frettchen. Der Rattenfänger schnappte das kleine Tier und steckte es wieder in seine Tasche. Es war wieder ruhiger geworden. Das Trippeln der Ratten war verstummt, und die Hunde hatten aufgehört, sich knurrend auf die Nager zu stürzen. Die Zuschauer wiederum hatten ihre Anfeuerungsrufe schlagartig eingestellt. Die Vorstellung war offenbar beendet.

»He, Eure Lordschaft!«, rief der Rattenfänger. »Ich muss jetzt noch meinen Krempel zusammenpacken, die Löcher verstopfen und so. Dann kriegen wir doch unseren Lohn, meine Jungs und ich?«

»Dann kriegen Sie Ihren Lohn«, sagte Mr. Bilbo.

Wir verließen den Ort des Geschehens, Mr. Bilbo, der die dunkle Treppe hinauf voranging, und ich. Obwohl er mir seinen breiten Rücken zuwandte, redete er weiter; seine Stimme hallte ein wenig in dem engen Gemäuer: »Manche meinen, wir täten besser daran, sie zu vergiften. Aber in der Küche Gift auszulegen schien mir keine gute Idee zu sein. Außerdem verkriechen sie sich zum Sterben in ihre Löcher, und dann gibt's einen fürchterlichen Gestank in der ganzen Bude.«

Als wir in die Eingangshalle traten, stellte ich ihm eine Frage, die mir eben erst eingefallen war. »Was für eine Art Gift verwendet man eigentlich für Ratten?«

Er dachte kurz nach. »Na, ich bin mir nicht ganz sicher«, meinte er, »aber ich glaube mich zu erinnern, dass dafür meistens Arsen benutzt wird.«

»Und würde das auch einen Menschen töten?«

»O ja, allerdings. Eine Prise davon im Eintopf würde uns schon krank machen, und mit einer ordentlichen Portion könnte man uns alle umbringen. Ist schon ein gefährliches Zeug.« Er sah mich einen Augenblick lang fragend an, zog es aber vor, die Frage nicht auszusprechen. »Ich nehme an, du bist wegen unseres jungen Masters Bunkins hier. Du wirst noch ein Weilchen warten müssen, bis seine Morgenlektion vorüber ist. Oh, er hat ganz tüchtig protestiert, weil er nicht unten beim Rattenfangen zusehen durfte. Aber Mr. Burnham hat sich nicht erweichen lassen. ›Nichts darf den Lehrplan durcheinander bringen‹, hat er gesagt, und ich habe mich hinter ihn gestellt. Das wird ihm eine gute Lehre sein, meine ich.«

»Nun… gewiss, aber da ist noch etwas anderes. Sir John sagte, ich solle es zuerst mit Ihnen besprechen.«

»Eine Besprechung, was? Nun, die halte ich alle in meiner Kapitänskajüte ab. Komm nur mit, dann können wir uns in Ruhe unterhalten.«

Er ging vor mir den Gang entlang, bis wir zu dem Zimmer kamen, das einmal Lord Goodhopes Bibliothek gewesen war. Mr. Bilbo hatte ihm seinen eigenen Stempel aufgedrückt. Es waren zwar noch Bücher dort, doch war es offensichtlich der Aufenthaltsort eines Mannes, der einen großen Teil seines Lebens an Bord eines Schiffes verbracht hatte. Drucke mit nautischen Motiven, Gemälde von Schiffen und Seestücke bedeckten die Wände. Hinter seinem großen Schreibtisch hingen zwei gekreuzte Entermesser an der Wand – ein neues Detail. So schien er stets bereit, sich in die Schlacht zu stürzen.

Er ertappte mich dabei, wie ich die Waffen mit ehrfürchtigem Staunen anstarrte.

»Das sind allerdings meine«, sagte er. »Ich musste nicht etwa hingehen und sie mir sozusagen als Dekoration kaufen. Sie sind auch nicht nur zur Dekoration. Aber nimm dir doch einen Stuhl, Jeremy. Sag mir, was du auf dem Herzen hast.«

Das tat ich, indem ich ihm kurz den Zweck meines Besuchs schilderte. Black Jack hörte aufmerksam zu; er saß zurückgelehnt da und strich sich über den dunklen Bart, bedächtig nickend wie ein weiser Salomon. Zum Schluss fragte ich ihn noch einmal ausdrücklich, ob er etwas dagegen einzuwenden habe, dass ich Mr. Burnham meine Bitte vortrug.

»Nein«, antwortete er, »ich habe nichts dagegen einzuwenden, aber hier kommt es nicht allein auf meine Stimme an.«

»Selbstverständlich«, pflichtete ich bei, »da wäre Mr. Burnham…«

»Und Bunkins«, mahnte er mich. »Er sollte in dieser Sache auch gefragt werden. Er steht Mr. Burnham sehr nahe – so, wie es sich zwischen Lehrer und Schüler gehört, versteht sich –, und es wird ihm vielleicht nicht gefallen, seinen Platz mit jemandem zu teilen.«

Ich dachte darüber nach – zum ersten Mal. »Ich werde allein mit ihm sprechen und ihn selbst entscheiden lassen.«

»Das ist die einzige Art, es anzugehen. Und was Mr. Burnham betrifft, wird er sie vielleicht auch nicht wollen. Mit zwei

Schülern statt nur einem wird er doppelt so viel Arbeit haben, denke ich. Er wird vielleicht mehr Geld haben wollen, wenn er sie nimmt.«

»Sir John hatte den gleichen Gedanken.«

»Ich glaube, du solltest ihm das Angebot machen, ohne eine Zahl zu nennen.«

»Das werde ich tun, Sir.«

»Nun, vielleicht klappt es, vielleicht auch nicht. Ich jedenfalls hätte nichts dagegen. Du kannst es Mr. Burnham und Bunkins ruhig vorschlagen. So weit es mich betrifft, ist die Sache klar.«

Ich stand auf, dankte ihm und streckte die Hand aus. »Von Ihrer Seite ist die Sache abgemacht, Sir?«

Er beugte sich vor, nahm meine Hand und schüttelte sie. »Abgemacht«, sagte er.

Ich machte kehrt und steuerte auf die Tür zu.

»He, Jeremy«, rief er hinterher, »was meinst du, Junge? Ob ein Shilling für den Rattenfänger wohl zu viel wäre?«

»Von diesen Dingen verstehe ich nichts, Mr. Bilbo.«

»Nun ja, er hat saubere Arbeit geleistet und eine gute Vorstellung abgeliefert – also warum nicht?«

»Wie Sie meinen, Sir, wie Sie meinen.«

Ich winkte ihm noch einmal zu, trat in den Gang hinaus und machte mich auf den Weg zum vorderen Teil des Hauses. Dort, in dem Raum, der einst Lady Goodhopes Nähzimmer gewesen war, hielt Mr. Burnham seinen Unterricht ab.

Als ich an der geschlossenen Tür des Zimmers ankam, horchte ich einen Moment daran und hörte Bunkins laut lesen – zwar stockend, doch immerhin, er las –, und zwar aus dem ersten Band des *Robinson Crusoe,* welchen ich ihm zu Weihnachten geschenkt hatte. Ich war äußerst beeindruckt.

Ich zog mich an eine Stelle in geringer Entfernung von der Tür zurück, wenngleich näher an der gegenüberliegenden Wand des Korridors; schließlich wollte ich nicht mit dem Ohr an der Tür erwischt werden.

Kurz darauf bewegte sich die Klinke der Tür zum Schulraum. Die Tür ging auf, und heraus kam Bunkins, dicht gefolgt von Mr. Burnham. Beide lächelten, woraus klar hervorging, dass Bunkins seinen Groll wegen der verpassten Rattenfang-Vorführung inzwischen verwunden hatte. In der Tat, so war es; doch da er gehofft hatte, wenigstens noch den Rest der Attraktion mitzuerleben, war er bitter enttäuscht, als er von mir erfuhr, dass bis auf das Aufräumen alles gelaufen war. Doch er nahm es in stoischer Haltung auf – genauer gesagt, mit einem Achselzucken.

»Was soll's«, meinte er, »ich hab so was schon mal gesehen. Und außerdem kann ich, wenn ich Lust dazu habe, immer mal auf eine Runde Rattenhatz im King and Castle vorbeischauen. Wenn du magst, kann ich dich irgendwann mal mitnehmen.«

»Warum nicht, Jimmie B.?«, erwiderte ich freundlich. »Aber ich bin hergekommen, weil ich dachte, du würdest an diesem schönen Tag vielleicht einen Spaziergang mit mir machen wollen.«

»Das passt mir prima, aber ich muss zuerst den Meister fragen und mir meinen Stutzer und meinen Obermann schnappen.«

Darauf meinte Mr. Burnham: »Und du musst rechtzeitig zu deiner Nachmittagslektion zurück sein.«

»Oh, das werde ich ganz bestimmt, Sir. Sie können sich auf mich verlassen.«

»Recht so«, lachte sein Lehrer. »Bisher hast du mir keinen Grund gegeben, an dir zu zweifeln.«

Mit einem Nicken verließ uns Bunkins sodann und lief davon, um Mr. Bilbo zu suchen. Ich sah Mr. Burnham an: Mit seiner Hautfarbe wie Milchkaffee war er ein echter Mulatte, geboren auf Jamaika; halb Engländer und halb Afrikaner – und mit einem Mal fiel mir ein, dass ich es versäumt hatte, irgendjemandem in der Bow Street Nummer vier davon und von seiner Geschichte zu erzählen, weder Annie noch Sir John noch Lady Fielding. Würden sie dem irgendeine Bedeutung beimessen?

Sollte ich abwarten und dies zuerst zu Hause klären, bevor ich das Thema ansprach, dessenthalben ich gekommen war? Und ich kam zu der festen Überzeugung, dass es ihnen nichts ausmachen würde, weil es ihnen nichts ausmachen durfte.

»Mr. Burnham, ich habe eine Frage an Sie«, begann ich.

»Und die wäre?«

Wieder umriss ich die Angelegenheit in Kürze, allerdings sprach ich dieses Mal mehr von Annie; ich erwähnte, dass sie sehr klug und über die Maßen lernbegierig sei und überdies bereits ausgesprochen fähig in ihrer Eigenschaft als Köchin unseres kleinen Haushalts.

»Sie ist also die Köchin?«

»Ja, Sir.«

»Meine Mutter ist eine Köchin. Ich glaube, von allen meinen Fertigkeiten hat sie auf keine größeren Wert gelegt als auf das Lesen. Das sei der Schlüssel zu allem anderen, sagte sie. Und sie hatte selbstverständlich Recht damit.« Erst jetzt sah er mich an. »Es würde mir sehr schwer fallen, eine Köchin abzuweisen, die das Lesen erlernen wollte.«

»Dann werden Sie Annie also aufnehmen?«, fragte ich ganz aufgeregt.

»Dann möchte ich es also mit ihr *versuchen*«, erwiderte er. »Ich bezweifle nicht, dass sie so klug und ehrgeizig ist, wie du sagst; es fragt sich allerdings, wie sie sich mit Master Bunkins vertragen wird. Auch muss ich Mr. Bilbo um Erlaubnis bitten.«

»Die habe ich bereits bei ihm eingeholt«, sagte ich. »Er sagte aber, die eigentliche Entscheidung müsse Ihnen und Bunkins überlassen bleiben. Ich möchte Jimmie B. während unseres Spaziergangs darauf ansprechen.«

»Tu das«, sagte er. »Seine Stimme soll die entscheidende sein.«

»Da wäre noch die Frage des Geldes«, sagte ich. »Sir John und Mr. Bilbo meinten beide, dass eine zusätzliche Schülerin…«

»Darüber wollen wir später reden, einverstanden?«

Bunkins schwebte ein ganz besonderes Ziel für unseren Spaziergang an jenem Morgen vor. Als ich hörte, was es war und was uns dort erwartete, widerstrebte es mir, ihn dorthin zu begleiten. Anscheinend hatte, so erzählte er mir, ein Arbeiter in dem als Abwasserkanal dienenden Fleet River nahe der Holbourn Bridge eine grausige Entdeckung gemacht. Er hatte seinen Fund sogleich zu Mr. Saunders Welch gebracht, dem High Constable und Richter von Holbourn, anstatt zu Sir John in der Bow Street. Der Fundort lag so, dass man ihn eher Westminster hätte zuordnen können, doch er wandte sich an Saunders Welch in der Hoffnung auf eine Belohnung. Mr. Welch war nämlich nicht nur großzügig im Verhängen von Geldstrafen, er war auch dafür bekannt, dass er für Gegenstände von kriminalistischem Interesse, die ihm überbracht wurden, Belohnungen austeilte. Der Kanalreiniger erhielt eine Vergütung in Höhe von zehn Shilling. Und nun hatte man den Gegenstand auf dem Friedhof von St. Andrew's zur Schau gestellt.

Ich hörte zu – geduldig, wie ich meine –, während wir so nebeneinander hertrotteten; doch endlich platzte mir der Kragen, und ich verlangte zu wissen, welcher Art denn dieser grässliche Gegenstand sei, dessen Wert mit zehn Shilling angesetzt worden war.

»Was ist es?«, fragte ich. »Was sollen wir uns zusammen ansehen?«

»Die Birne von irgend so 'nem armen Schwein. Ohne den ganzen Rest, weißt du, bloß die Birne!«

Hatte ich Bunkins recht verstanden? »Du meinst einen Kopf?«, fragte ich. »Einen Menschenkopf?«

»Sag ich doch die ganze Zeit! Sie haben ihn da auf 'ne Stange aufgespießt, damit jeder ihn sehen kann. Welch ist bereit, noch mal zehn Shilling rauszurücken für denjenigen, der ganz sicher sagen kann, wer der Typ ist. Ich hab gehört, da wär ganz schön was los.«

»Schaulustige, die an diesem widerlichen Anblick ihre Sensationsgier befriedigen wollen«, meinte ich naserümpfend.

»Nee, keine Spur«, erwiderte er. »Ihre Geldgier wollen die befriedigen, sonst nix.«

»Nun, ich will jedenfalls nichts damit zu tun haben. Ich gehe mit dir bis zum Friedhof, aber ich werde vor dem Tor auf dich warten.«

»Mach's, wie du willst. Ich mach mir deswegen nicht ins Hemd.«

Ich war wütend auf ihn und verfiel in beleidigtes Schweigen – und er war wütend auf mich; so ist es nun einmal bisweilen unter guten Freunden. Warum musste er sich auch immer wieder auf das Niveau des Pöbels herabbegeben, fragte ich mich. Gewiss hatte er im Gegensatz zu mir auf die Vorteile einer intakten Familie verzichten müssen; seinen Vater hatte er nie gekannt, an seine Mutter erinnerte er sich nur vage, und schon als kleines Kind hatte er sich auf der Straße allein durchschlagen müssen. Dennoch, in den vergangenen zwei, inzwischen fast drei Jahren war ihm reichlich Gutes zuteil geworden. Er lebte dort in der St. James Street in einigem Luxus, und es fehlte ihm an nichts – sicherlich nicht an den zehn Shilling, die er sich vielleicht verdienen könnte, indem er den armen Mann identifizierte, dessen Kopf auf einer Stange dort auf dem St.-Andrew's-Friedhof steckte. Ihn trieb einzig und allein die Neugier.

Ich musste daran denken, wie ich zum ersten Mal mit ihm vom Strand in die Fleet Street gegangen war. Ich hatte diesen Weg schon einige Male genommen, ohne dass mir etwas Ungewöhnliches aufgefallen wäre, und so war ich vollkommen unvorbereitet, als er mich vor dem eisernen Tor des Temple Bar anhielt und mich auf die beiden Totenschädel aufmerksam machte, die dort hoch oben an Haken aufgehängt waren und im Winde klapperten. Er hatte über mein Entsetzen gelacht und mir erzählt, früher seien sie noch mit Fleisch bedeckt gewesen, doch die Vögel hätten es schon längst sauber abgepickt. Es handelte sich, wie ich später von Sir John erfuhr, um die Überreste der Köpfe der Verräter von 1745. Ursprünglich waren es vier gewesen – oder doch fünf? Sir John war sich nicht sicher. Jedenfalls waren alle bis auf jene zwei heruntergeweht worden oder hatten sich einfach aufgelöst und waren auf das Pflaster herabgestürzt. »Ich weiß nicht«, hatte Sir John gesagt, »ob eine solche Zurschaustellung verräterische Umtriebe verhindern kann. Ich bin mir allerdings sicher, dass sie einer Rechtfertigung solcher Umtriebe sehr nahe kommt.« Ich selbst hege seither eine besondere Abneigung gegen die Enthauptung als Methode der Hinrichtung. Wenn ein Mann gehenkt wird, kann seine Leiche wenigstens unversehrt begraben werden.

Aber ich konnte nicht allzu lange schmollen und auch nicht gegenüber Bunkins den Vornehmen herauskehren, denn an jenem Tag kam ich als Bittsteller zu ihm. Und daher brach ich das Schweigen zwischen uns.

»Sag mal, Jimmie B., wie läuft es denn mit deinem Unterricht?«

»Wie geschmiert«, antwortete er. Wir marschierten weiter nebeneinander her. »Wir lesen jetzt das Crusoe-Buch, das du mir zu Weihnachten geschenkt hast. Wir sind gerade an der Stelle mit den Kannibalen.« Er blieb lange genug stehen, um mir ein unverschämtes Grinsen zuwerfen zu können. »Jeremy, alter Kumpel, was meinst du – ob der Kopf da wohl alles ist, was von dem Kerl auf dem Friedhof übrig ist? Meinst du, er ist gefressen worden?«

Während er sich keinerlei Mühe gab, sich zu beherrschen, und sich in einem Anfall schallenden Gelächters so krümmte, dass er nur noch taumeln konnte, war ich sehr darauf bedacht, mich zurückzuhalten, denn ich sagte mir, dass ich es Annie schuldig sei, alle seine geschmacklosen Scherze still zu ertragen.

Ich wartete, bis er sich beruhigt hatte, und wandte mich dann mit einem, wie ich fand, großmütigen Lächeln an Bunkins, darauf sagte ich mit aller Gelassenheit, die ich aufbringen konnte: »Nein, ich halte es für wahrscheinlich, dass der Rest von ihm irgendwie seine letzte Ruhe unter der Erde gefunden hat oder dass er vielleicht aufs Meer hinausgetrieben wurde. Aber das, was sie jetzt haben, mag sehr wohl alles sein, was sie je von ihm finden werden.«

»Dann gib's doch zu, Kumpel. Er könnte gefressen worden sein.«

»In London ist alles möglich.«

Als wir an dem offenen Friedhofstor anlangten, sah ich, dass sich dort eine große Menschenmenge versammelt hatte. Hätte man Eintrittsgeld verlangt, ich glaube, es wären ihrer ebenso viele gewesen; so begierig waren die Londoner damals (wie auch heute noch) auf alle grotesken und unheimlichen Spektakel. Wie ich es erwartet hatte, war ihr Benehmen laut, ungehörig und respektlos, in keiner Weise der Würde der Toten angemessen. Es überraschte mich allerdings, unter ihnen einige Frauen zu erblicken. Die meisten davon waren zweifellos Huren, und ihr Lachen klang schriller und durchdringender als das der Übrigen.

Bunkins blieb am Tor stehen. Er sah mich an, die Hände in die Hüften gestemmt, und runzelte die Stirn. »Jeremy«, sagte er, »willst du wirklich hier warten, während ich mir das angucke?«

»Nun … warum nicht?«

»Du hast doch schon schlimmere Sachen gesehen, hast mir's selbst erzählt, wie du diese Huren angeguckt hast, die so schrecklich zerstückelt waren, dass ihnen die ganzen Eingeweide raushingen.«

»Aber das war etwas anderes. Das war … das war eine kriminalistische Untersuchung.«

»Ist das hier vielleicht keine? Die müssen doch wissen, wie der arme Kerl heißt, bevor sie rauskriegen können, wer ihn umgelegt hat, oder etwa nicht? Wenn Sir John dir sagen würde, du sollst dir das angucken, was von ihm übrig ist, und sagen, ob du weißt, wer's war, dann würdest du das doch ganz bestimmt machen. Hab ich Recht oder was?«

Ich warf ihm einen finsteren Blick zu. »Und wenn schon?«

»Na, vielleicht kennst du ja den da auf dem Friedhof? Hast du daran schon mal gedacht?«

Das hatte ich allerdings nicht, und so war meine Antwort Schweigen.

»Guck mal da rein«, beharrte er. »Da sind Frauen drunter, und die haben auch keine Angst, einen Blick zu riskieren. Die hoffen auf die zehn Shilling wie all die anderen auch.«

»Ich habe keine Angst.«

»Was hält dich denn dann davon ab, Kumpel? Deine Annie, die würde sich nicht zweimal bitten lassen. Die würde jetzt schon vorn in der Schlange stehen und hingucken und sagen: ›Ach, das ist Mr. Sowieso. Bei dem habe ich noch vor drei Tagen im Covent Garden Gemüse gekauft.‹«

Annie? Hatte er Annie erwähnt? Das war meine Chance!

»Ach, übrigens«, platzte ich heraus, »da fällt mir ein, dass ich dich noch etwas fragen wollte, Jimmie B.« Würde das als Vorrede genügen? »Annie möchte gerne lesen lernen. Wie fändest du es, wenn sie mit dir an Mr. Burnhams Unterricht teilnehmen würde?«

»Frag *ihn*, nicht *mich*«, gab er zurück, etwas verstimmt über die Unterbrechung.

»Das habe ich schon. Er sagte, ich solle dich fragen.«

»Na klar bin ich damit einverstanden. Annie ist echt 'n feiner Kerl.«

»Sei so nett und sag das Mr. Burnham, ja?«

»Na gut. Aber jetzt wollen wir uns mal wieder dem Gegenstand der Diskussion zuwenden, wie Mr. Burnham sagen würde.«

»Ach, ist schon gut«, meinte ich. »Du hast mich überzeugt. Es ist, wie du sagst, eine kriminalistische Untersuchung, und würde Sir John sie leiten, dann würde ich mich mit Freuden daran beteiligen.«

»Äh … ja …« Bunkins schien durch mein plötzliches Nachgeben verwirrt. »Dann komm jetzt. Schauen wir's uns an.«

Er winkte mich durch das Tor, und gemeinsam betraten wir den Friedhof. Einerseits war ich so erleichtert darüber, mein Ziel erreicht zu haben, dass ich mich nicht aufraffen konnte, ihm noch länger Widerstand zu leisten. Aber andererseits musste ich auch gerechterweise zugeben, dass Jimmie Bunkins seinen Standpunkt sehr gut vertreten hatte. Es mochte ihm noch viel von dem Straßenjungen anhaften, der er gewesen war, und er mochte bis vor kurzem noch ein Analphabet gewesen sein, aber er konnte sich in einer Diskussion glänzend behaupten – und das war das Kennzeichen eines wachen Verstandes.

Wir schlossen uns der Menschenmenge an, die sich gebildet hatte. Obwohl viele vor uns waren, kamen wir doch so rasch voran, dass ich nicht befürchten musste, es würde allzu lange dauern. Wegen der vielen Leute, die uns die Sicht versperrten, hatten wir keine Gelegenheit, aus der Ferne einen Blick auf den Gegenstand zu erhaschen, den wir aus der Nähe in Augenschein nehmen sollten. Das kam mir sehr gelegen. Zwar hatte ich mich von Bunkins überreden lassen, aber mir war dennoch etwas flau im Magen angesichts dessen, was mir bevorstand.

Die Stimmung unter den Wartenden war, wie bereits erwähnt, recht ausgelassen, zum Teil regelrecht pöbelhaft. Es wurden Witze gerissen – »Hat schon mal jemand dran gedacht, den Kerl da auf der Stange nach seinem Namen zu fragen? Na, das wär vielleicht ein Ding, wenn der darauf antworten würde, was?« (Dies wurde von einer der Frauen gerufen.) Man unterhielt sich munter darüber, was man mit den zehn Shilling anfangen würde, wenn man sie erst hätte; die meisten der vorgebrachten Projekte betrafen alkoholische Getränke und leichte Mädchen. Es wurde nach Herzenslust schwadroniert und geprahlt. Aber weiter links gab es eine kleinere Gruppe – genauer, mehrere Gruppen –, gebildet aus denjenigen, die das, wofür sie angestanden hatten, bereits hinter sich hatten. Sie waren wesentlich stiller, unterhielten sich nur leise murmelnd und flüsternd; aus ihren Reihen hörte ich kein Gelächter.

Bunkins und ich redeten selbst nur wenig. Einmal überraschte er mich, indem er die Vermutung anstellte, er würde Annie gewiss helfen können; denn Mr. Burnham habe gesagt, er habe in seinem Unterricht die Erfahrung gemacht, dass es die Pflicht eines Schülers sei, seinen Mitschülern zu helfen. Ein lobenswerter Gedanke, gewiss, doch vielleicht unterschätzte Bunkins Annie Oakum und ihre große Lernwilligkeit. Davon sagte ich ihm natürlich nichts; ich erzählte nur ein wenig von meinen eigenen erfolglosen Versuchen, ihr das Lesen beizubringen, von meinem Mangel an Geduld und System. Worauf Bunkins voller Zuversicht bemerkte: »Wir werden es ihr schon beibringen, Mr. Burnham und ich.«

Währenddessen hatte ich darauf geachtet, nicht zu dem Kopf auf der Stange hinzusehen und ihm stets den Rücken zuzuwenden. Wann immer Bunkins einen Schritt nach vorne machte, rückte ich mit ihm vor. Je näher wir kamen, desto unruhiger gingen seine Blicke hin und her, und seine Miene wurde zusehends ernster.

Endlich nickte er mir zu und zeigte über meine Schulter.

»Wir sind dran, Jeremy.«

Und da war es, das schreckliche Ding. In gewisser Weise war es nicht ganz so schlimm, wie ich gedacht hatte. Man hatte Gesicht und Haare gewaschen und alle Spuren des Abwasserkanals entfernt. Dennoch schien es irgendwie zweifelhaft, dass dieses Objekt jemals auf einer normalen menschlichen Gestalt seinen Platz gehabt hatte. Die Haut hatte sich zu einer Art graubraunem Ton verfärbt. Das Wasser schien die Züge des Toten irgendwie gelockert und verzerrt zu haben, sodass ein matter und tief trauriger Gesichtsausdruck entstanden war – die Traurigkeit des Todes. Der Mund war offen, die Augen, die seltsam leer blickten, verblasst zu einer Farbe, die kein richtiges Blau mehr war.

Dass es sich in der Tat um einen vom Körper abgetrennten Kopf handelte, bewiesen die Fetzen von Knorpel und Sehnen, die von einer Stelle unterhalb der Stimmbänder herabhingen, wo der Hals durchschnitten worden war. Doch es war ein sauberer Schnitt. Konnte die Axt eines Scharfrichters so gute Arbeit geleistet haben? Unter dem Kinn war die tödliche Verletzung zu sehen – keine klaffende Wunde, sondern ein dünner Schlitz, der sich von Ohr zu Ohr über den Hals zog.

Ich erschauerte. Ich wandte mich ab. Es gab für mich nichts zu sehen, was ich nicht schon gesehen hatte. Aber Bunkins verharrte noch und starrte den Kopf in tiefer Konzentration an, bis er endlich widerstrebend ebenfalls weiterging. Wir entfernten uns zusammen von dem Objekt des Schreckens und gingen schweigend weiter, bis wir zum Friedhofstor kamen. Erst dort blieb er stehen und fasste meinen Arm wie jemand, der eine höchst feierliche Erklärung abzugeben hat.

»Weißt du, Kumpel«, sagte er, und seine Stimme war kaum mehr als ein Flüstern, »ich glaube, ich kenne den armen Kerl da von irgendwoher, aber es fällt mir einfach nicht ein, wo oder wann ich ihm begegnet bin.«

4. KAPITEL

In welchem Sir John ein fruchtloses Gespräch mit einer Witwe führt

Am nächsten Morgen verabschiedete ich mich von Annie, die zu ihrem ersten Schultag aufbrach. Bevor sie das Haus verließ, gab ich ihr noch in recht überheblicher Manier Anweisungen, wie sie am besten zu Mr. Bilbos Haus in der St. James Street gelangen könne. Nachdem sie mich eine Weile einigermaßen befremdet angesehen hatte, unterbrach sie mich mit einem berechtigten Hinweis:

»Du vergisst, Jeremy, dass ich über ein Jahr lang in dem Haus gearbeitet habe«, sagte sie, »und an den meisten Tagen bin ich von dort zum Covent Garden gelaufen, um für die Köchin einzukaufen. Ich bin nicht blöde. Den Weg kenne ich noch.«

Tatsächlich, das hatte ich für einen Moment vergessen. »Natürlich«, sagte ich zerknirscht. »Der Blöde bin wohl ich. Du wirst das Innere des Hauses allerdings stark verändert finden, denke ich.«

»Gewiss hat sich alles zum Besseren verändert.« Und damit winkte sie mir zu und verschwand.

Und ich machte mich auf, um unsere Einkäufe für den Tag bei den Gemüsehändlern im Covent Garden zu erledigen. Annie hatte mir die Liste diktiert, und wir waren übereingekommen, dass diejenigen Tätigkeiten im Haushalt, für die sie normalerweise verantwortlich war, nun immer von mir übernommen würden. Sie würde nur an der Morgenlektion teilnehmen, welche ausschließlich dem Lesen vorbehalten war. Mr.

Burnham pflegte den Nachmittag für den Geographie- und Rechenunterricht zu reservieren. Annie erklärte, London kenne sie zur Genüge, und mehr müsse sie über die Welt nicht wissen. Und was das Rechnen betraf, so reichten ihre Kenntnisse aus, um das Wechselgeld nachzuzählen, was sie stets sehr sorgsam tat. Das, so versicherte sie, müsse genügen. So wurde denn beschlossen, dass sie nur morgens zum Unterricht gehen sollte. Am Nachmittag würde sie so Zeit haben, sich dem Backen zu widmen oder der Vorbereitung besonderer Mahlzeiten für Gäste sowie solchen Aufgaben, mit denen Lady Fielding sie hin und wieder betraute. So waren alle zufrieden.

Nach meiner Rückkehr vom Covent Garden begab ich mich auf Sir Johns Anordnung in sein Amtszimmer, wo er mir einen Brief an Squire Bladgett, den Richter von Lichfield, diktierte. Den Namen hatten wir einer Liste entnommen, die Mr. Marsden, der Protokollführer des Gerichts in der Bow Street, aufgestellt hatte, damit Sir John mit den Vertretern des Gesetzes in entfernten Gegenden Großbritanniens in Angelegenheiten wie der des Thomas Roundtree korrespondieren konnte. Es war kein besonders großartiger Brief. Er besagte lediglich, dass der Bursche, während er sich wegen eines geringfügigen Vergehens in unserem Gewahrsam befunden habe, entkommen sei, und dass er als Flüchtiger nun in sehr viel größeren Schwierigkeiten sei als zuvor. Da er angegeben habe, aus Lichfield zu stammen, bestünde die Möglichkeit, dass er dorthin zurückkehrte; sollte er dies tun, so war er so lange festzuhalten, bis ein Constable aus London geschickt werden konnte, um ihn abzuholen. Nachdem er den Brief unterschrieben hatte, diktierte Sir John noch ein Postskriptum, welches lautete: »Wäre ebenso dankbar für jegliche Hinweise Ihrerseits, die uns bei unserer Suche nach ihm in London von Nutzen sein könnten.«

Ich las ihm den gesamten Brief noch einmal vor. Er hörte aufmerksam zu und rieb sich das Kinn; als ich geendet hatte, sagte er: »Das dürfte genügen, meinst du nicht auch?«

»O ja, gewiss. Mehr braucht es nicht.«

Immer noch saß er grübelnd da. »Dieser Bursche lässt mir einfach keine Ruhe. Er kann unmöglich nur deshalb geflohen sein, weil er sich einen Monat im Fleet-Gefängnis ersparen wollte. Ich könnte mir denken, dass er verschwinden wollte, um nicht wegen irgendeines größeren Verbrechens belangt zu werden. Wegen des Diebstahls der Vase? Vielleicht, doch wie du gesagt hast, Jeremy, war es ihm bereits gelungen, in dieser Angelegenheit den Hals aus der Schlinge zu ziehen. Nein, da muss noch etwas sein, eine größere Sache. Doch was das sein könnte, weiß ich nun wirklich nicht.«

»Ich auch nicht, Sir«, sagte ich. »Vielleicht würde es uns weiterhelfen, wenn ich noch einmal zu seinem Zimmer in der Half-Moon-Passage zurückginge, um mich dort umzusehen. Vielleicht finde ich etwas.«

Das entlockte ihm ein Kichern. »Vielleicht, doch ich bezweifle es. Nachdem du das Schloss derart malträtiert hast, stand das Zimmer jedem offen, der hineinwollte. Ich könnte wetten, dass es inzwischen ziemlich leer ist.«

»So kam es mir bei meinem ersten Besuch schon vor – aber ich habe mir nicht die Zeit genommen, alles gründlich zu durchsuchen. Immerhin ...«

»Immerhin könnte es der Mühe wert sein. Man soll nichts unversucht lassen. Warum nicht? Wenn du den Brief zur Poststation gebracht hast, gehst du gleich weiter in die Half-Moon-Passage, um deine Ermittlungen fortzusetzen.«

»Jawohl, Sir John, und anschließend würde ich gerne Mr. Bilbos Haus in der St. James Street einen Besuch abstatten. Da Mr. Burnham erklärt hat, er würde Annie nur auf Probe aufnehmen, möchte ich in Erfahrung bringen, ob sie seinen Erwartungen wohl entsprochen hat.«

»Und erkundige dich, wie viel es mich kosten wird«, sagte er.

»Wie Sie wünschen, Sir.«

»Du hast heute Morgen einiges zu erledigen, Junge, also solltest du keine Zeit verlieren.«

Ich fand das alte Gebäude in der Half-Moon-Passage so vor, wie ich es vom Vortag in Erinnerung hatte. Überall lag Unrat herum, und der mit Schmutz übersäte Innenhof roch noch ebenso übel wie zuvor. Ich folgte dem Weg über die kurze Treppe und den langen, dunklen Gang, den mir dieser gerissene Bursche Roundtree gezeigt hatte.

Wie er mich doch übertölpelt hatte! Beim Gedanken daran brannten meine Wangen vor Scham. Alles, was vorangegangen war – seine närrischen Possen auf der Straße, sein vorgebliches Staunen über meine Erzählkunst, und besonders, oh, ganz besonders seine anzüglichen Geschichten von nackten Weibern auf den Gängen – all das hatte nur der Vorbereitung auf den Moment gedient, da er mich an die Wand gestoßen hatte, sodass ich das Gleichgewicht verloren hatte.

Er hatte mich nach allen Regeln der Kunst reingelegt. Sir John hatte Recht: Der Mann hatte wahrlich eine Begabung zum Schauspieler. So peinlich mir die Erinnerung auch war – wenn ich an seine Vorstellung in der Bow Street dachte, wie er sich am ganzen Leib gekratzt hatte, umhergehopst war und Bemerkungen über die »Flohzucht« in der Arrestzelle hatte fallen lassen, dann konnte ich mir ein Lächeln einfach nicht verkneifen. Ob es nun gespielt war oder echt, Thomas Roundtree hatte in der Tat etwas Liebenswertes an sich.

Ich hatte keine Mühe, sein ehemaliges Zimmer zu finden. Es war natürlich dasjenige mit dem zerstörten Türschloss. Ich hatte fast damit gerechnet, die Tür offen zu finden, denn so hatte ich sie zurückgelassen, als ich auf die Gasse hinausgeeilt war.

Ich drückte also mit der Hand dagegen in der Erwartung, dass sie sich öffnen würde. Das tat sie nicht. Ich drückte erneut, diesmal fester, und merkte, wie sie ein wenig nachgab – aber nur ein kleines Stück, vielleicht einen halben Zoll oder noch weniger. Hatte ich die richtige Tür gewählt? Ja, zweifellos, denn da war das Loch, das meine Kugel gerissen hatte. War das Schloss bereits repariert und das Zimmer wieder vermietet worden? Das schien mir unwahrscheinlich.

Da hörte ich, wie sich etwas im Zimmer bewegte – leichte Schritte wie die eines Kindes oder einer kleinen Frau. Ich hämmerte mit der Faust gegen die Tür.

»Heda dort drinnen!«, rief ich. »Aufmachen! Ich komme vom Gericht in der Bow Street und habe Anweisung, dieses Zimmer zu durchsuchen!«

Einen Moment lang regte sich nichts. Dann eine Stimme: »Gehen Sie weg!« Es war die Stimme einer Frau oder eines Mädchens, dessen war ich mir sicher.

»Treten Sie beiseite«, sagte ich. »Ich komme jetzt herein!«

Ich kam zu dem Schluss, dass sie ein Möbelstück vor die Tür geschoben haben musste, vielleicht eine Kommode. Gab es in dem Zimmer einen Schrank? Ich hatte mich bisher nicht mit voller Kraft gegen die Tür gestemmt. Das würde ich nun versuchen. Ich legte die Schulter an das Türblatt, brachte meine Füße in Stellung und drückte mit dem gesamten Körper dagegen. Langsam begann sich der Türspalt zu öffnen. Auf der anderen Seite war ein Widerstand zu spüren; wer immer jenseits der Tür war, hatte sich nicht nur verbarrikadiert, sondern hielt auch dagegen, während ich drückte. Mir blieb nichts anderes übrig, als noch stärker zu drücken, was ich auch tat – immer fester und fester, bis endlich das Möbelstück, das die Tür blockiert hatte, polternd zur Seite fiel und meine Widersacherin der Länge nach zu Boden fiel.

Ich war im Zimmer. Was mir den Weg versperrt hatte, entpuppte sich als eine große Kommode, die jetzt auf der Seite lag; die Bewohnerin des Zimmers aber lag flach auf dem Rücken und blickte zornig zu mir auf, während meine Augen den Raum absuchten.

»Wohl keinen Respekt vor anderer Leute Privatsphäre?«, fragte sie.

»Wer bist du?«

»Ich habe zuerst gefragt.«

»Ich habe keinen Respekt vor Leuten, die da sind, wo sie nicht hingehören – und du hast kein Recht, hier zu sein.«

»Das habe ich wohl. Ich bin seine Tochter.«

Ich war verwirrt. »Wessen Tochter? Was meinst du?«

»Dessen, der dich zum Narren gemacht hat.« Und dann streckte sie mir unverschämterweise die Zunge heraus.

Sie war im passenden Alter für derlei dreiste Torheiten – elf Jahre vielleicht, jedenfalls nicht älter als zwölf.

Als sie sich vom Boden aufrappelte, sah ich, dass sie für ihr Alter recht groß war, schlank und drahtig, aber noch ohne jeden Ansatz weiblicher Formen. Sie musste vor kurzem einen tüchtigen Wachstumsschub gehabt haben, denn ihrem Kleid fehlte ein gutes Stück bis zu den Knöcheln, während die Taille desselben oberhalb der ihren saß.

»Wie lautet dein Name?«, fragte ich in einem äußerst strengen Ton, der zu meinem Auftrag passte.

»Clarissa Roundtree«, antwortete sie und betonte den Nachnamen, »Tochter des Thomas und stolz darauf.«

»Das solltest du nicht sein, denn er ist auf der Flucht vor der Justiz.«

»Wenn du die Justiz bist, dann ist die Justiz ein Tollpatsch. Schämst du dich denn nicht? Nach nackigen Weibern zu schielen! O ja, ich weiß Bescheid. Ich kenne die ganze erbärmliche Geschichte.«

Sie stand da, die Fäuste in die Seiten gestemmt, und der Blick, den sie mir zuwarf, war sowohl streitlustig als auch herablassend. Es hätte mich nicht überrascht, wenn sie mir mit erhobenem Zeigefinger gedroht hätte wie eine alte Hexe.

»Nun«, sagte ich, ungerührt von ihrem Spott und ohne ihr den Gefallen zu tun, zu erröten, »wenn du die ganze erbärmliche Geschichte kennst, dann musst du sie von deinem Vater gehört haben. Ist er hierher zurückgekommen?«

»Das sage ich nicht.«

»Wo ist er jetzt?«

»Meine Lippen sind versiegelt.«

»Du musst es sagen, denn es handelt sich um eine gerichtliche Ermittlung.«

»Ach was… pah! Eine gerichtliche Ermittlung, wie? Du kannst mich foltern, wenn du magst, aber ich werde meinen Vater nicht verraten.«

Darauf brach ich in lautes Lachen aus. Das gefiel ihr ganz und gar nicht. Sie trat ein paar Schritte zurück und starrte mich so finster an, als wolle sie mich ermorden.

»Was ist denn daran so komisch?«, verlangte sie zu wissen.

»Das musst du aus irgendeinem Roman haben. Wir foltern niemanden.«

»Wirklich nicht?« Sie schien ernsthafte Zweifel zu haben.

»Nein. Alles, was wir tun müssen, ist, dich vor Sir John Fielding bringen, der Richter am Bow Street Court ist, und dann wirst du sofort das große Zittern bekommen.«

»Ist er so furchtbar?«

»Nein, aber er flößt jedem Respekt ein.«

»Pah!«

»Nun gut, Miss Pah«, meinte ich. »Meine Absicht war es, dieses Zimmer zu durchsuchen, und das werde ich auch tun. Du kannst währenddessen auf diesem Stuhl Platz nehmen« – ich zeigte auf den einzigen Stuhl im Zimmer – »oder dort stehen bleiben, wo du bist. Aber versuche nicht, meine Arbeit zu behindern.«

»Ist das eine Drohung?«

»Eine Warnung.«

Es musste mir gelungen sein, sie wenigstens etwas einzuschüchtern, denn sie schwieg, während ich daranging, meinen Auftrag auszuführen. Sie blieb stehen. Ich beobachtete sie aus den Augenwinkeln für den Fall, dass sie versuchen sollte, zur Tür zu rennen. Um die Wahrheit zu sagen, es gab dort nicht allzu viel zu durchsuchen. Ich schaute zuerst unter das Bett und fand nichts weiter als ein Rollbett – für Miss Pah, wie ich erkannte, wenn es auch zweifellos für ihre gegenwärtigen Maße reichlich groß war. Der Schrank enthielt wenig mehr als Roundtrees Mantel, den er törichterweise zurückgelassen hatte und dessen Taschen leer waren, einen Anzug für einen Knaben in Miss Roundtrees Alter und ein weiteres Kleid, das ihr offensichtlich ebenso schlecht passte wie das, welches sie trug. In dem mit einem Vorhang verschlossenen Wandschrank fand ich lediglich ein Nachtgewand, ein Hemd und einen stinkenden Nachttopf vor.

»Dieser Nachttopf könnte mal wieder geleert werden«, sagte ich zu ihr.

»Jetzt gehst du zu weit!«, rief sie.

Und sie hatte wahrscheinlich Recht.

Ich ging zu der Kommode, die ich bei meinem Eindringen in das Zimmer umgestoßen hatte, stellte sie auf und zog die oberste der beiden Schubladen auf. Da stürzte sie sich auf mich.

»Du hast kein Recht, da reinzugucken! Das ist *meine* Schublade!«

Ich packte ihre Schulter und schob sie auf Armeslänge von mir.

»Umso mehr Grund für mich, nachzusehen«, sagte ich. »Wenn Thomas Roundtree irgendetwas verschwinden lassen wollte, könnte es durchaus sein, dass er es unter deine Sachen gemischt hat.«

»Was ist es denn, wonach du suchst?«

»Irgendetwas, was mir sagt, wo er sich versteckt halten könnte – da du mir ja nichts verraten willst.«

Sie befreite sich von meinem Griff und stolzierte davon. »Dann mach ruhig weiter. Sieh nach, wenn es sein muss. Ich habe nichts zu verbergen.«

Und so wandte ich meine Aufmerksamkeit der Schublade zu. Unter geflickten Strümpfen und Unterkleidern kam auch ein wenig billiger Schmuck und Krimskrams zum Vorschein, jedoch nicht mehr, als irgendein Mädchen ihres Alters besitzen mochte. Ich fand einen seltsam geformten Stein, der dort, wo er entzweigebrochen war, wie Kristall glitzerte, sowie eine Feder vom Flügel eines Falken. Auch war dort ein Medaillon an einer Kette. Ich öffnete das Medaillon und fand darin eine fein gearbeitete Kamee, die eine Frau darstellte, vielleicht ihre Mutter. Eine Puppe mit zerbrochenem Porzellankopf war ebenfalls darunter. Und ich stieß auf drei Romane von genau der Art, wie ich sie bei ihr vermutet hatte. Zweifellos hatte sie eine bessere Erziehung genossen als ihr Vater, der, wie ich vermutete, weder lesen noch schreiben konnte. Ich schloss die Schublade mit einem Anflug von schlechtem Gewissen, weil ich in ihren bescheidenen Schätzen herumgewühlt hatte.

»Mein Vater hat diese Kommode gebaut«, sagte sie. »Er ist ein großartiger Handwerker und kann so gut wie alles bauen.«

»Das sagt er selbst auch.«

»Und bald wird er uns ein richtig vornehmes Haus einrichten.«

»Er wird bald im Gefängnis sitzen.«

»Sag so was nicht!«, schrie sie mich an.

»Nun … « Das war ziemlich grob von mir gewesen, wie ich nun einsah, und keineswegs notwendig. »Vielleicht ja auch nicht. Er hat seinen Fall noch nicht Sir John vorgetragen.«

Ich kniete nieder und zog die untere Schublade auf. Hier fand ich ein einziges Durcheinander von abgetragenen Strümpfen, schmutziger Wäsche, einem Halstuch, das von getrocknetem Schweiß ganz steif war, ein paar Schnupftüchern und einem Hemd. Die Schublade war voller als die andere, doch unter dem ganzen Kram verbarg sich wenig mehr als ein Messer mit zerbrochener Klinge sowie ein Bündel von Papierstreifen, die mit einem Stück Bindfaden zusammengebunden waren. Ich zog einen davon heraus, um ihn genauer zu betrachten. Es war eine Zahl darauf geschrieben, eine Summe in Shilling sowie eine gekritzelte Unterschrift, vielmehr nur Initialen – ein »M« und noch etwas anderes, das nicht zu entziffern war.

»Lass die Finger davon«, rief Clarissa Roundtree mit energischem, ja drohendem Tonfall.

»Was ist das?«

»Das geht dich gar nichts an. Leg sie bloß wieder zurück«, befahl sie.

»Du musst mir sagen, was das ist, sonst nehme ich sie mit

und zeige sie so lange herum, bis ich herausgefunden habe, worum es sich handelt.«

Sie schwieg, während sie über meine Drohung nachdachte. Endlich sagte sie: »Das sind Pfandscheine, wenn du's unbedingt wissen willst. Er musste ein paar Sachen versetzen, um an Bargeld zu kommen. Aber wir kriegen sie schon bald wieder zurück.«

»Oh, bist du dir da so sicher?«

»So sicher wie nur was.« Die Bestimmtheit, mit der sie das sagte, passte zu ihrer Behauptung. »Es dauert nicht mehr lange, dann werden wir reich sein.«

»Ich bin mir sicher, dass einer von diesen Scheinen für die Vase ist, die aus dem Haus des Lordoberrichters gestohlen wurde.«

»Ich weiß von keiner Vase«, sagte sie, worauf sie die Lippen in etwas übertriebener Art und Weise zusammenpresste, als wolle sie so ihre Verschwiegenheit demonstrieren.

»Weißt du, wo dieses Pfandhaus sich befindet?«

»Nein.«

»Du bist nie mit ihm dort gewesen, oder?«

»Nein.«

Vielleicht log sie, vielleicht aber auch nicht. Aber wenn sie log, dann wusste ich kein Mittel, die Wahrheit aus ihr herauszupressen. Und so wurde mir endlich klar, dass es reine Zeitverschwendung wäre, sie weiter zu befragen. Ich war gekommen, das Zimmer zu durchsuchen, und das hatte ich auch getan. Nun sollte ich mich auf den Weg zu Mr. Bilbos Haus machen. Aber da, als ich gerade gehen wollte, kam mir plötzlich ein Gedanke: Er betraf etwas, was ich bei meiner Suche *nicht* gefunden hatte.

»Du hast weder Geld noch etwas zu essen hier«, sagte ich zu ihr.

»Das braucht dich nicht zu kümmern«, erwiderte sie. »Dieses Zimmer ist bis zum Monatsende bezahlt, also ist es mein gutes Recht, hier zu sein. Und was die Frage betrifft, wie und was ich esse, nun ja…« Sie zögerte. »Mein Vater hat in der Vergangenheit für mich gesorgt, und er wird es auch weiterhin tun.«

»Dein Vater ist ein flüchtiger Straftäter. Er hat die Flucht ergriffen, weil er nicht die zehn Shilling für seine Strafe aufbringen konnte. Er hatte überhaupt kein Geld. Ich weiß, dass er wenigstens einmal hierher zurückgekommen ist, und doch hat er dir nichts dagelassen. Wann hast du zuletzt etwas gegessen?«

»Das braucht dich genauso wenig zu interessieren.«

»Nun gut«, erwiderte ich, indem ich in meiner Tasche wühlte und ein paar Shilling aus meinem Vorrat herausnahm. Ich zählte drei davon ab und legte sie auf die Kommode. »Wenn du so mittellos bist, wie es den Anschein hat, und so hungrig, wie du aussiehst, dann kannst du das hier nehmen und dir etwas zu essen kaufen, und dazu vielleicht ein paar Kohlen, um dieses Zimmer ein wenig zu heizen.«

Ich lächelte ihr zu, denn ich rechnete damit, dass sie sich bedanken würde. Ich hatte mich getäuscht. Es blieb mir nichts weiter übrig als zu gehen, was ich denn auch tat. Rasch trat ich durch die Tür und zog sie hinter mir zu, so fest es eben möglich war. Einen Moment lang verharrte ich noch dort und hörte sogleich, wie ich es erwartet hatte, wie sie die Kommode über den Fußboden schleifte, bis sie von innen gegen die Tür stieß.

Als ich in die St. James Street einbog, wurde mir klar, dass ich etwas später an meinem Ziel ankommen würde, als ich beabsichtigt hatte. Das lag natürlich an der Zeit, die ich in der Half-Moon-Passage mit meiner nutzlosen Fragerei vergeudet hatte. Ich hatte nichts Neues erfahren – so kam es mir jedenfalls vor. Dieses törichte Mädchen, das sich lieber foltern lassen würde (Foltern! Welch eine Vorstellung!), hatte noch nicht einmal den Anstand besessen, sich dafür zu bedanken, dass ich es ihr ermöglicht hatte, ihr elendes Leben noch etwas länger zu erhalten.

So erreichte ich Black Jack Bilbos Haus in etwas verdrießlicher Laune, ohne zu wissen, ob ich Annie dort noch antreffen würde, und auch ohne die Gewissheit, dass Mr. Burnham zu sprechen sein würde, denn wie Bunkins mir gesagt hatte, pflegte er oft einen Mittagsspaziergang zu machen, wenn der morgendliche Unterricht beendet war. Ich pochte mit dem großen Messingklopfer an die Tür, und nach wenigen Augenblicken öffnete mir Jimmie Bunkins.

»Hallo, Kumpel«, begrüßte er mich. »Du siehst ziemlich erledigt aus. Was ist dir denn über die Leber gelaufen?« Er winkte mich herein.

»Ach«, erwiderte ich, »nichts, worüber ich im Moment sprechen möchte. Es würde zu lange dauern, es zu erklären, und peinlich wäre es mir auch.«

Das schien ihn zufrieden zu stellen. Als ich eintrat, hörte ich Musik aus einem nahe gelegenen Zimmer dringen. Es war Annie, die eine jener Balladen sang, die sie so gut konnte; eine sehr alte, die mir unter dem Namen »Greensleeves« bekannt war. Aber diesmal wurde sie, wie ich hörte, dabei auf einem Cembalo begleitet – es waren lediglich einige Akkorde und improvisierte Verzierungen zu der gesungenen Melodie. Doch ob es nun an der Begleitung lag oder nicht, jedenfalls hob es meine Laune, sie so singen zu hören, denn ihr Gesang hatte wahrlich noch nie besser geklungen.

»Ja, du hast richtig gehört«, sagte Bunkins mit einem Augenzwinkern. »Das ist eure Annie. Kann wirklich ganz hübsch trällern, das Mädchen, was? Ich hatte ja keine Ahnung. Das ist Mr. Burnham, der dazu spielt. Er ist ganz angetan von ihr, weißt du; er sagt, sie hat wirklich Talent.«

Wie ich später erfuhr, war das Ganze zu Stande gekommen, nachdem Annie die Noten und den Text der *Cäcilienode* mitgebracht und Mr. Burnham gefragt hatte, ob er ihr Drydens Verse beibringen würde, damit sie diese auswendig lernen könne und sich nicht mehr wie zuvor mit *la-la-la* behelfen müsse. Er hatte eingeräumt, dass dies durchaus möglich wäre, wenn nur ihr Gedächtnis der Aufgabe gewachsen sei; zuvor aber wollte er ihre Stimme auf die Probe stellen. Und so hatte er sie nach Beendigung der Morgenlektion in das Musikzimmer mitgenommen, sich ans Cembalo gesetzt und sie aufgefordert, zu singen, was immer sie am besten konnte. Er ließ sie führen und folgte ihr mit seiner Begleitung. Bunkins war dazugekommen und hatte ihnen so zu einem Publikum, bestehend aus einer einzigen Person, verholfen. Mr. Burnham war sehr zufrieden mit dem, was er zu hören bekam.

Als Bunkins mich in den Salon führte, waren die beiden schon beim nächsten Stück angelangt. Auf Zehenspitzen schlichen wir zu den Sesseln am anderen Ende des Zimmers und nahmen geräuschlos Platz. Annie, die uns den Rücken zukehrte, schien unser Eintreten gar nicht bemerkt zu haben. Mr. Burnham reagierte lediglich mit einem dezenten Nicken. Das Lied, das sie nunmehr sang, war schottischen Ursprungs, es hieß »Barbara Allen«. Ich hatte keine Ahnung, wo oder wie sie es gelernt hatte, denn ich hatte sie es noch nie singen hören. Sie hatte so viele Lieder und Balladen im Kopf, dass ihr Vorrat schier unerschöpflich schien.

Der Vortrag zog sich ein wenig hin, wie es die Art schottischer Balladen ist, doch als sie endlich gemeinsam zum Ende gekommen waren, schlug Mr. Burnham noch einen Schlussakkord an und erhob sich dann von seinem Platz am Cembalo.

»Sehr schön, Miss Oakum, das soll genügen«, sagte er mit wohlwollendem Lächeln. »Ich möchte Sie bitten, mir Ihre Partitur zu überlassen, denn ich muss das Stück ein wenig üben. Wie ich Ihnen bereits sagte, ist es sowohl töricht als auch gefährlich, den Text ohne die Musik lernen zu wollen.«

»Oh, Mr. Burnham, ich bin Ihnen ja so dankbar!«, erwiderte sie.

»Und da ist ja Ihr Freund Jeremy, der Sie, wie ich vermute, nach Hause begleiten möchte.«

Daraufhin wandte sie sich überrascht um und entdeckte mich

dort neben Bunkins. »Jeremy, seit wann bist du denn hier? Eine Maus könnte nicht leiser sein, wirklich!«

»Noch nicht lange«, sagte ich, »aber lange genug, um dich singen zu hören, was ich noch nie gehört hatte.«

»Ich kenne sie alle«, erwiderte sie und lachte herzhaft. »Soll ich meinen Umhang holen?«

»Ja, bitte.«

Während sie aus dem Salon eilte, ging ich schnurstracks auf Mr. Burnham zu und fragte ihn ohne Umschweife, ob er eine Entscheidung bezüglich Annie getroffen habe. »Werden Sie sie als Schülerin nehmen, Sir?«

»Das wird mir ein großes Vergnügen sein«, antwortete er. »Sie hat einen wachen Verstand und ist begierig zu lernen. Und wie so viele, die einen klugen Kopf haben, aber nicht lesen können, hat sie ein bemerkenswertes Gedächtnis. Ich glaube tatsächlich, dass ich ihr den Text der *Cäcilienode* beibringen kann, bevor sie ihn richtig lesen kann.«

»Sie hat schon eine Menge Shakespeare auf diese Weise gelernt, Sir.«

»Und du warst ihr Lehrer, wie ich höre. Sie sagt, dass du ihr die ersten Lesestunden gegeben hast.«

»Ach, als Lehrer habe ich nichts getaugt. Mir fehlt die Geduld für das, was Sie so gut können.«

»Vielleicht hast du ihr mehr beigebracht, als du glaubst. Du hast ihr eine gute Ausgangsposition verschafft. Es dürfte nicht lange dauern, bis sie Master Bunkins einholt.«

»Und was ist mit dir, Jimmie B.?«, fragte ich, indem ich mich ihm zuwandte. »Wirst du auch mit ihr klarkommen?«

»Keine Frage«, erwiderte er. »Sie ist wirklich in Ordnung. Ich werde mich mehr anstrengen müssen, aber es gibt auch noch ein oder zwei Dinge, die sie von mir lernen kann.«

»Und wie du natürlich weißt«, sagte Mr. Burnham an mich gewandt, »ist sie eine sehr talentierte Sängerin – obwohl ihr Herz anscheinend der Bühne gehört.«

»Ach, das hat Sie Ihnen schon erzählt?«

»O ja.«

Und so war die Sache entschieden – bis auf eine Frage: »Sir John sagte, er wäre bereit, für ihr Schulgeld aufzukommen, natürlich nur in einem vernünftigen Rahmen.«

»Ach ja, nun, Mr. Bilbo hat sich so großzügig gezeigt und mir Kost und Logis sowie ein Gehalt zur Verfügung gestellt, sodass für alle meine Wünsche und Bedürfnisse gesorgt ist. Du hast gehört, wie Master Bunkins sagte, er werde sich in ihrer Anwesenheit mehr anstrengen müssen. Das sollte mir Lohn genug sein. Du kannst Sir John sagen, dass ich bis auf weiteres nichts von ihm benötige, wenn es auch in Zukunft gewisse Auslagen für Bücher und dergleichen geben wird.«

Ich war von seiner Großzügigkeit zutiefst beeindruckt. »Oh, gewiss, Sir. Das werde ich ihm sagen. Und wenn ich diese Gelegenheit ergreifen dürfte, Ihnen in seinem Namen zu danken. Er …« Ich zögerte. »Er ist kein reicher Mann.«

»Nein, aber ein gerechter, wie ich gehört habe.«

Dem konnte ich wenig hinzufügen, und es war, wie sich herausstellte, auch nicht nötig, denn in diesem Moment rief Annie von hinten: »Ich bin so weit, Jeremy.«

Mit dem Umhang über den Schultern und einem strahlenden Lächeln auf den Lippen stand sie in der Tür des Salons.

»Ich auch«, sagte ich.

Noch einmal dankte ich Mr. Burnham, dann hob ich mein Halstuch von dem Stuhl auf, wo ich es abgelegt hatte, und verließ den Salon. Bunkins begleitete uns bis zur Haustür. Während er die schwere Tür aufzog, hielt er mich noch einen Moment zurück.

»Eine Sache noch, Kumpel«, sagte er. »Du erinnerst dich doch an dieses Ding, das wir im St.-Andrew's-Friedhof angeguckt haben? Sie haben es weggenommen. Haben gesagt, es fängt an zu faulen. Es ist jetzt bei diesem Medikus, den du auch kennst – diesem Iren.«

»Mr. Donnelly?«

»Genau. Er hat's in Gin gelegt; soll sich angeblich länger halten so. Ich würde mir die Visage gern noch mal angucken, weil ich mir immer noch sicher bin, dass ich den Kerl von irgendwo kenne. Würdest du mit mir hingehen, damit ich noch mal einen Blick drauf werfen kann? Und ihm sagen, dass ich kein komischer Vogel bin, der sich bloß 'ne Gänsehaut holen will?«

»Geht in Ordnung, Jimmie B. Sag mir nur, wann.«

»In ein oder zwei Tagen. Ich lass es dich durch Annie wissen.«

»Also gut.«

Ich verabschiedete mich und ließ ihn an der Tür zurück. Annie wartete auf dem Gehsteig. Immer noch strahlte sie über das ganze Gesicht. Wir marschierten zusammen los, die St. James Street hinunter in Richtung Pall Mall.

»Ich habe eine gute Nachricht für dich«, sagte ich.

»Ach? Und was für eine?«

»Mr. Burnham hat eingewilligt, dich als Schülerin aufzunehmen.«

»Ah … nun, ich wusste, dass er das tun würde.« Sie sagte das auf höchst überhebliche und herablassende Weise, als wenn es gar nicht anders hätte sein können.

»Ach ja, tatsächlich? Und was hat dich so sicher gemacht?«

»Wir sind von Anfang an sehr gut miteinander ausgekommen, würde ich sagen.« Sie schien sehr zufrieden mit sich selbst. »Und das Beste ist«, fügte sie hinzu, »er hat mir angeboten, dass er mir den Text der *Cäcilienode* beibringt.«

»Ich weiß.«

»Er sagte, ich sei eine talentierte Sängerin.«

»Das hat Lady Fielding auch gesagt. Und der Chorleiter.«

»Oh, ich weiß, aber …«

»Aber was?«

»Nichts.«

Was hatte Annie nur, dass sie sich plötzlich so merkwürdig aufführte? Fast zwei Jahre lang, seit sie jene Sache mit Tom Durham überwunden hatte, hatte sie sich nun schon als ein Muster an Vernünftigkeit und Besonnenheit erwiesen. Und nun dieses selbstgefällige und zugleich geheimnistuerische Benehmen. Was war nur in das Mädchen gefahren?

»Jeremy?«

»Ja? Was ist denn?« Ich hatte selbst den Eindruck, etwas kurz angebunden zu klingen.

»Du hast mir nicht gesagt, dass Mr. Burnham Afrikaner ist.«

»Ich habe es dir nicht gesagt, weil ich der Meinung war, dass es keine Rolle spielen sollte. Tut es das etwa? Macht es dir etwas aus?«

»Mir? Etwas ausmachen? Jeremy, mach dich doch nicht lächerlich!«

Mit jedem Satz trieb sie mich mehr zur Verzweiflung. Was sollte ich ihr bloß sagen? Vielleicht dies: »Übrigens ist er nur zur Hälfte Afrikaner, die andere Hälfte stammt aus Shropshire in England.«

»Aber er sieht *aus* wie ein Afrikaner!«

»Und er spricht wie ein richtiger englischer Gentleman.«

»Ja«, sagte sie mit einem Seufzer, »ist das nicht erstaunlich? Er erinnert mich ja so an Othello.«

Meinen Bericht an Sir John über meinen Besuch in Thomas Roundtrees Zimmer wurde ich erst spät am Nachmittag los. Seine Gerichtssitzung kam dazwischen, und anschließend zog er sich mir Mr. Marsden, seinem Protokollführer, in sein Amtszimmer zurück, um die Rechnungsbücher des Gerichts durchzugehen. Am Ende des Monats musste dem Büro des Lordoberrichters ein Finanzbericht über das abgelaufene Jahr vorgelegt werden. Ich wartete geduldig auf einer Bank vor Sir Johns Tür, bis sie endlich fertig waren. Als Mr. Marsden herauskam, nickte er mir kurz zu, und ich ergriff die Gelegenheit und klopfte an die Tür, die er offen gelassen hatte.

»Wer ist da?«

»Ich bin's, Jeremy. Ich habe Ihnen etwas Merkwürdiges zu berichten.«

»Dann komm nur immer herein. Ich habe mehr als genug

von Pfund, Shilling und Pence für den Rest des Tages. Erzähl mir eine Geschichte, und ob sie nun lustig oder seltsam ist, ich werde dir bis zum Schluss zuhören.«

Und so erzählte ich ihm alles und ließ, wenn überhaupt, nur wenig aus. Clarissa Roundtree beschrieb ich ganz lebensecht, und ich lieferte eine nahezu wortwörtliche Wiedergabe unserer Unterhaltung ab, so weit von einer solchen die Rede sein konnte. Ich versäumte auch nicht, die drei Shilling zu erwähnen, die ich für sie auf die Kommode gelegt hatte.

»Du wirst dafür entschädigt werden«, sagte er zu mir, als ich geendet hatte. »Es liegt in unserem Interesse, dass sie am Leben und bei guter Gesundheit bleibt und sich weiter in diesem Zimmer aufhält. Du musst lediglich Mr. Marsden fragen; er wird dir deine drei Shilling wiedergeben.«

»Danke sehr, Sir John. Vielleicht sollten wir ihr noch mehr geben.«

»Ach nein, das glaube ich nicht. Mit drei Shilling sollte sie eine Woche lang oder noch länger gut auskommen.«

»Ich habe mir gedacht, Sir«, sagte ich, »wenn ich mich in der Nähe dieses Gebäudes in der Half-Moon-Passage auf die Lauer legen würde, dann würde dieser Roundtree sicherlich irgendwann auftauchen, um seine Tochter zu besuchen.«

»Ja, aber es könnten Tage vergehen, bis er kommt. Und gesetzt, dass er tatsächlich erscheint – du könntest diesen Befehl, dir widerstandslos in die Bow Street zu folgen, bei ihm doch nicht durchsetzen, es sei denn, du wärest mit Pistolen bewaffnet. Und wenn du welche hättest – was ich in diesem Fall untersagen würde, aber nehmen wir einmal an, du hättest sie zur Hand –, dann hättest du für den Fall, dass er sich dir widersetzt, nur die Wahl, entweder zu schießen oder ihn entkommen zu lassen. Ich möchte nicht, dass du wieder vor eine solche Wahl gestellt wirst, denn dieses Mal könntest du dich entschließen zu feuern.«

»Vielleicht könnte ich ihn mit einem Knüppel überwältigen.«

»Vielleicht, aber vielleicht auch nicht. Woher willst du wissen, ob er dieses Mal nicht bewaffnet ist? Außerdem hast du keine Befugnis, eine Verhaftung vorzunehmen, und ich weigere mich, dir eine solche zu erteilen, und sei es auch nur vorübergehend.«

»Oder ich könnte mich mit einem Constable auf die Lauer legen, und sobald ich Roundtree identifiziert habe, kann er ihn verhaften, wie es sich gehört.«

»Jeremy, ich habe Besseres mit meinen Constables vor, als sie nächtelang mit dir herumstehen zu lassen in der Hoffnung, irgendwann vielleicht einen Burschen zu fangen, der sich einer Verurteilung wegen öffentlicher Trunkenheit durch Flucht entzogen hat. Ich möchte dich daran erinnern, dass wir Jonah Slade immer noch nicht erwischt haben. *Er* hat Constable Cowley mit einer tödlichen Waffe angegriffen, und ein solcher Angriff richtet sich gegen uns alle. Das ist eine sehr viel ernstere Angelegenheit.«

Ich ließ beschämt den Kopf hängen. »Es … es tut mir Leid, Sir John. Das hatte ich tatsächlich vergessen.«

»Ja, ich weiß schon, es wurmt dich, dass Thomas Roundtree dir auf diese Art und Weise entkommen ist. Du bist überzeugt, dass du dich rehabilitieren kannst, indem du ihn wieder einfängst. Aber dazu hast du keinen Anlass. Ehrlich gesagt, ich wäre fast geneigt, den Burschen laufen zu lassen.« Er machte eine Pause, während der er sich über das Kinn strich, und fügte dann hinzu: »Über das Mädchen mache ich mir allerdings Gedanken.«

»Ja, das verstehe ich«, sagte ich. »Was sollen wir denn mit ihr machen?«

»Vorläufig gar nichts. Wie sie selbst sehr richtig gesagt hat, ist es ihr gutes Recht, dort zu bleiben, so lange die Miete bezahlt ist – mit oder ohne Schloss an der Tür.« Wieder war er einen Moment lang still, dann hellte sich seine Miene plötzlich ein wenig auf, und er fuhr fort: »Aber immerhin wissen wir jetzt, warum er geflüchtet ist, anstatt dreißig Tage im Fleet-Gefängnis abzusitzen – natürlich wegen des Mädchens, seiner Tochter. Er wusste, dass sie es nicht überleben würde, wenn er so lange weg wäre. Er ist nicht ganz und gar verdorben, weißt du. Das sind nur wenige.«

»Wahrscheinlich nicht. Aber … wieso hat er dann geleugnet, Angehörige zu haben, die von ihm abhängig sind? Ich erinnere mich, dass Sie ihn sogar gefragt habe, ob er verheiratet sei, ob es jemanden gebe, der ihn zu Hause vermissen würde, wenn er noch eine weitere Nacht in der Arrestzelle verbrächte.«

»Ja, das ist merkwürdig, nicht wahr? Hätte er mir von seiner Tochter erzählt, dann hätte ich ihm vielleicht tatsächlich erlaubt, seine Strafe abzustottern, wie er es vorgeschlagen hatte. Aber anstatt mich von ihrer Existenz in Kenntnis zu setzen, zog er es vor, noch eine weitere Nacht von zu Hause abwesend zu sein. Das gibt uns doch zu denken, nicht wahr?«

»Vielleicht war es für ihn gar kein so ungewöhnliches Vorkommnis, eine oder zwei Nächte nicht zu Hause zu sein«, meinte ich.

»Vielleicht – schließlich lautete die Anklage ja auf öffentliche Trunkenheit. Äh … Jeremy, ich weiß nicht recht, wie ich das ausdrücken soll, aber du hast das Zimmer doch durchsucht – würdest du sagen, dass es Anzeichen dafür gab, dass Vater und Tochter sich ein Bett teilten? Gab es überhaupt zwei Betten?«

Das war in der Tat ein Detail, das ich ausgelassen hatte. »Da war so eine Art Rollbett unter dem großen Bett. Es war größer als die meisten dieser Art. Vielleicht hat er es speziell für das Mädchen gebaut.«

»Er ist schließlich Zimmermann. Und wie alt, sagtest du, war sie?«

»Ich würde schätzen, dass sie ungefähr elf Jahre alt war, nicht über zwölf jedenfalls.«

»Aber fast ausgewachsen, meintest du.«

»Nur in der Länge.«

»Nun«, seufzte er, »wie dem auch sei, ich muss mit Kate über die Situation des Mädchens sprechen. Sie hat vielleicht einen Vorschlag, und es kann sogar sein, dass sie selbst zu ihr hingehen will.«

Wie sich herausstellte, wünschte Lady Fielding Clarissa Roundtree tatsächlich einen Besuch abzustatten. An diesem Abend, nachdem wir gegessen hatten, befragte sie mich ausführlich über ihren Zustand. Ich lieferte ihr den gleichen Bericht, den ich zuvor Sir John gegeben hatte, und sie stellte mir einige Fragen, die auch er bereits gestellt hatte. Allerdings war sie insbesondere am körperlichen Wohlbefinden des Mädchens interessiert.

»Es gab dort einen Kamin, aber kein Feuer? Weder Kohlen noch Holz?«

Ich verneinte.

»Du hast den Wandschrank durchsucht. Gab es dort einen Umhang oder einen Mantel, der ihr gepasst hätte?«

»Nein. Ich fand nur ein zweites Kleid und, äh, auch eine Knabenjacke.«

»Wie sonderbar. Schien sie sich um die Zukunft zu sorgen?«

»Keineswegs. Sie prahlte damit, dass ihr Vater in der Vergangenheit für sie gesorgt habe und dies auch weiterhin tun würde.«

Und so fort. Nachdem sie mich so ausgefragt hatte, kam Lady Fielding zu dem Schluss, dass Miss Roundtree in dieser Situation als ein vernachlässigtes Kind zu gelten habe und dass sie selbst mit ihr sprechen müsse, um zu bestimmen, wie ihr zu helfen sei. Dieses Gespräch würde am nächsten Morgen stattfinden, wie sie mir mitteilte, und ich würde gebraucht, um sie dorthin zu geleiten und ihr zu helfen, Zutritt zu erlangen.

So kam es, dass wir am folgenden Tag zusammen losgingen, kurz nachdem Annie zu ihrem Unterricht aufgebrochen war. Es waren keine Droschken in Sicht, doch Lady Fielding war ohnehin der Meinung, dass die Half-Moon-Passage nur eine kurze Wegstrecke entfernt und somit leicht zu Fuß zu erreichen sei. Sie hatte allerdings nicht mit dem morgendlichen Gedränge in den Straßen gerechnet. Ihre Fahrten zum Magdalenenheim für reuige Prostituierte, welches sie betreute, und zurück in die

Bow Street fanden gewöhnlich später am Tag statt, und zwar stets mit einer Droschke, wie es die Entfernung verlangte.

Gemeinsam machten wir uns auf den Weg, wobei ich bemüht war, an ihrer Seite zu bleiben. Doch wie schon zuvor mit Roundtree erwies sich dies schon bald als unpraktisch, und so preschte ich vor und bahnte ihr einen Weg durch die schiebende und stoßende Menge der Fußgänger. Dies verlangte jedoch solche Anstrengung, dass ich vorschlug, die Abkürzung über den Covent Garden zu nehmen, womit wir weiterhin der Strecke folgten, die ich mit dem Gefangenen genommen hatte, welchen ich dann später verloren hatte. Obwohl wir bald wieder in die belebten Straßen eintauchten und gezwungen waren, den Betrunkenen auf der Bedford Street auszuweichen, erreichten wir das baufällige Gebäude in der Half-Moon-Passage ohne ernstliche Zwischenfälle. Lady Fielding rümpfte die Nase, als sie den üblen Geruch des Ortes wahrnahm, doch sie schritt kommentarlos weiter und folgte mir über die kurze Treppe zu der ummauerten Galerie im ersten Stock.

Auf dem Weg zu dem Zimmer ereignete sich etwas höchst Unerfreuliches. Ich ging neben Lady Fielding her, was die Breite des langen Korridors zuließ, als sich urplötzlich eine Tür öffnete und ein abgerissenes Wrack von einem Kerl heraustaumelte und mit der Lady zusammenstieß. Er trug den Hut verkehrt herum, in der einen Hand hatte er seinen Mantel, mit der anderen hinderte er seine Hosen am Herunterrutschen. Ich konnte noch rasch die Hand ausstrecken, um Lady Fielding zu stützen, sonst wäre sie höchst unelegant auf dem Boden gelandet. Und als ich dann in die Richtung schaute, aus der er gekommen war, erhaschte ich gerade noch einen Blick auf eines von Roundtrees berüchtigten »nackigen Weibern«, bevor die Tür zugeschlagen wurde.

»Das wird dir noch mal Leid tun, das kannst du mir glauben!«, brüllte er die geschlossene Tür an. Und an Lady Fielding gewandt: »Bitte um Verzeihung, Ma'am, aber es war nicht meine Schuld. Ich bin gestoßen worden.«

Und ohne ein weiteres Wort begann er unbeholfen in Richtung Treppe zu hoppeln, wobei er bemüht war, seine Hosen etwa in der Gegend seiner Leibesmitte festzuhalten.

Lady Fielding war außer sich vor Empörung. »Man stelle sich das vor«, sagte sie, »ein junges Mädchen in einem Haus wie diesem!«

(Vorgestellt hatte ich es mir am Tag zuvor in der Tat und mir dabei gedacht, dass es für Clarissa recht interessant sein musste, hier zu leben. Aber zu diesem Zeitpunkt konnte ich nicht übermäßig viel Mitgefühl für ihre missliche Lage aufbringen.)

So kamen wir schließlich an ihre Tür. Ich klopfte kräftig an und erhielt mit einiger Verzögerung eine Antwort von einer Stelle nicht weit von der Tür, ein lautes und herausforderndes »Wer ist da?«. Ich konnte mir vorstellen, wie sie in diesem Moment hinter der Kommode Aufstellung nahm, bereit, all ihre kindliche Kraft mit der meinen zu messen.

Dennoch antwortete ich ihr in sanftem und freundlichem Ton: »Ich bin es, dein Besucher von gestern. Ich habe eine Dame mitgebracht, die sich nach deinem Zustand erkundigen möchte.«

Worauf sie ganz und gar nicht unerwartet versetzte: »Geh weg!«

Ich lehnte mich gegen die Tür, nicht um sie aufzustemmen, sondern nur zur Probe. Sie gab ein klein wenig nach und ließ sich dann nicht weiter bewegen. Ich drückte fester und immer fester, musste aber feststellen, dass ich die Tür keinen Millimeter weiter aufstoßen konnte. Konnte es ihr irgendwie gelungen sein, das Bett vor die Tür zu schieben? Nicht einmal der Schrank hätte die Tür so gut sichern können.

Ich spürte einen leichten Klaps auf meiner Schulter. Lady Fielding bedeutete mir stumm, beiseite zu treten.

»Clarissa«, sagte sie laut und deutlich und in befehlendem Ton, »ich bin Katherine Fielding. Ich möchte dich sehen und mit dir reden. Das liegt in deinem Interesse und noch mehr in dem deines Vaters. Ich habe beträchtlichen Einfluss bei meinem Gatten Sir John Fielding, der Vorsitzender des Gerichts in der Bow Street ist. Wenn dein Vater gefasst wird, was unweigerlich geschehen wird, dann wird ihn nur Sir Johns Milde vor einer harten Strafe bewahren können. Wenn du willst, dass ich bei ihm für Milde plädiere, dann musst du diese Tür sofort öffnen. Ich habe dir ein Angebot zu machen.«

Statt des Gepolters von Möbeln, die über den Fußboden geschleift wurden, hörte ich ein Klicken und einen metallischen Schlag, und die Tür öffnete sich. Clarissa erschien und trat sogleich beiseite, um uns eintreten zu lassen. Lady Fielding trat vor mir über die Schwelle. Ich folgte ihr, schloss die Tür hinter mir und nahm die Vorrichtung in Augenschein, die mir so wirksam den Zugang verwehrt hatte. Es war ein einfaches Riegelschloss, alt und etwas rostig, aber noch stabil. Es war offensichtlich, dass Thomas Roundtree seiner Tochter wieder einen Besuch abgestattet hatte.

Ich blickte mich in dem Zimmer nach irgendwelchen weiteren Spuren seiner Anwesenheit um. Es war nichts zu sehen bis auf das Holz- und Kohlenfeuer, das im Kamin brannte. Ich bezweifelte, dass das Mädchen ausreichend Geschick besaß, ein so gutes Feuer zu schichten; er musste es vor nicht allzu langer Zeit entfacht haben, denn es brannte jetzt mit heller Flamme. Mein Blick schweifte zu dem Wandschrank mit dem Vorhang davor. Nur dort konnte er sich verborgen halten. Ich schwor mir, dass ich den Vorhang zurückziehen und nachsehen würde, bevor wir das Zimmer verließen.

Clarissa stand stocksteif da, gespannt wie eine Cembalosaite. Sie trug dasselbe grüne Kleid wie am Vortag, und in der Hand hielt sie ein Buch, einen ihrer Romane. Der einzige Stuhl im Zimmer war vor den Kamin gerückt worden.

»Du hast gelesen«, stellte Lady Fielding fest.

»Ja, Ma'am, das stimmt.« In auffallendem Gegensatz zu ihrem Benehmen mir gegenüber war sie zu ihrem weiblichen Besuch höflich und zurückhaltend, fast eingeschüchtert.

»Gehen wir hinüber zum Kamin. Es ist ein kühler Morgen. Du kannst dich setzen, wenn du magst.«

Sie rückte näher zum Kamin, als Lady Fielding auf sie zutrat.

»Ich stehe lieber, Ma'am.«

»Jeremy sagt, es habe kein Feuer gebrannt, als er gestern hier war, und dass es sehr kalt gewesen sei.«

»Er hat mir ein paar Shilling dagelassen. Ich habe einen Teil des Geldes für Holz und ein paar Kohlen ausgegeben.«

»Und etwas zu essen, hoffe ich.«

»Ja, Ma'am, zwei Brote und etwas Butter. Das wird mir für eine Weile reichen.«

»Hast du dich bei Jeremy für das Geschenk bedankt?«, fragte Lady Fielding. Sie wusste, dass dem nicht so war, denn ich hatte das Mädchen verpetzt.

»Nein, Ma'am«, antwortete sie. Und fuhr mit einem Anflug ihres alten Trotzes fort: »Ich hatte was gegen seinen Besuch.«

»Du sollst nichts gegen diejenigen haben, die dir zu helfen versuchen.«

»Ich habe was gegen diejenigen, die kommen, um meinen Vater festzunehmen, und die sagen, dass er sich nicht richtig um mich kümmert. Mein Vater ist ein braver Mann, und er kümmert sich um mich, so gut er nur kann.«

»Und er vertrinkt einen großen Teil seines Einkommens, habe ich Recht?«

Darauf blitzten Clarissa Roundtrees Augen wie Feuer, doch hielt sie sich zurück und sprach nicht aus, was ihr auf der Zunge lag. Nachdem sie eine ganze Weile geschwiegen hatte und dabei ein- oder zweimal schwer geatmet hatte, sagte sie schließlich: »Er hat diese Angewohnheit, ja, aber niemand von uns ist vollkommen, und er bemüht sich nach Kräften. Er ist ein geschickter Zimmermann, jawohl.«

»Das ist er ganz bestimmt«, sagte Lady Fielding. »Wann hast du ihn zuletzt gesehen?«

»Ich weiß nicht recht, ob ich Ihnen das sagen soll«, erwiderte sie.

»Es kann noch nicht lange her sein, Mylady«, unterbrach ich die beiden. »Er hat seit gestern ein Schloss an der Tür angebracht, und er muss es auch gewesen sein, der das Feuer vorbereitet hat.«

Darauf warf mir Lady Fielding einen Blick zu, der mir ganz deutlich sagte, dass ich das Reden ihr überlassen sollte. Ich akzeptierte die stumme Zurechtweisung mit einem Nicken.

»Es stimmt, was er sagt«, meinte Clarissa. »Er war heute früh hier und ist wieder gegangen, kurz bevor Sie kamen. Er hat mir auch ein paar Shilling dagelassen.«

»Da er regelmäßig herkommt und sich bemüht, nach dir zu sehen, möchte ich, dass du ihm eine Nachricht von mir überbringst, wenn du ihn das nächste Mal siehst.«

»Und was soll ich ihm sagen, Ma'am?«

Lady Fielding antwortete, indem sie sich halb in die Richtung des Wandschranks mit dem Vorhang drehte, als wenn sie ebenfalls vermutete, dass Roundtree sich dort verborgen hielt, und mit lauter Stimme sagte: »Du kannst ihm sagen, wenn er in die Bow Street zurückkehrt und sich ergibt, dann wird Sir John wegen seiner Flucht und der Zeit, die er sich versteckt gehalten hat, ein Auge zudrücken. Hinsichtlich der Bezahlung seiner Strafe wird eine Regelung gefunden werde, sodass er nicht deswegen ins Gefängnis gehen und dich im Stich lassen muss.« Sie wandte sich direkt an die Tochter. »Ist das klar?«

»Ja, Ma'am.«

»Aber nun zu dir, meine Liebe. Wie alt bist du?«

»Äh, sechzehn, fast siebzehn inzwischen.«

Eine Lüge! Eine offensichtliche Lüge! Ich musste mir alle Mühe geben, um ihr das nicht ins Gesicht zu sagen. Nur das wissende Lächeln auf Lady Fieldings Lippen, das ihre eigenen Zweifel an der Antwort zum Ausdruck brachte, hinderte mich daran.

»Und seit wann bist du hier in London?«

»Ach, schon ganz lange – ein Jahr, nein, zwei Jahre, vielleicht auch länger.«

(Was natürlich auch gelogen war.)

»Und du bist von Lichfield gekommen? Ich glaube, dein Vater sagte, er stamme von dort.«

»Äh, nein, Ma'am. Eine Zeit lang habe ich bei meiner Tante und meinem Onkel in… Bristol gewohnt. Meine Mutter starb nämlich, als ich erst zehn Jahre alt war.«

»Und wie lange hast du bei ihnen gewohnt?«

Die Fragen hatten sie nervös gemacht; sie fürchtete, ihre improvisierten Antworten könnten vielleicht nicht ganz zueinander passen. Sie zögerte denn auch so lange, wie es möglich war, ohne noch mehr Verdacht zu erregen, und sagte dann: »Ein paar Jahre. Fünf, glaube ich. Ja, fünf Jahre, mehr oder weniger.«

»Was denn nun? Mehr oder weniger?«

»Eher mehr – ja, etwas mehr als fünf.«

»Bei deiner Tante und deinem Onkel in Bristol?«

»*Ja!* Ja, Ma'am.«

Lady Fielding war es gelungen, sie aus der Fassung zu bringen, und auf diese Weise hatte sie dem Mädchen ganz deutlich gemacht, dass sie ihre Lügen durchschaute. Das war viel geschickter, als ihr auf den Kopf zusagen, dass sie log. Hatte sie sich von Sir John in der Technik des Verhörs instruieren lassen? Wenn dem so war, dann hatte sie ihre Lektion gut gelernt; wenn nicht, so besaß sie eine große natürliche Begabung. Jetzt fuhr sie in milderem und freundlicherem Ton fort:

»Sag mal, Clarissa, hast du irgendein Gewerbe oder Handwerk gelernt? Irgendwelche besonderen Fertigkeiten?«

Sie dachte einen Moment darüber nach, und da sie nicht ganz und gar unfähig erscheinen wollte, antwortete sie: »Nun, ich kann lesen.«

»Viele Mädchen in deinem Alter können das nicht«, sagte Lady Fielding.

»Und ich schreibe auch ganz schön. Das hat mir meine Mutter beigebracht.«

»Sehr gut. Sie muss selbst eine Frau von einiger Bildung gewesen sein. Aber kannst du auch kochen? Kannst du nähen? Kannst du weben?«

»Nein, Ma'am, aber… nun ja… ich möchte einmal Schriftstellerin werden – ich würde gerne Gedichte und Romane schreiben.«

»Das wäre ein ungewöhnlicher Beruf für eine Frau«, meinte Lady Fielding, ohne jedoch abweisend zu klingen.

»Aber möglich wäre es!«

»O ja, meine Liebe, gewiss. Für eine Frau mit Intelligenz und Ehrgeiz ist mehr möglich, als unsere Welt zulässt. Ich wäre die Letzte, die eine solche Möglichkeit abstreiten würde.«

Nachdem Clarissa Roundtree eine Weile über diese Aussage nachgedacht hatte, schien sie die Frau, von der sie gemacht worden war, in einem neuen Licht zu betrachten. Sie lächelte scheu. »Es freut mich, das von Ihnen zu hören.«

Das Lächeln wurde erwidert. »Mein Mann sagt mir, so lange deine Miete hier bezahlt würde, hättest du ein Recht zu bleiben; aber du musst auch an die Zukunft denken.«

»Mein Vater und ich schmieden schon Pläne für die Zukunft.«

Lady Fielding wartete, doch sie erfuhr nichts Genaueres über diese Pläne. »Ich verstehe«, sagte sie. »Aber da ist auch noch die Gegenwart. Es ist Winter, und es ist kalt. Jeremy sagte mir, bei seiner gestrigen Durchsuchung des Zimmers habe er keinen Mantel oder Umhang entdeckt, der dir gehören könnte. Hat er etwas übersehen? Besitzt du etwas in der Art?«

»O ja, ich hatte mal einen Mantel … aber ich habe ihn dummerweise in einem Gasthaus liegen lassen. Wir haben bis jetzt noch keinen passenden gefunden.«

»Nun, bis es so weit ist, werde ich einen für dich besorgen. Ich betreue nämlich eine wohltätige Einrichtung für junge Frauen. Wir bekommen häufig Kleiderspenden, und« – hier musterte sie das Mädchen von Kopf bis Fuß – »ich glaube, ich habe genau das Richtige für dich. Natürlich nur so lange, bis du etwas Besseres findest.«

»Das könnte ich gut gebrauchen, danke.«

»Ich habe die Hoffnung, dass dein Vater sich bis dahin Sir John gestellt haben wird.« Wieder hob sie die Stimme: »Er wird es nicht bereuen. Mein Gatte ist ein gerechter Mann. – Jeremy wird den Mantel morgen vorbeibringen. Bis dahin, leb wohl, und Gott schütze dich, Clarissa.«

Und dann, indem sie sich zum Gehen wandte, packte Lady Fielding mich fest am Arm, als habe sie meine Absicht durchschaut, einen Blick hinter den Vorhang in den Wandschrank zu werfen, und schleppte mich förmlich zur Tür.

Das Mädchen folgte uns bis zur Schwelle. Als ich mich auf dem Gang umdrehte, sah ich, dass sie einen kräftigen Pflock in der Hand hielt, den sie in das Schloss schieben konnte, um es zu sichern. Ihr Blick traf den Lady Fieldings, sie sagte ihr Lebewohl und fügte hinzu: »Sie sind eine gute Frau.« Dann schloss sie eilig die Tür, und wir gingen davon.

Wir wechselten kein Wort, bis wir das Haus hinter uns gelassen hatten und Seite an Seite die Half-Moon-Passage entlanggingen. Ich riskierte einen Blick und äußerte dann meinen Verdacht, Thomas Roundtree könne sich sehr wohl in jenem Wandschrank versteckt haben und alles belauscht haben, was gesprochen worden war.

»Natürlich war er dort«, erwiderte Lady Fielding. »Deshalb habe ich ja so laut gesprochen, als ich sagte, er solle sich ergeben. Ich könnte mir denken, dass diese Dirne zwei Türen weiter mich auch laut und deutlich gehört hat.«

»Ich wusste nicht, dass Sir John ein solches Angebot gemacht hatte, um Roundtree zur Aufgabe zu bewegen«, sagte ich.

»Er selbst weiß es auch noch nicht«, sagte sie mit einem Seufzer. »Aber Jack wird dazu stehen, das weiß ich genau. Wir müssen irgendetwas für dieses Mädchen tun.«

»Sie sind viel besser mit ihr fertig geworden als ich. Sie war so vorlaut und frech zu mir, dass ich ihr mit Grobheit begegnet bin.«

»Das Mädchen hat Schneid, Jeremy – und weiß Gott, sie liebt ihren Vater über alles!«

Plötzlich blieb Lady Fielding stehen und drehte sich zu mir um. Da erst sah ich die Tränen auf ihren Wangen. »Jeremy«, sagte sie, »ich muss mich ganz dringend mal schnäuzen, und wir sind so überhastet aufgebrochen, dass ich nichts mitgenommen habe.«

Ich griff also in meine Hosentasche und versorgte sie mit dem Nötigen. Und es war sogar ein recht sauberes Tuch; ich hatte es erst einmal benutzt.

Es blieb mir überlassen, Sir John über unseren Besuch in der Half-Moon-Passage Bericht zu erstatten. An der Ecke Chandos und Bedford Street rief Lady Fielding eine Droschke heran und brach zu ihrer täglichen Visite im Magdalenenheim für reuige Prostituierte auf. Vom Wagenschlag aus winkte sie mir noch einmal zu und rief, sie würde bei ihrer Rückkehr den Umhang für Clarissa mitbringen. Die Sache schien ihr doch recht wichtig zu sein. Ich winkte ebenfalls und ging dann den Weg zurück, den wir gekommen waren.

Der Gedanke, Sir John von dem großzügigen Gnadenangebot zu berichten, das in seinem Namen ausgesprochen worden war, erfüllte mich, wie ich gestehen muss, nicht eben mit freudiger Erwartung, als ich mich der Bow Street Nummer vier näherte. Am Ende fand ich jedoch, dass er die Nachricht sehr gelassen aufnahm. Ja, seine erste Reaktion, als er davon hörte, war ein herzliches Lachen.

»Das hat sie wirklich gesagt?«

»Äh, jawohl, Sir.«

»Wie lautete das Angebot noch? Dass ich ihm, wenn er sich nur stellen würde, sein kleines Fluchtabenteuer vergeben und mir etwas einfallen lassen würde, wie er die Strafe für sein ursprüngliches Vergehen abbezahlen könne – das war es doch in etwa?«

»Ja, Sir, so war es. Sie war sich sicher, dass Sie zu dem Angebot stehen würden.«

»Oh, das werde ich. Ein Mann sollte seine Frau nicht zur Lügnerin machen, wenn er es verhindern kann.« Wieder lachte er; es klang ganz wie ein vergnügtes Kichern. Er amüsierte sich offenbar köstlich. »Und du hattest den Verdacht, dass er während des ganzen Gespräches anwesend war, dass er sich in dem Wandschrank hinter dem Vorhang versteckt hielt?«

»Das ist richtig, Sir. Hätte ich gekonnt, wie ich wollte, dann hätte ich den Vorhang zurückgezogen und den Burschen gestellt.«

»Nun, dann war es ganz gut, dass du nicht konntest, wie du wolltest, und zwar aus all den guten Gründen, die ich dir gestern dargelegt habe. Nein, ich denke, es war in der Tat gut, dass du gleich zurückgeeilt bist und mir die Sache auseinander gesetzt hast. Andernfalls hätte dir unser Freund Roundtree noch zuvorkommen können.«

»Sie denken also, dass er sich stellen wird?«

»Aber ja. Wäre ich an seiner Stelle, dann würde ich genau das tun. Es ist schließlich ein höchst großzügiges Angebot. Und auch, wie ich zugebe, eine praktische Art und Weise, eine Sache wieder in den Griff zu bekommen, die uns bereits entglitten war. Ich hätte selbst darauf kommen sollen. Vielleicht sollte ich in Gerichtsangelegenheiten öfter einmal Kates Rat suchen.«

Dann wurde er ganz unvermittelt ernster. Mit angespannter Miene, die Lippen zusammengepresst und die Hände vor der Brust gefaltet, beugte er sich vor und sagte schließlich: »Nun, was dieses Mädchen betrifft – Clarissa ist doch ihr Name? –, das ist allerdings eine Sache für sich. Ich werde mit ihr sprechen wegen …«

In diesem Moment setzte draußen, nicht weit von der offenen Tür von Sir Johns Amtszimmer, ein ziemlich störender und geräuschvoller Tumult ein. Die Stimme einer Frau war zu hören: »Ich werde mich *nicht* aufhalten lassen, junger Mann!« Darauf Mr. Marsdens Stimme: »Aber es gehört sich nun einmal, dass ich Sie anmelde.« – »Ich bedarf keiner Anmeldung. Ich bin ich, das genügt!« Diese Worte waren mit großer Autorität gesprochen.

»Jeremy«, sagte Sir John, indem er seine Stimme über die der

Streitenden erhob, »geh doch bitte einmal nachsehen, was da vor sich geht.«

Ich stand auf und ging zur Tür, wo ich beinahe von einer schwarz gekleideten Gestalt mit Hut und Schleier umgerannt worden wäre. Die Frau im Witwengewand preschte an mir vorbei und setzte ihren Weg ins Zimmer mit der Unbeirrbarkeit einer Kanonenkugel fort. Erst als sie direkt vor Sir Johns Schreibtisch angelangt war, hemmte sie ihren Lauf, nahm eine drohende Pose ein und beugte sich so weit vor, dass ihr Gesicht nur noch zwei bis drei Fuß von dem des Richters entfernt war.

»Sir John Fielding!«, sagte sie mit großem Nachdruck – und weiter nichts.

»Das ist mein Name. Und wer sind Sie, Madam, wenn ich fragen darf?«

»Lady Laningham, Witwe des jüngst verstorbenen Lords.«

Nun erhob sich Sir John, wie es der Anlass gebot. Er verneigte sich förmlich und murmelte, wie sehr er es bedaure, die Bekanntschaft der Dame unter so traurigen Umständen zu machen. Währenddessen ging ich lautlos zu einem Stuhl in der Nähe und setzte mich hin. Von dieser Unterredung, die so spektakulär begonnen hatte, wollte ich kein Wort versäumen. Sir John bat sie, Platz zu nehmen, worauf sie sich schwer auf den Stuhl fallen ließ, den ich frei gemacht hatte.

»In gewissem Sinne«, sagte sie, »sind wir uns bereits einmal begegnet – dort auf der Bühne des Crown and Anchor nämlich. Ich war Ihnen äußerst dankbar dafür, dass Sie diesen Mob zerstreuten. All dies Gelaufe und Gerenne, während mein armer Chrissie so furchtbar leiden musste! Ich glaubte schon, den Verstand verlieren zu müssen, als Sie endlich einschritten und die Leute fortschickten.«

»Aber«, sagte Sir John, indem er wieder hinter seinem Schreibtisch Platz nahm, »wenn ich mich nicht sehr täusche, sind Sie nicht gekommen, um sich bei mir zu bedanken.«

»Nein, da haben Sie Recht.« Sie holte tief Luft. »Mir ist da etwas äußerst Bestürzendes über Sie zu Ohren gekommen.«

»Ach? Und was ist das?«

Sie warf ihren Schleier zurück, beugte sich vor und sah ihm direkt in die Augen. »Ich habe gehört, Sie hätten das Gerücht verbreitet, mein Gatte sei vergiftet worden.«

»Das Gerücht verbreitet? Wer hat Ihnen denn so etwas erzählt?«

»Mr. Oliver Goldsmith hat mir seine Aufwartung gemacht, um mir ein paar tröstende Worte zu sagen. Doch statt mich zu trösten, haben mich seine Worte im höchsten Maße erzürnt. Ich habe mich sogleich auf den Weg zu Ihnen gemacht, um Sie aufzufordern, mir eine Erklärung für diese Ihre… Ansicht zu liefern.«

»Zunächst einmal, Lady Laningham«, versetzte er, »lassen Sie mich Ihnen erklären, dass ich keineswegs ein derartiges ›Gerücht‹ verbreitet habe, wie Sie sich ausdrücken. Ich habe nur einmal über die Angelegenheit gesprochen, und zwar an dem Abend, als Ihr Gatte starb; anwesend bei diesem Gespräch waren Mr. Gabriel Donnelly, der Arzt, der Ihrem Gatten Beistand geleistet hatte, Mr. Alfred Humber sowie Mr. Goldsmith. Die Unterhaltung fand hier in diesem Raum statt. Nun, hat Mr. Goldsmith tatsächlich behauptet, ich hätte dieses ›Gerücht verbreitet‹?«

Daraufhin musste sie eine Weile nachdenken. »Nein, das hat er allerdings nicht getan. Wie waren noch seine genauen Worte? So weit ich mich erinnere, sagte er, Sie hätten in Frage gestellt, dass Lord Laninghams Tod auf natürliche Ursachen zurückzuführen sei, und hätten die Ansicht geäußert, es gebe Gründe, die Möglichkeit einer Vergiftung in Betracht zu ziehen.«

»Nun, das ist doch schon etwas ganz anderes, meinen Sie nicht auch? Etwas in Frage stellen ist *eine* Sache, eine völlig andere ist es, seine Zweifel in der Öffentlichkeit zu verbreiten. Ich hatte gehofft, meine Unterhaltung mit diesen Herren würde vertraulich behandelt.«

»Aber *warum* stellen Sie solche Fragen?«, fragte sie sehr

ernsthaft. »Aus welchen Gründen ziehen Sie überhaupt die Möglichkeit einer Vergiftung in Betracht?«

Worauf er zunächst einen tiefen Seufzer ausstieß und sodann zu einer Zusammenfassung der Umstände ansetzte, welche ihn an jenem vergangenen Sonntagabend so beunruhigt hatten. Er breitete die einzelnen Punkte in höchst geordneter Manier vor ihr aus, als ob er einen Rechtsfall darzulegen habe, was ja auch gewissermaßen der Fall war. Sie wiederum, als die intelligente und gebildete Frau, die sie war, hörte aufmerksam zu und bekundete durch Nicken, dass sie seiner Rede folgte. Nachdem er sein Resümee beendet hatte, richtete er eine Frage an sie: »Sagen Sie mir bitte, Lady Laningham, hat Ihr Gatte jemals zuvor unter so extremen Verdauungsbeschwerden gelitten – unter Beschwerden also, die an Heftigkeit dem Anfall an jenem Abend auch nur annähernd gleichkamen?«

»Nein … nein, ganz gewiss nicht. Chrissie hatte einen Magen wie ein Bär. Er konnte, wie es schien, alles Mögliche essen und trinken, ohne dass es ihm etwas ausmachte. Ich habe ihn oft deswegen geneckt.«

»Nun«, meinte Sir John, »da haben Sie einen weiteren Grund, an einer natürlichen Todesursache zu zweifeln. Es gab keinerlei Vorwarnung, keinen früheren Hinweis auf derartige Beschwerden.«

»Aber in erster Linie«, entgegnete sie, »geht es doch um den Wein, wenn ich Sie recht verstanden habe.«

»Das ist richtig. Er zeigte keinerlei Anzeichen von Krankheit, nicht einmal von Unwohlsein, bevor er aus dieser Flasche getrunken hatte, die man ihm auf die Bühne brachte; und kurz nachdem er getrunken hatte, brach er zusammen. Nehmen Sie dazu noch die Tatsache, dass die besagte Flasche nicht mehr aufzufinden war, nachdem die Bühne von der Menschenmenge geräumt worden war, und Sie haben, wie ich bereits sagte, einen weiteren Grund zu zweifeln. Aber jetzt habe ich noch eine weitere Frage an Sie: Woher stammte die fragliche Weinflasche? Der Wirt des Crown and Anchor äußerte die Ansicht, sie sei von Ihrem Tisch genommen worden, wenn er sich dessen auch nicht sicher sein konnte, da er den betreffenden Kellner noch nicht ausfindig gemacht hatte. Erinnern Sie sich an dieses Detail? Stammte der Wein aus Lord Laninghams Privatbeständen, wie der Wirt vermutete?«

»Lassen Sie mich nachdenken«, sagte sie, und dann dachte sie nach. Es dauerte fast eine Minute, bis sie Sir Johns Frage beantwortete. »Ja, ich erinnere mich genau daran. Lord Laningham hatte stets einen wohlbestückten Weinkeller, und er legte immer Wert darauf, einige Flaschen aus seinem privaten Vorrat zu diesen Veranstaltungen im Crown and Anchor mitzunehmen. Der Kellner kam an unseren Tisch, ein junger Mann wie die meisten von ihnen, und sagte, Chrissie habe nach einer Flasche verlangt. Also ließen wir ihm eine bringen.«

»Jeremy Proctor, mein junger Assistent, der, wie ich glaube, momentan hinter Ihnen in der Nähe der Tür sitzt« – wie konnte er das so genau gewusst haben? –, »sah, wie die Flasche Lord Laningham gebracht wurde und bemerkte, dass sie bereits entkorkt war, doch er hatte den Eindruck, dass sie voll war. War dem so?«

Bevor sie antwortete, drehte sie sich kurz um und warf mir über die Schulter einen kritischen Blick zu. War es tatsächlich ein Ausdruck der Missbilligung oder nur der verkniffene Blick einer Kurzsichtigen? Letzteres, hoffte ich. Diese Frau konnte einem durchaus Respekt einflößen.

Doch einen Augenblick später hatte sie ihre Aufmerksamkeit wieder Sir John zugewandt. »So weit ich mich erinnern kann«, sagte sie, »war sie fast voll.«

»*Fast?* Könnten Sie das bitte erklären?«

»Gerne. Es war die letzte ungeöffnete Flasche auf dem Tisch. Ich bedeutete dem Kellner, er solle sie öffnen, und er tat es. Aber dann, just als er sich mit der Flasche und Lord Laninghams Glas entfernen wollte, wurde er von Mr. Paltrow aufgehalten, der sich einen Schluck ausbat, bevor die Flasche weggebracht würde. Der Kellner sah mich an, und ich nickte zustimmend. Er nahm nicht mehr als ein halbes Glas, doch der Vorfall ist mir noch gut in Erinnerung, denn ich fand sein Verhalten höchst anmaßend und ungebührlich und somit ganz und gar typisch für ihn.«

»Ich verstehe«, sagte Sir John. »Und wer, wenn ich fragen darf, ist Mr. Paltrow? Ein Verwandter Ihres verstorbenen Gatten, nehme ich an?«

»Wie bitte? Ja, gewiss. Arthur Paltrow war der Neffe und Erbe des seligen Lords. Wie Sie vielleicht wissen – oder auch nicht –, hatten Chrissie und ich zu unserem großen Leidwesen keine Kinder – ganz besonders zu meinem, denke ich. Er war nahezu zwanzig Jahre älter als ich, und ich hatte geglaubt, seine Heirat mit einer jüngeren Frau würde ihm zu einer zahlreichen Familie verhelfen. Doch ich konnte ihm keine Kinder schenken.«

»Und Arthur Paltrow war also an jenem schicksalhaften Abend an Ihrem Tisch zu Gast?«

»Ja, er selbst, seine Gattin und ihre zwei halbwüchsigen Töchter.«

»Er war mit seiner Familie zu Besuch in London?«

»Nein, sie sind vor einigen Monaten hierher umgezogen. Bis dahin hatten sie auf dem kleinen Gut seines verstorbenen Vaters in der Nähe von Laningham gewohnt.«

»Aus Ihrer vorangegangenen Bemerkung«, sagte Sir John, »schließe ich, dass Sie Mr. Paltrow nicht sonderlich mögen.«

»Da haben Sie Recht. Ich sagte bereits, dass es ihm an Höflichkeit mangelt. Ich sollte vielleicht besser sagen, dass es ihm gänzlich an der unter Menschen üblichen Rücksichtnahme gebricht. Ich gebe Ihnen ein Beispiel. Mr. Paltrow ist der Erbe des Laningham'schen Titels. Daran besteht kein Zweifel. Doch er hat mich wissen lassen, dass ich nach dem Verlesen des Testaments so bald wie möglich unsere Stadtwohnung am St. James Square zu räumen habe. Gewiss, für mich ist reichlich gesorgt, und das Haus geht in der Tat als Erbteil an Mr. Paltrow. Aber mich zu zwingen, so kurz nach diesen Ereignissen auf die Suche nach einer angemessenen Bleibe zu gehen – das nenne ich doch verdammt rücksichtslos.«

»Oh, durchaus. Da stimme ich völlig mit Ihnen überein. Ich – hm, ich nehme an, dass er mit dem Verlesen des Testaments, das ihn zum Erben einsetzt, offiziell zum nächsten Lord Laningham wird. Sie müssen verzeihen, aber ich verstehe nichts von solchen Dingen.«

»Und ich so gut wie nichts. Es gibt, glaube ich, noch eine weitere Prozedur, eine Art Einladung vom Oberhaus – eine ›Investitur‹ oder etwas Ähnliches.«

»Aha, soso.« Er war eine ganze Weile still, während er sich tief in Gedanken versunken das Kinn rieb. »Ich habe noch ein oder zwei Fragen an Sie, Lady Laningham, wenn es Ihnen nichts ausmacht.«

»Fragen Sie mich, was Sie wollen.«

»Zunächst einmal, haben Sie beobachtet, dass Mr. Paltrow dieses halbe Glas Wein trank, um das er gebeten hatte? Ich meine, hat er es ausgetrunken? Hat er es in einem Zug hinuntergeschüttet?«

»Nein, hinuntergeschüttet hat er es sicherlich nicht, und ich kann auch nicht sagen, dass er es ausgetrunken hat. Allerdings habe ich gesehen, wie er ein- oder zweimal daran nippte. Ich erinnere mich, dass er irgendeine alberne Bemerkung über die großartige Qualität des Weines machte. In Wirklichkeit war der Wein nicht so besonders. Wir hoben uns die besten für unsere Abendgesellschaften auf.«

»Bleiben wir also dabei, dass er daran genippt hat. Nun sagen Sie mir doch, wenn es Ihnen recht ist, ob Mr. Paltrow mit Ihnen auf die Bühne des Crown and Anchor ging, nachdem Ihr Gatte zusammengebrochen war?«

»Aber ja, allerdings. Das war die einzige Liebenswürdigkeit, die er mir an jenem Abend erwies. Es hatte sich sofort eine Menschentraube um Chrissie gebildet – bestehend aus dem Chor und dem Orchester sowie anderen, die vor uns auf die Bühne gestürmt waren. Mr. Paltrow drängte sodann die Menge auseinander und bahnte mir einen Weg. Ich bezweifle, ob ich ohne Hilfe bis zu Chrissie durchgedrungen wäre.«

Was folgte, war ein langes – oh, ein unendlich langes – Schweigen von Sir John. Lady Laningham machte es ganz nervös. Sie rückte auf ihrem Stuhl hin und her, wandte sich dann um und warf mir einen fragenden Blick zu. Ich konnte nichts weiter tun, als ihr beschwichtigend zuzunicken. Endlich sprach Sir John.

»Lady Laningham«, sagte er, »was Sie mir erzählt haben, konnte die Zweifel in meinem Kopf nicht gänzlich beseitigen. Ich glaube, dass die Möglichkeit einer Vergiftung nicht ausgeschlossen werden kann.«

»Denken Sie, Mr. Paltrow könnte irgendwie …«

»Ich zeige nicht mit dem Finger auf irgendjemanden. Es gibt noch eine andere Möglichkeit. Der Kellner könnte selbst einen Trank in die Flasche gefüllt haben, während er sie zur Bühne trug. Es gibt noch eine ganze Reihe anderer Möglichkeiten, doch wir können sie nicht in Betracht ziehen, solange wir nicht wissen, ob Lord Laningham tatsächlich vergiftet wurde. Und es gibt nur eine Methode, in dieser Hinsicht Gewissheit zu erlangen.«

»Und welche könnte das sein?«

»Eine Autopsie.«

»Meinen Sie, ihn aufzuschneiden und seine Eingeweide zu untersuchen?«

»Genau das meine ich. Ein ausgebildeter Mediziner wie Mr. Donnelly könnte am Zustand der Organe erkennen, woran Ihr Gatte gestorben ist – beziehungsweise ob sein Tod natürliche Ursachen hatte oder nicht.«

»O Gott!«, versetzte sie.

»Wenn Sie als Witwe die Erlaubnis erteilen würden, könnte die ganze Operation über Nacht abgewickelt werden. Es wäre nicht einmal notwendig, die Beisetzung zu verschieben. Wann soll sie übrigens stattfinden?«

»Am Samstag«, erwiderte sie. Dann sagte sie eine Weile

nichts, bis sie schließlich fortfuhr: »Ich fürchte, ich muss darüber noch nachdenken. Den armen Chrissie aufzuschneiden – das scheint irgendwie die Würde der Leiche zu verletzen; es scheint so…« Sie zögerte, suchte nach dem passenden Wort. »Nun, es kommt mir einfach *unziemlich* vor.«

»Unziemlich? Nun, es könnte alles vollkommen vertraulich gehandhabt werden, in einer einzigen Nacht, wie gesagt.«

»Nein«, sagte sie, indem sie sich langsam erhob, wie unter einer gewaltigen Last. »Ich fürchte, ich muss darüber noch sehr gründlich nachdenken – ich meine, im Stillen. Ich danke Ihnen für Ihre Offenheit, Sir John. Jetzt muss ich gehen und nachdenken. Leben Sie wohl.«

Und damit ging sie an mir vorbei und zur Tür hinaus, verwirrt und ein wenig betroffen. Ihr Abgang stand in deutlichem Kontrast zu ihrem Auftritt.

5. KAPITEL

In welchem eine erschütternde Nachricht aus dem Hause Laningham kommt

Die Übergabe des Umhangs, welchen Lady Fielding aus dem Magdalenenheim mitgebracht hatte, fand am folgenden Morgen statt. Es handelte sich um ein gutes, warmes Kleidungsstück, und die Lady war stolz darauf, es Clarissa Roundtree stiften zu können, an deren Schicksal sie ein lebhaftes Interesse gewonnen hatte. Mit dem Cape über dem Arm legte ich den Weg in die Half-Moon-Passage zu Fuß zurück. Dort angelangt, schritt ich mit etwas größerer Vorsicht als bei meinen früheren Besuchen den langen Gang entlang, immer auf der Hut, falls irgendein Hurenbock mir aus einer der Türen entgegenfliegen sollte – was jedoch nicht geschah. Und mein Klopfen an ihrer Tür klang auch schon etwas weniger gebieterisch als zuvor.

»Wer ist da?«, fragte die Stimme von drinnen.

»Ich bin es, Jeremy Proctor aus der Bow Street.«

»Was willst du?« Das war immerhin ein Fortschritt gegenüber ihren früheren Aufforderungen, zu verschwinden.

»Ich habe den Umhang mitgebracht, den Lady Fielding dir versprochen hat.«

Darauf gab sie keine Antwort, sondern zog stattdessen den Pflock aus dem Schloss und klappte die Haspe zurück. All das hörte ich, während ich voller Ungeduld auf dem Gang wartete. Die Tür wurde geöffnet, allerdings nicht weit genug, um mich einzulassen, sondern nur um etwa zwei Fuß. Den Zwischenraum versperrte sie mit ihrem eigenen Leib und streckte mir die geöffnete Hand entgegen.

»Also gib ihn mir schon«, sagte sie.

Doch ich hielt den Umhang zurück, befürchtete ich doch, sie würde die Tür zuschlagen, so bald sie ihn hätte.

»Dein Vater hat sich noch nicht gestellt«, sagte ich.

»Ach? Na ja, das kann schon sein.«

»Hast du ihn gesehen? Hast du ihm Lady Fieldings Angebot übermittelt?«

»Ich … na ja …« Sie war verwirrt; offensichtlich hatte sie sich keine Antwort auf die Frage zurechtgelegt, von der sie hätte wissen müssen, dass ich sie stellen würde. Würde sie lügen? Die Wahrheit sagen? Und wie sollte ich das eine vom anderen unterscheiden? Aber es gelang ihr, sich wieder zu fassen. »Nein, ich habe es noch nicht übermittelt.«

Was sie sagte, hatte den Klang der Unwahrheit, doch schließlich durchschaute ich ihren Trick: Sie hatte sich der Wahrheit bedient, um besser lügen zu können.

»Ich habe den starken Verdacht«, sagte ich, »dass du es ihm deshalb nicht gesagt hast, weil es gar nicht notwendig war. Ich habe den starken Verdacht, dass er bei unserem Besuch anwesend war, versteckt in dem Wandschrank hinter dem Vorhang. Und jetzt sag mir, ob ich nicht Recht habe? Hat er nicht alles mitgehört?«

»Ach, pah!«, erwiderte sie. »Wenn du so einen Verdacht hattest, wieso hast du ihn dann nicht verhaftet?«

Es wäre zu umständlich gewesen, ihr eine ausführliche Erklärung zu liefern, und ich hatte in jenem Augenblick auch nicht das Gefühl, dass sie eine solche verdient hatte. »Nun, Miss Pah, sagen wir doch einfach, dass es Sir John lieber wäre, wenn er sich selbst stellte.«

Sie beäugte mich missmutig. »Gibst du mir jetzt den Umhang oder nicht?«

Ich war so in Harnisch geraten, dass ich das gute Stück fast vergessen hatte. »Ja, natürlich. Da hast du ihn.« Ich drückte ihr den Umhang durch den engen Türspalt hindurch in die Hand. »Lady Fielding sendet dir ihre besten Wünsche und betet darum, dass du ihn noch lange bei guter Gesundheit tragen mögest.« Das zu sagen war mir aufgetragen worden, und nun hatte ich es gesagt.

Sie nahm den Umhang und sagte, indem sie sich zu einem Lächeln zwang: »Du darfst ihr meinen Dank ausrichten. Sag ihr, dass ich ihr recht herzlich danke. Sie ist eine gute Frau, nicht wahr?«

»Allerdings«, erwiderte ich. Dann, als Clarissa Roundtree sich anschickte, die Tür zu schließen, fiel mir noch etwas ein. »Einen Augenblick noch. *Ich* habe dir auch etwas mitgebracht.«

»*Du* hast etwas mitgebracht? Und was, wenn ich fragen darf?«

»Ein Buch.« Ich griff in meine Manteltasche und zog es hervor. »Das dürfte eine Abwechslung von den Romanen sein, die du sonst zu lesen pflegst – es ist eine Geschichte und Geographie der amerikanischen Kolonien, mit vielen wahren Begebenheiten und abenteuerlichen Anekdoten.« Ich zitierte aus dem Gedächtnis. Es war eines meiner Lieblingsbücher.

Nun lächelte sie wirklich. Mit leuchtenden Augen griff sie nach dem Buch.

»Es stammt aus meiner Privatbibliothek«, sagte ich. »Es ist ein Geschenk von mir, keine Leihgabe.«

»Hast du denn so viele davon?«

»Ich besitze das eine oder andere«, erwiderte ich etwas angeberisch.

»Wie konntest du denn wissen, dass wir …« Sie brach plötzlich ab.

»Dass ihr …?«

»Ach … nichts. Es war bloß ein kindisches Hirngespinst. Meine Mutter und ich haben oft solche Bücher zusammen gelesen. Aber ich danke dir, Jeremy Proctor. Ein Buch ist für mich immer das schönste Geschenk.«

»Dann bin ich zufrieden«, sagte ich. »Lebe wohl.«

Ich winkte ihr zu, drehte mich um und ging auf die Treppe

zu. Noch einmal blickte ich zurück und sah, wie sie sich lächelnd aus der Tür lehnte und das Buch schwenkte. Während des gesamten Rückwegs in die Bow Street ging mir im Kopf herum, was sie gesagt hatte – oder vielmehr, was sie nicht gesagt hatte. War es tatsächlich nur das, was sie behauptet hatte – dass sie mit ihrer Mutter solche Bücher wie das, welches ich ihr geschenkt hatte, gelesen hatte? Oder war Amerika der Zufluchtsort, den ihr Vater als Teil irgendeines großartigen Fluchtplans ins Auge gefasst hatte? Die Worte, die ihr entfahren waren – »Wie konntest du denn wissen …« –, schienen irgendwie auf die letztere Möglichkeit hinzudeuten. Aber wovor wollte er fliehen? Doch gewiss nicht vor einer Verurteilung wegen öffentlicher Trunkenheit. Man hatte ihm die Mittel an die Hand gegeben, diese Sache zu regeln. Was konnte sonst noch dahinter stecken? Diese Frage sollte mir noch einige Tage lang keine Ruhe lassen.

Einige Zeit nach meiner Rückkehr – ich war noch mit der mühevollen Aufgabe der Reinigung des Kamins in der Küche beschäftigt – kam Annie von ihrem morgendlichen Unterricht zurück, begleitet von Jimmie Bunkins. Er war mitgekommen, wie er sagte, weil er hoffte, wir würden zusammen Mr. Donnelly einen Besuch abstatten können.

»Ich bin durchaus bereit, dich hinzubringen, Jimmie B.«, sagte ich, »aber zuerst muss ich meine Pflichten im Haushalt erledigen.«

»Ich kann dir dabei helfen«, entgegnete er.

»Dann wird es allerdings schneller gehen.«

Und so brachten wir die Arbeit gemeinsam zu Ende, und gemeinsam schleppten wir zwei große Eimer voll Asche und Kohlenreste hinunter in den Hof, wo wir sie in eine tiefe Grube kippten, welche zu diesem Zweck in einer Ecke ausgehoben worden war. Nachdem wir uns rasch den Staub aus den Kleidern geklopft hatten, machten wir uns auf den Weg zu Mr. Donnelly.

Ich war noch nicht bei ihm gewesen, seit er in die Drury Lane umgezogen war, doch kannte ich die Räumlichkeiten noch recht gut von früher her, da ich seinen Vorgänger Dr. Amos Carr des Öfteren dort abgeholt hatte. Es war nicht weit bis dorthin. Und als wir ankamen, fiel mir sogleich auf, dass die neuen Behandlungsräume den unbestreitbaren Vorteil hatten, im Erdgeschoss gelegen zu sein. Die Fenster von Mr. Donnellys Wartezimmer gingen zur Straße hin, und ein Schild neben der Eingangstür verriet, wer in diesem Gebäude seiner Tätigkeit nachging.

Im Wartezimmer saßen drei Patienten – zwei Frauen in mittleren Jahren sowie ein älterer Mann. Bunkins und mir blieb nichts weiter übrig, als uns zu ihnen zu setzen. Wir mussten nicht lange auf Mr. Donnellys Erscheinen warten. Er geleitete eine Patientin aus seinem Sprechzimmer, eine vornehme junge Dame in Straßenkleidung. Sobald er sie mit ein paar leisen Worten der Aufmunterung entlassen hatte, drehte er sich mit fragendem Blick zu mir um und winkte mich heran.

»Jeremy«, flüsterte er, »was gibt's? Hat Sir John dich geschickt?«

»Nein«, erwiderte ich. Dann erläuterte ich rasch und in ebenso gedämpftem Tonfall den Grund unseres Besuchs. Bunkins hatte sich inzwischen von seinem Stuhl erhoben, war jedoch mit dem Hut in der Hand in einiger Entfernung stehen geblieben und wartete geduldig auf den Ausgang unseres Gesprächs.

»Er ist also dein Freund?«, fragte Mr. Donnelly, nachdem er mich zu Ende gehört hatte. »Du kannst für seine ernsthaften Absichten bürgen?«

»O ja, das kann ich. Nachdem er einen Blick auf das grässliche Ding geworfen hatte, sagte er mir, er glaube den Mann gekannt zu haben, dem der Kopf gehört habe, doch er könne sich nicht so recht erinnern, wer es gewesen sei.«

»Es sind schon so viele von der Straße hier hereingekommen und haben ihn zu sehen verlangt, dass ich mich entschlossen habe, alle abzuweisen bis auf diejenigen, von denen ich glaube, dass sie tatsächlich in der Absicht kommen, den Toten zu identifizieren. Den Übrigen scheint es nur um einen gewissen abartigen Nervenkitzel zu gehen. Aber wenn du für ihn bürgst …«

Und damit winkte er Bunkins zu sich heran. »Es wird nicht lange dauern«, sagte er zu den Wartenden gewandt. »Es handelt sich um eine Gerichtssache.«

Er führte uns in sein Sprechzimmer, welches mir sehr reichlich mit allerhand medizinischem Rüstzeug ausgestattet schien, und weiter in seine Privatwohnung, bestehend aus zwei geräumigen Zimmern und einer kleinen Küche. Diese betraten wir, worauf Mr. Donnelly einen Schlüssel hervorholte und damit einen Schrank aufschloss. Er griff mit beiden Händen hinein und zog ein großes, schweres Glasgefäß heraus, welches er vorsichtig auf dem Sims absetzte. Dann trat er zurück und gab den Blick auf den Gegenstand frei, den zu sehen Bunkins gekommen war.

»Bitte sehr, junger Herr … Mr. Bunkins, nicht wahr?«

»Ja, Sir.«

»Also, schauen Sie nur genau hin. Es ist nichts weiter dabei; wir alle würden so aussehen, wenn man den Kopf vom Rest trennte.«

»Ja, Sir«, wiederholte Bunkins und stützte sich mit den Ellenbogen auf das Sims, um dem Kopf, der in dem Glas schwamm, sozusagen direkt in die Augen blicken zu können.

Ich selbst warf nur einen flüchtigen Blick darauf. Auf mehr hätte ich auch gar keinen Wert gelegt. Das Ding schien mir nicht sehr viel anders auszusehen als zuvor, nur dass in der klaren Lösung das Haar vom Kopf abstand und ihn wie eine Art düsterer Heiligenschein umwogte.

Mr. Donnelly schien beeindruckt von der tiefen Konzentration, mit der Bunkins das Gesicht in dem Glas betrachtete. Er entdeckte nicht die Spur eines Grinsens in den Zügen des Jungen, hörte kein Kichern und nicht eine unartige Bemerkung. Für Jimmie B. war dies eine äußerst ernsthafte Angelegenheit. Mr. Donnelly fühlte den Drang, helfend einzugreifen.

»Sie sollten versuchen, sich das Gesicht schmaler vorzustellen, als Sie es jetzt vor sich sehen«, sagte er. »Die Zeit, die der Kopf im Abwasser gelegen hat, der Prozess der Zersetzung und die Lösung, in der er jetzt schwimmt, all das trägt dazu bei, die Gesichtszüge zu lockern und sie aufquellen zu lassen.«

»Ist das Gin, wo er jetzt drin ist?«, fragte Bunkins.

»Nein, eine reine Alkohollösung. Besonders die Nase dürfte verbreitert sein, die Wangen gelockert. Das Gesicht, das Sie jetzt sehen, ist gegenüber dem Original verzerrt.«

Worauf Bunkins die Augen schloss und sich erneut äußerst stark zu konzentrieren schien. Und als er sie wieder aufschlug, richtete er sich auf und verkündete mit einiger Gewissheit: »Bradbury.«

»Sie glauben ihn zu kennen? Es würde mich sehr freuen, wenn ich dies hier zusammen mit seinen übrigen Gebeinen begraben könnte, sollten sie noch gefunden werden. Das würde mich wahrlich freuen.«

»Na ja, absolut sicher bin ich nicht«, antwortete Bunkins. »Aber was Sie über das Aufquellen und so gesagt haben, hat mir auf die Sprünge geholfen. Der obere Teil von seiner Birne und die Gegend um die Augen rum ist wie bei einem, den ich gekannt habe, als ich noch auf Tour gegangen bin.«

»Wie bitte?«, versetzte Mr. Donnelly, indem er die Augen zusammenkniff. »Auf Tour? Ich verstehe nicht recht.«

»Auf Diebestour«, erklärte Bunkins. »Das war mal mein Gewerbe, als ich noch jünger war. Ich war ein richtiger Spitzbube. Als Sie gesagt haben, ich soll mir die Rübe irgendwie schmaler vorstellen, hab ich das gleich gemacht, und schon kam Bradbury dabei raus. Er hatte ’n Pfandhaus in der Bedford Street, und er hat nichts als Uhren und Ringe und so Zeugs angenommen. Da war der ganz eigen.«

»Diebesgut?«

»Ach, was *das* betrifft, da war er gar nicht wählerisch. Er war ein richtiger Hehler. Jeder Spitzbube und Taschendieb in London hat ihn gekannt.«

»Sie sind sich also sicher? Sie haben ihn definitiv identifiziert?«

»Na ja, ich weiß nicht so recht. Definitiv heißt doch sicher, oder, Jeremy?«

»Sicher und ohne jeden Zweifel«, erwiderte ich.

»Na, so sicher bin ich vielleicht doch nicht. Die Sache ist die, ich bin ihm vor nicht allzu langer Zeit auf der Straße begegnet. Da war er noch ganz gesund und munter.«

»Wie lange ist das her, Jimmie B.?«, fragte ich etwas atemlos.

»Ich versuch mich zu erinnern – einen Monat, vielleicht auch länger. Wie lange ist er denn schon in dem Zustand, Mr. Donnelly, Sir?«

»Es ist schwer, eine genaue Angabe zu machen, aber nach dem Grad der Verwesung zu schließen wahrscheinlich etwa eine Woche.«

»Bitte, da haben wir's. Vielleicht habe ich mich ja geirrt.«

»Nun«, sagte der Arzt, indem er das schwere Glas packte und es in den Schrank zurückstellte, »dann wollen wir also von einem starken Verdacht hinsichtlich der Identität dieses armen Burschen sprechen. Das dürfte, wie ich meine, einen Bericht an Sir John rechtfertigen, findest du nicht auch, Jeremy?«

»Allerdings«, erwiderte ich.

Und damit führte er uns den Weg zurück, den wir gekommen waren. Im Wartezimmer aber, während Bunkins schon in den Korridor hinaustrat, hielt mich Mr. Donnelly gerade lange genug zurück, um mir zuflüstern zu können: »Ich finde deinen Freund äußerst interessant. Du musst mir mehr über ihn erzählen, wenn wir uns das nächste Mal sehen.«

Bunkins sagte nichts, bis wir wieder auf der Straße waren. Dann drehte er sich zu mir um und murmelte: »Ich denke, wir sollten noch nicht gleich zu deinem Meister rennen, Kumpel.«

»So? Aber warum denn nicht?«

»Na, ich würde mir wie ein rechter Esel vorkommen, wenn der Bursche noch am Leben wäre und munter rumlaufen und seinen Laden schmeißen würde.«

»Ich verstehe. Nun, und was schlägst du vor?«

»Ganz einfach. Wir gehen zu seinem Laden, und wenn er selber rauskommt, wissen wir, dass das nicht er ist, der da in dem Glas rumschwimmt. Ich werd ihm sagen, ich bin bloß zufällig vorbeigekommen und wollte nur mal hören, wie es so läuft. Dann schüttel ich ihm die Flosse, und dann sehen wir zu, dass wir uns wieder aus dem Staub machen.«

»Und wenn er nicht da ist?«

»Dann…« Er schwieg einen Augenblick. »Das sehen wir dann schon.«

»Das hört sich nach einem vernünftigen Plan an«, sagte ich, »und es dürfte auch schnell erledigt sein. Ich bin dafür.«

Also machten wir uns auf den Weg in die Bedford Street – über Long Acre und die James Street, mit einer Abkürzung durch Covent Garden. Wir hatten nicht weit zu gehen, und Bunkins unterhielt mich unterwegs mit Geschichten aus seiner Spitzbubenzeit, insbesondere über seinen Umgang mit Mr. Bradbury. Anscheinend hatte er ihn nur aufgesucht, wenn er es eilig hatte, gestohlene Ware loszuwerden – »wenn die Häscher mir dicht auf den Fersen waren«, erklärte er. »Der alte Bradbury war nämlich ein Geizkragen. Er hätte lieber einen Finger eingebüßt, als einem ehrlichen Dieb einen fairen Preis zu machen.«

»Am Ende hat er deswegen vielleicht seinen Kopf eingebüßt.«

»Also möglich wär das schon, nicht wahr? Es gibt unter diesen Wegelagerern welche, die würden vor so was nicht zurückschrecken, wenn sie den Eindruck hätten, dass einer sie übers Ohr gehauen hat. Aber im Covent Garden sind so viele Langfinger und Beutelschneider zugange, dass ihm die Kundschaft nicht ausgegangen wäre. Die meisten sind einfach zu faul, um ihre Sore in die Field Lane zu schleppen, wo es so viele Pfandleiher gibt, die in Wirklichkeit nichts weiter als Hehler sind.«

»Und die zahlen besser?«

»Ach, um Längen besser«, entgegnete Bunkins, der sich als

Experte in diesen Angelegenheiten präsentieren wollte. »In dieser Straße versucht jeder die anderen auszuspielen, weißt du. Wenn dir der Preis nicht gefällt, den man dir bietet, gehst du halt nach nebenan und lässt dir einen besseren zahlen. Ich bin schon eine ganze Weile raus aus dem Spiel, aber ich bin mir sicher, dass es in der Field Lane immer noch genauso zugeht.«

»Werden sie denn nie erwischt?«

»Manche schon, aber es kommt nicht oft vor, dass sie dafür aufgeknüpft werden. Die Richter scheinen bei den Hehlern eher ein Auge zuzudrücken als bei denen, die das Zeug tatsächlich klauen. Und der Hehler kann immer behaupten: ›Ich hatte ja keine Ahnung, dass die Ware gestohlen war. Der Kerl, der sie mir gebracht hat, sagte, es wäre sein Eigentum. Ich habe für alles einen Pfandschein ausgestellt und so.‹ Das kann er sagen, verstehst du, und niemand kann das Gegenteil beweisen.«

Das brachte mir das Bündel Pfandscheine in den Sinn, das ich unter Thomas Roundtrees Habseligkeiten gefunden hatte.

Bunkins fuhr fort: »Ich erinnere mich, dass der alte Bradbury mich nie ohne einen Pfandschein gehen ließ. Einmal bin ich den ganzen Weg bis zu seinem Laden in der Bedford Street gelaufen mit einer echten goldenen Zwiebel, die ich hatte mitgehen lassen. Ich dachte, der Kerl, dem ich sie abgenommen habe, ist mir direkt auf den Fersen. Bradbury hat mir nicht mehr als einen Shilling dafür gegeben, aber er hat mich gepackt und wollte mich nicht gehen lassen, bevor er nicht den Schein ausgestellt hatte. Dann hat er ihn mir in die Hand gedrückt und mich gezwungen, ihn zu nehmen. Nämlich wenn du erwischt wirst, ist das ein Beweis gegen dich, kapiert?«

»Und was hast du gemacht?«

»Was ich gemacht hab? Ich hab den Schein gefressen.«

Über seine prompte Antwort musste ich lachen. Doch ich wünschte eine Bestätigung für das, was ich hoffte und vermutete. »Also würde kein echter Dieb irgendwelche Pfandscheine für Diebesgut bei sich behalten? Weil sie, wie du sagst, belastend wären?«

»O nein, so was behältst du nicht bei dir. Das bringt ja nichts, es sei denn, du willst den Kram wieder auslösen.«

Das hörte ich mit Erleichterung. Wegen seiner Tochter und der unglücklichen Lage der beiden hatte ich für Roundtree eine gewisse Sympathie zu empfinden begonnen, und ich mochte nicht länger das Schlimmste von ihm annehmen.

So kamen wir, Bunkins und ich, in die Bedford Street und zu einem düsteren und schäbigen kleinen Laden, an dem ich schon oftmals zuvor achtlos vorübergegangen war. Die Fenster waren so schmutzig, dass man kaum hineinsehen konnte, doch als ich das Gesicht ganz dicht an die Scheibe hielt, konnte ich eine Sammlung von Musikinstrumenten ausmachen, die an einem Gestell aufgehängt waren, sowie ein oder zwei Uhren auf einem Regal. In der Mitte des gesamten Arrangements stand ein zierliches Porzellanfigürchen, das eine Schäferin darstellte und einigermaßen wertvoll aussah. Im Laden selbst waren noch weitere Waren zu erkennen, doch im Halbdunkel des Raumes sah ich keine menschliche Gestalt, keine Bewegung.

Ich wandte mich zu Bunkins, der neben mir vor dem Schaufenster stand. »Scheint geschlossen zu sein«, meinte ich. »Drinnen ist es dunkel, und ich kann niemanden sehen.«

»Nee, geschlossen haben die nicht«, erwiderte er. »Die wohnen über dem Laden wie alle Krämer. Der olle Bradbury macht kein Licht im Laden, weil er so 'n Geizkragen ist. Der lässt keine Lampe oder Kerze brennen, wenn es nicht unbedingt sein muss. Wir gehen einfach rein, und eh du dich's versiehst, wird schon jemand auftauchen. Kannst mir ruhig glauben.«

»Also gut dann, gehen wir hinein.«

»Alles klar, aber das Reden überlässt du schön mir, verstanden? Wenn ich was von dir hören will, dann bestätigst du einfach nur, was ich sage. Verstanden?«

Ich nickte eifrig. Ich hatte absolut nichts dagegen, ihm die bevorstehende Diskussion zu überlassen.

»Und noch was«, sagte Bunkins. »Versuch, wie ein Dieb auszusehen.«

»Wie soll ich das denn machen?«

»Na ja, deine Klamotten sind schon in Ordnung – schön staubig von dieser Kaminputzerei. Aber du musst irgendwie verschlagen dreinschauen, weißt schon, was ich meine. Halt den Kopf nicht so hoch. Guck niemandem direkt in die Augen.«

Ich zog die Schultern hoch, senkte den Kopf und steckte die Hände in die Taschen. »Ist es so richtig?«

Er ließ sich einen Moment Zeit, um mich zu inspizieren. »Kann man gelten lassen. Also los dann. Gehn wir rein.«

Und so betraten wir das Pfandhaus. Er voran, ich hinterher. Ein Glöckchen klingelte über uns, als wir eintraten, und auf dieses Signal hin wurde ein schwerer Vorhang zurückgezogen, worauf eine Frau von den hinteren Räumen her in den Laden trat. In der Hand hielt sie eine einzelne brennende Kerze in einem silbernen Kerzenständer, der irgendeinen Lord oder Ritter einst eine hübsche Stange Geld gekostet haben musste. Sie war jung, vielleicht Mitte zwanzig, und auf eine geschmeidige Art und Weise attraktiv. Prächtig gekleidet war sie auch; was sie trug, war weniger ein Kleid als vielmehr eine Art Robe, die allerdings hier und da recht locker zu sitzen schien. Sie trug ein starres, hochmütiges Lächeln zur Schau, das sie gewiss vor dem Spiegel einstudiert hatte. Sie spielte die feine Dame, so gut sie es eben konnte. Aber dann öffnete sie den Mund, um uns zu begrüßen, und im Handumdrehen fiel der ganze damenhafte Schein von ihr ab.

»Womit kann ich'n den zwei jungen Herren dienen?« Ihre Stimme war wie die einer Krähe, zugleich heiser und schrill. Die einzige menschliche Stimme, die dieser hier ähnelte, war die unserer ehemaligen Köchin Mrs. Gredge.

»Wir wollen den Meister sprechen«, erwiderte Bunkins in äußerst bestimmtem Ton.

»Er is nich zu sprechen für euch, da müsst ihr schon mit mir reden.«

»Und wer sind Sie, bitte sehr?«

»Wer *ich* bin? Seine Frau und Gattin bin ich – Missus

Bradbury, und es wär nett, wenn ihr mich auch so anreden tätet.«

Sie war ganz erregt und entrüstet, als habe man ihr eine fürchterliche Beleidigung zugefügt. Während sie noch ein Weilchen schmollend im Dunkeln stand, blickte ich mich rasch in dem mit Waren voll gestopften Laden um. Ich sah eine Menge Uhren, große und kleine, in Ecken und Winkeln versteckt und auf den Regalen ausgestellt. An einem Ständer hingen prächtige Kleider und Gewänder, einige davon recht altmodisch; eine Kleidertruhe stand offen, sodass sich jeder herausgreifen konnte, was er brauchte; Möbel jeglicher Güte und Art standen umher – all das und noch vieles mehr. Auf dem Ladentisch stand eine Vitrine – zweifellos verschlossen – voll mit Taschenuhren, Ringen und diversen Schmuckstücken. So groß war das Durcheinander und so voll war der Raum, dass kaum Platz für uns drei zu bleiben schien.

»Also dann, Mrs. Bradbury.« Bunkins klang kein bisschen respektvoller als zuvor. »Wir hatten früher mal geschäftlich viel mit Ihrem Mann zu tun – ganz bestimmte Geschäfte, wenn Sie wissen, was ich meine. Aber wir waren zwei Jahre weg vom Fenster, und jetzt komme ich zurück und muss feststellen, dass George Bradbury geheiratet hat. Na. Sie können sich vorstellen, was das für uns für ein Schock ist. Hab ich nicht Recht, Jemmy?«

»Klar doch«, erwiderte ich, »damit hatten wir nicht gerechnet.«

»So, so, zwei Jahre wart ihr also weg, was?«, meinte sie. »Habt ihr wohl auf Duncan Campbells schwimmender Akademie verbracht, wenn ich mal raten darf.«

(Ihre Äußerung, geneigter Leser, bezog sich auf die Hulk *Justitia*, die in Woolwich vor Anker liegt und damals als Gefängnisschiff diente. Duncan Campbell war der Direktor.)

»Sie dürfen raten, so viel Sie mögen«, versetzte Bunkins schroff, »aber unsere Geschäfte machen wir lieber nur mit Ihrem Mann. Den kennen wir immerhin noch von früher.«

»Ich hab von ihm den Auftrag, alle Geschäfte für ihn zu erledigen – auch eure Art von Geschäft.«

»*Unsere* Art? Hör dir die bloß an, Jemmy! Die redet vielleicht ein Zeug daher.«

»So was ist mir auch noch nicht vorgekommen«, pflichtete ich bei.

»Was wäre denn unsere Art von Geschäft, Mrs. Bradbury?«

»Ihr seid ja die merkwürdigsten zwei Langfinger, die wo mir je untergekommen sind.«

»Mal angenommen, Sie liegen nicht ganz daneben – wohlgemerkt, nur angenommen. Also, es könnte doch sein, dass so ein paar Langfinger wie die, für die Sie uns halten, auf der Akademie ein neues Gewerbe lernen, so wie die Einbrecherei zum Beispiel. Und damit würden wir nicht mehr bloß mit Zwiebeln und Ringen handeln, sondern mit kompletten Zimmereinrichtungen bester Qualität. Die Frage ist also, könnten Sie eine Wagenladung gebrauchen? Die Leute drüben in der Field Lane hätten schon Verwendung dafür, da bin ich mir sicher.«

»Habt ihr die Wagenladung dabei?«, fragte sie, indem sie sich begierig vorbeugte. Es hätte nur noch gefehlt, dass sie sich die Lippen geleckt hätte. »Ich mach euch 'nen besseren Preis als die da in der Field Lane. Ich mach euch 'nen besseren Preis, als George ihn euch je gemacht hätt.«

Angesichts dieses Angebots machte Bunkins einen Rückzieher – im wahrsten Sinne des Wortes, denn er stieß mit mir, der ich hinter ihm gestanden hatte, zusammen. »Das mag ja sein«, entgegnete er, »aber mir wäre trotzdem wohler, wenn wir mit ihm selbst verhandeln könnten. Wo steckt der Alte denn? Wann kommt er zurück?«

Sie seufzte – vorwiegend, wie es schien, aus Verärgerung. »Wann er zurückkommt?«, entgegnete sie. »Also, das kann man nicht so richtig sagen. Er is nach Warwick gerufen worden, weil sein Vater dem Tod nah war. Das is jetzt schon über zwei Wochen her. Gerade gestern erst hab ich einen Brief von ihm gekriegt, wo er meint, seinem Vater ging es schon was besser, aber er wär immer noch in Lebensgefahr, und es blieb ihm deshalb nichts anderes übrig, als noch länger dazubleiben. Wie lange, konnte er nicht sagen. Vorläufig, meinte er« – und ihre Stimme erhob sich zu gebieterischer Schrille –, »soll *ich* die Geschäfte weiterführen, so wie er mir's beigebracht hat, denn er hat vollstes Vertrauen in meinen gesunden Menschenverstand und mein Urteilsvermögen, meint er.«

»Sein Vater?«, fragte Bunkins zweifelnd. »Wie alt muss der denn sein? George ist doch fast sechzig, oder?«

»Einundsechzig, um genau zu sein, und sein Vater is achtzig und 'n paar Zerquetschte. Is gar nicht so ungewöhnlich außerhalb von London, dass 'n Mann so lange lebt. Er hat Vermögen. Hat George zu dem Geschäft hier verholfen, jawohl.«

»Na, ich denke, wenn es von ihm aus in Ordnung geht, soll's mir auch recht sein. Also passen Sie auf, ich schaue noch mal vorbei, ich oder Jemmy, und wir sagen Ihnen Bescheid, wann wir kommen. Es wird jedenfalls weit nach Mitternacht sein.«

»Sagt mir nur, wann's so weit ist, und ich sorg dafür, dass ein, zwei Männer euch beim Ausladen helfen. Ihr könnt hinter's Haus fahren, da sehen euch die Häscher nicht.«

»Einverstanden, Mrs. Bradbury, aber ich warne Sie – wenn Sie den Preis drücken wollen, packen wir alles wieder auf den Wagen und bringen alles in die Field Lane.«

»Keine Bange, Kumpel. Ihr werdet strahlen wie die Honigkuchenpferde, wenn ihr hier weggeht.«

Und so, ohne Lebewohl, verließen wir sie. Draußen auf der Bedford Street sagte Bunkins kein Wort, bis wir das Pfandhaus ein gutes Stück hinter uns gelassen hatten. Vielleicht hätte er noch länger geschwiegen, denn ich war derjenige, der zuerst das Wort ergriff.

»Sag mir, was du denkst, Jimmie B.«

»Ich denke, sie hat ihn ermordet«, flüsterte er.

»Wahrhaftig? Ihre Geschichte klang nicht schlecht, und sie ist auch eine Spur zu klein, als dass sie die Tat selbst begangen haben könnte.«

Wir bogen um die Ecke in die Maiden Lane. Dort zog er mich in einen zurückgesetzten Hauseingang, wo wir uns ohne Furcht vor Lauschern unterhalten konnten. Ich hatte ihn noch nie so vorsichtig erlebt. Es war ein Zeichen dafür, wie ernst er die Angelegenheit nahm. Erst als wir sicher in der Nische standen, begann er zu sprechen, wenn auch nur im Flüsterton.

»Da gebe ich dir Recht«, sagte er. »Sie ist tatsächlich zu klein. Sie muss auf jeden Fall einen Helfer gehabt haben, oder jemand hat die Sache für sie erledigt. Ich kann mir nicht vorstellen, dass eine Frau wie sie einen mit dem Messer oder dem Dolch umlegt, wie sie es mit dem Kerl gemacht haben, und schon gar nicht, dass sie ihm die Birne absäbelt. Was die Geschichte betrifft, die sie erzählt hat, na ja, das ist halt irgend so eine Geschichte – könnte wahr sein, ist es aber wohl eher nicht.«

»Was dafür spricht«, warf ich ein, »ist die zeitliche Begrenzung. Sie kann ihn nicht für alle Zeiten dort in Warwick lassen. Irgendwann muss er wiederkommen, und zwar bald.«

»Wohl wahr«, erwiderte Bunkins. »Vielleicht hat sie ja einen Käufer für den Laden. Es ist nicht sehr schwer, seinen Namen auf einen Kaufvertrag zu schreiben und es so aussehen zu lassen, als hätte er es selbst geschrieben.«

»Kannst du mit Bestimmtheit sagen, dass es Bradburys Kopf ist, den du bei Mr. Donnelly gesehen hast?«

»Todsicher bin ich mir nicht, nein.«

»Nun, ich denke trotzdem, dass du dich mit deinem Verdacht und deinen Zweifeln an Sir John wenden solltest. Lassen wir ihn entscheiden, was zu tun ist.«

Er dachte einen Augenblick darüber nach und schüttelte dann nachdrücklich den Kopf. »Nee«, meinte er, »ich bin noch nicht so weit. Lass mich noch ein wenig rumschnüffeln. Wenn ich den Laden nur im Auge behalte, könnte ich vielleicht rauskriegen, wer der Kerl ist, der mit ihr unter einer Decke steckt. Na, klingt das nicht vernünftig?«

Das musste ich zugeben, zumal er derjenige war, der den Namen Bradbury überhaupt erst mit dem Kopf in Verbindung gebracht hatte. Es schien mir, als sei es sein gutes Recht, seinen Verdacht so lange für sich zu behalten, bis daraus mehr wurde als nur ein Verdacht. Und so trennten wir uns denn – er machte sich auf den Weg zu seiner Nachmittagsstunde bei Mr. Burnham, und ich ging zurück in die Bow Street. Obgleich ich nicht behaupten konnte, gänzlich zufrieden mit dem Stand der Dinge zu sein, war ich doch immerhin bereit einzugestehen, dass dies Bunkins' Angelegenheit war und er das Recht hatte, darin nach seinem Gutdünken vorzugehen.

Tage verstrichen. Die Woche ging vorüber. Lord Laningham würde am Samstag mit großem Pomp beigesetzt werden. Da Sir John in den Tagen vor der Beerdigung keine Nachricht von Lady Laningham erhalten hatte, nahm er völlig zu Recht an, dass sie durch ihr Schweigen ihre Ablehnung seines Ersuchens um eine Autopsie zum Ausdruck brachte. In seinen Bemerkungen zu der Angelegenheit deutete er listig an, dass es noch eine weitere Möglichkeit gebe, die er bisher nicht zur Sprache gebracht und die ich selbst nicht im Entferntesten in Betracht gezogen hatte.

Ich hatte den Trauerzug während meiner morgendlichen Besorgungen in der Stadt gesehen und erwähnte dies, als er an jenem Tag von seiner Gerichtssitzung kam.

Er nickte bedächtig. »Und mit ihm wird unsere Chance begraben, einen Blick in seine Leiche zu werfen, was immer das zu Tage gefördert hätte.«

»Ganz recht, Sir John. Es müsste schon sehr ungewöhnlich zugehen, wenn er wieder ausgegraben werden sollte.«

»In der Tat, sehr ungewöhnlich«, meinte er, »da doch alle dagegen zu sein scheinen.« Dann fügte er hinzu: »Wie du weißt, Jeremy, nahm Lady Laningham an, dass ich ihren Neffen verdächtige, Lord Laninghams Erben Arthur Paltrow. Ich deutete an, dass auch der Kellner, der sich bis zum heutigen Tag nicht gemeldet hat, die Gelegenheit gehabt hätte, sich am Inhalt der Weinflasche zu schaffen zu machen.«

»Ja, Sir, daran erinnere ich mich«, sagte ich, »doch ich habe inzwischen darüber nachgedacht, und ich muss Ihnen sagen, dass Lord Laningham, als er den Kellner heranwinkte und ihn nach der Flasche Wein von seinem Tisch schickte, den Burschen ganz zufällig auszuwählen schien. Er nahm einfach den, der ihm gerade am nächsten war.«

»Das hatte ich mir schon gedacht«, versetzte er, »und ich hätte es ihr gegenüber auch gar nicht erwähnt, wäre da nicht die beunruhigende Tatsache, dass sich bisher niemand als derjenige zu erkennen gegeben hat, der Lord Laningham die Flasche gebracht hat. Es gibt jedoch noch einen weiteren Kandidaten, auf den ein Verdacht fallen könnte. Kannst du mir den Namen nennen?«

Er hatte mich überrumpelt. Tatsächlich hatte ich mich nicht sonderlich gründlich mit der Frage beschäftigt. Ich hatte keinen Grund gehabt, Überlegungen anzustellen, die über das hinausgingen, was in seiner Unterredung mit Lady Laningham zu Tage getreten war. Warum auch? Ich war etwas verwirrt und konnte meine Antwort nur stotternd hervorbringen: »N-nein, Sir John, ich … ich … das kann ich nicht.«

»Frage dich doch nur einmal«, forderte er mich auf, »wer die bessere Gelegenheit gehabt hätte, den Wein zu vergiften – gesetzt, es war tatsächlich Gift in der Flasche. Nun, natürlich Lady Laningham selbst. Sie hatte Zugang zum Keller, vielleicht hat sie sogar die Flaschen für den Abend selbst ausgewählt. Ich habe natürlich darauf verzichtet, dies ihr gegenüber zu erwähnen, denn schließlich ging es mir um ihre Zustimmung zu der Autopsie. Die Tatsache, dass diese Zustimmung nicht erteilt wurde, spricht im Übrigen gegen sie.«

»Aber haben Sie sie denn tatsächlich im Verdacht? Was wäre denn ihr Motiv für eine solche Tat?«

»Nun, vielleicht hatte sie einen Liebhaber?«

»Sie ist über sechzig!«

»Solche Auswüchse der Leidenschaft sind auch unter betagteren Zeitgenossen nichts Unbekanntes. Nach allem, was ich gehört habe, war er ein langweiliger alter Narr – vielleicht wollte sie ihn einfach nur loswerden. Aber um auf deine erste Frage zurückzukommen, ob ich sie tatsächlich verdächtige: Die Antwort lautet nein.«

»Nein?«

»Nein. Als die Möglichkeit einer Vergiftung ins Gespräch gebracht wurde, reagierte sie so, wie man es erwarten würde. Wir müssen immer daran denken, dass es nur eine Möglichkeit ist, die in der Diskussion aufgeworfen wurde. Was ihre schweigende Ablehnung unseres Gesuchs um eine Autopsie betrifft, so wage ich zu behaupten, dass dies eher mit Überlegungen hinsichtlich der Schicklichkeit, des Respekts vor den Toten und Ähnlichem zu tun hatte als mit einer etwaigen Furcht, entdeckt zu werden. Ich verdächtige sie nicht. Ich verdächtige niemanden, solange keine Beweise für eine Vergiftung vorliegen.«

»Sie haben mir einigen Stoff zum Nachdenken gegeben, Sir«, sagte ich.

»Du musst immer nachdenken, Jeremy. Ziehe stets alle Möglichkeiten in Betracht.« Er seufzte. »Nun, in jedem Falle werden wir morgen Abend wieder die Gelegenheit haben, sie alle zu sehen.«

»Wir? Das ... das wusste ich nicht.«

»Ja, Arthur Paltrow hat darauf bestanden, dass zum Gedenken an seinen Onkel das Konzert noch einmal mit dem gleichen Programm im Crown and Anchor gegeben wird. Zweifellos wird er eine Rede halten wollen. Ich nehme allerdings nicht an, dass wir erleben werden, wie er mitten in der Rede tot umfällt.«

»Vielleicht wird der gesuchte Kellner sich melden und seine Identität preisgeben.«

»Vielleicht«, meinte Sir John. »Wir werden sehen.«

Der Samstag war der Tag der Chorprobe, welcher Annie mit so viel Bangen entgegengesehen hatte. Von Bangen war nun keine Rede mehr, denn Mr. Burnham hatte ihren Part – sowohl die Musik als auch den Text – mit ihr gründlich eingeübt. Es war am späten Nachmittag, und draußen begann es schon zu dunkeln, als sie sich in der Küche von Lady Fielding verabschiedete, nicht ohne ihr Anweisungen zu hinterlassen, wann sie den Hammelbraten aus dem Ofen zu nehmen habe. Es gab nichts zu befürchten, denn Annie hatte das Abendessen bis auf das Fertigbraten des Fleisches bereits vorbereitet.

Da es noch nicht dunkel war, als sie losging, war entschieden worden, dass sie den Weg zum Crown and Anchor gefahrlos allein finden könne. Allerdings hatte ich den Auftrag erhalten, ihr nach zwei Stunden zu folgen und sie durch die dunklen Straßen nach Hause zu geleiten. Ich verbrachte die Zeit mit Lesen, und zur festgesetzten Stunde machte ich mich auf, sie von der Schenke abzuholen. Als ich durch die Küche kam, bemerkte ich, dass der Braten einen köstlichen Duft verströmte, gerade recht zum Verzehren, doch von Lady Fielding war nichts zu sehen.

Im Crown and Anchor wartete ich dann zusammen mit einer Schar anderer Männer und Burschen, die wie ich geschickt worden waren, die Damen nach Hause zu begleiten. Und ich musste sogar noch länger warten, als ich gedacht hatte, denn immer und immer wieder wurde abgebrochen, erneut eingesetzt und wiederholt. Um die Wahrheit zu sagen, ich konnte Annies Stimme nicht aus denen ihrer Mitsopranistinnen heraushören, doch für mich hörten sie sich alle gut an. Der Chorleiter aber schien sich nicht zufrieden geben zu wollen, bis alles perfekt war. So kam es, dass er sie alle fast eine Stunde länger als erwartet dort behielt.

Annie und ich rechneten fest damit, dass wir uns mit kaltem Hammelfleisch würden begnügen müssen, als wir zusammen in die Bow Street zurückgingen. Das schien ihr jedoch nicht das Geringste auszumachen, denn den ganzen Heimweg über summte und sang sie ihre Lieblingsstellen aus der Ode und war überhaupt allerbester Laune.

»Haben wir nicht herrlich geklungen, Jeremy?«, platzte sie einmal heraus. (Mir schien, dass ihre Ausdrucksweise sich gebessert hatte.)

»Du hast Recht, so viele Stimmen zusammen ergeben einen mächtigen Ton.«

»Und ich habe gut gesungen«, sagte sie, »so gut wie nur eine. Ist dir aufgefallen, dass der Chorleiter mich angesprochen hat, als ich von der Bühne ging?«

»Was hat er denn gesagt?« Denn ich hatte es in der Tat bemerkt, und ich war neugierig.

»Er hat mich für meine gute Vorbereitung gelobt und gesagt, er wünschte sich, alle hätten so fleißig gearbeitet. Das habe ich alles Mr. Burnham zu verdanken – zwei Stunden jeden Tag, mehr hat es nicht gebraucht. Er ist ein guter Lehrer, was? – Ich meine, *nicht wahr*?«

Ich gewährte ihr die emphatische Zustimmung, auf die sie gerechnet hatte und die sie ganz gewiss verdiente. Aber sie achtete nicht weiter darauf und plapperte munter weiter.

»Und weißt du was, Jeremy, er hat versprochen, morgen Abend zu dem Konzert zu kommen, um sich das Ergebnis seiner Bemühungen mit mir anzuhören. Er muss natürlich seinen Platz an unserem Tisch bekommen!«

Auch dem stimmte ich zu, wenn ich auch zugleich dachte, dass die Sache mit seiner Hautfarbe den Übrigen wohl eine gewisse Überraschung bereiten würde. Aber wiederum kam ich zu dem Schluss, dass es eigentlich nicht so sein sollte.

Der Braten war schon fast eine Stunde zu lange im Ofen gewesen, war aber noch nicht gänzlich verdorben, denn das Feuer, das ich entfacht hatte, war schon heruntergebrannt, als Lady Fielding voll der schlimmsten Befürchtungen und ganz zerknirscht zurückgekehrt war. Wegen eines Zwischenfalls war sie plötzlich zum Magdalenenheim gerufen worden: Ein neu angekommenes Mädchen hatte einen Aufruhr angezettelt, ein Rasiermesser gezogen, welches sie hineingeschmuggelt hatte, und damit zwei Mädchen Schnittwunden beigebracht, bevor sie von den anderen überwältigt werden konnte. Die Nachricht hatte Lady Fielding derart aus der Fassung gebracht, dass sie aus dem Haus gestürzt war, ohne daran zu denken, den Hammel aus dem Ofen zu ziehen oder mir auch nur von ihrem Weggang Mitteilung zu machen.

Sir John reagierte sehr verständnisvoll, gab aber zu bedenken, dass es vielleicht besser wäre, einen Constable ins Magdalenenheim zu schicken, der das Mädchen mitnehmen sollte. »Sie sollte wegen Körperverletzung vor Gericht gestellt werden, Kate«, sagte er.

»Zu spät, Jack«, erwiderte sie. »Wir haben sie bereits des Hauses verwiesen – natürlich ohne ihr Rasiermesser.«

»Und was ist mit den beiden Mädchen, die sie verletzt hat?«

»Die sind bei Mr. Donnelly in guten Händen.«

Diese Unterredung, die am Esstisch stattfand, wurde unterbrochen, als Annie den Braten servierte. Sie hatte gerettet, was zu retten war, hatte die verkohlten Stellen weggeschnitten, das Fleisch in Scheiben und Stücke zerteilt und mit etwas Bratensoße serviert. Obwohl es geradezu vom Knochen abfiel, war es doch schmackhaft und roch immer noch wie ein guter Braten.

»Also, das ist gar nicht so schlecht, wirklich gar nicht schlecht«, sagte Sir John, nachdem er es probiert hatte. »Ich muss gestehen, dass ich Hammelfleisch eigentlich immer nur gemocht habe, wenn es so richtig durchgebraten war – verbraten, wie manche sagen würden. Freuen wir uns alle, dass unsere Mahlzeit gerettet ist, und beten wir für das Wohl des Mädchens, das hinaus in die Kälte geschickt wurde.«

»Jack, denkst du, dass …?«

»Du hast getan, was du tun musstest, Kate.«

Am Eingang zum Ballsaal des Crown and Anchor kam es zu einer Szene, als Mr. Burnham dort Einlass begehrte. Ich hatte etwas in der Art fast schon erwartet, und so hatte ich einen Platz an unserem Tisch gewählt, von dem aus ich die Tür im Auge hatte. Kaum hatte ich ihn erspäht, da sprang ich auch schon auf und eilte hinüber, um ihn zu unserer Gesellschaft zu geleiten. Als ich ankam, war er bereits in eine Auseinandersetzung mit dem Mann verwickelt, der die Eintrittskarten entgegennahm. Leicht hätte sich daraus etwas Ernsteres entwickeln können, denn Mr. Burnham war ein Mann, der seine Rechte kannte.

»Sie haben meine Eintrittskarte, Sir«, sagte er, als ich bei ihm anlangte. »Sie ist nicht gefälscht. Ich habe sie gekauft, ich habe dafür bezahlt, und zwar eine recht hübsche Summe, wie ich hinzufügen möchte, und nun *verlange* ich, eingelassen zu werden.«

»Nun, wenn Sie sich nur gedulden möchten, bis –«

»Bin ich etwa nicht angemessen gekleidet?« Mit Ausnahme des einen oder anderen Grafen oder Herzogs war wohl im ganzen Saal kein besser angezogener Mann zu finden.

»Nein, nein, das ist es nicht – aber wenn Sie so freundlich wären zu warten, bis der Wirt hier ist… Er wird vielleicht –«

Ich zupfte den Burschen am Ärmel und suchte ihn mit aller Autorität, die ich aufbringen konnte, einzuschüchtern.

»Hören Sie mal«, sagte ich, »was gibt es hier für Probleme?«

Er bemerkte meine aufrechte Haltung, meinen festen Blick und meinen eindrucksvollen flaschengrünen Rock und hätte mir sicherlich eine höchst respektvolle Antwort gegeben, wenn nicht Mr. Burnham plötzlich mit dröhnender Stimme dazwischengefahren wäre.

»Oder ist es etwa meine Hautfarbe?«

Ich brachte ihn mit einer bittenden Geste zum Schweigen und wandte mich dann wieder an den Türsteher. »Ich bin gekommen«, sagte ich, »um diesen Herrn an den Tisch von Sir John Fielding zu geleiten, wo er erwartet wird. Und das gedenke ich auch zu tun. Wenn Sie unbedingt wollen, dürfen Sie ruhig den Wirt herbeirufen. Schicken Sie ihn nur zu uns an den Tisch, wenn er kommt. Nun denn, hier entlang, Mr. Burnham, wenn's genehm ist, Sir.«

Widerwillig trat der Türsteher zur Seite, worauf Mr. Burnham an ihm vorbeiging, ohne ihn auch nur eines Blickes zu würdigen. Die Gäste an den Tischen, die zunächst dem Eingang standen, hatten den größten Teil des Gesprächs mitbekommen, und gewiss hatten alle Mr. Burnhams abschließenden erregten Ausruf gehört. Nun hatten sie die Gelegenheit, denjenigen anzustarren, dessen Anwesenheit zu dem Zwischenfall Anlass gegeben hatte, und so glotzten sie denn auch nach Herzenslust. Während ich Mr. Burnham zum Tisch führte, las ich in manchen Gesichtern Belustigung, in anderen Missbilligung. Doch es schien keinen zu geben, der einfach nur kurz hinschaute und sich dann wieder abwandte.

Ich spürte eine kräftige Hand auf meiner Schulter und drehte mich im Gehen halb um. Mr. Burnhams breites Grinsen drückte Anerkennung aus.

»Gut gemacht, junger Mann«, sagte er. »Wenn ich auch niemals eine Beleidigung durchgehen lasse, so bin ich doch immer froh, einen Verbündeten zu finden. Und Ihren Auftritt, Mr. Proctor, fand ich äußerst beeindruckend.«

Zum Dank grinste ich zurück und winkte ihn dann weiter. Wir erreichten den Tisch, dem Sir John vorsaß. Alle drehten sich zu uns um bis auf den Vorsitzenden, der unsere Ankunft noch nicht bemerkt hatte. Doch es war seine Aufmerksamkeit, die ich suchte, und ihm stellte ich Mr. Burnham zuerst vor. Danach führte ich ihn um den Tisch herum und machte ihn nach und nach mit der ganzen Runde bekannt. Lady Fieldings Augen sprangen fast aus den Höhlen, als sie Mr. Burnham erblickte, doch sie beherrschte sich und murmelte nur, Annie habe uns schon viel von ihm erzählt. Worauf ich ihn den Herren Donnelly, Goldsmith und Humber vorstellte – keiner von ihnen zuckte zurück, als er ihnen die Hand reichte –, um zuletzt Annie zuzuwinken, indem ich sagte, dass er sie natürlich schon gut kenne. Was natürlich auch stimmte.

Sir John rief Mr. Burnham zu sich und bat ihn, zu seiner Rechten Platz zu nehmen. Ich fand einen Stuhl gegenüber von ihnen neben Annie, und wir hörten freudig zu, als die beiden ins Gespräch kamen und sich über Annies Fortschritte und ähnliche Dinge zu unterhalten begannen. Doch nachdem sie eine Zeit lang geredet hatten, brach Sir John plötzlich ab und rieb sich einige Augenblicke lang gedankenverloren das Kinn.

»Dürfte ich Sie fragen, Sir«, sagte er, »wo Sie herkommen?« Am Tisch wurde es still.

»Was denken Sie denn, wo ich herkomme?«, entgegnete Mr. Burnham.

»Nun, Sir, wegen meiner Blindheit verlasse ich mich zusätzlich auf die Informationen, die mir meine vier übrigen Sinne liefern. Mein Gehör sagt mir sehr viel. Ich erkenne viele Menschen am Klang ihrer Stimme, und was diejenigen betrifft, die ich nicht kenne, so kann ich fast immer ihre Herkunft auf Grund ihrer Sprechweise bestimmen. Die Ihrige kann ich jedoch nicht recht fassen. Es scheint etwas von der walisischen Art darin zu liegen. Liege ich damit richtig?«

»Mein Vater stammte aus Shropshire nahe der walisischen Grenze.«

»Das könnte eine Erklärung dafür sein. Hat er Walisisch gesprochen? Sprechen Sie es auch?«

»Er konnte ein paar Worte, ich dagegen kein einziges.«

»Sie sind also nicht in jener Gegend zur Welt gekommen?«

»Nein, Sir.«

»Dann muss ich die Waffen strecken, fürchte ich. Wo sind Sie geboren? Wo sind Sie aufgewachsen?«

»Auf Jamaika, Sir, in Übersee. Und ich fürchte, der Vorteil, den ich Ihnen gegenüber genieße, ist sehr unfair. Hätten Sie noch Ihr Augenlicht, so würden Sie mich augenblicklich als das erkennen, was ich bin – halb Engländer und halb Afrikaner, ein Mulatte, wie man so sagt.«

»Nun, dann muss ich Ihnen ein Kompliment machen, Sir, denn Ihre Diktion könnte nicht besser sein. Und ich bin Ihnen auch zu Dank verpflichtet, denn Sie haben mich etwas gelehrt.«

»Und was ist das, Sir John?«

»Sie haben mich mit einem neuen englischen Akzent bekannt gemacht. Er hat eine beschwingte Qualität, etwas Musikalisches, ein Auf und Ab wie das Walisische – und doch ist er anders.«

»Ehrlich gesagt«, erwiderte Mr. Burnham, »ich habe getan, was ich konnte, um mehr in der Londoner Manier zu sprechen. Ich wäre froh, meinen Inselakzent ganz loszuwerden.«

»Tun Sie das nicht«, ermahnte Sir John ihn. »Er klingt angenehm im Ohr und ist eine willkommene Abwechslung zu dem Kauderwelsch, das ich sonst zu hören bekomme.«

Obwohl mürrisch hervorgebracht, waren die Worte doch freundlich gemeint, was Mr. Burnham auch sofort richtig deutete. Er fing aus vollem Halse an zu lachen, und Sir John schloss sich ihm an, wobei er Mr. Burnham freundschaftlich am Arm packte. Die beiden lachten noch immer, als die Kellner sich auf uns zu stürzen begannen und die Teller vor uns auf den Tisch knallten. Ringsumher erhob sich nun das gleiche polternde Geräusch, begleitet vom Klappern des Bestecks, und das Getöse der zahlreichen Stimmen wurde zu einem leisen Summen, als die Hunderte von Gästen sich über ihre Mahlzeit aus Rindfleisch, Blutwurst und Bratensoße hermachten. Wir an unserem Tisch nahmen unsere einzelnen Gespräche wieder auf. Neben mir stocherte Annie ein wenig in ihrem Essen herum und schob mir dann ihren Teller hin mit der Bemerkung, ich dürfe alles aufessen, wenn ich wollte. An Mr. Donnelly gewandt, der an ihrer anderen Seite saß, klagte sie, dass sie sich krank fühle. »Das ist vollkommen normal«, versicherte er ihr. »Sie leiden unter einer Art fieberhafter Beklemmung, wie sie mir in meiner Marinezeit oft begegnet ist. Matrosen können vor einer großen Schlacht auch nur wenig essen.« Doch solche Reden schienen sie nicht sonderlich zu ermutigen. Sie verließ uns schon bald, um sich hinter der Bühne dem Chor anzuschließen. Alle wünschten ihr das Beste, jedoch keiner so herzlich wie Mr. Burnham.

Die Zeit verging wie im Fluge, und bald hatten wir uns alle satt gegessen und getrunken, worauf dieselben Kellner wieder auftauchten, um die Teller einzusammeln, die sie uns so hastig vor die Nase gesetzt hatten. Die Musiker begannen sich auf der Bühne zu versammeln. In diesem Moment überraschte mich Sir

John, indem er mich zu sich rief. Im Nu war ich aufgesprungen und an seine Seite geeilt.

»Jeremy«, sagte er zu mir, »ich möchte, dass du mich an den Tisch der Laninghams führst, bevor das Programm beginnt. Ich muss Lady Laningham meine Aufwartung machen, und außerdem möchte ich den Erben kennen lernen.«

Und so geschah es denn auch, wenn es auch nicht einfach war, sich an den hin und her schwirrenden Kellnern vorbei einen Weg durch die engen Korridore zwischen den Tischen zu bahnen. Doch wir beide schafften es ohne einen Zusammenstoß, indem Sir John mit einer Hand meine Schulter gepackt hielt und ich immer wieder ausrief: »Platz da! Machen Sie Platz für Sir John Fielding, bitte sehr!«

Und so kamen wir an unser Ziel. Ich platzierte ihn vor Lady Laningham, die immer noch ganz in Schwarz gekleidet war; allerdings trug sie ein neues Kleid und war überhaupt ganz modisch herausgeputzt. Vielleicht, so dachte ich, hatte sie tatsächlich jemanden gefunden, der ihr nicht nur mit Worten Trost spenden konnte. Doch sie begrüßte Sir John in höchst ernsthafter Manier, und auf seine Bemerkung hin, dass ja Lord Laninghams Beisetzung inzwischen stattgefunden habe – »eine prachtvolle Zeremonie, wie ich gehört habe« –, murmelte sie etwas über eine »verpasste Gelegenheit«. Dann fügte sie mit deutlicher Stimme hinzu: »Jetzt wünschte ich mir, ich hätte Ihrem Ersuchen stattgegeben.«

»Es dürfte sich jetzt kaum noch eine Möglichkeit ergeben –«, begann er.

Doch bevor er seinen Satz vollenden konnte, beugte sie sich zu ihm hinüber und flüsterte ihm etwas ins Ohr. Sie schien äußerst erzürnt.

Ich war so fasziniert von diesem Geschehen, so darauf konzentriert, etwas von dem mitzubekommen, was da gesprochen wurde, dass ich den Herrn zunächst gar nicht bemerkte, der sich von seinem Platz am anderen Ende des Tisches erhoben hatte und in der deutlichen Absicht, Sir Johns Bekanntschaft zu machen, herangetreten war. Er stand hinter Lady Laningham und wartete auf seine Gelegenheit; dann, nachdem sie geendet hatte, stürzte er sich auf Sir John, um sich vorzustellen.

»Sie sind doch Sir John Fielding, habe ich Recht?«

Lady Laningham wandte sich um und warf dem Störenfried einen finsteren Blick zu. Er war keineswegs eine beeindruckende Erscheinung; im Wuchs etwas kleiner als der Durchschnitt und von hektischem und übereifrigem Gebaren.

Sir John seinerseits zuckte ein wenig zurück, als er so unvermittelt angesprochen wurde. Er bot dem Sprecher nicht die Hand.

Der aber ließ sich nicht abschrecken, schnappte sich die Hand, die ihm verweigert worden war, und schüttelte sie kräftig, indem er sagte: »Ich bin Arthur Paltrow, und ich habe schon seit meiner Ankunft in London darauf gehofft, Ihre Bekanntschaft zu machen. Ich konnte einfach nicht abwarten, bis meine werte Tante mich Ihnen vorstellte.«

»Aha«, erwiderte Sir John, »Lord Laninghams Erbe natürlich. Aber Sie sagen, Sie hofften meine Bekanntschaft zu machen? Weshalb denn, Sir – oder muss ich Sie jetzt mit Mylord ansprechen?«

»Noch nicht, nein, nein, aber der Grund ist doch wohl offensichtlich. Ihr Ruhm – der Ruhm der Bow Street Runners – ist sogar schon bis in unseren kleinen Winkel des Königreichs vorgedrungen.«

»Das ist gewiss schmeichelhaft«, versetzte Sir John, »aber lassen Sie mich Ihnen zunächst mein Beileid zum Tode Ihres Onkels aussprechen.«

Worauf Mr. Paltrow sofort sein Haupt senkte und höchst feierlich wurde. »Ach ja«, erwiderte er mit einem Seufzer, »er war ein großer Mann, und für mich stets eine Quelle der Inspiration.«

»Sie standen ihm also nahe?«

»So nahe, wie es die Umstände zuließen. Er hielt sich immer in London auf, während ich mit meiner kleinen Familie fernab auf dem Lande lebte. Ich würde sie Ihnen gerne vorstellen, wenn es Ihnen recht ist.«

Und ohne ein Wort an Lady Laningham zu verlieren, schleppte er Sir John davon. Diese, als sie sich solchermaßen ignoriert fand, warf mir einen wütenden Blick zu. Ob sie nun in irgendeiner Weise auf den ihr zugefügten Affront reagieren zu müssen glaubte oder ob sie mich aus irgendwelchen abwegigen Gründen dafür verantwortlich machte, konnte ich nicht entscheiden, denn sie sagte nichts. Sie ließ sich lediglich schwer auf ihren Stuhl fallen und wandte uns allen den Rücken zu.

Ich schloss mich den beiden Männern noch rechtzeitig an, um mitzuhören, wie Mr. Paltrows Gattin Pamela und seine beiden Töchter Felicity und Charity Sir John vorgestellt wurden. Alle drei waren sie dralle Weibsbilder; die beiden Mädchen, nur wenig älter als ich, waren ihrem Vater denkbar unähnlich, abgesehen von einem gewissen Feuer des Übereifers, das auch in ihren Augen brannte.

Mr. Paltrow suchte die Angelegenheit ein wenig in die Länge zu ziehen und verbreitete sich in großartigen Worten über die Diners und Musikabende, die er geben würde, sobald er »entsprechend situiert« sei. Er versicherte, dass Sir John eine Einladung zur ersten dieser Veranstaltungen erhalten würde.

»Ich sehe dem mit Freude entgegen.«

»Ganz meinerseits.«

Just in diesem Moment trat ein Mann an den Tisch heran, in dem ich den Wirt des Crown and Anchor erkannte. Er begrüßte Sir John hastig und wandte sich dann an Mr. Arthur Paltrow, den er auf die Bühne bat, damit er, wie es sein Wunsch gewesen sei, zum Publikum sprechen könne.

»Das Orchester ist bereit, Sir«, sagte der Wirt. »Man wartet nur auf Sie.«

»Dann muss ich wohl gehen, Sir John«, meinte Mr. Paltrow. »Es war wirklich eine große Freude, endlich Ihre Bekanntschaft zu machen.«

»Auch ich habe mich gefreut, Sie und Ihre Familie kennen zu

lernen«, erwiderte Sir John mit einer höflichen Verbeugung. »Jeremy?«

Er bedeutete mir, dass er bereit sei, an unseren Tisch zurückzukehren. Während wir uns durch die Menge schlängelten, brummte er: »Ich werde mich nicht in ihre familiären Streitigkeiten hineinziehen lassen. Allein der Gedanke!«

»Was gibt es denn, Sir?«, rief ich ihm über die Schulter zu.

»Er beabsichtigt, mit seiner Familie sogleich in das Stadthaus der Laninghams einzuziehen, und nun will die gegenwärtige Lady Laningham ihren Gatten ausgraben und aufschneiden lassen, bloß um sich zu rächen, indem sie den Verdacht auf den künftigen Lord Laningham lenkt. Begreift sie denn nicht, dass sie ihre Chance vertan hat, als sie ihren Mann begraben ließ?«

In seiner Entrüstung hatte er die Stimme erhoben. Ich bemerkte, dass sich entlang unseres Weges einige Köpfe interessiert umwandten, um mehr von unserer Unterhaltung mitzubekommen. Es war sonst nicht seine Art, solche Dinge derart sorglos in der Öffentlichkeit anzusprechen.

Dennoch fragte ich: »War es das, was sie Ihnen zugeflüstert hat?«

»Ja, das war es«, zischte er wütend.

Wir erreichten unseren Tisch gerade rechtzeitig, bevor Arthur Paltrow auf die Bühne trat und seinen Platz vor dem Orchester einnahm. Ich stellte einigermaßen überrascht fest, dass man genau an die Stelle, wo eine Woche zuvor Lord Laningham gesessen hatte, einen leeren Stuhl gestellt hatte; daneben lag der Stab des verstorbenen Lords. Beabsichtigte Mr. Paltrow etwa, auf der Bühne zu bleiben und an diesem Abend die Rolle seines Onkels zu übernehmen, sein Gehopse und seine Kapriolen zu imitieren? So unerfahren ich damals noch war und so wenig ich wusste, wie es in der großen Welt zugeht, erschien mir dies doch als eine ausgesprochene Geschmacklosigkeit. Aber was auch immer seine Absicht war, er wartete zunächst, bis im Publikum Ruhe eingekehrt war, und ergriff erst dann das Wort.

»Mein Name«, begann er, »ist Arthur Paltrow. Ich wende mich heute Abend an Sie als Sprecher der Familie des jüngst verstorbenen Lord Laningham. Im Namen der Familie möchte ich Ihnen allen versichern, sowohl den Mitgliedern der Akademie für Alte Musik als auch den Besuchern der einzelnen Konzerte, dass unsere Familie auch in Zukunft die Gesellschaft und ihre Konzertveranstaltungen fördern wird, genau wie es zur Zeit meines teuren Onkels der Fall war. Wir sind uns ganz und gar sicher, dass er es sich so wünschen würde. Und ebenso sicher ist es auch unser Wunsch.«

An dieser Stelle brach Arthur Paltrow ab, worauf sich im Publikum vereinzelter Applaus erhob. Immer heftiger und lauter wurde das Klatschen, bis schließlich ein wahrer Beifallssturm den großen Ballsaal des Crown and Anchor erfüllte. Er wartete bescheiden und mit leicht gesenktem Kopf, bis sich der Applaus endlich gelegt hatte. Erst dann hob er den Kopf und blickte in die Menge.

»Vielen Dank«, sagte er und nickte. »Das Programm des heutigen Abends ist eine Wiederholung dessen, was Ihnen vergangenen Sonntag geboten wurde. Es besteht ausschließlich aus Werken des verehrten Meisters Georg Friedrich Händel selig, und zwar den Concerti Grossi Opus drei Nummer eins und zwei, der *Cäcilienode*, vorgetragen vom Chor der Akademie, sowie jenem allseits beliebten Werk, der *Wassermusik*. Das Programm wird deshalb wiederholt, weil es nie zu Ende geführt wurde. Unterbrochen wurde es, wie Sie alle wissen werden, durch Lord Laninghams tragischen Tod auf eben der Bühne, auf welcher ich jetzt stehe. Dieses Konzert soll deshalb der Erinnerung an ihn gewidmet sein. Gedenken Sie seiner, während Sie dieser herrlichen Musik lauschen. Sie werden bemerkt haben, dass sich neben mir sein Stuhl und sein Stab befinden, Ihnen allen wohl vertraute Gegenstände. Sie werden hier den Abend über verbleiben, um Sie alle an Lord Laningham zu erinnern. Anschließend werden sie entfernt, um an einem Ehrenplatz aufgestellt zu werden, welcher noch zu bestimmen ist.

Niemand außer ihm wird je vor den Musikern auf dieser Bühne sitzen. Das ist alles. Ich danke Ihnen noch einmal.«

Und nachdem er geendet hatte, wandte er sich um und trat gemessenen Schritts von der Bühne ab. Diesmal erhob sich sogleich tosender Beifall, der zu einer noch stürmischeren Ovation anschwoll, als sie ihm zuvor zuteil geworden war. Er hatte das Publikum vollkommen für sich eingenommen.

Sogar Sir John, der sich an dem ersten Applaus nicht beteiligt hatte, klatschte nun eifrig mit. Dann wandte er sich an die Tischrunde und rief über das Beifallsrauschen hinweg: »Eine gute Rede! Findet ihr nicht auch? Mit Würde und Bescheidenheit vorgetragen – bei Gott, eine gute Rede!«

Und alle am Tisch stimmten aus vollem Herzen zu, man wandte sich nickend an seine Nachbarn, und jeder fügte der Bemerkung seinen eigenen lobenden Kommentar hinzu.

Sodann erhob sich der Kapellmeister, erheischte die Aufmerksamkeit des Orchesters und gab den Takt an. Das Konzert hatte begonnen.

Ich bin kein Experte, was Musik dieser Art betrifft, verehrte Leser, und doch kann ich Ihnen wahrhaftig versichern, dass ich niemals Musik dieser Art, insbesondere Händel, perfekter habe spielen und singen hören als an jenem Abend. Die beiden Concerti Grossi waren besser, als ich sie von der Woche zuvor in Erinnerung hatte, vielleicht weil ich damals durch Lord Laninghams kindische Versuche, das Orchester zu dirigieren, abgelenkt worden war. Aber die *Cäcilienode*, zu der sich der gesamte Chor auf der Bühne einfand, war in der Tat ein Glanzstück; und dieses Mal, ich schwöre es, hörte ich tatsächlich die Stimme der lieben Annie heraus, die das Herz des ganzen Soprans bildete, sich über das Dröhnen der Pauken erhob und mit den Trompeten wetteiferte. Und die *Wassermusik*, so oft schon aufgeführt, hätte nicht mit größerer Würde und Kraft intoniert werden können. In dieser Musik, so erinnere ich mich, war für mich die Fähigkeit des Menschen zur Vollkommenheit ausgedrückt – oder zumindest die Hoffnung darauf.

Mit donnerndem Applaus und mit Rufen wie »Bravo!« und »Bravissimo!« brachte das Publikum zum Ausdruck, wie sehr es die Aufführung genossen hatte. Mr. Alfred Humber, welcher der Akademie für Alte Musik angehörte und zu den treuesten Besuchern dieser Konzerte zählte, zögerte nicht, dieses als das beste zu bezeichnen, das er je gehört hatte. Obwohl er, Mr. Donnelly und Mr. Goldsmith sich sogleich nach Ende des Programms verabschiedeten, blieben wir Übrigen noch etwas länger. Mr. Burnham sparte nicht mit Glückwünschen und Komplimenten, die Annie höflich erwiderte, indem sie sagte, all dies habe sie nur ihm zu verdanken. Er nahm sodann seinen Abschied von uns, bedankte sich bei Sir John und Lady Fielding für den Platz an ihrem Tisch und wurde mit einem herzlichen Lebewohl von Sir John belohnt.

Als wir vier uns zum Gehen anschickten, tauchte plötzlich der Wirt auf und nahm Sir John beiseite. Ich hätte mich heranschleichen können, um zu lauschen, denn ich war sehr an der Sache mit dem vermissten Kellner interessiert, aber just in diesem Moment holte Lady Fielding Annie und mich ein und verlangte zu wissen, weshalb wir ihr nicht gesagt hätten, dass Mr. Burnham ein Schwarzer sei.

»Aber Mylady«, entgegnete Annie, »er ist doch gar nicht schwarz, sondern braun.«

»Werde bloß nicht unverschämt, junge Dame!«

Worauf ich mich beeilte einzuwerfen: »Ich – ich meine, wir – wir hatten gedacht, es spiele keine Rolle. Uns war es jedenfalls gleich.«

»Nun«, meinte sie etwas verdutzt, »natürlich hat es in seinem Fall nicht… wirklich… eine Rolle gespielt. Aber dennoch denke ich, ihr hättet mich vorbereiten sollen. Ich fürchte, ich habe etwas dümmlich dreingeschaut, als du ihn an den Tisch brachtest, Jeremy.«

»Ach, tatsächlich?«, versetzte ich. »Das war mir gar nicht aufgefallen.« (Natürlich war es das.)

»Ich hoffe nur, dass es ihm nicht aufgefallen ist«, gestand sie ganz offen. »Nachdem du mit Sir John den Tisch verlassen hattest, habe ich mich sehr angenehm mit ihm unterhalten – über sein Heimatland und dergleichen. Sein Vater hat einen richtigen jungen Gentleman aus ihm gemacht. Und doch mag Mr. Burnham seine Mutter nicht verleugnen. Er sagt, er vermisst sie beide sehr – und beide im gleichen Maß.«

»Und er ist so ein guter Lehrer, Ma'am«, warf Annie ein.

»Oh, das bezweifle ich nicht. Er hat dir sogar mit der *Cäcilienode* geholfen nicht wahr?«

»Mir beigebracht hat er sie, die Musik und die Wörter – allerdings nennt er die Wörter ›Text‹.«

»Und dich dazu auf dem Cembalo begleitet – das muss man sich einmal vorstellen. So ein vielseitiger junger Mann.« Sie seufzte. »Aber ich bitte euch beide, weiht mich doch in Zukunft rechtzeitig ein, ja?«

In diesem Moment konnte sich Sir John von dem Wirt losreißen und signalisierte uns, dass er zum Aufbruch bereit sei. Wir waren unter den letzten Gästen. Lady Laningham und ihre Gesellschaft hatten das Gasthaus schon lange vorher durch einen besonderen Ausgang verlassen und waren so dem Andrang entkommen. Mir war aufgefallen, wie betont sich die Lady von den Übrigen fern gehalten hatte, als sie ihren Tisch verlassen hatten. Hatte Mr. Paltrow sie tatsächlich so übel behandelt, wie sie behauptete?

Was uns betraf, so begaben wir uns auf die Straße, um Ausschau nach Mr. Benjamin Bailey, dem Hauptmann der Bow Street Runners, zu halten, der auf uns wartete, um uns in die Bow Street Nummer vier zurückzugeleiten. Obwohl Sir John diesen Dienst nicht verlangt hatte, schien er doch erfreut, die hohe, imponierende Gestalt dort an der Tür des Crown and Anchor anzutreffen, wenn ihn auch die Nachrichten, mit denen der Constable aufwartete, keineswegs freuen konnten. Offenbar hatte einer von Constable Perkins' Spitzeln ihn wissen lassen, dass es Jonah Slade (demjenigen, welcher Constable Cowley mit einem Messer angegriffen hatte) gelungen war, aus London zu fliehen.

»Und wohin ist er geflohen?«, fragte der Richter.

»Nach Irland, sagt der Spitzel.«

»Nach Irland, so? Nach allem, was ich über Slade gehört habe, ist er ein waschechter Londoner und wird dort auffallen wie ein Zebra unter lauter Pferden. Wir werden den Königlichen Statthalter in Dublin informieren und ihn bitten, nach dem Burschen fahnden zu lassen. Wenn er nicht dort ist, dürfte er in Cork auftauchen. Solche Leute wie er halten es außerhalb der Städte nicht lange aus.«

»Ich werde jetzt einfach ein Stück vorangehen«, sagte Mr. Bailey, »und Ihnen den Weg frei machen.« Er zögerte. »Wir sollten froh sein, Sir John, so einen wie Jonah Slade los zu sein. Die Suche nach ihm hat uns eine Menge Mühe und Zeit gekostet.«

»Da haben Sie Recht, Mr. Bailey. Und dennoch gefällt es mir ganz und gar nicht, einen wie ihn davonkommen zu sehen. Andere seines Schlages könnten dadurch ermutigt werden, es ihm gleich zu tun. Wir müssen ihnen Angst einjagen.«

»Gewiss, Sir John.«

Worauf Benjamin Bailey in gemütlichem Tempo losmarschierte, gefolgt von uns vieren, Sir John und ich zusammen und die Frauen dicht dahinter. Annie plapperte unentwegt, voller Stolz und freudiger Erregung darüber, ein Teil der triumphalen Aufführung dieses Abends gewesen zu sein. Sie dankte Lady Fielding überschwänglich dafür, dass sie sie vergangene Woche auf die Bühne geschickt hatte. Noch nie im Leben sei sie so glücklich gewesen – und so weiter und so fort.

Sir John brachte einige Schritte Abstand zwischen sie und uns und zog mich dann dicht an sich heran.

»Was hattest du für einen Eindruck von diesem Paltrow, dem künftigen Lord Laningham?«

»Nun, Sir«, erwiderte ich, »um ehrlich zu sein, ich musste meine Meinung über ihn revidieren. Als er sich so auf Sie stürzte und es kaum erwarten konnte, sich vorzustellen, da kam es mir so vor, als sei er allzu eifrig bemüht, einen guten Eindruck zu machen. Er war sich seiner selbst alles andere als sicher. Ich konnte nicht viel Vornehmes an ihm finden.«

»Wohl wahr, Jeremy.«

»Aber dann«, fuhr ich fort, »war ich wie Sie der Ansicht, dass seine Rede zur Eröffnung des Konzerts und zum Gedenken an seinen Onkel in jeder Beziehung passend und angemessen war. Ich konnte kaum glauben, dass sie von dem Mann gehalten wurde, den Sie soeben kennen gelernt hatten. Selbst seine Haltung hatte sich verändert.«

»Nun ja, es kommt bisweilen vor, dass ein Mensch nur vor Publikum zeigt, was in ihm steckt, nicht aber im privaten Gespräch. Wie dem auch sei, keiner der beiden Männer, die du beschrieben hast – und ich schließe mich deiner Einschätzung an – macht den Eindruck, als könne er einen Mord begehen. Lady Laningham dagegen dürfte eine wahrscheinlichere Kandidatin sein, als mir vielleicht vorher bewusst gewesen ist. Sie kann jedenfalls ganz schön giftig sein.«

»Sie war recht modisch gekleidet für eine Dame in Trauer.«

»Ich wüsste gerne, wann sie ihre Witwenkleidung bestellt hat – vielleicht ein wenig zu früh? Wir könnten bei ihrer Schneiderin Erkundigungen einholen, wenn wir nur den Laden ausfindig machen könnten, der sie beliefert.« Wir gingen ein Stück. Dann fragte er: »Sie hatte Rouge und Puder aufgelegt, oder?«

»Dezent, aber dennoch den Umständen nicht ganz angemessen, wie ich fand.«

»Allerdings. Könnte sie einen Galan haben? Wer könnte so etwas wissen? Nun, Mr. Goldsmith natürlich. Nach unserer Erfahrung zu urteilen ist er eine ergiebige Quelle für Klatsch und Tratsch. Übrigens, Jeremy, du darfst ihm nichts von unserer Unterhaltung oder irgendeiner anderen verraten, selbst wenn er ausdrücklich danach fragen sollte – dann erst recht nicht.«

»Mir ist aufgefallen, dass Sie ihm bei Tisch nicht viel zu sagen hatten«, bemerkte ich.

»Das stimmt. Ich möchte ihn keineswegs schneiden, denn er ist Mr. Donnellys Freund und war in unserem Haus zu Gast, und in vielerlei Hinsicht ist er ein guter Mann. Doch ist er einer von denen, in deren Gegenwart man nicht offen sprechen kann.«

Die Frauen waren etwas zurückgefallen. Mr. Bailey war stehen geblieben, um sie zu uns aufschließen zu lassen. Als wir uns wieder in Bewegung setzten, taten wir es mit verlangsamtem Schritt. Es war ein milder Abend für Januar, doch wie es in einer Winternacht in London nicht anders sein kann, umgab uns eine feuchte Kühle. Unser Atem bildete kleine Wölkchen, während wir durch die leeren Straßen marschierten. Sir John stieß einen tiefen Seufzer aus, der einen gewaltigen Bausch in der Luft formte.

»Was haben Sie, Sir?«, fragte ich.

»Nun, ich habe darüber nachgedacht, Jeremy, und ich muss dir ehrlich sagen, ich bin jetzt so weit, dass ich die ganze Idee mit der Vergiftung über Bord werfen möchte. Es war schließlich nichts weiter als eine fixe Idee von mir, ein Hirngespinst. Vielleicht hat Mr. Goldsmith tatsächlich Recht. Vielleicht bin ich grundlos misstrauisch. Da versuche ich mir ein Bild von Mr. Paltrow zu machen und frage mich, ob ein solcher Mann einen Mord begehen könnte, und ich betrachte voller Argwohn die Bemühungen einer alten Frau, sich hübsch zurechtzumachen und vielleicht ein wenig jünger auszusehen – ich frage mich, ob sie vielleicht einen Galan haben könnte! Das sind alles nur Vermutungen meinerseits, ebenso wie die Sache mit dem Gift. Es ist jetzt ohnehin unwahrscheinlich, dass es jemals nachgewiesen werden kann.«

»Und der verschwundene Kellner?«, warf ich ein. Ich hatte großes Vertrauen in Sir Johns Ahnungen, und es gefiel mir nicht, dass er bereit war, sie kampflos aufzugeben.

»Das war der dünnste Strohhalm, an den ich mich geklammert hatte, eine reine Hypothese. Du sagtest selbst, Lord Laningham habe einfach irgendeinen Kellner herangerufen.«

»So schien es.«

»Nun, auch dieser Strohhalm ist zu Staub zerfallen. Der vermisste Bursche ist heute aufgetaucht, wie mir der Wirt berichtete. Er war wegen eines Krankheitsfalles in seiner Familie nach Hause gerufen worden und war zum Zeitpunkt von Lord Laninghams Zusammenbruch schon nicht mehr im Saal. Er erinnerte sich nur noch dunkel an die Ereignisse, doch er wusste noch zu berichten, dass er die Flasche vom Tisch genommen und sie geöffnet hatte, und dass er anschließend dem Herrn am Tisch ein Glas einschenkte, bevor er die Flasche zur Bühne trug.«

»Dieser Herr war Mr. Paltrow, wie Lady Laningham sagte.«

»Ganz recht. Der Wirt sagte, er würde mir den Burschen schicken, falls ich ihn befragen wolle, doch er verbürgt sich für ihn. Verstehst du jetzt? Wir haben nichts, weniger als nichts. Was hatte Mr. Donnelly doch als Todesursache ermittelt? Kreislaufversagen – das Herz hörte auf zu schlagen. Ich bin jetzt bereit, es dabei zu belassen. Möge die Sache damit abgeschlossen sein.«

Doch, verehrter Leser, es sollte anders kommen.

Die bedeutenden Ereignisse, die dem Tag der Beisetzung folgten, spielten sich in einiger Entfernung von der Bow Street Nummer vier ab. Am Dienstag wurde in der Kanzlei eines Notars in der Charing Cross Road Lord Laninghams Testament verlesen. Anwesend waren Lady Laningham, Mr. Paltrow und seine Gattin Pamela. Abgesehen von einem Betrag in Höhe von eintausend Pfund für die Akademie für Alte Musik, einzelnen Geschenken für die Bediensteten sowie annähernd hunderttausend Pfund in Wertpapieren, Pachten und Bargeld, welche an Lady Laningham gingen, fiel der gesamte Rest, im geschätzten Wert von nahezu einer halben Million, an Arthur Paltrow, den Neffen und Erben des Verstorbenen. Unter der Erbmasse befanden sich Güter und Häuser in England, deren Wert in der Schätzung bereits berücksichtigt war, sowie Besitzungen in der Kolonie Virginia – und natürlich war mit dem Ganzen der Titel des Earl of Laningham verbunden.

Am selben Nachmittag noch nahm der neue Lord Laningham das große Haus am St. James Square in Besitz und zog mit seiner kleinen Familie und dem gesamten Hausrat dort ein. Er verlangte nicht, dass seine Tante ausziehe, bestand jedoch darauf, dass sie während der Zeit ihrer Suche nach einer angemessenen Unterkunft *als Gast* in ihren Räumlichkeiten im ersten Stock des Hauses verblieb. Es kam zu einer heftigen Auseinandersetzung zwischen den beiden. Obwohl sich der Streit hinter verschlossenen Türen in der Bibliothek abspielte, konnten die Bediensteten die Schreie und Beschimpfungen hören; sie gaben die Dauer des Wortwechsels mit mehr als einer Viertelstunde an. Daraufhin verließ Lady Laningham in großer Rage die Bibliothek und begab sich auf direktem Weg in ihre Wohnung. Stunden vergingen. Auf ihren Wunsch hin wurde ihr das Abendessen vor der gewöhnlichen Zeit auf einem Tablett nach oben gebracht. Kurze Zeit darauf rief sie, wie es ihre Gewohnheit war, nach ihrem Schlaftrunk.

Ungefähr zur gleichen Zeit saßen wir in der Bow Street beim Abendessen. Annie hatte genügend Hammelfleisch von dem verbrannten Samstagsbraten übrig behalten, um daraus einen guten Eintopf zu zaubern, den sie mit Zwiebeln, Knoblauch und ihrem Lieblingsgewürz Paprika verfeinerte. Obwohl es nur eine bescheidene Mahlzeit war, nahm Sir John eine Flasche französischen Rotwein aus seinem kleinen Vorrat und hieß mich sie zu öffnen. Gleich dort in der Küche stießen wir auf Annie an und auf den großen Erfolg, der ihr – wie natürlich auch dem gesamten Chor – zuteil geworden war. Annie erklärte, sie sei das glücklichste Mädchen in ganz London – und wie keine andere vom Schicksal begünstigt. Wir aßen uns tüchtig satt und tranken den Wein aus, und während Annie und ich anschließend den Tisch abräumten, lehnten Lady Fielding und Sir John sich in ihren Stühlen zurück, ganz und gar zufrieden mit dem Verlauf des Abends.

»Weißt du, Kate«, meinte er, »wenn ich einer dieser Tabakraucher wäre, dann würde ich mir jetzt bestimmt eine Pfeife anzünden.«

»Nicht in meinem Haus, das kannst du mir glauben!«

»Nicht doch, mein Mädchen«, neckte er sie. »Ich habe doch bloß gesagt, *wenn* ich so einer wäre.«

Da mussten sie beide lachen, und sie lachten noch, als von unten her das anschwellende Geräusch von Schritten auf der Treppe zu hören war – mindestens zwei Paar Stiefel waren es. Darauf folgte ein heftiges Pochen an der Tür. Ich saß am nächsten, und Sir John bedeutete mir mit einem Nicken, dass ich öffnen solle.

Es war Mr. Baker, der Gefängniswärter, der auch den Nachtdienst versah, in Begleitung eines Mannes, den ich noch nie gesehen hatte.

»Sir John«, sagte Mr. Baker, »dieser Mann ist der Lakai…«

»Des Hauses Laningham, Sir. Etwas Furchtbares ist – will sagen, Lady Laningham, die *alte* Lady Laningham, sie hat ihren Schlaftrunk getrunken, und dann ist ihr schlecht geworden, gekotzt hat sie und gewürgt, dass es zum Erbarmen war. Ich bin vergiftet, sagt sie und ruft nach Ihnen. Ach bitte, kommen Sie doch, Sir. Sie ist eine gute Herrin, und sie ist ganz schrecklich krank.«

6. KAPITEL

In welchem verschiedene Briefe abgeschickt werden und eine Entdeckung gemacht wird

Wir kamen in zwei Gruppen an unserem Ziel an. Sir John, der glücklicherweise beim Verlassen des Hauses Nummer vier Constable Bailey angetroffen hatte, rekrutierte ihn sogleich für die Expedition, worauf sie zusammen eine Droschke nahmen und den Kutscher anwiesen, dem Lakaien zu folgen, der zu Pferde voranritt. Ich war geschickt geworden, Mr. Donnelly aufzusuchen und ihn sogleich zum Laninghamschen Hause am St. James Square zu bringen. Obwohl ich den ganzen Weg bis zur Drury Lane lief und ihn auch in seiner Wohnung hinter dem Sprechzimmer fand, nahmen seine Vorbereitungen auf den Aufbruch und unsere Fahrt mit der Droschke zum St. James Square doch so viel Zeit in Anspruch, dass wir mindestens eine Viertelstunde nach Sir John und Mr. Bailey dort eintrafen. In der Zwischenzeit war einiges passiert. Da ich nicht anwesend war, kann ich Ihnen nicht wie ein Zeuge darüber berichten. Was folgt, ist eine Darstellung der Ereignisse, die sich in jenem Zeitraum zugetragen haben, zusammengefügt aus dem, was ich später von Sir John und Mr. Bailey erfuhr.

Sir John und Mr. Bailey wurden von einem höchst besorgten Butler – einem Mann, den sie später als Mr. Poole kennen lernten – sofort und ohne jegliche Fragen in das große Haus eingelassen. In der großen Eingangshalle, die sie sodann betraten, schien sich das gesamte Personal des Hauses versammelt zu haben – eine beträchtliche Anzahl von Bediensteten lief dort hin und her oder unterhielt sich in kleinen Gruppen. Bei Sir Johns

Erscheinen brach das Summen der erregten Stimmen augenblicklich ab. Alle drehten sich zu ihm um, wie zu jemandem, auf dessen Kommen sie gerechnet und gehofft hatten.

Um jegliche Zweifel auszuräumen, verkündete der Butler den in der Halle Versammelten: »Er ist da.« Niemand trat vor. Alle warteten schweigend.

»Wo ist sie jetzt?«, fragte Sir John. »Ich meine natürlich Lady Laningham.«

»Hier diese Treppe hoch, Sir.« Dann, als ihm – vielleicht zum ersten Mal – Sir Johns Blindheit bewusst wurde, fügte er hinzu: »Aber selbstverständlich doch. Ich bitte um Verzeihung, Sir. Kommen Sie bitte, ich führe Sie hin.« Worauf er Sir Johns Ellenbogen ergriff.

Der aber schüttelte ihn ab. »Ich habe meine eigene Art, mit meinem Zustand umzugehen. Gehen Sie voran. Constable Bailey wird Ihnen folgen, und ich werde mich an ihm festhalten.«

»Wie Sie wünschen, Sir.«

So verfuhren sie denn auch. Und während sie die breite Treppe emporstiegen, stellte Sir John dem Butler eine Reihe von Fragen.

»Wie ist ihr Zustand?«

»Sehr ernst, Sir, fürchte ich.«

»Wann hat das Unwohlsein sie befallen?«

»Vor ungefähr einer Stunde.«

»Und es geschah, als sie ihren Schlaftrunk zu sich nahm?«

»So weit ich weiß, ja, Sir. Das ist ihre feste Gewohnheit, Sir – ihr allabendlicher Schlaftrunk. Er besteht im Grunde hauptsächlich aus Gin, gesüßt und gefärbt mit diversen Likören. Er hilft ihr beim Einschlafen, und deshalb nimmt sie ihn auch.«

»Wer bereitet den Trunk zu?«

»Das wird in der Küche gemacht, Sir; entweder von der Köchin oder von einer ihrer Helferinnen. Ihre Zofe bringt ihn dann an ihr Bett. Die Zofe war bei ihr, als die Übelkeit sie überfiel, und an sie war auch ihre Erklärung gerichtet.«

»Dass sie vergiftet worden sei?«

»Ja, Sir, und dass man Sie rufen solle.«

»Ich bin der Zofe dankbar, und auch Ihnen und dem Lakaien, der die Nachricht überbracht hat«, sagte Sir John. »Doch nun sagen Sie mir bitte, wer ist zurzeit bei Lady Laningham?«

»Der neue Lord Laningham, wie er jetzt angeredet sein möchte, seine Lady und Dr. Diller.«

»Aha, ein Medikus. Ist er im Hause bekannt?«

»Er war der Arzt des verstorbenen Lord Laningham. Der neue Herr ließ nach ihm schicken, ohne ihn beim Namen zu nennen; er ordnete lediglich an, man solle einen Arzt herbeischaffen.«

Inzwischen hatten sie den ersten Stock erreicht und standen vor der Tür zu Lady Laninghams Gemächern. Da er dies gewahr wurde, fuhr Sir John mit gedämpfter Stimme fort: »Wie lautet Ihr Name, Sir?«

»Humphrey Poole, Sir.«

»Dann habe ich eine Bitte an Sie, Mr. Poole. Ich möchte, dass Sie jetzt nach unten gehen und in einem entsprechend abgelegenen Raum, vielleicht am besten im Dienstbotengeschoss, folgende Personen zusammenrufen: die Zofe, die Köchin oder diejenige Küchenmagd, die den Schlaftrunk zubereitet hat, sowie sämtliche anderen Bediensteten, die Ihrer Ansicht nach etwas Wichtiges zu der Sache beitragen könnten. Ich überlasse das Urteil darüber Ihnen – doch urteilen Sie nicht zu streng. Ich bin hier, um so viel wie möglich über diese Angelegenheit in Erfahrung zu bringen. Wenn jemand unter den Angestellten etwas zu sagen hat, so wünsche ich es zu hören.«

»Das werde ich mit Freuden tun, Sir.«

»Noch eines. Ich habe selbst nach einem Arzt geschickt, einem Mann meines Vertrauens namens Gabriel Donnelly. Er sollte in Begleitung eines jungen Burschen namens Proctor hierher kommen. Wenn die beiden eintreffen, während ich mit der Befragung der Bediensteten beschäftigt bin, dann schicken Sie den Jungen zu mir. Doch Mr. Donnelly muss unbedingt zu Lady

Laningham gebracht werden, ungeachtet ihres Zustands, und sei es, dass Mr. Bailey hier ihm mit Gewalt Zugang zu ihr verschaffen muss. Haben Sie verstanden?«

»Vollkommen, Sir.«

»Dann gehen Sie bitte. Nun, Mr. Bailey, klopfen Sie kräftig an die Tür und treten Sie dann zur Seite. Ich möchte, dass mein Gesicht als Erstes zu sehen ist, wenn die Tür geöffnet wird.«

Und so pochte denn Mr. Bailey laut an die Tür, nachdem Mr. Poole sich eilig in Richtung Treppe entfernt hatte. Es entstand eine Pause, die einige lange Augenblicke währte. Mr. Bailey wollte soeben erneut anklopfen, als er auf der anderen Seite Schritte hörte und rasch zur Seite trat, wie Sir John ihn angewiesen hatte.

Die Tür wurde geöffnet. Arthur Paltrow, nunmehr Lord Laningham, erschien und begann sofort in strengem Ton auf den im Korridor Wartenden einzureden, bevor er ihn überhaupt richtig angesehen hatte. »Ich dachte, ich hätte gesagt…« Dann erkannte er Sir John. »Sie!«, rief er. »Was tun Sie denn hier?«

Benjamin Bailey, der den Vorteil hatte, sehen zu können, und der den Mann aus der Nähe beobachten konnte, sagte später, es habe Arthur Paltrow einen Moment lang die Sprache verschlagen und er habe mit offenem Munde und weit aufgerissenen Augen dagestanden. »Aber nicht nur das«, berichtete Mr. Bailey, »er sah auch so aus, als hätte er in diesem Moment lieber den Teufel höchstpersönlich in der Tür erblickt als Sir John.«

Der Richter vom Gerichtshof in der Bow Street antwortete ihm mit großer Bestimmtheit: »Ich bin hier, weil man nach mir geschickt hat.«

»Ja… nun…« Lord Laningham brauchte eine Weile, bis er die Sprache wieder gefunden hatte. »Wer hat nach Ihnen geschickt?«

»Ihre Tante.«

»Aber sie ist tot, gerade vor wenigen Minuten ist sie verstorben.«

»Umso mehr Grund für mich, hier zu sein«, versetzte Sir

John. »Tatsache ist jedoch, dass sie bei den ersten Anzeichen dieser Attacke, die, wie Sie mir nun sagen, tödlich verlaufen ist, ausdrücklich meine Anwesenheit verlangt hat. Ich muss Ihnen das nicht beweisen. Dass ich überhaupt hier bin, ist Beweis genug. Wenn Sie mich jetzt bitte zu der Leiche führen würden, damit ich sie in Augenschein nehmen kann.«

»Aber wie können Sie das? Sie…«

»Ich habe das lediglich im übertragenen Sinn gemeint. Constable Bailey hier wird mir die Augen ersetzen. Man sagt mir, es sei ein Arzt bei ihr gewesen. Ich möchte auch mit ihm sprechen.« Er wandte den Kopf zur Seite und sagte: »Gehen wir hinein, Mr. Bailey.«

Sir John machte einen Schritt nach vorne, und Lord Laningham blieb keine andere Wahl, als zur Seite hin auszuweichen. Sobald er die Tür durchschritten hatte, fasste Sir John den Constable am Arm und ließ sich von ihm leiten. Der neue Hausherr führte sie durch einen Salon und eine weitere Tür in das Schlafzimmer der Lady. Sir John berichtete später, die Dünste von Krankheit und Tod hätten den Raum erfüllt. Mr. Bailey teilte ihm mit, dass die Leiche auf dem Bett aufgebahrt und vollständig mit einem Laken bedeckt sei. Der Arzt, Dr. Diller, stand am Bett und betrachtete neugierig die beiden stattlichen Gestalten, die soeben eingetreten waren. Die gegenwärtige Lady Laningham stand abseits und hatte die Hände vor der Brust gefaltet. Ihre Miene drückte Bestürzung aus.

»Dr. Diller«, sagte Sir John, »sind Sie hier?«

»Jawohl«, antwortete der Arzt.

»Ich bin Sir John Fielding, Richter am Gericht in der Bow Street. Ich bin gekommen, weil Lady Laningham darum gebeten hat, als sie die ersten Anzeichen des Anfalls spürte. Sie ist also verschieden?«

»Gerade vor wenigen Minuten.«

»Und wann sind Sie eingetroffen?«

»Erst vor einer halben Stunde. Ich wurde von einem der Diener gerufen. Meine Wohnung ist nicht weit von hier.«

»Würden Sie so freundlich sein und das Tuch zurückziehen, sodass Constable Bailey, mein Begleiter, mir das Aussehen des Leichnams beschreiben kann?«

»Nun ... ich ...« Dr. Diller blickte zu Lord Laningham hin, welcher mit einem knappen Nicken seine Zustimmung erteilte. »Gewiss«, sagte der Arzt.

Er warf das Laken zurück und enthüllte eine Gestalt – Mr. Bailey beschrieb sie als etwas vertrocknet – in einem verschmutzten Nachtgewand. Auf ihren Augen ruhten zwei Münzen. Man hatte Seidenband unter ihrem Kinn hindurchgezogen und auf ihrem Scheitel zusammengeknotet, wodurch der Mund geschlossen gehalten wurde, was ihrem eingefallenen Gesicht im Tode einen verkniffenen und missbilligenden Ausdruck verlieh. All das schilderte Mr. Bailey seinem Vorgesetzten pflichtschuldigst.

»Dr. Diller«, fragte Sir John, »war es notwendig, ihren Unterkiefer mit dem Seidenband zu sichern?«

»In diesem Falle ja. Ihre Magenkrämpfe waren so heftig, dass sie sich beim Erbrechen den Kiefer ausgerenkt hat.«

»Tatsächlich!«

»Ich musste ihr sogar den Kiefer brechen, sonst wäre sie daran erstickt.«

»Aber sie ist dennoch gestorben. Worauf führen Sie ihren Tod zurück?«

»Auf eine extreme Verdauungsstörung.«

»Ach? Weiter nichts?«

Wieder warf der Medikus Lord Laningham einen unsicheren Blick zu. Mr. Bailey flüsterte Sir John diese Information ins Ohr.

»Ich frage mich«, sagte Sir John, indem er sich in die Richtung wandte, in der er Lord und Lady Laningham vermutete, »ob ich mein Gespräch mit Dr. Diller wohl unter vier Augen fortsetzen könnte?«

»Nun, ich ... ich ... nun ja, das wäre wohl möglich. Pamela?«

Die beiden gingen zusammen auf die Tür zu. Doch Sir John war mit ihnen noch nicht ganz fertig.

»Ich möchte auch darum bitten«, rief er hinter ihnen her, »dass dieser Raum, wenn alle ihn verlassen haben, verschlossen und versiegelt wird. Niemand darf sich in irgendeiner Weise am Leichnam dieser Frau zu schaffen machen. Auf die übliche Waschung der Leiche muss verzichtet werden. Auch sollen ihr keine sauberen Kleider angelegt werden. Sie darf nicht angerührt werden. Das ist mein richterlicher Befehl. Habe ich mich klar ausgedrückt?«

»Gewiss, gewiss«, entgegnete Lord Laningham, »vollkommen klar. Es wird alles geschehen, wie Sie es angeordnet haben. Sie können sich darauf verlassen.« Jetzt war er wieder der gefällige und beflissene Mensch, den wir im Crown and Anchor kennen gelernt hatten.

»Dann danke ich Ihnen und wünsche Ihnen beide, falls wir uns heute Abend nicht mehr sehen sollten, eine gute Nacht.« Nach diesen Worten wartete er, bis er hörte, wie die Tür geschlossen wurde. Erst danach nahm er sein Gespräch mit dem Arzt wieder auf. »War Ihnen bewusst, Dr. Diller, dass der selige Lord Laningham erst vor einer Woche vor Hunderten von Menschen im Crown and Anchor auf ganz ähnliche Art und Weise wie heute Abend seine Gattin zu Tode gekommen ist?«

»Natürlich hatte ich von seinem Tod gehört. Er hatte sich zuvor schon verschiedentlich bei mir in Behandlung befunden. Er war kein gesunder Mann, wenn er auch vorgab, es zu sein. Ich suchte seine Witwe auf, sobald sie in der Lage war, Besucher zu empfangen, um die Umstände seines Todes mit ihr zu besprechen. Aus dem, was sie mir erzählte, schloss ich, dass er an einem Schlaganfall gestorben sei.«

»Und doch glauben Sie, dass sie selbst einer akuten Verdauungsstörung erlegen ist?«

»Nun, so weit ich informiert bin, gab es da gewisse Unterschiede. Zum einen hat sie sich heftig erbrochen.«

»Er hat sich ebenfalls heftig erbrochen.«

»Er konnte ihr im Sterben noch einige Worte sagen. Sie war nicht mehr in der Lage zu sprechen.«

»Kein Wunder, schließlich war ja ihr Kiefer gebrochen. Aber wie ich Ihnen gesagt zu haben glaube, rief sie zu Beginn des Anfalls nach mir.«

»Ach ja.« Er zögerte. »Der gegenwärtige Lord Laningham scheint davon nichts zu wissen. Wir waren alle sehr überrascht, als Sie und der Constable hier auftauchten.«

»Daran habe ich keinen Zweifel«, entgegnete Sir John. »Sie hat es zu ihrer Zofe gesagt. Sie sagte ebenfalls – und ich *verbiete* Ihnen, *irgendjemandem* etwas davon zu sagen –, dass sie vergiftet worden sei.«

Das schien Dr. Diller fast den Atem zu verschlagen. »*Vergiftet?* Aber… was…«

Während er noch vergeblich nach Worten rang, wurde laut an die Tür des Salons geklopft.

»Mr. Bailey, würden Sie sich bitte darum kümmern? Wenn es Mr. Donnelly und Jeremy sind, führen Sie sie sofort herein.« Während der Constable sich aufmachte, Sir Johns Aufforderung nachzukommen, wandte der Richter seine Aufmerksamkeit wieder dem Medikus zu: »Kennen Sie Mr. Donnelly, Sir?«

»Ich bin ihm noch nicht begegnet, nein, doch soviel ich weiß, ist er der medizinische Berater des neuen Coroners.«

»Das ist richtig. Ich wusste nichts von Ihrer Anwesenheit hier und habe deshalb meinen jungen Assistenten nach ihm geschickt – ah, ich höre ihre Stimmen. Sie sind beide gekommen. Mr. Donnelly war an jenem schwarzen Sonntag zufällig im Crown and Anchor und hat für den seligen Lord Laningham in dessen letzter Stunde getan, was nur ein Mensch hätte tun können. Ich möchte, dass Sie und Mr. Donnelly Ihre Beobachtungen zu den beiden Todesfällen vergleichen. Vergessen Sie auch nicht, was die verstorbene Lady Laningham zu ihrer Zofe sagte: ›Ich bin vergiftet worden.‹ Ich möchte, dass Sie beide diese Möglichkeit in Betracht ziehen.«

In diesem Moment oder vielleicht ein wenig früher betraten Mr. Donnelly und ich das Schlafzimmer der verstorbenen Lady.

Der Butler hatte uns rasch zur Tür des Salons geleitet und uns versichert, dass Sir John noch drinnen sei und unsere Ankunft erwarte. Als wir in das Schlafzimmer eintraten, stellte Sir John die beiden Ärzte einander vor, während ich stumm den Leichnam auf dem Bett anstarrte. Ich erkannte die Frau kaum wieder. Wie sie so reglos dalag, die Augen mit den Münzen bedeckt, schien sie nur ein vertrocknetes Etwas. Ihre hohlen Wangen waren ohne Puder, ihre dünnen Lippen ohne Rouge. Niemand musste mir sagen, dass sie tot war.

Während ich wartete, erklärte Sir John Mr. Donnelly, was ihm vorschwebte, »so etwas wie eine Konsultation über die Tote«. Beide Ärzte erklärten sich einverstanden, und so schickten wir uns zum Gehen an – wohin wir gehen würden, wusste ich allerdings noch nicht.

Doch die erste Frage, welche Mr. Donnelly stellte, war diese: »Wo ist das Erbrochene? Es muss aufbewahrt werden.«

»Es ist hier, kein Zweifel«, meinte Sir John. »Das ganze Zimmer stinkt danach.«

»Nein, es ist nicht hier«, sagte Dr. Diller. »Der Geruch bleibt in der Luft hängen, wie es bei solchen Ausdünstungen der Fall ist, doch während der ersten Minuten, die ich hier bei der Frau war, hat Lord Laningham die Zofe in größter Eile alles aufwischen lassen. Er sagte, er würde einen solchen Gestank im Hause nicht dulden – was ich unter diesen Umständen für eine recht gefühllose Bemerkung hielt.«

»Verdammt!«, rief Mr. Donnelly. »Ich hatte darauf gehofft, etwas davon zu bekommen, um es einem Chemiker zur Analyse vorlegen zu können.«

»Vielleicht ist noch etwas auf dem Teppich oder auch auf dem Bett. Es dürfte sich zumeist um Galle handeln, denke ich.«

»Wir wollen sehen, was wir finden können«, entgegnete Mr. Donnelly.

»Meine Herren«, sagte Sir John, »ich überlasse Ihnen die Suche. Mr. Bailey, Sie können sich wieder Ihren Aufgaben zuwenden.«

Mr. Poole, der Butler, hatte Sir John eine Art Aufenthaltsraum oder Salon gleich hinter der großen Küche im Untergeschoss zur Verfügung gestellt, welcher gewöhnlich den Bediensteten vorbehalten war. An einem Tisch in der Ecke, der wahrscheinlich zum Kartenspielen benutzt wurde, hatte Sir John Platz genommen; ich postierte mich direkt hinter ihm. Seine Zeugen kamen und gingen; für sie war der Stuhl direkt gegenüber von ihm an dem quadratischen Tisch reserviert. So konnte er mit ziemlich leiser Stimme sprechen, was eine gewisse Vertraulichkeit in den Gesprächen erlaubte.

Als Erstes unterhielt sich Sir John mit der Köchin. Er interessierte sich insbesondere für die Zubereitung von Lady Laninghams Schlaftrunk.

»Einen ›Schlaftrunk‹ hat sie es genannt, Sir«, sagte die Köchin, »aber in Wirklichkeit war es nichts weiter als ein Fläschchen Gin mit einem Schuss Pfirsichlikör für den Geschmack. Es war einfach nur ein kräftiges Schlückchen, das ihr geholfen hat, die Nacht durchzuschlafen, weiter nichts, und es schien bei ihr immer die gewünschte Wirkung zu haben.«

»Seit wann hatte sie die Angewohnheit, diesen so genannten Schlaftrunk vor dem Zubettgehen einzunehmen?«, fragte Sir John. »Vielleicht seit dem Tod des seligen Lord Laningham?«

»O nein, Sir, schon viel länger, Sir. Schon seit Jahren. Vor ein paar Monaten haben wir uns hier unten bei Tisch darüber unterhalten. Und alle waren sich einig, dass sie angefangen hat mit diesem Schlaftrunk, als der verstorbene Lord Laningham, Gott hab ihn selig, seine Manneskraft eingebüßt hat; von da an haben sie nämlich getrennt geschlafen.«

»Ich verstehe. Wie lange nach dem Abendessen hat sie nach ihrem Schlaftrunk verlangt?«

»Na, heute Abend hat sie ziemlich früh gegessen, aber nicht sehr viel. Maggie, das ist ihre Zofe, die hat ihr Tablett zurückgebracht, da war noch die Hälfte übrig. Und dann hat es nicht lange gedauert, vielleicht eine Stunde, da ist sie wiedergekommen und hat gesagt, die Lady möchte jetzt ihren Schlaftrunk haben. Hätte sich keinen ungünstigeren Zeitpunkt aussuchen können.«

»Ach? Wieso denn das?«

»Na, gerade als sie runterkam, sind auch der neue Lord und die neue Lady Laningham aufgetaucht. Sie wollten, dass wir ihnen die ganze Küche zeigen, haben uns Fragen gestellt und so. Ich hatte den Likör schon eingeschenkt, aber noch nicht den Gin, und da kommt die neue Lady daher und will sehen, wie groß der Ofen ist, will wissen, wie viele ich damit bekochen kann. Über Soßen und Desserts hat sie mich ausgefragt, über alles Mögliche. Ich musste sie erst aus der Küche schaffen, bevor ich den Gin dazugießen und das Ganze dann umrühren und Maggie in die Hand drücken konnte. Ihr Schlaftrunk ist gar nicht schwer zuzubereiten, aber sie will, dass die Mischung stimmt – oder vielmehr, sie wollte es, die Ärmste. Und am Ende war ich mir nicht mehr sicher, ob ich den Likör richtig abgemessen hatte, bei dem ganzen Durcheinander.«

»Ich verstehe. Und die ganze Zeit über waren Lord und Lady Laningham in der Küche und lenkten Sie von der Zubereitung des Schlaftrunks ab. Sie sagten, die Fragen habe Lady Laningham gestellt. Hat der Lord sich daran beteiligt? Hatte er auch Fragen an Sie?«

»Nein, Sir, das schien er für Frauensache zu halten. Er ist ein bisschen herumgegangen, hat in die Schränke reingeguckt und so weiter.«

»Wer war zu der Zeit sonst noch in der Küche?«, fragte Sir John.

»Zu der Zeit? Niemand, wenn ich's mir recht überlege. Meine Mädchen waren noch rasch auf ein Gläschen weggegangen, bevor der Abwasch anstand. Alle anderen hatten früh zu Abend gegessen.«

»Aber die Zofe war doch sicherlich da – Maggie?«

»Einen Teil der Zeit schon«, erwiderte die Köchin. »Sie ist dann allerdings irgendwohin verschwunden.«

Da er seinen Vorrat an Fragen erschöpft hatte, entließ Sir

John die Köchin und rief Mr. Poole zu, dass er nunmehr mit Lady Laninghams Zofe zu sprechen wünsche. Sie wurde in völlig aufgelöstem Zustand zu ihm gebracht; der Butler musste sie stützen, und sie vergoss echte, bittere Tränen. Nicht Sir John war es, der die erste Frage stellte, sondern sie:

»Ist es denn wahr, was ich gehört habe, Sir? Dass die gute Lady tot ist?«

»Ich fürchte ja«, erwiderte er sanft.

Sie schluchzte und wischte sich die Tränen ab, doch dann zollte sie der Verstorbenen den folgenden Tribut: »Sie war eine gute Herrin, Sir, und das ist die reine Wahrheit, denn niemand hat sie so gut gekannt wie ich. Ja, freilich gab es Zeiten, da hatte sie ihre Launen, wohl auch einmal einen ganzen Tag hindurch, und natürlich war sie dann und wann etwas grob zu mir. Aber wissen Sie was, Sir? Hinterher hat sie sich immer bei mir entschuldigt. ›Es tut mir Leid, Maggie‹, hat sie dann gesagt, oder ›Verzeih mir, Maggie‹. Ich habe schon in anderen großen Häusern gearbeitet, und keine einzige von diesen großen Ladys hat sich je zu so was herabgelassen. Meistens ist die Zofe doch gerade gut genug, sich die Füße an ihr abzuwischen.«

»Hatte sie heute Abend eine ihrer Launen?«

»Allerdings, Sir, und fragen Sie nicht, wie. Nachdem sie vom Notar zurück war, hat sie als Erstes uns Diener zusammengerufen und uns vorgelesen, was Lord Laningham jedem von uns vermacht hatte. Es war ein ganzer Jahreslohn für jeden Einzelnen. Dann, als sie gerade damit fertig war – ganz gerührt war sie und hat geheult und gesagt, sie würde so viele von uns mit in ihr neues Haus nehmen, wie sie nur könnte, und wir wären eine brave Dienerschaft, wie sie sich niemand besser wünschen könnte –, gerade als sie das sagt, klopft es an der Tür und der neue Lord kommt hereinspaziert und erklärt: ›Ich nehme dieses Haus in Besitz.‹ Und hinterdrein kommt nicht bloß seine Familie, sondern auch allerhand Personal und Träger mit ihrem ganzen Gepäck. Na, unsere Lady Laningham, die sagt gar nichts, aber ich konnte erkennen, dass es in ihr drin kochte.

Und weil das Personal schon einmal versammelt ist, beschließt er, auch gleich eine Ansprache zu halten. Eigentlich war es eher eine Drohung. Er sagt, alle, die sich Hoffnungen machen zu bleiben, sollen nur zusehen, dass sie in den nächsten Tagen einen hervorragenden Eindruck bei ihm machen, denn er würde uns wie ein Richter beobachten. ›Viele sind berufen, aber wenige sind auserwählt‹, sagt er. Die Heilige Schrift so für seine Zwecke zu missbrauchen, das nenne ich wahrhaft schändlich.«

»In der Tat, Maggie, so scheint es«, sagte Sir John. »Aber hat Ihre Herrin denn zu alldem geschwiegen? Hatte sie ihm gar nichts zu sagen?«

»Oh, sie hat ihm schon deutlich ihre Meinung gesagt, aber vor dem Personal hat sie kein Wort fallen lassen. Nein, sie hat gewartet, bis lange nach Mittag hat sie sich alles durch den Kopf gehen lassen, und dann hat sie ihn durch mich wissen lassen, dass sie sich mit ihm im Studierzimmer treffen wollte; das ist im vorderen Teil des Hauses.«

»Und wie nahm er diese Aufforderung auf?«

»Oh, er brannte geradezu darauf, kann ich Ihnen sagen. Wie ein Kampfhahn, der sich auf seinen Gegner stürzt – er konnte gar nicht schnell genug unten sein. Na, und dann gab es einen Krach. Ich kann Ihnen nicht sagen, wer von beiden die Oberhand behielt, aber ich kann Ihnen sagen, dass sie ihm in nichts nachgestanden hat. Auf jeden Fluch, auf jede Verwünschung wusste sie einen draufzusetzen. Also wirklich, ich hatte gar nicht gewusst, dass sie solche Ausdrücke kannte.«

»Was genau wurde gesprochen?«

»Na, das kann ich Ihnen nicht genau sagen, denn die Tür war zu, und ich habe mich nicht getraut, mich so dicht davor zu stellen, weil es sonst so ausgesehen hätte, als würde ich lauschen. Und ob Sie's glauben oder nicht, mittendrin kommt plötzlich dieses aufgeblasene Frauenzimmer, das sich jetzt Lady Laningham nennt, die Treppe runter, guckt mich ganz misstrauisch an und verlangt, dass ich mit ihr einen Rundgang durch die oberen Stockwerke mache. Ich hatte natürlich keine Wahl, also bin ich mit ihr gegangen.« Sie zögerte ein wenig und fügte dann hinzu: »Ich habe gehört, wie Ihr Name fiel.«

»Mein Name? Tatsächlich? Wer hat ihn ausgesprochen?«

»Lady Laningham. Laut gerufen hat sie ihn – ›Sir John Fielding!‹ Gerade so, als wäre es eine Zauberformel. Und dann war ich gezwungen, mit der anderen mitzugehen.«

»Hmmmm.« Er sann fast eine Minute lang nach, bis er schließlich seine nächste Frage stellte. Und als er sie zuletzt aussprach, schien sie gut darauf vorbereitet zu sein. »Sie sagten, sie sei verstimmt gewesen, als Sie sie das nächste Mal sahen?«

»Sehr verstimmt, ja, denn sie war ›ganz schrecklich beleidigt worden‹ – so hat sie es genannt. ›Maggie‹, sagt sie, ›man hat mich zur Gefangenen in meinem eigenen Haus gemacht.‹ Und dann hat sie erzählt, dass er von ihr verlangt hätte, ihre Gemächer nicht mehr zu verlassen, solange sie noch unter seinem Dach wohnte, und dass sie ihre Mahlzeiten dort einzunehmen hätte. ›Das‹, meint er, ›sollte dir Mo-ti-va-tion genug sein, so bald wie möglich auszuziehen.‹ Als ob sie sich mit solchen wie denen an einen Tisch setzen wollte!«

Maggie machte eine ziemlich dramatische Pause, und ich glaube, Sir John wollte ihr eben eine weitere Frage stellen, als ihr Redefluss auch schon wieder einsetzte: »Aber, Sir, sie gab sich nicht geschlagen, o nein, bei weitem nicht! Sie hatte einen Plan, das weiß ich genau, denn sie hat mir davon erzählt, und Sie waren ein Teil davon; sie hat sich sogar schon überlegt, wann sie Sie am nächsten Morgen aufsuchen würde. Sie hat mich gefragt, ob ich wüsste, um wie viel Uhr Sie Ihre Sitzung abhalten. O ja, Sir, Sie waren ein Teil von ihrem Plan. Und als sie den Schlaftrunk getrunken hat, den ich ihr ans Bett gebracht hatte…«

»Nicht so schnell«, unterbrach sie Sir John. »Erzählen Sie mir zuerst von ihrem Abendessen. Sie hat es früh eingenommen, habe ich gehört.«

»Ungefähr um sechs, was für sie früh ist. Wenn sie noch ein bisschen gewartet hätte, dann hätte sie vielleicht mehr Appetit gehabt. Das meiste hat sie nicht einmal angerührt. Ich habe das Tablett zurückgebracht und bin dann wieder zu ihr. Und bald darauf hat sie mich nach ihrem Schlaftrunk geschickt – um sieben vielleicht, vielleicht auch etwas später. Sie sagte, morgen ist ein großer Tag für sie, und sie braucht ihren Schlaf. Wissen Sie, wenn sie ihren Schlaftrunk gehabt hat, dauert es gewöhnlich etwa eine Stunde, und dann schläft sie fest.«

»Der neue Lord Laningham und seine Lady hielten sich in der Küche auf, während die Köchin den Schlaftrunk zubereitete, nicht wahr?«

»Ja, Sir, sie kamen gleich nach mir herunter.«

»Sie sind Ihnen also gefolgt?«

»So kann man es ausdrücken, denke ich.«

»Aber Sie blieben nicht in der Küche, oder?«

»Äh, nein, Sir.«

»Warum nicht?«

»Ich bin in mein kleines Zimmer hier unten gegangen – das ist gleich dort den Gang runter. Ich… nun, wenn Sie's unbedingt wissen wollen, Sir, ich hatte ein gewisses Bedürfnis.«

»Verzeihen Sie die Frage. Halten wir also fest, dass Sie nach einer Weile in die Küche zurückkehrten. War der Schlaftrunk inzwischen fertig?«

»Noch nicht ganz, aber die neuen Herrschaften sind gerade gegangen, als ich zurückkam. Die Köchin hat den Trank dann fertig gemacht. Ich hab ihn Mylady gebracht, und sie hat daran genippt und sich gleich beschwert. ›Das schmeckt scheußlich‹, hat sie gesagt. Aber sie hat weiter daran genippt, während ich ihr geholfen habe, sich fürs Bett fertig zu machen. Das war so ihre Art, wissen Sie; manchmal hat sie über eine Stunde gebraucht, bis sie alles ausgetrunken hatte.«

»Aber nicht an diesem Abend«, warf Sir John ein.

»Nein, Sir. Kaum hatte sie ihr Nachtgewand an, da nimmt sie einen kräftigen Schluck, und nicht lange darauf fängt sie an, über Magenkrämpfe zu klagen. Dann rennt sie plötzlich zum Wasserklosett hin, ich hinterher, und dort erbricht sie ihr

Abendessen. Und da hat sie dann zu mir gesagt: ›Ich bin vergiftet worden. Lass Sir John holen.‹ Ich habe sie ins Bett geschafft, und da hat sie dann alles mögliche widerliche Zeug ausgespuckt, Blut und Galle und wer weiß was sonst noch. Aber dann hat es für eine Weile nachgelassen, nicht sehr lange, aber es gab mir die Gelegenheit, zu Mr. Poole zu eilen und ihm zu sagen, er soll nach Ihnen schicken. Ich war gerade auf dem Weg zurück zu ihr, da ruft der neue Herr aus dem ersten Stock herunter: ›Holt einen Arzt für meine Tante!‹ Mr. Poole antwortet, er werde sich darum kümmern. Und als ich ins Schlafzimmer zurückkomme, finde ich sie beide, wie sie am Bett stehen und Mylady anstarren. Ihre Augen waren vor Angst ganz groß. Er sagt zu mir: ›Wie können Sie es wagen, sie allein zu lassen!‹ Ich antworte ihm, dass ich nur getan habe, was Mylady mir aufgetragen hat. Und er darauf: ›Nun, dann tun Sie jetzt, was ich Ihnen auftrage, und wischen diese übel riechende Schweinerei auf.‹ Dann kam der Doktor, und ich war immer noch nicht fertig mit Putzen. Sobald ich alles aufgewischt hatte, was aufzuwischen war, wurde ich aus dem Zimmer geschickt. Ich wusste, dass Lady Laningham sterben würde. Als ich ging, hat sie immer noch würgen müssen.«

»Sie geben uns eine sehr anschauliche Schilderung, Maggie«, sagte Sir John. »Ich habe nur noch eine Frage an Sie, und zwar folgende: Was geschah mit dem Glas, das Lady Laninghams Schlaftrunk enthielt? Sie hatte es doch noch nicht ausgetrunken, oder?«

»O nein, Sir, noch längst nicht! Nun, um die Wahrheit zu sagen, ich weiß gar nicht recht, was daraus geworden ist. Als ich zuletzt hingesehen habe, stand das Glas auf ihrem Toilettentisch, aber als ich zurückkam und anfing sauber zu machen, war es nicht mehr da, das weiß ich ganz bestimmt.«

»Dann danke ich Ihnen. Das wäre alles.« Während Maggie aufstand, um zu gehen, rief Sir John dem Butler zu: »Mr. Poole, haben Sie noch jemanden, der mit mir reden möchte? Ich habe die Entscheidung ja Ihnen überlassen.«

Der Butler, der gar nicht so weit von Sir John entfernt war, wie dieser glaubte, wartete, bis die Zofe auf dem Weg in ihre Stube war, trat dann vor und sagte: »Niemand außer mir selbst, Sir.«

»Aha; nun, dann nehmen Sie doch Platz, damit wir uns über die Angelegenheit unterhalten können. Ach, Jeremy?«

Ich beugte mich zu ihm herab. »Ja, Sir?«

»Ich möchte, dass du dich, während ich mich mit Mr. Poole unterhalte, zu dem Zimmer begibst, in dem sich dieses schreckliche Unglück zugetragen hat, und dort nach dem verschwundenen Glas suchst.«

Der Butler gab mir eine ausführliche Wegbeschreibung, sodass ich keine Schwierigkeiten hatte, mich zurechtzufinden. Als ich, wie zuvor mit Mr. Donnelly, durch den Salon eintrat, hörte ich aus dem anderen Zimmer die Stimmen der beiden Ärzte, die sich nicht etwa stritten, sondern sich in freundlicher Einmütigkeit unterhielten. Sie verstummten jedoch, als ich die Tür hinter mir schloss – nicht laut, aber dennoch hörbar. Die beiden Männer erwarteten offenbar jemanden, waren jedoch sichtlich erleichtert, mich zu sehen und nicht etwa einen anderen.

»Ah, Jeremy«, rief Mr. Donnelly, »was bringt dich her?«

»Die Suche«, erwiderte ich, »nach dem Glas, das am Beginn dieser fatalen Ereignisse stand.«

»Ich hoffe, dass deinen Bemühungen mehr Erfolg beschieden ist als den unsrigen«, entgegnete er. »Alles, was wir gefunden haben, sind Reste, die wir von ihrem Nachthemd abkratzen konnten, und ein paar Krümel vom Teppich. Ich fürchte, der Apotheker wird nicht viel damit anfangen können.«

»Aber was wir gefunden haben, ist ein gemeinsames Anliegen«, erklärte Dr. Diller. »Und wir sind bereit, uns dafür einzusetzen, nicht wahr, Sir?«

»Oh, gewiss«, bestätigte Mr. Donnelly, »ganz gewiss, Sir.«

Und während die beiden Ärzte sich gegenseitig zu ihren Erkenntnissen beglückwünschten, griff ich mir einen Kerzenständer und machte mich an die Arbeit, die mir aufgetragen worden war. Ich suchte alle horizontalen Flächen in den beiden Zimmern und auch in dem Wasserklosett ab, ich sah unter dem Toilettentisch und unter dem Bett nach. Ich erwartete nicht, irgendetwas zu finden – was vielleicht nicht die beste Einstellung für eine Suche ist –, und fand auch tatsächlich nichts. Als ich fertig war, packten die beiden Männer bereits ihre Taschen und schickten sich zum Gehen an.

»Sollen wir die Kerzen hier drin brennen lassen?«, fragte Mr. Donnelly.

»Ich denke nicht«, antwortete sein Kollege, »schließlich hat der Richter angeordnet, dass der Raum verschlossen und versiegelt werden soll.«

»Nun, in dem Fall …«

Wir gingen umher und bliesen überall die Kerzen aus, und schließlich ging ich mit dem Kandelaber voran hinaus, und wir ließen das Zimmer bis auf das Glimmen der Kohlen im Kamin in völliger Dunkelheit zurück.

»Das arme alte Mädchen«, sagte Dr. Diller mit einiger Bewegung. »Ich hoffe, sie ruht in Frieden.«

Dann stiegen wir die Wendeltreppe hinab. In der großen Eingangshalle erwartete uns Sir John mit dem Butler. Von den übrigen Bediensteten war nichts zu sehen; gewiss hatten sie sich ins Untergeschoss zurückgezogen, um die erschütternden Ereignisse dieses Abends zu besprechen.

»Wir sind also fertig?«, fragte Sir John.

»Ganz und gar«, antwortete Mr. Donnelly.

»Auch du, Jeremy?«

»Ja, Sir John. Ich habe kein Glas gefunden und auch sonst nichts, was uns irgendwie weiterhelfen würde.«

»Nun denn, Mr. Poole«, sagte er an den Butler gewandt, »ich danke Ihnen für Ihre Hilfe und Ihre Informationen. Sie werden ihre Gemächer abschließen und versiegeln, wie ich es verlangt habe?«

»Kerzenwachs wird doch genügen, nicht wahr?«

»Das reicht vollkommen aus.«

Und so gingen wir hinaus in die Nacht. Dr. Diller verabschiedete sich auf dem Gehsteig von uns. Indem er sich auf den Weg machte, versicherte er Sir John noch, er werde am nächsten Morgen einen Brief von ihm erhalten.

Sir John wartete, bis der Medikus außer Hörweite war, und murmelte dann an Mr. Donnelly gewandt: »Einen Brief? Was für einen Brief meint er denn?«

»Einen Brief an Sie, der für die Notwendigkeit einer Autopsie an Lady Laninghams Leiche plädiert. Zusammen mit meinem eigenen Schreiben an Mr. Trezavant dürfte er dem entsprechenden Gesuch, das Sie selbst ohne Zweifel morgen früh aufsetzen werden, genügend Gewicht verleihen.«

Wir setzten uns in Richtung Pall Mall in Bewegung. Mir fiel auf, dass Sir John, der meinen Arm am Ellenbogen gefasst hielt, ein wenig zitterte. Sicherlich nicht wegen der Kälte; er trug seinen warmen Umhang, und im Allgemeinen widerstand er Wind und Kälte besser als die meisten Menschen. Dann wurde mir plötzlich klar, dass er im Stillen lachte; er kicherte in sich hinein, als habe jemand einen großartigen Witz gemacht.

Das Zittern hörte auf. »Sie haben an alles gedacht, nicht wahr, Mr. Donnelly?«, sagte er.

»Ich habe mir Mühe gegeben«, erwiderte der Arzt. »Ihrem Ersuchen um eine Autopsie an dem verstorbenen Lord Laningham war kein Erfolg beschieden. Hätte ich sie in Ihrem Auftrag selbst durchgeführt, so wäre dem Ergebnis nicht viel Gewicht beigemessen worden. Ein weiteres Gesuch in diesem Fall, vorgebracht von einem so bedeutenden Mediziner wie Isaac Diller, kann jedoch schwerlich ignoriert werden.«

»Ist er wirklich so bedeutend?«

»Der Mann hat schon Mitglieder der königlichen Familie behandelt, wenn auch nicht den König höchstpersönlich. Sein Honorar ist so hoch, dass niemand außer dem Adel sich ihn leisten kann. Er residiert, wenn Sie so wollen, nur ein paar Häuser weiter von den Laninghams am St. James Square, und zwar in einem kaum weniger prächtigen Haus.«

»Und doch war er der Ansicht, die arme Frau sei an akuten Verdauungsstörungen gestorben.«

»Er hat seine Meinung geändert. Wir haben im Geiste kollegialer Verbundenheit unsere Beobachtungen hinsichtlich der beiden Todesfälle verglichen und kamen überein, dass es bemerkenswerte Parallelen gebe, und so weiter. Ich drängte ihn, die entsprechenden Schlussfolgerungen zu ziehen, und er tat es. Daraufhin deutete ich in aller Bescheidenheit an, dass nur eine Autopsie die Wahrheit ans Licht bringen würde, und er war absolut dafür. Zweifellos glaubt er inzwischen, es sei sein eigener Einfall gewesen.«

»Und der Brief?«

»Das war ausschließlich meine Idee. Ich sagte ihm, Sie würden wohl auf einen solchen hoffen, hätten aber nicht gewagt, ihn darum zu bitten.«

»Nicht gewagt? Ha! Sagen wir lieber, dass ich ihn für einen zu gewaltigen Dummkopf hielt. Von wegen akute Verdauungsstörung!«

»Dr. Diller sagt, diese Diagnose sei ihm von dem neuen Lord Laningham aufgedrängt worden. Er besteht darauf, dass er seine Zweifel gehabt habe – ›nur eine vorläufige Diagnose‹ nannte er es.« Mr. Donnelly zögerte ein wenig und fuhr dann, seinen ganzen Mut zusammennehmend, fort: »Wissen Sie, Sir John, Sie gehen manchmal ein wenig zu barsch mit solchen Leuten wie Dr. Diller um. Dummköpfe mögen sie ja sein – und den Londoner Doktor, der einem erfahrenen Marinearzt das Wasser reichen kann, habe ich noch nicht gefunden –, aber sie können dennoch nützlich sein. Wie meine liebe alte Mutter zu sagen pflegte: Mit Honig fängt man mehr Fliegen als mit Essig.«

Sir John schnaubte. »Gott bewahre uns vor euch Iren!«

Am nächsten Morgen wurde der Brief an Mr. Trezavant geschrieben. Der Inhalt glich mehr oder weniger dem des letzten

Schreibens an den Coroner, doch legte Sir John Wert darauf, Lady Laninghams Äußerung – »Ich bin vergiftet worden« – wörtlich zu zitieren; auch betonte er, dass er von ihr gerufen worden sei, sie aber bei seiner Ankunft nur noch tot vorgefunden habe. Er erklärte Mr. Donnellys Anwesenheit, bemerkte aber, dass zum Zeitpunkt des Todes »der bedeutende Arzt Dr. Isaac Diller« an der Seite der Kranken gewesen sei. Dieser habe zusammen mit Mr. Donnelly viele interessante Fragen aufgeworfen, »Fragen, die nur durch eine gründliche und vollständige Autopsie des Leichnams zu beantworten sind«.

Ich legte den Brief vor ihm auf den Tisch, und er kritzelte seine eindrucksvolle Unterschrift auf das Papier.

»Nun, Jeremy«, sagte er, »wünsche ich, dass du zu Mr. Donnelly eilst und dir von ihm den versprochenen Brief geben lässt. Ich bin sicher, dass wir nicht mehr allzu lange auf Dr. Dillers Schreiben werden warten müssen.«

Doch ich wollte noch nicht gehen.

»Was ist denn, mein Junge?«

»Nun, Sir«, erwiderte ich etwas verlegen, »wenn die Frage nicht zu anmaßend ist, dann wüsste ich doch ganz gerne, was der Butler Ihnen zu sagen hatte.«

»Das darfst du durchaus erfahren, doch ich möchte eine Warnung vorausschicken. Und zwar diese: Wenn wir eine Untersuchung wie diese beginnen, müssen wir uns stets von allen Vorurteilen freimachen. Zum gegenwärtigen Zeitpunkt sammeln wir lediglich Fakten. Wenn wir zu früh Schlüsse ziehen, dann werden wir dazu neigen, uns an die Fakten zu halten, die unsere Schlussfolgerungen unterstützen, während wir diejenigen, die ihnen widersprechen, ignorieren oder gar zurückweisen. Und ich bin mir sicher, dass du verstehst, auf welch gefährliche Irrwege uns eine derartige Vorgehensweise führen kann.«

»Nun, ich denke schon, dass ich das kann, Sir.«

»Dann kann ich dir also jetzt verraten, dass der Butler sich in einem Alkoven nahe dem Eingang zur Bibliothek verborgen hatte, sodass er fast alles hören konnte, was während dieses erbitterten Streits zwischen Lord Laningham und seiner Tante gesprochen wurde. Er hat lediglich bestätigt, was ich bereits auf Grund der Aussage der Zofe, dass ihre Herrin meinen Namen ausgerufen habe, vermutet hatte. Und das war Folgendes: Als Lady Laningham erfuhr, dass sie in dem Haus, welches seit dreißig oder mehr Jahren ihr Heim gewesen war, nichts mehr zu sagen haben sollte, da ließ sie ihren Neffen wissen, dass ich – Sir John Fielding, wie sie laut ausrief – den Verdacht hege, beim Tod des alten Lord Laningham sei Gift im Spiel gewesen, dass ich sie früher bereits dringend um die Erlaubnis gebeten habe, an dem Leichnam eine Autopsie durchführen zu lassen, und dass sie nunmehr beabsichtige, diese zu erteilen. Dies war die Drohung, die sie mir an dem Abend zuvor im Crown and Anchor ins Ohr geflüstert hatte. Nun hast du so weit alles gehört. Das ist der Kern der Sache. Was sagst du dazu?«

»Nun«, entgegnete ich voller Eifer, »dass sie, indem sie dies sagte, ihr Todesurteil unterschrieben hat; dass er eine solche Angst vor dem hatte, was eine Autopsie enthüllen würde, dass er beschloss, sie daran zu hindern, die Erlaubnis der Exhumierung ihres Gatten zu erteilen, indem er sie selbst vergiftete. Die Gelegenheit dazu gab ihm der Besuch in der Küche.«

»Das könnte man durchaus vermuten, doch erlaube mir, einige Argumente gegen diese Schlussfolgerung ins Feld zu führen. Zunächst einmal gestand Mr. Poole auf mein Befragen ein, dass Lord Laningham die Drohung mit großer Gelassenheit, wenn nicht gar Gleichgültigkeit, aufgenommen habe. Er mag diese Ruhe und Gelassenheit nur gespielt haben, vielleicht aber wusste er es einfach nur besser. Es ist fraglich, ob der Leichnam ohne seine Erlaubnis hätte exhumiert werden können, nachdem er einmal vom gesetzlichen Erben zum rechtmäßigen Inhaber des Adelstitels aufgestiegen war – sie hatte ihren Einfluss in dieser Sache wohl überschätzt. Du sprichst leichthin von Vergiftung, Jeremy, doch ist dies bislang nicht bewiesen. Bisher ist es nicht mehr als meine Vermutung, meine fixe Idee. Es stimmt, dass sie beim Einsetzen der Symptome ausrief: ›Ich bin vergiftet worden‹, doch ich war es, der sie auf diesen Gedanken gebracht hatte, oder etwa nicht? Natürlich war ich es, denn im nächsten Atemzug rief sie bereits nach mir. Und schließlich, wenn es sich im Fall des verstorbenen Lord Laningham tatsächlich ebenfalls um Gift handelte, wie erklärst du dann die Tatsache, dass Arthur Paltrow, damals noch der gesetzliche Erbe, aus der gleichen Flasche wie sein Onkel trinken konnte, ohne dass es ihm geschadet hätte? Ich würde ihn gerne befragen, doch ein solches Gespräch muss wohl warten, bis Beweise für eine Vergiftung vorliegen.«

»Und die«, sagte ich, »kann nur eine Autopsie liefern.«

Er nickte. »So machen wir also einen Schritt nach dem anderen. Und jetzt ab mit dir, Jeremy. Um diesen nächsten Schritt machen zu können, brauchen wir die Briefe.«

Ich ließ mich nicht länger bitten und machte mich schnurstracks auf den Weg zu Mr. Donnelly. Es war noch sehr früh am Tag – so früh, dass der gute Doktor, als er auf mein beharrliches Klopfen hin die Tür öffnete, mit Schaum im Gesicht und dem Rasiermesser in der Hand vor mir stand. Ich muss wohl nicht eigens erwähnen, dass noch keine Patienten in seinem Wartezimmer versammelt waren. Er führte mich nach hinten in seine Wohnräume, wo er sich wieder vor den Spiegel setzte und sich neuen Seifenschaum auf die Wangen pinselte.

»Der Brief an Mr. Trezavant ist fertig bis auf den letzten Absatz und meine Unterschrift«, sagte er. »Du kannst ihn lesen, wenn du magst.«

Ich deutete seine Erlaubnis als Einladung und nahm den Brief von seinem Schreibpult. Mr. Donnelly hatte eine recht auffallende Handschrift, reich an dekorativen Schnörkeln und Zierstrichen. Entsprechend blumig war auch der Inhalt formuliert. Er betonte den glücklichen Zufall, der ihn anlässlich des bejammernswerten Hinscheidens der Lady Laningham mit Dr. Diller zusammengeführt hatte. Indem er beschrieb, wie er mit seinem Medizinerkollegen die Einzelheiten der nur acht Tage auseinander liegenden Todesfälle von Lord und Lady Laningham verglichen habe, erklärte er, dass sie dabei auf eine Reihe verblüffender Ähnlichkeiten gestoßen seien. Geschickt stellte er alle diese Erkenntnisse als Verdienst des ranghöheren Arztes dar und behauptete, die von ihm aufgeworfenen Fragen hätten ihn, Mr. Donnelly, veranlasst, auf eine Autopsie des Leichnams der Lady Laningham zu drängen. Wenngleich er sich bewusst sei, dass Mr. Trezavant dies wohl als eine sehr extreme Forderung ansehen würde, so halte er es dennoch für richtig, darauf zu bestehen, da er doch von einem so bedeutenden Arzt wie Dr. Diller zu diesem Schritt bewegt worden sei.

Hier endete der Brief. Ich legte ihn auf das Pult zurück. Mr. Donnelly hatte mich im Spiegel beobachtet; jetzt drehte er sich um und sah mich forschend an.

»Nun, Jeremy, was hältst du davon?«

»Ein guter Brief«, sagte ich. »Es ist viel Honig darin. Ich denke, dass Sie Ihre Fliege damit fangen werden.«

»Was…? Ich…« Dann lachte er. »Ach ja, natürlich, Honig und Essig. Ich bin überrascht, dass du dich daran erinnerst. Aber es stimmt doch, findest du nicht?«

»Mr. Donnelly, ich habe noch nicht genug erlebt auf dieser Welt, um das beurteilen zu können.« Er schien mich in solchen Dingen immer zu überschätzen.

»Ach, es ist auch gleich«, sagte er. »Findest du, dass noch etwas fehlt, eine abschließende Zusammenfassung oder etwas in der Art?«

»Nein, ich finde ihn sehr gut, so wie er ist. Sie müssen viel Mühe und Zeit darauf verwendet haben, Sätze wie diese zu formulieren.«

»Ach, überhaupt nicht. Die fließen mir nur so aus der Feder. Die Iren sind bekannt dafür, dass sie nicht auf den Mund gefallen sind, und ich mache da keine Ausnahme. Nein, ich bin schon seit Stunden wach und war sogar schon mit diesen kläglichen Proben des Erbrochenen der Lady bei dem Chemiker. Das war übrigens eine ziemliche Enttäuschung.«

»Die Menge war nicht ausreichend für irgendwelche Untersuchungen, wie Sie vermutet hatten?«

»Nein, mehr noch. Ich habe zu meiner Überraschung erfahren, dass keine Methode bekannt ist, mit der sich das Gift isolieren und identifizieren ließe, von dem ich am stärksten vermute, dass es in beiden Fällen angewendet wurde.«

»Und welches Gift ist das, Sir?«

»Arsen, Jeremy – es ist ein verbreitetes Mittel; man verwendet es zu den verschiedensten Zwecken.«

»Unter anderem«, sagte ich, da mir einfiel, was ich von Mr. Bilbo gelernt hatte, »als Rattengift.«

»Ach, das wusstest du also schon? Ja, du hast ganz Recht – und in der richtigen Dosierung kann es bei Männern und Frauen genau die gleiche Wirkung erzielen.«

»Heißt das, dass eine Autopsie nutzlos wäre, Sir?«

»Gewiss nicht. Arsen, wie auch andere starke Gifte, hinterlässt Spuren im Körper. Unsere Aufgabe wäre es, sie ausfindig zu machen.«

Diese Formulierung schien nach einer Erklärung zu verlangen.

»*Unsere* Aufgabe, Sir?«, fragte ich. »Werden Sie denn Hilfe benötigen?« Ich war nur zu gerne bereit, zu assistieren, falls dies notwendig sein sollte.

Er hatte inzwischen seine Rasur beendet und wischte sich mit einem Handtuch die letzten Schaumreste aus dem Gesicht. Er sah mich streng an, als wenn er den Hintergedanken meiner Frage durchschaut habe. »Ob ich Hilfe benötige? Nein, sagen wir lieber, dass sie mir aufgedrängt wurde. Indem ich diesen Diller um Unterstützung anging, eröffnete ich ihm die Möglichkeit, an der Autopsie teilzunehmen. Er will sich die Gelegenheit nicht entgehen lassen.«

»Dann wird er auch gewiss alles in seiner Macht Stehende tun, um sie stattfinden zu lassen.«

»Und ich muss es ihm gleich tun«, sagte Mr. Donnelly, indem er zu seinem Schreibpult ging. »Lass mich nur rasch dieses Machwerk unterschreiben, dann kannst du es mitnehmen.« Er nahm die Feder, tauchte sie ein und verharrte dann einen Augenblick lang sinnend. »Was setzt man wohl unter einen speichelleckerischen Brief wie diesen hier?«

»›Ihr ergebenster und gehorsamster Diener‹, nehme ich an«, erwiderte ich. Das war die Formulierung, mit der Sir John zumeist seine Briefe beschloss. »Solche Floskeln haben wenig zu bedeuten.«

»Ja, das wird wohl angehen. Obwohl ich jetzt, wenn ich einige dieser Phrasen überfliege, den Eindruck habe, dass sie eher von irgendeinem gebildeten Sklaven stammen könnten als von einem Diener, geschweige denn einem Doktor der Medizin«, meinte er. Und dann, indem er »Ach, sei's drum« seufzte, brachte er es hinter sich, warf noch eine abschließende Höflichkeitsphrase aufs Papier und unterschrieb den Brief. »Alles für eine gute Sache.«

Und so trug ich denn den versiegelten und an Mr. Trezavant adressierten Brief in die Bow Street Nummer vier, wo ich erfuhr, dass während meiner Abwesenheit das versprochene Schreiben von Dr. Diller per Boten eingetroffen war. Sir John wies mich an, alle drei Briefe dem Coroner zu überbringen und auf Antwort zu warten.

Arthur, der respektvolle Butler, nahm mich am Eingang des großen Hauses in der Little Jermyn Street in Empfang, bat mich, gleich hinter der Tür zu warten, und verschwand dann in dem langen Korridor, um seinem Herrn von meiner Ankunft Mitteilung zu machen. Es dauerte nicht länger als zwei Minuten, bis er zurückkehrte und mich einlud, ihm zu folgen. Als ich in dasselbe Zimmer geführt wurde, in welchem ich damals Mr. Trezavant getroffen hatte, fand ich dort noch eine weitere Person vor, ein verhutzeltes, zwergenhaftes Männlein, das neben Mr. Trezavant hinter dem riesigen Schreibtisch saß. Die beiden schienen mit der Inspektion eines großen Stapels von Geschäftsbüchern befasst gewesen zu sein. Der Alte warf mir nur einen verärgerten Blick zu, nicht mehr. Mr. Trezavant, immer die Förmlichkeit in Person, erhob sich mit Mühe aus seinem Sessel. Aufrecht stehend schien er annähernd so breit wie der Schreibtisch.

»Ich nehme an, Sie haben einen Brief für mich, junger Mann.«

»Ich habe sogar deren drei, Sir«, entgegnete ich und hielt ihm die Briefe hin. Er nahm sie, behielt sie aber in der ausgestreckten Hand, so als wolle er sie wiegen.

»Drei, sagen Sie? Und worum geht es in diesen Briefen? Ich gehe davon aus, dass Sie ihren Inhalt kennen, da sie Ihnen ja diktiert wurden.«

»Nur einer davon, Sir, und der ist von Sir John Fielding. Die andern beiden kommen von Ihrem medizinischen Berater Mr. Gabriel Donnelly beziehungsweise von Dr. Isaac Diller, St. James Square. Ich weiß mit Bestimmtheit, dass die Briefe von Sir John und Dr. Diller mit dem Tod von Lady Laningham gestern Abend zu tun haben. Was den von Mr. Donnelly betrifft, halte ich es für wahrscheinlich, dass er denselben Gegenstand betrifft.«

»Ich wusste nicht, dass Lady Laningham krank war«, entgegnete Mr. Trezavant.

»Sie starb ganz plötzlich, Sir. Es bestehen gewisse Zweifel, was die Todesursache betrifft.«

»Dann ist das hier also wieder einmal ein Ersuchen um eine so genannte Autopsie?«

»Das ist richtig, Sir«, antwortete ich. »Sir John hat mir aufgetragen, Ihre Antwort abzuwarten.«

»Nun, junger Mann, in diesem Falle muss ich Sie und Ihren Herrn enttäuschen. Wie Sie selbst sehen können, stecke ich bis zum Hals in Arbeit. Sir John soll seine Antwort bekommen – auch schriftlich, wenn es sein muss –, und zwar noch bevor der Tag zu Ende geht. Es sind drei Briefe zu lesen, es gilt die Angelegenheit zu bedenken und vielleicht auch Rat einzuholen. Seien Sie aber dennoch versichert, dass ich eine Sache, der Dr. Diller seinen Namen und seine Energie zur Verfügung stellt, nicht auf die leichte Schulter nehmen werde.«

Ich stand betreten da und wusste nicht recht, was ich tun sollte. Es stand mir kaum an, auf einer Antwort zu bestehen, doch glaubte ich, er würde sich vielleicht noch überreden lassen, wenn er mehr über die Umstände erführe.

»Sie … Sie … sollten wissen, Sir«, stammelte ich, »dass Dr. Diller beim Tod der Lady zugegen war.«

»Umso mehr Grund, die Sache sorgfältig zu bedenken«, erwiderte er gelassen. »Ich wünsche Ihnen einen guten Tag, junger Mann. Arthur? Bringen Sie ihn mit unseren besten Empfehlungen auf den Weg.«

Der Butler, der sich dieses Mal nicht aus dem Raum entfernt hatte, öffnete hinter mir die Tür. Mir blieb nichts anderes übrig, als mich zu verbeugen und Mr. Trezavant ebenfalls einen guten Tag zu wünschen. Noch schneller, als wir gekommen waren, legten der Butler und ich den Weg durch den Korridor bis zur Eingangstür zurück. Er hielt mir die Tür auf, und ich trat hinaus.

»Alles Gute, junger Herr!«, rief der Butler mir hinterher.

Doch eingeschnappt wie ich war, gönnte ich ihm keine Erwiderung, nicht einmal ein Winken. Ich fühlte mich ungerecht behandelt. Während man mir bei meinem früheren Besuch mit ausgesuchter Höflichkeit begegnet war, hatte man mir bei dieser Gelegenheit nur sehr wenig davon entgegengebracht. Viel später erst erfuhr ich, dass der alte Mann, der mir mein Eindringen offensichtlich so übel genommen hatte, Mr. Trezavants Geschäftspartner war. Wann immer er anwesend war, würde mir eine ähnliche Behandlung zuteil werden.

Es blieb nichts weiter zu tun, als Sir John zu berichten, dass es mir nicht gelungen war, Mr. Trezavant eine Antwort zu entlocken. Doch er nahm es gelassen auf und schien sich mit dem Versprechen zufrieden zu geben, dass er sie noch am gleichen Tag erhalten würde. Da er keine Aufträge mehr für mich hatte, hieß er mich nach oben gehen, um die *Institutionen des englischen Rechts* zu studieren, falls ich das wünschte – und das wünschte ich allerdings.

Trotz der schwierigen Lektüre war ich fest entschlossen, mich durch nichts von meinem Vorsatz abbringen zu lassen, und auch nicht von meinem angestrebten Berufsziel, welches die Jurisprudenz war.

So las und studierte ich den ganzen Rest des Vormittags hindurch – zwei oder drei Stunden lang. Meine Sitzung endete mit Annies Rückkehr von ihrem Unterricht bei Mr. Burnham. Sie hatte die Angewohnheit, mir einen begeisterten Bericht abzuliefern über all das, was sie an dem jeweiligen Tag gelernt hatte – und unter seiner Anleitung schien sie tatsächlich schnell und gut zu lernen. So legte ich denn widerstrebend ein Lesezeichen in das Buch und klappte es zu, sobald ich ihre Schritte auf der Treppe hörte. Sie platzte herein, wie es ihre Art war, die Wangen glühend vom kühlen Januarwind, und warf ihre Bücher – Shakespeare und eine Fibel – auf den Küchentisch.

»Na«, begrüßte ich sie, »was hast du denn zu erzählen?«

»Ach, eine ganze Menge«, erwiderte sie, »aber das kann warten. Jimmie B. ist mit mir gekommen. Er wartet unten auf der Straße.«

»Auf der Straße? Warum ist er nicht mit dir heraufgekommen?«

»Gute Frage. Ich habe getan, was ich konnte, um ihn zu überreden, aber er wollte nichts davon wissen.«

»Ach, sei's drum«, sagte ich, indem ich nach meinem Hut griff. »Ich werde mal sehen, was ihn herführt.«

»Er sagt, es sei wichtig.«

Und so eilte ich die Treppe hinunter und trat hinaus auf die Bow Street. Dort wartete Bunkins auf mich, an einen Laternenpfahl gelehnt, die Hände tief in die Taschen gesteckt und den Mantelkragen über den Schal geschlagen. Kurz, es schien ihm ganz erbärmlich kalt zu sein.

»Hallo, Jimmie B., was hast du für mich?«

»Ich hab was für dich, das glaubst du mir nicht.«

»Erzähl es mir bald, doch komm rein, es ist kalt.«

Ich zeigte auf die Tür.

Doch Bunkins schüttelte den Kopf. »Nee«, meinte er, »lass uns was latschen, dann können wir tratschen.«

Da mir keine passenden Reime mehr einfallen wollten, verfiel ich frustriert in Prosa: »Jimmie B., warum kommst du so selten zu uns herauf? Was hast du gegen unser kleines Zuhause?« Und dann fügte ich hinzu: »Ist es dir vielleicht nicht vornehm genug?« – obwohl ich wusste, dass dem nicht so war.

»Das ist es nicht«, entgegnete er, »das hat nix damit zu tun, wo du wohnst. Es liegt an dem, was ich zu sehen kriegen würde, bevor ich dort ankomme – den Schließer und die Schnapper und diese schreckliche Arrestzelle mit den Eisenstäben. Irgendwas steckt noch in mir drin von der Zeit, als ich 'n Langfinger und 'n richtiger Straßenräuber war, jedenfalls läuft's mir kalt den Rücken runter, wenn ich mir vorstelle, dass ich mich an den armen Schweinen dort hinter den Gitterstäben vorbeiquetschen soll. Ich hab wohl Schiss, dass sie mich schnappen und für meine alten Sünden einbuchten. Ich träum nachts oft davon – immer und immer wieder denselben Traum.«

Ich sah ihn mir genau an und erkannte, dass es ihm todernst damit war, denn offenbar ging es ihm schon nahe, nur davon zu erzählen. Ich konnte nur mit den Achseln zucken und sagen: »Also gut, wie du willst«, während ich an seiner Seite losmarschierte. Ich bemerkte, dass wir uns in Richtung auf die Bedford Street und George Bradburys Pfandleihhaus bewegten, was mich nicht sonderlich überraschte. Wie es bei Bunkins häufig der Fall war, wenn er einem etwas mitzuteilen hatte, sagte er unterwegs sehr wenig und wartete lieber ab, bis der rechte Ort und Zeitpunkt für seine Enthüllung gekommen war. Und so gingen wir in fast völligem Schweigen dahin, quer durch den Covent Garden, wo der Wind über den offenen Platz fegte. Es war jetzt kälter als zu der Stunde, da ich meinen Botengang zu Mr. Trezavants Haus in der Little Jermyn Street gemacht hatte. Vielleicht braute sich ein Sturm zusammen. Vielleicht würde am nächsten Morgen Schnee liegen. Nur einmal beschwerte sich Bunkins über die Kälte, aber dieses eine Mal benutzte er derart obszöne Kraftausdrücke, dass wir an dieser Stelle getrost auf den Wortlaut verzichten können.

»Du hast doch einen Umhang«, entgegnete ich etwas mürrisch (denn mir kroch die Kälte ebenso in die Knochen wie ihm). »Warum ziehst du ihn nicht an?«

»Ach, dann komm ich mir wie ein Stutzer vor. Das würde komisch aussehen, da wo wir hingehen.«

Als wir dann tatsächlich in die Bedford Street einbogen, nahm ich an, dass wir dem Pfandhaus einen weiteren Besuch abstatten würden. Doch wie sich herausstellte, war meine Annahme falsch gewesen, denn er führte mich zu einer Kaschemme direkt gegenüber auf der anderen Straßenseite.

»Hier rein«, sagte er – und weiter nichts.

Drinnen war es düster, die Luft war von Tabakrauch getrübt, wie es bei solchen Lokalen auch tagsüber der Fall ist. Nur eine einzelne Lampe brannte über dem Schanktisch. Eine hellere Lichtquelle war der Kamin, in dem ein wärmendes Feuer loderte. Obwohl ich erwartet (und gehofft) hatte, dass wir uns zu den Gästen gesellen würden, die auf Bänken um das Feuer herum saßen, führte Bunkins mich zu einem Tisch an der zugigen Fensterfront. Ich war der Meinung, er hätte eine bessere Wahl treffen können. Nun spuckte er sich auf die Finger und wischte damit eine der Fensterscheiben mehr oder weniger sauber, um einen besseren Blick auf das Pfandhaus zu erlangen.

»Mach du es genauso«, wies er mich an.

Ich kam der Aufforderung nach, so gut ich eben konnte, und war froh, dass die Stelle, die ich sauber gewischt hatte, durch die Kälte im Inneren der Spelunke nicht sogleich wieder beschlug. Und eine Spelunke war es allerdings, so verwahrlost und verdreckt wie nur irgendeine in Londons Gassen. Und auch das Mädchen, das an unseren Tisch kam, war so stämmig und so hässlich von Angesicht wie nur irgendeine ihres Standes. Als sie uns nach unseren Wünschen fragte, hatte ich große Schwierigkeiten, ihren Worten zu folgen, denn sie hatte bereits mehrere ihrer Schneidezähne eingebüßt. Doch Bunkins verstand sie gleich und bestellte Grog. Ich bat um einen Kaffee.

»Den kriegst du hier nur mit ’nem Schuss Gin, Süßer.«

»Dann hätte ich den Gin gerne extra.«

»Dann müssen wir zwei Becher spülen«, entgegnete sie.

»Seit wann spült ihr die denn?«, spottete Bunkins.

Das wollte sie sich nicht bieten lassen. »Du bist doch jeden Tag hier«, versetzte sie. »Du hast doch gesehen, wie ich hinter dem Tresen schufte.«

»Hab ja nur Spaß gemacht, Süße.« (Dabei zwinkerte er ihr zu.)

Durch diese Worte einigermaßen besänftigt, watschelte sie schwerfällig zurück zum Schanktisch.

»So, du bist also jeden Tag hier, was?«, fragte ich Bunkins.

»Ja«, erwiderte er. Er sprach mit zum Fenster gewandtem Gesicht, die Augen starr auf das Guckloch gerichtet, das er sich frei gewischt hatte. »Ich hab Bradburys Laden auf der anderen Straßenseite die ganze Zeit scharf im Auge behalten. Es kommen nämlich nicht viele Leute in so einen Laden, und deshalb ist es leicht herauszufinden, wenn einer öfter kommt und länger drin bleibt. Und mir sind zwei besonders aufgefallen. Einer ist so ein langer Lulatsch, der kommt und geht, vielleicht nicht gerade so, als würde er zu dem Laden gehören, aber irgendwas sagt mir, dass er dort pennt. Er …«

Ich beugte mich vor und tippte ihn an, da die Kellnerin zurückgekommen war. Er warf ihr einen Blick zu und nickte kurz in meine Richtung. Dann kramte er ein Fourpence-Stück aus seiner Tasche hervor und ließ es auf den Tisch fallen, worauf sie uns die Getränke hinstellte und die Münze einsteckte. Wortlos kehrte sie zu ihrem Platz am Schanktisch zurück, nahe dem wärmenden Feuer.

»Trinkst du das?«, fragte Bunkins und zeigte auf den Becher Gin, der vor mir stand.

»Nein«, erwiderte ich, »das würde mich nur in Schwierigkeiten bringen.«

Er griff nach dem Becher und leerte ihn mit zwei großen Schlucken, während ich an meinem Kaffee nippte. Es war ein übles Gebräu, aber immerhin stark und heiß, was an einem Tag wie diesem sehr willkommen war.

Bunkins wandte sich wieder dem Fenster zu und fuhr da fort, wo er unterbrochen worden war. »Also, wie gesagt, der lange Bursche kommt und geht, und er bleibt nie lange weg. Wenn Mrs. Bradbury alleine das Haus verlässt, um Besorgungen zu machen, Einkäufe und so, dann passt er auf den Laden auf, solange sie weg ist.«

»Ich verstehe«, sagte ich. »Aber du hast von zwei Leuten gesprochen.«

»Genau, Kumpel, und der andere kommt nämlich jeden Tag pünktlich wie ein Uhrwerk genau um diese Zeit.«

»Und wer ist er?«

»Das sag ich nicht, noch nicht. Warten wir einfach, bis er auftaucht, und dann sehen wir, ob du ihn wieder erkennst. Du kennst den Burschen, da bin ich mir ganz sicher.«

Mehr wollte Bunkins nicht verraten. Wir warteten und spähten aufmerksam durch unsere Gucklöcher. Bunkins hatte gesagt, ich würde den Burschen erkennen, was wohl hieß, dass es sich um einen Bekannten handelte – einen Freund? Ich versuchte vergeblich zu raten, wer es wohl sein mochte. Vielleicht einer der Bow Street Runners? Gewiss nicht. Ich kannte jeden Einzelnen von ihnen, wenn auch nur flüchtig, und obgleich einige von ihnen ihre Fehler hatten, hätte doch keiner je gemeinsame Sache mit einer Mörderin gemacht. Keiner von ihnen würde tun, was Bunkins argwöhnte, nämlich sich an einem Mord beteiligen.

»Da kommt er schon«, sagte Bunkins.

Ich rückte näher an die Scheibe, um besser sehen zu können, und mein Blick fiel sofort auf einen Mann, welcher die Bedford Street entlangspazierte, als gehöre die ganze Straße ihm allein. Kannte ich ihn? Allerdings. Man konnte ihn wohl einen Bekannten nennen, aber niemals, niemals einen Freund. Es war kein anderer als der, mit dem ich mir vor wenig mehr als zwei Monaten in einer Gasse unweit dieser Straße einen Kampf geliefert hatte, mein Knüppel gegen sein Messer.

»Aber das ist ja Carver!«, flüsterte ich bass erstaunt.

»Recht hast du, Kumpel. Es ist Jackie Carver.«

»Er hat sich ja erstaunlich gut erholt.«

»Das kannst du laut sagen.«

Ich beobachtete, wie er auf den Laden zuging, die Tür aufstieß und hineinging – wieder in der dreisten Manier dessen, dem alles gehört. Dann war er ganz verschwunden – ich vermutete, dass er durch den Vorhang in den hinteren Teil des Ladens gegangen war.

»Er ist also der andere Besucher? Der zweite, von dem du sprachst?«

»Ach, der da, der ist mehr als ein Besucher. Du hast doch gesehen, wie er in den Laden reinmarschiert ist. Wenn er reingeht, dann bleibt er auch drin. Am Sonntag hab ich hier gesessen, da gibt mir Mr. Burnham immer frei. Ich hab gesehen, wie er ungefähr um diese Zeit reingegangen ist, aber rausgekommen ist er nicht. Sie ist einmal runtergekommen und hat die Tür abgeschlossen, und er ist ewig drin geblieben – mindestens drei Stunden. So lange hab ich gewartet. Da hast du deinen Mörder, Kumpel.«

Darüber dachte ich einen Moment nach. »Ich glaube, dass du Recht hast, Jimmie B.«

»Klar hab ich Recht. Er hat den Alten wohl im Schlaf kalt gemacht.«

»Das ist so seine Methode«, sagte ich. Dann fügte ich in feierlichem Ton hinzu: »Du musst es Sir John sagen.«

»Ich weiß nicht recht, ob ich schon so weit bin. Ich wüsste gern noch mehr.«

»Wenn du es ihm nicht sagst, dann mache ich es.«

Da verzog Bunkins gequält das Gesicht und ließ die Faust auf den Tisch niederkrachen. »Verdammt! Ich hatte schon befürchtet, dass du das sagen würdest.«

7. KAPITEL

In welchem die Erlaubnis erteilt und eine Autopsie durchgeführt wird

Wieder streiften wir durch die Straßen. Bunkins hätte nichts dagegen gehabt, noch eine Stunde oder länger an diesem primitiven Ort zu bleiben und Grog zu trinken – es gefiel ihm nur zu gut, seine Zeit auf diese Weise zu verbringen –, doch ich hatte ihn daran erinnert, dass er sich beeilen müsse, um rechtzeitig zu seiner Nachmittagslektion bei Mr. Burnham zu kommen. Mit einem Seufzer hatte er daraufhin zugegeben, dass es besser sei, aufzubrechen. Innerlich gewärmt – er durch den Grog, ich durch den Kaffee – konnten wir der Kälte besser trotzen als auf dem Hinweg in die Bedford Street. Jedenfalls war er nun in der Lage, mehr zu tun, als nur die Kälte zu verfluchen. Wir besprachen unsere Vorgehensweise.

Wenn er auch darauf bestand, dass wir im Augenblick nur einen Verdacht hatten, so waren wir uns doch einig, dass es ein begründeter Verdacht war. Sir John, behauptete ich, würde schon wissen, was getan werden musste, um daraus handfeste Beweise zu machen. Konnte Jimmie mit Sicherheit sagen, dass der Kopf in dem Glas auf den Schultern von George Bradbury gesessen hatte? Nein, das konnte er nicht – aber dass Bradbury nicht mehr in seinem Laden aufgetaucht war, gab Anlass zu gewissen Überlegungen. Waren wir sicher, dass Jackie Carver ihn auf dem Gewissen hatte? Nein, das waren wir nicht – doch sowohl Bunkins als auch ich selbst hätten es ihm zugetraut, insbesondere, wenn die Tat aus Habgier begangen worden war. Da kam mir plötzlich ein furchtbarer Gedanke.

»Jimmie B.«, sagte ich, »du darfst Sir John kein Sterbenswörtchen über meinen Kampf mit Carver verraten.«

»Aber warum denn nicht?«, entgegnete er. »Du hast ihn doch im fairen Kampf besiegt – mehr als fair sogar, weil er ein Messer hatte und du nur den Knüppel, den Mr. Perkins dir gegeben hatte.«

»Das stimmt wohl, aber wenn er davon erfährt, könnte ihn das gegen unseren ganzen Plan einnehmen. Er könnte glauben, ich hege immer noch Groll gegen Carver.«

»Aber das tust du doch gar nicht, oder?«

»Nicht so, dass ich ihn einen Mörder nennen würde.«

»Er hätte dich an dem Abend glatt ermordet, wenn er gekonnt hätte. Das weiß ich genau, und du weißt es auch. Und alles, was es ihm eingebracht hätte, wäre ein Rock gewesen. Wer weiß, worauf er es diesmal abgesehen hat.«

»Gut, aber du musst mich trotzdem aus dem Spiel lassen. Wenn du die ganze Geschichte erzählst, wird auch Mr. Perkins darunter zu leiden haben.«

»Aber was soll ich denn sagen?«

»Sag nur, dass du seinen üblen Ruf noch aus deinen eigenen gesetzlosen Tagen kennst. Sag Sir John, dass Carver oft andere mit seinem Messer bedroht hat, und einmal auch dich selbst. Das ist doch nicht gelogen, oder?«

»Nein, das stimmt allerdings.«

»Dann erzähl ihm das.«

Inzwischen hatten wir die Ecke Bedford und Chandos Street erreicht, wo wir uns gewöhnlich trennten. Wir waren stehen geblieben. Bunkins hüpfte auf der Stelle, zuerst auf dem einen, dann auf dem anderen Fuß. Das Kinn hatte er tief in seinem Schal vergraben. Obwohl er beharrlich schwieg, war ihm doch deutlich anzusehen, dass er noch etwas auf dem Herzen hatte. Endlich machte er den Mund auf.

»Hör mal, Jeremy, alter Kumpel, ich hab's ja vorhin schon gesagt, ich bin nicht so scharf drauf, bei dem Kadi reinzuschauen. Der Schließer mag mich nicht, und ich mag ihn nicht. Ich hab so ein Gefühl, als würde er mich am liebsten in seine Arrestzelle stecken, einfach so zum Scherz.« Er zögerte noch einen Moment und sprudelte dann hervor: »Könntest du's nicht so einrichten, dass er rüberkommt und Mr. Bilbo einen Besuch abstattet? Dann könnte ich ihn abfangen, bevor er wieder geht, und ihm alles über diese Bradbury-Geschichte erzählen.«

»Ich wüsste nicht, wie ich das anfangen sollte, Jimmie B. Er muss schließlich Gericht halten.«

»Ich hab auch nicht wirklich geglaubt, dass das funktionieren würde. Na ja, vielleicht solltest du's ihm statt meiner erzählen.«

»Er würde dich dabei haben wollen, um dir Fragen zu stellen. Davon bin ich überzeugt.«

»Ja, das denke ich auch.«

Da hatte ich plötzlich eine Idee. »Dann komm doch einfach zwischen halb vier und halb fünf vorbei; um die Zeit bringt Mr. Fuller gewöhnlich die Gefangenen ins Fleet-Gefängnis. Normalerweise ist dann niemand dort außer Sir John und Mr. Marsden. Aber ich werde da sein, um dich direkt zu ihm zu führen, falls Mr. Fuller doch im Haus sein sollte.« Ich rang mir ein Lächeln ab. »Abgemacht?«

Er schien nicht begeistert, nickte aber dennoch in seinen Schal hinein. »Abgemacht«, sagte er.

Dann drehte er sich ohne ein weiteres Wort um und machte sich auf den Nachhauseweg.

Bei meiner Ankunft in der Bow Street Nummer vier nahm Annie mich sogleich in Beschlag und erzählte mir, die Kartoffeln, die sie für das Abendessen vorgesehen hatte, seien verfault. Fleisch habe sie genug, doch es könne nicht schaden, noch etwas mehr Karotten und Steckrüben für den Eintopf am nächsten Tag zu haben. Da mich meine Abmachung mit Lady Fielding dazu verpflichtete, alle notwendigen Einkäufe zu erledigen, machte ich mich brav auf den Weg zum Covent Garden, um zu besorgen, was sie benötigte. Annie blieb selbstverständlich in der gemütlich warmen Küche zurück, wo sie sich ihren Büchern widmete.

Es war natürlich nicht einfach, im Winter immer einen ordentlichen Vorrat an Gemüse in der Kammer zu haben. Und noch schwieriger war es, klug einzukaufen, taten die Verkäufer doch, was sie konnten, um dem ahnungslosen Käufer gefrorene Ware als frische anzudrehen. Ich kannte inzwischen alle ihre Schliche, und so ging ich von Stand zu Stand und betastete überall prüfend die mit Segeltuch abgedeckte Ware. Infolgedessen hielt ich mich länger als gewöhnlich im Garden auf.

Als ich nach meiner Rückkehr auf die Uhr sah, die gegenüber der Arrestzelle an der Wand tickte, stellte ich fest, dass seit meinem Aufbruch fast eine Stunde verstrichen war. Mr. Fuller streifte sich soeben seinen Mantel über, um zwei Gefangene ins Fleet-Gefängnis zu bringen.

»Ist wohl recht kalt draußen, was, Jeremy?«, erkundigte er sich.

»Um einiges kälter als heute Morgen – und es wird von Minute zu Minute kälter, wie es scheint.«

»Hatte ich mir schon gedacht. Deshalb wollte ich die zwei Burschen hier rasch in ihr neues Zuhause bringen, ehe es noch schlimmer wird.«

Da hörte ich plötzlich ganz in der Nähe Sir Johns tiefes Brummen: »Ach, Jeremy, komm doch mal bitte her.«

Er war, wie ich vermutet hatte, in Mr. Marsdens Alkoven. Der Richter und sein Schreiber hatten offensichtlich schon eine ganze Weile miteinander konferiert, denn sie saßen beide in entspannter Haltung da. Mr. Marsden schmauchte seine Pfeife. Ich stellte vorsichtig die prallvolle Leinentasche mit dem Gemüse ab.

»Ja, Sir«, sagte ich. Und um meine Abwesenheit zu rechtfertigen, fügte ich hinzu: »Ich war zum Einkaufen im Garden.«

»Sehr lobenswert«, erwiderte er, »denn essen müssen wir allemal. Ich habe Neuigkeiten, die dich auch interessieren dürften.«

»Oh? Welche denn?«

»Mr. Trezavant hat sein Versprechen gehalten. Seine Antwort auf das Bündel Briefe, das du ihm heute Morgen zugestellt hast, traf kurz vor Beginn meiner Gerichtssitzung hier ein. Mr. Marsden hat sie mir vorgelesen, und ich freue mich, sagen zu können, dass er seine Einwilligung zu einer Autopsie an Lady Laninghams Leiche erteilt hat. Sie wird soeben in Mr. Donnellys Behandlungsräume überführt.«

»Das ist ja eine wunderbare Nachricht, Sir John!«

»Eine gute Nachricht, gewiss. Sie wunderbar zu nennen, ist vielleicht etwas übertrieben. Vergiss nicht, Jeremy, ein Schritt nach dem anderen.«

»Ja, Sir.«

»Der Lakai, der den Brief an mich überbrachte, erkundigte sich nach Dr. Donnellys Adresse. Ich konnte ihm nicht helfen. Glücklicherweise hatte Mr. Marsden sie in seinen Unterlagen. Andernfalls hätten wir ihn bitten müssen, den Brief hier zu lassen, um ihn später durch dich zustellen zu lassen. Wo warst du übrigens? Wir haben oben nach dir gesucht, aber Annie sagte, du seiest ausgegangen.«

»Ich war mit Jimmie Bunkins zusammen, Sir. Es gibt da etwas Wichtiges, das er mit Ihnen besprechen möchte.«

»Ist er in Schwierigkeiten?«

Just als ich den Mund öffnete, um ihm zu versichern, dass dem nicht so sei, ertönte Mr. Fullers meckernde Stimme: »Darauf können Sie Gift nehmen! Einmal ein Dieb, immer ein Dieb!«

»Nicht so voreilig, Mr. Fuller«, sagte Sir John. »Das mag eine alte Weisheit sein, aber so zu reden zeugt nicht eben von Nächstenliebe.«

»Wie Sie meinen, Sir John.« Es klang wie das Grummeln eines mürrischen Greises.

»Jetzt muss ich dich noch einmal fragen, in der Hoffnung, diesmal nicht unterbrochen zu werden: Steckt er in Schwierigkeiten?«

»Nein, Sir, ganz im Gegenteil. Er hat Nachforschungen in einer gewissen Sache angestellt und möchte Ihnen seinen Verdacht vortragen.«

»Es handelt sich nur um einen Verdacht? In welcher Sache hat er denn Nachforschungen angestellt?«

»Es geht um Mord.«

»Ach, um Mord, ja? Auch ein bloßer Mordverdacht ist für mich von Interesse.«

»Er wird Sie heute Nachmittag aufsuchen.«

»Ich erwarte seinen Bericht mit Spannung.«

»Sobald er eintrifft, bringe ich ihn in Ihr Amtszimmer.«

»Gut, falls ich dort sein sollte. Ach, eine Sache noch, Jeremy. Ein Bursche vom Postamt war hier; er sagte, es sei ein Brief aus Lichfield für mich gekommen. Zweifellos hat es etwas mit deinem Freund Roundtree zu tun. Der hat übrigens nicht den Anstand besessen, sich auf Kates freundliches Angebot einzulassen. Er hat sich immer noch nicht gestellt, nach inzwischen – wie vielen Tagen?«

»Es ist schon eine Woche her, Sir«, murmelte ich verlegen.

»Warum der Bursche von der Post den Brief nicht einfach zugestellt hat, begreife ich nicht recht. Er sagte, er habe allerhand Briefe und dergleichen für Mr. Garrick in der Drury Lane und könne sich mit dem meinigen nicht aufhalten. Merkst du, wie wenig das Gesetz in London gilt, Junge? Jedenfalls würde ich dich bitten, ihn für mich abzuholen. Vielleicht enthält er Informationen, die dir helfen, den Burschen endlich zu erwischen.«

Und so machte ich mich, nachdem ich meinen Sack mit Kartoffeln, Karotten und Steckrüben bei Annie abgeliefert hatte, flugs auf den Weg zum Postamt. Ich wusste, dass ich mich beeilen musste, wenn ich meine Verabredung mit Bunkins einhalten wollte.

Wie es sich fügte, gelang mir dies nicht. Aufgehalten durch einen unfähigen Amtsdiener (zweifellos, wie so viele heutzutage, durch Begünstigung zu seinem Posten gelangt), kehrte ich erst gegen vier Uhr zurück. Bunkins war nur wenige Minuten vor mit eingetroffen und hatte sich gezwungen gesehen, Mr. Fullers verächtlichen Blick zu erdulden, während Mr. Marsden ihn in Sir Johns Amtszimmer geleitete. Wäre er allein gewesen, so hätte er auf mich warten können, doch das war nicht der Fall. Mr. Burnham war mit ihm gekommen; er nahm gerade neben Bunkins und gegenüber von Sir John Platz, als ich den Raum betrat.

Wie ich später erfuhr, war er auf folgende Weise in die Sache hineingezogen worden:

Bunkins war zu spät zu seiner Nachmittagslektion gekommen. Obwohl es zuvor schon einige Male knapp hergegangen war, hatte er bis zu diesem Tag noch nie die von Mr. Burnham festgesetzte Uhrzeit versäumt. Dies lag erstens und vor allem daran, dass Mr. Burnham strikt darauf bestand, zur vereinbarten Stunde mit dem Unterricht zu beginnen; es war, wie er erklärte, »ein fester Bestandteil des Erziehungsprozesses«. Zum Zweiten respektierte Bunkins die von Mr. Burnham festgelegten Zeiten, weil er Mr. Burnham respektierte. Bei ihm hatte er gute Fortschritte gemacht, während er sich bei jedem anderen Lehrer wie der letzte Dummkopf vorgekommen war. Kurz, Jimmie Bunkins wünschte einen guten Eindruck zu machen, doch nun war er nicht nur tatsächlich zu spät gekommen, sondern roch auch noch nach Schnaps. Mr. Burnham verlangte eine Erklärung; andernfalls würde er sich mit der Sache an Mr. Bilbo wenden.

Vor eine Wahl gestellt, die keine war, erzählte Bunkins ihm die ganze Geschichte, von dem Augenblick an, da wir den Kopf erstmals auf dem Friedhof von St. Andrews erblickt hatten, bis hin zu unseren gemeinsamen Unternehmungen an jenem Tag. Das einzige Detail, welches er ausließ, war – wie ich mit Befriedigung hörte – meine eigene frühere Begegnung mit Jackie Carver. Mein Geheimnis war bei Bunkins in sicheren Händen. Mr. Burnham war fasziniert. Er verlangte nicht, sondern bat darum, seinen Schüler in die Bow Street Nummer vier begleiten zu dürfen, denn er war neugierig zu erfahren, was Sir John mit diesen Informationen anfangen würde. Und so waren die beiden zusammen aufgebrochen, nachdem sie in aller Eile den Stoff des

Nachmittags durchgenommen hatten, und waren kurz vor mir angekommen.

Sobald ich mich Sir John zu erkennen gegeben hatte, nahm ich ebenfalls vor ihm Platz und hörte zu, wie mein Kumpel seine Geschichte auszuspinnen begann. Er erzählte sie gut. Sein wichtigster Zuhörer unterbrach ihn allerdings hier und da mit einigen Fragen. Die ersten davon stellte er nicht lange nachdem Bunkins begonnen hatte. Er hatte erzählt, wie wir zum St.-Andrew's-Friedhof gegangen waren, um uns den Kopf auf der Stange anzusehen. An dieser Stelle hob Sir John die Hand, um ihn zum Schweigen zu bringen.

»Entschuldigen Sie bitte die Unterbrechung«, sagte er, »doch Sie erwähnten, dass dieses grässliche Objekt eine ziemliche Menschenmenge angezogen hatte. Ich habe natürlich von der Sache gehört, und meines Wissens hatte Mr. Saunders Welch, der Richter, eine Belohnung für die Identifizierung des … nun, des Besitzers dieses Kopfes ausgesetzt. Ist das korrekt, Bunkins?«

»Ja, Sir, das stimmt. Deshalb sind die alle da hingelaufen, um ihn sich anzugucken.«

»Und der Kopf wurde doch nahe der Holbourn Bridge im Fleet-Kanal gefunden?«

»So hab ich's gehört, Sir.«

»Sollten Sie Ihre Geschichte dann nicht eher Mr. Welch erzählen? Er beansprucht einen großen Teil der Londoner Außenbezirke als sein Territorium. Und da ich glaube, dass es Richtern nicht ansteht, miteinander zu wetteifern, respektiere ich diesen Anspruch. Nun fallen aber sowohl Holbourn als auch St. Andrew's mehr oder weniger auf seine Seite der Grenze – falls es so etwas wie eine Grenze gibt. Und so wiederhole ich: Sollte er nicht zu hören bekommen, was Sie mir gerade erzählen wollen?«

Doch Bunkins war das, was Sir John da erklärt hatte, keineswegs neu – er war seit seiner Zeit als Dieb bestens mit diesen Dingen vertraut –, und es war ihm bewusst, wie die Interessen der Jurisdiktion sich in gewissen Fällen überschneiden konnten.

»Ich verstehe, Sir, aber ich denke doch, Sie sollten meine Geschichte zu Ende hören, denn ein Teil davon spielt ganz in der Nähe der Bow Street.«

»Dann«, erwiderte der Richter des Bow Street Court, »dürfen Sie selbstverständlich fortfahren.«

Und das tat Bunkins denn auch. Er berichtete, wie er Mr. Donnelly aufgesucht hatte, um sich den Kopf noch einmal genau ansehen zu können, und wie es ihm auf Grund der Hinweise des Arztes auf die Verwüstungen, die Schmutzwasser und Verwesung an dem Objekt angerichtet haben mochten, gelungen war, die Züge eines Mannes zu erkennen, der vielleicht einmal George Bradbury gewesen war, der Besitzer eines Pfandhauses in der Bedford Street. Und hier unterbrach ihn Sir John erneut.

»Bedford Street, sagten Sie?«

»Ja, Sir.«

»Das ist in der Tat ganz in der Nähe. Wie gut kannten Sie diesen Bradbury? Sicherlich ist es nicht Ihre Angewohnheit, Gegenstände aus Mr. Bilbos Haus zu schaffen, um sie zu verpfänden?«

Über diese Vorstellung musste Bunkins dem Ernst der Angelegenheit zum Trotz herzlich lachen. Doch sobald er sich wieder gefasst hatte, fuhr er ganz nüchtern fort: »O nein, Sir. Ich bin so gut versorgt, wie es ein Mensch sich nur wünschen kann. Und außerdem wäre das Diebstahl, und das habe ich ja alles hinter mir gelassen. Aber als ich noch auf Tour gegangen bin – als ich noch ein Dieb war, meine ich –, da bin ich George Bradbury oft begegnet. Möge Gott mir verzeihen, dass ich ihn verpfeife, falls der Mann noch am Leben ist, aber die Wahrheit ist, dass ich ihn als Hehler für mein Diebesgut kennen gelernt habe. Das habe ich ja alles aufgegeben, als Mr. Bilbo mich aufnahm, und das ist jetzt schon an die drei Jahre her, und deshalb hab ich ihn seit der Zeit auch nicht mehr gesehen – außer einmal vor nicht allzu langer Zeit, da bin ich ihm zufällig auf der Straße begegnet.«

»Könnten Sie uns etwas genauer sagen, wann das gewesen ist?«

»Etwa vor einem Monat, würde ich sagen, vielleicht auch etwas drüber.«

»Sie sagten vorhin, *falls* der Mann noch am Leben ist. Daraus schließe ich, dass Ihre Identifizierung keine absolut eindeutige ist.«

»Nein, Sir, so ganz todsicher bin ich mir nicht, dass es der alte Bradbury war, der da in dem Glas rumgeschwommen ist. Darum bin ich auch mit Jeremy von dem Doktor zu Bradburys Laden in der Bedford Street gegangen.«

»Ach, tatsächlich? Ihr wart also beide dort? Nun, darüber würde ich gerne mehr hören.«

Bunkins lieferte eine lebhafte Schilderung unseres Besuchs in dem Pfandhaus ab – eine etwas zu lebhafte, wie mir schien. Es hätte ja genügt, zu Protokoll zu geben, dass ich ihn dorthin begleitet hatte, aber zu sagen, ich sei, wie er sich ausdrückte, »in dem Laden aufgekreuzt wie ein alter Strauchdieb, die Klamotten verdreckt und mit ganz scheelem Blick«, das war doch wohl nicht unbedingt notwendig. Den Richter brachte er damit jedenfalls zum Lachen.

»So, so, ganz verdreckt? Stimmt das, Jeremy? Kate hat mir doch versichert, dass du stets eine gepflegte Erscheinung abgibst.« (Er legte eine gehörige Portion gespielte Besorgnis in diese Bemerkung.)

Zu meiner Verteidigung führte ich die Wahrheit ins Feld. »Ich war eben erst mit der Reinigung des Kamins fertig geworden, Sir John. Bunkins hatte mir dabei geholfen. Er war selbst nicht gerade blitzsauber.«

»Nun gut. Fahren Sie fort, Mr. Bunkins.«

Das tat er auch, indem er zunächst von Mrs. Bradburys hastig vorgebrachter Erklärung für die Abwesenheit ihres Mannes berichtete und dann von ihrem großen Interesse an der Beute aus dem vorgeblichen Einbruch, welche wir zu einer nicht näher bestimmten Mitternachtsstunde zu liefern versprochen hatten.

»War ihr bewusst, dass es sich um gestohlene Ware handeln würde?«, fragte Sir John.

»O ja, todsicher war es das!«

»Das verdient festgehalten zu werden«, sagte er. »Sprechen Sie weiter.«

»Also, Sir, diese Frau, die behauptet, dass sie Mrs. Bradbury ist – er war nämlich gar nicht verheiratet, als ich ihn gekannt hab –, die ist nur so 'n schmächtiges Ding, wissen Sie. Die ist ja fast ersoffen in dem Kleid, das sie anhatte. Ich konnte mir nicht vorstellen, wie so 'ne Frau, wie die 'nen Mann umlegen und ihm den Kopf absäbeln soll und wer weiß was mit dem Rest anstellen. Sie hätte 'nen Mann gebraucht, der ihr dabei hilft, oder etwa nicht?«

»Unter normalen Umständen würde man davon auszugehen haben, ja.«

»Genau das hab ich mir in dem Moment auch gedacht«, erklärte Bunkins. »Und deshalb hab ich auch beschlossen, gegenüber von Bradburys Laden Posten zu beziehen und zu beobachten, wer so im Laufe des Tages vorbeikommt – und wer dort länger bleibt. Und das hab ich auch gemacht.«

»Und Sie haben einen Kandidaten ausfindig gemacht?«

»Allerdings – und zwar einen, der hier in der Gegend unter dem Namen Jackie Carver bekannt ist. Ich glaube, es ist gar nicht sein richtiger Name, mehr so ein Name, den er sich ausgedacht hat, als Drohung sozusagen, denn er kann ganz hübsch mit 'nem Messer umgehen.* Dafür ist er überall im Garden berüchtigt.«

»Und hat er schon einmal jemanden getötet?«

»Es gibt Gerüchte. Und er bedroht auch ständig die Leute mit seinem Messer. Mich hat er auch mal bedroht, da ging es

* *Carver* bedeutet so viel wie »Schnitzer« (Anm. d. Übers.).

um 'nen Ring, den er mir abgenommen hatte. Ich musste um mein Leben rennen.«

»Das ist wohl schon eine Zeit lang her?«

»Ja, Sir, das war, als ich noch ein Dieb war.«

»Nun, wenn er ebenfalls ein Dieb ist«, sagte Sir John, »dann ist es nur normal, dass er einen Hehler aufsucht, um seine gestohlene Ware loszuwerden. Das allein macht ihn noch nicht zum Mörder.«

»Nein, Sir, da haben Sie Recht. Aber der Kerl ist nicht bloß ein Dieb, sondern auch ein Lude, und er schaut nicht einfach nur in dem Laden vorbei, sondern bleibt auch da – manchmal stundenlang. Das hab ich rausgefunden.«

»Sie wollen also andeuten, Mr. Bunkins, dass dieser Carver, wenn das sein richtiger Name ist, die Frau, die sich Mrs. Bradbury nannte, in gewisser Weise in der Hand hat?«

»Sie könnte eins seiner alten Pferdchen sein.«

»Allerdings. Ich verstehe, worauf Sie hinauswollen.« Sir John schwieg eine ganze Weile, während er sich das Gehörte durch den Kopf gehen ließ. Als er wieder das Wort ergriff, klang das, was er sagte, wie eine Zusammenfassung. »Ich bewundere die Arbeit, die Sie in dieser Sache geleistet haben, Jimmie Bunkins. Was Sie mir vorgetragen haben, sind sehr sorgfältig recherchierte Verdachtsmomente. Es gefällt mir besonders, dass Sie sich weigern, eine definitive Identifizierung des Kopfes für sich in Anspruch zu nehmen. Alle Ihre darauf folgenden Handlungen leiten sich logisch aus diesem Anfangsverdacht ab, und ich respektiere das, was Sie vorbringen, als einen *logisch begründeten* Verdacht.«

Bunkins, der ob dieses Lobes über das ganze Gesicht strahlte, bedankte sich so recht von Herzen bei dem Richter und fügte dann hinzu: »Es freut mich sehr, das von Ihnen zu hören, Sir.«

»Allerdings«, sagte Sir John, indem er dort anknüpfte, wo er abgebrochen hatte, »bleibt es dabei, dass es sich um einen bloßen Verdacht handelt, ganz gleich, wie logisch begründet und gründlich recherchiert er sein mag. Sie gingen recht in der

Annahme, dass ich mich für die Angelegenheit interessieren würde, denn wenn es auch zutrifft, dass Mr. Saunders Welch zuerst ein Interessc an der Identifizierung des Kopfes hatte, so haben wir hier in der Bow Street doch das größere Interesse, und zwar wegen der Fragen, die Sie bezüglich des Verbleibs von George Bradbury aufgeworfen haben. Mein Problem – und in der Tat ist es jetzt mein Problem und nicht mehr das Ihre – besteht darin, über die beste Vorgehensweise zu entscheiden.«

»Sie könnten sie verhaften, Sir, alle beide, und sie ordentlich schwitzen lassen.«

»Das könnte ich gewiss nicht tun, denn es liegen bisher keine ausreichenden Beweise gegen die beiden vor – zumal gegen Carver nicht –, auf Grund derer man sie wegen Mordes anklagen könnte. Ich könnte sie allerdings zur Vernehmung festhalten, was ich vielleicht auch tun werde. Aber wenn ich so logisch vorgehen soll, wie Sie das getan haben, junger Herr, dann wäre der nächste Schritt, an den Richter vor Ort zu schreiben und ihn zu bitten, die Angaben der Frau zum Aufenthaltsort ihres Mannes zu überprüfen. Sie sagte, Mr. Bradbury sei in Warwick?«

»Jawohl, Sir.«

»Nun, das bedeutet, dass wir uns ein wenig gedulden müssen. Dennoch, im Sinne seiner logischen Vorgehensweise ist dies der Schritt, den wir tun müssen.«

»Dürfte ich einen Vorschlag machen, Sir John?«

Es war Mr. Burnham, der gesprochen hatte. Er hatte dem Gespräch zwischen seinem Schüler und dem Richter aufmerksam gelauscht, hatte hier und da genickt und an den passenden Stellen still in sich hineingelacht. In keiner Weise hatte er versucht, die Aufmerksamkeit von Bunkins auf sich selbst zu lenken. Er war die Zurückhaltung in Person gewesen.

»Mr. Burnham, wenn ich mich nicht irre? Aber selbstverständlich dürfen Sie das. Sie waren so still, dass ich Ihre Anwesenheit in unserem Kreis fast schon vergessen hatte.«

»Ich bin gekommen«, sagte der Lehrer, »weil ich stolz auf

meinen Schüler bin und auf das, was er in Ihrem Interesse unternommen hat. Ich wollte mich nur versichern, dass er Ihnen die Geschichte in allen Einzelheiten so erzählen würde, wie ich sie von ihm gehört hatte.«

»Darf ich unterbrechen?« Sir John neigte den Kopf in Bunkins' Richtung. »Sind wir vier die Einzigen, die über all das Bescheid wissen, was Sie mir berichtet haben?«

»Nur wir vier«, antwortete Bunkins, »aber wie gesagt, der Doktor wusste, dass ich so eine Ahnung hatte, als ob ich den Burschen kennen würde, dem der Kopf in seinem Schrank gehört hat.«

»Das bereitet mir keine größeren Sorgen«, sagte Sir John, »aber belassen wir es dabei – nur wir vier. Bitte fahren Sie doch fort, Mr. Burnham, und verzeihen Sie die Unterbrechung.«

»Selbstverständlich, Sir. Wie ich bereits sagte, wünschte ich, er möge die Geschichte in allen Einzelheiten erzählen, und das hat er auch getan, so weit ich mich an die Version erinnere, die er mir vorgetragen hat. Nur eines fiel mir auf, und das war eine reine Vermutung seinerseits. Er erwähnte mir gegenüber beiläufig, dass, falls George Bradbury tatsächlich tot sei – das heißt ermordet –, seine Mörder versuchen würden, sein Pfandhaus zu verkaufen, denn sie würden die Behauptung, er sei nach Hause gefahren, um seinem sterbenden Vater beizustehen, nicht auf Dauer aufrechterhalten können. Diese Überlegung schien mir einiges für sich zu haben, Sir, denn mir kam der Gedanke, dass Mörder nicht eben die Sorte Menschen sind, die sich freiwillig über längere Zeit als Krämer betätigen – sicherlich nicht das Paar, das er uns beschrieben hat.«

»Dem kann ich mich durchaus anschließen«, sagte der Richter.

»Daher also mein Vorschlag: Was würden Sie davon halten, wenn ich einfach in den Laden ginge und mich bei Mrs. Bradbury erkundigte, ob das Geschäft zu verkaufen sei?«

»Einfach so? Wenn sie aber eine entsprechende Absicht gar

nicht kundgegeben haben, wird sie das nur misstrauisch machen.«

»Ich könnte wetten, dass sie es getan haben. Ich würde ihnen sagen, ich hätte in Mr. Bilbos Spielsalon davon gehört. Dort wird über solche Dinge gesprochen. Und wenn sie misstrauisch werden, was schadet das schon? Es würde sie lediglich, wie Mr. Bunkins es ausdrückt, ›ins Schwitzen bringen‹.«

»Aber ich bitte Sie, Mr. Burnham«, wandte Sir John ein, »würden sie wohl – verzeihen Sie mir die Bemerkung – würden sie wohl glauben, dass ein schwarzer Mann die nötigen Mittel besitzt, ein Pfandhaus zu erwerben?«

»Sir«, entgegnete er, »ich habe keinerlei Zweifel, dass ich über ausreichend Mittel verfüge, einen so schäbigen kleinen Laden zu kaufen, einschließlich des Lagers und sonstiger Nebenräume. Als ich nach England kam, um mein Recht auf persönliche Freiheit einzuklagen, stattete mich mein Vater mit einer beträchtlichen Geldsumme aus. Damit will ich nicht sagen, dass ich je ernsthaft in Erwägung ziehen würde, in ein so verrufenes Geschäft zu investieren. Nein, meine Überlegung war die folgende: Ich werde sie wissen lassen, dass ich über ihren Handel mit gestohlener Ware informiert bin, und sie glauben machen, dass ich großes Interesse daran habe, das Geschäft fortzuführen. So wird meine Hautfarbe sogar helfen, sie von der Ernsthaftigkeit meiner Absicht zu überzeugen, denn ich habe die Erfahrung gemacht, dass die Londoner stets bereit sind, einem schwarzen Mann böse Absichten zuzutrauen.«

Obwohl er sie mit einem Lächeln vorbrachte, war Mr. Burnhams letzte Bemerkung doch vollkommen ernst gemeint und rief bei uns Zuhörern kein Gelächter hervor. Bunkins und ich tauschten nervöse Blicke. Sir John hustete, räusperte sich und erteilte dann dem Lehrer die Erlaubnis, seinen Plan in die Tat umzusetzen. Daraufhin erhob sich Mr. Burnham und nahm seinen Abschied, indem er versprach, so bald wie möglich wiederzukehren.

Wir drei hörten noch einen Moment lang sinnend zu, wie

sich seine Schritte über den Korridor zur Haustür hin entfernten. Dann riss sich Sir John aus seiner momentanen Lethargie und wies mich an, zu Mr. Marsden zu gehen, um aus seiner Liste den Namen des Richters herauszusuchen, der für die Stadt Warwick zuständig war. Das erledigte ich prompt. Als ich zurückkam, gab Bunkins soeben die Geschichte von Mr. Burnhams Befreiung aus der Sklaverei zum Besten. Sir John schenkte ihm von Anfang bis Ende seine ungeteilte Aufmerksamkeit, wobei er nur von Zeit zu Zeit nickte, um sein fortgesetztes Interesse und Verständnis zu bekunden.

Erst am Schluss erlaubte er sich einen Kommentar. »Eine bemerkenswerte Geschichte«, sagte er. »Sie lässt eine große Sehnsucht nach Freiheit auf Seiten des Sohnes und ausgeprägte Großzügigkeit auf Seiten des Vaters erkennen. Die beiden müssen ein sehr starkes Gefühl familiärer Verbundenheit gehabt haben.«

»Das haben sie noch«, entgegnete Bunkins. »Sie schreiben sich nämlich Briefe, einen nach dem anderen. Mr. Burnham bedauert nur, dass seine Mutter ihm nicht schreiben kann. Sie fehlt ihm, sagt er, und er hofft, dass sie das weiß.«

»Bemerkenswert«, wiederholte Sir John, »aber gewiss nicht einmalig, in Anbetracht der Institution, aus der Mr. Burnham hervorgegangen ist. Es dürfte zahlreiche solcher Geschichten aus Jamaika und den nordamerikanischen Kolonien geben. Zweifellos werden wir es alle einmal bedauern, dass die Sklaverei je zugelassen wurde.« Dann wandte er sich an mich. »Aber Jeremy, du bist doch zurück, oder?«

»Ja«, antwortete ich, »mit dem Namen des Richters von Warwick. Ich möchte Sie aber daran erinnern, dass ich hier in meiner Tasche den Brief des Richters von Lichfield habe. Soll ich ihn vorlesen?«

»Nein, eins nach dem anderen; diese Sache mit George Bradbury muss im Augenblick vorgehen. Hier sind Tinte und Feder.« Er öffnete die Schublade, tastete darin umher und nahm einen Stapel sauberes Briefpapier heraus. »Warum rückst du nicht deinen Stuhl an die gewohnte Stelle, dann können wir zusammen einen Brief an den Richter von Warwick aufsetzen.«

»Zusammen, Sir?« Er hatte noch nie zuvor beim Abfassen derartiger Briefe meine Hilfe in Anspruch genommen.

»Ich fürchte, ich drücke mich meinen Richterkollegen gegenüber bisweilen etwas zu verblümt aus. Ich werde mich in diesem Fall darauf verlassen, dass du mich davor bewahrst, den Empfänger in unnötige Aufregung zu versetzen. Ich erinnere mich noch, wie ich vor einigen Jahren einmal eine schlichte Erkundigung über den Aufenthalt eines bestimmten Mannes einholen wollte, worauf der betreffende Richter in Verkennung der Dringlichkeit der Situation den armen Kerl unverzüglich in Arrest nahm. Wenn George Bradbury noch am Leben ist, möchte ich nicht, dass man ihn einsperrt.«

Und so machten wir uns an die Arbeit. Wie ich vermutet hatte, bedurfte Sir John bei diesem Brief so wenig wie bei irgendeinem anderen meiner Hilfe. Doch fragte er mich nach jedem Absatz, ob ich die Formulierung für angemessen hielte, und einmal beugte er sich meinem Urteil, was die Konstruktion eines Satzes betraf. Wenn ich auf diese Szene zurückblicke, verehrter Leser, so scheint mir der Zweck dieser Übung darin bestanden zu haben, mein Ansehen in den Augen meines Freundes zu erhöhen. Bunkins jedenfalls sah und hörte uns äußerst fasziniert zu.

In der fertigen Fassung ließ sich nur wenig in das Schreiben hineindeuten. Es war eine einfache Bitte um Informationen über George Bradbury. War er vor kurzem zurückgekehrt, um seinem kranken Vater beizustehen? War er noch dort? Falls nicht, wann war er abgereist? Und so weiter. Es gab nichts, was auch nur zu einem Stirnrunzeln Anlass gegeben hätte. Der Brief wurde ihm vorgelesen und für gut befunden. Mit meiner Hilfe setzte er seine Unterschrift darunter. Sein Siegel wurde aufgedrückt und Bunkins erhob sich, den Brief auf seinem Rückweg in die St. James Street aufzugeben. Daraufhin blieb uns kaum mehr zu tun, als auf Mr. Burnhams Rückkehr zu warten – und nach wenigen Minuten traf er auch schon ein.

Wir hörten seine eiligen Schritte – er rannte fast –, noch bevor er sich an der offenen Tür von Sir Johns Amtszimmer zeigte. Bunkins und ich standen bereit, ihn in Empfang zu nehmen, doch er stürzte an uns vorbei, indem er uns bedeutete, ihm zu folgen, und ging schnurstracks auf Sir John zu.

»Eine höchst erstaunliche Entwicklung«, verkündete er laut. »In dem Laden in der Bedford Street wurde ich von einem Mann begrüßt, der vorgab, George Bradbury zu sein!«

Nach allem, was er gehört hatte, war Mr. Burnham natürlich auf der Hut gewesen. Er hatte sich seine Geschichte zurechtgelegt, bevor er den Laden betrat, und rechnete damit, Mrs. Bradbury anzutreffen, doch durch den Vorhang trat ein Mann, von dem er nach Bunkins' Beschreibung wusste, dass es sich nicht um meinen alten Widersacher Jackie Carver handeln konnte. »Es war ein großer, dünner Mann«, sagte der Lehrer, »von ungefähr dreißig Jahren, der durchaus nichts Bemerkenswertes an sich hatte, außer dass er unter seinem Mantel eine Weste aus Plaidstoff trug, wie man sie bei Schotten sieht – recht bunt war sie –, doch er war kein Schotte. Er schien im Großen und Ganzen so zu reden wie alle Londoner, die dem Arbeiterstand angehören.«

»Das war nicht George Bradbury!«, rief Bunkins. »Er ist 'n alter Kerl, doppelt so alt wie der. Er ist vielleicht dünn, aber besonders groß ist er nicht, nicht größer als ich. Er...« Und hier verstummte er plötzlich, als wenn ihm gerade ein Gedanke gekommen wäre.

»Und dennoch«, sagte Mr. Burnham, »hat er sich mir so vorgestellt. Ich sagte zu ihm: ›Ich möchte mit dem Ladenbesitzer sprechen.‹ Er erwiderte: ›Sie können mit mir sprechen.‹ ›Sind Sie George Bradbury?‹, fragte ich. ›Ja, der bin ich‹, antwortete er.

Nun, so sehr ich auch seine Behauptung anzweifelte«, fuhr Mr. Burnham fort, »ich beschloss dennoch, meinen Plan in die Tat umzusetzen, und teilte ihm mit, ich hätte gehört, sein Laden stehe zum Verkauf. ›Kann schon sein‹, erwiderte er, ›aber das käme auf das Angebot an.‹ Ich ließ ihn wissen, dass das Angebot davon abhängen würde, wie viele krumme Geschäfte durch die Hintertür abgewickelt würden und wie viele Lieferanten er habe. Er verstand, was ich meinte, dachte einen Augenblick darüber nach und sagte dann: ›Darüber muss ich mit Mrs. Bradbury reden.‹ Beachten Sie, dass er nicht sagte ›mit meiner Frau‹, wie man sich gewöhnlich ausdrücken würde. Jedenfalls forderte er mich auf, morgen früh wiederzukommen. Ich wünschte ihm einen guten Tag und wollte soeben den Laden verlassen, als er mir nachrief, wo ich denn gehört habe, dass sein Laden zu verkaufen sei. Ich hatte die Antwort natürlich parat und sagte ihm, ich hätte mitbekommen, wie in Mr. Bilbos Spielsalon davon die Rede gewesen sei. ›Sie gehen in solche Lokale?‹, fragte er ganz überrascht. ›Ich gehe dorthin, wenn es mir gefällt‹, entgegnete ich, und mit diesen Worten ließ ich ihn zurück.«

»Höchst interessant«, sagte Sir John. »Er behauptete also tatsächlich, George Bradbury zu sein?«

»Er bestätigte es so klar und deutlich, wie Sie soeben den Namen ausgesprochen haben.«

»Haben wir irgendeine Vermutung, wer dieser Schwindler sein könnte?«

Daraufhin sah ich Bunkins an, denn ich erinnerte mich sehr wohl, dass er einen solchen groß gewachsenen Mann mir gegenüber erwähnt hatte, und in diesem Moment wurde mir erst klar, dass er ihn in seinem Bericht an Sir John weggelassen hatte. (Auch kam mir der unangenehme Gedanke, dass ich diesen Mann vielleicht selbst recht gut kannte.) Jimmie Bunkins lief vor Verlegenheit rot an. Wenn ich mich an den großen Mann erinnerte, dann tat er das gewiss auch. Ich sah, wie er heldenhaft mit sich selber rang, bis schließlich der bessere Bunkins triumphierte. Er gestand seine Auslassung ein.

»Sir«, sagte er, »es könnte sein, dass ich den Burschen kenne. Wenigstens hab ich ihn ein paar Mal gesehen, als ich den Laden beobachtet hab. Er schien zu bestimmten Zeiten zu kommen, damit Mrs. Bradbury ihre Einkäufe und so weiter erledigen konnte. Er hat für sie auf den Laden aufgepasst. Ich hätte ihn erwähnen sollen. Ich glaube, ich hab's ganz einfach vergessen, oder vielleicht hab ich gedacht, er wäre nicht so wichtig.«

»Nun«, sagte Sir John, »jetzt haben Sie ihn erwähnt. Und jetzt wissen wir, dass wir es vielleicht mit drei Verschwörern zu tun haben. Umso wichtiger ist es, diesen Brief nach Warwick auf den Weg zu bringen. Und – Mr. Burnham?«

»Ja, Sir?«

»Ich halte es für das Beste, wenn Sie der Einladung, morgen früh wieder dort hinzugehen, nicht nachkommen. Wir haben unsere Saat ausgestreut. Nun wollen wir in Ruhe abwarten, ob sie aufgeht.«

Nachdem sich die zwei auf den Weg zu dem großen Haus in der St. James Street gemacht hatten, nahm Sir John seine Sitzung mit Mr. Marsden wieder auf; es war der Bericht an den Lordoberrichter, der sie beschäftigte und auch noch bis zum Monatsende beschäftigen würde. Ich hätte ihn aufhalten können und ich hätte es auch getan, wäre ich mir nicht so unsicher gewesen, was für mich der beste Weg sei.

Um die Wahrheit zu sagen, ich war vollkommen verwirrt. Anders als Bunkins, der lediglich eine Unterlassungssünde zu bekennen hatte, musste ich mit mir selbst ringen wegen der Schuld eines anderen – wegen seiner wahrscheinlichen oder auch nur möglichen Schuld. War es an mir, dies abzuwägen? Sehr wahrscheinlich nicht. Die vernünftige Vorgehensweise hätte darin bestanden, mich mit meinem Verdacht an Sir John zu wenden. Welches Gewicht er auch der Sache beimessen mochte – mich jedenfalls würde sie nicht mehr belasten.

An meinem Problem war Mr. Burnham schuld. Seine Beschreibung des Mannes, der sich fälschlich als George Bradbury ausgegeben hatte, enthielt ein Detail über dessen Bekleidung, das in meiner Erinnerung nicht nur eine Saite, sondern einen voll tönenden Akkord angeschlagen hatte. Er hatte erwähnt, dass der Bursche eine Plaidweste im schottischen Stil getragen habe. Es mochte wohl einige große dünne Männer in der Gegend um Covent Garden herum geben, doch ich kannte nur einen, der eine solche Weste trug, und dieser eine war Thomas Roundtree.

Warum sollte ich das nicht Sir John erzählen? Dass ich es nicht tun mochte, lag weniger an der Zuneigung, die ich für Roundtree selbst empfand. Nein, ich zögerte wegen seiner Tochter Clarissa, die ich mochte und die mir Leid tat. Das Vertrauen, das sie in ihren törichten Vater setzte, war vielleicht fehlgeleitet und naiv, doch es war darum nicht weniger bewundernswert. Würde ich dem Richter gegenüber andeuten, dass Roundtree der dritte der von ihm so genannten Verschwörer war, dann würde ihr daraus nur noch mehr Schmerz und Kummer erwachsen. Und für ihn könnte es in der Tat die verheerendsten Folgen haben. Vielleicht war seine Beteiligung an der Sache von ganz harmloser Natur. Vielleicht hütete er nur für Mrs. Bradbury den Laden.

Was also sollte ich tun? Die Entscheidung hinauszuzögern erschien mir als das sicherste, wenn auch nicht das klügste Vorgehen. Ich würde vorläufig gar nichts unternehmen und einen Zeitpunkt abwarten, da die Information von größerer oder gar entscheidender Bedeutung sein würde. Vielleicht würde der Brief des Richters von Lichfield mich zum Handeln zwingen. Er steckte immer noch in meiner Manteltasche. Dass ich ihn hatte, schien Sir John momentan entfallen zu sein. Ich würde ihm den Brief natürlich vorlesen müssen, doch vielleicht würde es mir gelingen, einen günstigen Moment dafür abzupassen.

Die Gelegenheit ergab sich, als wir zu Tische saßen. Annie hatte uns wieder einmal ein Essen bereitet, das in jedem anderen Haushalt als absolut außergewöhnlich gegolten hätte. Was sie als Eintopf bezeichnete, unterschied sich von dem herkömmlich so bezeichneten Gericht durch seinen Geschmack – oder besser durch seine Geschmacksvielfalt, denn mit Zwiebeln, Knoblauch, ihrem Lieblingsgewürz Paprika und wer weiß welchen anderen seltenen Aromen aus ihrem Vorratsschrank wusste sie immer wieder überraschende Kombinationen zu zaubern. Kurz, wir hatten alle ausgezeichnet gespeist. Und während dieser Phase des seligen Verdauens, als wir alle um den Tisch saßen und unsere Zufriedenheit durch ausgiebiges Rülpsen bekundeten, bemerkte Lady Fielding beiläufig, dass mit dem neuen Jahr die mühsame Pflicht auf sie zugekommen sei, eine große Zahl von Bettelbriefen an die Reichen und Mächtigen schreiben zu müssen, um die Existenz des Magdalenenheims für weitere zwölf Monate zu sichern.

»Ich habe mich gefragt, Jack«, sagte sie, »ob du mir vielleicht Jeremys Dienste als Schreiber zur Verfügung stellen würdest.«

»Nun ja, ich…«

Doch sie ließ ihn gar nicht erst zu Wort kommen. »Ich dachte, ich könnte eine Liste der Adressaten und einen Musterbrief verfassen, den er dann nur kopieren müsste. So würde mir Zeit bleiben, mich den täglichen Geschäften des Heims zu widmen, womit, wie du mir glauben darfst, meine Tage zur Genüge ausgefüllt sind.«

»Oh, ich glaube dir durchaus, Kate. Es ist nur so, dass Mr. Marsdens Zeit neuerdings ganz von diesem verdammten Bericht an den Lordoberrichter in Anspruch genommen wird, bei dessen Abfassung er mir als Schreiber und Leser zur Verfügung stehen muss.« Er zögerte. »Äh, wie viele Briefe dieser Art möchtest du denn geschrieben haben?«

»Etwa fünfzig, vielleicht auch mehr. Er würde sie schreiben, und ich würde sie unterzeichnen.«

»Das ist allerdings eine ganze Menge. Nun gut, schreib nur deine Liste und setze dein Musterexemplar auf. Jeremy wird sich damit befassen, wann immer er dazu kommt. Stimmt's, Junge?«

»Genau, Sir. Übrigens, Sir John«, sagte ich, indem ich den Brief aus der Tasche zog, denn die Gelegenheit schien günstig, »das erinnert mich an den Brief, der heute aus Lichfield gekommen ist. Ich habe ihn hier.«

»Ah, natürlich«, erwiderte er. »Durch diese Sache mit Bradbury war er mir ganz entfallen. Wenn du ihn da hast, dann lies ihn mir doch bitte vor.«

Ich erbrach das Siegel, öffnete den Brief und begann laut zu lesen. »Sehr geehrter Herr Kollege«, begann er und kam dann rasch zur Sache.

»Da ich erst kürzlich von einer Reise nach Yorkshire zurückgekehrt bin, wo ich einem Prozess in einer Vermögenssache beiwohnen musste, bekam ich Ihr Schreiben, in dem Sie sich nach dem gegenwärtigen Aufenthaltsort und der Vergangenheit eines gewissen Thomas Roundtree erkundigen, erst jetzt zu Gesicht. In meiner Eigenschaft als Richter der Stadt Lichfield hatte ich reichlich Gelegenheit, den Mann kennen zu lernen. Er musste mehrfach wegen Trunkenheit und Störung des Friedens vor mir erscheinen. Auch wurde er einige Male des einfachen Diebstahls beschuldigt, jedoch nie der Tat überführt. Er war ein recht guter Zimmermann, und manchmal wurden in Häusern, in welchen er gearbeitet hatte, Wertgegenstände vermisst. Mr. Roundtree verließ Lichfield vor etwas mehr als einem Jahr, wie es hieß in Richtung London, und ich war froh, ihn los zu sein.

Die Umstände seiner Abreise waren wie folgt: Mr. Roundtree hatte eine Frau aus guter Familie namens Sarah Gladden geehelicht. Er hatte sie verführt und geschwängert, und in Anbetracht der Umstände willigten ihre Eltern in die Heirat der beiden ein, obwohl sie alles andere als erpicht darauf waren, ihn zum Schwiegersohn zu bekommen. Das Kind kam zur Welt, eine Tochter, die auf den Namen Clarissa getauft wurde, und die Familie durchlebte schwere Zeiten wegen Roundtrees Trunksucht und seiner offensichtlichen Unfähigkeit, ein ausreichendes Einkommen zu erzielen. Doch leider begannen sich die Geschicke der Gladdens ebenfalls zum Schlechten zu wenden. Mr. Gladden starb fünf oder sechs Jahre nach der unglücklichen Heirat seiner Tochter und hinterließ seiner Frau sowie seiner unverheirateten Tochter Esther, Sarahs Schwester, lediglich die Buchhandlung, die es ihm ermöglicht hatte, den Lebensunterhalt seiner dreiköpfigen Familie zu bestreiten und Sarah dann und wann etwas Geld zukommen zu lassen, wenn die Miete fällig war. Die beiden Frauen versuchten sodann, den Buchladen allein weiterzuführen. Doch fehlte ihnen der Geschäftssinn, und schon nach wenigen Jahren fiel der Laden in die Hände der Gläubiger. Etwa zur gleichen Zeit wurde Miss Esther Gladden von der Schwindsucht befallen, der sie bald erlag; die Mutter wurde darauf von ihrer Familie in Cambridgeshire aufgenommen. Damit war Sarah Roundtree nun vollkommen von Thomas Roundtree abhängig – und er erwies sich als ebenso unzuverlässig wie zuvor. Auch sie erkrankte an der Schwindsucht, die sie sich vielleicht zugezogen hatte, als sie ihre Schwester pflegte; es dauerte noch ein, zwei Jahre, doch dann starb sie ebenfalls und ließ ihre damals zehnjährige Tochter Clarissa in der alleinigen Obhut ihres Gatten zurück. Er behielt das Kind einige Monate lang bei sich, bis Nachrichten über ihre Vernachlässigung den Pfarrer veranlassten, nach dem Rechten zu sehen. Der Zustand der Wohnung und die schlechte Gesundheit des Mädchens veranlassten ihn zu dem Urteil, Mr. Roundtree könne seinen elterlichen Pflichten nicht nachkommen. Clarissa Roundtree wurde seiner Obhut entzogen und in das Armenhaus der Gemeinde verbracht. Daraufhin entschloss sich ihr Vater, Lichfield zu verlassen. Er erklärte, er werde sein Glück machen, seine Fähigkeiten unter Beweis stellen und sodann heimkehren und seine Tochter aus dem Armenhaus freikaufen.

Zwei Monate darauf kehrte er in der Tat zurück, doch sein Glück hatte er offensichtlich nicht gemacht. Er gab an, lediglich seine Tochter besuchen zu wollen. Tatsächlich fanden zwei Besuche statt, und beim zweiten gelang es ihm, sie aus dem Armenhaus zu schmuggeln, indem er sie als Knabe verkleidete. Ich nahm an, er würde sie nach London mitnehmen. Da mir die Mittel fehlten, ihn verfolgen zu lassen, konnte ich nur auf irgendeinen Hinweis auf ihren Aufenthaltsort hoffen, so wie er mir jetzt durch Sie zugekommen ist. Finden Sie Thomas Roundtree, und Sie werden Clarissa finden.

Das bringt mich zu einer dringenden Bitte, die ich an Sie richten möchte. So wie Thomas Roundtree sich der Flucht vor dem Gesetz schuldig gemacht hat, hat sich auch Clarissa Roundtree der Flucht aus dem Armenhaus schuldig gemacht. Zu ihrem eigenen Besten sollte sie zu uns zurückgebracht werden. Wenn sie in London bleibt, wo ich sie derzeit vermute, wird sie, wie Sie zweifellos wissen, sehr bald der Verderbtheit und dem Verbrechen anheim fallen. Sobald ich höre, dass sie sich in Ihrer Obhut befindet, werde ich jemanden von der Gemeinde schicken, sie zu holen. Thomas Roundtree ist ohne Zweifel wegen Entführung zu belangen; das möchte ich jedoch Ihnen überlassen.

In der Hoffnung, Ihnen damit keine allzu große Last aufzubürden, verbleibe ich Ihr ergebenster und gehorsamster Diener, William Bladgett, Esquire, Richter zu Lichfield.«

Erst nachdem ich den Brief zu Ende gelesen hatte, hob ich wieder die Augen und sah, dass sowohl Annie als auch Lady Fielding zu Tränen gerührt waren. Annies Augen glänzten, und Lady Fielding wischte sich die Tränen von den Wangen. Sir John hatte den Kopf gesenkt.

»Ach«, seufzte er, »wie viel menschliches Elend doch in den Seiten dieses Briefes liegt.«

Und um der Wahrheit die Ehre zu geben, geneigter Leser, meine Augen waren ebenfalls feucht, und mehr als einmal hatte ich mich während des Lesens räuspern müssen, weil meine Kehle wie zugeschnürt war.

Lady Fielding zog ein Taschentuch hervor und putzte sich die Nase, worauf sie das Tuch an Annie weiterreichte. Dann sagte sie mit bewegter Stimme: »Was sollen wir nur tun, Jack?«

»Nun, wir müssen tun, was er verlangt. Er hat vollkommen Recht. Wenn dieses Mädchen in London bleibt, wird es ihr nur zum Schaden gereichen.«

»Aber der Gedanke, sie in das Armenhaus zurückzuschicken! Weißt du denn, wie es in diesen Häusern zugeht?«

Er ließ einen tiefen Seufzer fahren. »Ich habe davon gehört, gewiss. Aber welche Alternative haben wir zu bieten?«

»Nun, ich würde ihr mit Freuden einen Platz im Magdalenenheim für reumütige Prostituierte besorgen. Sie ist so ein aufgewecktes Mädchen. Sie könnte dort ein Handwerk lernen.«

»Aber Kate«, wandte Sir John ein, »sie ist weder reumütig – denn deiner eigenen Aussage nach ist sie sehr eigensinnig und hat zweifellos bei ihrem Ausbruch aus dem Armenhaus mitgewirkt – noch ist sie, Gott sei's gedankt, bisher zur Prostituierten geworden, obgleich einige schon in ihrem jungen Alter diesem trostlosen Gewerbe nachgehen.«

»Ich weiß, aber wäre es nicht ratsam, sie zu retten, *bevor* sie gezwungen wird, auf der Straße zu leben?«

»Du bürdest dir zu viel auf. Du kannst nicht hoffen, jedes einzelne Kind in London zu retten, das gerettet werden müsste. Es muss Hunderte davon geben, vielleicht Tausende.«

»Ja, das ist wahr, aber ...«

»Vielleicht könnten Sie für sie eine Stellung als Dienstmagd finden?«, schlug Annie vor. »Sie ist noch ein bisschen jung, aber ich war auch nicht viel älter, als ich angefangen habe.«

Es folgte eine Diskussion über Clarissas Alter. War sie erst elf? Vielleicht zwölf? Wenn Letzteres, so könnte man sie in der Tat bereits in Stellung geben. Lady Fielding äußerte die Überzeugung, das Mädchen könne auch für dreizehn oder vierzehn durchgehen, denn es sei recht groß und könne sich gewandt ausdrücken.

»Aber Sie machen die Rechnung ohne den Wirt«, wandte ich ein. »Sie scheint entschlossen, bei ihrem Vater zu bleiben. Gesetzt, wir finden eine Stellung für sie in einem der Häuser in der St. James Street oder am Bloomsbury Square, woher wissen wir denn, ob sie dort eher bleiben wird als im Armenhaus der Gemeinde? Es könnte sein, dass sie einfach wieder davonläuft.«

»Jeremy hat Recht«, seufzte Lady Fielding. »Sie liebt ihren törichten, verkommenen Vater tatsächlich.«

Jetzt, so erkannte ich, war der Moment gekommen, da ich Sir John von meinem Verdacht gegen Roundtree hätte erzählen können – und wohl auch sollen. Doch ich tat es nicht. Was ich stattdessen sagte, überraschte mich selbst.

»Ich glaube, sie haben vor, in die amerikanischen Kolonien auszuwandern. Warum lassen wir sie nicht einfach gehen?«

»Wieso glaubst du das?«, fragte Sir John.

»Sie hat da so etwas gesagt – oder vielmehr nicht gesagt –, als ich das letzte Mal mit ihr gesprochen habe.«

»Woher sollten sie das Geld für die Überfahrt nehmen?«

»Ich weiß es nicht«, erwiderte ich. Und dann riet ich einfach: »Vielleicht hat er sich ja einem Dienstherrn in den Kolonien verschrieben – sich und seine Tochter.«

»Möglich ist es. Es gibt immer einen Weg, dorthin zu gelangen. Und wer weglaufen will, läuft anscheinend immer in Richtung Westen.«

Danach schien die Diskussion im Sande zu verlaufen. Es war eine Zeit lang still am Tisch. Schließlich brach Lady Fielding das Schweigen und fragte, indem sie mich streng ansah:

»Wann hast du sie zuletzt gesehen, Jeremy?«

»Das war, als ich den Umhang brachte, den Sie ihr besorgt hatten – ein paar Tage ist das jetzt her.«

»Ja, und ich hatte mich doch entschlossen, sie nicht aus den Augen zu lassen. Aber die alltäglichen Geschäfte sind dazwischengekommen. Wir mögen die besten Absichten haben, immer stellt sich uns irgendetwas in den Weg. Ich will morgen noch einmal zu ihr hingehen. Ich weiß nicht, wie viel ich ihr von alldem sagen soll, wenn überhaupt etwas, aber lasst uns wenigstens wieder einmal mit ihr reden.« Sie streckte die Hand aus und berührte Sir Johns Arm. »Das ist doch in Ordnung, oder, Jack?«

»Verscheuche sie nicht von dort. Mehr verlange ich nicht. Ich fühle mich durch das Ersuchen dieses Bladgett in gewisser Weise gebunden.«

»Wir werden aufpassen, was wir sagen, das verspreche ich.«

Und dabei blieb es dann auch. Der Abend nahm seinen Lauf. Lady Fielding zog sich in ihr Schlafzimmer zurück mit der erklärten Absicht, sich an die Erstellung der Liste möglicher Spender für das Magdalenenheim zu machen. Sir John folgte ihr, um sich, wie so oft, in das kleine dunkle Zimmer neben dem ihren zu setzen, welches er sein Studierzimmer nannte.

Wie es meine Gewohnheit war, besorgte ich nach dem Abendessen den Abwasch, während Annie bei Kerzenlicht über ihren Büchern brütete. Mit leiser, ein wenig leiernder Stimme las sie ihre Fibel, was ihr wenig Mühe bereitete – schließlich hatte sie das Buch unter Mr. Burnhams Anleitung schon mehrmals durchgelesen –, und dann wandte sie sich einem unserer Shakespeare-Bände zu, welchen sie schon eine Zeit lang mit sich herumgetragen hatte; es handelte sich, glaube ich, um *Hamlet*. Jetzt las sie lauter, und manchmal buchstabierte sie mir ein Wort vor und bat mich, es ihr vorzusprechen; nicht selten musste ich ihr auch die Bedeutung erklären. Solche Unterbrechungen störten mich längst nicht mehr; im Gegenteil, sie waren eine willkommene Abwechslung beim Putzen und Scheuern. Als ich fertig war, setzte ich mich zu ihr an den Tisch.

Und dann wurden wir plötzlich von dem Geräusch von Schritten auf der Treppe überrascht. Sie näherten sich von unten in einem steten, schwerfälligen Rhythmus; es war keine Eile aus ihnen herauszuhören. Annie und ich sahen einander an und zuckten mit den Achseln. Sie erhob sich von ihrem Stuhl, um auf das Klopfen an der Tür zu warten. Als sie es hörte, öffnete sie die Tür, und wir erblickten Mr. Donnelly, der einen etwas zerzausten und eindeutig übermüdeten Eindruck machte.

Er begrüßte uns beide mit einem matten Lächeln und fragte, ob er Sir John sprechen könne. »Die Autopsie ist abgeschlossen«, sagte er, »und der Leichnam ist auf dem Weg zurück in das große Haus am St. James Square. Ich möchte Sir John kurz Bericht erstatten.«

»Ich bin hier«, ertönte hinter uns die vertraute tiefe Stimme. Sir John kam die Treppe herunter und nahm, wie es seine Art war, die Dinge in die Hand. »Wünschen Sie die Sache unter vier Augen zu besprechen?«

»Das ist nicht notwendig, Sir. Was ich zu sagen habe, lässt sich in wenige Worte fassen, und ich muss auch bald wieder zu Hause sein, um das Ergebnis zu Papier zu bringen.«

»Dann lassen Sie uns hören, was Sie zu sagen haben.«

»In Ermangelung eines sicheren Verfahrens zum Nachweis von Arsen, dem Gift, welches ich im Verdacht habe …«

»Sie nehmen also an, dass Gift im Spiel war?«

»Inzwischen ja, denn ihr Verdauungstrakt wies viele Verletzungen und Geschwülste auf. Um es anschaulicher zu schildern, ihre Speiseröhre und ihre Magenschleimhaut waren vollkommen verätzt, und die Nieren waren ebenfalls stark geschädigt.«

»Diese Symptome deuten also auf Tod durch Vergiftung hin, wenn ich Sie recht verstehe?«

»Jawohl, ganz eindeutig.«

»Und Sie vermuten, dass Arsen verwendet wurde?«

»Ja, richtig.«

»Welche besonderen Gründe haben Sie dafür?«

»Arsen ist leicht zu beschaffen, und jetzt, da ich Zeit hatte, einige Nachforschungen anzustellen, weiß ich auch, dass seine Wirkung vollkommen mit den heftigen Symptomen übereinstimmt, die bei Lord und Lady Laningham aufgetreten sind – starkes Erbrechen mit Blutauswurf, und im Falle von Lady Laningham auch blutiger Durchfall. Es mag bei Lord Laningham ebenso gewesen sein. Ich hatte keine Gelegenheit, ihn nach seinem Tod genau zu untersuchen.«

»Und Sie beabsichtigen, all das in Ihrem Bericht zu erwähnen?«

»Ja, und auch in meiner Zeugenaussage, wie Sie gleich hören werden. Mr. Trezavant hat für zehn Uhr morgen früh eine gerichtliche Untersuchung der Todesursache im Fall von Lady Laningham angesetzt. Da Sie ihm wohl angeboten haben, ihn in den Ablauf einer solchen Sitzung einzuweihen, wünscht er Sie als Beistand an seiner Seite zu haben. Und um es für Sie leichter zu machen, würde er die Untersuchung gerne in Ihrem Gerichtssaal abhalten. Wenn er nichts Gegenteiliges von Ihnen hört, wird er, wie er mir sagte, pünktlich um zehn Uhr hier sein.«

Sir John schwieg einen Moment lang. »Nun«, sagte er dann, »es ist wahr, dass ich in einem Anfall törichter Großzügigkeit angeboten habe, ihm bei seinen ersten formellen Untersuchungen behilflich zu sein. Das ist wohl der Preis, den ich dafür zahlen muss, dass er überhaupt eine Untersuchung anberaumt. Ich werde meine Pflicht tun, da er die seine ebenfalls tut.«

»Dann sehen wir uns also morgen um zehn Uhr, Sir John.«

»Um zehn Uhr. Gibt es noch irgendetwas, was Sie noch nicht gesagt haben und gerne anfügen möchten?«

Nach kurzem Nachdenken erwiderte Mr. Donnelly: »Nur dies: Welche Bedenken ich auch hinsichtlich der medizinischen Kenntnisse des Dr. Diller gehegt haben mag, der mit mir die Autopsie durchgeführt hat, sie wurden zehnfach bestätigt. Der Mann hat nicht die geringste Ahnung von den inneren Zusammenhängen der menschlichen Anatomie. Ich bin überzeugt, dass dies der erste menschliche Körper war, den er je von innen gesehen hat.«

»Und wird Dr. Diller morgen als Zeuge auftreten?«

»Aber selbstverständlich, Sir John. Welch eine Frage!«

8. KAPITEL

In welchem wir einen Gast aufnehmen und eine gerichtliche Untersuchung stattfindet

Da Lady Fielding es für notwendig erachtete, nicht nur die Liste der möglichen Spender fertig zu stellen, sondern auch den Musterbrief, nach welchem ich an jeden derselben schreiben sollte, brachen wir etwas verspätet zu unserem erneuten Besuch in der Half-Moon-Passage auf. Ich begleitete sie, offen gestanden, mit etwas gemischten Gefühlen auf diesem Gang. Natürlich war mir klar, dass man sie im Interesse ihrer Bequemlichkeit und Sicherheit nicht allein gehen lassen konnte; auch sah ich gewiss ein, dass es notwendig war, auf irgendeine Weise mit dem Mädchen in Kontakt zu treten. Aber dennoch hätte ich mir gewünscht, an Mr. Trezavants gerichtlicher Untersuchung der Todesursache im Falle der Lady Laningham teilnehmen zu können. Das hätte ich, ich gestehe es ein, sogar fast vorgezogen.

Endlich kam sie ins Zimmer gerauscht, fertig angezogen für den Ausflug, in der Hand die komplette Liste und den Musterbrief. Sie ließ das Bündel Papiere auf den Küchentisch fallen und warf mir die folgende knappe Anweisung an den Kopf: »Schreib alle Briefe komplett ins Reine bis auf meine Unterschrift.«

»Ja, Ma'am.«

»Und jetzt wollen wir uns auf den Weg zu dieser Lasterhöhle machen, Jeremy.«

Ich trottete folgsam hinter ihr her. Wenn sie einmal in einer dringenden Angelegenheit wie dieser unterwegs war, schien sie dahinzugleiten wie ein stolzes, schnelles Schiff durch das Wasser. Nichts konnte sie aufhalten; ein Narr, wer es versucht hätte.

So flog sie denn in halsbrecherischem Tempo die Treppe hinab, segelte durch den langen Korridor zur Haustür und hinaus auf die Bow Street.

»Jeremy«, rief sie, als ich sie eingeholt hatte, »du musst uns eine Droschke besorgen, denn nach meinem Besuch bei diesem Mädchen, Clarissa, werde ich zum Magdalenenheim weiterfahren müssen. Erkläre dem Kutscher, dass er auf mich warten muss.«

Was sich noch ein oder zwei Stunden zuvor als unlösbare Aufgabe hätte erweisen können, war zu dieser vorgerückten Morgenstunde ein Leichtes. Da war auch schon eine Droschke; der Kutscher stand müßig daneben. Nachdem ich ihm Lady Fieldings Forderungen auseinander gesetzt hatte, brachte er seine eigenen vor.

»Warten kostet extra«, sagte er.

»Einverstanden«, entgegnete ich, »aber wie viel?«

»Einen Penny für eine kurze Zeit und zwei für eine lange.«

»Und wer entscheidet, was eine lange und eine kurze Zeit ist?«

»Na, ich natürlich.«

Dem ließ sich nichts entgegensetzen, und immerhin war der Bursche ja frei, und so bedeutete ich ihm, mir zum Haus Nummer vier zu folgen, wo Lady Fielding wartete, und lief dann voraus.

Die Straßen um Covent Garden herum waren so eng und so verstopft, dass wir den Weg in die Half-Moon-Passage um diese Uhrzeit wohl schneller zu Fuß zurückgelegt hätten. Andererseits war es ein kühler Morgen, und in der Kutsche hatten wir es wärmer als draußen.

Die Half-Moon-Passage war im hinteren Abschnitt – gegen den Strand hin – wenig mehr als ein Durchgang. Da er uns nicht hindurchfahren konnte und Wenden nahezu unmöglich war, hielt der Kutscher in der Bedford Street, schlug auf das Dach der Kutsche und rief uns zu, er werde hier warten; den Rest müssten wir zu Fuß gehen. Das taten wir auch, obgleich Lady Fielding murrte, wir hätten keine Gewissheit, dass die Droschke bei unserer Rückkehr tatsächlich dort sein würde. Ich beruhigte sie, so gut ich konnte, indem ich sie darauf aufmerksam machte, dass der Kutscher sein Geld noch nicht bekommen hatte und daher nötigenfalls wohl bis nach Mittag warten würde. So gelangten wir zu dem baufälligen Haus, das mir inzwischen schon recht vertraut war, durchquerten den mit Abfall übersäten und übel riechenden Hof, stiegen die wacklige Treppe empor, und über den düsteren Korridor erreichten wir endlich die Tür zum Zimmer der Roundtrees.

»Klopf kräftig an die Tür, Jeremy«, sagte sie.

Ich versuchte es, doch beim ersten Schlag meiner geballten Faust sprang die Tür bereits auf. Lady Fielding sah mich fragend an. Ich dachte, Clarissa sei vielleicht ausgegangen, um irgendetwas zu besorgen. Doch war ich misstrauisch genug, um vor Lady Fielding durch die Tür zu treten und mich sogleich in dem Zimmer umzusehen. Was ich dort erblickte, versetzte mir einen gehörigen Schock.

Zur Linken, wo auch das Bett stand, lag Clarissa Roundtree auf ihrem langen, niedrigen Rollbett vor dem Kamin, in dem ein helles Feuer loderte. Eine Frau, die an ihrem Lager gestanden und sich bei unserem Eindringen umgedreht hatte, blickte uns mit einer Miene an, die Bestürzung und Erschrecken ausdrückte.

Lady Fielding schob sich an mir vorbei und ging rasch auf die beiden zu. Wir blickten auf Clarissa herab. Ihr Gesicht war von krankhafter Blässe, ihre Augen geschlossen, und sie zitterte unter ihrer Decke und dem Umhang, der darüber ausgebreitet war. Ich konnte nicht sagen, ob sie bei Bewusstsein war.

»Wie lange ist sie schon in diesem Zustand?«, fragte Lady Fielding.

»Es ist in den letzten zwei Tagen allmählich über sie gekommen«, sagte die Frau, die sich neben dem Mädchen niedergekniet hatte. »Gestern ist es schlimmer geworden, da hat sie dauernd husten müssen und so. Aber heute geht's ihr erst richtig schlecht. Sie zittert, und dann schwitzt sie wieder. Sie ist furchtbar krank.«

»Nun, das sehe ich selbst. Was hat sie? Hat schon ein Arzt nach ihr gesehen?«

»Nein, Ma'am, wir haben hier keinen Doktor, aber mir scheint, es ist 'ne Art Schüttelfrost.«

Die Frau kam mir bekannt vor. Sie war vielleicht Mitte zwanzig, und mit ihrer kräftigen, gedrungenen Statur und ihrem einfachen Kittel hatte sie etwas von einem Bauernmädchen. War es möglich, dass sie das »nackige Weib« war, das ich flüchtig gesehen hatte, als es den Freier in den Gang hinauskatapultiert hatte? Dem Augenschein nach wäre sie dazu körperlich in der Lage gewesen.

»Nun, mein gutes Mädchen«, sagte Lady Fielding, indem sie die Sache in die Hand nahm, »ich fürchte, wir müssen Clarissa mitnehmen, wenn wir wollen, dass sie wieder gesund wird.«

Sie schien mir nicht mehr und nicht weniger als die Wahrheit zu sagen. Das Mädchen auf dem Rollbett sah aus, als sei es dem Tod näher als dem Leben.

»Ich weiß nicht recht, ob ich Ihnen das erlauben kann, Ma'am«, erwiderte die Frau, bei aller Hartnäckigkeit noch auf Höflichkeit bedacht.

Lady Fielding kniete neben ihr nieder, richtete aber ihre ganze Aufmerksamkeit auf Clarissa. Sie legte die flache Hand auf die Stirn des Mädchens.

»Mein Gott«, sagte sie, »das Kind glüht ja vor Fieber!«

»Weiß ich doch«, jammerte die selbst ernannte Krankenschwester. »Ich weiß ja auch nicht, was ich machen soll, um es runterzukriegen.«

»Es ist ja gut; Sie haben sicherlich getan, was Sie konnten. Aber sehen Sie denn nicht, dass sie einen Arzt braucht? Wir können ihr den besten in ganz London besorgen.«

»Ehrlich? Wo wollen Sie sie denn hinbringen?«

»In die Bow Street.«

»Vors Gericht? Aber sie hat doch nix verbrochen!«

»Nein, nein, nicht vors Gericht – sondern in die Wohnung darüber, wo ich zu Hause bin.«

»Ach, Sie sind die Lady, die sie besucht hat und ihr den Mantel geschenkt hat und so?«

»Ja, die bin ich. Ich hätte mich vorstellen sollen. Ich bin Lady Katherine Fielding. Mein Mann ist der Richter am Gerichtshof in der Bow Street.«

»Der Blinde Büttel?«

»So wird er genannt.«

»Also…« Die Frau zögerte, offensichtlich hin und her gerissen. »Sie hat mir nur Gutes von Ihnen erzählt, und sie ist furchtbar krank, also… na, ich denke, es ist das Beste für sie, wenn Sie sie hier rausholen. Aber was soll ich ihrem Papa sagen?«

»Sagen Sie ihm, wir hätten sie mitgenommen, um ihr Leben zu retten. Wenn er sie so sehr liebt wie sie ihn, dann wird er es verstehen.« Sie wartete einen Moment – gerade lange genug, um das zustimmende Nicken der Frau abzuwarten –, und sagte dann: »Packen wir sie ordentlich ein. Wir haben eine Droschke, aber wir müssen sie auf dem Weg dorthin warm halten. Jeremy, wir werden deine Hilfe brauchen.«

Ich half, so gut ich konnte. Sobald die beiden Frauen Clarissas nahezu leblosen Körper in die Decke und den Umhang gewickelt hatten, mit denen sie zugedeckt war, kniete ich nieder und hob sie aus ihrem schmalen Bett heraus. Als ich mich wieder aufgerichtet hatte, versuchte ich ihr Gewicht abzuschätzen und kam zu dem Schluss, dass sie kaum mehr wog als ein großer Sack Kartoffeln; etwas weniger als einen Zentner, vermutete ich. Ich begann auf die Tür zuzugehen, während Lady Fielding noch einen Moment stehen blieb.

»Sie haben ein gutes Herz. So etwas spüre ich«, sagte sie mit leiser Stimme. »Sollten Sie sich jemals entschließen, sich zu bessern, Ihr Leben zu ändern und ein anständiges Gewerbe zu erlernen, dann müssen Sie sich nur bei mir im Magdalenenheim melden. Wir werden einen Platz für Sie finden.«

Was die Frau darauf erwiderte, weiß ich nicht, denn ich war schon draußen vor der Tür, als ihre Antwort kam, und Lady Fielding kam erst heraus, als ich bereits ein Stück den Gang entlanggegangen war. Sie beeilte sich, mich einzuholen. Als ich in die kühle Luft hinaustrat und die Treppe hinunterging, begann Clarissa allmählich aus ihrer Benommenheit zu erwachen. Ihre Augenlider zuckten, doch sie zitterte noch heftiger als zuvor und rang nach Luft. Ihr Atem ging pfeifend wie der eines alten Mannes. Dann bewegten sich ihre Lippen. Sie versuchte zu sprechen. Ich neigte mein Ohr zu ihrem Mund herab, um sie besser verstehen zu können.

»Wo… wohin gehen wir?«

Ich wollte ihr irgendetwas Beruhigendes sagen. »Dorthin, wo du wieder gesund gemacht wirst.«

Lady Fielding kam von hinten heran und wollte wissen, was Clarissa gesagt hatte. Nachdem ich es ihr mitgeteilt hatte, begann sie das Mädchen mit einem stetigen Strom aufmunternder Worte zu überhäufen, der während unseres ganzen Weges über den Hof und durch die Half-Moon-Passage bis zu unserer wartenden Droschke nicht mehr abriss. Ich weiß nicht, ob Clarissa tatsächlich irgendetwas verstehen konnte, doch irgendwie schien sie aufzuleben, während ich sie in meinen Armen über das holprige Pflaster trug.

Die Menschen, denen wir begegneten, schienen alle einen großen Bogen um uns zu machen. Sie schraken zurück, starrten uns an und flüsterten untereinander. Im London jener Tage war die Angst vor allen möglichen Krankheiten noch weiter verbreitet als heute. Ich war daher kaum überrascht, als der Droschkenkutscher, kaum dass wir angelangt waren, heftigen Protest gegen unser Ansinnen erhob, Clarissa in ihrem Zustand in seiner Droschke befördern zu lassen. Doch war ich einigermaßen verblüfft ob der Schärfe, mit der Lady Fielding seinen Einwänden begegnete. Sie drohte ihm mit dem Einfluss des Richters, sie drohte ihm mit den Bow Street Runners, sie versicherte ihm, es sei mehr als wahrscheinlich, dass er nie mehr die Genehmigung erhalten würde, in Westminster oder der City eine Droschke zu betreiben, wenn er nicht bereit wäre, uns in die Bow Street zurückzubringen, und zwar auf dem schnellsten Wege.

Gänzlich eingeschüchtert, gab der Kerl nach, indem er nur noch eine einzige Frage stellte:

»Sie hat doch nicht die Pest oder sonst eine grässliche Krankheit, was?«

»Ganz gewiss nicht!«, antwortete Lady Fielding mit großem Nachdruck.

Ich fragte mich unwillkürlich, wie sie sich eigentlich so sicher sein konnte.

»Na gut«, sagte der Kutscher, »schaffen Sie das Mädchen rein, damit wir's hinter uns bringen können.«

Das war leichter gesagt als getan. Eine Droschkentür ist nicht besonders breit, und Clarissa samt meiner selbst hindurchzuzwängen war ein Unterfangen, das nur mit viel Mühe und einigem Gestoße und Geschiebe zu bewerkstelligen war. Endlich aber war es geschafft, und als ich das Mädchen zu guter Letzt aufrecht auf dem Sitz platziert hatte, fand ich ihre Augen geöffnet und ihren Mund zu einem Lächeln verzogen. Zuerst schien es, als huste sie, doch dann wurde mir klar, dass sie mich in Wirklichkeit auslachte.

»Nun, Miss Pah, ich bin froh, dass du nicht so krank bist, als dass du dich nicht noch ein wenig auf meine Kosten lustig machen könntest. Tut mir Leid, dass es nicht ohne Anstoßen abging. Ich habe mein Bestes gegeben.«

Dann stieg Lady Fielding in die Droschke, schlug die Tür hinter sich zu und nahm neben Clarissa Platz.

»Was ist das denn? Wie, ihr unterhaltet euch? Du solltest sie nicht ermüden, wenn sie wach ist, Jeremy. Komm, mein Kind, lehn dich an mich. Es wird nicht lange dauern, dann hast du es schön warm und kommst in ein ordentliches Bett.« Plötzlich stutzte sie und riss die Augen weit auf. »Herrje, Jeremy! Wo sollen wir sie eigentlich unterbringen?«

Wie ich es vorhergesehen hatte, lautete die Antwort auf diese Frage: in meinem Bett. Das von Sir John und Lady Fielding kam nicht in Frage. Annies Bett war zwar breit genug, doch konnte sie es nicht mit einer Schwerkranken teilen. So blieb nur meines übrig, und ich bot es an, indem ich mich bereit erklärte, auf eine Pritsche vor dem Kamin in der Küche zu schlafen. Mein Angebot wurde angenommen.

Clarissa aus der Droschke herauszubekommen war nicht annähernd so schwer, wie es das Einsteigen gewesen war. Lady Fielding assistierte mir, und Clarissa, die jetzt wieder bei vollem Bewusstsein war, konnte ebenfalls ein wenig mithelfen. Dessen ungeachtet war ich es, der sie in das Haus Nummer vier trug, und ich hätte sie auch bis ins oberste Stockwerk getragen, hätte nicht Mr. Fuller unterwegs seine Hilfe angeboten. Wir stiegen vorsichtig die Stufen empor, stets darauf bedacht, die Last, die wir zwischen uns trugen, nicht zu Schaden kommen zu lassen. Eine solche Aufgabe war nur unter konzentriertem Schweigen zu bewältigen, und so konnte ich in der Stille die Stimmen hören, die von unten aus dem Gerichtssaal zu uns drangen. Eine davon erkannte ich als die von Mr. Donnelly. Ich wusste, dass ich ihn aus der Sitzung holen musste, bevor er sich auf den Nachhauseweg machte.

Nachdem wir also das Mädchen vorsichtig auf meinem Bett in der kleinen Stube im obersten Stock abgesetzt hatten, überließ ich es Lady Fielding, sich weiter um sie zu kümmern, und ging mit Mr. Fuller wieder nach unten. Dort trat ich in den Gerichtssaal und blieb an der Tür stehen, um nach Mr. Donnelly Ausschau zu halten.

Er war nicht schwer zu finden, doch wandte er mir den Rücken zu. Er stand vor Mr. Trezavant und kam soeben zum Schluss seiner Aussage: »… und so möchte ich zusammenfassend feststellen, dass die Geschwüre, welche die Innenwände ihrer Speiseröhre und ihres Magens bedeckten, die Blasen auf ihrer Zunge sowie die Schädigung ihrer Nieren von der Art sind, wie man sie in der Tat in einem Fall von Arsenvergiftung erwarten würde.«

Nachdem er sein Zeugnis abgelegt hatte, schwieg er, während Mr. Trezavant sich kurz mit Sir John beriet, der neben ihm am Tisch saß.

Schließlich entließ Mr. Trezavant Mr. Donnelly und rief Dr. Isaac Diller auf. Als Mr. Donnelly sich umdrehte, um zu seinem Platz zurückzukehren, winkte ich ihm zu. Es gelang mir, seine Aufmerksamkeit zu gewinnen, und ich bedeutete ihm, zur Tür zu kommen. Stirnrunzelnd folgte er der Aufforderung.

»Was ist denn, Jeremy? Hat das nicht noch Zeit?«

»Ich fürchte nein, Sir. Lady Fielding hat eine Patientin ins Haus gebracht, ein Mädchen von ungefähr zwölf Jahren. Könnten Sie nach ihr sehen? Sie scheint sehr krank zu sein – Fieber, Atembeschwerden und all das.«

»Nun ja … also gut. Ich hole nur rasch meine Tasche.«

Während er das tat, ließ ich den Blick noch einmal durch den Saal schweifen und bemerkte, dass sich unter den anwesenden Zeugen Arthur Paltrow, der neue Lord Laningham, sowie Maggie, die Zofe der verstorbenen Lady, befanden. Die Untersuchungskommission war keineswegs beeindruckend; die meisten ihrer Mitglieder waren wohl von der Straße geholt und mit einem Handgeld dazu überredet worden, an der Verhandlung teilzunehmen. Als Mr. Donnelly mit seiner Tasche in der Hand zurückkam, begann sich Mr. Diller soeben in hochtrabenden Worten über seine Qualifikationen und Auszeichnungen auszulassen. So wie er sich anhörte, würde er wohl noch zehn Minuten brauchen, bis er sich endlich herablassen würde, auf den eigentlichen Gegenstand der Untersuchung zu sprechen zu kommen.

Mr. Donnelly nickte mir nur kurz zu, und wir verließen den Gerichtssaal. Ich führte ihn die Treppen hoch und erklärte ihm unterdessen, dass das Mädchen in meinem Bett im obersten Stockwerk untergebracht worden sei.

»Das war vielleicht nicht sehr klug«, meinte er. »Wir wissen nicht, welche ansteckende Krankheit sie möglicherweise in sich trägt.«

»Wie dem auch sei, Sir, dort befindet sie sich jedenfalls.«

»Du sagtest, sie sei erst zwölf Jahre alt?«

»Elf oder zwölf, Sir.«

»Ist das nicht ein wenig jung für eine aus dem Magdalenenheim?«

»Oh, sie ist kein Mädchen aus dem Heim«, erwiderte ich.

»Wie kommt es dann, dass Lady Fielding sie hergebracht hat?«

Ich zögerte. »Das ist eine ziemlich lange Geschichte, Sir.«

»Nun gut, vielleicht ein andermal.«

Wir wechselten kein weiteres Wort, bis wir in meinem Zimmer ankamen. Lady Fielding war dort, sie stand über Clarissa gebeugt und wandte ihr ihre ganze Aufmerksamkeit zu. Über den Umhang und die Decke, in die wir das Mädchen für die Herfahrt eingewickelt hatten, waren jetzt die beiden Decken gebreitet, unter denen ich normalerweise schlief.

»Das Frösteln habe ich eindämmen können«, sagte Lady Fielding, »aber jetzt scheint ihr ein wenig zu warm zu sein.«

Ein paar Schweißtropfen standen auf Clarissas Stirn.

»Es handelt sich allerdings um eine Art Fieber«, sagte der Arzt, indem er Clarissa die Hand auf die Stirn legte. Und dann an Clarissa gewandt: »Kannst du sprechen?«

Sie nickte. »Ein bisschen«, brachte sie nicht ohne Mühe hervor. Sie atmete flach und schwerfällig.

Er setzte sich auf das Bett und zog den Berg von Decken von ihrer oberen Körperhälfte zurück, worauf er das Kleid aufknöpfte, welches sie darunter trug.

»Sie hat so ein ekliges Zeug ausgehustet«, sagte Lady Fielding. »Ich habe es ihr mit meinem Taschentuch aus dem Gesicht gewischt.«

»Ist Blut darin?«

»Nein, sehen Sie selbst.«

Sie schlug das Taschentuch auseinander und enthüllte eine schleimige, graugelbe Substanz. Mr. Donnelly warf einen kurzen Blick darauf und wandte sich dann erneut Clarissa zu. Er legte ihre flache Brust gänzlich frei; sie hatte noch nicht einmal den Ansatz eines weiblichen Busens. Indem er seine Hand leicht auf die eine und dann auf die andere Seite legte, beobachtete er ihr Gesicht.

»Hast du Schmerzen hier in der Brust?«

»Tut weh…« Sie keuchte. »Atmen… rechte Seite… das Atmen… fällt schwer.«

Darauf öffnete er seine Tasche und entnahm ihr ein Gerät, das wie ein kleines Hörrohr aussah. Den Trichter legte er ihr auf die linke Brustseite, an dem anderen Ende horchte er. Nachdem er die rechte Seite auf die gleiche Weise abgehört hatte, wiederholte er die Prozedur, wobei er jedoch mit dem Mittelfinger fest auf die Stelle klopfte, die er abhörte. Dann zog er die Decken wieder über sie und lehnte sich zurück. Er warf zuerst mir, dann Lady Fielding einen Blick zu und wandte sich daraufhin direkt an Clarissa.

»Mein liebes Mädchen«, sagte er, »du leidest an Pneumonie. Das ist nicht eigentlich eine Krankheit, sondern vielmehr ein Zustand; eine Entzündung der Lungen. Zu deinem Glück ist nur eine Lunge betroffen, nämlich die rechte. Zweifellos hat es mit einer Erkältung angefangen, mit einem Katarrh. Hattest du einige Tage vor dem Einsetzen der Schmerzen in der Brust und der Atembeschwerden bereits Schnupfen und Husten?«

Clarissa nickte.

»Nun, dann ist diese Infektion nach unten gewandert und hat sich in der rechten Lunge festgesetzt, die sich daraufhin mit Schleim und anderen Flüssigkeiten zu füllen begann. Solange die Infektion andauert und dieser Schleim in der Lunge sitzt, wirst du Atembeschwerden haben.

Was nun die Behandlung betrifft«, sagte er an Lady Fielding und mich gewandt, »so ist Folgendes zu tun. Sie braucht Flüssigkeit – Wasser und klare Brühe, so viel Wasser, wie sie nur trinken kann, denn das Fieber hat sie ausgetrocknet. Ich werde Ihnen etwas Chinarinde geben, aus der Sie ihr einen starken Tee bereiten sollten. Bei Schüttelfrost wird diese Substanz mit guter Wirkung zur Fiebersenkung eingesetzt, und in diesem Fall müsste sie auch helfen. Sie können beim Apotheker mehr davon bekommen. Ich werde heute Abend wiederkommen, um nach ihr zu sehen, und in der Zwischenzeit werde ich in meinen Büchern nachschlagen, um herauszufinden, ob es irgendetwas gibt, was sonst noch für sie getan werden kann. Im Augenblick ist es am wichtigsten, das Fieber zu senken.«

Dann fragte er Clarissa: »Hast du das alles verstanden, mein Kind?«

Sie nickte wieder.

»Dann erwarte ich, dass du fleißig mithilfst. Du musst viel Wasser trinken, und der Tee wird ziemlich abscheulich schmecken, aber den musst du ebenfalls trinken. Huste so viel von dem Schleim ab, wie du nur kannst. Du musst ihn aus dir herauskriegen. Wir geben dir dafür einen Lappen. Du kümmerst dich doch darum, Jeremy?«

Und nachdem er sie so untersucht hatte, steckte er das Gerät, mit welchem er ihre Lungen abgehört hatte, wieder in seine Tasche und erhob sich, um zu gehen. Er lud mich ein, mit ihm in die Küche zu gehen, wo er mir zeigen wollte, wie der Tee zu bereiten sei.

Nachdem wir dort angelangt waren und ich die entsprechende Anleitung erhalten hatte, hörte ich ihm zu, während er sich noch etwas ausführlicher über den Fall ausließ. »Ich gehe davon aus«, sagte er, »dass es in erster Linie deine und Annies Aufgabe sein wird, für sie zu sorgen. Ich will dir daher noch einige Worte zur Pflege der Patientin sagen. Du hast keinen Kamin in deinem Zimmer, und sie muss es die Nacht über warm haben. Gib ihr noch eine Decke, wenn nötig; ein Kohlenbecken wäre allerdings besser. Habe ich hier nicht irgendwo eines gesehen?«

»Unten, Sir; für die Runners.«

»Stibitze es, borge es, tu, was immer du tun musst. Bring Lady Fielding jetzt das Wasser, und dann fängst du an, den Tee zu bereiten. Er soll ihr zweimal täglich verabreicht werden. Und übrigens, ihr habt alle großes Glück gehabt.«

»Glück? Wieso denn, Sir?«

»Es ist eine riskante Sache, jemanden mit einer noch nicht diagnostizierten Krankheit in sein Haus zu bringen. Zu eurem Glück ist eine Lungenentzündung zwar etwas Ernstes, aber nicht allzu ansteckend. Höchstwahrscheinlich ist sie, wie ich bereits sagte, aus einem Katarrh entstanden. Ihr alle hier seid wohl genährt und kräftig. Ihr solltet einen Katarrh ohne weiteres überstehen können. Das Mädchen dort oben schien mir dagegen unterernährt und untergewichtig und somit, wie so viele Kinder in diesem Viertel, eine leichte Beute für Krankheiten. Wie heißt sie übrigens?«

»Clarissa«, sagte ich. »Clarissa Roundtree.«

»Ein recht ausgefallener Name für ein Mädchen, das in so bescheidenen Verhältnissen lebt. Sie scheint auch ein gutes Englisch zu sprechen, nach dem Wenigen zu urteilen, was ich von ihr gehört habe. Sie hat etwas Vornehmes an sich. Ja, es würde mich interessieren, ihre Geschichte zu hören, doch jetzt muss ich mich nach unten begeben und mich erkundigen, wie die Untersuchung ausgegangen ist.«

»Das Ergebnis dürfte aber doch feststehen, oder etwa nicht?«

»Nichts steht fest, insbesondere dann, wenn man es mit solchen… ach, lassen wir das. Wir werden uns heute Abend gewiss sehen.«

Und so wünschte er mir einen guten Tag und ging die Treppe zum Gerichtssaal hinunter. Was mich betraf, so beeilte ich mich, seinen Anweisungen unsere Patientin betreffend Folge zu leisten. Ich füllte einen Krug mit Wasser und stellte ihn zusammen mit einem Becher auf ein Tablett, um beides nach oben zu bringen. Dann fiel mir ein, was im Krankenzimmer gesagt worden war, und ich nahm einen unbenutzten Lappen aus der Schublade mit meinen Putzutensilien. Mit diesen Gegenständen beladen, machte ich mich sodann auf den Weg nach oben.

»Da bist du ja, Jeremy«, begrüßte mich Lady Fielding.

»Hier ist ein Lappen für ihren Schleim.«

Sie hielt ihn ans Licht und beäugte ihn recht kritisch. »Der könnte sauberer sein«, bemerkte sie.

»Aber er soll doch schließlich schmutzig werden«, wandte ich ein.

»Nun, da hast du wohl Recht.«

»Und hier«, sagte ich, »ist ein Krug Wasser und ein Trinkbecher. Mr. Donnelly sagte, wir sollten ihr so viel geben, wie sie nur trinken kann.«

»Natürlich! Das weiß ich doch. Ich habe ihn durchaus verstanden.«

Sie hatte Recht. Was konnte ich darauf erwidern? Ich sah mich im Zimmer um, und mein Blick fiel auf Clarissa. Trotz ihrer Beschwerden schien in ihren Augen Erheiterung über meine Sprachlosigkeit zu liegen – es war genau der gleiche Blick, den sie mir in der Droschke zugeworfen hatte. Das Mädchen hatte eine spöttische Ader.

»Nun«, sagte ich schließlich, »dann werde ich jetzt nach unten gehen und mich um den Tee kümmern.« Darauf wandte ich mich zum Gehen.

»Jeremy«, rief Lady Fielding mir nach, »verzeih mir, dass ich dich so angefahren habe. Du bist ein guter Junge; der Beste von allen.«

Mit diesem Balsam für meine verletzten Gefühle machte ich mich auf den Weg in die Küche.

An jenem Tag musste ich viel treppauf und treppab laufen. Nachdem der Chinarindentee verabreicht war, kam Annie nach Hause und hörte sich meinen Bericht über die Ereignisse des Morgens an, worauf sie sich in das Krankenzimmer begab, um der Patientin einen Besuch abzustatten und Lady Fieldings Instruktionen entgegenzunehmen. Ich nutzte die Gelegenheit, um nach unten zu eilen, wo ich so viel wie möglich über den Ausgang der gerichtlichen Untersuchung in Erfahrung zu bringen gedachte.

Zu meiner Überraschung war die Sitzung eben erst zu Ende

gegangen. Ich erblickte Mr. Donnelly, wie er aus der Tür des Gerichtssaales trat, dicht gefolgt von Dr. Diller. Auf beide warteten, wie ich vermutete, um diese Stunde noch Patienten. Die Männer, welche die Untersuchungskommission gebildet hatten, standen oder liefen unschuldig umher; offenbar mochten sie noch nicht gehen. Ich suchte Sir John und entdeckte ihn, als er sich gerade von Mr. Trezavant abwandte, der offensichtlich im Aufbruch begriffen war. Sir John schien mir nicht eben glücklich auszusehen. Ich näherte mich ihm vorsichtig, denn nachdem er Mr. Trezavant den Rücken gekehrt hatte, sprach aus seiner Miene nicht mehr nur Missfallen, sondern schiere Verzweiflung. Trotzdem trat ich an ihn heran.

»Sir?«

»Wer ist da? Jeremy? Warst du hier während dieser… dieser…« Er zögerte. »Ist dieser Trezavant noch in Hörweite?«

»Nein, Sir, er ist gerade eben zur Tür hinausgegangen.«

»Dann kann ich es ja aussprechen – während dieser Farce von einer gerichtlichen Untersuchung. Ich muss gestehen, ich will es mit ihm nicht verderben, denn es kann nichts Gutes dabei herauskommen, wenn Richter und Coroner einander Feind sind. Aber er macht es mir bei Gott schwer, meine gute Meinung von ihm zu bewahren.«

»Äh, Sir, ich war nicht dabei.« Obwohl es mir widerstrebte, die Frage zu stellen, glaubte ich es doch tun zu müssen: »Wie lautete das Urteil?«

»Tod durch natürliche Ursachen.«

»Was?« Ich war ehrlich schockiert. »Hat er die Kommission angewiesen, so zu urteilen?«

»O nein, obgleich es wohl kein Unterschied gewesen wäre.« Sir John ließ mich wissen, dass Mr. Donnelly so unklug gewesen war, in seiner Aussage den medizinischen Begriff »Geschwürbildung« zu verwenden, um die Verätzungen in Lady Laninghams Speiseröhre und Magen zu beschreiben. Als Dr. Diller unmittelbar darauf Zeugnis ablegen sollte, hatte er ebenfalls diesen Ausdruck benutzt. Auf Mr. Trezavants Aufforderung, den Begriff zu definieren, hatte der Arzt ihn durchaus korrekt als eine »Zersetzung der oberen Hautschichten, eine Verätzung« erläutert. Weiterhin hatte er erklärt, dieser Zustand habe im vorliegenden Fall die innere Haut – die Magenschleimhaut und die Innenwand der Speiseröhre – betroffen. Worauf der Coroner ihm die scheinbar harmlose Frage gestellt hatte, ob ein solcher Zustand der Eingeweide nicht zuweilen durch natürliche Ursachen hervorgerufen werde, im Zuge einer Erkrankung des Magens. Dr. Diller hatte bestätigt, dass dies manchmal vorkomme. Die vorletzte Frage hatte gelautet: »Hatte Ihr ursprüngliches Urteil über die Todesursache bei Lady Laningham nicht auf akute Verdauungsstörungen gelautet?« Die Antwort: »Zunächst ja, aber –« – »Würden nicht Geschwüre der Art, wie Sie und Mr. Donnelly sie beschrieben haben, zu akuten Verdauungsstörungen führen?« – »Selbstverständlich, aber –«

Der Untersuchungskommission wurde keine Gelegenheit gegeben, die Einwände des Arztes anzuhören. Stattdessen bekam sie eine langatmige Belehrung von Mr. Trezavant über Todesfälle durch Vergiftung zu hören, welche, wie er sagte, äußerst selten seien, sowie über Todesfälle durch Geschwüre »der Art, wie unsere beiden medizinischen Sachverständigen sie beschrieben haben«, die dagegen sehr viel häufiger seien. Im Laufe dieser Zusammenfassung kam er auch auf die Aussage der Zofe zu sprechen, nach der Lady Laningham erklärt habe: »Ich bin vergiftet worden«, worauf sie Sir John Fielding habe rufen lassen. »Doch der Herr Richter ist persönlich vor Ihnen erschienen und hat in seiner Aussage eingestanden, dass er ihr selbst diese Idee in den Kopf gesetzt haben könnte, als er in einem früheren Gespräch die Möglichkeit – die *Möglichkeit* – erwähnte, dass beim Tod ihres Gatten Gift im Spiel gewesen sei.« Mr. Trezavant betonte, dass laut Mr. Donnellys Zeugnis kein chemisches Untersuchungsverfahren bekannt sei, mit dem das Vorhandensein eines Giftes, wie er es im Verdacht hatte, im Körper nachgewiesen werden könne. Lediglich die Auswirkungen des vermuteten Gifts auf den Körper, insbesondere in Gestalt der Geschwüre an der Magenschleimhaut, hätten ihn veranlasst, dies als Todesursache anzunehmen. »Doch wir haben von Dr. Diller gehört, dass Geschwüre dieser Art auch durch Krankheiten verursacht werden können. Die Frage ist nun: Wurden diese Geschwüre durch Gift hervorgerufen, wie Mr. Donnelly uns entschieden nahe gelegt hat, oder existierten sie bereits vor dem Anfall, welcher zu ihrem Tod führte? Im ersten Fall muss Ihr Urteil lauten: ›Vorsätzlicher Mord, begangen durch eine oder mehrere unbekannte Personen.‹ Im zweiten Fall hätte es zu lauten: ›Tod durch natürliche Ursachen.‹ Es liegt an Ihnen und nur an Ihnen, meine Herren Mitglieder der Untersuchungskommission, diese Entscheidung zu fällen.«

Sir John schloss seinen Bericht mit den folgenden Worten:

»Anschließend, Jeremy, hat er der Kommission erlaubt, sich gleich dort in unserem Beisein zu beraten. Sie diskutierten die Angelegenheit lang und breit, wobei sie ab und zu Mr. Trezavant irgendwelche Fragen stellten, die dieser nach seinem Gutdünken beantwortete. Diese so genannte Beratung glich irgendeinem Wortgefecht im Irrenhaus, und sie ergab in etwa ebenso viel Sinn. Ich habe mich so über diese Kommission aufgeregt, dass ich den Sitzungssaal verließ, um mich mit Mr. Donnelly zu unterhalten. Wir waren beide außerordentlich empört. Nach fast einer Stunde kam Trezavant selbst zu dem Schluss, dass sie die Sache lange genug beredet hätten, und verlangte ein Urteil. Und er bekam das, welches er sich gewünscht hatte.«

»Tod durch natürliche Ursachen«, sagte ich.

»In der Tat«, bestätigte Sir John. »Er hatte sie dermaßen verwirrt mit seinem Gerede von…«

Jemand, mit dem wir nicht gerechnet hätten, kam plötzlich auf uns zu, und ich fasste Sir John am Arm, um seinen raschen Redefluss zu hemmen.

Er reagierte mit einem geflüsterten »Was gibt's, Junge?«.

»Lord Laningham ist im Anmarsch – Mr. Paltrow.«

Noch bevor Sir John sich recht wappnen konnte, stand der frisch gebackene Lord auch schon vor uns.

»Sir John, könnte ich Sie wohl einmal sprechen?«

»Selbstverständlich. Nach dem Klang Ihrer Stimme vermute ich, dass Sie Lord Laningham sind.«

»Der bin ich in der Tat. Verzeihen Sie, dass ich mich nicht vorgestellt habe. Ich hatte Ihr Leiden ganz vergessen.«

»Das geht mir selbst oft genauso. Warum gehen wir nicht nach hinten in mein Amtszimmer?«, sagte Sir John zu ihm – und dann zu mir: »Jeremy, komm doch bitte mit uns. Ich möchte, dass du mir die Unterlagen zu dem Goodhope-Fall heraussuchst. Du erinnerst dich gewiss noch daran.«

Dies war ein sehr gezielter Hinweis darauf, dass ich die beiden begleiten sollte, um Lord Laninghams Reaktionen im Laufe der Unterredung, was auch immer sie betreffen mochte, zu beobachten. Die Erwähnung des Goodhope-Falles verlieh der Aufforderung eine besondere Note. Was immer sein Bittsteller im Schilde führte, Sir John beabsichtigte ganz eindeutig, die Gelegenheit zu einer Art Verhör umzufunktionieren.

»Folgen Sie mir einfach, Lord Laningham. Ich kenne den Weg sehr gut. Innerhalb dieser vier Wände finde ich mich so gut zurecht wie jemand mit zwei gesunden Augen.«

Mit diesen Worten ging er sicheren Schrittes voran und fand den Weg ohne Zwischenfall. Ich trottete hinter den beiden her. Kein Wort wurde zwischen uns gewechselt, bis wir drei unsere Plätze in dem Hinterzimmer eingenommen hatten, von welchem Sir John gesprochen hatte. Ich hatte einen Augenblick Zeit, mir Lord Laningham genauer anzusehen, und ich bemerkte einen sonderbaren dunklen Schatten um seine Augen herum. War er schon dort gewesen, als ich ihm im Crown and Anchor zum ersten Mal begegnet war? Jedenfalls war mir damals nichts aufgefallen.

Während ich mir irgendeine Kiste mit Akten herausgriff und darin herumzuwühlen begann, beugte sich Sir John an seinem Schreibtisch vor und verharrte reglos in dieser Haltung, gerade so, als wenn er sein Gegenüber durch das schwarze Seidenband hindurch, welches seine blinden Augen bedeckte, lange und intensiv anstarren wolle. Mehr als einmal hatte er mir gesagt, dass Schweigen in Situationen wie dieser sich als eine wirksame Waffe erweisen könne. Derjenige, auf den Sir John seine Aufmerksamkeit gerichtet hatte, rückte unruhig auf seinem Stuhl hin und her, und nach einer langen, für ihn sichtlich unbehaglichen Pause ergriff er endlich das Wort.

»Vielleicht«, sagte er, »ist dies nicht der passende Moment zum Reden.«

»Im Gegenteil«, erwiderte Sir John, »er ist ebenso passend wie irgendein anderer. In etwa einer halben Stunde beginnt meine Gerichtssitzung. Ich hoffe, was Sie zu sagen haben, wird nicht so viel Zeit in Anspruch nehmen.«

»O nein, nicht annähernd.«

Sir John wartete einfach.

»Man hat auf mich geschossen«, begann Lord Laningham.

Wieder ließ die Reaktion auf sich warten. Schließlich sagte der Richter: »Schildern Sie den Vorfall.«

»Äh, ja, natürlich. Ich saß gestern Abend am Schreibtisch in meinem Arbeitszimmer und war damit beschäftigt, meine Papiere zu ordnen. Das Zimmer befindet sich im vorderen Teil des Hauses, obgleich links vom Eingang aus gesehen. Es war schon sehr spät, nach Mitternacht, und das Personal hatte sich bereits zur Nachtruhe zurückgezogen. Ich hatte die Vorhänge offen gelassen, was wahrscheinlich unklug war, und durch die Kerzen auf dem Schreibtisch, die ich für meine Arbeit brauchte, muss ich von der Straße aus deutlich sichtbar gewesen sein. Gänzlich ohne Vorwarnung – ich hatte niemanden gesehen – durchschlug eine Kugel die Fensterscheibe, sie verfehlte mich um etwa einen Fuß und bohrte sich hinter mir in die Wand.«

»Und was taten Sie dann?«

»Nun, ich warf mich hinter dem Schreibtisch auf den Boden, für den Fall, dass ein zweiter Schuss dem ersten folgen sollte.«

»Und war dem so?«

»Nein. Einen Augenblick später hörte ich, wie jemand draußen davonlief, und ich glaubte nunmehr gefahrlos über den

Fußboden zum Fenster kriechen zu können, wo es mir gelang, die Vorhänge zu schließen, ohne gesehen zu werden. Die Vorhänge sind aus sehr dickem Stoff, und als ich sie zugezogen hatte, war ich überzeugt, dass man von draußen nicht mehr ins Zimmer sehen konnte. So hielt ich es für sicher, mich zu erheben, und ich ging hinaus auf den Korridor, wo ich mit lauter Stimme ›Hallo!‹ rief – ich hoffte, der Schuss hätte einen der Diener geweckt, doch es war niemand zu sehen oder zu hören. So schloss ich also die Tür zur Straße auf und spähte hinaus. Ich sah niemanden. Ganz langsam und vorsichtig wagte ich mich dann bis zum Gehweg vor. Am oberen Ende des Square sah ich nichts und niemanden. Doch auf der anderen Seite erblickte ich eine Gestalt – ich erkannte sie nicht sehr deutlich, denn es war neblig –, die in Richtung Pall Mall davoneilte. Die Entfernung war zu groß, als dass ich die Verfolgung hätte aufnehmen können, und natürlich konnte ich auch nicht absolut sicher sein, dass es derjenige war, welcher durch das Fenster auf mich geschossen hatte, und so blieb mir keine andere Wahl, als ins Haus zurückzugehen.«

(Ich sollte erwähnen, geneigter Leser, dass es mir damals beim Zuhören so vorkam, als erzähle er die Geschichte allzu glatt und flüssig. Sie klang nicht so sehr wie der Bericht eines Mannes, der ein erschreckendes Erlebnis gehabt hat, sondern wie etwas, was er aufgeschrieben und auswendig gelernt hatte. Er versah sie sogar mit begleitenden Gesten; so legte er eine Hand an den Mund, um sein »Hallo« zu demonstrieren, und er spielte uns vor, wie er mit entschlossener Miene und zwei Pistolen in den Händen aus dem Haus getreten war. Ich fand das äußerst seltsam. Sir John konnte die Gesten ja nicht sehen, und für mich konnten sie auch nicht gedacht sein, denn er würdigte mich keines Blickes, während ich fortfuhr, in meinen Papieren zu wühlen.)

»Und was dann?«, fragte Sir John recht streng.

»Ja … also … ich weiß nicht«, stammelte er. »Lassen Sie mich überlegen.« Musste er jetzt tatsächlich sein Gedächtnis anstrengen, oder sah er sich plötzlich gezwungen, zu improvisieren?«

»Ist irgendeiner der Bediensteten aufgetaucht, als Sie in das Haus zurückkehrten?«

»Was? Nein, nein.« Er zögerte. »Nun, so weit ich mich entsinne, ging ich in mein Arbeitszimmer zurück, trank zwei Gläser Brandy und ging schließlich zu Bett. Ich war – nun, wie Sie sich vorstellen können, war ich sehr … sehr verstört durch das, was geschehen war.«

»Selbstverständlich.« Jetzt erst legte der Richter seine kühle, reservierte Art ab. Wie um den Wandel deutlich zu machen, lehnte er sich zurück und nahm eine ganz ungezwungene Haltung ein, das Kinn in die Hand gestützt. »Sagen Sie, Lord Laningham, haben Sie irgendeine Vorstellung, wer diesen Überfall verübt haben könnte und aus welchem Grund?«

»Ich habe in der Tat einen gewissen Verdacht«, antwortete er. Plötzlich redete er wieder freier. »Als der verstorbene Lord Laningham mich in London willkommen hieß, setzten wir uns in eben jenem Arbeitszimmer zusammen und unterhielten uns. Er schien zu spüren, dass er nicht mehr lange zu leben hatte, wenngleich nicht einmal er selbst ahnen konnte, dass sein Tod so nahe war und dass er in so grässlicher Gestalt und unter derart tragischen Umständen vor den Augen der Öffentlichkeit eintreten würde.«

Bevor er fortfahren konnte, hob Sir John die Hand, um ihn zu bremsen. »Wenn ich Sie kurz unterbrechen dürfte«, sagte er, »wann fand dieses Gespräch statt?«

»Gleich nachdem wir nach London gezogen waren.«

»Und wann war das?«

»Ungefähr – ja, wann war das wohl? Ich denke, ja, vor etwa sechs Monaten – nein, so lange ist es nicht her. Es war Ende August.«

»Vielen Dank. Fahren Sie bitte fort.«

»Lassen Sie mich überlegen, wo war ich stehen geblieben?«

»›… dass er unter derart tragischen Umständen vor den

Augen der Öffentlichkeit eintreten würde‹«, gab ihm Sir John sein Stichwort, als ob es sich um eine Theaterprobe handelte.

»Ach ja, genau. Bei diesem Treffen zeigte er sich mir gegenüber sehr großzügig. Er lieh mir eine gewisse Summe in bar und überreichte mir zudem ein Empfehlungsschreiben an seine Bank. Daraufhin ließ er mich wissen, dass mit dem Titel des Earl of Laningham, dem ich, wie er meinte, gewiss schon mit Freuden entgegensähe, auch die Last einer tödlichen Gefahr verbunden sei. Er erklärte, er habe vor einiger Zeit einen anonymen Brief erhalten, der in allen Einzelheiten das angebliche Unrecht aufführte, welches der Familie des Schreibers über den Zeitraum von zwei Generationen zugefügt worden sei – geraubte Ländereien, ein ruiniertes Geschäft und dergleichen mehr. Der Brief habe mit einer entsetzlichen Rachedrohung geendet. Der Unbekannte schwor, er werde das erlittene Unrecht heimzahlen, indem er das gesamte Geschlecht der Laninghams auszulöschen gedachte. Nun, der selige Lord wusste nichts von diesen angeblichen Schandtaten. Sein Vater hatte ihm nichts davon erzählt, und er hatte eine so hohe Meinung von dem alten Herrn, dass er unmöglich glauben konnte, es sei etwas Wahres daran. Folglich weigerte er sich, die Beschuldigungen und die Rachedrohung auch nur im Entferntesten ernst zu nehmen. Er vernichtete den Brief und sagte niemandem irgendetwas davon.

All dies ereignete sich im Sommer oder möglicherweise im späten Frühjahr auf unserem Landsitz nahe Laningham. Dort hatte er den Brief erhalten. Eines Tages aber war er allein ausgeritten und galoppierte soeben am Waldrand entlang über die Felder, als er plötzlich in einiger Entfernung einen Schuss hörte. Die Kugel verfehlte ihn nur knapp und schlug in einen nahen Baum ein, sodass das Pferd scheute und umherzuspringen begann. Der Schuss war aus einer Muskete abgefeuert worden, doch er wusste nicht, aus welcher Richtung. Da er unbewaffnet war und dem Schützen keine Zeit zum Nachladen geben wollte, machte er kehrt und ritt so schnell er konnte nach

Hause zurück. Danach ist er nie wieder allein und unbewaffnet ausgeritten. Kurz nach diesem Vorfall erhielt er einen zweiten Brief, in dem man ihm zu seinem Glück gratulierte, der für ihn bestimmten Kugel entgangen zu sein, zugleich aber die Drohung auf unmissverständliche Weise erneuerte: ›Ich werde Sie auf Schritt und Tritt verfolgen‹, schrieb der Unbekannte.«

»Und dieser Brief wurde ebenfalls vernichtet?«, warf Sir John ein.

»Ja, in der Tat; mein Onkel sagte, er habe Lady Laningham nicht in Angst versetzen wollen.«

»Vielleicht hätte er sie besser in Angst versetzt, denn der Kerl hat sich offenbar auch an ihr gerächt.«

»Sie glauben also, dass sie ermordet wurde? Vergiftet?«

»Ich bin vollkommen überzeugt davon«, antwortete Sir John mit dem Anflug eines Lächelns.

»Nun«, sagte der Lord, »dann müssen Sie auch annehmen, dass mein Onkel das Opfer des anonymen Briefeschreibers war.«

»Das wäre doch nur logisch, oder?«

»Ja, gewiss – die Übereinstimmungen in der Art und Weise, wie sie zu Tode kamen und all dies – gewiss wäre es logisch. Aber ich habe aus derselben Weinflasche getrunken, aus der auch er zuletzt trank. Der Wein stammte aus seinem eigenen Vorrat und schmeckte nicht anders als die anderen, die wir an jenem Abend getrunken hatten.«

»Davon bin ich unterrichtet. Kein Unterschied im Geschmack, sagen Sie?«

»Nein«, antwortete Laningham mit großer Bestimmtheit. »Wäre es vielleicht möglich, dass das Essen, welches er an jenem Abend zu sich nahm, vergiftet war?«

»Alles ist möglich.«

»Das ist höchst – nun ja, natürlich ist es … höchst besorgniserregend.«

»Ja, das sollte es sein, denn es bedeutet gewiss, dass Sie ebenfalls in Gefahr sind. Der Schuss, der durch Ihr Fenster gefeuert wurde, bestätigt das. Wann immer Sie sich auf der Straße zeigen, müssen Sie die Kugel des Mörders fürchten. Jede Mahlzeit, die Sie zu sich nehmen, ist verdächtig. Sie und vielleicht Ihre gesamte Familie könnten dem finsteren Wirken dieses Rächers zum Opfer fallen.«

»Was kann ich denn tun?«, jammerte er.

»Als Erstes müssen Sie eine Art Leibwache bekommen. Viele unserer Männer des öffentlichen Lebens haben solche Beschützer; ehemalige Soldaten, die im Umgang mit Waffen geübt sind und sie begleiten, wann immer sie sich unters Volk mischen. Das Allermindeste wäre, dass Sie einen Ihrer Diener bewaffnen, einen Lakaien vielleicht, und ihn entsprechend ausbilden lassen. Lassen Sie *ihn* hinausgehen und nachsehen, sollte wieder einmal ein Schuss in der Nacht fallen. Was mögliche Anschläge auf Ihr Leben durch Gift betrifft, nun, so wäre vielleicht an einen Vorkoster zu denken, wenn das auch vielleicht etwas zu weit geht. Ich habe mit Ihrer Köchin gesprochen. Sie scheint mir im Allgemeinen recht verlässlich, und ich zweifle nicht, dass sie dem verstorbenen Lord und der Lady bereits seit vielen Jahren treu diente. Erkundigen Sie sich bei Ihrem Butler, welche der Bediensteten noch kein ganzes Jahr im Hause sind – und welche von diesen im vergangenen Frühjahr mit der Familie nach Laningham gereist sind, als der erste Brief eintraf und der erste Anschlag erfolgte.«

»Ach was, ich werde gleich das ganze Personal auswechseln«, erklärte Lord Laningham.

»Das wäre vielleicht nicht sehr klug«, meinte Sir John. »Sie kennen ja diesen geheimnisvollen Verschwörer nicht. Es könnte passieren, dass Sie ihn einstellen, ohne es zu wissen.«

»Da haben Sie natürlich Recht!«

»Und versuchen Sie mit allen Mitteln hinter seine Identität zu kommen. Tun Sie, was Ihr Onkel zu tun versäumt hat. Forschen Sie in den Aufzeichnungen der Laninghams nach. Vielleicht ist tatsächlich irgendwann in der Vergangenheit einer benachbarten Familie ein vermeintliches Unrecht angetan worden. Achten Sie darauf, ob irgendein Name wiederholt auftaucht. Warum sollten Sie wegen der Sünden eines Großvaters oder eines Urgroßvaters leiden, hm?«

»Völlig richtig, aber… aber sämtliche Unterlagen dieser Art werden in unserem Familiensitz aufbewahrt.«

»Dann tun Sie es, sobald Sie wieder einmal dort sind.« Sir John machte eine Pause und nickte bedächtig. »So, Mylord, nun habe ich Ihnen einige praktische Maßnahmen genannt, die Sie ergreifen sollten, um Ihre Sicherheit und die Ihrer Familie zu gewährleisten. Folgen Sie meinem Rat, und es wird Ihnen sehr viel besser gehen, das versichere ich Ihnen. Aber wenn Sie mich nun bitte entschuldigen würden; ich muss mich auf meine Gerichtssitzung vorbereiten.«

Mit diesen Worten erhob sich Sir John, und Lord Laningham tat es ihm gleich, wenn auch etwas widerstrebend – so schien es mir jedenfalls.

»Ich habe nur noch eine Frage an Sie«, sagte der Richter.

»Ach? Und, äh, nun ja, die wäre?«

»Warum sind Sie nach London gekommen?«

Die schlichte und direkte Art, in der diese Frage gestellt wurde, traf den armen Mann völlig unvorbereitet. Nachdem er eine ganze Weile herumgedruckst hatte, brachte er schließlich heraus, dass er auf Einladung seines Onkels gekommen sei.

»Aber für einen so langen Aufenthalt gleich Ihre ganze Familie mitzubringen – was haben Sie damit bezweckt?«

»Meine Töchter«, lautete die etwas rätselhafte Antwort.

»Das verstehe ich nicht.«

»Sie sind beide noch zu jung, um in die Gesellschaft eingeführt zu werden. Felicity ist erst vierzehn und Charity ein Jahr jünger. Doch Pamela und ich waren der Ansicht, sie seien alt genug, um… sozusagen Bekanntschaft mit der großen Welt zu machen. Sie sind, fürchte ich, als ganz einfache Mädchen vom Lande aufgewachsen. Wir haben sie ein paar Mal in die Vauxhall Gardens mitgenommen, bevor sie für dieses Jahr geschlossen wurden, und haben oft das Theater besucht. Wir wollten ihnen zeigen, wie richtige Ladys sich benehmen. Pamela hat damit begonnen, sie in Sachen Manieren und Umgangsformen unter die Fittiche zu nehmen.«

»All dies in Erwartung des Titels, den Sie nunmehr geerbt haben?«

»Äh, nun… doch, doch, ja. Mein Onkel wünschte es so. Und…«

»Und was?«

»Wir wollen nur das Beste für unsere Töchter.«

»Wie alle Eltern. Aber nun danke ich Ihnen, Lord Laningham, für Ihre Mitteilung über diesen schrecklichen Überfall. Ich werde Mr. Bailey anweisen, in absehbarer Zukunft immer einen unserer Männer nach Mitternacht zum St. James Square auf Patrouille zu schicken. Darüber hinaus kann ich nicht viel tun, außer vielleicht, indem ich meine Ratschläge dahingehend ergänze, dass es klug wäre, die Vorhänge nachts geschlossen zu halten.«

»Daran hatte ich bereits selbst gedacht. Ja, natürlich, das wäre wohl ratsam. Aber ich wollte Sie noch bitten, dies hier anzunehmen.«

Mit diesen Worten zog Lord Laningham etwas aus der Tasche, das wie ein Brief aussah, und drückte es Sir John in die Hand.

»Was haben Sie mir da gegeben?«, fragte Sir John ein wenig argwöhnisch.

»Eine Einladung zu einer schlichten Veranstaltung in unserem Hause. Sie wird selbstverständlich nach der Beisetzung meiner Tante stattfinden, und in Anbetracht der Umstände habe ich angeordnet, dass die Musik von entsprechend ernstem Charakter zu sein habe.«

»Musik? Ich verstehe nicht recht.«

»Sie werden es noch verstehen. Es steht alles in der Einladung. Ich habe mich entschlossen, sie persönlich zu überreichen, um Sie selbst um die Ehre Ihrer Anwesenheit bitten zu können – wobei ich Lady Fielding selbstverständlich mit einschließe.«

»Nun, ich...«

»Lassen Sie mich einfach mit ein paar Zeilen wissen, dass Sie annehmen. Und nun danke ich Ihnen recht herzlich, Sir John, und wünsche Ihnen noch einen guten Tag.«

Er machte kehrt und marschierte zur Tür hinaus, die er sorgfältig hinter sich schloss.

»Jeremy, komm her und lies mir diese... diese Einladung vor.«

Ich war bereits an seiner Seite. Ich nahm das Schreiben aus seiner Hand und erbrach das Siegel. Als ich das Blatt entfaltet hatte, erblickte ich eine Schrift, die so voller Schnörkel und weit ausladender Rundungen war, dass sie mir zunächst ganz und gar unlesbar erschien. Nach und nach jedoch gelang es mir, sie zu entziffern.

»Es ist äußerst kunstvoll geschrieben«, bemerkte ich.

»Nun, gib dein Bestes.«

»An Sir John und Lady Fielding: Wir erbitten höflichst die Ehre Ihrer Anwesenheit bei einem Abendessen im Hause von Lord und Lady Laningham am kommenden Sonntag um acht Uhr, gefolgt von einer musikalischen Darbietung am Pianoforte von Herrn Johann Christian Bach.«

Sir John hörte aufmerksam zu, während das Lächeln auf seinem Gesicht breiter und breiter wurde. Als ich geendet hatte, brach er in schallendes Gelächter aus.

»Na, der Bursche hat vielleicht Nerven«, sagte er. »Das muss man ihm lassen. Ein ganz schön dreister Zug.«

»Was sagen Sie zu ihm, Sir?«

»Oh, eine ganze Menge. Ich erkenne in ihm zunächst einen Mann, der im normalen Gespräch dermaßen unsicher ist, dass er die wesentlichen Punkte dessen, was er sagen will, aufschreiben und anschließend auswendig lernen muss.«

»Würden Sie nicht sagen«, legte ich ihm nahe, »dass dies seine Aussagen unglaubwürdig macht?«

»Nicht unbedingt. Er verplappert sich gewiss recht oft, wenn er aus dem Stegreif sprechen soll, wenn er Fragen beantworten muss und dergleichen. Vielleicht wollte er seinen Vortrag nur in eine angemessene Form bringen – und vielleicht auch durch einige wohlgesetzte Formulierungen ausschmücken. Was die Geschichte betrifft, die er erzählt hat, so sind solche Racheaktionen durchaus nicht undenkbar, und es hat sie auch schon gegeben, insbesondere in ländlichen Gegenden des Königreichs wie der Heimat der Laninghams. Ich bin mir sicher, dass im Fenster seines Arbeitszimmers ein Loch ist, doch ich gestehe, dass ich weit eher bereit wäre, seine Angaben zu akzeptieren, wenn er in der Lage gewesen wäre, jene Drohbriefe vorzulegen, die sein Onkel angeblich erhalten hat. Sagen wir, dass ich das, was er uns vorgetragen hat, weder unbesehen glaube noch gänzlich verwerfe.«

»Er hat seine Geschichte sogar mit Gesten unterlegt wie ein Schauspieler.«

»Tatsächlich?« Sir John musste kichern, als er das hörte. »Aber sag mir, Jeremy, ist dir sonst noch etwas aufgefallen? Etwas, was mir vielleicht entgangen ist?«

»Nein … oder doch, vielleicht eine Sache. Ich habe einen seltsamen dunklen Schatten um seine Augen herum bemerkt, der mir bei meiner ersten Begegnung mit ihm nicht aufgefallen war.«

»Hmmm. Was könnte die Ursache dafür sein, frage ich mich? Sorgen? Schlafmangel? Schuldgefühle? Ich werde darüber nachdenken müssen. Jetzt muss ich aber zusehen, dass ich in den Gerichtssaal komme.«

Erst als ich mich bei Mr. Marsden von ihm verabschiedet hatte, fiel mir ein, dass ich Sir John nichts von dem Gast erzählt hatte, der in meinem Bett untergebracht worden war. Dann kam mir der Gedanke, dass es so vielleicht ganz gut sei. Es war Lady Fieldings Entscheidung gewesen, Clarissa mit nach Hause zu nehmen – obwohl ich, hätte sie mich gefragt, sicher zugestimmt hätte –, und so sollte es wohl ihr überlassen bleiben, ihn von der Anwesenheit des Mädchens in Kenntnis zu setzen. Also war alles so weit in Ordnung.

Das Holzkohlenbecken stand neben der Tür zur Bow Street. Dort wärmten sich die Runners die Hände, wenn sie des Nachts zurückkamen. Und um diese Zeit würde es auch vermisst werden, weshalb es besser schien, es am Tage zu entfernen. Es war nichts weiter als eine große, runde, schwere Eisenpfanne, nicht ganz flach natürlich, sondern am Rand um einige Zoll höher als in der Mitte. Im Augenblick befanden sich keine Kohlen darin, weder glühende noch kalte – Mr. Fuller musste es wohl geleert haben –, und so musste ich es nur noch mittels der an beiden Seiten angebrachten Griffe die Treppe hochtragen. Es wäre alles so leicht gewesen, wäre nicht just in dem Moment, als ich auf die Treppe zuging, Mr. Fuller mit drei Gefangenen, von denen nur einer Handschellen trug, aus der Arrestzelle gekommen, um sie in den Gerichtssaal zu führen. Er sah mich fragend an, und dann verzerrte ein gar finsterer Blick seine Züge und machte sein ohnehin nicht sehr ansprechendes Gesicht noch hässlicher.

»Heda, Jeremy, wo willst du denn hin mit dem Ding?«

»Nach oben zu dem kranken Mädchen. Mr. Donnelly hat gesagt, sie müsste es warm haben, und in dem Zimmer ist kein Kamin.«

»Na, wenn der Doktor das sagt, wird's wohl in Ordnung sein. Hättest aber erst fragen sollen.«

»Sie haben Recht, Mr. Fuller. Es tut mir Leid.«

Und ich eilte hinauf in die Küche, wo ich ein paar glühende Kohlen aus dem Kamin in das Kohlenbecken schaufelte und sie durch frische ersetzte. Ich schichtete sie so, dass das Feuer für den Rest des Tages gleichmäßig brennen würde. So würden wir für die Nacht so viele glühende Kohlen haben, wie wir brauchten. Anschließend schleppte ich das nunmehr schwerer gewordene Becken die Treppe hoch.

Annie war dort im Krankenzimmer; sie saß neben dem Bett, in dem die Patientin inzwischen eingeschlafen war. Sie ermahnte mich, leise zu sein, indem sie den Finger an die Lippen legte. So behutsam wie möglich setzte ich das Kohlenbecken auf einem

Hocker nahe dem Fenster ab. Dann öffnete ich das Fenster einen kleinen Spalt breit. Im Nu stand Annie neben mir.

»Warum machst du denn das Fenster auf?«, zischte sie. »Sie wird einen Zug kriegen. Dann wird sie noch kränker.«

»Der Rauch muss schließlich irgendwo abziehen«, erwiderte ich voller Überzeugung. »Wenn er nicht abziehen kann, wird sie dran ersticken.«

Und dann machte ich sie darauf aufmerksam, wie der aus dem Kohlenbecken aufsteigende Rauch durch den Spalt im Fenster nach draußen gesogen wurde. Sie nickte, offenbar beschwichtigt, und packte dann ihre Bücher zusammen.

»Das Mädchen atmet schon leichter – wie heißt sie noch mal? Ich hab's vergessen.«

»Clarissa.«

»Also, ich muss jetzt los und bei Mr. Tolliver im Garden Fleisch und einen guten Knochen für ihre Fleischbrühe kaufen, und auch eine Hammelkeule für unser Abendessen.«

»Tut mir Leid, ich hatte keine Zeit…«

»Ich weiß schon«, unterbrach sie mich. »Bleib hier bei ihr, ja? Lady Fielding ist zum Magdalenenheim gefahren. Wenn das Mädchen aufwacht, wär's gut, wenn jemand in der Nähe wäre.« Annie wies mit einer Kopfbewegung auf das Bett. »Sie scheint wirklich in Ordnung zu sein. Hat ein bisschen geredet.«

»Geh schon«, sagte ich. »Tu, was getan werden muss.«

»Ich bin nicht lange weg«, sagte sie, »aber nachher muss ich die Brühe kochen, und das dauert eine Weile.«

Sie winkte mir zum Abschied noch rasch zu und verließ dann lautlos das Zimmer.

Ich machte es mir auf dem Stuhl neben dem Bett bequem und sah mir die Patientin an. Ihr Zustand schien sich tatsächlich ein wenig gebessert zu haben. Sie atmete jetzt etwas tiefer und leichter. Ihre Wangen waren zwar alles andere als rosig, doch waren sie nicht mehr ganz so leichenblass wie am Morgen, als ich sie aus ihrem Zimmer in der Half-Moon-Passage getragen hatte. Sie schwitzte nicht, und das Zittern hatte ebenfalls aufgehört. Ja, all dies zusammengenommen hieß, dass sie eindeutig Fortschritte gemacht hatte.

Ich fragte mich, ob das Kohlenbecken den Raum wohl richtig heizen würde. Vielleicht hatte Annie Recht gehabt. Vielleicht würde der kleine Spalt, um den ich das Fenster geöffnet hatte, der Patientin eher schaden als nützen. Ich wandte mich um und warf einen prüfenden Blick auf Kohlenbecken und Fenster. Ja, der Rauch zog tatsächlich ab, wie ich es vorausgesagt hatte. Dann fiel mir auf, dass die Zimmertür offen stand. Ich konnte nicht hoffen, den Raum richtig zu heizen, solange die Wärme über die Treppe ins Haus entwich. Ich stand vorsichtig auf, schlich auf Zehenspitzen zur Tür und schloss sie so leise wie möglich. Doch als ich zu meinem Stuhl zurückkehrte, fand ich Clarissas Augen offen und auf mich gerichtet.

»Du … hast mich nicht geweckt«, sagte sie, meine Gedanken lesend.

»Wie fühlst du dich?«

»Besser … Ich …«

Und dann wurde sie von einem Hustenanfall geschüttelt. Sie richtete sich mühsam im Bett auf, und ich versuchte ihr dabei zu helfen, da ich annahm, sie müsse wissen, was das Beste sei. Sie griff nach dem Lappen, den ich ihr gebracht hatte, und hielt ihn sich gerade rechtzeitig vor den Mund, um einen großen Klumpen Schleim darin aufzufangen. Vor Anstrengung nach Luft schnappend, zeigte sie auf den Trinkbecher. Ich füllte ihn und hielt ihn ihr an die Lippen. Obgleich sie nicht so viel trank, wie ich erwartet hatte, schien sie das, was sie trank, dringend zu brauchen. Daraufhin legte sie sich wieder zurück und begann Zug um Zug wieder regelmäßiger zu atmen. Sie lächelte mich an und schien eine Unterhaltung zu wünschen, doch hielt ich es für das Beste, wenn sie auf das Sprechen verzichtete. Und so setzte ich zu einer Art Monolog an, welcher, wie ich hoffte, alle ihre Fragen beantworten würde.

»Du bist bei uns in der Bow Street Nummer vier«, sagte ich mit gespielter Fröhlichkeit, denn ich gedachte sie aufzumuntern.

»Die schöne Frau, die dich hierher gebracht hat, hast du natürlich schon vorher kennen gelernt. Es ist Lady Katherine Fielding, die Gattin von Sir John Fielding, dem vorsitzenden Richter des hiesigen Gerichtshofs, welcher sich im Erdgeschoss des Hauses befindet. Die junge Dame, die sich um dich gekümmert hat, bevor ich kam, heißt Annie Oakum und ist die beste Köchin in ganz London, wie du selbst feststellen wirst, wenn du wieder ordentliche Mahlzeiten essen kannst. Das wird allerdings noch ein Weilchen dauern, denn der Arzt, der dich behandelt hat – dieser fähige Bursche aus Irland, der gewiss der beste Arzt in ganz London ist –, hat dich vorläufig auf Diät gesetzt und dir ausschließlich klare Fleischbrühe verordnet. Ach ja, sein Name ist übrigens Gabriel Donnelly. Und mich kennst du natürlich schon von unseren angenehmen Unterhaltungen in deiner Wohnung in der Half-Moon-Passage her. Nun, und das hier« – ich machte eine ausladende Geste – »ist mein Zimmer. Du bist mein Gast hier. Bitte beachte die luxuriöse Einrichtung – das Bett, mit dem du bereits enge Bekanntschaft gemacht hast, den Stuhl, den Hocker. Was will der Mensch mehr? Ein bisschen klein, zugegeben, und ein bisschen kalt im Winter, aber du als Gast genießt jetzt die Wärme eines Kohlenbeckens, das ich unten entwendet habe.« Ich sah mich um. »Hab ich etwas vergessen? Ich glaube nicht.«

»Bücher«, sagte sie mit ihrer schwachen Stimme.

»Ach ja, die Bücher. Ich habe ein paar davon, oder vielleicht mehr als ein paar, denn in diesem Zimmer hier befinden sich viele, die Sir Johns verstorbenem Bruder Henry gehört haben, der selbst Richter am Bow Street Court war, aber weit größere Bekanntschaft als Autor erlangt hat.«

Da nahm eine Idee in meinem Kopf Gestalt an. Ich wusste, dass ich dieses törichte Geplapper nicht endlos würde fortsetzen können. Doch ihre leuchtenden Augen ließen deutlich erkennen, dass sie wünschte, ich möge irgendwie fortfahren. Vielleicht …

»Miss Pah«, sagte ich zu ihr, »wünschen Sie, dass ich Ihnen etwas vorlese?«

Sie bejahte mit einem energischen Nicken.

Nun stellte sich natürlich die Frage, was ich der jungen Patientin vorlesen sollte. Ich ließ den Blick über die zwei Bücherregale gleiten, während ich darüber nachsann. Nicht alle Bücher eignen sich zum lauten Lesen. Hätte ich zu einem Band desjenigen Werkes gegriffen, auf dessen Besitz ich am stolzesten war, nämlich die *Institutionen des englischen Rechts*, so hätte ich das arme Mädchen wohl zu Tode gelangweilt. Sie war eine begeisterte Romanleserin; warum sollte ich ihr also nicht die größten Romane vorlesen? Meiner Wahl nunmehr gänzlich sicher, nahm ich den ersten Band von *Tom Jones* aus dem Regal und schlug ihn am Anfang des zweiten Kapitels auf, dort, wo nach der Widmung und der Einleitung die eigentliche Geschichte beginnt. Hier begann ich zu lesen:

»›In jener westlichen Gegend unseres Königreichs, die gewöhnlich Somersetshire genannt wird, lebte vor nicht allzu langer Zeit – und lebt vielleicht noch – ein Edelmann mit Namen Allworthy…‹«

So las ich das gesamte erste Buch und noch mehr – fast bis zum Ende des zweiten Buches. Über eine Stunde las ich, an die zwei Stunden wohl eher, wenn nicht länger. Die Patientin sprach sehr gut auf die Therapie an, denn sie hörte höchst gespannt zu. Nur mir selbst war es aus irgendeinem Grunde nicht vergönnt, auf Squire Allworthy, Miss Bridget, Blifil und die anderen in der gleichen Weise anzusprechen, wie ich dies bei meiner ersten Begegnung mit jenen Herrschaften getan hatte. Denn – ich schäme mich, es einzugestehen – je wärmer und dunkler es im Zimmer wurde, umso schwerer wurden meine Lider; ich blinzelte immer häufiger und kämpfte mit der Müdigkeit, um doch am Ende über dem offenen Buch einzuschlafen.

Geweckt wurde ich wohl durch das Geräusch der sich öffnenden Tür. Oder war es das Kerzenlicht, das mir in die Augen schien? Jedenfalls wurde ich plötzlich aus dem Schlaf gerissen, als Lady Fielding und Mr. Donnelly das Zimmer betraten. Sie trug einen Kerzenständer mit drei Kerzen; ohne das Licht, das sie spendeten, wäre der Raum inzwischen völlig dunkel gewesen.

»Jeremy! Wir haben gehört, du hättest ihr vorgelesen«, sagte Lady Fielding.

»Das… das habe ich auch. Ich muss wohl eingeschlafen sein.«

»Aber sieh sie doch an, das arme Kind! Sie hat wieder Fieber. Sieh nur, wie sie schwitzt! Ach, warum konntest du auch nicht besser auf sie Acht geben!«

»Lady Fielding«, sagte Mr. Donnelly, »er hätte nichts tun können, um das zu verhindern. Und so sonderbar es scheinen mag, das Schwitzen ist ein gutes Zeichen. Obwohl es natürlich darauf hindeutet, dass ihre Körpertemperatur ansteigt, könnte es auch bedeuten, dass ihre Krankheit sich der Krise nähert.«

»Der Krise? Ich verstehe nicht.«

»Um es einfach auszudrücken, es muss ihr zuerst schlechter gehen, bevor es ihr wieder besser gehen kann.«

»Ah, ich verstehe – jedenfalls glaube ich zu verstehen.«

In der Tat schien Clarissas Zustand sich verschlechtert zu haben. Ob die Verschlechterung plötzlich eingetreten war, konnte ich nicht beurteilen, denn ich hatte keine Vorstellung, wie lange ich geschlafen hatte. Das letzte Bild von ihr, an das ich mich erinnerte – als meine Lider bereits schwer geworden waren und ich mich immer wieder entschuldigen musste, weil ich die Zeile verloren hatte – hatte mir ein Mädchen mit einem matten Lächeln auf den Lippen gezeigt, dem es ebenso wie mir schwer fiel, wach zu bleiben. Aber jetzt schwitzte sie tatsächlich sehr stark. Ihr Haar klebte an der Kopfhaut, Schweißtropfen standen auf ihrer Stirn, und auch ihre Oberlippe schien feucht.

»Ich muss sagen, Jeremy, du hast das Zimmer hübsch warm bekommen«, sagte Mr. Donnelly. »Geh jetzt hinunter und koche ihr noch einen Chinarindentee.«

»Oh«, rief ich, indem ich erschrocken aufsprang, »das geht aber nicht.«

»Das geht nicht? Wieso nicht?«

»Ich war noch nicht in der Apotheke.«

»Nun, dann musst du die Beine in die Hand nehmen, denn sie wird bald schließen. Geh in den Laden in der Drury Lane in der Nähe meiner Wohnung – nur drei Häuser weiter. Hast du noch den Zettel, den ich dir gegeben habe?«

»In meiner Tasche.«

»Dann geh jetzt schnell.«

Schnell? Verehrter Leser, ich rannte den ganzen Weg; ich stürmte durch die Straßen und drängte und schlängelte mich durch die Menge der Menschen, die von ihrer Arbeit nach Hause gingen. Als ich in den Laden eintrat, schien der Apotheker bereits im Begriff, sein Geschäft für die Nacht zu verschließen. Ich überreichte ihm den Zettel, den der Arzt mir gegeben hatte. Der Apotheker nickte weise, strich sich über das Kinn und zog sich dann zurück, um das Mittel hervorzukramen. Er kehrte mit einer Flasche zurück, die eine gehörige Menge der Substanz enthielt. Chinarinde war sehr teuer, und ich musste fast alles, was ich an Shillings und Pennys in der Tasche hatte, für den Kauf aufwenden.

»Da sind fünf Pence für die Flasche drin«, sagte der Apotheker, als wenn er den Preis rechtfertigen wollte. »Bring sie mir wieder, und du bekommst das Geld zurück.«

Er verkorkte die Flasche und reichte sie mir. Als ich den Laden verließ, winkte er mir zu und ging dann zur Tür, um sie abzuschließen. Ich war gerade noch rechtzeitig gekommen.

Ich hielt es nicht für notwendig, den Rückweg ebenfalls im Laufschritt zurückzulegen, dennoch marschierte ich recht geschwind dahin. Ich war noch nicht weit gekommen, als ich jemanden neben mir bemerkte, der mich auf Schritt und Tritt begleitete. War es etwa irgendein Rüpel, der sich auf mich stürzen wollte? Ich spannte die Muskeln an und bereitete mich auf einen Angriff vor. Es würde ihm Leid tun, wenn er es tatsächlich wagte. Ich riskierte einen Seitenblick – und erlebte eine gehörige Überraschung.

»Was hast du denn da bei dem Apotheker gekauft?«, fragte Thomas Roundtree.

Es dauerte einen Moment, bis ich mich wieder gefasst hatte. Endlich platzte ich heraus: »Chinarinde.«

»Chinarinde ist gegen Schüttelfrost. Hat sie etwa Schüttelfrost?«

»Nein, wenn Sie's genau wissen wollen, wir haben es mit einer Lungenentzündung zu tun.«

Seine Miene verfinsterte sich, doch er hielt weiter mit mir Schritt. Ich dachte daran, vor ihm davonzulaufen – doch was hätte mir das gebracht?

»Sie wird doch wieder gesund, oder? Ich weiß von welchen, die sind da dran gestorben.«

»Wir versuchen sie wieder gesund zu machen. Deshalb haben wir sie mitgenommen.«

»Da habt ihr euch ganz schön was aufgebürdet. Erst dachte ich, es ist ein Trick von diesem blinden Richter, um mich aus dem Versteck zu locken, aber ich muss zugeben, das Kind ist wirklich schlimm krank.«

»Ja, allerdings«, pflichtete ich bei.

»Sie ist alles, was ich habe«, sagte er. »Ich hab Sachen gemacht, von denen ich nie gedacht hätte, dass ich sie mal machen würde, nur damit sie und ich zusammen sein konnten. Sie ist ein aufgewecktes Mädchen, genau wie ihre Mutter.« Dann sagte er noch einmal: »Sie ist alles, was ich habe. In fünf Tagen muss ich sie wieder haben. So oder so, in fünf Tagen hab ich sie wieder bei mir. Das ist nämlich der Tag… na, das geht dich auch gar nichts an.«

»Das ist der Tag, an dem euer Schiff in See sticht?«

»Hat sie dir das gesagt?«

»Nein, ich hab's mir gedacht. Wo könntet ihr sonst hingehen, wenn nicht in die Kolonien?«

»Fünf Tage«, sagte er.

Dann ließ er von mir ab, während ich in den New Broad Court einbog, der zur Bow Street führte. Er verabschiedete sich nicht, sondern ging einfach weiter, die Schultern in der kühlen Abendluft hochgezogen. Ich blieb an der Ecke stehen und sah ihm nach, wie er davontrottete. So groß und hager wie er war, glich er fast aufs Haar einer abgerissenen Vogelscheuche, der man das Gehen beigebracht hatte.

Aber ja, er hatte tatsächlich dieselbe schottische Plaidweste getragen, die ich schon früher an ihm gesehen hatte, dieselbe, die Mr. Burnham beschrieben hatte. Ich hatte sie deutlich erkannt.

9. KAPITEL

In welchem der Zustand der Patientin sich bessert, wenn auch nicht der ihres Vaters

Es muss schon eine Weile nach Mitternacht gewesen sein, als Annie sich in die Küche stahl, um mich zu wecken. Ich hatte wohl nicht ganz fest geschlafen, denn ich hatte wahrgenommen, wie sie sich leise an der Tür des Hausherrn vorbei und die Treppe herunter geschlichen hatte. Wer friert, hat einen leichten Schlaf, und als Annie hereinkam, war das Feuer, vor dem ich eingeschlafen war, schon zu blassroter Glut heruntergebrannt, und die Decken, mit denen Lady Fielding mich ausgestattet hatte, hielten mich kaum warm. Sie fand mich im Aufstehen begriffen, bereit, sie an Clarissas Krankenbett abzulösen.

»Hast du geschlafen?«, fragte sie.

»Ein bisschen«, sagte ich.

»Das wundert mich«, entgegnete sie. »Es ist hier drin ganz schön kalt geworden. Aber oben wird's auch nicht gerade wärmer.«

»Ich werde die letzten Kohlen mit nach oben nehmen.«

»Steck dir auch ein, zwei Kerzen in die Tasche. Da oben brennt jetzt nur noch ein kleiner Stummel.«

Annie besorgte mir eine Pfanne, in der ich die aus dem Kamin geklaubten Kohlen nach oben transportieren konnte. Ich bewegte mich äußerst vorsichtig auf der Treppe. Es wäre fatal gewesen, zu stolpern und glühende Kohlen im Treppenhaus zu verstreuen. Durch die Handschuhe, die ich angezogen hatte, spürte ich die Wärme der Pfanne an meinen Händen. Selbst mit solcherart geschützten Fingern wäre es kein Vergnügen gewesen, die heißen Kohlen aufzusammeln. Doch zum Glück erreichte ich das Krankenzimmer ohne Zwischenfall.

Ich füllte zunächst das Kohlenbecken mit dem Inhalt der Pfanne auf und zündete dann die mitgebrachte Kerze an der vorhandenen an, welche schon in den letzten Zügen zu flackern schien. Erst dann nahm ich auf dem Stuhl neben dem Bett Platz und wandte meine Aufmerksamkeit der Patientin zu.

Falls sich Clarissas Zustand überhaupt verändert hatte, so hatte er sich verschlechtert, seit ich sie zuletzt gesehen hatte. Das war wohl gewesen, als ich ihr den Chinarindentee gebracht hatte. Sie hatte zuvor bereits etwas von der Brühe zu sich genommen, die Annie für sie bereitet hatte, und das mag sie etwas gekräftigt haben, wenn auch nur vorübergehend. Ich war wieder gegangen, bevor ich die Wirkung der zweiten Dosis Chinarinde hätte beobachten können. Nach ihrem jetzigen Aussehen zu urteilen, schien es, dass das Mittel nicht den gewünschten Effekt gehabt hatte. Sie lag ebenso blass und verschwitzt da wie zuvor. Die einzige zusätzliche Behandlung, die Mr. Donnelly empfohlen hatte, bestand darin, ihre fieberhafte Stirn mit feuchten Kompressen zu kühlen. Ich griff in den Topf mit Wasser neben ihrem Bett – das Wasser war in der Tat sehr kalt –, nahm den Lappen heraus und wrang ihn aus. Dann tupfte ich ihre Wangen und ihren Hals damit ab und legte ihn flach auf ihre Stirn. Mehr schien ich in diesem Augenblick nicht für sie tun zu können. Doch es war durchaus angebracht, dass immer jemand bei ihr wachte, hatte Mr. Donnelly gesagt; denn wenn sie einen Hustenanfall bekäme, würde man ihr vielleicht helfen müssen, sich aufzusetzen, damit sie den Schleim abhusten konnte. Es bestand immer die Gefahr, dass sie daran erstickte. Wir sollten auch auf unnatürliche Veränderungen ihrer Gesichtsfarbe achten: Würde sie plötzlich rot anlaufen, so wäre dies ein Grund zur Besorgnis; nähme sie aber eine violette Färbung an, so müsste ich, Jeremy, augenblicklich losgeschickt werden, um ihn aus dem Bett zu holen.

Und so saß ich also wieder an ihrem Bett. Lady Fielding hatte selbst eine Zeit lang die Wache übernommen, nachdem sie Sir John über Clarissas Anwesenheit in unserem Hause Rechenschaft abgelegt hatte. Er hatte die Nachricht weder begeistert noch ablehnend aufgenommen, doch hatte er erneut seine Absicht zum Ausdruck gebracht, sie nach Lichfield zurückzuschicken, sobald sie wieder in der Lage wäre, zu reisen. Vielleicht wurde noch weiter über die Angelegenheit gesprochen, jedoch nicht in meiner Gegenwart. Nach dem Abendessen hatte Annie Lady Fielding am Krankenbett abgelöst, und um Mitternacht oder wahrscheinlich etwas später hatte ich ihren Platz eingenommen.

Während ich das Mädchen betrachtete, fiel mir jene kurze und merkwürdige Begegnung mit ihrem Vater einige Stunden zuvor wieder ein. Wie anders war es gewesen als bei dem ersten Gang, den wir zusammen gemacht hatten! Der Mann, den ich am Abend gesehen hatte, hatte eine gehetzten und verzweifelten Eindruck gemacht – was nicht verwunderlich war, denn seine Tochter war lebensgefährlich krank. Und wie hatte er es noch ausgedrückt? »Sie ist alles, was ich habe«, hatte er gesagt, und damit hatte er natürlich Recht. Dennoch fiel es mir schwer, mir ihr Verhältnis zueinander vorzustellen. Wie konnte sie ihn so sehr lieben? Warum liebt sie ihn? Ihn, ein verkommenes Subjekt und einen Trunkenbold, der sie dermaßen vernachlässigt hatte, dass die Gemeinde sie seiner Obhut entzogen hatte. Was fand sie an einem solchen Mann so liebenswert? Es sei denn … und in diesem Moment ging mir eine Wahrheit auf – *es sei denn,* dass er alles war, was *sie* hatte, so wie sie umgekehrt sein Ein und Alles war. Ich versetzte mich in ihre Lage und dachte an meinen eigenen teuren Vater: Wenn er auch die gleichen Fehler gehabt hätte wie Thomas Roundtree, hätte ich ihn nicht dennoch geliebt?

Überlegungen wie diese machten das Problem, welches Roundtrees Gegenwart für mich darstellte, noch viel schwieriger und drängender. Er war, daran hatte ich keinen Zweifel, der dritte Mann aus dem Pfandhaus. Nicht nur seine Weste allein bewies das – nein, da war auch noch Mr. Burnhams Beschreibung, welche genau auf Roundtree passte. Dazu kam seine Weigerung, sich Sir John zu ergeben, selbst unter den großzügigen Bedingungen, die Lady Fielding ihm angeboten hatte: Falls er tatsächlich in den Mord an George Bradbury verwickelt war, so wäre das Letzte, was er sich wünschen würde, in die Hände eines Richters zu fallen – zumindest würde er Fragen beantworten müssen, seine Handlungen rechtfertigen und dergleichen. Kurz, er hatte ein schlechtes Gewissen. Wie hatte er noch gesagt? »Ich hab Dinge getan, von denen ich nie gedacht hätte, dass ich sie mal tun würde…« Dazu mochte gewiss auch Mord gehören, denn zuvor hatte er sich offensichtlich keines schlimmeren Verbrechens als des Diebstahls schuldig gemacht. Aber ich hatte den Mann gemocht, als ich ihn zum ersten Mal gesehen hatte, und bei unserem letzten Zusammentreffen hatte ich ihn bemitleidet. War es möglich, solche Empfindungen für jemanden zu hegen, der vielleicht in einen Mord verwickelt war? Doch hatten die Gefühle auch ihre Grenzen. Ich war nicht versucht gewesen, ja ich hatte nicht einmal daran gedacht, ihn zu warnen und ihm zu raten, sich von seinen üblen Spießgesellen aus dem Pfandhaus fern zu halten. Daraus konnte ich wohl ersehen, welcher Seite ich mich wahrscheinlich verpflichtet fühlte.

Es war natürlich Sir Johns Seite – und die des Gesetzes. Warum hatte ich ihm dann bis jetzt meinen Verdacht – denn so sicher ich mir auch sein mochte, es war nicht mehr als ein Verdacht – gegen Thomas Roundtree vorenthalten? Nun, zweifellos deswegen, weil ich den Mann mochte und weil ich Mitleid mit ihm hatte; mehr noch, weil ich sein Kind mochte und bemitleidete, das Mädchen, das jetzt in dem Bett vor mir lag. Ich war ihnen wohlgesinnt. Ein Teil von mir wünschte, die Flucht in die Kolonien möge ihnen gelingen, und ich hielt ebenso wenig wie Lady Fielding davon, das Mädchen in das Armenhaus von Lichfield zurückzuschicken. Und so wusste ich nur zu gut, dass ich, wenn ich Sir John von meinem Verdacht gegen Thomas Roundtree erzählte, das deutliche Gefühl haben würde, die beiden verraten zu haben – und doch musste ich es ihm sagen.

So verging die Nacht ereignislos, abgesehen von zwei Hustenanfällen, die eine große Menge Schleim freisetzten. Ich hob ihren Oberkörper an, wie man mich angewiesen hatte, um ihr zu helfen, sich der zähen Masse, die aus ihrer Brust aufstieg, zu entledigen. Sobald es vorüber war, ließ sie sich auf ihr Kissen zurücksinken und gab sich gänzlich dem Kampf gegen die Krankheit in ihrem Körper hin. Des Öfteren wusch ich ihr Gesicht und Hals und legte ihr den feuchten Lappen auf die Stirn. Doch die meiste Zeit wachte und wartete ich nur.

Es blieb einigermaßen warm im Zimmer. Zweimal stand ich auf, um die Kohlen zu schüren und ein paar aus dem Vorrat nachzulegen, den ich zuvor hochgetragen hatte. Nachdem ich am Tage schon einmal eingenickt war, war ich nunmehr entschlossen, während der gesamten Zeit, die ich an ihrem Bett verbrachte, wach zu bleiben. Doch es fiel mir in der Tat schwerer und schwerer. Wenigstens hatte ich mich beim letzten Mal auf die gedruckten Wörter in meinem Buch konzentrieren können, wenn es ihnen auch am Ende nicht gelungen war, den Schlaf abzuwehren. Ich fürchtete, wenn ich anfinge, beim Licht der Kerze zu lesen, so würde ich vielleicht bald ebenso einschlummern, wie es mir zuvor beim Vorlesen passiert war. Nun konnte ich mich also nur auf meinen Willen stützen, und mein Wille vollbrachte in der Tat wahre Wunder. Schließlich musste ich aber doch aufstehen und im Zimmer auf und ab gehen, mein Gesicht und meine Augen reiben und mich sogar zwicken, um wach zu bleiben. Später, als ich aus dem Fenster sah, erblickte ich im Osten den ersten schwachen Schimmer des Tageslichts. Ich kam zu dem Schluss, dass ich die Nacht erfolgreich durchgestanden hatte, und erlaubte mir daher einen Moment der Entspannung. Ich setzte mich auf den Stuhl am Bett – und schlief prompt ein.

Ich konnte nicht lange geschlafen haben, denn als ich blinzelnd die Augen wieder öffnete, war es noch nicht viel heller im Zimmer als zu der Zeit, da sie mir zugefallen waren. Doch im Bett regte sich etwas. Es dauerte einen Moment, bis ich mit meinen erschöpften Augen wieder klar sehen konnte – ich rieb sie, sah erneut hin und erblickte Clarissa Roundtree, die aufrecht im Bett saß. Sie hustete nicht, sie schwitzte nicht, und sie lallte auch nicht wirr wie im Delirium. Nein, nichts dergleichen.

Im Gegenteil, sie lächelte.

»Es geht mir schon sehr viel besser«, sagte sie zu mir.

Die Nachricht verbreitete sich im ganzen Haus. Auf Clarissas Versicherung hin, dass sie meine Aufmerksamkeit für ein, zwei Augenblicke entbehren könne, eilte ich hinunter in die Küche, um das Feuer in Gang zu bringen. Dort traf ich Annie an, die sich soeben selbst an dieser Aufgabe versuchte, allerdings mit wenig Geschick. Während ich mich um den Kamin kümmerte, erzählte ich ihr ganz aufgeregt von der plötzlichen Besserung des Zustands unserer Patientin.

»Sie hat eine bessere Farbe«, sagte ich. »Ihre Stirn und ihre Wangen fühlen sich so kühl an wie deine oder meine. Sie hat kein Fieber mehr. Mr. Donnelly hat gesagt, es müsse ihr zuerst schlechter gehen, bevor es ihr wieder besser gehen könne. Sie hat ihre Krise hinter sich.«

»Das muss ich Lady Fielding erzählen.«

Gesagt, getan – Annie stürmte nach oben, um an die Schlafzimmertür des Hausherrn zu klopfen, während ich damit beschäftigt war, den Feuerstein gegen das Metall zu schlagen und auf die Funken zu blasen, um den Zunder zum Glimmen zu bringen. Als ich in das Zimmer im obersten Stock zurückkam, war Lady Fielding bereits dort, angetan mit Nachthemd und Morgenmantel und rührend um das Mädchen bemüht. Sie sah auf und lächelte mir zu.

»Es ist genauso gekommen, wie Mr. Donnelly es vorhergesagt hat«, meinte sie.

»Ja, natürlich«, erwiderte ich. »Ist er nicht der beste Arzt in ganz London?«

Und darüber mussten wir beide aus ganzem Herzen lachen, als ob ich gerade den besten Witz aller Zeiten erzählt hätte.

Und tatsächlich erhielt Clarissa nicht lange darauf Besuch von dem besten Arzt in ganz London. Er kam, als wir noch am Frühstückstisch saßen, wo wir uns an Speck und Brot gütlich getan hatten. Erfreut hörte er sich unseren Bericht über die Fortschritte der Patientin an, wenn er sich auch weigerte, sich dieselben als Verdienst anzurechnen.

»In Fällen wie diesem«, sagte Mr. Donnelly, »heilt der Körper sich selbst. Die Aufgabe des Arztes ist nur, dafür zu sorgen, dass dies geschehen kann.«

Lady Fielding ging mit ihm ins Krankenzimmer. Während wir den Tisch abräumten und Sir John sich eine zweite Tasse Tee einschenken ließ, fragte er Annie ganz direkt, ob sie nicht der Meinung sei, dass er wieder einmal eine ordentliche Rasur gebrauchen könne. Ich verstand den Wink und machte mich auf, Rasiermesser, Streichriemen und Seife zu holen, während Annie den Wasserkessel aufsetzte. Das Wasser kochte gerade, als der Arzt und die »Krankenschwester« wieder zu uns stießen. Beide lächelten.

»Es ist so, wie ihr gesagt habt«, erklärte Mr. Donnelly. »Das Fieber ist weg. Und ihre Wangen haben wieder einen Anflug von Farbe. Ihre Brust ist allerdings immer noch nicht frei, und das muss sich erst ändern, ehe wir sie für gesund erklären können. Ist das ihre Brühe, die dort auf dem Tisch dampft, Miss Annie?«

»Ja, Sir.«

»Nun, Sie können ihr dazu auch ein wenig Brot bringen. Sie sagt, sie sei recht hungrig. Ich nehme an, es ist schon eine ganze Weile her, dass sie zuletzt eine ordentliche Mahlzeit zu sich genommen hat. Wenn sie das Brot essen kann, dann geben Sie ihr am frühen Nachmittag noch etwas mehr davon mit der Brühe. Ich werde am frühen Abend wiederkommen, um nach ihr zu schauen. Vielleicht kann sie zum Abendessen schon etwas Fleisch vertragen. Das werden wir dann sehen.«

Mit diesen Worten zog er seinen Marinemantel über und machte sich bereit zum Gehen, wobei er lediglich noch hinzufügte, dass wir öfter nach ihr sehen und das Zimmer weiterhin gut heizen sollten. »Es dürfte nicht nötig sein, ständig bei ihr zu wachen.«

Und so brach er denn auf, nachdem er sich von allen verabschiedet hatte. Dann, während ich Sir John für die Rasur vorbereitete, indem ich ein Handtuch in heißem Wasser anfeuchtete und es auf sein Gesicht legte, verließen uns die Frauen ebenfalls. So blieb ich mit Sir John allein zurück. Ich seifte ihn tüchtig ein und zog sein neues Rasiermesser ab, und dabei überlegte ich, ob dies nicht ein günstiger Moment wäre, die Sache mit Thomas Roundtree anzusprechen. Wie würde ich es anfangen? Doch dann eröffnete mir Sir John selbst gewissermaßen eine Gelegenheit.

»Jeremy«, begann er, »sag mir, was du von dieser Sache hältst.«

»Sir?«, erwiderte ich. Ich wusste nicht recht, was er meinte.

»Ach, dieses Mädchen, das dein Bett besetzt hält – die Tochter des flüchtigen Missetäters, die selbst auf der Flucht ist. Wie denkst du über diese ganze schlimme Affäre?«

»Ich denke mir so einiges, Sir«, sagte ich, indem ich das Rasiermesser mit einem ersten raschen Zug über seine Wange gleiten ließ. »Ich halte sie für sehr aufgeweckt, und sie hat ein einnehmendes Wesen. Ich glaube, wenn wir sie in ihrem kranken Zustand dort gelassen hätten, wo sie war, dann wäre sie jetzt schon tot. Vielleicht wollen Sie nach oben gehen und ihr einen Besuch abstatten, dann könnten Sie sich selbst ein Bild machen.«

Er wedelte meine Hand mit dem Rasiermesser aus seinem Gesicht. »Hat Kate dir befohlen, das zu sagen?«, fragte er ziemlich unwirsch.

»Aber nein, Sir.«

»Na, sie hat kaum etwas anderes gesagt, seit das Mädchen hier ist. ›Wenn du sie erst mal kennen lernst, Jack, dann siehst du, was für ein feines Mädchen sie ist‹ – das hat Kate mir mindestens ein Dutzend Mal gesagt. Du hast ihr einnehmendes Wesen erwähnt. Na, mein teures Weib hat sie jedenfalls schon für ihre Sache eingenommen. Nichtsdestotrotz sehe ich kaum eine andere Möglichkeit, als sie – wie heißt sie noch mal?«

»Clarissa.«

»Ach ja; ein ziemlich angeberischer Name – soll wohl gelehrt klingen. Jedenfalls sehe ich keine andere Möglichkeit, als Miss Clarissa Roundtree nach Lichfield zurückzuschicken – natürlich erst, wenn sie kräftig genug für eine solche Reise ist.«

»Natürlich.« Ich zögerte, das Rasiermesser in der erhobenen Hand. »Es gibt da allerdings eine Komplikation – oder es könnte eine geben – ihren Vater betreffend.«

»Ach? Und die wäre?«

Und daraufhin erzählte ich Sir John alles, während ich ihn rasierte. Er lauschte gespannt, ohne mich auch nur einmal durch eine Geste zu unterbrechen. Ich erzählte von dem Detail der schottischen Plaidweste, die Mr. Burnham in seiner Beschreibung des Mannes, den er im Pfandhaus angetroffen hatte, erwähnt hatte, und dass Roundtree, wie ich mich erinnerte, an dem Morgen, da er mir entkommen war, eine solche getragen hatte. Des Weiteren berichtete ich ihm von meiner merkwürdigen Begegnung mit dem Flüchtigen am Abend zuvor, als er wieder eine Plaidweste getragen hatte. Sir John hörte mir zu, bis ich meine Erzählung beendet und ihn derweil ohne Kratzer oder Schnitte fertig rasiert hatte.

Er rieb sich bedächtig das Gesicht und nickte dann anerkennend. »Natürlich gibt es in London mehr als nur eine Plaidweste«, bemerkte er.

»Natürlich«, erwiderte ich, »aber die übrigen Einzelheiten von Mr. Burnhams Beschreibung passten auch auf Roundtree.«

»Und doch sind dies nur Vermutungen.«

»Nur Vermutungen«, pflichtete ich bei.

Darauf schwieg er fast eine Minute lang, um dann fortzufahren: »Ich habe eine Frage an dich, Jeremy. Kate hat gesagt, wie sehr dieses Mädchen seinen Vater liebt und wie hartnäckig sie ihn verteidigt. Gehen wir einmal davon aus, dass dein Verdacht sich bestätigt, und gehen wir zudem davon aus, dass unsere schlimmsten Befürchtungen sich bewahrheiten und George Bradbury tatsächlich ermordet wurde. Würdest du es unter diesen Umständen für wahrscheinlich halten, dass dieses Kind, diese Clarissa, irgendetwas davon weiß?«

Es war eine Frage, über die ich noch nicht nachgedacht hatte, die ich aber dennoch mit großer Überzeugung und ohne Zögern beantwortete.

»Ich würde sagen, Sir John, dass das nicht im Geringsten wahrscheinlich wäre.«

»Hmmm«, sagte er wie so oft und kratzte sich nachdenklich am Kopf. Dann erhob er sich von seinem Stuhl. »Ich denke, ich werde deinen Rat befolgen, mein Junge.«

Ich war ein wenig verwirrt. »Welchen Rat denn, bitte?«

»Ich denke, ich werde nach oben gehen und die Bekanntschaft dieses Roundtree-Mädchens machen.«

Er schritt höchst entschlossen auf die Treppe zu und war einen Augenblick später verschwunden.

Sir John blieb weit länger bei ihr, als ich erwartet hatte. Annie kam mit Clarissas Frühstückstablett zurück, fertig angezogen für ihren täglichen Gang zur Lesestunde bei Mr. Burnham. Während sie sich ihren Umhang überwarf und ihn zuschnürte, bat sie mich, ihr ein Buch herauszusuchen.

»Ein Buch?«, fragte ich. »Welches Buch denn?«

»Irgendein Buch; Hauptsache, es ist nicht zu lang und nicht zu schwer. Ich bin jetzt so weit, dass ich aus der Fibel nichts mehr lernen kann, und so gerne ich auch Shakespeare *sehe*, ihn zu lesen ist etwas ganz anderes. Er ist ganz schön schwierig.«

»Ich sehe mal, was ich für dich finden kann.«

»Tu das«, sagte sie. »Es regt mich auf, wenn ich sehe, wie so ein junges Ding wie die da oben so mühelos liest. Ich hab ja gar nichts gegen sie. Es tut mir nur weh, wenn ich daran denke, wie lange ich gebraucht habe, um etwas zu lernen, was jedes Kind kann.«

»Nicht jedes Kind, Annie – bei weitem nicht jedes. Du machst gute Fortschritte. Das sagt Mr. Burnham selbst.«

»Also, ich werde mich besser fühlen, wenn ich mal ein ganzes Buch zu Ende gelesen habe. So eins wie diesen *Tom Jones*, den sie gerade liest – eins mit einer spannenden Geschichte.«

»Ich werde schon irgendwas finden.«

Diese Antwort schien sie zufrieden zu stellen; sie verabschiedete sich von mir, stülpte sich rasch ihren Hut über und brach auf.

Dann kam Lady Fielding. Sie schlich auf Zehenspitzen herein, während ich gerade den Abwasch besorgte (womit sie mich gehörig überraschte, war es doch sonst eher ihre Art, in hektischer Geschäftigkeit im Haus umherzuschwirren).

Sie trat ganz dicht an mich heran und flüsterte: »Er ist jetzt bei ihr.«

»Bitte, Mylady?«

»Jack – Sir John – er ist bei Clarissa. Ich habe ihm immer wieder gesagt, wenn er das Mädchen bloß einmal kennen lernte, dann würde er verstehen, was für ein außergewöhnliches Kind sie ist. Wer hätte gedacht, dass er am Ende doch noch einmal auf mich hören würde? Das tut er so selten.«

»Oh, das stimmt nicht«, entgegnete ich. »Er weiß Ihren Rat in allen Dingen zu schätzen.«

»Glaubst du das wirklich, Jeremy?«, fragte sie, und ihre Miene erhellte sich ein wenig. »Oh, aber er ist manchmal derart stur. Und doch ist er ein so guter Ehemann, wie eine Frau sich ihn nur wünschen kann, und ein weit besserer, als ich ihn verdient hätte.« Sie seufzte, und bevor ich ihr noch mit irgendwelchen schmeichelnden Worten widersprechen konnte, redete sie schon weiter: »Wie dem auch sei, ich muss mich jetzt auf den Weg zum Magdalenenheim machen. Ich werde versuchen, etwas früher als sonst dort wegzukommen. Auf Wiedersehen,

Jeremy. Du hast gehört, was Mr. Donnelly gesagt hat – sieh ab und zu bei ihr nach dem Rechten und halte das Zimmer schön warm. Ach, und Jeremy, nimm dir doch bitte mal diese Bettelbriefe vor. Schreib heute noch so viele, wie du kannst, ja?«

Worauf sie sich ihren Umhang schnappte und, indem sie mir versicherte, sie könne sich selbst eine Droschke besorgen, die Küche bei weitem nicht so geräuschlos verließ, wie sie sie betreten hatte.

Endlich, fast eine halbe Stunde, nachdem er zu Clarissa hinaufgegangen war, kehrte Sir John zurück.

»Ein reizendes junges Mädchen«, sagte er zu mir, »eine ungewöhnliche Mischung aus Intelligenz und Schlagfertigkeit, Optimismus und bitteren Erfahrungen. Und zu deiner Information, Jeremy, ich neige dazu, mich deinem Urteil anzuschließen: Falls ihr Vater in irgendetwas wahrhaft Niederträchtiges verwickelt ist, so ahnt sie davon nichts. Entweder das, oder ihre Schauspielkunst übertrifft noch die eines Garrick. Es ist wahr, sie liebt ihren Vater, auch wenn er ihrer Liebe vielleicht nicht wert ist – aber das ist bei einem Kind kein Verbrechen, sondern vielmehr eine Tugend.«

»Dürfte ich fragen, Sir, worüber Sie so lange mit ihr geredet haben?«

»Gewiss. Wir haben uns über so manches unterhalten – über meinen Bruder Henry zum Beispiel. Offenbar hast du damit begonnen, ihr *Tom Jones* vorzulesen, und sie hat dort weitergemacht, wo du aufgehört hast. Die Geschichte mag etwas zu gewagt für sie sein – aber vielleicht auch nicht, wenn man bedenkt, was sie schon hinter sich hat. Sie wollte alles über Henry wissen – was für ein Mann er war, welche Bücher er sonst noch geschrieben hat und so fort. Wir haben auch über ihre Erlebnisse im Armenhaus gesprochen.«

»Sie haben ihr also zu verstehen gegeben, dass Sie über ihre Flucht Bescheid wissen?«

»Ja, das habe ich wohl. Ich habe gefragt, und sie hat geantwortet. Sie hat einen hellwachen Verstand. Sie wird eingesehen haben, dass ich, wenn ich schon weiß, dass sie im Armenhaus war, auch wissen muss, dass sie von dort geflohen ist – mit der Hilfe ihres Vaters.«

»Und welches waren ihre Erlebnisse im Armenhaus?«, fragte ich.

»Hmmm, nun ja, sie waren jedenfalls schlimm genug, um mir Anlass zu geben, meine Entscheidung, sie dorthin zurückzuschicken, noch einmal zu überdenken. Zu *überdenken*, wohlgemerkt – noch habe ich es mir nicht endgültig anders überlegt.«

»Ich weiß, Sie werden die richtige Entscheidung treffen, Sir.«

»Dann weißt du mehr als ich.« Mit einem tiefen Seufzer wandte er sich ab und ging auf die Tür zu. »Ich muss mich an mein Tagwerk machen«, sagte er. »Sie dürfte nicht mehr so viel Fürsorge benötigen wie zuvor; ich muss aber doch sagen, dass ihr euch alle sehr gut um sie gekümmert habt. Ich werde nach dir schicken, wenn ich dich brauche, Jeremy.«

An jenem Tag jedoch brauchte er mich nicht mehr. Das bedeutete, dass ich dazu verdammt war, viele Stunden lang Lady Fieldings Bettelbrief abzuschreiben und an diesen Lord und jenen Earl zu adressieren, und obendrein noch an eine Reihe von Herzoginnen. Zwischendurch stattete ich hin und wieder Clarissa einen Besuch ab, und jedes Mal fand ich sie bei besserer Gesundheit als zuvor. Annie kam zurück und bereitete die Mahlzeit aus Fleischbrühe und Brot zu, welche Mr. Donnelly der Rekonvaleszentin für den Nachmittag verordnet hatte. Ich gab ihr ein Buch, das ich für sie aus dem Bestand in meinem Zimmer ausgesucht hatte, *Die Gouvernante* von Sarah Fielding, der jüngsten Schwester Henrys und Halbschwester von Sir John. Sie nahm es dankbar an und schien sich besonders darüber zu freuen, dass es das Werk einer Frau aus der Fielding-Familie war. Und dann hieß es zurück zur öden Plackerei des Kopierens. Mr. Donnelly schaute vor dem Abendessen bei seiner Patientin vorbei und war sehr zufrieden mit dem Fortgang ihrer

Genesung; er verfügte, dass sie einmal am Tag Fleisch essen sollte, dass ihr aber weiterhin zweimal täglich Chinarinde in Form von Tee verabreicht werden sollte, bis der Vorrat aufgebraucht sei. Am Ende des Tages konnte ich als Ergebnis meiner Bemühungen gerade einmal einundzwanzig Briefe vorweisen, die an mehr oder weniger eminente Persönlichkeiten adressiert waren und nur noch auf Lady Fieldings Unterschrift warteten. An diesem Abend gab ich mir mehr Mühe mit dem Feuer im Kamin und schlief entsprechend besser.

Die nächsten zwei Tage drohten ebenso langweilig zu werden wie der vorangegangene. Doch es kam anders. Zuerst ereignete sich etwas, was später noch Konsequenzen angenehmer Art nach sich ziehen sollte. Sagen wir, dass alles am Morgen mit einem Besuch von Clarissa Roundtree begann. Ich saß am Küchentisch und war wieder einmal mit meiner geistlosen Tätigkeit mit Feder und Tinte beschäftigt. Ich hatte, glaube ich, erst vier oder fünf Kopien angefertigt, als ich ein merkwürdiges Getrappel auf der Treppe hörte. Ich runzelte missbilligend die Stirn, denn das konnte nur bedeuten, dass Clarissa auf den Beinen war; sie und ich waren allein dort in den oberen Stockwerken. Ich setzte eine strenge und vorwurfsvolle Miene auf und stand auf, um sie in Empfang zu nehmen.

Als sie auftauchte – ihren Umhang über ein wollenes Nachthemd geworfen, welches Annie ihr überlassen hatte –, fuhr ich sie recht unwirsch an.

»Du darfst noch nicht aufstehen«, sagte ich. »Geh wieder nach oben.«

»Ach wo, pah«, erwiderte sie. »Ich bin gesund genug, um sitzen zu können. Ich sitze die ganze Zeit da oben auf dem Stuhl beim Bett und lese. Da kann ich ebenso gut hier unten sein, wo ich ein wenig Gesellschaft habe. Ich lechze regelrecht nach Unterhaltung.«

»Trotzdem, der Doktor …«

»Mr. Donnelly hat gesagt, ich darf sitzen. *Wo* ich das tue, sollte mir überlassen bleiben. Außerdem ist es wärmer hier am

Küchenfeuer. Das sollte doch meine Genesung fördern, meinst du nicht?«

»Nun ja… Ich werde ein paar Kohlen nach oben bringen, um das Becken aufzufüllen.«

»Ach, später. Jetzt könntest du doch zuerst einmal eine Kanne Tee kochen. Das würde meine Genesung auch fördern, da bin ich sicher. Ich lechze geradezu nach Tee.«

»Ich dachte, du lechzt nach Unterhaltung?«

»Also gut, dann *lechze* ich eben nach Unterhaltung und *dürste* nach Tee.«

Zweifellos war es in der Küche etwas wärmer als oben. Und zweifellos fühlte sie sich auch ein wenig einsam, da sie dort keine andere Gesellschaft hatte als Tom Jones und seine Gesellen. Ich konnte ihren Wunsch nach einer Tasse Tee gut verstehen. Ich brauchte jetzt selbst eine.

»Na, wenn's sein muss«, sagte ich, »dann trinken wir eben zusammen eine Kanne Tee, und danach siehst du zu, dass du wieder nach oben ins Bett kommst.«

»Es muss sein«, erwiderte sie und schenkte mir das erste richtige Lächeln, seit sie in die Küche gekommen war.

Sie setzte sich an den Tisch, und ich füllte den Kessel mit Wasser und setzte ihn auf das Feuer. Dann nahm ich den Tee vom Regal und gab reichlich davon in die Kanne. Es würde zwei Tassen für jeden von uns geben. Vielleicht lechzte ich auch nach Gesellschaft.

Während wir darauf warteten, dass das Wasser kochte, fragte sie, was ich hier am Tisch eigentlich mache, und ich erklärte es ihr recht ausführlich, indem ich ihr Lady Fieldings Musterbrief und die Kopien, die ich davon angefertigt hatte, vorzeigte. Und dann, während der Tee zog, bat sie mich, ihr mehr von der Institution zu erzählen, die Lady Fielding in ihrem Brief schlicht als das Magdalenenheim bezeichnete. Ich druckste eine Weile herum. Vergeblich suchte ich nach den richtigen Worten, mit denen ich ihr erklären könnte, wem genau diese Spenden zugute kommen sollten, ohne dabei die Diskussion auf das Thema der Prostitution zu lenken, welches ich als einen höchst unziemlichen Gesprächsstoff für ein Mädchen ihres Alters ansah. Jedoch muss mir der eine oder andere Hinweis entfahren sein, denn als ich den Tee einschenkte, sah sie mich zunächst stirnrunzelnd an, und dann ging plötzlich ein Licht des Verstehens in ihren Augen auf.

»Ach so«, sagte sie, »du meinst also, das ist ein Ort für Huren, die gerne aussteigen möchten?«

»Nun... äh, ja, genau. Man bringt ihnen dort ein Handwerk bei und verschafft ihnen Arbeit – anständige Arbeit.«

»Das ist wirklich eine gute Sache«, sagte sie und unterstrich ihre Worte mit einem Nicken. »Ich habe ein paar Huren kennen gelernt, und manche von denen waren wirklich in Ordnung, zum Beispiel Bessie, die auf demselben Flur gewohnt hat wie ich. Aber alle waren sie ungebildete Frauen, die ihren Lebensunterhalt mit nichts anderem verdienen konnten.« Ihr Gesicht verfinsterte sich wieder. »Ich finde es furchtbar, wie Frauen unterdrückt und daran gehindert werden, sich zu bilden – du etwa nicht? Also wirklich, findest du das nicht auch?«

»Aber ja, ja, das finde ich auch«, sagte ich in aller Aufrichtigkeit.

»Wenn meine Mutter nicht gewesen wäre, die mir Lesen und Schreiben beigebracht hat, dann wäre ich genauso unfähig wie die anderen. Ihr verdanke ich meine Berufung. Ich habe dir doch gesagt, dass ich Schriftstellerin werden will, oder nicht?«

»Ja, du erwähntest –«

»Ich werde hauptsächlich Romane schreiben, aber auch Gedichte von der Art, die –«

An dieser Stelle wurde sie unterbrochen – es klopfte an der Tür. Ich sprang auf, um nachzusehen. Clarissa zuckte zusammen und riss vor Schreck die Augen auf; offenbar hatte die Erfahrung sie misstrauisch gegenüber unangekündigten Besuchern gemacht.

Es war Mr. Fuller. Er war gekommen, um mir mitzuteilen, dass ich im Auftrag von Sir John zum Postamt gehen und einen soeben dort eingetroffenen Brief abholen solle. Ohne von unserer kleinen Teegesellschaft Notiz zu nehmen, wandte er sich um, sobald er seine Nachricht übermittelt hatte, und marschierte wieder nach unten.

Ich drehte mich wieder zu Clarissa um. Die Angst stand ihr ins Gesicht geschrieben.

»Ob das wohl ein Brief aus Lichfield ist?«

»Nein, das glaube ich nicht«, erwiderte ich in der Hoffnung, sie ein wenig zu beruhigen. »Sir John erwartet einen Brief von woanders.« Und das war natürlich nicht gelogen.

Ich rannte los, um Hut und Schal zu holen. Als ich zurückkam, fand ich sie verändert – betont gelassen saß sie da und schlürfte ihren Tee. Sie blickte mit einem hochmütigen Lächeln zu mir auf, wie eine Herrin, die ihren Diener verabschiedet.

»Ich muss gehen«, sagte ich.

»Na dann auf Wiedersehen«, entgegnete sie.

»Du musst jetzt wieder nach oben auf dein Zimmer gehen.«

»Ach, pah – lass mich wenigstens meinen Tee austrinken. Er ist ziemlich gut. Nur wenige Männer können Tee kochen – ich habe jedenfalls noch keinen kennen gelernt, der es konnte.«

Ich seufzte. »Nun ja … also gut, aber sobald du fertig bist, musst du nach oben gehen.«

»Sobald ich fertig bin, gehe ich.«

Widerstrebend machte ich mich auf den Weg. Während ich in Richtung Postamt losmarschierte, überlegte ich mir, dass es sich bei dem Brief, der mich dort erwartete, wohl mit ziemlicher Sicherheit um den des Richters von Warwick handelte. Sir John hatte sein Eintreffen für diesen Tag erwartet. Hätte Clarissa Roundtree gewusst, um welche Art Schreiben es sich genau handelte und welche Bedeutung ihm hinsichtlich der Angelegenheit ihres Vaters zukam, sie hätte sich wohl gewünscht, es wäre ein Brief aus Lichfield gewesen. Wieder dachte ich über die sonderbare Verkettung von Umständen nach, welche Thomas Roundtree zu uns geführt hatte, und mit ihm seine Tochter. Noch mehr Gedanken machte ich mir über das Schicksal der beiden.

Der Brief war in der Tat der von Sir John erwartete. Sobald ich ihn eingesteckt hatte, machte ich mich mit noch größerer Eile auf den Weg zurück in die Bow Street.

Dort angekommen, sah ich eine kleine Gesellschaft nacheinander aus der Tür herauskommen. Viele der Gesichter waren mir vertraut – es waren jene Tagdiebe und müßigen Frauen, die zu ihrer mittäglichen Zerstreuung in Sir Johns Gericht vorbeizuschauen pflegten. Aus ihrem Aufbruch schloss ich, dass die Sitzung für diesen Tag beendet war. Ich wartete ungeduldig, bis die Menge sich zerstreut hatte, und trat dann ein. Durch die erste Tür zur Rechten und über den langen Korridor, vorbei an der Arrestzelle und Mr. Marsdens Arbeitsplatz mit seinen eindrucksvollen Aktenbergen und seinem hohen Schreibpult, begab ich mich auf dem schnellsten Wege in Sir Johns Privaträume. Seine Tür war halb geöffnet, und er war eben im Begriff, an seinem Schreibtisch Platz zu nehmen. Ich klopfte und trat dann ein.

»Jeremy, nicht wahr?« Er versetzte mich oft durch seine übernatürliche Fähigkeit, Menschen ohne Hilfe der Augen zu erkennen, in Erstaunen.

»Ja, Sir John, und ich habe den Brief aus Warwick dabei.«

»Komm herein, Junge. Mach ihn gleich auf und lies ihn mir vor.«

Ich bedurfte keiner weiteren Aufforderung. Sogleich trat ich in sein Amtszimmer, erbrach das Siegel des Briefes und begann noch im Stehen zu lesen.

»An Sir John Fielding, Richter am Bow Street Court, City of London und City of Westminster. Sehr geehrter Herr Kollege«, las ich.

»Auf Ihre Anfrage hin, ob George Bradbury sich derzeit in unserer Stadt aufhalte, habe ich Erkundigungen eingezogen, deren Ergebnisse ich Ihnen hiermit unterbreite. Er kam vor drei Wochen hier an, als sein Vater William Bradbury, ein Greis von ungefähr achtzig Jahren, noch mit dem Tode rang. Tatsächlich währte sein Kampf nicht mehr lange, denn einen Tag nach der

Ankunft seines Sohnes verstarb er. Am folgenden Tag wurde der alte Mr. Bradbury, ein allseits beliebter und geehrter Bürger unserer Stadt, ohne großes Zeremoniell beigesetzt. Dieses hastige Vorgehen löste einigen Unmut in der Gemeinde aus, denn dadurch wurde so mancher der Gelegenheit beraubt, dem Verstorbenen die letzte Ehre zu erweisen und an der Beerdigung teilzunehmen. Doch George Bradbury, als das einzige verbliebene Mitglied der Familie, setzte seinen Willen durch: Der Vater wurde begraben, das Testament wurde verlesen, der Sohn erbte alles. Das Vermögen, welches in seinen Besitz überging, bestand zum größten Teil aus Grundbesitz – dem Haus und den umliegenden Ländereien, Feldern, die einen guten Pachtzins erbrachten etc. Er ließ in der ganzen Grafschaft Bekanntmachungen anschlagen und brachte alles zur Versteigerung – mit einer Ausnahme. Haus, Mobiliar, seines Vaters persönliche Habe, Grundstücke und Ackerland, alles kam unter den Hammer und wurde verkauft. George Bradbury wollte nichts als Bargeld. Die eine Ausnahme, die ich erwähnte, war seines Vaters Pferd – eine Stute, groß wie ein Hengst und weiß wie Schnee. Sie hätte eine beträchtliche Summe eingebracht, doch der Sohn wünschte auf ihr im Triumphzug nach London zurückzureiten. Vor zwei Wochen, kaum dass seine Geschäfte hier in Warwick erledigt waren, brach er auf; vielleicht ist es auch erst zehn oder zwölf Tage her. Er hatte hier keine Freunde, von denen er sich hätte verabschieden müssen, weshalb der genaue Tag seiner Abreise schwer zu bestimmen ist.

Aus meinen bisherigen Ausführungen haben Sie vielleicht schon erraten, dass George Bradbury hier in der Stadt nicht sonderlich beliebt war. Das war er in der Tat nicht. Bevor er vor annähernd zwanzig Jahren nach London ging, war er an einer Reihe von anrüchigen Geschäften beteiligt und musste sich sogar in zwei Fällen vor einem Gericht verantworten. Bei einer dieser Gelegenheiten verhängte ich gegen ihn eine Geldstrafe in Höhe von zehn Guineas, welche sein Vater beglich. Kurz darauf zog der Sohn nach London, nachdem sein Vater ihm zwecks Gründung eines Geschäfts eine beträchtliche Summe Geldes übertragen hatte. Was mich betraf, so war ich nicht wenig erleichtert, ihn los zu sein.

Ich kenne den besonderen Grund Ihrer Anfrage nicht, wenn mir auch der gesunde Menschenverstand nahe legt, dass seine Rückkehr nach London sich verzögert haben muss. Sollte dies der Fall sein, so gestehe ich freimütig, dass es mich nicht überrascht. Als ich von seinem Plan hörte, die Reise zu Pferde und ohne Begleitung zu unternehmen, riet ich ihm davon ab. Wenn es auch von hier bis zu Ihrer großen Stadt kein sehr weiter Weg ist, so ist doch bekannt, dass es an den Straßen von Wegelagerern wimmelt. Allein das Pferd, auf dem er ritt, wäre in den Augen solcher Räuber eine lohnende Beute gewesen. Er schlug meine Warnung in den Wind, indem er sagte, er beabsichtige, sich ausreichend zu bewaffnen. Doch diese Straßenräuber sind mit allen Wassern gewaschen. Vielleicht ist er in einen Hinterhalt geraten und liegt jetzt verscharrt in irgendeinem Waldstück zwischen hier und London. Er trug einen großen Sack voll Geld bei sich – Sovereigns, Guineas und Shillings, die gesamten Einnahmen aus seiner Auktion. Sollte das Geld einem Räuber in die Hände gefallen sein, so könnte dieser sich getrost als Gutsherr in einem entlegenen Winkel des Königsreichs zur Ruhe setzen, und wir würden nie mehr etwas von der Sache hören. Soviel ich weiß, hatte Mr. Bradbury eine Frau. (Wie Sie sehen, spreche ich von ihm bereits in der Vergangenheit.) Er pflegte mit ihrer Jugend, ihrer Schönheit und ihrem Geschäftssinn zu prahlen. Machen Sie ihr keine zu großen Hoffnungen, dass ihr Mann noch am Leben ist. Vielleicht wird sie nicht allzu sehr um ihn trauern. Ich weiß, dass ich es nicht tun werde.

Sollten Sie noch weitere Informationen wünschen, so lassen Sie es mich bitte wissen. Indem ich verspreche, Ihnen alles zur Verfügung zu stellen, was ich in Erfahrung bringen kann, verbleibe ich Ihr ergebenster und gehorsamster Diener, Matthew Tiverton, Richter zu Warwick.«

»Nun, was hältst du davon, Jeremy?«, rief Sir John.

»Ich denke, es ist ein guter Brief, Sir, wenn auch deutlich daraus hervorgeht, dass Mr. Tiverton nicht viel für George Bradbury übrig hat.«

»Das kann man wohl sagen. Doch für unsere Zwecke ist der Brief nicht so hilfreich, wie ich gehofft hatte. Ich hätte mir gewünscht, dass der Richter genauere Angaben zum Tag von Bradburys Abreise hätte machen können. Aber auch so liegt das Datum lange genug zurück, sodass der Pfandleiher durchaus Zeit genug gehabt hätte, nach London zurückzukehren, um dann hier den Tod zu finden. Und Mr…. wie heißt er noch? Tiverton? – Mr. Tiverton sagt völlig zu Recht, dass unser Mann ein großes Risiko einging, indem er diese Reise ohne Begleitung unternahm, ganz gleich, wie gut er bewaffnet gewesen sein mag. Wenn es nur irgendeinen Beweis gäbe, dass Bradbury hier angekommen ist… Aber im Augenblick wüsste ich von keinem.«

»Aber was sollen wir denn tun? Einfach nur abwarten, die Augen offen halten und hoffen, dass diese Verschwörer, wie Sie sie nennen, sich zeigen, dass sie irgendeinen Fehler machen oder…«

»Nein, nein«, entgegnete Sir John, »ich denke, es ist Zeit zu handeln. Ich habe mir einen Plan zurechtgelegt, der keineswegs sehr kompliziert ist und auch nicht die Mitwirkung vieler Constables verlangt. Allerdings wird die Mithilfe deines Freundes Jimmie Bunkins vonnöten sein.«

»Bunkins, Sir?«

»Ja, Jeremy. Ob du wohl so nett wärest, ihn herzuholen? Was ich im Sinn habe, könnte es erforderlich machen, dass er seine Nachmittagslektion ein wenig verschiebt. Du solltest seinem Lehrer das erklären. Ich bezweifle nicht, dass Mr. Burnham bereit sein wird, bei dieser Sache mitzuwirken.«

»Ich gehe gleich los«, erwiderte ich, indem ich schon zur Tür eilte.

»Ja, ich bitte dich darum. Und sag ihm doch, falls er irgendwelche alten oder schmutzigen Kleider hat, soll er sie bitte anziehen.«

Was für eine sonderbare Forderung! Sie ging mir im Kopf herum, während ich auf die Bow Street hinaustrat; ich überlegte hin und her, welche Art von Unternehmung Sir John wohl vorschwebte, die es erforderlich machte, dass Bunkins seine Kleidung zerknitterte oder gar beschmutzte. Ich hätte Sir John natürlich fragen können, und vielleicht hätte er es mir auch gesagt – vielleicht aber auch nicht. Ich kam zu dem Schluss, dass es das Beste gewesen war, so zu handeln, wie ich es getan hatte – einfach zu tun, was er verlangte, und darauf zu vertrauen, dass sich alles bald aufklären würde.

Ich nahm den üblichen Weg in die St. James Street, der mich den Strand entlang und weiter über die Pall Mall führte. Kaum war ich in diese breite Straße eingebogen, als ich das Schlagen einer Trommel vernahm – oder vielmehr, wie sich herausstellte, zweier Trommeln; ich dachte, es sei vielleicht eine Parade, die auf mich zumarschierte. In der Tat war es eine Art Parade, doch die Trommeln waren gedämpft, ihr Rhythmus langsam und feierlich; ein erhabener und wehmütiger Klang. Es war ein Trauerzug, der gemessenen Schritts dahinzog. Entgegenkommende Kutschen fuhren zur Seite, um der Prozession Platz zu machen. Die Passanten blieben stehen, als der schwarz gehüllte Wagen mit dem Sarg vorüberfuhr. Einige der Männer in meiner Nähe besaßen den Anstand, ihre Hüte abzunehmen, wozu ich mich ebenfalls verpflichtet fühlte.

»Wer ist denn gestorben?«, fragte ich flüsternd den Mann neben mir.

»Lady Laningham«, antwortete er. »Angeblich ist sie eines natürlichen Todes gestorben, aber manche behaupten das Gegenteil.«

Darauf erwiderte ich nichts, sondern setzte, kaum dass die schwarze Kutsche mit der Paltrow-Familie vorbeigefahren war, den Hut wieder auf und eilte weiter. Ich zählte die Kutschen zwar nicht, doch war die Prozession jedenfalls von eindrucksvoller Länge. Obwohl ich keinen direkten Vergleich anstellen konnte, schätzte ich auf Grund des flüchtigen Eindrucks, den ich eine Woche zuvor von Lord Laninghams Trauerzug gewonnen hatte, dass die Zahl der Trauergäste in beiden Fällen etwa die gleiche war.

Ich fand es seltsam, dass ich überhaupt hatte fragen müssen, wer gestorben sei. Immerhin befand ich mich ganz in der Nähe des Laningham'schen Hauses am St. James Square, von wo aus die Prozession sich in Bewegung gesetzt hatte. Und die gerichtliche Untersuchung der Todesursache lag erst zwei Tage zurück. Dies war ein Beleg dafür, wie vollständig der vermutete Mord an Bradbury, Roundtrees mögliche Beteiligung daran sowie Clarissa Roundtrees Krankheit alles andere aus meinem Bewusstsein verdrängt hatte. Ich hielt es ebenfalls für hochinteressant, wie der Mann, an den ich meine Frage gerichtet hatte – ein gewöhnlicher Geschäftsmann, vielleicht ein Händler oder ein Ladenbesitzer der wohlhabenderen Sorte – den allgemein herrschenden Zweifeln am Urteil der Untersuchungskommission Ausdruck verliehen hatte. Ich war in Gedanken immer noch damit beschäftigt, als ich in die St. James Street einbog und auf Mr. Bilbos Haus zuschritt.

Erlauben Sie mir, verehrter Leser, um der Kürze willen einige Stunden zu überspringen und mit meiner Erzählung nahe der Mitternachtsstunde des gleichen Tages fortzufahren. Ich stand mit Constable Brede im Schatten der Spelunke gegenüber von George Bradburys Pfandhaus in der Bedford Street. Brede, der stillste und eigenbrötlerischste unter den Bow Street Runners, hatte kein Wort gesprochen, seit wir unseren Posten fünf Minuten zuvor eingenommen hatten, und auch nicht während unseres kurzen Fußmarsches von dem Mietstall an der Ecke zur Half-Moon-Passage – genau dort, wo sich die Straße zu einem schmalen Durchgang verengt – in die Bedford Street.

Sir Johns Plan war in der Tat einfach. Da Bunkins einige Tage zuvor in meiner Gegenwart Mrs. Bradbury angeboten hatte, ihr gewisse Waren zu verkaufen, die er angeblich bei einem kühnen Einbruch in irgendein großes Haus zu erbeuten gedachte, hatte Sir John vorgeschlagen, er möge sie in meiner Begleitung ein zweites Mal aufsuchen und ihr mitteilen, dass der Einbruch noch am selben Abend erfolgen würde. Sollte es sich erweisen, dass sie noch genauso erpicht darauf war, gestohlene Ware zu erwerben, wie sie es bei unserem ersten Besuch gewesen war, so würden wir um Mitternacht mit einem mit Segeltuch abgedeckten Karren wiederkommen. Bei unserer Ankunft würde Bunkins ihr mitteilen, aus welchem Haus die Beute stammte, und sodann einen Preis von ihr verlangen – ungefähr in Höhe eines Viertels des wahren Wertes. Sie würden handelseinig werden, und dann würde er das Segeltuch herunterreißen und nicht etwa einen Haufen wertvoller Gegenstände zum Vorschein bringen, sondern vielmehr zwei oder drei bewaffnete Constables, welche daraufhin aus dem Karren springen und alle festnehmen würden, derer sie habhaft werden konnten.

So war es geplant, und so – abgesehen von einigen wenigen Änderungen, die Bunkins und ich spontan vornahmen – ging es auch vonstatten. Wir wussten beide sehr wohl, dass ich mich in dem Laden nicht mehr zeigen durfte, weil zu befürchten war, dass Jackie Carver dort war; er würde mich natürlich augenblicklich als einen aus der Bow Street erkennen. Aus demselben Grund durfte ich auch nicht mit Bunkins auf dem Kutschbock sitzen. Dann waren noch diverse Einzelheiten zu klären: Ich musste zu dem Mietstall zurückgehen, um einen Wagen und ein Gespann für später zu bestellen, und Sir John wünschte, dass ich zugegen sei, wenn er denjenigen Runners, welche er für diese Aufgabe ausgewählt hatte, den Plan erläuterte.

Als er damit fertig war und die Constables sein Amtszimmer verlassen hatten, gab ich zu erkennen, wie wenig ich von seiner Methode verstand, indem ich ihn fragte, wie wir wohl den drei »Verschwörern« einen Mord nachweisen sollten, wenn wir sie doch nur wegen Hehlerei verhafteten.

»Wir werden sie wegen des geringeren Vergehens festnehmen«, hatte er erklärt, »welches leicht bewiesen werden kann, um sie dann wegen des schwereren vernehmen zu können. Es ist wichtig, dass wir sie einzeln befragen und sie davon überzeugen, dass wir alles über den Mord an George Bradbury wissen, was es zu wissen gibt, dass er für uns eine Tatsache ist, und dass wir ebenfalls wissen, dass diese drei das abscheuliche Verbrechen begangen haben. Ich werde alle Zeit der Welt haben, sie zu bearbeiten, und ich werde sie gnadenlos bearbeiten.« Worauf er ein teuflisches Grinsen aufsetzte, welches höchst theatralisch wirkte. »Hätte ich doch nur ein Paar Daumenschrauben!«, rief er aus. »Damit würde ich die Geständnisse augenblicklich aus ihnen herausquetschen – wenn nicht schon eher!«

Konnte das sein Ernst sein? Selbstverständlich nicht. Es kam allerdings selten vor, dass er mit solchen Dingen scherzte. Dass er es nun tat, ließ mich ahnen, mit welcher Vorfreude er der sportlichen Herausforderung an Witz und Willenskraft entgegensah, welche die Verhöre für ihn darstellten.

Und so warteten wir nun, Mr. Brede und ich. Er war vielleicht sehr still, doch aus der Kaschemme, vor der wir standen, drang reichlich Lärm heraus. Zweifellos hätte er schreien müssen, um sich verständlich zu machen. Da Mr. Brede aber niemals schrie, sagte er überhaupt nichts. Nein, nicht einmal dann, als das Gespann mit dem Wagen endlich auftauchte. Ich hatte das Pfandhaus beobachtet, um festzustellen, ob sich irgendetwas bewegte oder ein Licht angezündet wurde, als ich plötzlich einen leichten Stoß am Arm verspürte. Ich sah auf und bemerkte, dass der Constable die Straße hinunter zeigte. Da war der Wagen, schwach beleuchtet von den Straßenlaternen; Bunkins saß hoch oben auf dem Bock, und hinter ihm, verborgen unter der Segeltuchplane, lauerten Mr. Perkins und Mr. Bailey, schwer bewaffnet und jeden Moment bereit, herauszuspringen und zuzuschlagen.

Bunkins schien das Gespann recht gut im Griff zu haben. Es waren zwei alte Graue, die nicht viel lebendiger aussahen als die gespensterhaften spatkranken Klepper, die den Wagen des Harkers gezogen hatten, wenn dieser die Toten eingesammelt hatte. Dennoch erwiesen sie sich als störrisch. Das einzig schwierige Manöver, das Bunkins zu bewältigen hatte, bestand darin, mit dem Gespann und dem Wagen in den dunklen, engen Durchgang gleich neben dem Pfandhaus einzubiegen, der zum Hinterhof führte. Zweifellos hatte er ein solches Manöver schon einmal mit einer größeren Kutsche und einem Vierergespann vollführt. Allerdings waren Mr. Bilbos Pferde jünger, besser genährt und für solche Aufgaben abgerichtet; und gewiss hatte auch Mr. Bilbos Kutscher neben Bunkins gesessen und ihm in schwierigen Momenten mit Rat und Tat beigestanden. Wie dem auch sei, und ob es nun Bunkins' Schuld war oder nicht, jedenfalls scheuten die Pferde am Eingang der Passage. Nachdem er sie eine ganze Weile abwechselnd angespornt und ihnen gut zugeredet hatte, gab Bunkins schließlich auf, stieg mit der Öllampe von seinem Sitz herab und zog und zerrte so lange am Zaumzeug der Gäule, bis sie ihm schließlich durch die Passage folgten. Dabei kündigte er seine Ankunft durch lautes Rufen an. Im oberen Stock des Pfandhauses ging ein Licht an.

Mr. Brede gab mir ein Zeichen, dass er nun hinübergehen würde, um die Einfahrt zu bewachen für den Fall, dass irgendjemand so töricht sein sollte, über die Straße fliehen zu wollen. Wir hatten abgemacht, dass ich mich an der Eingangstür, dem unwahrscheinlichsten Fluchtweg, postieren würde, da ich kein Constable war und daher, bis auf den Knüppel, den alle Runners mit sich führen, keine Waffe trug. Die anderen hatten alle Pistolen im Gürtel; Mr. Brede außerdem noch einen Säbel. Nachdem ich ebenfalls die Straße überquert hatte, nahm ich meinen Posten an einer Stelle direkt neben der Tür ein, wo ich von innen nicht gesehen werden konnte. Ich nickte dem Constable zu, der nicht mehr als zwanzig Fuß von mir entfernt war. Er erwiderte mein Nicken. Wir warteten.

In irgendeiner anderen Nacht, die nicht so kalt und feucht, so neblig und düster wie jene war, hätte die Bedford Street wohl von Betrunkenen gewimmelt, die stets zu Dummheiten aufgelegt waren, sodass sie, wenn sie einen wartenden Constable erblickt hätten, sich einen Spaß daraus gemacht hätten, den Übeltäter mit einem lauten Ruf zu warnen. Aber in jener Nacht war es anders. Ich blickte links und rechts die Straße hinunter und sah keinen Menschen. All die krakeelenden Zecher hatten sich in die Kneipen und Spelunken entlang der Straße verkrochen, wo sie sich innerlich und äußerlich aufwärmten. Unwillkürlich wünschte ich mir, Roundtree möge sich unter ihnen befinden.

Obgleich wir niemanden sahen, begannen wir doch nach zwei oder drei Minuten hinter dem Laden Stimmen zu hören – zwar vernahmen wir sie nur undeutlich, aber dennoch konnte ich eine als die von Bunkins ausmachen, während die andere, höhere, die mal jammernd und mal herrisch klang, nur Mrs. Bradbury gehören konnte. Die beiden feilschten und zankten eine ganze Weile, bis schließlich eine Pause von fast einer Minute eintrat – dann Schreie, Schritte, ein Schuss! Die Constables waren in Aktion getreten!

Sofort hatte ich meinen Knüppel in der Hand. Eine hoch gewachsene Gestalt kam aus der Passage gestürmt. Mr. Brede, ebenso groß, aber erheblich breiter, packte den Burschen und warf ihn zu Boden. Es musste Roundtree sein – und er war es. Im gleichen Augenblick hörte ich, wie sich hinter der Ladentür etwas regte. Einer von ihnen fummelte mit einem Schlüssel im Schloss herum. Das musste doch … ja, er war es – Jackie Carver. Ich machte einen Satz zur Seite, als die Tür aufsprang. Kaum war er draußen, begann er auch schon loszurennen, und ich hätte ihn vielleicht verfehlt, wenn er sich nicht in meine Richtung gewandt hätte. Ich sprang hinter ihm her und versetzte ihm mit meinem Knüppel einen kräftigen Schlag in die Kniekehle. Ich hatte gehofft, ihn damit zu Fall zu bringen, doch er schwankte nur, stürzte aber nicht. Es gelang ihm, sich wieder aufzurichten, und er drehte sich zu mir um. In seiner Hand blitzte der Gegenstand, in den er so großes Vertrauen setzte – sein Messer. Ich schloss zu ihm auf. Und dann sah ich plötzlich an seinem Gesicht, dass er mich wieder erkannt hatte. Wie außer sich heulte er auf:

»Du!«

Ich rechnete damit, dass er sich mit dem Messer voran auf mich stürzen würde. Stattdessen drehte er sich um und rannte los. Ich hatte mich auf seinen Angriff eingestellt und brauchte einen Moment, bis ich entsprechend reagierte – einen Moment zu lange, wie sich herausstellte. Denn der Schuss, der hinter dem Pfandhaus abgefeuert worden war, hatte eine große Menschenmenge aus der Spelunke auf der anderen Straßenseite hervorgelockt. Dort standen sie, und noch immer strömten welche aus der Tür heraus, doch dann teilten sie sich plötzlich und machten Jackie Carver eine Gasse frei, durch die er entkam. Als ich jedoch einen Moment darauf – eben diesen Moment zu spät – die Menschentraube erreichte, hatte sich die Gasse wieder geschlossen. Ein Dutzend Hände stießen mich zurück. Er war einer der Ihren, und sie würden es nicht zulassen, dass man Jagd auf ihn machte. Ich stand einen Augenblick lang da, kochend vor Wut, und ließ meinen Knüppel in einem zornigen Rhythmus auf meine linke Handfläche klatschen. Dann hob ich ihn in einer gewaltigen Drohgebärde über meinen Kopf und ging in Angriffsstellung; ich hoffte wohl, mir den Weg frei prügeln zu können. Bevor es dazu kam, ertönte jedoch hinter mir eine Stimme, die ich sogleich als die von Constable Perkins erkannte.

»Lass ab, Jeremy«, rief er. »Wenn du nicht nachgibst, bekommen wir hier noch einen Aufruhr. Wir sind nur zu viert – und das reicht einfach nicht.«

10. KAPITEL

In welchem ich Roundtree erfolgreich verhöre

Bunkins erzählte mir, dass die Aktion im Hinterhof des Pfandhauses von Anfang an nicht ganz nach Plan verlaufen sei. »Zuerst«, erklärte er, »hab ich das Gespann zu weit in den Hof reingeführt; der war nämlich ziemlich groß. Mrs. B. und Jackie Carver und der große Dürre, die kamen gleich rausgerannt, als hätten sie nur auf mich gewartet. Aber bloß die Alte ist rübergekommen, um mit mir zu handeln. Die zwei Kerle sind beim Haus stehen geblieben. Wir haben also gefeilscht, Mrs. B. und ich, und haben uns auf 'nen guten Preis geeinigt, bei einem Viertel vom Wert sind wir rausgekommen, und ich mach mich dran, die Stricke aufzuknoten und rufe, dass mir jemand helfen soll. Aber irgendwie hab ich mir gedacht, dass sie zu schnell eingeschlagen hat, und dann hängt sie mir auch noch so im Nacken und will gleich gucken, was ich da in dem Karren habe. Die anderen stehen immer noch hinten beim Haus, und ich fang an zu denken, vielleicht wollen sie mir ja alles rauben, die Pferde und den Wagen und alles, und mich wollen sie vielleicht umlegen und in Stücke schneiden, wie sie's mit dem alten Bradbury gemacht haben. Ich war verdammt froh, dass da die Constables in dem Karren waren und nicht irgendwelches Tafelsilber, goldene Teller oder Bilder und so.

Jedenfalls, ich krieg also schließlich die Stricke an dem einen Ende los und will mich gerade an die am anderen Ende machen, da geht diese Mrs. B. frech wie Rotz hin und zieht das Segeltuch weg, um reinzulinsen, und guckt Constable Bailey direkt ins Gesicht. Sie kreischt drauflos, und Constable Bailey steht auf und springt mit der Pistole in der Hand vom Karren runter. Aber statt dass er hinter den zwei Kerlen herrennt – weil er wohl nicht gewusst hat, wo sie waren, und sie nicht sehen konnte, weil sie im Schatten vom Haus gestanden haben –, fängt er an, das Weibsstück kreuz und quer über den Hof zu jagen. Dann krieg ich das andere Seil aufgeknotet, wo Constable Perkins unter dem Segeltuch hockt. Er springt auf und sieht gleich, was Sache ist, wie die zwei Kerle ihre Haut zu retten versuchen. Und was tut er? Er feuert seine Pistole ab – nicht auf einen von denen, sondern in die Luft, damit ihr wisst, dass die Burschen kommen. Und den Rest der Geschichte kennst du ja wohl.«

Wir waren zusammen unterwegs, um das Gespann zum Mietstall zurückzuführen. Es war eine so kurze Strecke, dass es sich nicht lohnte, auf den Bock zu steigen, nachdem wir die Pferde durch die Passage gelotst hatten. Sie folgten uns willig, denn sie schienen zu wissen, dass es nach Hause ging. Nachdem ich Bunkins' Bericht über die Ereignisse im Hof des Pfandhauses gehört hatte, war ich insgeheim einigermaßen erleichtert, dass es auf ihrer Seite auch nicht ganz reibungslos abgelaufen war. Trotz Mr. Perkins' aufmunternder Worte – »Mach dir nichts draus, Junge, wenn du ihm wirklich eins in die Kniekehle versetzt hast, wird er mit dem lahmen Bein nicht weit kommen« – hatte ich das Gefühl, die anderen enttäuscht zu haben, vor allem Sir John. Auf Bunkins' Rede wusste ich nicht viel zu erwidern, und so murmelte ich nur: »Den Rest kenne ich nur zu gut.«

»Ach, du hast wohl ein blödes Gefühl, weil Jackie Carver entkommen ist, was? Na, das solltest du aber nicht. Er ist doch vor dir weggerannt, oder nicht? Du hast ihm mit diesem Knüppel von Mr. Perkins einen ganz schönen Schrecken eingejagt.«

»Scheint so«, erwiderte ich.

Wir trotteten weiter. Wir konnten den Stall schon sehen; er war durch zwei Lampen an der Hausfront hell erleuchtet. Die Pferde legten sich ungeduldig ins Zeug. Wir hatten große Mühe, mit ihnen Schritt zu halten.

»Aber eins muss ich dir sagen«, meinte Bunkins. »An deiner Stelle würde ich aufpassen, was hinter meinem Rücken passiert, solange Jackie Carver frei rumläuft. Besonders nachts. Und das Klügste wäre, wenn du diesen Knüppel auch tagsüber immer dabei hättest.«

Unter solch heiteren Gesprächen erreichten wir unser Ziel. Die Pferde kannten tatsächlich den Weg, daran gab es keinen Zweifel. Wir waren kaum angekommen, da trabten sie auch schon in den Stall hinein. Doch wir holten sie rasch ein und fanden den Stallknecht, der uns bereits erwartete, einen gesprächigen Burschen von schmächtiger Gestalt, der sich sogleich ans Ausspannen machte.

»Na«, meinte er, »das hat ja nicht lange gedauert. Sagt mal, habt ihr tatsächlich die Schurken gefangen, hinter denen ihr her wart?«

»Zwei haben wir erwischt«, antwortete Bunkins, der im Gegensatz zu mir durchaus bereit war, über die Sache zu reden.

»Ganz schön schlau, die Constables so unter dem Tuch zu verstecken.«

Bunkins ließ diese Bemerkung unkommentiert stehen. Doch er hatte eine Beschwerde vorzubringen: »Die Pferde haben gescheut, sie wollten einfach nicht in den Durchgang rein. Ich musste sie am Zaumzeug führen.«

»War es dunkel?«

»Ja, allerdings, aber ...«

»Es liegt nur an dem hier« – er gab dem linken Pferd eine leichten Klaps auf den Kopf –, »der hat nämlich Angst im Dunkeln. Und der hier« –, er gab dem zweiten Pferd einen Klaps auf den Hals –, »der macht nur, was der andere ihm sagt. Wenn du nicht die Lampe in der Hand gehabt hättest, dann würdest du jetzt immer noch da stehen und warten, dass sie sich vom Fleck rühren.«

»Davon haben Sie mir nichts gesagt.«

»Du hast ja nicht gefragt.«

»Wär's nicht angebracht, wenn Sie Ihre Kunden über die Eigenheiten Ihrer Pferde informieren würden?«

»Ach, das ist ja was ganz anderes. Jedes von denen hat so viele davon. Also, da sind die ganz wie die Menschen. Da gibt's eins, wisst ihr, das...«

Bunkins ließ ihn weiterreden, ich dagegen hatte genug von ihrer Streiterei. Ich wanderte zwischen den Ställen hin und her, sah mir die schlafenden Pferde an und fragte mich, wie sie es wohl fertig brachten, auf den Beinen zu bleiben, während sie so schliefen, die hübschen Köpfe gesenkt. Eines von ihnen war wirklich ein prächtiges Tier. Es überragte alle anderen – oder hätte sie überragt, hätten sie alle aufrecht gestanden. Ich stand eine Weile da und staunte es an – ein wunderschönes Pferd, weiß wie Schnee...

Ich machte auf dem Absatz kehrt und rannte zurück zu dem Stallknecht, der immer noch wie ein Wasserfall redete, und fiel ihm ganz aufgeregt ins Wort.

»Hören Sie mal, Sir«, rief ich, »das Pferd da hinten, der Schimmel, ist das eine Stute?«

»Unterbrich mich nicht, ich erzähle deinem Kumpel gerade eine ganz spannende Geschichte«, schimpfte er.

»Vergessen Sie die Geschichte«, versetzte ich. »Beantworten Sie meine Frage, und zwar schnell.«

»Na, nun werd mal nicht frech, junger Bursche! Also, wie jeder Narr erkennen kann – denn das letzte Mal, als ich hingeguckt habe, hat sie mir das Hinterteil zugekehrt – ist das eine Stute. Falls sie sich inzwischen umgedreht hat, gebe ich zu, dass deine Frage vernünftig ist, denn sie ist so groß wie mancher Hengst.«

»Wem gehört sie?«

»Na, dem Besitzer dieses Mietstalls, junger Herr, falls dich das überhaupt was angeht. Eine Woche ist's her, dass er sie gekauft hat, vielleicht auch länger.«

»Von wem? Wem hat er sie abgekauft?«

»Das hat er mir bestimmt nicht gesagt. Er hat nur gesagt, er rechnet damit, dass er sie für ein hübsches Sümmchen vermieten kann, wenn der Frühling kommt und die jungen Stutzer im Park ausreiten wollen.«

»Jimmie B.«, sagte ich zu meinem Freund, »ich muss zurück in die Bow Street, um Sir John Bericht zu erstatten. Wir sehen uns morgen im Gericht.« Dann wandte ich mich an den Stallknecht. »Verzeihen Sie die Störung, Sir. Fahren Sie fort mit Ihrer Geschichte.«

Und dann nahm ich die Beine in die Hand. Obwohl ich in großer Eile war, wählte ich die längere Strecke, wollte ich doch die Bedford Street und eventuell noch verbliebene Reste des Pöbels aus der Kaschemme unbedingt meiden. Ich lief die Maiden Lane entlang, vorbei an der Synagoge, und weiter zur Tavistock Street, wo Mr. Donnelly früher seine Patienten empfangen hatte. Und stets achtete ich darauf, mich in der Mitte der Straße zu halten, denn ich nahm Bunkins' Warnung vor Jackie Carver ausgesprochen ernst. Um diese nächtliche Stunde waren nur wenige Pferdefuhrwerke unterwegs, und diesen wich ich mühelos aus.

So kam ich in der Bow Street Nummer vier an. Ich ging hinein und suchte Sir John, doch er war nirgends zu sehen – gewiss war er in seinem Amtszimmer, wo er Mrs. Bradbury oder Roundtree verhörte. Aber nein, die beiden waren in der Arrestzelle und tuschelten hinter den Gitterstäben miteinander; mich sahen sie nicht. Dann traf ich auf Mr. Baker, den Nachtwächter, Gefängniswärter, Waffenmeister und Reservemann der Runners. Er unterhielt sich ernsthaft mit dem jungen Mr. Cowley, der gerade seinen Dienst wieder angetreten hatte, nachdem er vor gut einer Woche durch die Messerattacke verletzt worden war. Als ich auf ihn zutrat, zog er sich zurück.

»In Ordnung, wird gemacht, Mr. Baker«, sagte er. Dann, indem er mir im Vorbeigehen flüchtig zunickte: »Jeremy.« Ich sah ihm nach; er hinkte ein wenig.

»Ich bin überrascht, ihn so bald schon wieder zu sehen«, sagte ich.

»Oh, es wird noch gut zwei Wochen dauern, bis er wieder voll einsatzfähig ist. Es war Sir Johns Idee, dass er sich hier bei mir vielleicht nützlich machen könnte – ich hatte da so meine

Zweifel. Ich habe ihn gerade geschickt, uns im Shakespeare's Head was zu essen zu holen. Dafür kann man ihn immerhin gebrauchen.«

Mr. Cowley war bei den übrigen Runners nicht eben beliebt.

»Ich bin auf der Suche nach Sir John. Ist er in seinem Amtszimmer?«

»Nein, vor etwa einer Viertelstunde hat er mir gute Nacht gesagt und ist nach oben gegangen. Er schien enttäuscht, weil Bailey und Perkins nur zwei Gefangene mitgebracht haben. Hat wohl mit dreien gerechnet.«

Als ich das hörte, fiel meine Stimmung, die sich durch die Entdeckung der weißen Stute gehoben hatte, sogleich wieder wie ein Stein in die Tiefe.

»Ach«, sagte ich, »dann gehe ich wohl besser auch nach oben.« Schließlich war es durchaus möglich, dass er noch wach war.

»Gute Nacht denn.«

Mit schwerem Herzen verabschiedete ich mich von ihm und machte mich auf den Weg zu meiner schmalen Pritsche vor dem Kamin. Doch als ich an der Arrestzelle vorbeikam, konnte ich Roundtree nicht übersehen; er lehnte an den Gitterstäben und winkte mich eifrig zu sich heran. Ich ging zu ihm. Mir war nicht danach, mit ihm zu reden, doch ich konnte dem armen Kerl seinen Wunsch nicht abschlagen.

»Wie geht es ihr?«, flüsterte er. Ich musste ihn nicht fragen, wen er meinte.

»Schon sehr viel besser«, antwortete ich ebenfalls im Flüsterton. »Sie ist heute zum ersten Mal aufgestanden. Heute Mittag habe ich ihr eine Tasse Tee gekocht, und ich hatte den Eindruck, dass sie auf dem Wege der Besserung ist. Seither habe ich sie allerdings nicht mehr gesehen, denn ich war die ganze Zeit unterwegs.«

»Warst wohl schwer damit beschäftigt, mich zu Fall zu bringen, was?«

»Mr. Roundtree, was immer ich auch zu diesem Täuschungsmanöver beigetragen habe, das zu Ihrer Festnahme führte, es geschah alles auf Anweisung von Sir John. Vielleicht haben Sie vergessen, dass Sie über eine Woche lang auf der Flucht waren und dass Sie ein Angebot, sich unter für Sie sehr günstigen Bedingungen zu stellen, ausgeschlagen haben. Nein, Sir, ich habe Sie nicht zu Fall gebracht, und auch Sir John nicht. Sie selbst sind für Ihre gegenwärtige Lage verantwortlich, und kein anderer. Denken Sie darüber nach, dann werden Sie mir sicherlich beipflichten.«

So verließ ich ihn, und indem ich ihm den Rücken kehrte, bemerkte ich, dass Mrs. Bradbury sich aus ihrer Ecke der Zelle erhoben hatte und auf Roundtree zuging, zweifellos um ihn über den Inhalt unserer geflüsterten Unterhaltung auszufragen. Ich fragte mich, ob sie wohl wusste, dass Roundtrees Tochter oben in meinem Bett lag. Ich wettete mit mir selbst, dass sie es nicht wusste.

Ich schlich die Treppe hinauf und in die Küche. Das Feuer flackerte hell. Jemand hatte eine zusätzliche Decke auf mein provisorisches Bett gelegt. Auf dem Tisch fand ich etwas Brot und kaltes Rindfleisch, das Annie mir hingelegt hatte. Da ich kein Abendbrot bekommen hatte, war ich ebenso hungrig wie müde. Ich aß beim Schein des Feuers und kroch dann erschöpft unter die Decke, ohne mir die Mühe zu machen, mehr als den Hut, den Mantel und die Schuhe abzulegen. Es war schön warm unter der Decke, und bald schon schlief ich tief und fest.

Da der folgende Tag ein Sonntag war, erwachte das Haus etwas später als gewöhnlich zu neuem Leben, und ich war froh über die ein, zwei Stunden, die ich länger unter der Decke verweilen durfte. Irgendwann nahm ich verschwommen wahr, dass sich um mich herum etwas regte, und ganz allmählich tauchte ich aus dem Tiefschlaf auf. Das Feuer war noch nicht gänzlich erloschen; es war Annie also gelungen, es zu unterhalten, und sie hatte mich nicht wecken müssen, um es wieder in Gang zu bringen. Sie hatte auch schon das Wasser aufgesetzt, und so wurde ich erst richtig wach, als sie mich mit dem Fuß anstieß und mich einlud, eine Tasse Tee zu trinken.

Aufzuwachen und sogleich eine Tasse heißen, frisch aufgebrühten Tees serviert zu bekommen – das heißt in der Tat, das Leben eines Edelmannes zu führen. Ich hatte gehört, dass manche dieser Leute jeden Morgen in dem großen Bett frühstückten, in dem sie geschlafen hatten, und so die Vorrechte der Kranken in Anspruch nahmen, ohne selbst krank zu sein. Ach, wer solche Privilegien genießen, solch ein Leben führen konnte!

»Wie geht es unserer Patientin?«, fragte ich Annie.

»Nicht ganz so gut, wie sie behauptet, aber nicht schlecht.«

»Gestern ist sie aufgestanden und zu mir in die Küche gekommen«, sagte ich. »Ich habe eine Kanne Tee gekocht, weil sie eine Tasse wollte, und dann musste ich los, bevor ich noch meinen Tee trinken konnte.«

»Ja, sie hat dann die ganze Kanne ausgetrunken, und nachher hat sie mich noch eine kochen lassen, als ich vom Unterricht zurückkam. Die haben wir dann zusammen getrunken. Wir haben uns großartig amüsiert, wirklich.«

»Also so was, dabei hatte sie mir versprochen, gleich ins Bett zu gehen, sobald sie diese eine Tasse ausgetrunken hätte. Dem Mädchen ist einfach nicht zu trauen!«

»Vielleicht, aber ich glaube nicht, dass es ihr geschadet hat. Hier drin war es den ganzen Nachmittag schön warm, und sie hat mir viele Geschichten aus ihren Tagen im Armenhaus erzählt. Manche davon waren natürlich ganz furchtbar, genau wie man's erwarten würde – aber manche waren auch richtig komisch. Ach, was hab ich gelacht! Und sie hat immer schön weitergearbeitet und dabei die ganze Zeit Geschichten erzählt. Aber dann ist Lady Fielding nach Hause gekommen und hat sie gleich ins Bett gesteckt.«

»*Gearbeitet?* Du sagst, sie hat gearbeitet – was hat sie denn gemacht?«

»Na, die …«

In diesem Moment hörten wir Schritte auf der Treppe – ganz

unverkennbar die von Lady Fielding. Annie legte den Zeigefinger an die Lippen, um mich zu ermahnen, still zu sein, und unterstrich ihre Aufforderung mit einem Augenzwinkern. Und da tauchte unsere Herrin auch schon auf, angetan mit einem ihrer besten Kleider und mit einem Medaillon, das sie an einer goldenen Kette um den Hals trug – ein Geschenk von Sir John zu ihrem letzten Hochzeitstag. Über den Arm hatte sie ihr Cape geworfen. Offensichtlich war sie im Begriff auszugehen; allerdings schien ihr Ziel gewiss nicht das Magdalenenheim zu sein.

»Oh, Mylady, Sie sehen entzückend aus!«, rief Annie.

»Danke, mein Liebes. Ich gehe heute Morgen in die Kirche.«

»In die Kirche?«, wiederholten wir beide ungläubig. Der Besuch des Gottesdienstes gehörte nicht eben zu den regelmäßigen Ereignissen im Leben von uns vieren, die wir über dem Bow Street Court wohnten.

»Ja«, erwiderte sie mit einer gewissen Entschlossenheit. »Ich muss in einer gewissen Angelegenheit einige Gebete loswerden, und ich denke, dass ich das am besten in der dafür vorgesehenen Umgebung tue.«

»Möchten Sie nicht eine Tasse Tee trinken, bevor Sie gehen?«

»Nein, Annie, ich muss noch den ganzen Weg durch Covent Garden gehen, und in zehn Minuten fängt in St. Paul's die Messe an.«

Sie warf sich ihr Cape um und schnürte es zu.

»Ach, übrigens, Jeremy, ich muss dir gratulieren, dass du es geschafft hast, den Rest dieser verflixten Bettelbriefe auch noch abzuschreiben.«

»Den Rest ...« Ich sah Annie an. »Also das hat sie ...«

Annie nickte.

Ich seufzte. »So gerne ich mir das als Verdienst anrechnen würde, Madam, ich hatte gestern leider erst fünf Abschriften geschafft, bevor Sir John mich zum ersten Mal rufen ließ, und dann folgte den ganzen Tag lang ein Auftrag dem anderen. Ich bin gar nicht mehr dazu gekommen, mich dem zu widmen, was

Sie mir aufgetragen haben. Es muss wohl so sein, dass Clarissa den Rest erledigt hat.«

Lady Fielding lächelte verschmitzt. »Ich dachte schon, deine Handschrift hätte sich nach den ersten paar Kopien merklich gebessert«, sagte sie. »Sie war plötzlich viel sauberer und fließender, nicht mehr so eckig – mit einem Wort, irgendwie weiblicher. Insgesamt einfach besser. Du darfst das Kompliment, das ich dir gemacht habe, an sie weiterreichen. Hat schon jemand nach ihr gesehen? Tut das doch bitte.« Worauf sie ihren Hut aufsetzte und sagte: »Nun denn, auf Wiedersehen, ihr zwei. Ich muss gehen.«

Und fort war sie. Wir hörten sie in halsbrecherischem Tempo die Treppe hinunterstürmen. So machte sie es immer – und doch hatte sie noch nie einen Fehltritt getan.

Ich trug eine Pfanne mit glühenden Kohlen und Spänen nach oben, um das Kohlenbecken aufzufüllen. Das Feuer darin war während der Nacht gänzlich erloschen. Clarissa schlief weiter, während ich das Fenster weit öffnete und die Asche hinaus in den Hof kippte. Ob ich sie nun geweckt hatte, als ich die Kohlen einfüllte, oder ob sie, wie sie behauptete, durch den heraufziehenden Duft des gebratenen Specks wach geworden war, weiß ich nicht zu sagen. Jedenfalls hatte sie die Augen weit offen und lächelte mich an, als ich gerade wieder gehen wollte. Ich übermittelte ihr Lady Fieldings Dank und Lob, welches sie hinnahm, als ob es ihr selbstverständlich zustünde. Doch ich mochte sie nicht so leicht davonkommen lassen.

»Du hattest mir versprochen, du würdest gleich wieder ins Bett gehen, sobald du den Tee, den ich dir gekocht hatte, ausgetrunken hättest. Weißt du noch?«

»Ich weiß«, erwiderte sie und wandte sich schmollend ab.

»Ist ein Versprechen von dir so wenig wert?«

»Ach, pah!«, sagte sie, wie es ihre Angewohnheit war. »Es war aber doch für einen guten Zweck, oder nicht?«

»Das kann ich nicht bestreiten. Aber ein Versprechen ist ein Versprechen.«

»Du gehst mir auf die Nerven. Jetzt verschwinde bitte, damit ich den Nachttopf benutzen kann.«

Ich drehte mich um und stolzierte beleidigt aus dem Zimmer.

»Mach bitte die Tür zu – und sag Annie, ich werde sofort herunterkommen, um ihr mit dem Frühstück zu helfen.«

»Du sollst im Bett bleiben. Begreifst du das denn nicht?«

»Mr. Donnelly hat gesagt, es ist meine Entscheidung, solange ich mich nur immer warm halte – also, was willst du denn?«

Ohne mich umzudrehen, schlug ich die Tür hinter mir zu und ging die Treppe hinunter.

Sir John saß bereits fertig angezogen am Tisch. Er nippte gerade an einer Tasse Tee, während Annie ihm einen Teller mit Hühnereiern und zwei dicken Speckstreifen servierte.

»Was haben wir denn da?«, sagte Sir John und inhalierte tief. »Speck *und* Eier? Was feiern wir denn mit diesem morgendlichen Festmahl?«

»Nun ja, Sir«, erwiderte Annie, »Sie und Jeremy waren doch bis spätabends in Gerichtsangelegenheiten unterwegs, und schließlich waren Sie es, der gesagt hat, wenn ein Mann schon nicht seinen Schlaf bekommt, muss er wenigstens gut essen, denn irgendwoher muss er ja seine Energie kriegen.«

»Das habe ich gesagt, in der Tat.«

»Jeremys Frühstück ist auch schon unterwegs.«

Während Annie sich wieder ihrer Arbeit zuwandte, setzte ich mich an den Tisch und zog meinen Stuhl dicht an Sir John heran.

»Sir, ich muss Ihnen etwas erzählen«, sagte ich mit gedämpfter Stimme.

»Über die Geschichte gestern Abend bei Bradbury? Nun, gräm dich nicht, Junge«, entgegnete er. »Diese Pläne, die ich mir zurechtlege, gehen manchmal nicht so ganz auf.« Er nahm eine Gabel voll in den Mund, kaute und schluckte und nahm dann noch einen Bissen, wobei ihm ein wenig Eigelb auf die Weste tropfte.

»Nein, Sir, es geht um …«

Doch er fuhr fort: »Mr. Perkins erzählte mir, wie der jüngere Kerl durch die Menschenmenge gelaufen ist und wie die Menschenmenge sich dann vor ihm – Mr. Perkins – wieder geschlossen und ihm so die Verfolgung unmöglich gemacht hat. Mit einer Pistole auf irgendeinen von ihnen zu zielen wäre ein Fehler gewesen. Hätte man einen Schuss abgefeuert, wäre wahrscheinlich ein Aufruhr ausgebrochen. Er hat sich in dieser Situation genau richtig verhalten.«

Ich schwieg, denn ich musste darüber nachdenken, was Sir John soeben gesagt hatte. Es dauerte einen Moment, bis ich begriff, dass Constable Perkins statt meiner die Schuld für Jackie Carvers Entkommen auf sich genommen hatte. Sollte ich ihm sagen, wie es wirklich gewesen war? Vielleicht später. Wichtig war in diesem Moment zunächst, meine Geschichte mit der weißen Stute loszuwerden.

»Nein, Sir«, sagte ich, »was ich Ihnen zu berichten habe, hat nichts mit dem gestrigen Geschehen bei dem Pfandhaus zu tun. Es geht um das, was ich gesehen habe, als Bunkins und ich das Gespann und den Karren zu dem Mietstall zurückbrachten.«

»Ach … so, so – was hast du denn da gesehen?«

»Ein weißes Pferd – eine Stute, so groß wie ein Hengst, wie man mir sagte.« Dann erzählte ich die Geschichte in allen Einzelheiten, während Sir John zuhörte und dabei weiteraß und gelegentlich nickte. Besonders hatte es ihm die Frage der Zeit angetan.

»Und wann wurde die Stute dem Stallknecht zufolge gekauft – vor einer Woche?«

»Nein, Sir«, antwortete ich, »er sagte, es sei eine Woche oder *länger* her. Ich würde schätzen, dass es vor ungefähr zwei Wochen war.«

»Der Besitzer des Stalles sollte das natürlich wissen. Er wird das Geschäft irgendwo dokumentiert haben.«

»Und wer weiß, vielleicht hat Mrs. Bradbury das Tier ja ein, zwei Tage lang behalten und sich überlegt, was sie damit anfangen sollte.«

»Dieser Stall – du sagst, er ist ganz in der Nähe des Pfandhauses in der Bedford Street?«

»O ja, ganz in der Nähe. Er ist in der Half-Moon-Passage, kurz vor der Stelle, wo sie sich zu dem Durchgang zum Strand verengt.«

»Natürlich, ich kenne die Stelle. Ich habe den Stall oft im Vorübergehen gerochen.« Er sagte eine Weile gar nichts, dann schürzte er die Lippen und nickte bedächtig. »Es könnte just das Pferd sein, das George Bradbury von Warwick hierher geritten hat. Wenn wir nachweisen können, dass es dem Stallmeister von einem unserer drei Verschwörer verkauft wurde, dann wissen wir, dass er wohlbehalten in London angekommen ist.«

»Und hier ermordet wurde«, warf ich ein.

»Das ist ein ziemlicher Gedankensprung, doch wir könnten ihn durchaus vollführen. Wir werden sehen.«

»Jeremy!«, rief Annie ungehalten. »Es kommt nicht jeden Tag vor, dass du Eier zum Frühstück kriegst. Lass sie nicht kalt werden!«

Ich sah nach unten und stellte fest, dass ein Teller mit Eiern und Speck vor mir auf dem Tisch stand. Wie oder wann er dort hingekommen war, konnte ich beim besten Willen nicht sagen, so sehr hatte mich die Übermittlung meiner Nachricht an Sir John in Anspruch genommen. Ich nickte ihr zu und machte mich über das Festmahl her.

»Wenn du fertig gegessen hast, Jeremy, möchte ich, dass du zu dem Mietstall in der Half-Moon-Passage zurückgehst, den Besitzer aufsuchst und dir von ihm so viele Einzelheiten wie möglich geben lässt. Sollte seine Beschreibung des Verkäufers der weißen Stute auf eine der beiden Personen in unserem Gewahrsam passen, dann bring ihn hierher in die Bow Street – sag ihm, ich bestehe darauf, dass er kommt –, und dann wird er ihn oder sie für uns von Angesicht zu Angesicht identifizieren.«

»Das werde ich tun, Sir, genau wie Sie es mir gesagt haben.«

Da hörte ich ein Getrappel auf den Treppenstufen, das mir

noch vom Vortag wohl vertraut war. Es war Miss Pah, die zum Frühstück herunterkam – in meinen alten Schuhen.

»Aber zum Teufel«, sagte Sir John, »ich fürchte, ich muss dich noch etwas länger aufhalten, Junge. Ich brauche heute Morgen eine Rasur, wegen dieses Abendessens bei Laningham, zu dem wir eingeladen sind. Andererseits – du hast mich doch erst gestern rasiert, nicht wahr?«

»Nein, Sir, das war vorgestern.«

Er rieb sich prüfend die Wangen. »Nun ja« meinte er, »ich bin wohl tatsächlich fällig.«

Mein erneuter Besuch in dem Mietstall erwies sich als nur teilweise erfolgreich. Als ich dort ankam, teilte mir einer der zwei anwesenden Stallknechte (zu denen natürlich nicht der Nachtwächter gehörte, welcher inzwischen nach Hause gegangen war) mit, dass der Besitzer frühestens in einer Stunde zurückerwartet würde. Ich sagte ihm, ich sei auf Geheiß von Sir John Fielding gekommen, dem Richter vom Bow Street Court, und würde in einer Stunde wiederkommen, um mit dem Stallmeister zu sprechen.

Ich hatte noch einen anderen Auftrag zu erledigen. Sir John hatte mich ebenfalls gebeten, in dem Pfandhaus vorbeizuschauen und die Räumlichkeiten einer kurzen Inspektion zu unterziehen; insbesondere sollte ich mir das Obergeschoss vornehmen und nach Spuren von Blut suchen.

»Sie können den Kopf nicht vom Rumpf getrennt haben, ohne Blut zu vergießen«, hatte er zu mir gesagt. »Aber halte die Augen offen und achte auf alles, von dem du glaubst, es könnte von Interesse sein. Ach ja, und einen Gegenstand solltest du auf jeden Fall von dort mitnehmen, falls du ihn finden kannst. Unser Freund Roundtree ist doch Zimmermann, nicht wahr? Falls du auf seinen Werkzeugkasten stößt, wäre ich dir sehr dankbar, wenn du ihn mir bringen könntest.«

Und so ging ich von dem Mietstall weiter zum Pfandhaus und dachte dabei über Sir Johns Anweisungen nach. Es war mir sehr wohl klar, was sein Interesse an Roundtrees Werkzeugkasten zu bedeuten hatte.

Zu dieser Stunde eines kalten Januarmorgens war die Bedford Street ein recht trostloser Anblick. Auch wenn die Schenken und Kaschemmen scheinbar nie ihre Türen schlossen, waren sie jetzt wohl nahezu leer. In der einen oder anderen wurde sauber gemacht, wenn man es so nennen konnte. Durch eine geöffnete Tür sah ich einen Mann im Halbdunkel stehen und den Schmutz und Unrat der Nacht über die Schwelle nach draußen kehren. Aus einem anderen Eingang hörte ich das Plätschern von Wasser, gefolgt von dem rhythmischen Wischen eines Mopps über die Dielen. Ganz am Ende der Straße, jenseits der Henrietta Street, erblickte ich eine einsame Gestalt, eine Frau, die wie in Trance dahinwankte, auf dem Weg zu irgendeiner schäbigen Matratze oder Pritsche, die sie ihr Bett nannte.

Doch ich musste weiter zum Pfandhaus. Ich nahm den Hausschlüssel aus der Tasche, den Mr. Bailey an Mr. Baker übergeben hatte, worauf ihn Mr. Fuller an mich weitergereicht hatte. Erfreut über die Leichtigkeit, mit der er sich im Schloss drehen ließ, trat ich ein und schloss hinter mir sogleich wieder ab. Auf der Ladentheke fand ich eine Kerze und zündete sie an, denn obgleich es draußen schon heller Morgen war, herrschte dort drinnen noch Dämmerung. Dann begann ich mit meiner Hausdurchsuchung. Das Erdgeschoss war viel ausgedehnter, als ich vermutet hatte. Zwei Zimmer waren mit Krimskrams jeglicher Art voll gestellt – Kleidungsstücke, Musikinstrumente verschiedenster Bauart und Klangfarbe, Uhren, Gemälde; sogar eine Statue war in einer Ecke aufgestellt. All dies war in keiner erkennbaren Ordnung gelagert, sondern einfach irgendwo aufgehängt, gestapelt, kreuz und quer über den Boden verteilt oder an die Wände gelehnt, sodass kein Fleckchen frei blieb. Indem ich ohne große Hoffnung zuerst in den einen und dann in den anderen Raum hineinspähte, wurde mir klar, dass ich Tage damit zubringen könnte, jedes der Zimmer zu durchkämmen, und so beschloss ich, sie vorläufig links liegen zu lassen, und machte mich auf die Suche nach der Treppe zum Obergeschoss.

Ich fand sie im hintersten Teil des Gebäudes und ging hinauf. Oben waren nur drei Zimmer. Immerhin waren sie recht sauber und aufgeräumt, was mich angesichts der unten herrschenden Unordnung etwas überraschte; an den Wänden war jedoch kein einziges Bild zu sehen (wo es doch unten so viele gab!), und die Räume waren nur spärlich möbliert, wenn auch die wenigen vorhandenen Stücke groß und sperrig waren.

Ich betrat das Schlafzimmer, wo ich insbesondere die Matratze eingehend untersuchte. Sir John schien zu dem Schluss gekommen zu sein, dass George Bradbury in seinem Bett ermordet worden war; ob er aber dort auch enthauptet worden war, stand auf einem ganz anderen Blatt. Jedenfalls zog ich die Decke und das Betttuch ab und nahm dann die Matratze sorgfältig in Augenschein. Sie war mit Federn gefüllt und recht staubig, doch so genau ich auch hinsah, ich konnte keine Blutspuren daran entdecken. Eine interessante Entdeckung machte ich allerdings, als ich mir die Zeit nahm, eine hohe Kommode mit vielen Schubladen sowie den daneben befindlichen Kleiderschrank zu durchsuchen – oder vielmehr war es interessant, was ich dabei *nicht* finden konnte. Die Schubladen waren angefüllt mit Unterhemden, Spitzenunterröcken und Nachtgewändern der Art, wie vornehme Damen sie tragen, sowie mit Strümpfen und Strumpfbändern. Der Schrank war voll gestopft mit Röcken und Kleidern jeglicher Art, Farbe und Schwere. In dem ganzen Schlafzimmer fand sich kein einziges Kleidungsstück, das einem Mann hätte gehören können.

An der Küche war nichts Außergewöhnliches. Das einzig Bemerkenswerte war, dass sie, wie mir schien, in letzter Zeit kaum benutzt worden war. Es war nur wenig Essbares darin zu finden – ein Glas mit Mehl stand da und ein anderes mit Zucker, beide noch fast voll, doch kein Fass mit Kartoffeln war zu sehen, keine Karotten oder Steckrüben, und ganz gewiss kein Fleisch. Auf dem Tisch stand eine große Teekanne. Ich hob den

Deckel ab und fand sie halb voll mit schwarzem Tee. Auf dem Regal neben dem unbenutzten Kamin fand ich einen halben Laib Brot und etwas Kuchen, beides mit einem Tuch abgedeckt und noch einigermaßen frisch. Es hatte den Anschein, als wenn Mrs. Bradbury zumeist in den Gaststätten der Stadt gespeist hätte. Vielleicht hatte sie es immer so gehalten.

Was das Wohnzimmer betraf, welches zur Straße ging, so schien es auch als Esszimmer zu dienen. Es war mit einem Tisch ausgestattet, der viel zu groß für einen so engen Raum war, sowie mit acht Stühlen. Die übrige Einrichtung bestand aus einer ebenfalls etwas überdimensionierten Couch und zwei Sesseln. Insgesamt wirkte das Zimmer ziemlich überfüllt. Ich wollte es eben wieder verlassen, als mir etwas ins Auge fiel. Als ich mich zum Tisch hin umdrehte, erblickte ich darauf einen Gegenstand, der wohl die einzige Dekoration in diesen drei Räumen darstellte – eine kleine, blauweiße Vase. Ich nahm sie in die Hand und sah sie mir genauer an. Sie war aus Porzellan, sehr fein gearbeitet und dünnwandig. Ich bemerkte das Drachenmuster und folgerte, dass sie nur chinesischen Ursprungs sein konnte. Somit war nun wenigstens ein Rätsel gelöst, wenn mir auch meine Entdeckung keine besondere Freude bereitete.

Von Roundtrees Handwerkszeug hatte ich nichts gesehen. Vielleicht war es gar nicht hier in Bradburys Haus. Er mochte es ebenso gut wieder in sein Zimmer in der Half-Moon-Passage gebracht haben. Doch nachsehen musste ich. Ich ging die Treppe hinunter und machte mich an die Suche. Im zweiten der beiden Lagerräume, dem zum Hinterhof hin gelegenen, entdeckte ich eine von Gerümpel freigeräumte Stelle vor einem Kamin, welcher unmittelbar unter demjenigen in der Küche gelegen sein musste. Davor lag eine Pritsche mit einem Bündel von Kleidern an einem Ende, das wohl als Kopfkissen gedient hatte. Hier, dessen war ich mir sicher, hatte sich Roundtree vor uns verborgen gehalten; von hier aus hatte er es nicht weit gehabt zu Clarissa, um die er sich auf seine eigene Art und Weise weiter gekümmert hatte. Dieser Kamin war ausgiebig benutzt worden. Es fanden sich auch Anzeichen dafür, dass Roundtree hier gekocht hatte, obwohl der Kamin eigentlich nicht für diesen Zweck ausgestattet war. Da war ein schmutziger Teller, eine Gabel, ein Löffel. Ich konnte diese arme Vogelscheuche von einem Mann vor mir sehen, wie er sich hier vor seinem Feuer zusammengekauert und die wenigen Krumen verzehrt hatte, die seine Beschützer – in gewisser Weise vielleicht eher seine Kerkermeister – ihm zugestanden hatten. So erging es einem, der auf der Flucht war. So erging es einem, der sich in einen Mord hineinziehen ließ.

Ich sah mich in dem Winkel um und hatte keine Mühe, seinen Werkzeugkasten ausfindig zu machen. Er stand halb verdeckt an der Wand neben dem Kamin – aber auch nur halb verdeckt. Er war fast voll, doch es war gerade eben genug Platz darin für das, was mir vorschwebte. Auch entdeckte ich noch einige alte Nummern des *Public Advertiser*, welche er vielleicht zum Feuermachen benutzt hatte. Ich zerriss eine der Zeitungen und wickelte die chinesische Vase so vorsichtig, wie ich nur konnte, darin ein. Dann steckte ich sie in eine Lücke zwischen dem Hammer und der Säge.

Nun endlich konnte ich zum Mietstall zurückgehen.

Diesmal traf ich tatsächlich den Besitzer an, einen Mann in vorgerücktem Alter, jedoch gesund und rüstig. Der Stallknecht, der mir zuvor Auskunft gegeben hatte, brachte ihn zu mir.

»So, du bist also der Bursche, den der Richter geschickt hat. Was will er denn von mir?«

Ich ertappte ihn dabei, wie er neugierig den Werkzeugkasten in meiner Hand beäugte; er sagte jedoch nichts weiter. Ich nutzte die Gelegenheit, um den Kasten auf dem Boden abzustellen.

»Zunächst einmal muss ich Ihren Namen wissen, Sir.«

Sein Blick sagte mir, dass er es als recht ungehörig empfand, von einem so jungen Burschen in dieser Art angeredet zu werden; dennoch antwortete er: »Matthew Gurney«. Dann fügte er stirnrunzelnd hinzu: »Geht es um das Gespann, das ihr letzte

Nacht gemietet habt? Vielleicht waren die Tiere nicht die Besten. Ich werde die Kosten zurückerstatten, wenn die Sache damit beigelegt ist. Ich will es mir mit den Gesetzeshütern nicht verderben.«

»Nein, es hat nichts damit zu tun«, entgegnete ich. »Allerdings haben Sie Recht – die Pferde waren nicht die Besten. Nein, man hat mich geschickt, Erkundigungen über diese weiße Stute dort im dritten Stall einzuziehen.«

Darauf antwortete Mr. Gurney mit einem leisen Kichern. »Jetzt redest du aber wirklich vom besten Pferd in meinem Stall. Ja, das ist es in der Tat.« Da kam ihm plötzlich ein fürchterlicher Gedanke: »Die Stute ist doch nicht gestohlen, oder? Ich möchte sie nur ungern verlieren, sie und das Geld, das ich für sie gezahlt habe.«

»Nein, nicht direkt – aber das Pferd spielt eine Rolle in einem Fall, der Sir John zurzeit beschäftigt.«

»Um welchen Fall handelt es sich denn?«

»Das darf ich Ihnen im Augenblick nicht sagen.«

»Nun ... was willst du denn wissen?«

»Hauptsächlich zwei Dinge – ich höre mir aber auch gerne an, was Sie sonst vielleicht noch zu sagen haben. Zunächst einmal, wer hat es Ihnen verkauft? Ein Mann, oder vielleicht eine Frau?«

»Ich habe seinen Namen auf dem Kaufvertrag, den ich seinerzeit aufgesetzt habe. Er ist hinten in meinem Schreibtisch.« Er machte Anstalten, sich dorthin zu wenden. »Ich könnte ihn holen gehen.«

»Ja, ich würde ihn gerne sehen«, sagte ich, »doch er könnte durchaus einen falschen Namen benutzt haben. Wie sah er aus?«

»Ach, nun ja, es war ein junger Kerl – nicht so jung wie du, würde ich sagen, aber doch ziemlich jung.«

»Nicht etwa ein großer Mann von etwa über dreißig Jahren?«

»O nein, nicht annähernd so alt. Ungefähr zehn Jahre jünger, würde ich schätzen. Er war in etwa so groß wie du, aber er hatte weder einen so breiten Brustkasten noch so stämmige Beine wie du.«

Jackie Carver natürlich. In gewisser Weise war ich erleichtert, dass es nicht Roundtree gewesen war, wenn auch dadurch die Möglichkeit einer sicheren Identifizierung des Verkäufers ausgeschlossen war.

Ohne dass ich ihn dazu hätte auffordern müssen, begann Mr. Gurney die Umstände der Transaktion etwas näher auszuführen: »Wenn ich mich recht erinnere, hat dieser Bursche gesagt, er handle im Auftrag einer dritten Partei, und zwar einer Witwe, die irgendwo hinter Clerkenwell wohnt. Ihr Mann soll vor kurzem gestorben sein und ihr seinen Bauernhof hinterlassen haben. Sie wollte die Felder verpachten und das meiste Vieh behalten, aber mit dem Pferd, das der ganze Stolz ihres seligen Mannes gewesen war, konnte sie nichts anfangen. Und da hat sie diesen jungen Kerl gefragt, ob er es für sie verkaufen könnte, und sie hat auch was aufgesetzt, wo drin steht, dass sie ihm gestattet, in ihrem Namen und Auftrag tätig zu werden – halt in diesem Juristenjargon. Aber eins hat mich stutzig gemacht – wenn die Frau schon wenig Ahnung von Pferden hatte, wie er sagte, dann hatte er noch viel weniger.«

»Ach? Wie kommen Sie darauf?«

»Na, erst mal ist er nicht auf der Stute hergeritten, und jeder, der was von Pferden versteht, hätte sich die Finger danach geleckt, so ein Prachtstück zu reiten. Und er hat sie noch nicht mal am Zaumzeug geführt, sondern an einem Strick um den Hals.«

»Er hat sie von Clerkenwell bis hierher geführt? Hat er gesagt, weshalb er nicht versucht hat, sie an einen Stall in der Nähe des Hofes zu verkaufen?«

»Nein, das hat er nicht, und ich hab mich auch drüber gewundert. Aber um ehrlich zu sein, ich war so erpicht drauf, das Tier zu kaufen – und dazu noch zu diesem Preis! –, dass ich über solche Dinge lieber weggesehen hab. Das war nämlich noch so was, woran ich gemerkt hab, dass er nichts von Pferden versteht. Was der für sie verlangt hat, war vielleicht die

Hälfte von dem, was sie wert ist. Tja, aber ich hab 'nen klaren Kopf behalten und hab ihn noch weiter runtergehandelt – einfach nur, damit er nicht merkt, dass er zu wenig verlangt hat. Ist doch klar.«

»Klar«, pflichtete ich bei. Er schien alles losgeworden zu sein, was er zu der Sache zu sagen hatte. Ich gab ihm noch einen Moment Zeit, doch als von seiner Seite nichts mehr kam, schlug ich vor, er solle doch jetzt nach hinten gehen und seinen Kaufvertrag holen. »Darauf ist doch wohl das Datum der Transaktion vermerkt, nicht wahr? Das ist nämlich die zweite Information, die ich von Ihnen brauche.«

»Ach, das ist noch nicht so lange her – zehn Tage oder vielleicht ein bisschen länger.«

»Sir John braucht das genaue Datum.«

»Das soll er haben.« Und schon eilte er davon, so schnell ihn seine alten Beine tragen konnten. Obgleich er nichts über den Fall wusste und nicht ahnen konnte, welche Folgen seine Informationen möglicherweise haben würden, war er doch inzwischen eifrig bemüht, sich nützlich zu machen.

Ich schlenderte zu dem Stall hinüber, um noch einen Blick auf die weiße Stute zu werfen. Jetzt, da sie wach war, wirkte sie noch beeindruckender. Aus ihren Augen sprach ein heller Verstand. Sie schien ein wenig misstrauisch, vielleicht aus gutem Grund. Als ich die Hand ausstreckte, um ihre lange Nase zu tätscheln, wich sie mir mit einer heftigen Bewegung aus. Vielleicht würde ich eines Tages reiten lernen, dachte ich bei mir, und dann würde ich hierher zurückkehren, um genau dieses Pferd zu reiten. Ich nahm meinen Posten neben dem Werkzeugkasten wieder ein und wartete. Es dauerte nicht lange, bis Mr. Gurney wieder erschien. Er kam auf mich zu und wedelte ganz stolz mit zwei Bogen Papier.

»Wie doch die Zeit vergeht«, sagte er. »Ich hab's hier in dem Kaufvertrag stehen, dass ich das Pferd heute vor genau zwei Wochen gekauft habe. Hätte nicht gedacht, dass es so lange her ist. Aber da steht's, siehst du?«

Er reichte mir das Dokument, und ich las es sorgfältig durch. Vor vierzehn Tagen: An jenem Sonntag hatte Thomas Roundtree drüben in der Bow Street Nummer vier in der Arrestzelle gesessen, und an jenem Abend waren wir ins Crown and Anchor gegangen, wo wir Lord Laninghams elendes Ende direkt vor uns auf der Bühne mit angesehen hatten. Ich las weiter und erfuhr, dass Mr. Gurney die Stute, »genannt Princess«, für zehn Guineas erworben hatte; sie musste in der Tat wesentlich mehr wert sein. Unterhalb des kurzen Absatzes, in dem der Verkauf formuliert war, auf der Linie, die mit »Verkäufer« gekennzeichnet war, war ein großes »X« gemalt, dazu die Worte »Zeichen des John Cutter«. Das ließ sich doch mühelos als »Jackie Carver« deuten, oder nicht?

»Und in dem Papier hier«, sagte Mr. Gurney, »da steht drin, dass er das Recht hat, den Verkauf der Stute in ihrem Namen zu tätigen. Er hat es mir dagelassen, was wohl auch in Ordnung war, denke ich.«

Ich nahm es entgegen und sah es nur flüchtig durch. Das Dokument entsprach Gurneys Beschreibung, und es war in einer typisch »weiblichen« Handschrift abgefasst – rund und fließend, wie Lady Fielding sie charakterisiert hatte. Was mir aber ins Auge sprang, war der Name, den Mrs. Bradbury sich zugelegt hatte: »Grace Hope«. Wie würde man das deuten müssen? Wie sonst, wenn nicht als den Namen einer Frau, die auf Gottes Gnade hoffte? Sie war sich also zu jenem Zeitpunkt – vielleicht am Morgen nach dem Mord an ihrem Mann – durchaus bewusst gewesen, eine schwere Sünde begangen zu haben. Ich beschloss, Sir John davon zu erzählen; mochte er daraus seine Schlüsse ziehen.

»Nun, Mr. Gurney«, sagte ich, indem ich ihm die beiden Dokumente zurückgab, »ich übergebe Ihnen diese Papiere in der Erwartung, dass Sie sie sicher verwahren werden. Sie werden vielleicht noch als Beweisstücke in einem Gerichtsverfahren benötigt.«

»Wirklich?« Er sah mich mit höchst ernster Miene an. »Aber

das hat nichts damit zu tun, dass das Pferd vielleicht gestohlen war?«

»Nein, Sir«, antwortete ich. »Das wäre noch das Geringste.«

»Ach«, meinte er, während er überlegte, was wohl das Bedeutendere sein mochte. »Dann werde ich sie in meine Kassette legen.«

»Tun Sie das«, sagte ich, »aber ich will Sir John versichern können, dass Sie niemandem etwas von unserer Unterhaltung erzählen werden.«

»Oh… ja… gewiss… kein Sterbenswörtchen.«

»Dann danke ich Ihnen für Ihre Hilfe. Ich werde jetzt in die Bow Street zurückgehen.«

»Nun, ich danke *dir*, junger Mann, und lass dir gesagt sein, wenn du was vom Zimmerhandwerk verstehst – da gibt's in einem Pferdestall immer jede Menge zu tun. Du scheinst mir ein brauchbarer Bursche zu sein, und vielseitig obendrein.«

»Danke sehr, Sir«, erwiderte ich. »Sehr freundlich von Ihnen.«

Und damit nahm ich den Werkzeugkasten und verabschiedete mich recht höflich von ihm. Obwohl ich forsch ausschritt und, da es heller Tag war, so kühn war, den kürzesten Weg in die Bow Street zu nehmen – durch die Henrietta Street und quer durch Covent Garden –, wagte ich es dennoch nicht, zu rennen oder auch nur in einen leichten Trab zu fallen, da ich befürchtete, die chinesische Vase, die zwischen den Werkzeugen ruhte, dadurch zu zerbrechen. Ich bin mir nicht sicher, ob ich mich andernfalls wirklich mehr beeilt hätte, denn ich war der Ansicht, das Ziel meiner Mission nur zum Teil erreicht zu haben. Gewiss, ich hatte so manches entdeckt, doch hatte ich an der Matratze keine Blutspuren gefunden, und auch sonst nirgendwo in Bradburys Wohnräumen im ersten Stock; auch hatte ich die Gelegenheit versäumt, Mr. Gurney zu einer Identifizierung des Verkäufers der Stute (von wegen John Cutter!) durch Gegenüberstellung in die Bow Street zu bestellen.

Nichtsdestotrotz legte ich Sir John gleich nach meiner Ankunft in der Bow Street Nummer vier meine Erkenntnisse vor.

Er war, wie ich erwartet hatte, in seinem Amtszimmer; allerdings allein, was mich ein wenig überraschte. Ich hatte irgendwie gehofft, ihn mit der Befragung von Roundtree oder Mrs. Bradbury beschäftigt zu finden. Er schien sich so darauf gefreut zu haben. Zweifellos, so sagte ich mir, hatte er bereits beide zu sich bestellt und eine erste Vernehmung durchgeführt. Schließlich war ich fast zwei Stunden fort gewesen.

Er bat mich, Platz zu nehmen und ihm Bericht zu erstatten, was ich auch tat, indem ich zunächst von meinem Besuch in Bradburys Haus und dann von meinem Gespräch mit Matthew Gurney erzählte. Seine Reaktionen waren unterschiedlich. Die Art, wie Mrs. Bradbury offenbar alle Spuren ihres Mannes aus dem Schlafzimmer entfernt hatte, amüsierte ihn; die Entdeckung der chinesischen Vase fand er einigermaßen interessant; die Tatsache, dass das Datum des Verkaufs der Stute genau in den vermuteten Ablauf der Ereignisse passte, versetzte ihn in Begeisterung; die Bedeutung dagegen, die ich Mrs. Bradburys Pseudonym Grace Hope beigelegt hatte, ließ ihn kalt. Insgesamt aber wertete er meine Expedition als Erfolg und gratulierte mir zu meinen Entdeckungen.

»Ich möchte, dass du nunmehr zwei Dinge für mich erledigst«, sagte er. »Das erste ist schnell getan. Bring die Vase zu Mr. Marsden und sag ihm, er soll sie als Beweismittel verwahren. Er hat speziell für diesen Zweck eine abschließbare Kiste. Sag ihm, er soll vorsichtig damit umgehen, denn so, wie du die Vase beschrieben hast, ist sie sehr zerbrechlich, und höchstwahrscheinlich ist sie das Eigentum von William Murray, unserem Lordoberrichter.« Dann hielt er inne, als habe er irgendwie den Faden verloren. »Lord Murray oder ein Mitglied seines Haushalts wird noch Gelegenheit bekommen, das Stück zu identifizieren. Dazu besteht jetzt keine Notwendigkeit.«

»Und die zweite Sache?«, half ich ihm auf die Sprünge.

»Was? Ach ja, die zweite Sache. Ich möchte, dass du den Werkzeugkasten zu Mr. Donnelly bringst. Er sollte inzwischen schon auf den Beinen sein. Er hat heute keine Patienten, da ja

Sonntag ist, und dürfte deshalb Zeit haben, sich der Sache zu widmen, über die ich mit ihm gesprochen habe.«

»Sie haben also keine Instruktionen für ihn?«

»Nein, wir haben die Angelegenheit besprochen. Er weiß, was er zu tun hat.«

Ich erhob mich und wollte gehen, hielt aber dann inne und überlegte, ob Sir John wohl meine Neugier befriedigen würde.

Offensichtlich bemerkte er mein Zögern: »Was ist denn, Jeremy?«

»Könnten Sie mir sagen, Sir, ob Ihre Befragung von Mrs. Bradbury und Roundtree irgendetwas ergeben hat?«

»Was? Oh, nein, ich habe noch mit keinem von den beiden gesprochen.«

»Nicht? Aber Sie schienen es doch kaum erwarten zu können, sie zu verhören.«

»Das war zu einer Zeit, als ich noch annahm, es würden drei Personen zu verhören sein und nicht nur zwei. Du musst wissen, dass ein bestimmtes Verhalten sich fast unweigerlich immer dann einstellt, wenn drei Übeltäter vernommen werden sollen. Zwei von ihnen werden sich gegen den Dritten verbünden. Hätten wir alle drei dort in der Zelle gehabt, dann hätte ich wetten können, dass Mrs. Bradbury und dieser Carver sich gegen Roundtree zusammengetan hätten. In diesem Fall hätte ich Roundtree von den Anschuldigungen gegen ihn in Kenntnis gesetzt und hätte daraufhin vielleicht so etwas Ähnliches wie die Wahrheit von ihm zu hören bekommen. In Carvers Abwesenheit hingegen hatten die zwei Verbliebenen Zeit, ihre Geschichten abzustimmen, und es dürfte einige Zeit dauern, bis wir ihren Widerstand brechen können. Ich habe nun vor, sie wegen eines geringeren Anklagepunktes zu verurteilen, um die Zeit zu gewinnen, die ich brauche, um sie weiterhin wegen des schwereren Verbrechens bearbeiten zu können.«

Ich fürchte, seine Überlegungen waren mir in jenem Augenblick ein wenig zu subtil. Allerdings hielt ich sein Prinzip – wo drei sind, werden sich zwei gegen den Dritten verbünden – für ebenso interessant wie fundiert. Aber Bündnisse sind selten stabil, und vielleicht würden ja in Jackie Carvers Abwesenheit Mrs. Bradbury und Roundtree gemeinsame Sache gegen ihn gemacht haben.

Mit diesen und anderen Überlegungen vertrieb ich mir auf dem Weg zu Mr. Donnelly die Zeit.

Der Gerichtssaal war an diesem Tag zum Bersten gefüllt, denn es hatte sich herumgesprochen, dass Mrs. Bradbury vor Sir John erscheinen sollte. Unter den Versammelten waren nur wenige, die noch nie mit ihr oder ihrem Mann in dem Pfandhaus Geschäfte gemacht hatten, und fast alle (auch die Diebe unter ihnen) hatten sich schon einmal von den beiden übervorteilt oder gar betrogen gefühlt. Der Pfandleiher ist kein Freund der Armen. Er nimmt von ihnen in Zeiten der Not und speist sie mit ein paar Hellern ab. Er ist ein Schmarotzer, der von ihrer Armut lebt.

Und so erhob sich unter der Menge ein erwartungsvolles Gemurmel, als Mr. Marsden Mrs. Bradbury aufforderte, vor den Richter zu treten. Es war jedoch nicht so laut, dass es ihn zu einem Ordnungsruf veranlasst hätte, und es legte sich auch bald wieder. Sir John ergriff das Wort:

»Sagen Sie uns bitte Ihren Namen«, begann er.

»Mary Brighton Bradbury.«

»Sie sind die rechtmäßig angetraute Ehefrau des George Bradbury?«

»Ja, Sir. Wir haben vor anderthalb Jahren in St. Paul's, Covent Garden, geheiratet.«

»Sind Sie die Mary Brighton, die von mir vor zwei Jahren verurteilt wurde, weil sie einem Gentleman vier Shilling und ein Leinentaschentuch entwendet hatte?«

Das gab sie bereitwillig und ohne rot zu werden zu: »Die bin ich, Sir, und ich muss schon sagen, Sie haben ein gutes Namensgedächtnis. Aber ich bin jetzt eine geläuterte Frau. Diese zwei Monate, die ich im Fleet-Gefängnis verbracht habe, haben mich gelehrt, dass ich im Irrtum befangen war. Und nach meiner Heirat mit dem braven George hat sich meine Lage von Grund auf geändert.«

»Vielleicht«, erwiderte Sir John, »doch es hat den Anschein, als hätte Ihre Heirat mit Mr. Bradbury lediglich Ihre Stellung in der Hierarchie des Diebesvolks erhöht, denn Sie sind vor diesem Gericht des Handels mit gestohlener Ware angeklagt – mit anderen Worten der Hehlerei. Wie bekennen Sie sich?«

»Ich bekenne mich nicht schuldig«, antwortete sie voller Überzeugung.

»Nun, dann rufen Sie bitte den Zeugen auf, Mr. Marsden.«

Der Protokollführer erhob sich, richtete sich zu voller Größe auf und rief Jimmie Bunkins in den Zeugenstand. Nach den einleitenden Formalitäten – er nannte seinen Namen und sein Alter und gab an, dass John Bilbo sein Vormund sei – legte Bunkins los und lieferte eine etwas gekürzte Version seines ersten Besuchs bei Mrs. Bradbury ab. Was er ausließ, war die Vorgeschichte – unser Gang zum St.-Andrew's-Friedhof und seine vorläufige Identifizierung des Kopfes in Mr. Donnellys Küche. (Dies geschah, wie ich später erfuhr, auf Ersuchen von Sir John.) Den Rest der Geschichte erzählte er ganz so, wie er sich zugetragen hatte. Er habe ihr deutlich gesagt, dass die Ware, die er ihr bringen wollte, aus Gegenständen bestehen würde, die er aus einem gewissen Hause im Wege des Einbruchs zu entwenden gedachte. Dies habe sie in keiner Weise davon abgebracht, die Ware zu akzeptieren, und gemeinsam hätten sie daraufhin festgelegt, wie die Beute angeliefert werden sollte, nämlich um Mitternacht über den Hinterhof.

»Gestern dann«, fuhr Bunkins in seiner Erklärung fort, »bin ich wieder zu ihr hin und hab ihr gesagt, ich würde in dieser Nacht meine Beute aus dem Haus mit einem Karren vorbeibringen – aber es gab gar keinen Einbruch, denn ich hatte Sir John alles erzählt. Es war mit ihm abgesprochen, dass ich um Mitternacht mit einem abgedeckten Wagen zu dem Pfandhaus zurückkehren sollte, aber unter der Plane war nicht etwa die

Beute versteckt, sondern stattdessen zwei Constables, die alles verhaften sollten, was sie erwischen könnten.«

Darauf erhob sich im Gerichtssaal lautes Murren. Obgleich die Anwesenden Mrs. Bradbury nicht freundlich gesinnt waren, hörten sie doch solche Geschichten über den Unternehmungsgeist der Bow Street Runners nur höchst ungern. Immerhin waren viele unter ihnen dann und wann selbst in Diebereien verwickelt, und eine derartige Taktik des Hinterhalts schienen sie als unfair zu empfinden. Sir John schlug mit seinem Hammer auf den Tisch und rief den Saal zur Ordnung.

Bunkins schloss daraufhin mit den Worten: »Und so wurde es dann auch gemacht. Nachdem ich mich zum dritten Mal vergewissert hatte, dass sie wusste, dass sich in dem Karren Diebesgut befand, und nachdem sie keinen Zweifel daran gelassen hatte, dass es ihr recht war, hab ich die Plane von dem Karren runtergezogen, und die Constables sind rausgesprungen und haben zwei Leute verhaftet – sie war eine davon –, aber einer ist entkommen.«

Bei diesen letzten Worten – »einer ist entkommen« – erhob sich in der Menge ein einzelner Jubelruf. Und daraufhin brach der ganze Saal in lautes Gelächter aus. Sir John musste ausgiebig von seinem Hammer Gebrauch machen, bis endlich wieder Ruhe einkehrte.

»Mr. Marsden«, rief er mit lauter Stimme, »haben Sie gesehen, von wem der Jubelruf kam?«

»Nein, Sir.«

»Sollte er sich noch einmal in dieser Weise äußern, lassen Sie ihn von Mr. Fuller festnehmen. Ich werde ihn wegen Missachtung des Gerichts zu dreißig Tagen verurteilen. Und was den Rest betrifft – Sie werden ab jetzt respektvolles Schweigen bewahren, andernfalls lasse ich den Saal räumen.«

Daraufhin dankte Sir John Bunkins, entließ ihn und wandte sich wieder Mrs. Bradbury zu.

»Nun, Mrs. Bradbury, Sie haben die Anschuldigungen gegen Sie vernommen. Was haben Sie dazu zu sagen?«

»Ich leugne es nicht«, erwiderte sie. »Aber zuerst möchte ich feststellen, dass man mich in eine Falle gelockt hat. Es ist nicht so, als wäre ich losgegangen und hätte diesen Burschen von der Straße reingezerrt und zu ihm gesagt: ›Geh und brich in irgendeinem großen Haus ein und bring mir dann den Ertrag deines Verbrechens; ich werde dir für die Ware, die du mir bringst, einen guten Preis zahlen.‹ O nein, so etwas habe ich nie gesagt, denn er war es, der zu mir kam und mir sagte, er würde das Verbrechen begehen, falls ich die Ware annähme, die er erbeuten würde. Er hat mich in Versuchung geführt, und in meiner Schwachheit – mein Mann ist schon fast einen Monat weg, und seit zwei Wochen habe ich nichts mehr von ihm gehört, und die Geschäfte laufen schlecht – jedenfalls, er führte mich in Versuchung, und ich bin ihr erlegen.«

»Doch Sie hatten Zeit, Ihre Entscheidung zu überdenken«, sagte Sir John. »Als er einige Zeit darauf wieder zu Ihnen kam, wiederholte er, dass die Ware, die er Ihnen zu liefern gedachte, gestohlene Ware sein würde, und er wiederholte es noch einmal, als er Ihnen das brachte, was Sie für eine Wagenladung dieser gestohlenen Gegenstände halten mussten. Er ließ keinen Zweifel daran, dass es sich um Diebesgut handelte. Beide Male hatten Sie ausreichend Gelegenheit, den Handel abzulehnen.«

»Die Geschäfte liefen immer noch nicht besser«, sagte sie mit fester Stimme. »Ich dachte, ich hätte keine Wahl. Aber was die Anklage betrifft, die Sie gegen mich erheben, so weise ich jede Schuld entschieden von mir.«

»Die Anklage wegen Handels mit gestohlener Ware? Sie wollen das tatsächlich bestreiten, nach der Zeugenaussage, die wir soeben gehört haben?«

»Natürlich, denn Sie müssen mir erst einmal sagen, welche Ware überhaupt gestohlen wurde. In dem Wagen, der in unseren Hof gebracht wurde, waren zwei Constables und sonst nichts. Was hätte ich denn davon, wenn ich die weiterverkaufen wollte?«

Wieder brach der Saal in schallendes Gelächter aus. Sir John musste unwillkürlich einstimmen, sodass er seine Drohung, den Saal zu räumen, kaum wahr machen konnte. Er wartete einfach ab, bis das Lachen sich gelegt hatte und wieder so etwas wie Ruhe eingekehrt war.

Erst dann sprach er: »Madam, wären Sie ein Mann und nicht in diese illegale Transaktion verwickelt, dann würde ich Ihnen raten, Jurisprudenz zu studieren. Sie würden einen guten Rechtsanwalt abgeben, denn wenn Sie auch mit Ihrer Bemerkung Unruhe in meinen Gerichtssaal gebracht haben, so haben Sie dennoch geschickt argumentiert. In der Tat befanden sich in dem Wagen keine gestohlenen Gegenstände. Aber wenn wir denjenigen Personen, die, sagen wir, im Laufe des letzten Jahres beraubt worden sind, Zutritt zu Ihrem Laden gewähren würden, dann zweifle ich nicht, dass sie unter Ihren Beständen vieles von ihrem rechtmäßigen Eigentum wieder finden würden.«

»Und wenn sie etwas finden, Sir«, entgegnete sie, »dann werden sie feststellen, dass daran ein Pfandschein hängt. Und woher soll der arme Pfandleiher denn wissen, ob die Ware, die in seinen Laden gebracht wird, tatsächlich dem gehört, der sie abliefert, oder ob sie einem anderen gestohlen wurde?«

»Das ist ein Argument, das von den Angehörigen Ihres Standes häufig vorgebracht wird – und zwar mit einigem Erfolg. Lassen wir das also beiseite, jedenfalls vorläufig, und wenden wir uns wieder der Anklage zu, unter der Sie stehen. Aus dem, was Sie bisher zugegeben haben, schließe ich, dass Sie zwar bestreiten, mit gestohlener Ware gehandelt zu haben, dass Sie sich aber schuldig bekennen würden, eine Verabredung dieses Inhalts eingegangen zu sein.«

»Nun, ich…« Sie zögerte und suchte vergeblich nach einer passenden Erwiderung.

»Ich bitte Sie, Madam, Sie sagten doch selbst, Sie seien der Versuchung erlegen. Sie sind ihr sogar dreimal erlegen, denn Sie hatten in der Folge noch zweimal die Gelegenheit, die getroffene Vereinbarung rückgängig zu machen, was Sie jedoch nicht taten. Diese Vereinbarung stellte den Straftatbestand einer Verabredung zum Handel mit gestohlener Ware dar. Sie müssen sich schuldig bekennen.«

Sie stieß einen abgrundtiefen Seufzer aus. »Das muss ich wohl.«

»Dann nehme ich Ihr Schuldbekenntnis an«, sagte Sir John, »und verurteile Sie zu sechzig Tagen Haft, nach meinem Ermessen aufzuteilen zwischen der Arrestzelle des hiesigen Gerichtshofs und dem Fleet-Gefängnis.«

Das Urteil wurde mit einigem Geflüster und Getuschel aufgenommen, denn keiner der Anwesenden hatte es je erlebt, dass Sir John eine Strafe in dieser Weise aufgeteilt hatte. Ich dagegen verstand vollkommen, welche Absicht dahinter stand.

»Mr. Fuller, übernehmen Sie die Gefangene, und Mr. Marsden, rufen Sie den nächsten auf.«

»Thomas Roundtree!«, rief der Protokollführer.

Der Angesprochene kam nach vorne geschlurft. Verzagt und niedergeschlagen mochte er wohl sein, doch nicht verzweifelt. Noch glomm ein Feuer in seinen Augen. Er wirkte wie ein Mann, der die Hoffnung noch nicht aufgegeben hat. Vielleicht hatte er sich ja mit sich selbst gegen die beiden anderen verbündet.

»Thomas Roundtree, Sie stehen vor mir als flüchtiger Rechtsbrecher«, sagte Sir John. »Sie haben sich einem vom Gericht bestellten Bewacher durch Flucht entzogen und waren daraufhin dreizehn Tage lang flüchtig. Ist das nicht korrekt?«

»Doch, Sir, das stimmt.« Er sprach mit lauter und fester Stimme. Nein, er klang in der Tat nicht wie ein Mann, der jede Hoffnung aufgegeben hat.

»Und Sie wurden bei Bradburys Pfandhaus von den Constables gefasst, die auch Mrs. Bradbury festnahmen. Wie kam es, dass Sie sich dort aufhielten?«

»Nun, Sir, Mrs. Bradbury hatte mir Unterschlupf gewährt, was sehr nett von ihr war. Sie hatte Angst, sie könnte vielleicht Räubern zum Opfer fallen, weil ihr Mann ja nicht da war. Also wollte sie gerne zum Schutz vor Überfällen nachts einen Mann im Haus haben. Und dann habe ich mich auch um den Laden gekümmert, wenn sie rausgegangen ist, um was zu essen.«

»Gaben Sie sich zu den Zeiten, da Sie den Laden bewachten, als George Bradbury aus?«

Darauf antwortete er nicht sofort. Offenbar war er auf die Frage nicht vorbereitet gewesen. »Vielleicht«, sagte er schließlich. »An ein Mal erinnere ich mich.«

»Wusste Mrs. Bradbury, dass Sie ein flüchtiger Rechtsbrecher waren?«

»Nein, das wusste sie nicht, Sir. Das hab ich ihr nicht gesagt.«

»Aha. Ich werde sie nicht auffordern, dies zu bestätigen, denn ich bin sicher, dass sie das tun würde. Als die Constables Sie festnahmen, Mr. Roundtree, war noch ein weiterer Mann in der Nähe, der entkommen konnte. Wer war dieser Mann?«

»Das weiß ich wirklich nicht, Sir – ein Bekannter von Mrs. Bradbury, nehme ich an.«

»Nun, wir werden in Zukunft noch Gelegenheit haben, uns darüber zu unterhalten, Mr. Roundtree, denn Ihre Strafe für die zwei Wochen, die Sie flüchtig waren, lautet auf zwei Monate Gefängnis. Die Strafe mag Ihnen hart vorkommen, doch Sie dürfen sich nicht wundern, denn es wurde Ihnen ein sehr ansehnliches Angebot unterbreitet, um Sie dazu zu bewegen, sich zu stellen; Sie aber zogen es vor, das Angebot abzulehnen.«

»Ich hatte Verpflichtungen, die mich davon abgehalten haben, Sir.«

»Schön und gut. Wir werden auch reichlich Gelegenheit haben, über diese Ihre Verpflichtungen zu sprechen, denn ich lege hiermit fest, dass Ihre Haftstrafe ebenfalls nach meinem Ermessen zwischen der Arrestzelle hier in der Bow Street und dem Fleet-Gefängnis aufgeteilt wird.« Er ließ seinen Hammer ein einziges Mal auf den Tisch niedersausen. »Mr. Marsden, sind wir damit für heute am Ende?«

»Ja, Sir.«

»Dann erkläre ich die Sitzung hiermit für geschlossen.«

Er erhob sich, und ich tat es ihm gleich, ebenso wie die meisten anderen Anwesenden. Eine Frage ließ mir keine Ruhe, während ich mich gegen den Strom der Menge zu der Tür durchkämpfte, durch die Sir John soeben hinausgegangen war. Die Frage war diese: Wieso hatte Sir John die chinesische Vase – vermutlich das Eigentum des Lordoberrichters – nicht als Beweisstück präsentiert, um Mrs. Bradbury oder Roundtree zu belasten? Warum er es versäumt hatte, konnte ich nicht recht sagen, doch ich war mir sicher, dass es kein Versehen war.

Als ich den Gerichtssaal durch die Tür verließ, die in den von Sir John als seine »Hinterbühne« bezeichneten Bereich führte, sah ich Mr. Fuller, wie er seine Schäflein zurück in die Arrestzelle scheuchte. Er drehte den Schlüssel in dem gewaltigen Schloss um, und es rastete mit einem lauten Geräusch ein, einem Mittelding zwischen einem Klicken und einem Dröhnen. Roundtree erblickte mich durch die Gitterstäbe hindurch und grüßte mich mit einem ernsten Nicken, blieb aber stumm.

Ich ging nach hinten, um Sir John zu suchen, und fand ihn im Gespräch mit Mr. Marsden. Als er mich kommen sah, brach er ab, und als ich bei den beiden anlangte, grüßte er mich mit den Worten:

»Ach, Jeremy, ich hoffe, du bist nicht ebenfalls gekommen, um zu kritisieren, wie ich mit dieser Bradbury verfahren bin. Mr. Marsden hier ist der Meinung, ich hätte sie viel zu sanft angefasst.«

»Ich habe lediglich gesagt, Sir John, dass Sie, wenn Sie eine wie sie so sanft anfassen, sämtliche Taschendiebe und Räuber ermutigen, Ihnen ebenso frech zu kommen, wenn sie vor Ihnen zu erscheinen haben.«

»Nun ja, mag sein«, sagte er. »Was denkst du, Jeremy?«

»Was ich denke? Nun, Sie waren etwas nachsichtiger mit ihr, als ich erwartet hatte.«

»Hätten ihr drei Monate geben sollen anstatt zwei«, warf Mr. Marsden ein.

»Wenn ich ihren Widerstand in zwei Monaten nicht brechen kann, dann kann ich es auch nicht in dreien. Dann ziehe ich eben den Kürzeren. Sie ist nicht auf den Kopf gefallen, diese Frau. Aus diesem Grund möchte ich zunächst eine Ruhepause einlegen, bevor ich mich ihr widme. Jeremy, vielleicht könntest du in einer oder anderthalb Stunden kommen und mich wecken, falls es nötig sein sollte. Ich werde mich in mein Amtszimmer zurückziehen und ein Nickerchen halten. In der Zwischenzeit lassen Sie niemanden herein, Mr. Marsden, verstanden?«

»Keinen Menschen, Sir John.«

Sir John war schon auf dem Weg in sein Allerheiligstes, doch er drehte sich noch einmal um und rief mich zu sich.

»Ja, Sir?«

»Jeremy, es wäre vielleicht nicht schlecht, wenn du dich bei Gelegenheit einmal waschen und deine Kleider wechseln würdest. Sie riechen, als hättest du darin geschlafen.«

Zutiefst getroffen und beschämt suchte ich mich zu verteidigen: »Das *habe* ich ja auch, Sir. Das muss ich schon die ganze Zeit tun, seit sie mein Zimmer in Besitz genommen hat.«

»Ich weiß, es ist sicher nicht leicht für dich gewesen, immer vor dem Kamin schlafen zu müssen. Aber mach dich ein wenig frisch, ja? Wir müssen doch auch an die anderen Leute denken, oder?«

Worauf er sich umdrehte und mich höchst betreten stehen ließ.

Nun, was blieb mir übrig, als mich sogleich darum zu kümmern? Ich lief die Treppe hinauf und fand die Küche verlassen, das Feuer kurz vor dem Verlöschen. Sogleich häufte ich Kohlen auf die Feuerstelle, legte ein Holzscheit darauf und setzte zudem einen großen Kessel mit Wasser auf. Wo war Annie? Da an diesem Sonntag im Crown and Anchor kein Konzert stattfand, war sie zweifellos zur Chorprobe gegangen – ich glaubte mich zu erinnern, dass sie davon gesprochen hatte. Was Lady Fielding betraf, so hatte sie wohl nach ihrem Besuch in der Kirche noch im Magdalenenheim vorbeigeschaut, wie sie es jeden Tag zu tun pflegte. Und was war mit Clarissa?

Ich rannte die Treppe hoch und fand sie lesend im Bett. Sie sah auf, lächelte kurz und wandte sich wieder ihrer Lektüre zu – *Tom Jones,* wie ich bemerkte. Ich nahm rasch meine Jacke und meine Kniehosen vom Haken und eilte wieder aus dem Zimmer.

»Und noch ein sauberes Hemd!«, rief sie mir hinterher. »Auf dem Regal liegt noch eins.«

»Ich weiß, wo sie liegen«, versetzte ich – doch aus ihrer Bemerkung war kein Spott herauszuhören.

»Du wirst fantastisch aussehen«, sagte sie. »Ich habe diesen flaschengrünen Rock in den letzten Tagen immer wieder bewundert. Du solltest ihn öfter anziehen.«

»Na ja, ich…«

»Ach, ich weiß schon! Du hast ihn nur deswegen nicht angezogen, weil ich hier war und du mich nicht stören wolltest.«

»Das ist zum Teil richtig.«

Aber sie fuhr fort: »Jeremy Proctor, ich habe mich noch gar nicht richtig bei dir bedankt dafür, dass du mir dein Zimmer überlassen hast. Das war großzügig von dir, mehr als großzügig. Lady Fielding sagte mir gleich, dass du es freiwillig angeboten hättest. Ich bin allen in diesem Haus dankbar, und auch diesem netten und gut aussehenden Mr. Donnelly; aber ganz besonders dir, weil du mir – wenn auch nur für ein paar Tage – etwas gegeben hast, was ich noch niemals hatte: ein eigenes Zimmer.« Und dann fiel ihr noch etwas ein: »Oh, und natürlich auch für den *Tom Jones.* Und was auch immer geschehen mag, ich möchte, dass du dich stets daran erinnerst.«

Das alles war in ihrem erhabensten Stil vorgetragen, welcher in der Tat sehr erhaben war. Da ich ihre Vorliebe für schwülstige Formulierungen nicht teilte, wusste ich nicht recht, was ich darauf erwidern sollte. So brachte ich nur eine höchst prosaische Antwort zu Stande, indem ich murmelte: »Nichts zu danken, es war mir ein Vergnügen.«

»Vergiss das bitte nie«, sagte sie und reichte mir ihre Hand.

So beladen wie ich war, mit Jacke, Hosen und Hemd, war es

mir kein Leichtes, ihre Hand zu fassen. Aber dann fiel mir doch noch etwas ein, was gesagt werden musste.

»Clarissa, ich werde jetzt ein Bad nehmen. Ich wäre sehr dankbar, wenn ich dabei nicht gestört würde.«

»Ach, pah!«, rief sie und ließ meine Hand wieder los. »Glaubst du, ich will spannen? Ich habe kein so großes Interesse an nackten Burschen wie du offenbar an nackigen Weibern!« Solch unvermittelten Wandlungen war ihr Wesen unterworfen.

»Dann also bis später, Miss Pah!«, sagte ich, worauf ich ihr den Rücken kehrte und mich nach unten begab.

Etwas später, während ich in der engen Zinnwanne herumplantschte und mich einseifte, dachte ich über die Rede nach, die sie an mich gerichtet hatte, und fragte mich, ob sie diese nicht vielleicht aus einem ihrer Romane übernommen hatte. Und dann, nach einiger weiterer Überlegung, kam mir ein beunruhigender Gedanke: Ihre Rede hatte ein wenig nach Abschied geklungen, und das schien mir doch etwas verfrüht. Mr. Donnelly hatte sie noch nicht für gesund erklärt, und sie würde uns wohl auch kaum verlassen, bevor eine Stellung in einem der großen Häuser in der St. James Street oder am Bloomsbury Square für sie gefunden war – oder aber (ein noch unangenehmerer Gedanke) bevor sie unter Bewachung in eine Kutsche gesetzt und nach Lichfield zurückgebracht würde. Ach, sicherlich hatte sie sich bloß von ihrer eigenen Rhetorik mitreißen lassen. Solche Exzesse waren bei ihr keine Seltenheit.

Insgesamt fand ich das Ergebnis der Befragung von Mrs. Bradbury an jenem Tag enttäuschend, und Sir John war im Großen und Ganzen derselben Ansicht. Nachdem etwas mehr als eine Stunde verstrichen war, brachte ich ihm eine Tasse Tee nach unten, um seine Lebensgeister nach seinem Schläfchen zu wecken. Er war jedoch hellwach und schritt in dem kleinen Zimmer auf und ab. Der Tee war allerdings sehr willkommen.

»Ist noch etwas in der Kanne, die du gekocht hast?«, fragte er.

»O ja«, erwiderte ich, »und er ist noch warm.«

»Dann bring eine Tasse für Mrs. Bradbury, und auf dem Rückweg sagst du Mr. Fuller Bescheid, dass er die Gefangene hereinführen soll.«

Ich tat wie geheißen, und bei meiner Rückkehr fand ich Sir John an seinem gewohnten Platz hinter dem Schreibtisch. Kurz darauf trat Mr. Fuller mit Mrs. Bradbury ein. Ich reichte ihr die Tasse und sie nahm sie auch höflich dankend an. Allerdings glaubte ich in ihrem Auftreten Anzeichen dafür bemerkt zu haben, dass sie eine solche zuvorkommende Behandlung für ihr gutes Recht hielt.

Sobald Mr. Fuller das Zimmer verlassen hatte, beugte Sir John sich über den Schreibtisch und fragte in äußerst strengem Ton: »Madam, wo ist Ihr Mann?«

»Ach«, erwiderte sie mit reichlich gekünstelter Tragik in der Stimme, »wenn ich das doch nur wüsste!« Und dann erzählte sie ihre Geschichte, wobei sie von Zeit zu Zeit einen Schluck Tee nahm, um sich zu stärken und besser gegen die Tränen ankämpfen zu können. (Im Ankämpfen gegen die Tränen war sie erstaunlich gut!) Offenbar war George Bradbury schon fast einen Monat fort. Bis auf einen Brief, den er ihr vor über zwei Wochen aus Warwick geschrieben hatte und in dem er ihr mitteilte, dass sein Vater gestorben und das Testament eröffnet sei und dass seine Geschäfte dort in Kürze erledigt sein würden – bis auf diesen Brief hatte sie in der ganzen Zeit nichts von ihm gehört. (Sir John unterbrach sie an dieser Stelle und wollte wissen, ob sie den betreffenden Brief vorlegen könne; sie versicherte ihm, dass sie das könne.) In diesem Schreiben hatte er auch noch einmal zum Ausdruck gebracht, dass er ihr zutraue, das Pfandhaus gemäß seinen Anweisungen allein weiterzuführen; allerdings waren die Geschäfte, wie sie bereits in der Verhandlung bemerkt hatte, sehr schlecht gelaufen, und sie hatte sich gezwungen gesehen, weit mehr anzukaufen als zu verkaufen. Dies, so erklärte sie, hatte sie dazu veranlasst, der Versuchung nachzugeben, gestohlene Ware zu erwerben. »Denn ich dachte mir, wenn ich nur einige wirklich schöne Artikel bekommen könnte, wie sie einem in den üblichen Geschäften mit den Armen nicht allzu häufig unterkommen, so würde ich sie vielleicht ganz schnell weiterverkaufen können. Sie werden es vielleicht nicht glauben, Sir, aber es gibt bestimmte sehr wohlhabende Leute, die solche Artikel kaufen, ohne irgendwelche Fragen zu stellen – das habe ich jedenfalls gehört.«

In gewisser Weise wird meine Darstellung Mrs. Bradburys Vortrag nicht ganz gerecht, denn lässt man einmal das völlige Fehlen von Tränen beiseite, so brachte sie ihre Geschichte recht überzeugend vor. Angereichert mit diversen Abschweifungen und Exkursen nahm ihre Erzählung nahezu eine halbe Stunde in Anspruch. Doch danach ging Sir John zum Angriff über.

»Sie sprechen von Ihrer Sorge wegen der langen Abwesenheit Ihres Mannes«, sagte er. »Würden Sie mir bitte erklären, warum Sie keine Erkundigungen eingezogen haben? Haben Sie nicht nach Warwick geschrieben, um herauszufinden, was aus ihm geworden ist?«

»Ich kannte niemanden, an den ich hätte schreiben können.«

»Sie hätten es beim Richter von Warwick versuchen können. Das habe ich getan, und ich erhielt von ihm einen langen, ausführlichen und erhellenden Brief.« Worauf Sir John ihr den Inhalt des fraglichen Briefes nahezu wörtlich vortrug. Er legte besonderes Gewicht auf die große Geldsumme aus dem Verkauf des väterlichen Besitzes, die Bradbury mit sich geführt hatte, auf das weiße Pferd, welches er von Warwick nach London geritten hatte, und auf die hohe Wahrscheinlichkeit seiner Ankunft in der Stadt vor zwei Wochen – »oder etwas mehr, sagen wir, vor fünfzehn oder sechzehn Tagen. Und an diesem Tag – das heißt gleich nach seiner Ankunft in London – wurde er brutal ermordet.«

»Aber wer könnte denn so etwas getan haben?«, jammerte sie. »Sie glauben doch wohl nicht …«

»Ich glaube, dass Sie an dem Verbrechen beteiligt waren. Davon bin ich überzeugt. Madam, es dürfte Sie interessieren, dass der Junge, der gegen Sie ausgesagt hat…«

»Sie waren zu zweit im Laden an dem Tag. Und er dort war der andere.« Sie zeigte auf mich.

»Wenn Sie den meinen, der jetzt hier in diesem Zimmer sitzt, dann haben Sie Recht. Das tut jedoch nichts zur Sache, denn der Junge, der gegen Sie ausgesagt hat, hat aus eigenem Antrieb Ihren Laden aufgesucht, um herauszufinden, ob Ihr Mann noch am Leben sei. Er hatte einen abgetrennten Kopf, den man im Fleet-Kanal gefunden hatte, unter Vorbehalt als den von George Bradbury identifiziert. Doch die Identifizierung war, wie ich bereits sagte, nicht absolut sicher, da das Wasser und der Schmutz des Kanals die Züge des bedauernswerten Enthauptungsopfers etwas verändert hatten. Dort im Pfandhaus bekam er mehr oder weniger die gleiche Geschichte zu hören, die Sie mir erzählt haben. Doch er hegte einen gewissen Verdacht und beschloss daher, Ihren Laden zu beobachten. Dabei stellte er fest, dass zwei Männer dort sehr häufig verkehrten. Einer der beiden war Thomas Roundtree, der zusammen mit Ihnen festgenommen wurde. Der andere war derjenige, der uns entkommen konnte; ein gefährlicher Messerstecher, wie man mir sagte. Sein Name ist Jackie Carver, allerdings könnte es auch ein erfundener Name sein. Ich wüsste gern, Madam, ob Ihnen der Name John Cutter irgendetwas sagt.«

»Nein. Ich kenne niemanden mit diesem Namen.«

»Es ist Ihnen aber vielleicht aufgefallen, wie gut die beiden Namen zueinander passen: John – Jackie, Cutter – Carver. Das ist gewiss kein Zufall.« Daraufhin ließ Sir John sie wissen, dass ein gewisser John Cutter vor vierzehn Tagen ein weißes Pferd an Matthew Gurney, den Inhaber des ganz in der Nähe ihres Pfandhauses gelegenen Mietstalles, verkauft hatte. Er sagte ihr, dass die Beschreibung des John Cutter sehr genau auf Jackie Carver passe und dass darüber hinaus das Pferd, beschrieben als »eine Stute von der Größe eines Hengstes«, offensichtlich identisch war mit demjenigen, auf dem George Bradbury nach

London aufgebrochen war. Daraufhin schloss er mit den Worten: »Dieses Pferd kann nur auf eine Art und Weise nach London gelangt sein, wo es dann verkauft wurde, nämlich indem Ihr Mann es ritt. Was haben Sie dazu zu sagen, Mrs. Bradbury?«

»Von einem weißen Pferd weiß ich gar nichts. Ich bin jetzt bereit zu glauben, dass mein Mann auf dem Weg zu mir nach Hause von Räubern überfallen und ermordet wurde. Der Richter von Warwick hat doch auch gesagt, er hätte sich in große Gefahr begeben, indem er allein reiste, oder etwa nicht?«

»Allerdings, doch wie ist das Pferd nach London gekommen?«

»Ich weiß nichts von einem weißen Pferd. Das muss ein anderes sein.«

»Wir können herausfinden, ob dem so ist. Es wird Sie vielleicht überraschen zu erfahren, dass jemand, der ein Pferd sehr gut kennt, es ebenso sicher identifizieren kann wie einen Mann oder eine Frau.«

Darauf erwiderte sie nichts.

»Wir haben genügend Zeit, um jemanden aus Warwick kommen zu lassen, der mit diesem Pferd entsprechend vertraut ist – vielleicht einen ehemaligen Bediensteten Ihres Schwiegervaters oder einen Stallburschen von dem Hof, auf dem es untergebracht war. Ich habe zwei Monate, um die Anklage gegen Sie zu untermauern. Und wenn nötig kann ich Sie auch nochmals vor Gericht stellen und Sie wegen Hehlerei verurteilen, womit ich noch mehr Zeit für die Vorbereitung meiner Anklage gewinnen würde.«

»Das können Sie nicht machen! Ich habe Ihnen doch klar bewiesen, dass so eine Anklage keinen Sinn ergibt. Sie haben mich wegen – was war es doch gleich? – wegen Verabredung verurteilt. Und ich habe mich in dem Punkt schuldig bekannt.«

»Ja, Sie haben sehr geschickt argumentiert, aber ich habe im Prozess darauf verzichtet, ein bestimmtes Beweisstück gegen Sie zu verwenden, da es bisher noch nicht formell identifiziert worden ist. Im Obergeschoss Ihres Hauses wurde eine chinesische Vase gefunden, an der kein Pfandschein angebracht war. Just eine solche Vase wurde aus dem Haus des Lordoberrichters William Murray entwendet.«

»Des Lordoberrichters? O mein Gott!«, stöhnte sie. Zum ersten Mal zeigte sie Anzeichen des Erschreckens.

»Ich muss annehmen, dass die Vase auf den üblichen kriminellen Wegen auf den Tisch gelangt ist, wo sie gefunden wurde. Der Dieb brachte sie Ihnen, und Sie bezahlten ihm einen Bruchteil ihres Werts. Und da sie Ihnen recht gut gefiel, beschlossen Sie, Ihren Salon damit zu schmücken, bis sich ein passender Käufer finden würde.«

»So war es aber nicht!«, warf sie hastig ein. »Nein, dieser Roundtree hat sie mir gegeben. Ich habe ihm keinen Penny dafür bezahlt. Er hat behauptet, die Vase wäre schon seit Jahren im Besitz seiner Familie; sein Vater wäre ein Seemann gewesen und hätte sie aus Ostasien mitgebracht. Er hat sie mir zum Dank dafür geschenkt, dass ich ihn bei mir wohnen ließ.«

»Und natürlich hat er nie erwähnt, dass er auf der Flucht war.«

»Das hat er doch selbst gesagt, oder?«

»Ach ja, ich glaube mich zu erinnern, dass er etwas in der Art behauptet hat.« Sir John hielt einen Moment inne. »Mrs. Bradbury, warum haben Sie die Kleider Ihres Mannes beseitigt, wenn Sie doch mit seiner Rückkehr aus Warwick rechneten?«

Ihre Antwort darauf war so offenkundig falsch, so eindeutig als improvisierte Lüge zu erkennen, dass ich mich nicht mehr genau daran erinnere. Sie faselte irgendetwas darüber, dass ihr Mann bei seiner Abreise erklärt habe, er werde sich vollkommen neu einkleiden, wenn das Vermögen seines Vaters an ihn fiele; angeblich hatte sie dann später, als sie hörte, dass er alles geerbt hatte, lediglich seinen Wunsch ausgeführt.

Daraufhin zählte Sir John noch einmal all die Umstände auf, die gegen sie sprachen: die vorläufige Identifizierung des Kopfes als zur Leiche des George Bradbury gehörig; das Auftauchen der weißen Stute und ihr Verkauf durch einen gewissen John Cutter an den Besitzer des Mietstalles ganz in der Nähe ihres Ladens; die Tatsache, dass sie die Kleider ihres Mannes weggeworfen oder sich ihrer auf andere Weise entledigt hatte. Dann fasste er zusammen: »All dies sind nur Indizienbeweise, aber was ich Ihnen nunmehr anbiete, ist die Gelegenheit, ein Geständnis über Ihre Rolle bei dem Verbrechen abzulegen, wofür ich im Gegenzug dem Richter, der Ihren Fall verhandelt, empfehlen werde, die Strafe gegen Sie von Tod durch den Strang in Deportation umzuwandeln. Meine Empfehlungen sind noch nie abgelehnt worden. Madam, ich biete Ihnen Ihr Leben an. – Vielleicht«, fuhr er fort, »war Ihre Rolle bei der Sache ja nicht so bedeutend. Vielleicht haben Sie ja während der Abwesenheit Ihres Mannes diesen Carver zum Liebhaber genommen, und Ihr Mann ist vielleicht zurückgekommen und hat Sie in seinen Armen angetroffen. Daraufhin mag ein Streit entbrannt sein, in dessen Verlauf Ihr Mann tödlich verletzt wurde. Wenn dies oder etwas Ähnliches der Fall ist, dann müssen Sie es mir nur sagen, und wir werden es gewiss berücksichtigen.«

Er schien sie geradezu zu beknien. Doch ihre Antwort bestand nur in fortgesetztem Schweigen.

Sir John seufzte und stellte dann noch eine Frage – die letzte, wie sich erweisen sollte: »Sagen Sie mir jetzt bitte, wie Sie diesen Jackie Carver kennen gelernt haben. Welcher Art war Ihre Beziehung zu ihm?«

»Ich kenne niemanden mit diesem Namen«, sagte sie. »Wenn das der Name von dem Kerl ist, der entkommen ist, dann muss ich das so hinnehmen. Ich habe nichts weiter getan, als ihn von der Straße weg anzuheuern, damit er beim Ausladen hilft.«

Dass dies gelogen war, wusste ich genau, denn Bunkins hatte ihn mir gezeigt, als er das Pfandhaus betreten hatte. Und Bunkins hatte ihn noch öfter dort gesehen.

»Jeremy«, sagte Sir John zu mir, »ruf Mr. Fuller her und lass ihn die Gefangene in die Zelle zurückführen. Dann soll er uns

Mr. Roundtree bringen – ich denke, Handschellen wären in seinem Fall angebracht.«

Ich tat wie geheißen und kehrte mit Mr. Fuller wieder, der Mrs. Bradbury sogleich hinausführte. Als sie gegangen waren, stand Sir John auf und streckte sich.

»Ach, Jeremy«, meinte er, »ich fürchte, mit der werden wir noch unsere liebe Mühe haben. Sie ist fest entschlossen, an ihrer ursprünglichen Version festzuhalten, was sehr klug von ihr ist.«

»Aber Sie können doch bestimmt ihren Widerstand brechen.«

»Nicht mit den Fakten, die mir derzeit zur Verfügung stehen.«

»Sie hat nicht eine Träne vergossen, während sie ihre Geschichte erzählte.«

»Nun ja, das hier war auch nur so etwas wie eine Probe, eine Aufwärmübung sozusagen. Ich zweifle nicht, dass sie in der Lage sein wird, die eine oder andere Träne hervorzubringen, wenn ihr am Old Bailey der Prozess gemacht wird – falls es je dazu kommt.«

Das war in der Tat eine pessimistische Einschätzung.

»Einen Fehler hat sie allerdings gemacht«, fügte er hinzu.

»Ach? Welchen denn?«

Doch bevor er mir antworten konnte, kündigte das Rasseln von Ketten Thomas Roundtrees Ankunft an. Sir John legte den Zeigefinger an die Lippen, und damit war das Gespräch vorläufig beendet. Dann, als der Gefangene eintrat, winkte er mich zu sich.

»Auch wenn du etwas dagegen haben solltest, Jeremy«, flüsterte er, »du musst jetzt einen Gang für mich erledigen. Ich möchte, dass du zu Mr. Donnelly läufst und das abholst, was du ihm vor einer Weile gebracht hast. Er sollte auch einen schriftlichen Bericht fertig haben, den er dir mitgeben kann. Jedenfalls hat er mir einen versprochen.«

Ich hatte selbstverständlich nichts dagegen. Wenn ich auch

enttäuscht war, willigte ich dennoch ein und machte mich sogleich auf den Weg in die Drury Lane.

Mr. Donnelly hielt mich weit länger auf, als ich erwartet hatte – aber das war allein meine Schuld. Als ich ankam, fand ich ihn noch mit der Erledigung des Auftrags beschäftigt, den Sir John ihm erteilt hatte. Er lud mich ein, auf seinem Stuhl Platz zu nehmen und durch sein Mikroskop zu schauen. Eine solche Gelegenheit war mir noch nie zuvor geboten worden, und so konnte ich schwerlich ablehnen. Ich legte ein Auge an die Linse, wie ich es von einem Teleskop her kannte, und kniff das andere zu. Angestrengt musterte ich das darunter liegende Objekt und entdeckte eine Anzahl unregelmäßiger dunkler Kreise nebst einigen Kreisfragmenten, umgeben von rosafarbenen Fetzen.

»Was ist das, was ich da betrachte?«, fragte ich Mr. Donnelly.

»Diese Partikel habe ich von der Handsäge aus dem Werkzeugkasten abgeschabt, den du mir gebracht hast.«

»Und was *ist* es, was ich da sehe?«

»Eine exzellente Unterscheidung, Jeremy!«, sagte er. »Was du siehst, ist Blut, gemischt mit winzigen Knochensplittern.«

»Wie können Sie sich dessen so sicher sein? Ich will damit sagen, Knochen sind doch nicht rosa, und Blut hat auch keine so dunkle Farbe – das hier ist braun, fast schwarz, vielleicht mit etwas Rot darin, aber nicht viel.«

»Ja, aber das ist die Farbe von getrocknetem Blut. Ich habe so etwas an Bord oft zu sehen bekommen. Und was Knochen betrifft, so sind sie im ausgebleichten Zustand zwar weiß, aber wenn man einen mit einer blutverschmierten Säge durchtrennt, bekommt man genau das, was du dort siehst.«

»Könnte es sich nicht um eine Mischung von zwei Malfarben handeln?«

»Nein. Sieh dir die Blutstropfen genau an, und du wirst feststellen, dass sie eine gewisse Dichte haben. An den Knochenresten lässt sich das nicht so gut erkennen, aber unter einem stärkeren Mikroskop wäre es nicht zu übersehen. Du kennst das Sprichwort ›Blut ist dicker als Wasser‹. Nun, es ist auch dicker als Farbe – deshalb wird Farbe in mehreren Schichten aufgetragen.«

»Dicker als Farbe?«

»Ja, Farbe würde auf der Säge abblättern und somit flach erscheinen. Blut ist dagegen der geheimnisvollste Stoff im menschlichen Körper. Ich bin überzeugt, dass es viele merkwürdige Eigenschaften besitzt, die wir nur noch nicht erkennen können. Dafür würden wir ein Mikroskop brauchen, das noch nicht erfunden ist.«

Wieder legte ich das Auge an das Okular und fixierte die dunklen Kreise und die rosafarbenen Partikel. Es war so, wie er gesagt hatte.

»Es ist verblüffend, was man durch so ein Instrument alles sehen kann«, meinte ich.

»Ja, nicht wahr? Aber jetzt muss ich mich an mein Schreibpult setzen und den Bericht schreiben, den Sir John verlangt hat.«

Indem er dies sagte, nahm er die Feder zur Hand und machte sich an die Arbeit. Ich saß derweil etwas abseits und dachte über das nach, was er gesagt hatte. Nach einigen Minuten hatte ich ein oder zwei Fragen an ihn.

»Mr. Donnelly, dürfte ich Sie kurz stören?«

Er warf mir einen etwas verärgerten Blick zu. »Nun, das hast du bereits getan, also fahre nur fort.«

»Sie sagten doch, dass Blut unter dem Mikroskop dieses Aussehen hat, aber gleicht unser Blut nicht dem der Tiere?«

»Nun ja, zumindest dem der warmblütigen Tiere. Das heißt also, dass das Blut einer Kuh selbst unter dem Mikroskop ungefähr so aussehen würde wie das eines Menschen.«

»Tatsächlich?«, fragte ich.

Er seufzte und drehte sich auf seinem Stuhl zu mir um.

»Ehrlich gesagt, ich habe noch nie Rinderblut oder Schafsblut oder Pferdeblut unter dem Mikroskop betrachtet, aber Menschenblut habe ich schon oft untersucht, und so darfst du mir ruhig glauben, dass das, was ich von der Säge abgekratzt habe und was wir beide gesehen haben, *Menschenblut* war.«

»Aber bei allem Respekt, Sir, können Sie denn wirklich absolut sicher sein – ich meine, da Sie doch das Blut anderer Lebewesen noch nie untersucht haben? Ich habe schon oft gesehen, wie Mr. Tolliver, der Fleischer im Covent Garden, mit einer Säge ein Kotelett aus einer Rinderhälfte herausgeschnitten hat. Würde das Blut von seiner Säge nicht genauso aussehen wie das von der Säge, von der Sie diese getrockneten Blutstropfen abgekratzt haben, die wir gesehen haben?«

Über diesen Punkt diskutierten wir dann noch weit länger als notwendig, mit Sicherheit aber länger, als für irgendjemanden von Nutzen gewesen wäre. Er berief sich auf sein Fachwissen als Arzt; ich dagegen bestand lediglich darauf, dass in der Sache Zweifel möglich seien. Die Debatte wurde einigermaßen hitzig.

»Wäre es nicht möglich, dass der Zimmermann mit der Säge einen Braten tranchiert hat?«

Da wandte sich Mr. Donnelly plötzlich zu seinem Schreibtisch um und zerriss mit voller Absicht das Blatt, auf das er geschrieben hatte. Ich war schockiert.

»Warum haben Sie das getan, Sir?«, fragte ich.

»Weil ich ausdrücklich geschrieben hatte, ich hätte Spuren von *menschlichem* Blut und *menschlichen* Knochen auf der Säge des Zimmermanns gefunden. Ich werde das nun abändern und einfach nur feststellen, dass ich Blut- und Knochenspuren gefunden habe.«

»Nun ja, ich denke, im Interesse der Genauigkeit …«

Da schüttelte er den Kopf und lachte in sich hinein. »Jeremy«, sagte er, »du bist wirklich der geborene Jurist. Wenn ich je irgendwelche Zweifel hatte – mit dieser Diskussion ist es dir gelungen, sie restlos zu beseitigen.«

Er hätte mir nichts sagen können, was ich lieber gehört hätte.

Es dauerte nicht lange, bis er seinen Bericht neu geschrieben hatte. Und mit dem Papier in der Tasche und dem Werkzeugkasten in der Hand schickte ich mich zum Gehen an.

»Bitte verzeihen Sie mir«, sagte ich zu ihm, »wenn ich in der Debatte zu heftig gewesen sein sollte.«

»Mach dir darüber keine Gedanken«, erwiderte er. »Es war ja nur eine Diskussion unter Freunden, und es geschah alles, wie du es formuliert hast, ›im Interesse der Genauigkeit‹.« Und dann fügte er hinzu: »Ach übrigens, sag bitte Sir John, dass ich zu Fuß in die Bow Street kommen werde, sodass wir alle zusammen zum Haus der Laninghams fahren können. Mir bleibt gerade noch genug Zeit, mich für diese merkwürdige Veranstaltung umzuziehen.«

Und so verabschiedete ich mich von ihm und brach auf.

Während ich durch die dunklen Straßen nach Hause eilte, drängte sich mir der Gedanke auf, dass es in meinem Bekanntenkreis keinen anderen Menschen in reiferen Jahren gab, dem ich in ähnlicher Weise zu widersprechen gewagt hätte, wie ich es in der Diskussion mit Mr. Donnelly getan hatte. Nicht ein Mal hatte er gesagt: »Du bist doch noch ein Junge. Wer bist du denn, dass du es wagst, mein Urteil anzuzweifeln?« Er mochte sich auf sein überlegenes medizinisches Wissen berufen haben – aber das hätte er auch gegenüber jedem anderen Laien getan, der anderer Meinung gewesen wäre als er, was etwas völlig anderes war. Er traute mir zu, dass ich meinen Verstand gebrauchen konnte, und hatte es mir schon immer zugetraut. Und dafür würde ich ihm immer dankbar sein.

Ich betrat das Haus Bow Street Nummer vier durch die Tür mit der Aufschrift »Kein Zutritt« und ging den langen Korridor entlang, der zu den hinteren Räumen des Gerichtshofs führte. Ein paar der Constables waren dort. Mr. Baker hatte Mr. Fuller für die Nacht abgelöst. Und als ich an der Arrestzelle vorbeikam, erblickte ich darin Mrs. Bradbury. Sie saß in der Ecke, die sie sich auserkoren hatte, und machte sich nicht einmal die Mühe, den Blick zu heben, als ich vorüberging. Ich ging weiter auf das Amtszimmer des Richters zu, überzeugt, ihn dort ganz in die Befragung von Thomas Roundtree vertieft vorzufinden.

Doch ich hatte mich geirrt – ich traf ihn bei der Tür an; er war eben im Begriff, den Raum zu verlassen. Oberhalb des schwarzen Bandes, das seine blinden Augen bedeckte, zeichneten tiefe Runzeln seine Stirn. Seine Mundwinkel waren grollend herabgezogen, und er schien alles in allem äußerst unzufrieden. Hinter ihm erblickte ich Roundtree, der immer noch mit dem Rücken zur Tür auf dem Platz saß, den man ihm vor über einer Stunde angewiesen hatte.

»Jeremy?«, sagte Sir John, der mich erkannt hatte, bevor ich überhaupt den Mund aufgemacht hatte. »Komm hier herüber, damit wir außer Hörweite sind und uns ein wenig unterhalten können. Offenbar muss ich nach oben gehen und mich umziehen. Lady Fielding sagt, dass diese Sachen für den Anlass des heutigen Abends nicht fein genug sind.«

Das erinnerte mich an Mr. Donnellys Botschaft bezüglich der Fahrt zum Laningham'schen Hause. Ich gab sie an Sir John weiter, der darauf mit einem meckernden Lachen reagierte.

»Also nein, dieser Ire ist ja ein schlimmerer Pfennigfuchser als jeder Schotte!« Aber dann fuhr er im Flüsterton fort: »Sag mal, Jeremy, was schreibt er denn in seinem Bericht? Halte dich nicht mit Vorlesen auf, sag mir einfach nur, was drinsteht.«

»Der wesentliche Punkt ist, dass er an der Handsäge, die in dem Werkzeugkasten war, Spuren von Blut und Knochen entdeckt hat.«

»Verdammt! Die Information hätte ich vorhin gut gebrauchen können. Ist er sich da sicher?«

»Er hat die Partikel unter dem Mikroskop untersucht.«

»Dann dürfte es gewiss sein.« Er biss sich unentschlossen auf die Lippe. »Wenn ich nur noch ein wenig länger bleiben könnte!« Er seufzte. »Aber das kann ich nicht. Ich habe eine bestimmte Vorahnung, dass heute Abend etwas Wichtiges passieren wird, und ich fühle mich verpflichtet, dabei anwesend zu sein.« Dann hellte sich seine Miene ein wenig auf. »Ich habe eine Idee, Jeremy.«

»Welche denn, Sir?«

»Du könntest doch sehen, wie weit du mit ihm kommst.«

»Ich soll ihn verhören?«

»Ja, gewiss doch. Ich habe bei ihm den Bären gespielt, und du könntest stattdessen vielleicht das Lamm spielen. Er hat da etwas fallen lassen, was mir darauf hinzuweisen scheint, dass er dir gegenüber ein schlechtes Gewissen hat – wegen der Art, wie er dich übers Ohr gehauen und so lange den Narren gespielt hat, bis du einmal nicht aufgepasst hast und er entkommen konnte. Mach dir das zu Nutze. Gib dich als sein Freund. Aber versuche aus ihm herauszubekommen, was in der Nacht, als George Bradbury aus Warwick zurückkam, tatsächlich geschehen ist, und bring ihn vor allem dazu, die anderen zu belasten. Ich habe ihm versprochen, dass er mit Deportation davonkommt, ganz gleich, wie seine Beteiligung ausgesehen hat. Mehr kann ich natürlich nicht versprechen.«

Obgleich ich durch die Aufgabe, die er mir übertragen hatte, gehörig eingeschüchtert war, brachte ich ein feierliches Versprechen zu Stande, dass ich mein Bestes tun würde.

»Das weiß ich«, sagte er. »Ruf mich, wenn er zusammenbricht oder du auch nur den Eindruck hast, dass er so weit ist. Ich überlasse es dir, zu entscheiden, wann das der Fall ist. Aber jetzt… jetzt muss ich gehen.«

Er tastete nach meiner Hand und drückte sie unbeholfen mit beiden Händen. Dann war er auf und davon.

Ich warf einen Blick in das Zimmer. Wir hatten uns in einiger Entfernung von der Tür im Flüsterton unterhalten. Aber auch von hier wirkte Thomas Roundtree irgendwie geschrumpft, wie er da mit gebeugtem Rücken auf seinem Stuhl saß, sodass sein Kopf gerade eben die schmalen Schultern überragte. Es schien kaum möglich, dass er aufrecht stehend gute sechs Fuß messen sollte. Sir John hatte mir geraten, ihm gegenüber das Lamm zu spielen. Wenn ich Roundtree ansah, so zusammengesunken und niedergedrückt, wie er wirkte, konnte ich mir kaum vorstellen, eine andere Rolle zu spielen. Unwillkürlich verspürte ich Mitleid mit ihm. Ich holte noch einmal tief Luft und betrat das Zimmer.

Als er meine Schritte hörte, drehte er sich um und warf mir einen trüben Blick zu. Mit einem kurzen Nicken und einem »Hallo, Junge« begrüßte er mich.

»Hallo, Mr. Roundtree«, sagte ich. »Sie sehen so aus, als könnten Sie ein wenig Gesellschaft gebrauchen.«

Ich zog mir einen Stuhl heran, stellte den Werkzeugkasten ab und setzte mich zu ihm, bevor er mein Ansinnen ablehnen konnte. Dabei bemerkte ich, dass die Handschellen, die er trug, mit einer Kette verbunden war, welche in den Fußboden eingelassen war. Ich musste schon mindestens ein Dutzend Mal über diese bogenförmige Erhebung gestolpert sein, ohne mir je über ihre Funktion klar zu werden. Jetzt war offensichtlich, weshalb er so zusammengekauert und nach vorne gebeugt dasaß: Sein Stuhl stand zu weit von der Stelle entfernt, wo die Kette am Boden befestigt war. Um die Sitzfläche noch mit dem Gesäß berühren zu können, war er gezwungen, eine Position einzunehmen, in der sein Rumpf fast auf den Oberschenkeln auflag. Vielleicht hatte Mr. Fuller sich einen Spaß daraus gemacht, Roundtree so zu platzieren; solche kleinen Grausamkeiten gegenüber den Gefangenen waren ihm durchaus zuzutrauen. Und Sir John konnte davon natürlich nichts bemerkt haben.

»Einen Augenblick«, sagte ich und stand auf, »ich werde mal eben Ihren Stuhl zurechtrücken.«

Ich schob ihn so dicht wie möglich an den Metallring heran. Nun konnte er den Oberkörper aufrichten und sich ein wenig entspannen.

»Besser so?«

»Kann man wohl sagen«, antwortete er und schüttelte seine Arme aus. »Das ist der Schließer gewesen. Ich hab versucht, den Stuhl mit dem Hintern zu verrücken, aber das hat nicht geklappt. Ich hab eben nicht mehr allzu viel Sitzfleisch.«

Er hatte zweifellos Recht. Seine Kleider hingen ganz lose an ihm herab. Ich warf einen Blick auf seine knochigen Handgelenke; wären seine großen Hände nicht gewesen, dann hätte er die Handschellen mühelos abstreifen können.

»Ich dachte, Sie hätten vielleicht Lust, ein bisschen zu reden.«

»Hätte nichts dagegen«, erwiderte er. »Ich hab das Gefühl, der Richter hat fast den ganzen Nachmittag auf mich eingeredet. Was er zu mir gesagt hat, würde ich nicht eben ermutigend nennen. Aber weißt du, ich hab darüber nachgedacht, was du zu mir gesagt hast, als wir uns das letzte Mal gesehen haben, und es stimmt wirklich – ich hab mir alles selber eingebrockt. Jedes Mal, wenn ich etwas getan hab, von dem ich wusste, dass es falsch war, hab ich mich noch ein bisschen tiefer in die Scheiße reingeritten. Wie damals, als ich dir abgehauen bin – ja, ich hab gelacht und mich herzlich über dich lustig gemacht, aber du hast dafür sicher eine ordentliche Tracht Prügel gekriegt, falls sie so was mit Hilfsconstables machen.«

»Nein, nichts dergleichen«, sagte ich.

»Aber ich hab noch schlimmere Sachen gemacht.«

Anstatt ihn direkt zu fragen, was diese schlimmeren Sachen waren – was mich natürlich brennend interessierte –, spekulierte ich, dass es wohl letzten Endes besser wäre, zunächst noch ein wenig an der Festigung unserer freundschaftlichen Beziehung zu arbeiten.

»Wir haben uns sehr gewundert, dass Sie wegen eines so geringfügigen Verbrechens wie öffentlicher Trunkenheit die Flucht ergriffen haben. Aber als ich dann zu Ihrem Zimmer zurückging und dort Ihre Tochter antraf, war uns natürlich alles klar.«

»Das stimmt. Ich konnte doch nicht für einen Monat ins Gefängnis gehen, denn dann hätte sie schon bald Hunger gelitten und hätte auf der Straße betteln müssen – oder noch Schlimmeres.«

»Und das Geld für die Strafe hatten Sie nicht?«

»Ach, das Geld hatten wir schon, aber das haben wir für was anderes gebraucht.«

Für ihre Überfahrt in die Kolonien natürlich. Das dachte ich, sprach es aber nicht aus.

»Wie geht es ihr?«, fragte er. »Wie geht es meiner Tochter Clarissa? Du hast gesagt, sie wäre auf dem Weg der Besserung?«

»Oh, sie ist fast völlig geheilt, würde ich sagen, obwohl der Doktor noch ab und zu nach ihr sieht.«

»Sie ist ein prächtiges Kind, was? Jetzt sag doch mal, Junge, was denkst du so von ihr?«

»Ich denke so einiges«, antwortete ich, während ich noch überlegte, was ich wohl sagen könnte. Dann entschied ich mich für die Wahrheit: »Ich denke zunächst einmal, dass sie ein sehr kluges Kind ist – aber das muss ich Ihnen nicht erst erzählen, Sie haben es ja selbst gesagt. Aber ich halte sie auch für eigensinnig und dickköpfig; sie ist ein Mädchen, das seinen Willen mit allen Mitteln durchsetzen muss. Aber alles in allem ein reizendes Kind« – das Wort hatte ich von Sir John gehört – »und … und sehr interessant.«

»Aha«, meinte er und musste seiner Lage zum Trotz lachen, »ich merke schon, du kennst sie inzwischen ziemlich gut. Sie ist all das, was du gesagt hast, und noch mehr – in jeder Beziehung. Du hast es vielleicht noch nicht erraten, aber sie kann dich ganz gut leiden. Mit diesem Buch, das du ihr geschenkt hast, hast du gleich ihr Herz gewonnen.«

»Nun ja, sie ist oft ziemlich schroff zu mir.«

»Das glaube ich gerne. Aber weißt du, um sie richtig zu verstehen, hättest du ihre Mutter kennen müssen. Sie ist in allem ihr genaues Ebenbild – im Aussehen, in ihrer Art, in ihrer Klugheit – ja, ganz besonders in ihrer Klugheit.« Dann hielt er inne, und ich sah Tränen in seinen Augen aufblitzen. Er senkte den Kopf und wischte sich mit seinen gefesselten Händen über das Gesicht.

Und dann tat er etwas höchst Bemerkenswertes – bemerkenswert in Anbetracht seiner Lage und auch in Anbetracht seiner Zuhörerschaft, die nur aus meiner Wenigkeit bestand – einem Knaben von fünfzehn Jahren. Er erzählte mir seine Lebensgeschichte – jedenfalls den Teil seines Lebens betreffend, den er als verheirateter Mann in Lichfield verbracht hatte; er erzählte von Sarah, seiner Frau, von Clarissas Geburt und wie sie zusammen als kleine Familie gelebt hatten. Seine Version wich auffallend von derjenigen ab, die der Richter von Lichfield uns geliefert hatte, und zwar nicht so sehr im Inhalt als vielmehr im Ton. Es war nicht eine einzige Geschichte, es waren viele – dies war sein Schatz von Erinnerungen an die Jahre, die, wie er jetzt sehr wohl wusste, die besten seines Lebens gewesen waren. Es waren somit in erster Linie Erinnerungen an glückliche Tage – Weihnachtsfeste, die sie mit der Familie seiner Frau verbracht hatten, Feiertage mit Wanderungen übers Land. Kleine Dinge, über die sie zusammen gelacht hatten, kamen ihm in den Sinn, und er sprach über die glänzende Zukunft, von der er Sarah vorgeschwärmt hatte, wenn er nur erst seinen Meisterbrief machen würde. Er erzählte, wie stolz er auf Clarissa gewesen war, als er sie zu dem klugen und aufgeweckten Mädchen heranwachsen sah, das ich kennen gelernt hatte. Nachdem er einmal angefangen hatte, schien er nicht mehr aufhören zu können. Er muss fast eine Stunde lang erzählt haben. Ich glaube, in Wirklichkeit sprach er mehr zu sich selbst als zu mir.

Doch plötzlich brach er diesen Teil seiner Erzählung ab. Es war, als hätte er sich umgesehen und mit einem Mal bemerkt, wer er war, wo er war und warum er hier war. Er stieß einen tiefen Seufzer aus und legte dann sein Schuldbekenntnis ab.

»Ich war kein guter Ernährer«, sagte er, »kein schlechter Zimmermann, nein, aber nie ein guter Ernährer. Weißt du, die ganzen Jahre hatte ich immer wieder Probleme, weil ich die Finger nicht von der Schnapsflasche lassen konnte, und ich glaube nicht, dass wir drei überlebt hätten, wenn der alte Mr. Gladden, Sarahs Vater, uns nicht geholfen hätte. Und dann ist er ganz plötzlich gestorben, und die Frauen haben versucht, die Buchhandlung weiterzuführen, Sarah zusammen mit ihrer Mutter und ihrer Schwester. Sie hat Clarissa immer mitgenommen, und dort zwischen den ganzen Büchern hat sie ihr dann das Lesen beigebracht. Es war gar nicht schwer. Man hätte meinen können, das Kind wäre zum Lesen geboren. Aber der Laden ist dann doch eingegangen, und da musste sie sich auf mich verlassen, aber ich war einfach unzuverlässig. Das hat sie immer zu mir gesagt, wenn sie mit mir geschimpft hat, und wenn sie das gemacht hat, bin ich wütend auf sie geworden, obwohl ich niemals die Hand gegen sie erhoben habe, auch nicht gegen Clarissa. Nein, ich hab mich gerächt, indem ich einfach wieder auf Sauftour gegangen bin. Und dann hat sie die Schwindsucht bekommen. Clarissa hat sie gepflegt, aber sie ist immer weiter dahingesiecht – es war ein Fluch, das weiß ich ganz genau.«

Inzwischen strömten heiße Tränen über seine Wangen, und auch ich, der ich mir das alles angehört hatte, stellte fest, dass mein Blick sich trübte. Doch er war noch nicht am Ende; schluchzend erleichterte er vor mir sein Gewissen.

»Ich habe gestohlen und ich habe noch weit schlimmere Dinge getan, aber das Schlimmste, was ich je gemacht habe, war, dass ich ein schlechter Ehemann und … Vater war. Ich hab so getrunken, als Sarah gestorben ist, weil ich mich so geschämt hab. Ich hab so schlimm getrunken, dass Clarissa bei den Nachbarn um Essen betteln musste – meine eigene Tochter eine Bettlerin! Und schließlich haben sie mir sie dann weggenommen.«

Nunmehr gänzlich von seinen Gefühlen überwältigt, ließ er den Tränen freien Lauf und weinte bitterlich. Seine Schultern bebten, und mit beiden Fäusten schlug er auf seine Knie ein, dass die Ketten klirrten. Ich wusste nicht, wie ich ihm helfen sollte. Unbeholfen stand ich auf, packte die Hand, die mir am nächsten war, und drückte sie kräftig. Seit meine junge Freundin Mariah eines so grauenvollen Todes gestorben war, hatte ich nicht mehr ein so tiefes Gefühl des Bedauerns für einen anderen Menschen empfunden – ja seit dem Tod meines Vaters nicht mehr. Allmählich gewann er seine Fassung wieder. Doch er hatte immer noch nicht ausgeredet.

»Mein ganzes Leben lang bin ich ein Narr gewesen«, sagte er. »Sarah hätte niemals einen Dummkopf wie mich geheiratet, wenn ich ihr nicht ein Kind gemacht hätte. Sie hätte sich von ihrer Vernunft leiten lassen.«

Ich griff in meine Rocktasche und zog mein Taschentuch heraus, wobei Mr. Donnellys Bericht zu Boden fiel – ein Zwischenfall, der mich daran erinnerte, was für eine schwere Aufgabe mir übertragen worden war. Ich reichte ihm das Taschentuch, von dem er sogleich ausgiebig Gebrauch machte. Inzwischen hob ich das Papier auf und steckte es wieder ein; dann setzte ich mich hin und drückte meinen Stuhl ganz nahe an ihn heran.

»Was hat Sir John Ihnen gesagt?«, fragte ich leise.

»Oh«, krächzte Roundtree, dann räusperte er sich und sprach mit heiserer Stimme weiter: »Meine Zukunft sieht nicht gerade rosig aus, das sage ich dir. Er schätzt den Wert dieser Vase, die ich gestohlen habe, auf zwanzig Guineas oder mehr. Das reicht, um mich zu hängen. Ja, ich hab sie gestohlen, keine Frage, kann's ja ruhig zugeben, wo dieses Miststück von Bradbury mich doch schon verpfiffen hat. Das wäre wirklich nicht nötig gewesen.«

»Hat der Richter weiter nichts gesagt?«

»Oh, er hat eine Menge gesagt. Er hat mir gesagt, ich könnte dem Strang entgehen und mit Deportation davonkommen, wenn ich nur sagen würde, was mit George Bradbury passiert ist.«

»Und da zögern Sie noch? Warum? Exil und Zwangsarbeit wären doch allemal besser als der Strang. Wie können Sie noch zögern, da eine der beiden Sie doch schon verraten hat?«

»Also gut, Junge, ich werde dir sagen, was ich dem Richter nicht gesagt hab. Die eine hat mich verraten, das stimmt, aber vor dem anderen habe ich Angst – nicht um mich selbst, sondern um Clarissa. Wenn ich gestehen würde, würde ich seinen Namen nennen, Jackie Carver, und er würde an mir Rache nehmen. Das hat er geschworen. Sie haben mir gerade so viel bezahlt, dass es für unsere Überfahrt reichen würde; auf die Weise wären sie mich als Mitwisser los gewesen. Sie haben versprochen, später noch mehr zu zahlen. Aber wenn ich sie verpfeifen würde und er würde nicht an mich rankommen, während ich in Newgate auf meinen Prozess warte, dann würde er stattdessen Clarissa aufspüren, und wenn er sie bis Lichfield jagen müsste. Da bin ich mir so sicher wie nur was.«

»Aber die Runners sind ihm doch auf den Fersen – sie werden ihn jeden Moment fassen. Darauf können Sie sich verlassen. Und passen Sie auf, was ich Ihnen sage: Sir John kann dafür sorgen, dass Clarissa nicht nach Lichfield zurück muss, auch wenn man sie dort wieder ins Armenhaus stecken will. Er könnte eine Anstellung für sie finden. Er könnte ihr das neue Leben ermöglichen, das Sie ihr nicht ermöglichen konnten.«

»Er hat etwas in der Art gesagt, aber wenn sie hier in London wäre, dann wäre es noch viel leichter für diesen Schurken, an sie ranzukommen.«

»Sie wäre bei uns so lange in Sicherheit, bis Carver gefasst wird.«

Er dachte eine Weile darüber nach und verwarf dann den Gedanken: »Er würde schon irgendeine Möglichkeit finden.«

Ich riss Mr. Donnellys Bericht aus der Tasche und schwenkte ihn vor seinen Augen. »Sehen Sie das hier? Das ist ein Bericht des Arztes, der Ihre Handsäge untersucht und daran Spuren von Blut und Knochen entdeckt hat. Das ist der einzige wirkliche Beweis für einen Mord, den wir bislang haben – und er belastet Sie. Er sagt aus, dass *Sie* George Bradbury ermordet haben.«

»Ich hab niemand ermordet. Er war's, Jackie Carver, der hat's getan. Das hat er mir selbst gesagt. Hat auch noch damit geprahlt.«

»Wie sind denn dann das Blut und die Knochensplitter an Ihre Säge gekommen?«

»Carver hat mir erklärt, wo das Problem lag: ›Wie kriegt man einen Mann von fünfeinhalb Fuß Länge in eine vier Fuß lange Kiste?‹ Nein, George Bradbury war schon tot, als sie ihn mir gezeigt haben. Ich hab ihm den Kopf abgesägt und hab Carver damit losgeschickt. Er sollte ihn irgendwie verschwinden lassen. Aber dann kommt er zurück und sagt, er hat ihn in den Fleet-Kanal geschmissen. Ich hab ihm gesagt, dass das nicht der richtige Ort dafür ist, weil es viel zu viele Stellen gibt, wo er dran hängen bleiben kann. Und ist dann nicht genau das passiert?«

»Ja, schon, aber was haben Sie denn mit der Kiste mit Bradburys Leiche gemacht?«

»Wir haben sie mitten in der Nacht von der Westminster Bridge geworfen, als gerade keiner in der Nähe war. Dann bin ich losgezogen und hab mich ordentlich betrunken – nach der Geschichte hab ich das gebraucht. Ich hatte etwas Schreckliches getan, das war mir klar, aber ich hab's wegen der Überfahrt nach Amerika getan. Na, aber ich hab's geschafft, mich so zu betrinken, dass sie mich verhaftet haben – und den Rest kennst du ja.«

Ich schwieg eine Weile und gab ihm Zeit, sich zu sammeln. »Mr. Roundtree«, sagte ich schließlich, »ich möchte, dass Sie Sir John Fielding das sagen, was Sie mir gerade gesagt haben. Ich verspreche Ihnen, und er wird es Ihnen auch versprechen, dass wir Clarissa hier behalten werden, bis Carver gefasst ist, ganz gleich, wie lange es dauert.«

»Du meinst hier oben im Haus?«

»Ja, dort, wo auch Sir John wohnt. Dort hat sie ein eigenes Zimmer und bekommt gutes Essen, wahrscheinlich das beste, das sie je gegessen hat. Sie vertreibt sich die Zeit mit Lesen.«

»Oh, das sieht ihr allerdings ähnlich.« Dann sagte er eine halbe Ewigkeit lang nichts mehr. Er hatte sich von mir abgewandt und dachte über das nach, was ich ihm gesagt hatte. Ich wartete. »Nun ja«, sagte er endlich, »ich schätze, nicht einmal einer wie Carver würde es wagen, da raufzugehen.«

»Mr. Roundtree, ich kenne Jackie Carver, und er ist bei weitem nicht so mutig, wie Sie denken.«

»Vielleicht hast du Recht. Er hat Bradbury im Schlaf ermordet.« Dann fuhr er mit einem Seufzer fort: »Also gut, hol den

Richter her, und ich werd ihm sagen, was ich dir gesagt hab – und noch mehr. Aber ich werd ihm gar nichts sagen, wenn er nicht verspricht, Clarissa zu beschützen.«

Ich stand auf und fasste erneut seine Hand.

»Sie tun das Richtige, Mr. Roundtree. Clarissa selbst hätte sich auch so entschieden, glauben Sie mir. Ich werde bald mit Sir John wiederkommen – so schnell ich nur kann.«

11. KAPITEL

In welchem ich einem Schurken namens Jackie Carver begegne

Obgleich Sir John mir keine Instruktionen hinterlassen hatte, wie mit Roundtree zu verfahren sei, falls ich es für angebracht halten sollte, ihn aus der Gesellschaft bei Laningham abzurufen, schien es mir doch falsch, den Gefangenen in die Arrestzelle zurückzubringen. Wer konnte sagen, was sich zwischen ihm und Mrs. Bradbury abspielen würde, wenn man die beiden wieder zusammensteckte? Vielleicht würde sie ihn an Jackie Carvers Drohungen erinnern und ihn so davon abhalten, sein Geständnis zu wiederholen; andererseits war es denkbar, dass er sie erwürgte, weil sie ihn so bedenkenlos verraten hatte. Nein, es musste ein anderer Ort für ihn gefunden werden. Ich ging zu Mr. Baker und legte ihm das Problem vor.

Er hörte mir zu, nickte und fragte: »Ist er dort sicher? Angekettet an dieses Eisen im Fußboden?«

»O ja, aber Mr. Fuller hatte den Gefangenen so weit nach hinten gesetzt, dass er sich ganz verbiegen musste und sich kaum bewegen konnte. Ich habe den Stuhl nach vorne gerückt, damit er wenigstens aufrecht sitzen kann.« Ich war ganz entrüstet wegen des Unrechts, das Roundtree angetan worden war.

»Einer von Fullers kleinen Tricks«, meinte Mr. Baker und rümpfte die Nase. »Aber um auf die Frage zurückzukommen, wohin der Gefangene gebracht werden soll – ich würde sagen, da wo er jetzt ist, ist er so sicher wie nur irgendwo. Er muss allerdings bewacht werden – und da habe ich genau den Richtigen für dich.« Daraufhin stand er auf und rief: »Mr. Cowley!«

So wurde Roundtree also der Obhut von Constable Cowley anvertraut, der seit kurzem wieder einen eingeschränkten Dienst versah, während die Stichwunde an seinem Bein verheilte. Das Letzte, was ich von Cowley sah, war wie er bewaffnet und deutlich sichtbar humpelnd in die Richtung von Sir Johns Amtszimmer ging. Und so machte ich mich auf den Weg zum Haus der Laninghams am St. James Square.

Wäre irgendwo eine Droschke in Sichtweite gewesen, als ich das Haus Nummer vier verließ, so wäre ich vielleicht aufgesprungen, aber was ich soeben vollbracht hatte, beflügelte mich dermaßen, dass ich, da ich keine Kutsche sehen konnte, sogleich losrannte und mich darauf verließ, dass ich unterwegs noch eine erwischen würde. Doch nachdem ich die halbe Strecke zurückgelegt hatte, ohne dass mir eine begegnet wäre, ließ ich mich in einen zügigen Trab fallen und legte den Rest ebenfalls zu Fuß zurück. Infolgedessen langte ich trotz der kalten Nachtluft überhitzt und schweißgebadet an der Tür des großen Hauses an. Ich hielt einen Moment inne, um zu verschnaufen, aber nicht zu lange, da ich mir keine Erkältung holen wollte. Mit dem Klopfer pochte ich heftig an die Tür, wartete eine Weile und klopfte dann erneut. Die Tür wurde geöffnet, und aus dem Inneren des Hauses vernahm ich Musik – es war ein Instrument, das ich noch nie gehört hatte, ähnlich wie ein Cembalo, nur ohne dessen scheppernden Klang. Ich erkannte den Mann, der die Tür geöffnet hatte, als den Butler des Hauses. Seinen Namen wusste ich auch noch.

»Mr. Poole«, sagte ich zu ihm, »ich muss Sir John Fielding in einer dringenden Gerichtsangelegenheit sprechen. Könnten Sie ihn rufen?«

»Im Augenblick dürfte das schwierig sein, aber komm nur herein, Junge, ich bringe dich auf dem schnellsten Weg zu ihm.«

Ich dankte ihm, und er führte mich an der großen geschwungenen Treppe vorbei und den langen, breiten Flur entlang. Je näher wir unserem Ziel kamen, desto lauter war die Musik zu hören – kompliziert ineinander verwobene Variationen eines einzigen Themas, vorgetragen in einem langsamen, majestätischen Tempo. Der Charakter des Stücks war in der Tat, wie Lord Laningham versprochen hatte, ausgesprochen ernst und feierlich. Der Saal, welchen wir nun erreichten, war sehr tief und ebenso breit; sämtliche Wände waren mit Bücherregalen bedeckt. Wir traten durch eine große Doppeltür ein. Doch zuvor hielt Mr. Poole mich noch zurück und flüsterte mir ins Ohr: »Du kannst gleich links von der Tür Platz nehmen, etwas abseits von den anderen Gästen. Sobald die Musik zu Ende ist, kannst du einfach zu Sir John gehen und ihm deine Nachricht überbringen. Er sitzt, glaube ich, in der ersten Reihe.«

Ich nickte zustimmend, bedankte mich und ließ mich von ihm hineinführen. Er wies auf drei leere Stühle, die an der Wand standen, und ließ mich einen davon wählen. Während ich auf dem mir zunächst stehenden Platz nahm, warf ich einen Blick auf den Butler und bemerkte, dass dieser sich auf der anderen Seite der Tür postiert hatte. Dort stand er jedoch nicht lange. Ich sah, dass niemand anderer als Lord Laningham persönlich ihn heranwinkte. Der Lord saß etwas abseits von den Gästen in einer Ecke, sodass er ihren Blicken mehr oder weniger entzogen war – vielleicht das Vorrecht des Gastgebers. Es kam mir etwas seltsam vor, wenn ich auch keinen besonderen Grund hatte, daran Anstoß zu nehmen, war ich doch noch nie zuvor bei einer derartigen Veranstaltung zugegen gewesen. Der Lord gab Mr. Poole irgendeine Anweisung, woraufhin dieser durch die Doppeltür verschwand.

Die Musik spielte weiter. Ihr etwas monotoner Charakter schien eine einschläfernde Wirkung auf das runde Dutzend Zuhörer zu haben, welche auf den Plätzen unmittelbar vor dem Instrument saßen – was war es noch gleich? Ein Pianoforte? Ja, so hieß es; ich erinnerte mich, dass der Name auf der Einladung gestanden hatte. Ein paar junge Männer in der zweiten Stuhlreihe schienen eingenickt zu sein; Mr. Donnelly allerdings wirkte hellwach. Was die Herrschaften in der ersten Reihe betraf, so hatte der Coroner, Thomas Trezavant, dessen füllige

Gestalt den Stuhl gänzlich unter sich begrub, das Kinn auf die Brust sinken lassen; offenbar war er tief und fest eingeschlafen. Von Sir John hätte jemand, der ihn nicht sehr gut kannte, wohl vermutet, dass er vor sich hin döste, ich aber erkannte an seiner Haltung, dass er tief in Gedanken versunken war. Die Frauen – Lady Fielding und die schwarz gekleideten weiblichen Mitglieder von Laninghams engster Familie – waren alle erstaunlich aufmerksam bei der Sache.

Ich gestehe, dass die scheinbar endlosen Wiederholungen und minuziösen Variationen der Musik auch auf mein Gehirn allmählich einen betäubenden Effekt auszuüben begannen. Zweifellos hatte mich die große Hast, in der ich mich an diesen Ort begeben hatte, etwas ermüdet. Und so war ich in der Tat kurz eingenickt und verpasste daher den Moment, da der Butler den Saal wieder betrat. Doch dann schreckte ich hoch und schüttelte die Müdigkeit ab, und indem ich mich geschwind umsah, bemerkte ich, wie Mr. Poole sich zu Lord Laningham herabbeugte, um ihm eine Flasche Wein samt einem Glas auf einem Tablett zu servieren. Der Lord hatte also den Butler nach einem belebenden Schlückchen geschickt – wie ungehörig von ihm! Er würde trinken, während seine Gäste Durst litten. Vielleicht hatte er sich deshalb entschieden, das Konzert aus diesem abgelegenen Winkel zu verfolgen. Doch er gab sich weiter keine Mühe, seine Absichten zu verbergen. Er ließ sich das Glas füllen und gab dem Butler dann ein Zeichen, dass er die Flasche auf einem kleinen Tisch gleich neben seinem Stuhl abstellen solle. Kaum hatte sich der Diener entfernt, als der Lord auch schon den Wein in einem Zug hinunterstürzte und sich sogleich ein zweites Glas einschenkte. Zuvor aber schüttelte er die Flasche noch kurz – was er wohl damit bezweckte? Ich hätte nicht geglaubt, dass er dem Rotwein so zugetan war – allerdings kannte ich den Mann ja kaum. Dann aber fiel mir ein Detail ein, von dem die verstorbene Lady Laningham berichtet hatte: Als der alte Lord Laningham sich die Flasche von seinem Tisch bringen ließ, habe Arthur Paltrow darauf bestanden, zuvor einen Schluck daraus zu trinken. Vielleicht war der Gastgeber dieser würdevollen Veranstaltung ja ein heimlicher Trinker, dem guten französischen Rotwein ebenso verfallen wie Roundtree dem billigen Gin. Ich beschloss, Sir John davon zu berichten.

Er trank auch ganz wie ein Säufer; das zweite Glas schüttete er ebenso geschwind hinunter wie das erste. Aber nun schien seine Gier fürs Erste befriedigt; er lehnte sich zurück und schien sich entspannen zu wollen, was ihm jedoch nicht recht gelang. Irgendetwas ließ ihn nicht zur Ruhe kommen. Lag es daran, dass sein Durst nach Wein doch noch nicht befriedigt war? Oder hatten ihn vielleicht Schuldgefühle übermannt, weil er sich seiner Sucht so ganz und gar hingegeben hatte? Jedenfalls blieb er, wenn auch in angespannter Haltung, auf seinem Stuhl sitzen und griff nicht wieder nach der Weinflasche.

Hatte nur ich dies bemerkt? Ich sah zu Mr. Poole hinüber. Er stand wieder in strammer Haltung auf seinem Posten, das Tablett unter den Arm geklemmt, und blickte weder nach rechts noch nach links. Offenbar hatte er nichts gesehen. Da ich nicht unhöflich starren wollte, zwang ich mich nunmehr, meine Aufmerksamkeit auf etwas anderes zu richten, und konzentrierte mich zum ersten Mal auf den Musiker, der uns auf seine Weise zu unterhalten bemüht war. Johann Christian Bach war ein kleiner, gedrungener Mann, der eine Perücke trug, zweifellos, um eine beginnende Glatze zu kaschieren, vielleicht auch wegen der Wärme. Obwohl das riesige Instrument, auf welchem er spielte, ihn zum großen Teil verbarg, schloss ich aus den Ausmaßen und Bewegungen seiner breiten Schultern auf seine gedrungene Gestalt, während ich seine geringe Körpergröße aus der Tatsache ableitete, dass seine Füße kaum die Pedale des Pianofortes erreichten. Mr. Bach muss in der Tat ein berühmter Mann gewesen sein, denn selbst ich, der ich mich kaum in der Londoner Musikwelt auskannte, hatte schon seinen Namen gehört. (Tatsächlich war er Königlicher Musikmeister, und sein Auftritt an jenem Abend musste Lord Laningham teuer zu stehen gekommen sein.) Dennoch mochte ich seine Musik nicht sonderlich – sie schien mir monoton, ohne die Heiterkeit und Sinnenfreude, die einen Händel auszeichnete. Trotzdem lauschte ich aufmerksam, bemüht, mir ein gerechtes Urteil zu bilden. Und indem ich so lauschte, begann ich bald erneut einzunicken.

Dann aber wurde ich plötzlich durch ein Geräusch aufgeschreckt – ein höchst ungewöhnliches Geräusch, welches aus der Ecke des Saales kam, die der Hausherr für sich reserviert hatte. Es war ein langes, gedehntes »Ohhh«, ein Stöhnen, wie es beängstigender nicht hätte klingen können. Sofort wandte ich den Kopf nach rechts und sah, dass Lord Laningham sich erhoben hatte und unsicher schwankend vor seinem Stuhl stand. Die Übrigen wurden nun ebenfalls auf ihn aufmerksam; sie drehten sich in ihren Stühlen um und starrten ihn mit offenen Mündern an. Mr. Poole eilte zu seinem Herrn. Doch er kam zu spät, denn kaum hatte er ihn erreicht, als Lord Laningham auch schon auf seinen Stuhl niedersank und gar abscheulich zu speien begann.

Ich stürzte zu ihm hin wie alle anderen auch. Es dauerte nur einen Moment, bis alle Anwesenden sich um ihn herum versammelt hatten, ganz so wie die Musiker und Chorsänger den sterbenden Mann damals auf der Bühne des Crown and Anchor umdrängt hatten. Und wie sein Onkel zuvor erbrach nun Lord Laningham – Arthur Paltrow – seinen Mageninhalt unter den heftigsten Krämpfen und Zuckungen. Einen wesentlichen Unterschied gab es jedoch zwischen den beiden Ereignissen, und dieser bestand in der Tatsache, dass in diesem ganzen Durcheinander, ja noch einige Minuten, nachdem das Chaos ausgebrochen war, Mr. Johann Christian Bach ungerührt weiterspielte, was dem gesamten Geschehen einen bizarren Anstrich verlieh – die Rufe der Männer, die Schreie der Frauen, und dazu die endlos verschlungenen Tonfolgen des Pianofortes.

Vielleicht weil ich in der Nähe gesessen hatte oder schneller zu Fuß war als die meisten, erreichte ich die zusammengesunkene Gestalt unmittelbar nach Mr. Poole. Ich sah, wie das

Erbrochene aus dem Mund des Mannes hervorströmte und sich über den Teppich ergoss, und ich war sogleich mit einem Rat zur Stelle – »Drehen Sie ihn auf die Seite, damit er nicht erstickt!« –, den der Butler auch prompt befolgte. Und schon wurden ringsum noch weitere Ratschläge laut:

»Schafft ihm Platz!«

»Sehen Sie zu, dass er Luft bekommt!«

»Jemand soll einen Arzt rufen!«

Aber natürlich war ein Arzt im Saal. Mr. Donnelly kniete bereits neben dem Kranken und versuchte die Übrigen zurückzudrängen. Dann hörte ich, wie eine vertraute Stimme mich beim Namen rief.

»Jeremy! Jeremy Proctor! Bist du hier? Habe ich eben deine Stimme gehört?«

Es war Sir John. Ich erspähte ihn am äußeren Rand des heranrückenden Kreises, wohin er von Lady Fielding geführt worden war. Ich kämpfte mich durch das Gedränge zu ihm durch und war wenige Augenblicke später an seiner Seite.

»Seit wann bist du hier? Hast du beobachtet, was vor seinem Zusammenbruch geschah?«

»Ja, Sir. Ich bin gekommen, weil Roundtree …«

»Nein, hör zu«, unterbrach er mich. »Führ mich weg von diesem ganzen irren Geschrei und sag mir, was du gesehen hast.«

Und so unterdrückte ich mein Verlangen, ihm von meinem triumphalen Erfolg bei der Vernehmung zu erzählen, und tat genau das, was er mir befohlen hatte. Wie schon zuvor im Crown and Anchor gab ich ihm eine detaillierte Zusammenfassung der Ereignisse – wie Lord Laningham sich die Flasche Rotwein hatte bringen lassen, wie er die zwei Gläser hastig hinuntergekippt hatte, und natürlich auch, wie er die Flasche geschüttelt hatte, bevor er sich das zweite Glas eingegossen hatte. Für diese letzte Beobachtung interessierte Sir John sich ganz besonders.

»Du sagst, er hat die Flasche geschüttelt? Als ob er den Inhalt durchmischen wollte?«

»Nun ja, ich denke, so kann man es ausdrücken.«

»In diesem Fall, Jeremy, muss ich die Flasche haben, aus der er getrunken hat.«

»Aber Mr. Donnelly sagte doch, es gäbe keinen richtigen Nachweis für das Vorhandensein von…« Irgendwie wagte ich es nicht, das Wort auszusprechen.

»Schaff sie her, Junge; ich habe meine eigene Methode.«

Ich fasste dies als Befehl auf und eilte sogleich zu der Menschentraube zurück, die sich um den zusammengebrochenen Lord Laningham gebildet hatte. Ich sah mit einem Blick, dass die Flasche immer noch auf dem kleinen Tisch stand; erstaunlicherweise war sie in dem Gedränge aufrecht stehen geblieben, und kein Tropfen des Inhalts war verschüttet worden. Ich streckte die Hand aus und ergriff die Flasche, dann machte ich kehrt, wobei ich das kostbare Stück fest gepackt hielt. In diesem Moment traf mein Blick den von Lady Laningham. Sie sah mich durchdringend an, doch in ihrer Miene lag weder Entsetzen noch Missbilligung. Dann wandte sie sich dem zu, dem ihre Aufmerksamkeit eigentlich gebührte: ihrem leidenden Gatten. Er wurde soeben unter Anleitung des Arztes von Mr. Poole und dem kräftigsten der jungen Herren aufgehoben.

»Bringen Sie ihn in sein Bett«, sagte Mr. Donnelly zu ihnen. »Ich werde meine Tasche holen und alles für ihn tun, was in meinen Kräften steht.«

Darauf kehrte ich zu Sir John zurück und sagte ihm, dass ich die Flasche bei mir habe und dass sie halb voll sei.

»Gut. Nun, wenn ich richtig gehört habe, sagte Mr. Donnelly eben, er werde gehen und sich um Lord Laningham kümmern. Ist er schon weg? Kannst du ihn zu mir bringen?«

Das konnte ich, und das tat ich auch. Ich hielt ihn an der Tür zurück, als er eben den Saal verlassen wollte. Er kam auch bereitwillig mit, wenn er auch offensichtlich der Überzeugung war, er sei in erster Linie verpflichtet, dem Kranken beizustehen, der in diesem Moment hinausgetragen wurde.

»Ja, Sir John, was wünschen Sie von mir?«

»Ich werde Sie nicht lange aufhalten«, sagte der Richter so leise, dass es fast ein Flüstern war. »Was Jeremy mir berichtet hat, lässt mich vermuten, dass Lord Laningham seinen derzeitigen Zustand möglicherweise absichtlich herbeigeführt hat.«

»Sich *selbst* vergiftet? Das scheint mir doch etwas weit hergeholt, Sir John.«

»Vielleicht, aber könnte er nicht die gleichen Symptome mit einem simplen Brechmittel hervorrufen? Das Erbrechen ist natürlich echt, aber wäre es nicht möglich, dass der Rest Schauspielerei ist?«

»Nun, möglich ist es wohl. Ich werde auf Anzeichen dafür achten. Und doch sieht es mir ganz nach einer Wiederholung dessen aus, was dem Onkel des Lords zugestoßen ist.«

»Wenn er überlebt, werde ich Argwohn schöpfen«, sagte Sir John.

»Wenn er überlebt«, versetzte Mr. Donnelly, »dürfen Sie es meiner ärztlichen Kunst zuschreiben.«

Er vollführte eine hastige Verbeugung, indem er den Kopf ruckartig um ein kleines Stückchen senkte, machte dann auf dem Absatz kehrt und ließ uns stehen. Ich fürchte, er war ein wenig pikiert über Sir Johns Bemerkungen.

»So, Jeremy, jetzt kannst du das loswerden, was du mir über Roundtree sagen wolltest.«

Das tat ich auch flugs, wobei ich betonte, dass wir lediglich zu versprechen hätten, Clarissa so lange bei uns sicher unterzubringen, bis Jackie Carver gefasst sei; dann würde Roundtree Sir John all das erzählen, was er mir erzählt hatte, und noch einiges mehr.

»Deshalb hat er bei mir also so hartnäckig geschwiegen!«, sagte der Richter. »Er fürchtete um seine Tochter. Ich hatte ihn auch nicht für so durch und durch schlecht gehalten. Es ist doch traurig, wozu die Armut einen Menschen treiben kann, nicht wahr?«

»Er erwartet Sie, Sir John.«

»Ah, aber ich kann noch nicht gleich gehen. Ich muss dem Butler noch einige Fragen stellen – Poole heißt der Bursche, wenn ich mich nicht irre. Er muss mir sagen, ob die Flasche, aus der Lord Laningham getrunken hat, aus dem allgemeinen Vorrat stammte oder ob sie speziell für seinen Herrn reserviert war.«

»Möchten Sie, dass ich noch so lange hier bleibe, Sir?«

»Nein, ich denke, du gehst am besten gleich zurück in die Bow Street. Lady Fielding kann mir helfen, mich hier zurechtzufinden. Du solltest, wie ich finde, weiter mit Roundtree reden – nicht dass es nötig wäre, ihn noch länger zu verhören, aber bei Laune halten solltest du ihn. Sag ihm, dass ich seine Bedingung akzeptiere und verspreche, für die Sicherheit seiner Tochter zu sorgen. Und sag ihm, dass ich in weniger als einer Stunde bei ihm sein werde.«

»Das werde ich tun, Sir John.«

Damit wandte ich mich zum Gehen, doch seine Hand auf meinem Arm hielt mich zurück.

»Nur eines noch. Nimm diese Flasche Rotwein mit. Such dir einen Korken und verschließe sie. Vielleicht wäre es sicherer, wenn du für den Rückweg eine Droschke nehmen würdest. Ich will nicht, dass du sie unterwegs fallen lässt. Hast du genug Geld dabei?«

»Ja, Sir.«

»Also dann, ab mit dir.«

Ich fand Lady Fielding an der Tür. Mr. Trezavant stand neben ihr, und beide redeten beruhigend auf Lady Laningham und ihre Töchter Charity und Felicity ein. Ich wartete geduldig an ihrer Seite, bis ihre Inspiration nachzulassen begann und eine Pause eintrat. Dann tippte ich ihr auf die Schulter, und nachdem ich ihre Aufmerksamkeit gewonnen hatte, zeigte ich auf Sir John, der alleine dort im Saal wartete, wo ich ihn zurückgelassen hatte. Sie nickte mir zu, entschuldigte sich bei den Übrigen und ging zu ihm.

Und ich, verehrter Leser, machte mich auf die Suche nach einem Korken.

Nach meiner Rückkehr ging ich schnurstracks zu Constable Baker und übergab ihm die Weinflasche. Er nahm sie und hielt sie gegen das Licht.

»Halb voll, wie ich sehe«, sagte er augenzwinkernd. »Ist wohl ein guter Tropfen, was?«

»Sie wären vielleicht anderer Meinung, wenn Sie wüssten, was mit demjenigen passiert ist, der davon getrunken hat.«

»Oh? Was ist denn mit ihm passiert?«

»Er ist vergiftet.«

»Ist er tot?«

»Noch nicht. Aber als ich ihn das letzte Mal sah, schien er schon fast hinüber zu sein.«

»Aha – in diesem Fall wollen wir ihn wohl lieber nicht probieren. Ich werde die Flasche in Mr. Marsdens Kiste mit den Beweismitteln einschließen.«

»Und vielleicht sollten Sie sie besser als Gift kennzeichnen, für den Fall, dass Mr. Marsden morgen früh ebenso in Versuchung gerät.«

»Das sollte ich vielleicht wirklich – oder ich schreibe ihm einen Zettel.«

»Gibt's etwas Neues über unseren Gefangenen von Mr. Cowley?«, fragte ich.

»Nein, nichts. Keine Nachricht ist gute Nachricht, schätze ich mal. Vor einer Weile hab ich mal die Ketten rasseln hören. Höchstwahrscheinlich ist unser Gefangener eingeschlafen.«

»Wenn nicht, werde ich noch ein wenig mit ihm reden, bis Sir John zurückkommt.«

»Schick mir doch Cowley vorbei, ja?«, sagte Mr. Baker. »Es ist zwar noch ein bisschen früh, aber ich bekomme allmählich einen gewaltigen Hunger. Ich denke, ich werde ihn losschicken, mir was zu essen zu holen.«

Und so winkte ich ihm nur noch kurz zu und ging. Als ich die halb offene Tür erreichte, hörte ich schweres Atmen – eher ein leichtes Schnarchen –, welches darauf hindeutete, dass der, den ich aufsuchen wollte, tatsächlich eingeschlafen war. Ich zögerte einen Moment und überlegte, ob es nicht besser wäre, ihn noch ein wenig länger schlafen zu lassen, sodass ich nach oben gehen und mein kaltes Abendessen verzehren könnte… Aber nein und nochmals nein; ich hatte meine Befehle und ich würde sie ausführen – selbst wenn das bedeutete, eine Stunde neben einem schlafenden Gefangenen sitzend zu vergeuden. Ich stieß die Tür vorsichtig auf, um ihn nicht zu wecken. Und was fand ich da?

Nicht Roundtree, sondern Constable Cowley schlief in aller Seelenruhe auf einem Stuhl in der hinteren Ecke des Zimmers.

Der Gefangene war nirgends zu sehen.

Ich sprang sogleich zu dem leeren Stuhl hin, auf dem er gesessen hatte, und fand, dass die Kette mit den Handschellen immer noch an dem im Fußboden eingelassenen Eisen hing. Dann blickte ich mich um und stellte fest, dass der Werkzeugkasten ebenfalls verschwunden war. Hatte ich ihn in seiner Reichweite stehen lassen? Ich war mir sicher, dass dem nicht so war. Dennoch untersuchte ich die Handschellen und die Kette und war erleichtert, keine Spuren einer Feile daran zu finden. Was ich jedoch fand, waren kleine Hautfetzen und Blutflecken an beiden Handschellen, und sofort begriff ich, dass er es irgendwie geschafft hatte, seine langen Hände so schmal zu machen, dass er die Eisen hatte abstreifen können. Das Blut und die abgeschürfte Haut, die er an den Fesseln zurückgelassen hatte, waren der Preis, den er für seine Freiheit entrichtet hatte. Es musste in der Tat eine schmerzhafte Befreiung gewesen sein. Ja, natürlich – nun sah ich auch das offene Fenster und den Stuhl, der davor stand. Dort war er hinausgeklettert und hatte den Werkzeugkasten dabei mitgenommen – all dies, während Cowley schlief. Nun, er würde nicht mehr lange schlafen.

Ich ging zu ihm hin und schüttelte ihn unsanft.

»Mr. Cowley!«, schrie ich ihm geradezu ins Ohr, »wachen Sie auf! Sie haben den Gefangenen entkommen lassen!«

Dennoch musste ich ein zweites Mal seinen Namen rufen, bevor er die Augen öffnete.

»Was…«, murmelte er, immer noch vom Schlaf benebelt, »was hast du gesagt?«

Ich wiederholte die unbestreitbare Tatsache und zeigte auf den leeren Stuhl des Gefangenen.

Da weiteten sich seine verschlafenen Augen. Er sprang von seinem Stuhl auf.

»O Gott!«, jammerte er, »o mein Gott!«

In diesem Moment waren eilige Schritte zu hören, und kurz darauf stürzte Mr. Baker herein. »Hab ich recht gehört? Der Gefangene ist entkommen?«

Diesmal zeigte ich auf das offene Fenster.

»O nein, Cowley«, sagte der Constable kopfschüttelnd, »diesmal haben Sie aber wirklich Mist gebaut. Uns ist noch nie ein Gefangener aus der Bow Street Nummer vier entwischt. Konnten Sie denn nicht ein Mal wach bleiben?«

»Was kann ich denn tun? Was sollen wir nur tun?«, stöhnte der Angesprochene. Ich fürchtete schon, er werde anfangen zu heulen.

»Das Erste, was Sie tun können«, sagte ich, »ist nach draußen zu gehen und jeden Winkel des Hofs zu durchsuchen, um sicher zu gehen, dass der Gefangene sich dort nicht irgendwo versteckt hält. Schließlich gelangt man durch diese Fenster zunächst einmal dorthin.«

»Das werde ich sofort tun!«, rief er – und rannte hinaus.

»Und vergessen Sie nicht, im Häuschen nachzusehen!«, rief Mr. Baker ihm nach.

»Was können wir denn nun tun?«, fragte ich Mr. Baker als den Verständigsten und Erfahrensten von uns dreien.

»Nun ja, wo würde dieser Bursche, dieser…«

»Roundtree.«

»Wo würde dieser Roundtree wohl hingehen? Denk mal scharf nach.«

Das tat ich, und zwar mit äußerster Konzentration. Schließlich sagte ich: »Mir fallen nur zwei Orte ein.«

»Dann geh dorthin. Nimm Cowley mit. Er ist bewaffnet, hat

ein Paar tüchtige Pistolen im Gürtel. Du wirst einen Constable brauchen, um den Gefangenen herzubringen, nachdem du ihn aufgespürt hast.«

Zweifellos hatte er Recht. »Aber was ist mit seinem Bein – mit der Wunde? Kann er denn damit weit laufen?«

»Soll er sich doch sein Bein und seine verdammte Wunde sonst wohin stecken! Wenn er den Gefangenen nicht schnappt, braucht er überhaupt nicht wieder herzukommen, dann ist er nämlich seinen Posten los. Und überhaupt, wenn er sich nicht so dämlich angestellt hätte, dann hätte er das Messer gar nicht erst ins Bein gekriegt.«

Ich nickte verstehend, wollte aber nicht unbedingt zustimmen. Ich war gar nicht so sicher, ob Sir John ihn wegen einer solchen Verfehlung entlassen würde, denn als Roundtree mir entkommen war, hatte er ebenfalls sehr milde reagiert. Andererseits hatten wir damals noch nicht gewusst, dass der Bursche Zeuge eines Mordes war. Und was die andere Bemerkung betraf, so kannte ich die genauen Umstände nicht, die zu Cowleys Verwundung geführt hatten.

»Und noch eins«, fuhr Mr. Baker fort. »Wenn du dich mit ihm auf die Fährte von diesem Burschen setzt, übernimmst du am besten das Kommando. Sag Cowley, was er tun soll. Dieses arme Schwein kann zwar einigermaßen Befehle ausführen, aber wenn ihm niemand sagt, was er machen soll, ist er vollkommen verloren. Hast du mich verstanden, Jeremy?«

»Ja, Mr. Baker, ich werde mich daran halten.«

Ein oder zwei Minuten später war Constable Cowley wieder da. Er schüttelte den Kopf. »Er ist nirgendwo da draußen – und ich hab natürlich auch im Häuschen nachgesehen. Er musste nur über eine niedrige Mauer klettern, um hier rauszukommen. Unmöglich zu sagen, wo er jetzt steckt.«

»Jeremy hat da so ein paar Ideen. Sie gehen einfach mit ihm und tun, was er Ihnen sagt.«

Constable Cowley sah zuerst mich an und dann Mr. Baker. »Ja, Sir, wird gemacht.«

Und so ging ich mit ihm zur Haustür. Mr. Cowley nahm seinen Mantel vom Haken und war gerade dabei, ihn anzuziehen, als plötzlich unsere Annie die Treppe heruntergerannt kam.

»Jeremy«, rief sie, »hast du Clarissa irgendwo gesehen?«

Ich sah sie ziemlich begriffsstutzig an. »Hier unten? Nein, wieso? Ist sie nicht oben?«

»Ich hab sie überall gesucht, sag ich dir – sogar im Salon, im Esszimmer und im Schlafzimmer von Sir John und Lady F.! Ich hab in allen Schränken und Kammern nachgesehen – überall. Oben ist sie jedenfalls nicht.«

Meine Gedanken überschlugen sich. Wusste Clarissa etwa, dass ihr Vater hier unten festgehalten worden war? Hatte sie wissen können, dass er fliehen würde? Konnte sie ihm irgendwie dabei geholfen haben? Hatten die letzten Worte, die sie an mich gerichtet hatte, nicht nach Abschied geklungen? Ja, das war mir ein wenig später aufgefallen. Und dann drang aus irgendeinem verborgenen Winkel meiner Erinnerung Roundtrees Stimme an mein inneres Ohr, und die Worte, deren Echo ich vernahm, waren folgende: »So oder so, in fünf Tagen hab ich sie wieder bei mir.« Das hatte er gesagt, als er mir vor dem Apothekerladen aufgelauert hatte. Ich hatte daraus gefolgert, dass ihr Schiff nach Übersee in fünf Tagen ablegen würde, und er hatte mir nicht widersprochen. Dann zählte ich die Tage rückwärts und stellte fest, dass der morgige Tag als der fünfte gelten konnte – jedenfalls konnte Roundtree so gerechnet haben. Das hieß, dass ihr Schiff am nächsten Tag in See stechen würde – zweifellos mit der Morgenflut. Sie planten, noch am Abend an Bord zu gehen und am Morgen unentdeckt davonzusegeln.

All dies ging mir in weniger als einer Minute durch den Kopf. Annie starrte mich ungeduldig an, da sie eine Antwort erwartete. Als sie sich eben abwenden wollte, brachte ich die Erwiderung endlich über die Lippen.

»Sie wird bei ihrem Vater sein«, sagte ich zu ihr.

»Also gut«, erwiderte Annie, die keine Ahnung hatte, was geschehen war. »Dann musst du eben ihren Vater finden, denn sie ist noch nicht gesund genug, um in einer Nacht wie dieser im Freien rumzulaufen.«

Und dann lief sie wieder nach oben.

»Kommen Sie, Mr. Cowley«, sagte ich. »Wir haben jetzt noch einen dritten Ort, an dem wir nach dem Gefangenen suchen können.«

Ohne Fragen und ohne Widerrede folgte er mir hinaus in die Bow Street. Während wir nebeneinander her marschierten, dachte ich noch etwas gründlicher über die Lage von Vater und Tochter nach. Clarissa konnte durchaus irgendwie herausgefunden haben, dass ihr Vater unten in der Arrestzelle saß. Wenn sie in der Küche gesessen und die Tür zur Treppe offen gestanden hatte, hätte sie seine Stimme hören können – aber das erschien mir unwahrscheinlich. Konnte sie sich aus purer Neugier nach unten geschlichen haben und unversehens ihren Vater hinter den Gitterstäben erblickt haben? War es möglich, dass sie zusammen Pläne geschmiedet hatten? Ebenfalls unwahrscheinlich, denn weder Mr. Fuller am Tag noch Mr. Baker in der Nacht hätten ihr, wachsam wie sie waren, erlaubt, in ihrem Reich herumzuschnüffeln; noch weniger hätten sie es zugelassen, dass sie sich mit einem Gefangenen unterhielt. Und hätte sich irgendetwas in der Art ereignet, so hätte einer der beiden oder Sir John es mir erzählt. Nein, ich hielt es für wesentlich wahrscheinlicher, dass Vater und Tochter unabhängig voneinander gehandelt hatten. Beide kannten das Datum und die Uhrzeit der Abreise des Schiffes, ihre Überfahrt war bereits bezahlt, und jeder vertraute darauf, den anderen zu treffen – nur wo?

Wir hatten die Russell Street bereits hinter uns gelassen und gingen nun die Tavistock Street entlang. Bald schon bemerkte ich, dass ich in meiner Eile ein Tempo vorgelegt hatte, das für Constable Cowley wohl zu hoch war. Obwohl er mich um einige Zoll überragte und einen längeren Schritt hatte, humpelte er nun so stark, dass er nur mit großer Mühe mit mir mithalten konnte. Er hatte sich nicht beklagt, doch sein Gesicht – seine zusammengekniffenen Lippen und sein krampfhaft entschlossener Blick – verriet deutlich die übermäßige Belastung seines verwundeten Beines.

»Hören Sie mal, Mr. Cowley«, sagte ich, indem ich meinen Schritt so sehr verlangsamte, dass es kaum mehr als ein Schleichen war, »lassen Sie uns doch etwas langsamer gehen. Ich muss nachdenken, und das fällt mir bei einem solchen Tempo, das für Sie ganz normal ist, ein wenig schwer.«

»Oh … tut mir Leid, Jeremy, ich hatte ja keine Ahnung.«

»Ihre Beine sind länger als meine.«

»O ja, das sind sie wohl, aber in das eine hat dieser Schuft von Slade mit dem Messer ein Loch reingebohrt. Und das pocht im Moment ganz ordentlich. Ich hätte nichts dagegen, etwas langsamer zu gehen.«

Was ich zu ihm gesagt hatte, war in einem gewissen Sinn gar nicht so falsch. Ich musste in der Tat ein wenig darüber nachdenken, wo wir wohl mit unserer Suche beginnen sollten. Wäre es nur Roundtree gewesen, den wir suchten, dann hätte ich es für das Wahrscheinlichste gehalten, dass er zu Bradburys Pfandhaus gegangen war – zunächst jedenfalls. Die Tür war zwar verschlossen, doch er konnte sich Zugang verschaffen, indem er ein Hoffenster einschlug oder die Tür aufbrach. Er würde wissen, wo das Geld versteckt war, denn schließlich hatte er für Mrs. Bradbury den Laden geführt. Vielleicht ahnte er sogar, wo der Schatz, den sie dem ermordeten Bradbury abgenommen hatten, verborgen war. Er würde sich denken, dass er und Clarissa Geld brauchten, und zwar so viel, wie sie nur zusammenbekommen konnten, wenn sie in Boston oder Baltimore ein neues Leben beginnen wollten, oder wo auch immer ihr Schiff anlegen mochte.

Ich stand nun mit Mr. Cowley an der Ecke der Maiden Lane, und immer noch hatte ich dieses drängende Problem nicht zu Ende gedacht. Zur Rechten lag die Bedford Street und das Pfandhaus; zur Linken die Half-Moon-Passage und jener elende

Hinterhof, wo Vater und Tochter monatelang in einem einzigen Zimmer gehaust hatten.

Was wusste Clarissa von dem Pfandhaus? Nur, dass es der Ort war, an dem sich ihr Vater vor den Gesetzeshütern verborgen gehalten hatte – wenn sie das überhaupt wusste. Es schien mir das Allerwahrscheinlichste, dass die beiden damit rechnen würden, einander in ihrem alten Zimmer zu treffen. Sie würden ihre Habseligkeiten abholen, und dann würde er sie vielleicht zum Pfandhaus mitnehmen, um dort einzubrechen.

»Sagen Sie mal, Mr. Cowley«, fragte ich, »haben wir eigentlich noch Januar?«

»So ist es«, erwiderte er. »Morgen ist der letzte Tag des Monats. Da wird die Miete fällig.

Dann würde das Zimmer noch ihnen gehören. Das mussten sie beide wissen. Sie würden sich dort treffen.

»Hier entlang«, sagte ich und setzte mich in Richtung Half-Moon-Passage in Bewegung. »Wir sehen zuerst hier nach, und falls wir keinen Erfolg haben, versuchen wir es noch in einem Haus in der Bedford Street.«

Und wenn unser Besuch im Pfandhaus ebenfalls nichts zu Tage fördern sollte? Das war eine völlig andere Frage, die ich mir nun vorlegte, während wir immer weitertrotteten, vorbei an dem Mietstall und an jener unheimlichen Stelle, wo sich die Straße zu einer schmalen Gasse verengte, die in den Strand mündete. Ich war noch nie des Nachts hier gewesen, und nun war ich froh, einen bewaffneten Constable an meiner Seite zu haben. Zwei oder drei Gestalten lungerten in dem Durchgang – gewiss hatten sie nichts Gutes im Sinn – und vor uns erblickte ich die massigen Umrisse eines Mannes, der selbst Mr. Cowley noch überragte. Konnte Clarissa hier vorbeigekommen sein? Ich bezweifelte es.

Sollten wir Roundtree weder hier noch im Pfandhaus finden, so würde ich herausfinden müssen, welches Schiff mit der Morgenflut nach Amerika in See stach. Wer konnte mir das sagen? Und dann hatte ich plötzlich eine Eingebung: Mr. Humber würde so etwas wissen. Er, der in Lloyds Kaffeehaus als Makler tätig war, hatte sämtliche Informationen dieser Art im Kopf. Niemand kannte sich im Seehandel so gut aus wie er. Ich würde ihn wenn nötig wecken und mir von ihm sagen lassen, an welchem Kai ihr Schiff lag.

Doch ich befürchtete, mir dazu einen anderen Constable als Begleitung suchen zu müssen, denn Mr. Cowleys Befinden war Besorgnis erregend. So langsam wir auch gingen – und es war schon ein regelrechtes Schneckentempo –, er konnte mir nur mühsam humpelnd folgen. Doch immerhin hatten wir jetzt das heruntergekommene Haus erreicht, welches unser erstes Ziel war.

»Das hier ist es, Mr. Cowley.« Ich zeigte ihm den Eingang.

»Da bin ich aber froh. Mein dummes Bein…«

Allerdings, sein dummes Bein. Er humpelte mir nach bis in den Hof, doch als wir zu der Treppe kamen, zögerte er zuerst und blieb dann ganz stehen.

»Jeremy«, sagte er, »Stufen machen mir ganz besonders zu schaffen. Geh du nur voraus, und ich komme nach, so schnell ich kann, ja?«

Warum eigentlich nicht? Es war alles andere als gewiss, dass die beiden dort oben waren – nicht einmal, dass ich Roundtree allein antreffen würde. Und sollte ich ihn finden, dann würde ich – so schwor ich mir – meine Überredungskunst einsetzen und gar nicht erst versuchen, ihn zu überwältigen.

»Also gut, einverstanden«, erwiderte ich. »Folgen Sie mir, so gut es geht. Wenn der Gefangene dort ist und zu fliehen versucht, werde ich ihn verfolgen – er wird hier entlang kommen müssen. Halten Sie Ihre Pistole bereit und drohen Sie ihm damit; und sollten Sie wirklich schießen müssen, versuchen Sie, ihn nur zu verwunden. Wir brauchen ihn als Zeugen.«

»Wird gemacht«, versprach Constable Cowley.

Und so ging ich weiter, während er an das Geländer gelehnt stehen blieb, das verletzte Bein zum Ausruhen auf die erste Treppenstufe gestellt. Ganz bestimmt würde ich Roundtree verfolgen, dachte ich bei mir, falls es nötig sein sollte – und falls er nicht vorher aus dem Fenster springen würde. Nein, das würde ich nicht zulassen. Irgendwie würde ich ihm den Weg zu diesem Schlupfloch verstellen. So würde er mir nicht noch einmal entkommen.

So lautlos wie möglich schlich ich den langen Korridor entlang. Es wäre zu dumm gewesen, wenn ich mich ihnen durch meine Schritte verraten hätte. Ihnen? Ich hoffte inständig, Clarissa nicht zusammen mit ihrem Vater anzutreffen, denn sie würde wahrscheinlich mit allen Mitteln versuchen, seine Ergreifung zu verhindern.

Ich stand vor der Tür, die nicht ganz geschlossen war. Durch den schmalen Zwischenraum sah ich einen flackernden Lichtschein. Ich hielt den Atem an und lauschte – und was hörte ich da? Weinen und leises Schluchzen – Laute, die eindeutig von einem Mädchen kamen – und dann Schritte. Ich fragte mich, ob Clarissa wohl gerade ihren Vater zu überreden suchte, in die Bow Street zurückzukehren und diesen verrückten Fluchtplan aufzugeben. Ich hätte ihr das nur zu gerne zugetraut.

Wie sollte ich den Raum betreten? Ganz leise, oder doch besser mit einem Satz, um Roundtree gleich den Weg zum Fenster abzuschneiden? Dann kamen mir plötzlich all diese Überlegungen sinnlos vor, und ich stieß ganz einfach die Tür auf und trat schnell in das Zimmer – allerdings kam ich nicht sehr weit, denn was ich dort vorfand, überraschte und schockierte mich derart, dass ich nach wenigen Schritten schon regungslos stehen blieb.

Was ich im Schein der Kerzen zuerst erblickte, war Thomas Roundtree, der tot oder sterbend am Boden lag, mit einem großen Blutfleck auf seiner Plaidweste. Clarissa kniete daneben und vergoss bittere Tränen über ihn; ich war nicht einmal sicher, ob sie mein Eintreten bemerkt hatte. Und es war noch jemand anderes im Zimmer – es konnte nicht anders sein, denn ich hatte ja die Schritte gehört – und ich ahnte bereits, dass es nur einer sein konnte. Doch erst als ich aus dem Augenwinkel eine Bewegung wahrnahm, ahnte ich auch, *wo* er war. Ich wirbelte herum und erblickte eine Gestalt, die fünf oder sechs Fuß von mir entfernt stand.

Im Dämmerlicht konnte ich wenig mehr erkennen – bis auf ein verschwommen blinkendes Etwas in seiner rechten Hand –, denn ehe ich noch richtig stand, stürzte sich der andere bereits auf mich. Doch es gelang mir, mich mit dem linken Fuß abzustoßen und irgendwie zur Seite auszuweichen, sodass der Angreifer glatt an mir vorbeisegelte. Er versuchte anzuhalten, doch es gelang ihm nicht – er stolperte über Roundtrees Körper, stürzte und begrub Clarissa unter sich. Sie kämpfte sich frei und stieß einen markerschütternden Schrei aus.

Währenddessen griff ich rasch hinter mich, um meinen Knüppel aus der Manteltasche zu ziehen – und griff nur Luft. Augenblicklich fiel mir ein, dass ich ihn abgelegt hatte, als ich das Bad genommen und mich umgezogen hatte, und vergessen hatte, ihn wieder einzustecken. Wie hatte ich nur so dumm sein können – und das trotz Bunkins' Warnung? Jetzt hatte ich nichts als meine Fäuste und Stiefel, um den Kerl zu überwältigen.

Aber ich kam nicht einmal dazu, sie einzusetzen, denn als ich mich eben auf ihn stürzen wollte, sprang er auf, schnappte sich Clarissa und riss sie in einer leidenschaftlichen, wenn auch nicht eben liebevollen Umarmung an sich. Sein Messer war an ihrer Kehle. Beide waren auf den Knien, doch er zog sie mit sich hoch, während er sich selbst mit einiger Mühe aufrichtete. Wie er nun dastand, fiel das Licht der Kerzen vom Kaminsims auf sein Gesicht, und ich erkannte ihn ganz deutlich.

Es war Jackie Carver – doch ich hatte nur Roundtree auf dem Boden sehen müssen, um zu wissen, dass es kein anderer sein konnte.

»Mach eine falsche Bewegung, Freundchen«, sagte er, »und ich schneid ihr die Kehle durch.«

Ich sagte nichts, sondern wich nur zurück und überlegte dabei krampfhaft, wie ich ihm wohl beikommen könnte. Clarissas große Augen wurden vor Angst noch größer – und vor Wut.

»Schon mal gesehen, wie einem die Gurgel durchgeschnitten wird?«, höhnte er. »Das Blut spritzt so richtig aus der Wunde, aber es kommt auch aus dem Mund raus, wie wenn man drin ersaufen tät. So 'ne Menge Blut hast du noch nicht gesehen.«

»Ich glaube schon, dass du das tun würdest«, sagte ich zu ihm. »Du brauchst mich nicht davon zu überzeugen. Nur jemand, der so blöde ist wie du, würde so etwas tun.«

»Ich bin nicht blöde«, fauchte er. »Ich hab den einzigen Zeugen gegen mich kalt gemacht.«

»Und jetzt hast du zwei Zeugen für deinen Mord an dem ersten.«

Er runzelte die Stirn, als er das hörte; offenbar hatte er diesen Umstand vorher nicht bedacht. Der Bursche war wirklich nicht einer der Hellsten.

»Darüber mach ich mir jetzt keine Gedanken. Dich krieg ich schon irgendwann, wenn du mal wieder nachts für den Büttel unterwegs bist. Und sie hier muss ich vielleicht gar nicht abmurksen – ich putz sie 'n bisschen raus, bring ihr 'n paar Tricks bei, und dann wird sie eins von meinen Pferdchen, genau wie ich's mit diesem kleinen Luder gemacht hab, mit dieser Mariah. Es gibt Kerle, die stehn auf so junges Gemüse wie die hier.«

Auf dem Gang waren Stimmen und Schritte zu hören. Clarissas Schrei hatte ihre Nachbarn alarmiert.

»Also, ich will, dass du jetzt ganz langsam da rüber gehst, damit ich mit ihr zur Tür gehen kann.«

Ich gehorchte und machte ihm den Weg frei. Er ging zur Tür, wobei er das Mädchen mit sich schleifte. Mir fiel auf, dass er stark humpelte.

»Mit dem Bein wirst du nicht weit kommen«, sagte ich, indem ich Mr. Perkins' Vorhersage wiederholte.

Die beiden standen jetzt in der Tür, mit dem Rücken zum Gang.

»Dafür bin ich dir noch was schuldig«, sagte er. »Und ich werd es dir heimzahlen, darauf kannst du Gift nehmen, Freundchen.

Ich krieg das Bein gar nicht mehr richtig gerade, seit du mir draufgehauen hast. Aber ich erwisch dich schon noch. Irgendwann nachts krieg ich dich, und dann bist du endgültig dran.«

»Warum versuchst du nicht, mich jetzt zu kriegen?«, meinte ich und ging rasch zwei Schritte auf ihn zu.

»Immer mit der Ruhe«, entgegnete er, indem er Clarissa fester packte und mit der Spitze des Messers ihre Haut direkt unter dem Ohr ritzte, bis Blut floss. »Hoppla, da hab ich wohl 'n winziges Loch reingepiekst. Stell dir doch bloß mal vor, wie sie bluten wird, wenn ich sie richtig aufschlitze.«

Ich gab mir die größte Mühe, meine Überraschung und Erleichterung zu verbergen, als ich Constable Cowley hinter ihm in der Tür erblickte, die Pistole hoch erhoben, sodass ich sie deutlich sehen konnte. Es gelang mir dennoch nicht.

»Was grinst du denn so?«

»Ich hab mir nur gerade vorgestellt, wie du tanzen wirst, wenn der Henker dich aufknüpft.«

Was sie damit bezweckte, weiß ich nicht, doch in diesem Augenblick rief Clarissa aus: »Hört doch auf zu schwätzen, ihr zwei, und *tut* endlich was!«

Worauf Carver, den ihre Bemerkung ebenso überrascht hatte wie mich, den Kopf drehte und sie verdutzt ansah.

Damit muss er Mr. Cowley den günstigeren Winkel geboten haben, den er gesucht hatte, denn der legte daraufhin Carver die Pistole an den Hinterkopf und drückte ab.

Es tat einen lauten, dumpfen Knall, und gleichzeitig sah ich, wie Jackie Carvers Gesicht – insbesondere die obere Hälfte – sich vor meinen Augen in seine Bestandteile auflöste. Fleischfetzen, Knochensplitter und Klumpen von Hirn flogen im ganzen Zimmer umher. Das plötzlich hervorquellende Blut bespritzte Clarissas Umhang und Kleid, doch sie schrie nicht, als der Schurke, in dessen Gewalt sie noch Sekunden zuvor gewesen war, leblos zu Boden sank. Sie stieß nur einen kurzen Laut der Überraschung aus und starrte den Toten zu ihren Füßen einen Augenblick lang mit großen Augen an, und dann begann sie ihn ganz erbarmungslos mit Fußtritten zu malträtieren, wobei sie ein etwas hysterisches Lachen von sich gab.

Nachdem ich sie wieder beruhigt hatte, brachte ich Clarissa hinaus auf den Gang und überließ sie der Obhut von Bessie, der Nachbarin, die sie anfangs gepflegt hatte. Dann vergewisserte ich mich, dass kein Leben mehr in Roundtree war – so war es leider –, und schleifte Carvers Leiche weiter ins Zimmer hinein, worauf ich die Tür von außen schloss. Jetzt kümmerte ich mich um Mr. Cowley. Er stand an die Wand des Korridors gelehnt, bemüht, das verletzte Bein nicht zu belasten. Ich sah, dass sich auf seiner Hose direkt über dem Knie ein dunkler Fleck ausgebreitet hatte. Etwas musste für ihn getan werden.

»Wie geht es Ihnen?«, fragte ich.

»Nicht so gut. Als ich das Mädchen schreien hörte, bin ich so schnell es ging die Treppe raufgerannt, und dabei ist die Wunde aufgegangen.«

»Schaffen Sie es bis zum Strand? Dort können wir eine Droschke bekommen. Wir müssen Sie in die Bow Street bringen.«

»Ich kann's versuchen.«

»Sie haben gut daran getan, ihn zu erschießen. Er hätte das Mädchen getötet, sobald er aus meiner Reichweite gewesen wäre.«

»Ich hab gut daran getan, ihn zu erschießen, weil er das Schwein ist, dem ich dieses Loch im Bein zu verdanken habe.«

»Wie meinen Sie das?«

»Das ist Jonah Slade, der da drin am Boden liegt. Ich hab ihn an der Stimme erkannt. Ich weiß noch gut, wie er mich ausgelacht und verhöhnt hat, als ich versucht hab, ihn mit seinem Messer im Bein zu verfolgen.«

Nun, warum auch nicht? Jonah Slade? John Cutter? Jackie Carver? Alles höchstwahrscheinlich falsche Namen. Er hatte wohl seine Spießgesellen angewiesen, das Gerücht zu verbreiten, er befinde sich in Irland, während er sich in Wirklichkeit bei Mrs. Bradbury im Pfandhaus versteckt hatte.

»Na schön«, sagte ich. »Wie er auch immer heißen mag, Hauptsache, er ist tot.«

Und so sammelte ich die anderen um mich, damit wir den Rückweg in die Bow Street antreten konnten. Bessie holte das Bündel aus dem Zimmer, das Clarissa für ihre Reise in die Kolonien gepackt hatte, und legte noch einen ihrer eigenen Röcke dazu. Und während sie damit beschäftigt war, erklärte ich Clarissa in bestimmtem Ton, was zu tun sei. Sie nickte und sagte – eine Seltenheit bei ihr – kein einziges Wort. Dann setzten wir uns in Bewegung, indem wir Mr. Cowley in die Mitte nahmen und stützten. Ich ging auf der rechten Seite, der Seite des verletzten Beins, welches er kaum belasten konnte. Den Korridor entlang hüpfte er mehr, als dass er gegangen wäre. Die Treppe stellte ein Problem dar, doch irgendwie bewältigten wir auch dieses. Als wir durch die Half-Moon-Passage gingen, trat plötzlich jene riesige, bedrohliche Gestalt aus dem Schatten – ein dunkler Mann, annähernd so groß wie Constable Bailey, jedoch noch kräftiger.

Ich sagte zu Clarissa: »Geh einfach weiter. Kümmere dich nicht um ihn.«

Und dann zog ich die geladene Pistole aus Mr. Cowleys Halfter und zielte auf den Mann, der uns den Weg versperrte.

»Schlag dir das lieber aus dem Kopf, mein Freund«, sagte ich.

»Bitte sehr, Bruder – und noch einen recht schönen Abend!«

Weiter ging es zum Strand, wo vor dem berüchtigten Bordell, in dem die Matrosen der H.M.S. *Adventure* ein oder zwei Jahre zuvor randaliert hatten, eine Reihe von wartenden Droschken stand.

Ich zeigte auf die uns zunächst stehende. Mit dem hüpfenden und humpelnden Mr. Cowley zwischen uns gingen wir darauf zu. Ich befahl dem Kutscher, uns in die Bow Street Nummer vier zu fahren.

»Geht nicht«, erwiderte er. »Ich bin nicht an der Reihe. Geht nach vorn an den Anfang der Schlange. Außerdem, woher weiß ich denn, ob ich von einem Bürschlein wie dir überhaupt mein Geld kriege?«

»Ich mag ja ein Bürschlein sein, aber ich bin ein Bürschlein mit einer Pistole, und wenn Sie nicht sofort herunterkommen und uns helfen, diesen verletzten Constable hier in die Kutsche zu schaffen, erschieße ich eins von Ihren Pferden.«

Dabei schwenkte ich die Pistole, um zu beweisen, wie ernst es mir sei. Widerstrebend stieg der Kutscher vom Bock und half uns.

Und so fuhren wir zurück in die Bow Street; Clarissa und ich saßen einander gegenüber, während Mr. Cowley zwischen uns auf dem Boden lag.

Einmal während unserer kurzen Fahrt beugte sie sich vor, musterte mich eingehend und fragte: »Hättest du das Pferd wirklich erschossen?«

»Ich weiß es nicht«, war meine ehrliche Antwort.

Nachdem wir angekommen waren, ließ ich sie vorgehen, um Constable Baker zu sagen, er solle herauskommen und uns helfen, Mr. Cowley ins Haus zu schaffen. Zusammen halfen wir ihm behutsam aus der Kutsche, und indem Clarissa uns die Türen öffnete, gelang es uns, ihn ins Haus zu führen und ihn auf den erstbesten Stuhl zu setzen. Zufällig stand dieser direkt gegenüber der Arrestzelle, und sogleich kam Mrs. Bradbury aus ihrer Ecke geeilt und spähte zwischen den Gitterstäben hervor, fest entschlossen, sich kein Wort entgehen zu lassen. Sollte sie doch lauschen, dachte ich, wenn es ihr Spaß machte.

Mr. Baker sagte Sir John Bescheid, der sofort herbeigeeilt kam.

»Seid ihr beide unverletzt?«, fragte er. »Cowley geht es wohl nicht so gut, wie ich höre.«

»Seine Wunde ist aufgegangen.«

»In diesem späten Stadium? Jemand soll seine Stirn fühlen.«

Sir John selbst tastete nach Cowleys Gesicht, doch Mr. Baker hatte dem Verletzten bereits die Hand auf die Stirn gelegt.

»Er glüht regelrecht vor Fieber!«

»Wie lange haben Sie schon Fieber, Mr. Cowley?«

»Ein paar Tage, Sir.«

»Aber warum haben Sie denn nicht…« Sir John brach ab. »Augenblick! Wer ist noch hier bei uns? Ich spüre, dass noch jemand anwesend ist.«

»Ich bin es, Clarissa Roundtree«, antwortete das Mädchen mit gedämpfter Stimme.

»Aha«, sagte er. »Ich hörte von Annie, du seiest weggelaufen.«

Doch ich hatte meine Lüge schon parat: »Nein, Sir John, das war Annies Irrtum und auch meiner. Clarissa hat auf uns gewartet. Sie sagte uns, wo wir ihren Vater finden würden. Sie hatte vor, ihn zu überreden, hierher zurückzukommen, um alles zu gestehen und als Zeuge aufzutreten. Sie hat uns zu ihm geführt.«

»Ist das wahr, Mr. Cowley?«

»Es war ihr Schrei, der mich dorthin geführt hat.« Er klang sehr schwach; offenbar war er einer Ohnmacht nahe.

»Und warum hast du geschrien, junge Dame?«

»Weil ich meinen Vater tot fand, Sir.«

Sir John schien im Begriff, ihr sein Beileid auszusprechen, als plötzlich hinter uns ein irres Gelächter ertönte. Es kam von Mrs. Bradbury – sie hatte die ganze Zeit an den Gitterstäben der Zelle geklebt und die Ohren gespitzt. Clarissa stürzte sich auf sie zu und versuchte mit den Fäusten auf sie einzuschlagen, doch die Hexe wich ihr aus und zog sich grinsend in ihre Ecke zurück. Mr. Baker erklärte Sir John, was sich soeben ereignet hatte, worauf dieser Clarissa nach oben schickte. Sie folgte der Anweisung ohne Widerrede. Unsere Unterhaltung wurde im Flüsterton fortgesetzt.

Ich erzählte, wie Jackie Carver, um ihn bei einem seiner vielen Namen zu nennen, Clarissas Leben bedroht hatte, indem er ihr das Messer an die Kehle gehalten hatte, und wie Mr. Cowley unbemerkt hinter ihm aufgetaucht war und ihm eine Kugel durch sein Hirn gejagt hatte. Sir John konnte seine Bestürzung über die Nachricht kaum verbergen.

»Mein letzter Zeuge«, flüsterte er.

Da wurde plötzlich die Haustür aufgerissen, und ein triumphierender Mr. Donnelly kam hereingestürzt.

»Bei Gott, ich habe ihm das Leben gerettet!«, jubelte er. »Ich glaube, ich habe ihn tatsächlich durchgebracht!«

Er tanzte förmlich um uns herum, so glücklich und stolz war er.

»Sie sprechen natürlich von Lord Laningham«, sagte Sir John.

»Ja, genau. Ein alter Medizinprofessor an der Universität zu Wien gab mir den entscheidenden Hinweis. Ich hatte ihm vor einiger Zeit geschrieben, und nun bekam ich seine Antwort: ›Geben Sie dem Patienten Milch, so viel er nur trinken kann.‹ Milch – einfach nur Milch! Ich habe Laningham damit abgefüllt, und er begann sich tatsächlich zu erholen. Ich bin sicher, er wird es schaffen.«

»In diesem Falle ist mein Argwohn geweckt, Sir, wie ich Ihnen bereits sagte. Aber das tut augenblicklich nichts zur Sache, denn wir haben hier noch einen Patienten für Sie.«

Mr. Donnelly sah Cowley ehrlich überrascht an. »Was fehlt Ihnen denn?«

»Diese Stichwunde hat sich wieder geöffnet, Sir«, antwortete dieser und zeigte auf den Blutfleck auf seiner Hose.

»Nach so langer Zeit? Schneiden Sie seine Hose auf. Ich muss mir das ansehen.«

Mr. Baker holte ein Messer hervor und machte sich daran, Cowleys Hosenbein um das Knie herum aufzuschneiden. Als er den Stoff zur Seite zog, kam ein schmutziger Verband zum Vorschein.

Die Miene des Arztes verdüsterte sich. »Mr. Cowley«, sagte er streng, »das hier sieht mir verdächtig nach dem Verband aus, den ich Ihnen selbst vor einiger Zeit angelegt habe. Ich erkenne ihn an dem Knoten, mit dem ich ihn zusammengebunden habe. Haben Sie ihn etwa nicht jeden zweiten Tag gewechselt, wie ich Sie angewiesen hatte? Haben Sie die Wunde etwa nicht mit dem Alkohol ausgewaschen, den ich Ihnen gab?«

»Nun ja«, meinte Mr. Cowley, »meine Frau hatte Angst, die Wunde anzurühren, und ich dachte, sie würde schon von selbst verheilen. Schließlich war es ja keine so große Wunde.«

»Ich hatte mich darauf verlassen, dass Sie so vernünftig wären, meinen Anweisungen Folge zu leisten.« Mr. Donnelly fühlte mit fachmännischer Hand seine Stirn. »Sie haben davon hohes Fieber. Schneiden Sie den Verband auf.«

Mr. Baker tat erneut wie geheißen und riss sodann unter Anleitung des Arztes den Verband herunter. Mr. Cowley heulte vor Schmerzen laut auf – und ich konnte ihn gut verstehen. Die Wunde, die tatsächlich nicht sehr groß oder tief war, hatte schlimm geeitert, und die Ränder waren stark angeschwollen. Rosafarbener Eiter quoll daraus hervor und hatte bereits eine mindestens drei Zoll breite Kruste rings um die Wunde gebildet. Der Gestank war unerträglich.

»Bringen Sie ihn zu der Droschke, die vor der Tür steht, und lassen Sie seiner Frau morgen früh ausrichten, dass er erst nach Hause darf, wenn er wiederhergestellt ist.«

»Vor dem Haus steht eine Droschke?«, fragte ich.

»Ja, und der Kutscher schreit nach seinem Geld. Er sagt, er traut sich nicht, es einzutreiben, aus Angst, sein Pferd würde erschossen. Hat man so etwas schon einmal gehört?«

Nachdem ich endlich mein Abendessen bekommen hatte, durfte ich mich erfreulicherweise wieder in meinem eigenen Bett schlafen legen. Als Lady Fielding gehört hatte, was Clarissa in jenem kahlen, schäbigen Zimmer in der Half-Moon-Passage durchgemacht hatte, hatte sie erklärt, dass von dem Mädchen keine Ansteckungsgefahr mehr ausgehe und es gesund genug sei, um mit Annie in deren Bett schlafen zu können. Wir drei – Clarissa, Annie und ich – hatten die Köpfe zusammengesteckt und die Einzelheiten der unentschuldigten Abwesenheit unseres Gastes noch einmal durchgesprochen. Wenn wir noch einmal dazu befragt würden, was meiner Meinung nach sehr wahrscheinlich war, dann würden wir zumindest alle drei dieselbe Geschichte erzählen.

Sie, geneigter Leser, fragen sich vielleicht, warum ich Sir John überhaupt angelogen hatte. Ich hatte nicht einfach nur aus dem

Stegreif etwas zusammengeflunkert; nein, während der Fahrt mit der Droschke in die Bow Street hatte ich gründlich darüber nachgedacht. Es schien mir damals gewiss, dass Sir John, wenn er erfahren hätte, weshalb Clarissa wirklich geflohen war (nämlich, wie sie mir später gestand, um mit ihrem Vater in die Kolonien auszuwandern), das Mädchen auf dem schnellsten Wege ins Armenhaus nach Lichfield zurückgeschickt hätte. Um es einfach auszudrücken: Ich war der Meinung, sie habe Besseres verdient. Und so war ich zwar ein Lügner, doch da ich meine Lüge für gerechtfertigt hielt, konnte ich trotzdem gut schlafen.

Früh am nächsten Morgen wurde ich von Sir John mit dem sonderbarsten Auftrag, den er mir je erteilt hatte, losgeschickt. Dazu war es erforderlich, dass ich zunächst in Mr. Bilbos Haus Station machte, um die genaue Adresse dessen zu erfragen, den ich aufsuchen sollte. Es folgte ein Besuch in einer Bruchbude, die gewiss die übelste, stinkendste und verkommenste in ganz London war, mit dem Zweck, dort gewisse – nun, sagen wir einfach, gewisse Tiere zu erwerben. Zuletzt mussten besagte Tiere noch in Sir Johns Arbeitszimmer abgeliefert werden. Daraufhin trug er mir auf, zu Mr. Donnelly zu gehen und ihn zu bitten, sich baldmöglichst in die Bow Street zu begeben. Mr. Donnelly erklärte sich einverstanden, indem er sagte, Cowley sei soeben nach einer schlimmen Nacht eingeschlafen, er selbst aber werde demnächst aufbrechen, um Laningham einen Besuch abzustatten; auf dem Weg dorthin werde er in der Bow Street vorbeischauen.

Er traf dort wenige Minuten nach meiner Rückkehr ein. Sir John hatte kaum Zeit gehabt, mir seinen Plan in groben Zügen auseinander zu setzen; dieser erschien mir äußerst bizarr, aber zugleich vernünftig und wert, in die Tat umgesetzt zu werden. Mr. Donnelly ahnte noch nichts von alldem, als er im Amtszimmer Platz nahm. Ich blieb stehen, wusste ich doch, dass mir bei dem, was Sir John als sein »Experiment« zu bezeichnen beliebte, eine aktive Rolle zukam.

»Nun«, begann der Richter, »Sie sagten doch, es existiere keine zufrieden stellende Methode zum Nachweis von Arsen?«

»Das ist das Ergebnis meiner Nachforschungen – es ist kein chemisches Verfahren bekannt. Und ich vertraue demjenigen, von dem diese Information stammt.«

»Wie dem auch sei«, sagte Sir John, »ich beabsichtige nunmehr, ein Experiment durchzuführen, welches zwar kein eigentliches chemisches Prüfungsverfahren darstellt, aber nichtsdestotrotz überzeugen dürfte. Als Lord Laningham nach dem Genuss des Weines aus der bewussten Flasche erkrankte, stieg in mir der Verdacht auf – den ich, wie Sie sich erinnern werden, auch Ihnen gegenüber äußerte –, dass er, um das Erbrechen auszulösen, ein gewöhnliches Emetikum genommen haben und die übrigen Symptome nur vorgetäuscht haben könnte. Ich sagte Ihnen auch, dass es meinen Argwohn wecken würde, sollte er sich wieder erholen.«

»Und ich sagte Ihnen«, versetzte Mr. Donnelly, »dass es meiner ärztlichen Kunst zu verdanken sein würde, wenn er sich wieder erholte, denn ich hatte soeben den Ratschlag meines alten Professors erhalten und beabsichtigte, ihn zu befolgen.«

»Ich verstehe vollkommen. Aber da mir bereits die Idee zu diesem kleinen Experiment gekommen war, bat ich Jeremy, die Rotweinflasche, aus der Lord Laningham getrunken hatte, an sich zu nehmen und sie als Beweisstück hierher zu bringen. Sag uns nun bitte, Jeremy, ob sich in der Zwischenzeit irgendjemand in irgendeiner Weise an der Flasche zu schaffen gemacht hat.«

»Nein, Sir«, antwortete ich, »sie war die ganze Zeit in der Kiste eingeschlossen, in der Mr. Marsden die Beweisstücke aufbewahrt.«

»Und was hast du damit gemacht, um das Experiment vorzubereiten?«

»Ich habe eine gewisse Menge daraus in diese Schale gegossen, in der sich einige Stücke Brot aus unserer Küche befinden. Das Brot hat sich inzwischen mit dem Wein vollgesogen.«

»Noch eine Frage: Hast du die Weinflasche vorher geschüttelt?«

»Ja, Sir, genau wie ich es bei Lord Laningham beobachtet hatte, bevor er sich das zweite Glas einschenkte.«

»Sehen Sie, Mr. Donnelly, es ist alles genauestens vorbereitet. Akzeptieren Sie die Anordnung?«

»Ja, gewiss doch, warum nicht?«

»Dann nimm jetzt bitte das Tuch von dem Käfig, Jeremy.«

Ich folgte seiner Anweisung, und zum Vorschein kamen die drei kräftigen Ratten, die ich bei dem Rattenfänger gekauft hatte, welcher Mr. Bilbos Küche so gründlich von den lästigen Nagern befreit hatte. Solange sie im Dunkeln gewesen waren, hatten sie sich nicht gerührt. Das Licht, das nun auf sie fiel, ließ sie jedoch munter werden, und es dauerte nur einen Moment, bis sie alle drei in heller Aufregung umherwuselten. Mr. Donnelly war zusammengezuckt, als er sie so plötzlich zu Gesicht bekommen hatte, nun aber beugte er sich vor und betrachtete sie ganz fasziniert.

»So, Jeremy, und nun wirfst du die Brotstückchen in den Käfig – aber gib gut Acht auf deine Finger, ich möchte nicht, dass du von einer dieser widerlichen Kreaturen gebissen wirst.«

Ich ging denn auch kein Risiko ein und ließ die in Wein getränkten Brocken von oben in den Käfig fallen. So vollgesogen waren sie, dass sie mit einem satten Klatschen auf dem Boden auftrafen. Die Flüssigkeit begann zu verlaufen, und die Ratten leckten sie auf und nagten an dem Brot. Ich fütterte sie weiter, bis die Schale leer war, und kippte dann den restlichen Wein in den Käfig.

»Ich habe ihnen jetzt alles gegeben, Sir John«, meldete ich.

»Nun«, sagte er, indem er sich zurücklehnte, »dann bleibt uns jetzt nichts weiter zu tun, als in aller Ruhe das Resultat abzuwarten.«

Es dauerte nicht lange, da hatten die hässlichen, langschwänzigen und pelzigen Biester auch schon das ganze Brot verspeist und den Boden ihres Käfigs sauber geleckt. Auch das teilte ich Sir John mit.

»Es dürfte recht schnell gehen«, sagte Sir John. »Sie verstehen doch, worum es hier geht, nicht wahr, Mr. Donnelly? Wenn die Ratten sich lediglich übergeben, dann enthält die Rotweinflasche ein Brechmittel. Wenn sie jedoch krank werden und sterben, dann werde ich, da Arsen bekanntlich das gebräuchlichste Rattengift ist, einräumen, dass die Flasche genau dieses Gift enthält, und dann werde ich Ihre Heilkunst in den höchsten Tönen preisen.«

Inzwischen streiften die drei Tiere rastlos in ihrem Käfig umher in der vergeblichen Hoffnung, noch irgendein Bröckchen oder Tröpfchen zu finden, das sie vielleicht übersehen hatten. Und dann begannen sie eins nach dem anderen zu taumeln, das Gleichgewicht zu verlieren und schließlich den Inhalt ihrer Mägen von sich zu geben. Das Erbrochene hatte eine dunkelrote, fast violette Färbung, genau wie der Wein und das weingetränkte Brot, an dem sie sich zuvor gütlich getan hatten. So ausgiebig erbrachen sie sich, dass der Boden des Käfigs bald mit der ekelhaften Brühe überschwemmt war. Ich unterrichtete Sir John von dieser Entwicklung.

Er nickte und lächelte geduldig. »Es wird ihnen noch eine ganze Weile übel sein, und das Brechmittel wird ihnen zweifellos große Beschwerden bereiten, aber sie werden sich wieder erholen, wie ich es vorhergesagt habe.«

Mr. Donnelly sagte nichts. Er beugte sich nur vor und beobachtete gespannt, was in dem Käfig vor sich ging.

Dann kippte eine der Ratten, die kleinste, ganz plötzlich um, rollte sich auf den Rücken, streckte die winzigen Füßchen in die Luft, erzitterte kurz und starb.

»Sir«, sagte ich, »eine der Ratten ist gestorben.«

»*Was?* Bist du sicher? Vielleicht kommt sie wieder zu sich.«

»Oh, das glaube ich eher nicht, Sir John«, sagte Mr. Donnelly, »denn die nächste hat es auch schon erwischt.«

So war es. Und dann die dritte. Alle drei hatten im Todeskampf die gleiche unnatürliche Haltung eingenommen – ganz steif und verkrampft lagen sie auf dem Rücken.

»Ich befürchte, Sir«, meinte Mr. Donnelly, »dass Sie nun mit Ihrem Loblied auf meine Heilkunst beginnen müssen.«

»Aber die habe ich doch schon immer gelobt, wie Sie sicherlich wissen. Allerdings bin ich äußerst verblüfft, Sir, denn dieser Schuft von Paltrow, der sich jetzt mit dem Titel des Earl of Laningham schmücken will, schien alles arrangiert zu haben. Er bezeichnete genau die Flasche, aus der er trinken wollte. Sie stand während der musikalischen Unterhaltung für ihn bereit. Das hat mir der Butler berichtet. Nach Jeremys Angaben, der alles genau gesehen hat, schüttelte er die Flasche in höchst verdächtiger Weise, bevor er trank. Und er hatte weiß Gott ein ausreichendes Motiv für den Mord.«

»Nun, dann war es vielleicht der Butler – vielleicht hat er Arsen in die Flasche geschüttet, bevor er sie servierte.«

»Vielleicht, aber ich vertraue ihm weit mehr als Paltrow.«

»Oder vielleicht war die Flasche bereits entkorkt, weil er dem Butler gesagt hatte, dass er sie später trinken wollte – und dann hätte jeder der Hausangestellten an sie herankommen können.«

Sir John antwortete nicht. Er saß nur da und schüttelte langsam den Kopf.

»Nun, wenn Sie mich dann bitte entschuldigen würden«, sagte Mr. Donnelly und erhob sich. »Ich muss mich um den Patienten kümmern, dem ich gestern das Leben gerettet habe.«

»Ja, ja, gewiss«, sagte Sir John. »Es tut mir Leid, dass Sie wegen mir Ihre Zeit vergeudet haben.«

»Die Zeit war keineswegs vergeudet. Ich gebe durchaus zu, dass der Effekt von Arsen mit einem Brechmittel hätte imitiert werden können. Jetzt wissen wir, dass es nicht so war. Auf Wiedersehen, Sir John, auf Wiedersehen, Jeremy.«

Er nahm seine Tasche und ging auf die Tür zu. Doch der Richter hielt ihn zurück.

»Mr. Donnelly, ich kann Sie nicht gehen lassen, ohne mich nach Mr. Cowleys Befinden erkundigt zu haben.«

»Unter uns gesagt«, erwiderte der Arzt, »es ist alles andere als gut. Ich habe den Eiter entfernt, so weit ich konnte, und die

Wunde mit Alkohol ausgewaschen. Jetzt habe ich ihm einen Umschlag aus Pilzen und Blättern gemacht – das Rezept habe ich von einem indischen Medikus, einem der wenigen, vor denen ich Respekt hatte.« Er seufzte. »Die Infektion ist in Cowleys Körper vorgedrungen. Ich hoffe, wenigstens sein Bein retten zu können.«

»Gebe Gott, dass Sie es können.«

Und so ging er und ließ uns beide in bedrücktem Schweigen zurück.

»Nun, Jeremy«, sagte Sir John schließlich, »anscheinend müssen wir jetzt diese Geschichte über den unbekannten Rächer, der geschworen hat, die gesamte Laningham-Sippe auszulöschen, etwas ernster nehmen.«

»Ja, Sir«, sagte ich. Und nach einer Weile: »Soll ich die Ratten vielleicht im Hof vergraben?«

»Noch nicht. Ich hoffe immer noch, dass sie wieder zu sich kommen.«

12. KAPITEL

In welchem Lord Laningham unerwarteten Besuch bekommt

Ein Tag verging. Während Nachrichten über Lord Laninghams rasche Genesung eintrafen, verschlechterte sich Mr. Cowleys Zustand offenbar zusehends. Hatte Mr. Donnelly zunächst noch gesagt, er hoffe das Bein des Constables retten zu können, so sprach er inzwischen nur noch von der Hoffnung, sein bloßes Leben retten zu können. Das Bein war brandig und würde amputiert werden müssen. Mr. Bailey und Mr. Brede, die beide schon auf dem Schlachtfeld an solchen grässlichen Operationen teilgenommen hatten, erklärten sich bereit, dem Arzt zu assistieren. Die Prozedur sollte nachts vonstatten gehen, damit die Schreie des Constables – falls es dazu käme – nicht von zu vielen gehört würden. Zwei Flaschen Gin wurden gekauft, mit deren Hilfe man sie zu unterdrücken hoffte. Mr. Cowley begann am späten Nachmittag zu trinken. Ich hörte später, dass er zu Beginn der Operation bereits vollkommen besinnungslos gewesen sei.

Und in der Tat hörte ich darüber hinaus kaum etwas. Als Mr. Bailey und Mr. Brede gegen elf Uhr erschöpft und blutbespritzt zurückkamen, teilten sie Sir John mit, dass alles insofern gut gelaufen sei, als es keinerlei unerwartete Komplikationen gegeben habe. Mr. Brede, von Natur aus ein sehr schweigsamer Mann, fühlte sich bemüßigt, sich lobend über Mr. Donnelly zu äußern.

»Er hat sein Handwerk bei der Marine gründlich gelernt, Sir«, sagte er. »Ich habe noch nie gesehen oder auch nur davon gehört, dass jemand es besser gemacht hätte.«

»Sollte ich jemals in eine ähnliche Notlage kommen, was Gott verhüten möge«, fügte Mr. Bailey hinzu, »dann hoffe und bete ich, dass Mr. Donnelly derjenige sein wird, der mir diesen Dienst erweist.«

»Und doch bleibt es ein garstiges Geschäft, ganz gleich wie gut es gemacht wird«, sagte Sir John.

»Jawohl, Sir. Aber er schätzt, dass der junge Cowley gute Chancen hat, wieder gesund zu werden.«

»Dafür wollen wir Gott danken. Sie können nun beide gehen. Ob Sie heute Nacht Ihren Dienst noch antreten wollen, überlasse ich Ihnen.«

Und damit verabschiedeten sich die beiden von uns.

»So«, sagte Sir John und erhob sich von seinem Platz am Küchentisch, wo er den Bericht entgegengenommen hatte, »damit haben wir diese grässliche Sache auch hinter uns.«

»Ja, Sir.« Und dann platzte ich unwillkürlich mit einem Gedanken heraus, der mich die ganze Zeit über heftigst gequält hatte: »Ich habe das Gefühl, dass ich an der Sache nicht ganz unschuldig bin, Sir John.«

»Wie kommst du darauf?«

»Hätte ich Mr. Cowley nicht auf meine Suche nach Roundtree mitgenommen, dann hätte sich seine Wunde vielleicht nicht geöffnet. Und er…«

»Wenn sie sich nicht geöffnet hätte«, unterbrach er mich, »dann hätte das Gift sich vielleicht noch weiter in seinem Körper ausbreiten und ihn auf der Stelle töten können. Wir haben doch die Botschaft von Constable Bailey gehört: Mr. Donnelly räumt Cowley gute Genesungschancen ein.«

»Ja, aber eine Genesung mit nur einem Bein? Was kann er denn noch tun? Was soll aus ihm werden – und aus seiner jungen Frau?«

»Das, Jeremy, ist eine Frage, über die ich gründlich nachgedacht habe und die ich in einem Brief anzusprechen gedenke, den ich dir morgen früh diktieren werde. Aber jetzt lass uns zu Bett gehen, denn wir haben beide in letzter Zeit nicht genug Schlaf bekommen.«

Der Brief, den Sir John erwähnt hatte, wurde in seinem Amtszimmer aufgesetzt und war an William Murray, den Lordoberrichter, adressiert. In wohl gesetzten Worten und mit wohl durchdachten Argumenten wurde darin um die Gewährung einer Rente für Constable Cowley nachgedacht, und zwar in Höhe von mindestens drei Vierteln des Lohns, welchen er als aktives Mitglied der Bow Street Runners bezogen habe, auszuzahlen bis zu dem Zeitpunkt, da er eine neue Anstellung finden oder aber durch eigene Initiative ein seinem alten Monatslohn vergleichbares Einkommen erzielen würde. Sir John hob hervor, dass die Amputation zwar erst einige Zeit nach der Verwundung notwendig geworden sei, dass der Constable diese Verwundung aber jedenfalls in Ausübung seines Dienstes erlitten habe. Die Infektion sei, so sagte er, durch Constable Cowleys verfrühten Wiedereintritt in den Dienst verursacht worden. Und noch an dem Abend, an welchem die Folgen der Verwundung ihn schließlich dienstunfähig gemacht hätten, habe er bewundernswerte Leistungen vollbracht und einen Schurken erschossen, der, um sich der Verhaftung zu entziehen, ein junges Mädchen von gutem Charakter mit einem Messer an der Kehle bedroht habe.

Er schloss mit den Worten: »Ich bin gerne bereit, die Angelegenheit mit Ihnen zu besprechen, sobald es Ihre Zeit zulässt, und verbleibe Ihr ergebenster und gehorsamster Diener, etc.«

Nachdem Sir John unterzeichnet hatte, faltete ich den Brief mit gewohnter Sorgfalt zusammen und ließ dann das Siegelwachs darauf tropfen, in welches ich zum Schluss Sir Johns Siegel hineindrückte.

»Bring den Brief zu seinem Adressaten«, wies Sir John mich an. »Du brauchst natürlich nicht auf Antwort zu warten, denn der Lordoberrichter dürfte wohl eine Zeit lang darüber nachdenken und mich dann auffordern, ihm die Sache persönlich vorzutragen. Aber ich möchte, dass du die chinesische Vase mitnimmst, die Roundtree aus seinem Haus entwendet hat. Gib sie nicht einfach nur ab. Bevor du sie überreichst, musst du darauf bestehen, dass sie zweifelsfrei als das gestohlene Stück identifiziert wird.«

Diese letzte Anweisung erfüllte mich mit solcher Neugier und Vorfreude, dass ich beim Hinauseilen fast in der Tür mit Mr. Donnelly zusammengestoßen wäre. Ich nahm mir gerade genug Zeit, um mich in aller Eile nach Mr. Cowleys Gesundheitszustand zu erkundigen.

»Die Operation ist gut verlaufen«, antwortete er. »Seine Frau ist jetzt bei ihm. Sie ist ganz außer sich – *er* muss *sie* trösten. Ich glaube, er wird es packen.«

Ich dankte ihm und machte mich auf den Weg zu Mr. Marsden, um mir von ihm die Vase geben zu lassen. Doch ich konnte noch hören, wie Mr. Donnelly sagte: »Sir John, ich habe noch einen weiteren Brief von meinem alten Medizinprofessor bekommen, einen Nachtrag zu dem ersten, der Sie sehr interessieren dürfte.«

Das hätte mich natürlich ebenfalls sehr interessiert. Doch die Wichtigkeit des Briefes, den ich bei mir trug, und das Vergnügen, die Vase ihrem Eigentümer zurückzubringen, veranlassten mich, flugs weiterzugehen.

Es war einer jener frühen Februartage, die bereits einen Hauch des kommenden Frühlings verströmen. Nicht dass der Winter schon vorüber gewesen wäre – ganz gewiss nicht. Ich war froh um meinen Schal, den ich mir fest um den Hals gewickelt hatte. Die Hände hatte ich tief in die Manteltaschen geschoben, deren eine den Brief enthielt, während in der anderen die kleine Porzellanvase steckte. Doch der Himmel war blau, die Luft war klar und trocken, und die Sonne schien auf alle herab, die in den Straßen unterwegs waren. Diese leichte Wetterbesserung beflügelte meinen Schritt, sodass der Weg zum Bloomsbury Square mir nicht annähernd so lang vorkam wie sonst.

Ich erreichte das Haus und pochte zuversichtlich an die Tür. Der Butler, mit dem ich mir in der Vergangenheit so viele Scharmützel geliefert hatte, tauchte wie üblich unverzüglich auf. Er öffnete die Tür kaum mehr als einen Fußbreit und starrte mich mit der Miene unerschütterlicher Ernsthaftigkeit an, die er mir gegenüber stets aufsetzte.

»Was ist dein Begehr, Junge?«

»Ich habe einen Brief an den Lordoberrichter.«

»Ich sehe, dass du deinen flaschengrünen Rock trägst«, sagte er. »Du kannst im Haus auf die Antwort warten, wenn du möchtest.«

»Das wird nicht nötig sein; so hat Sir John es mir jedenfalls gesagt.«

»Dann gib mir den Brief.«

Er streckte die Hand aus, und ich legte den Brief hinein. Doch als er eben die große Tür vor meiner Nase zumachen wollte, ließ ich mich erneut vernehmen.

»Da wäre noch eine andere Sache.«

»Ach? Und die wäre?«

»Ich habe hier eine chinesische Vase«, erwiderte ich, indem ich das besagte Stück aus der anderen Tasche hervorholte. »Ist das vielleicht dieselbe, die entwendet wurde, als die Zimmerleute hier im Haus waren?«

Er betrachtete die Vase, wenn auch nicht sehr eingehend, und hielt dann wieder die Hand auf.

»Vermutlich ist sie es«, meinte er. »Ich werde sie an mich nehmen.«

Doch ich zog sie wieder zurück.

»Ihre Vermutung genügt nicht. Sir John hat mich angewiesen, eine zweifelsfreie Identifizierung der Vase zu verlangen, bevor ich sie Ihnen oder irgendeinem anderen Mitglied des Haushalts übergebe.«

»Aber… aber…«, stotterte er, »der Platz dieser Vase ist in Lady Murrays Schlafgemach. Ich habe nur äußerst selten Anlass, es zu betreten.«

»Dann könnte ja vielleicht Lady Murrays Zofe sie identifizieren.«

Er stand da und blickte mich stirnrunzelnd an, etwas länger

als notwendig, wie ich fand. Endlich sagte er: »Warte hier« und schloss die Tür.

Ich steckte die Vase wieder in die Tasche und wartete froh gelaunt auf seine Wiederkehr. Ich drehte mich um und ließ den Blick über den Platz schweifen. So kam es, dass ich der Tür den Rücken kehrte, als sie wieder geöffnet wurde – ganz so, wie ich es geplant hatte.

»Junge! He, Junge, ich habe Lady Murrays Zofe mitgebracht!«

Ich wandte mich mit einem Lächeln um, welches von der Frau erwidert wurde, die zusammen mit dem Butler den Türrahmen ausfüllte. Ganz mollig und mütterlich sah sie aus, doch ihre Augen funkelten vor Neugierde wie die eines Kindes.

»Hast du wirklich die Vase dabei?«, fragte sie.

»Vielleicht«, erwiderte ich, indem ich sie wieder hervorholte. »Ist es vielleicht diese hier?«

Sie nahm sie mir vorsichtig ab und betrachtete sie eingehend von allen Seiten.

»Oh, das ist sie, das ist sie! Die würde ich jederzeit wieder erkennen. Wo hast du sie gefunden?«

»Sir John Fielding hat sie im Zuge seiner Ermittlungen sichergestellt.«

»Nun, dann musst du ihm im Namen von uns allen danken. M'lady wird sich ja *so* freuen. Egbert«, sagte sie dann zu dem Butler, indem sie ihn mit dem Ellenbogen anstieß, »hast du denn keinen Sinn für Gerechtigkeit? Gib dem Jungen eine Belohnung!«

Gerne wäre ich noch geblieben, um mich an der Verlegenheit des Domestiken zu weiden, doch ich trat einen Schritt zurück und verbeugte mich tief vor ihr. »Das Lächeln auf Ihren Lippen ist mir Belohnung genug«, sagte ich zu ihr, »denn ich war schließlich nur der Überbringer. Ich darf mich nun von Ihnen verabschieden.«

Und damit winkte ich den beiden zu und ließ sie stehen. Die säuerliche Miene des Butlers sehe ich bis zum heutigen Tag noch vor mir. Er wusste, dass er geschlagen war. Und ich wusste es ebenfalls, o ja! Ich tanzte geradezu in die Bow Street zurück.

Bei meinem Eintreffen teilte mir Mr. Fuller mit, dass Sir John mich zu sehen wünsche. Ich eilte zu seinem Amtszimmer, fand die Tür offen und trat ein. Sogleich erhob er sich von seinem Platz am Schreibtisch.

»Jeremy? Komm mit, wir gehen Mr. Donnellys Patienten besuchen.«

»Sie meinen Mr. Cowley, Sir?«

»Ach nein, das wird leider warten müssen – wenn auch sicherlich nicht allzu lange. Ich meine seinen vornehmeren Patienten, Lord Laningham. Es gibt da ein paar Dinge, die ich von ihm in Erfahrung bringen möchte, und dank der bewundernswerten Schnelligkeit, mit der du dich deines Auftrags entledigt hast, bleibt mir gerade noch genug Zeit, diese Erkundigungen einzuziehen, bevor meine Gerichtssitzung beginnt. Vielleicht gehst du am besten voraus und rufst eine Droschke an die Tür.«

»Sie wird auf Sie warten, Sir.«

Vielleicht war ich mit diesem Versprechen etwas zu optimistisch gewesen, denn ich musste bis in die Russell Street laufen, um eine freie Droschke aufzutreiben. Als ich damit zur Bow Street zurückkam, sah ich Sir John auf seinen Stock gestützt vor der Haustür stehen. Er hatte den Kopf hoch erhoben und lächelte über das ganze Gesicht. Während ich ihm in die Kutsche half, machte er eine Bemerkung über das Wetter.

»Es ist ein Anflug von Frühling in der Luft«, sagte er. »Ich wünschte wirklich, wir könnten zu Fuß zum St. James Square gehen, aber die Zeit lässt das nicht zu.«

Er machte es sich in seinem Sitz bequem, ich schloss die Tür, und wir fuhren los. Wir waren noch nicht weit gekommen, als ich mich zaghaft mit einer Frage an ihn wandte, auf die ich dringend eine Antwort wünschte.

»Sir John?«

»Ja, Jeremy, was gibt's?«

»Hat dieser Besuch bei Lord Laningham und das, was Sie von ihm in Erfahrung bringen wollen, vielleicht irgendetwas mit dem Brief aus Wien zu tun, den Mr. Donnelly Ihnen heute gezeigt hat?«

»Aha, das hast du also mitbekommen, wie?«

»Nur dass er meinte, der Inhalt würde Sie interessieren.«

»Und du bist wohl auch interessiert, hm?«

»O ja, Sir, sehr.«

»Nun, ich fürchte, was den Inhalt des Briefes betrifft, muss ich dich vorläufig enttäuschen. Aber vielleicht wird es nicht mehr lange dauern, bis du über alles aufgeklärt wirst.«

Und damit verfiel er in jenes tiefe Schweigen, das so sehr nach Schlaf aussah. Aber ich wusste, dass er in seine Gedanken vertieft war. Zweifellos, so mutmaßte ich, legte er sich seine Strategie für die bevorstehende Schlacht zurecht.

Eine Schlacht? Nein, die Auseinandersetzung, deren Zeuge ich nun wurde, hätte ich wohl eher als ein Geplänkel bezeichnet. Ich war sogar recht enttäuscht ob der schonungsvollen Behandlung, die Sir John diesem Burschen, von dem er so wenig hielt, angedeihen ließ. Trotz des Ergebnisses seines Experiments mit den Ratten hatte ich das Gefühl, dass Sir John Lord Laningham immer noch verdächtigte.

An der Tür empfing uns Mr. Poole, der Butler, welcher uns sodann zum Schlafzimmer seines Herrn führte. Es war ein großes Zimmer, und es war auch großartig ausgestattet, mit Gemälden und Skulpturen und Möbeln von einer Größe und Art, wie man sie wohl eher in einem Salon erwarten würde. In einem ebenso breiten wie hohen Kamin flackerte ein helles Feuer. Inmitten all dieser ererbten Pracht saß Lord Laningham in einem Bett, welches gewiss das größte war, das ich je gesehen hatte. Auf einen regelrechten Berg von Kissen gestützt, lächelte er matt, als Sir John ins Zimmer geleitet wurde.

»Ah, Sir John«, sagte er, »wie freundlich von Ihnen, mich zu besuchen! Um ehrlich zu sein, ich hatte so sehr darauf gehofft, Sie zu sehen, dass ich Poole angewiesen habe, Sie ohne jegliche

Umstände oder Verzögerungen zu mir heraufzubringen, falls Sie uns die Ehre erweisen sollten.«

»Mr. Donnelly ließ mich wissen, dass Sie vor heute nicht in der Lage sein würden, Besucher zu empfangen«, sagte Sir John.

»Ah, Donnelly – ich verdanke dem Mann mein Leben! Wissen Sie, welche Medizin er mir verschrieben hat? Welches Elixier es war, das mich von der Schwelle des Todes zurückgeholt hat?«

»Milch, so viel ich weiß.«

»Äh, ja, genau so war es«, entgegnete er ein wenig enttäuscht. »Irgendwie hat sie dem Gift entgegengewirkt. Tja, die Wunder der modernen Medizin, was?«

Obwohl die Vorhänge den blauen Himmel und die Morgensonne aussperrten und der Raum ziemlich düster war, konnte ich Lord Laningham doch im Schein der Kerzen und des Kaminfeuers deutlich sehen. Er sah in der Tat aus, als habe er Schlimmes durchgemacht. Die dunkle Verfärbung um seine Augen herum, die ich bereits früher bemerkt hatte, schien sich noch verstärkt zu haben. Sein Gesicht wirkte hagerer, abgespannter. Und doch, obwohl seine Stimme leise und irgendwie erschöpft klang, strahlten seine Worte vielleicht mehr Zuversicht aus als je zuvor.

»Lord Laningham«, sagte Sir John, »es würde mich interessieren, ob Sie irgendwelche der Maßnahmen ergriffen haben, zu denen ich Ihnen dringend riet, nachdem Sie mir von dem Schuss erzählt hatten, der Ihre Fensterscheibe durchschlug.«

»Zu meinem Unglück habe ich das nicht getan. Nein, ich nahm Ihre Worte sehr ernst und ich war dankbar für Ihren Rat, doch es kam so manches dazwischen – zum einen das Begräbnis meiner Tante, zum anderen die Vorbereitungen für jenen musikalischen Abend, der für mich beinahe tödlich geendet hätte. Ich entsinne mich allerdings, dass Sie mir die Einstellung eines Leibwächters empfahlen.«

»Ein Leibwächter hätte Ihnen an jenem Abend wenig genützt. Es scheint, als müssten Sie nun auch nach dem Vorbild der orientalischen Potentaten einen Vorkoster für Ihre Speisen und Getränke engagieren.«

»Oh, das wohl kaum. Vielleicht wird dieser Feind der Laninghams mich nun eine Zeit lang in Ruhe lassen, nachdem er versucht hat, mich zu vergiften, und damit gescheitert ist.«

»Glauben Sie das wirklich, Mylord?«

»Nachdem er das Schlimmste getan hat, dessen er fähig war? Warum nicht?«

»Nicht das Schlimmste«, entgegnete Sir John. »Das Schlimmste wäre gewesen, wenn er Erfolg gehabt hätte. Oder wenn er nicht nur Sie selbst, sondern auch Ihre Frau und Ihre Töchter ermorden würde.«

»O Gott!« Lord Laningham reagierte auf die Vorstellung mit angemessenem Entsetzen.

»Dürfte ich einen Plan vorschlagen?«

»O ja, bitte tun Sie das!«

»Ihr Butler, dem ich alles in allem vertraue, teilte mir mit, Sie hätten die Flasche, von der Sie an jenem Abend tranken, zuvor eigens ausgewählt, und sie sei sodann entkorkt und zum Ablüften in der Speisekammer abgestellt worden, zu der das gesamte Personal Zugang hatte. Das Gleiche traf auf den Schlaftrunk Ihrer Tante zu, und vielleicht war es auch bei jenen Weinflaschen der Fall, die Ihr Onkel ins Crown and Anchor mitgenommen hatte. Nach dem, was Ihnen widerfahren ist, müssen Sie doch nun glauben, dass sie beide vergiftet wurden?«

»Nun, das muss ich wohl, obwohl es da einen bemerkenswerten Unterschied gibt: Am Abend seines Todes trank ich aus derselben Flasche wie mein Onkel, und in meinem Fall hatte das keine nachteiligen Folgen.«

»Ja, das ist gewiss bemerkenswert, nicht wahr? Doch die Art seines Todes, der plötzliche Anfall von Erbrechen, glich doch sehr dem, was Ihnen vor zwei Abenden zugestoßen ist.«

»Allerdings, das ist wahr.«

»Worauf ich hinauswill, ist Folgendes«, sagte Sir John. »Dieser Feind der Laninghams, wie Sie ihn nennen, gehört entweder Ihrem Personal an, oder er steht in enger Verbindung mit jemandem, der hier beschäftigt ist. Haben Sie die Aufstellung aller Ihrer Angestellten vorbereitet, von der ich sprach?«

»Was? Ach, die. Nein, wie ich schon sagte, es ist so viel dazwischengekommen. Poole könnte Ihnen die Liste sicherlich besorgen.«

»Beauftragen Sie ihn damit. Und ich schlage vor, dass Sie mit Ihrer Familie für eine Weile woanders hingehen und mir die Gelegenheit geben, die Bediensteten alle einzeln zu befragen. Ich habe Methoden, die mich mit Gewissheit glauben lassen, dass ich unseren Mann – oder unsere Frau – entlarven werde. Wenn es mir nicht gelingt, seine oder ihre Schuld nachzuweisen, dann wird mein Verdacht dennoch hinreichend sein, die Entlassung der betreffenden Person zu veranlassen.«

»Aber warum sollte es erforderlich sein, dass wir woanders hingehen?«

»Nun, um Sie vor weiterer Gefahr zu schützen, Mylord. Ich nehme an, dass Ihr Landsitz in Laningham eigenes Personal hat. Sie würden keinen Ihrer Bediensteten von London mitnehmen müssen. Damit würden Sie Ihr hiesiges Personal, in dessen Reihen sich zweifellos unser Giftmörder befindet, mir und meinen Vernehmungskünsten überlassen.«

»Aber was ist mit dem Schuss, der dort in Laningham auf meinen Onkel abgefeuert wurde? Während seines Ausritts – Sie erinnern sich doch?«

»Ach ja, natürlich; das war der erste Anschlag, nicht wahr? Nun, vielleicht wären Sie dort in der Tat nicht vollkommen sicher. Lassen Sie mich nachdenken.« Er hielt einen Moment inne, um sich über das Kinn zu streichen. »Ich hab's!«, rief Sir John aus. »Warum machen Sie nicht mit Ihrer Familie eine Europareise? Sie müssten ja kein großes Gefolge mit sich führen. Zwei Bedienstete wären genug. Ich schlage vor, Sie nehmen den Butler und die Zofe Ihrer Gattin mit, denn mit beiden habe ich mich bereits unterhalten und sie für vertrauenswürdig befunden. Für Ihre Töchter wäre das sicherlich sehr erbaulich, und auch für Lady Laningham. Vielleicht haben Sie ja selbst auch noch nie die Gelegenheit zu einer solchen Reise gehabt?«

»O doch, allerdings«, erwiderte Lord Laningham, und die Erinnerung ließ ein Lächeln über seine Lippen spielen. »Mein Onkel mag seine Fehler gehabt haben, aber ein Geizkragen war er nicht. Als ich volljährig wurde, hat er mich auf die große Kavalierstour geschickt. Ein ganzes Jahr lang bereiste ich die großen Städte – London, Paris, Wien, Venedig, Rom, Neapel; ich besichtigte die Kunstwerke, kostete den Wein und erkundete die Damenwelt – nur harmlose Tändeleien, Sie verstehen.«

»O ja, vollkommen. Ach, wie ich Sie beneide; Sie müssen ja all die großen Sehenswürdigkeiten erlebt haben – das Mittelmeer, die großen Schlösser… Der Lago di Como, habe ich gehört, ist ganz unvergleichlich. Aber wissen Sie, wenn ich noch mein Augenlicht hätte, würde ich am liebsten die großen Berge der Schweiz und Tirols sehen. Haben Sie… Sind Sie dort gewesen?«

»Aber ja doch, ich war in beiden Ländern. Einfach großartig! Ganz und gar unbeschreiblich! Die Schweiz selbst hat wenig zu bieten außer ihrem Sprachenwirrwarr – und den Bergen. Österreich dagegen hat Wien und dazu die ebenso grandiose Berglandschaft Tirols. Als Engländer wird man dort sehr freundlich aufgenommen.«

»Warum auch nicht? Wir sind schließlich für sie in den Krieg gezogen«, meinte Sir John. »Aber sehen Sie, Sie haben doch so angenehme Erinnerungen an dieses Auslandsjahr. Warum gönnen Sie nicht das Gleiche Ihrer Gattin und Ihren Töchtern? Sie selbst könnten für sie den Cicerone machen.«

»Ach, könnte ich das nur tun! Und vielleicht werden wir in einigen Jahren wirklich eine solche Reise machen, wie Sie sie vorschlagen. Aber zurzeit kommt so etwas leider gar nicht in Frage. Ich bin noch nicht bei Hofe eingeführt, und meinen Sitz im Oberhaus habe ich auch noch nicht offiziell eingenommen. Und Sie können sich darauf verlassen, Sir, dass ich ein sehr aktives Mitglied sein werde – ich werde mich mit allen anstehenden Fragen vertraut machen und meine Meinung dazu äußern.«

»Und werden Sie sich den Whigs oder den Tories anschließen?«

»Das weiß ich noch nicht genau. Aber wenn es einmal so weit ist, werde ich mich für die Partei entscheiden, die im Recht ist.«

»Ach ja, gewiss werden Sie das«, sagte Sir John. »Nun, da Sie entschlossen sind, aktiv am politischen Leben Londons teilzunehmen, kann ich Ihnen nur dazu raten, die Dienste einer Leibwache in Anspruch zu nehmen.«

»Ich werde Ihren Rat befolgen. Und bitte scheuen Sie sich nicht, hierher zu kommen, wann immer es Ihnen beliebt, um sich mit den Bediensteten zu unterhalten. Ich werde Poole sagen, dass er die Liste für Sie erstellen soll.«

»Nun gut, dann wollen wir es dabei belassen, nicht wahr, Lord Laningham? Ich wünsche Ihnen noch einen guten Tag und baldige Genesung.«

»Auf Wiedersehen, Sir John Fielding, und vielen Dank noch einmal, dass Sie mir armem bettlägerigen Patienten Ihre Aufwartung gemacht haben.«

Eine Verbeugung von Sir John, ein schwaches Nicken von Lord Laningham, und wir beide verließen das Zimmer. Draußen tauchte wie aus dem Nichts Mr. Poole auf und geleitete uns die Treppe hinunter. An der großen Eingangstür hielt der Richter inne und wandte sich an den Butler.

»Mr. Poole, zweifellos wird Lord Laningham Sie auffordern, für mich eine Liste des Hauspersonals zusammenzustellen. Er mag es Ihnen gegenüber als eine dringliche Angelegenheit darstellen, doch unter uns gesagt eilt es nicht so sehr. Ich werde möglicherweise wiederkommen, um die Bediensteten einen nach dem anderen zu befragen, aber niemand muss vor diesen Gesprächen Angst haben. Bitte versichern Sie ihnen das. Ich habe jetzt schon eine recht klare Vorstellung davon, wer für diese Anschläge auf die verstorbenen Herrschaften und den gegenwärtigen Lord Laningham verantwortlich ist.«

»Das freut mich zu hören, Sir John. Und darf ich dem Personal auch diese Kunde weitergeben?«

»Sie dürfen, wenn Sie mögen.«

Wir verabschiedeten uns und traten auf den St. James Square hinaus. Wir marschierten in Richtung Pall Mall los, wo wir mit Leichtigkeit eine freie Droschke finden würden.

»Nun, Jeremy, was fängst du mit alledem an?«

»Nicht viel, Sir, fürchte ich.« Dann erwähnte ich den dunklen Schatten um Lord Laninghams Augen, seine ausgezehrten Gesichtszüge und seinen offensichtlich geschwächten Gesamtzustand. »Er schien in der Tat körperlich sehr mitgenommen.«

»Oh, das bezweifle ich nicht. Gegen Ende unserer Unterhaltung klang seine Stimme schwächer, ganz rau und heiser, als wenn das Sprechen seine Stimmbänder zu sehr beanspruchte.«

»Ja, aber er wirkte zugleich irgendwie zuversichtlicher und selbstsicherer.«

»Mmmmh«, erwiderte Sir John – und weiter nichts.

Wir gingen schweigend weiter, bis wir fast auf der Pall Mall waren und ich bereits zwei freie Droschken ausmachen konnte. Da konnte ich vor Ungeduld nicht mehr an mich halten und platzte heraus:

»Sir, hat dieses Gespräch denn überhaupt etwas gebracht? Stimmt es, was Sie Mr. Poole gesagt haben?«

»Mmmmh«, brummte er erneut, doch diesmal fuhr er fort: »Nun, das sind zwei verschiedene Fragen, wenn auch ein Zusammenhang zwischen ihnen besteht. Um die zweite zu beantworten: Ja, ich werde mit Sicherheit wieder in Laninghams Haus vorbeischauen, um weitere Einzelheiten zu ermitteln und wenn möglich Beweise zu finden; und ja, ich habe eine ziemlich klare Vorstellung davon, wer der Schuldige ist. Und was deine erste Frage betrifft: Das Gespräch hat in der Tat seinen Zweck erfüllt, denn Arthur Paltrow hat mir genau das gesagt, was ich wissen musste.«

Mit diesen spärlichen Informationen versorgt, führte ich ihn sodann zu der wartenden Droschke und half ihm hinein.

Am nächsten Morgen saß ich in Sir Johns Amtszimmer, und wieder hatte er mir einen Brief von einiger Wichtigkeit zu diktieren. Dieser hier war an William Bladgett, Esquire, Richter zu Lichfield, adressiert und informierte denselben in großer Ausführlichkeit über die Umstände von Thomas Roundtrees Tod. Sir John erläuterte, dass Roundtree zwar an der Beseitigung von George Bradburys Leiche beteiligt gewesen sei, in keiner Weise aber an seiner Ermordung. (Damit nahm er das, was Roundtree mir erzählt hatte, für die Wahrheit.) Des Weiteren unterstellte Sir John Roundtree ein nicht gänzlich verwerfliches Motiv für seine Handlungen – nämlich den Erwerb einer Geldsumme, die ihm und seiner Tochter die Ausreise in die amerikanischen Kolonien ermöglichen würde. Sir John stellte allerdings ohne Umschweife fest, dass Roundtree jede Gelegenheit zur Flucht, die sich ihm bot, ergriffen habe.

»Und nun«, diktierte Sir John mir als seinem Sekretär, »kommen wir zur Angelegenheit der Clarissa Roundtree. Wie der Zufall es wollte, befand sie sich während der Zeit, da ihr Vater flüchtig war, in meinem Hause, wo sie sich von einer Lungenentzündung erholte. Trotz ihres angegriffenen Gesundheitszustandes unterstützte sie nach Kräften die Suche nach dem Flüchtigen. Sie hatte die Absicht, ihn zur Aufgabe zu überreden. Als sie in dem Zimmer eintraf, welches sie mit ihm geteilt hatte und in dem sie ihn daher zuerst gesucht hatte, fand sie ihren Vater sterbend am Boden; er war nur wenige Minuten zuvor vom Mörder des George Bradbury niedergestochen worden. Der Schrei, den ihr dieser entsetzliche Anblick entlockte, rief einen Constable und eine andere Person, die an der Suche beteiligt war, herbei. Der Constable erschoss daraufhin den Mörder.

Auf Grund von Clarissa Roundtrees Unterstützung in dieser Sache und auf Grund des Interesses, welches Lady Fielding dem Schicksal des Mädchens entgegenbringt, bin ich zu dem Entschluss gelangt, im Namen der Betroffenen Ihr freundliches Angebot abzulehnen, sie wieder in das Armenhaus von Lichfield aufzunehmen. Obgleich noch sehr jung, ist sie doch außergewöhnlich verständig, sodass sie ihren jungen Jahren zum Trotz bereits in einem der hiesigen großen Häuser in Stellung gehen könnte. Meine Frau und ich stehen mit einigen derselben in Verbindung und dürften somit keine Schwierigkeiten haben, eine angemessene Position für sie zu finden. Dadurch würde es der Gemeinde Lichfield erspart, für ihren Unterhalt aufzukommen. Ich bin überzeugt, dass diese Lösung sowohl Sie als auch den Gemeinderat zufrieden stellen wird. In der festen Gewissheit, dass dem so ist, verbleibe ich Ihr gehorsamster und ergebenster Diener, John Fielding, Richter, City of London und City of Westminster.«

Ich hatte soeben den letzten Satz geschrieben, als sich draußen auf dem Korridor ein großes Lärmen erhob – eine vertraute Stimme rief laut: »Wo steckt er denn, verdammt noch mal?«, und es folgten donnernde Schritte. Kurz darauf kam William Murray, der Lordoberrichter, ins Zimmer gestürmt. Er schien eine Vorliebe für diese Art von Auftritt zu haben.

»Ah, da sind Sie ja!«, rief er, als habe er Sir John in seinem Versteck aufgespürt.

»Allerdings, hier bin ich und ich bin bereit, mit Ihnen über den Inhalt des Briefes zu sprechen, den ich Ihnen gestern schrieb. Er ist der Grund Ihres Kommens, nehme ich an.«

»Der Brief und noch etwas anderes.«

»Sehr freundlich von Ihnen, mich aufzusuchen, Mylord. Ich wäre gerne bereit gewesen, die Fahrt zum Bloomsbury Square auf mich zu nehmen.«

Ich stand derweil unschlüssig abseits, in der Hand den noch nicht unterschriebenen Brief. Sir John forderte mich nicht auf zu gehen. Der Lordoberrichter beachtete mich nicht. Und so verdrückte ich mich in eine Ecke und hörte alles mit.

Lord Murray zog seinen Mantel aus, warf ihn beiseite und ließ sich auf den Stuhl fallen, den ich soeben frei gemacht hatte. Er beugte sich mit so kampfeslustiger Miene vor, dass es fast schien, als wolle er gegen seinen blinden Widersacher handgreiflich werden.

»Lassen wir doch die ganzen Nettigkeiten beiseite und kommen wir gleich zur Sache, einverstanden?«, sagte er. »Also, wie Sie sehr wohl wissen, bekommt ein Soldat oder Matrose, der wegen einer schweren Verletzung den Dienst quittieren muss, eine einmalige Entschädigung ausgezahlt und ist danach auf sich selbst gestellt.«

»Allerdings, man lässt ihn auf der Straße betteln, Mylord. Es ist eine Schande für unsere Nation.«

»Wie dem auch sei, so wird es nun einmal gehandhabt. Wie kommen Sie darauf, dass Ihre Constables eine bessere Behandlung verdient hätten?«

»Ich habe sehr wohl meine Gründe, und es sind in der Hauptsache deren zwei. Zum einen, weil sie Constable sind, deren Aufgabe es ist, in Westminster und der City of London für Recht und Ordnung zu sorgen. Es sind ihrer nicht viele, doch sie leisten gute Arbeit. Könnte irgendjemand dies bestreiten? Ich glaube nicht. Denken Sie nur an das kriminelle Treiben, das in unseren Straßen herrschte, bevor mein Bruder seligen Angedenkens diese Truppe ins Leben rief – Raubüberfälle am helllichten Tag, Schießereien und Messerstechereien. Man musste ja mit Schwert und Pistole bewaffnet vor die Tür gehen, wenn man nicht seine Geldbörse einbüßen wollte. Die Einzigen, die sich den Gesetzlosen entgegenstellten, waren die unabhängigen Diebesfänger, die im Grunde selbst Kriminelle waren. Die Bürger wissen dies, und sie sind den Runners dankbar dafür. Warum wurde ich denn wohl in den Adelsstand erhoben, wenn nicht für die Arbeit, die sie leisten? Wenn Sie auch keinen Unterschied zwischen meinen Bow Street Runners auf der einen und Soldaten und Matrosen auf der anderen Seite machen, die Bevölkerung macht diesen Unterschied sehr wohl. Sie stehen höher in ihrer Achtung, weil sie ihr unmittelbar Schutz bieten. Die armen Teufel, die des Königs Rock anziehen oder zum Kriegsdienst gepresst werden, gelten der Öffentlichkeit doch nur als Kanonenfutter, das man in fernen Ländern Schlachten schlagen lässt, deren Ausgang, wenn überhaupt, nur indirekte Auswirkungen auf das Leben des einzelnen Bürgers hat.«

Der Lordoberrichter, das musste man ihm lassen, hörte von Anfang bis Ende aufmerksam zu. Er nickte sogar ein oder zwei Mal, wenn ich auch nicht sagen kann, ob er damit seine Zustimmung zum Ausdruck bringen wollte oder nur die Tatsache, dass er Sir John folgen konnte. Doch nachdem dieser geendet hatte, bemerkte er nur kühl:

»Sie sagten, Sie hätten noch einen zweiten Grund.«

»Den habe ich allerdings.«

»Ich warte.«

»Es ist dieser: Mr. Cowley sollte eine Rente gewährt werden, um allen anderen Constables ein Beispiel zu geben. Wenn er keine erhält, wenn er gezwungen wird, wie die verkrüppelten Soldaten und Matrosen als Bettler an einer Straßenecke zu stehen, dann bitte ich Sie, die Wirkung auf meine Runners zu bedenken. Sie würden ihn anschauen und sich sagen: ›Das ist meine Zukunft.‹ Die Runners sind nur eine kleine Truppe, Mylord, doch sie unterdrücken Unruhen, halten wütende Menschenmengen in Schach und verfolgen Mörder bis in ihre finsteren Schlupfwinkel. Würden sie dies ebenso bereitwillig und furchtlos tun, wenn sie wüssten, dass eine schwere Verwundung, der Verlust eines Armes oder Beines, sie zwingen würde, ihren Platz gegenüber von Mr. Cowley einzunehmen, wo sie jeden Tag aufs Neue hoffen müssten, genug zu erbetteln, um den nächsten Tag zu überleben? Nein, Mylord, das glaube ich nicht. Würden Sie das tun? Ich jedenfalls nicht. Wenn sie aber hören, dass Mr. Cowley eine Rente gewährt wurde – wenn sie ihm auf der Straße begegnen und hören, dass er ein Handwerk oder Gewerbe erlernt und bald in der Lage sein wird, sich und seine junge Frau damit zu ernähren –, dann werden sie wissen, dass für sie gesorgt wird, was auch immer geschehen mag. Und sie werden ihre Pflicht tapferer als je zuvor erfüllen.«

»Aus dem, was Sie sagen«, erwiderte sein Gegenüber, »schließe ich, dass Sie im Fall eines verheirateten Constables, der in Ausübung seines Dienstes zu Tode kommt, dafür plädieren würden, dass der Witwe eine Rente gewährt wird.«

»Darüber habe ich zwar noch nicht nachgedacht«, erwiderte Sir John, »doch ich halte das für einen ausgezeichneten Vorschlag, und zwar aus all den Gründen, die ich genannt habe. Ich bin Ihnen dafür sehr dankbar.«

Der säuerliche Blick des Lordoberrichters zeigte an, dass Sir Johns beißende Ironie sehr wohl ihr Ziel gefunden hatte. »Wenn ich mich recht entsinne, hat einer Ihrer Constables vor einigen Jahren einen Arm verloren. Was ist aus ihm geworden?«

»Sie meinen sicherlich Constable Perkins. Ein ganz hervorragender Mann. Durch unentwegtes Üben hat er es erreicht, dass sein verbliebener Arm nun die Kraft von zweien, vielleicht gar dreien hat. Er hat mir bewiesen, dass ein einarmiger Constable seinen Dienst mit ebenso viel Energie und Geschick versehen kann wie ein unversehrter. Aber einen Einbeinigen und einen Einarmigen kann man nun wirklich nicht miteinander vergleichen. Das müssen Sie einsehen.«

»Könnten Sie für diesen Cowley nicht irgendeine Arbeit hier am Gericht finden? Etwas, womit man seine weitere Bezahlung rechtfertigen könnte?«

»Ich könnte es versuchen. Ich werde es versuchen. Aber einen Mann mit nur einem Bein kann man keine Gefangenen anvertrauen, und Mr. Cowley besitzt nicht genug Bildung, als dass er meinem Schreiber eine große Hilfe sein könnte – obwohl das vielleicht eine Möglichkeit wäre. Wir werden sehen. Sie sollten wissen, dass Mr. Cowley sich unter den Runners nur dadurch ausgezeichnet hat, dass er der jüngste war und keinerlei Militärerfahrung hatte. Er schlug sich tapfer, wenn es von ihm verlangt wurde, doch es mangelte ihm an Initiative. Er beging Fehler. Ich werde sogar etwas enthüllen, was Sie vielleicht gegen ihn einnehmen wird. Die Amputation wurde nur deshalb notwendig, weil er seine Wunde nicht so versorgt hatte, wie es jeder Mann mit Militärerfahrung getan hätte. Ich werde keine

Männer mehr in meine Truppe aufnehmen, die nicht in der Armee gedient haben. Aber ich setze mich nicht deshalb für Mr. Cowleys Rente ein, weil er es am meisten verdient hätte, sondern vielmehr wegen des Respekts, der den Runners gebührt, und weil es notwendig ist, um ihre Moral und ihr hohes Leistungsniveau zu wahren.«

Jetzt endlich lehnte der Lordoberrichter sich in seinem Stuhl zurück. Seine Stirn war immer noch gerunzelt, doch nunmehr als Zeichen des tiefen Nachdenkens.

»Wissen Sie was, Sir, Sie hätten Rechtsanwalt werden sollen«, sagte er.

Darüber musste Sir John herzlich lachen. »Verzeihen Sie, Lord Murray, aber dasselbe habe ich kürzlich zu einer schlagfertigen Frau gesagt, die mich ganz durcheinander gebracht hatte. Und ich fürchte, dass Ihre Bemerkung ebenso wenig als Kompliment gedacht war wie damals die meine.«

»So war sie in der Tat nicht gemeint, sondern als bloße Feststellung. Sie bringen Ihre Sache höchst überzeugend vor – und mit lauter grundsätzlichen Argumenten. Ich erzittere, wenn ich daran denke, was das uns kosten könnte, aber ich neige dennoch dazu, mich Ihrer Argumentation zu beugen. Allerdings, du lieber Gott, gleich drei Viertel seines ursprünglichen Gehalts! Das ist schlicht zu viel. Warum nicht die Hälfte?«

»Warum nicht die Hälfte? Weil Mr. Cowley als jüngstes und unerfahrenstes Mitglied der Truppe auch den niedrigsten erhielt. Er hat jedoch kürzlich geheiratet – nicht so sehr aus einem Impuls heraus als vielmehr aus moralischer Verpflichtung. Unter den Constables ging das Gerücht um, die Braut habe bei der Hochzeit bereits ein Kind unter dem Herzen getragen. Die beiden – genauer gesagt die drei – könnten mit der Hälfte seines Lohns ganz einfach nicht überleben. Er würde bald gezwungen sein, die Differenz durch Betteln wettzumachen.«

Schweigen, finsteres Schweigen von Seiten des Lordoberrichters. Endlich: »Was würden Sie zu zwei Dritteln sagen?«

Sir John lehnte sich zurück und reckte das Kinn in einer Geste konzentrierten Nachdenkens in die Höhe. »Nun … ja«, sagte er. »Ich denke, damit könnten sie auskommen.«

»Dann einigen wir uns also auf zwei Drittel. Aber ich gehe davon aus, dass Sie sich entweder bemühen werden, für ihn hier am Gericht eine Beschäftigung zu finden, oder ihm von irgendjemandem ein Handwerk beibringen zu lassen. Mit anderen Worten, Sir, es sollte klar sein, dass ich diese Zahlung nicht als eine lebenslängliche Rente betrachte.«

»Einverstanden.« Sir John klatschte einmal kräftig mit der flachen Hand auf den Tisch. »Nun, was haben wir sonst noch zu besprechen? Ich glaube mich zu erinnern, Mylord, dass Sie sagten, Sie seien wegen zweier verschiedener Angelegenheiten gekommen.«

»Allerdings. Es ist mir zu Ohren gekommen, dass Sie mir eine Mörderin vorenthalten. Tun Sie das aus irgendeiner besonderen Rücksichtnahme gegenüber dem schwachen Geschlecht? Denn wenn sie tatsächlich eine Mörderin ist, dann ist sie auch stark genug, dafür gehängt zu werden.«

»Nein, ich habe sie hier behalten, um uns beiden eine Blamage zu ersparen. Ich glaube ganz einfach nicht, dass genügend Beweise für ihre Verurteilung vorliegen.«

»Halten Sie sie für schuldig?«

»Ja, allerdings. Wenn sie auch höchstwahrscheinlich nicht selbst mit dem Dolch zugestochen hat, so glaube ich doch, dass sie an einem Komplott zur Ermordung ihres Ehemannes beteiligt war.«

Der Lordoberrichter zuckte gleichgültig mit den Achseln. »Das ist dasselbe«, sagte er.

»Vielleicht, aber die zwei Zeugen, die sie der Beteiligung an dem Verbrechen überführen könnten, sind beide tot. Wir haben keine Leiche, nur eine unsichere Identifizierung des Kopfes des Opfers. Wir können noch nicht einmal mittels einer beeideten Zeugenaussage nachweisen, dass überhaupt ein Mord stattgefunden hat. Es liegt nur eine auf Hörensagen beruhende Aussage von einem der getöteten Zeugen vor, die dies besagt.«

»Das ist alles ziemlich verwirrend. Hören Sie zu, ich hätte gerne von Ihnen eine Aktennotiz, in der Sie das Verbrechen darlegen und sämtliche Indizien aufführen, die Sie gegen die Frau in der Hand haben. Ich werde sie mir ansehen, und wenn ich der Meinung bin, dass es mit einiger Wahrscheinlichkeit für eine Verurteilung reicht, werde ich Anklage erheben und ihr den Prozess machen. Ich werde selbst den Vorsitz übernehmen. So einen schönen Mordfall lasse ich mir ungern entgehen.«

»Ich habe sie auf Grund eines geringen Vergehens zu einer Kerkerstrafe im Fleet-Gefängnis verurteilt. Wäre es nicht besser, noch ein wenig abzuwarten? Es wäre immerhin möglich, dass es mir durch wiederholte Verhöre gelingt, sie in Widersprüche zu verwickeln.«

»Sie scheinen gewisse Zweifel zu hegen.«

»Nun, ich habe zweimal mit ihr gesprochen, und sie ist bei ihrer Version geblieben; nicht einen Deut ist sie davon abgewichen. Aber zweimal ist recht wenig, und irgendwann könnte sie ermüden und eine Schwäche zeigen, wenn auch bisher keine Anzeichen dafür zu erkennen sind. Sie ist gerissen, schlau und hartnäckig. Es handelt sich übrigens um eben die Frau, zu der ich sagte, sie hätte Rechtsanwältin werden sollen.«

»Dann würde es sich meiner Meinung nach allein deswegen schon lohnen, ihr den Prozess zu machen. Bitte tun Sie, was ich Ihnen vorgeschlagen habe, und bereiten Sie diese Aktennotiz vor, Sir John. Ich denke, ein solches Eisen sollte geschmiedet werden, solange es heiß ist.«

»Mylord, Ihr Wunsch ist mir Befehl, Ihrer Laune zu dienen mein Begehr.«

Der Lordoberrichter erhob sich mit einem glucksenden Lachen. *»Ha!«*, rief er. »Schön wär's. Was Sie mir mit der rechten Hand geben, scheinen Sie mir mit der linken stets wieder zu nehmen. Aber für dieses Mal sind wir wohl quitt.«

Und mit einer flüchtigen Geste an Stelle eines Abschiedsgrußes drehte er sich sodann um und eilte so schnell, wie er gekommen war, zurück zu dem Vierspänner, der in der Bow Street auf ihn wartete.

Sir John wandte sich in meine Richtung – denn er wusste genau, in welchem Winkel des Zimmers ich mich verkrochen hatte.

»Lass dir das eine Lehre sein, Jeremy«, sagte er. »In einer Verhandlung musst du immer mehr verlangen, als du zu bekommen hoffst. Ich habe keinen Augenblick lang geglaubt, dass Lord Murray mit drei Vierteln des Lohns einverstanden sein würde. Mit zwei Dritteln kann Mr. Cowley sich gerade so durchschlagen, auch mit einem Kind. Ich werde es ihm selbst sagen. Und wenn er es nicht kann, dann werde ich eben meine Geldstrafen etwas anheben. Wir werden ihn nicht im Stich lassen.«

»Und die andere Sache, Sir?«

»Da liegt meiner Meinung nach eine Fehleinschätzung seitens unseres Herrn Oberrichters vor.« Und dem wollte er nichts mehr hinzufügen.

Nachdem ich vom Postamt zurück war, wo ich den Brief an den Richter von Lichfield abgegeben hatte, stürmte ich sogleich hoch zur Küche, um nach Clarissa zu sehen. Das schreckliche Erlebnis hatte sie ziemlich stark mitgenommen. Von der Lungenentzündung war sie laut Mr. Donnelly vollständig genesen, doch am Hals trug sie immer noch einen Verband, um die Stichwunde unter ihrem Ohr zu schützen, welche Jackie Carver ihr zugefügt hatte. Aber auch diese verheilte bei unserer guten Pflege rasch. Ihre Gemütslage dagegen schien gedrückt: Sie war unnatürlich schweigsam, insbesondere während der Mahlzeiten, die sie mit uns zusammen einnahm, und nur mit Annie, bei der sie jetzt schlief, pflegte sie noch einen gewissen geselligen Umgang. Sie hatten einander von ihrem Leben erzählt, und Annies Geschichte war um keinen Deut weniger traurig als die Clarissas; so sahen die beiden sich als Schwestern im Unglück. Mit mir hatte sie seit jener fürchterlichen Nacht kaum zehn Worte gesprochen. Das bekümmerte mich.

Ich fand sie mit ihrem Buch in der Hand am Kamin in der Küche; sie war inzwischen bis zum sechsten Band von *Tom Jones* vorgedrungen. (Wenigstens im Lesen hatte sie nicht nachgelassen.) Als ich eintrat, blickte sie kurz auf, murmelte zur Begrüßung meinen Namen und wandte sich dann wieder ihrer Lektüre zu.

»Ich habe eine gute Nachricht für dich, Miss Pah«, sagte ich mit einem neckischen Lächeln. »Möchtest du sie hören?«

»Das muss ich wohl, da du entschlossen scheinst, sie mir zu sagen.«

Ohne mich von ihrer spitzen Antwort abschrecken zu lassen, fuhr ich fort: »Ich komme eben vom Postamt zurück, wo ich einen Brief von Sir John an den Richter von Lichfield abgegeben habe.«

Sie stieß einen tiefen Seufzer aus. »Dann ist mein Schicksal besiegelt.«

»Keineswegs«, protestierte ich. »Sagte ich nicht, dass ich eine *gute* Nachricht hätte? Da Sir John mir den Brief diktiert hat, kenne ich seinen Inhalt. Darin schreibt er, wegen deiner Bereitschaft, bei der Rückführung deines Vaters in den Gewahrsam des Gerichts zu helfen …«

»Was, wie wir beide wissen, glatt gelogen ist«, unterbrach sie mich.

»… und wegen Lady Fieldings Interesse an deinem Schicksal«, redete ich ungerührt weiter, »habe er sich entschlossen, dich *nicht* nach Lichfield zurückzuschicken, sondern stattdessen für dich eine Stellung als Hausmädchen in einem der großen Häuser Londons zu finden. Na, was sagst du dazu?«

Ich hatte vollends erwartet, sie angesichts dieser Neuigkeit vor Freude von ihrem Stuhl aufspringen zu sehen, und war daher nicht wenig enttäuscht, als sie gleichgültig erwiderte: »Nun, ich denke, das ist wohl besser, als ins Armenhaus zurückzugehen. Aber alles wäre besser als das.«

»Das kann doch nicht dein Ernst sein«, sagte ich. »Hör mal, es gibt Hunderte von Mädchen – Tausende –, die sich nichts mehr wünschen würden als eine solche Gelegenheit, wie sie dir jetzt geboten wird.«

»Dann sind sie eben im Irrtum«, erwiderte sie, »denn sie wissen nicht, was sie erwartet – entweder müssen sie als Küchenmägde Töpfe und Pfannen schrubben, oder sie sind Mädchen für alles, und dann stellt ihnen der Herr oder der Butler so lange nach, bis sie sich fügen, worauf sie dann mit Schimpf und Schande und einem dicken Bauch aus dem Haus gejagt werden.«

»Jetzt zitierst du aber aus irgendwelchen Romanen«, sagte ich, wohl wissend, dass ihre Worte durchaus einen wahren Kern enthielten.

»Annie hat ganz ähnliche Erfahrungen gemacht und in gewisser Weise sogar schlimmere.«

»Ihr Herr beging abscheuliche Verbrechen und wurde dafür bestraft.«

»Ich spreche nicht von den Taten, für die er bestraft wurde.«

Es war fraglos schwer, mit ihr zu diskutieren. Doch ich ließ nicht locker: »Es gibt eine Menge Häuser mit anständigen Herren – und brauchbaren Butlern, wenn ich von diesem Berufsstand auch selbst nicht allzu viel halte. Ich bin überzeugt, dass Sir John und Lady Fielding dir eine gute Stellung beschaffen würden – vielleicht … nun ja, vielleicht in der Dienerschaft des Lordoberrichters am Bloomsbury Square. Wenn es einen Mann gibt, der bei seinen Hausangestellten kein ungehöriges Verhalten duldet, dann ist es er. Ach, und es gibt noch andere – viele andere, da bin ich sicher.«

Sie sagte nichts und sah mich nur äußerst skeptisch an.

»Und was Annie betrifft«, fügte ich hinzu, obwohl das nicht unbedingt zur Sache gehörte, »sie hat es doch sehr gut getroffen, oder etwa nicht? Sie ist doch glücklich, nicht wahr?«

»Das wäre ich auch – *hier*.«

Aha – das war es also. Einmal in unseren kleinen häuslichen Kreis aufgenommen, widerstrebte es ihr, ihn wieder zu verlassen. Nun, ich konnte ihr keinen Vorwurf machen. Ich erinnerte mich an die Gefühle, mit denen ich selbst der mir ursprünglich bestimmten Lehre im Druckerhandwerk entgegengesehen hatte, in welchem ich mich bereits gut auskannte, da mein Vater Drucker gewesen war. Ich war damals nicht viel älter als Clarissa zum Zeitpunkt meiner Erzählung. Obwohl ich in der Hoffnung nach London gekommen war, just eine solche Anstellung zu finden, hatte mich doch, nachdem ich einmal in Sir Johns Sphäre eingedrungen war, eine mächtige Anziehungskraft gleich der eines großen Himmelskörpers erfasst, der ich mich weder entziehen konnte noch wollte. Auch ich hatte in der Bow Street bleiben wollen – und war vor Freude außer mir gewesen, als es mir gestattet wurde. War es bei ihr ebenso? Oder fürchtete sie nur das Unbekannte?

Endlich brachte ich eine Antwort zu Wege, wenn ich auch damit dem Thema, das sie angeschnitten hatte, auswich: »Nun, ich wollte dir von dem Brief erzählen, weil er ja schließlich dich betrifft, und ich dachte, du würdest dich dafür interessieren.«

»Und dafür danke ich dir«, sagte sie mit einem knappen Nicken, welches ich als Aufforderung interpretierte, mich zu entfernen.

Darüber war ich dermaßen verärgert, dass ich sie recht ungehalten anfuhr: »Was gibt dir das Recht, mich so grob zu behandeln?«, verlangte ich zu wissen. »Du schickst mich weg, als wäre ich irgendein Diener! Wenn ich nicht gewesen wäre, wenn ich nicht für dich gelogen hätte, dann wärst du jetzt schon in Begleitung eines Constables oder eines Büttels oder was auch immer auf dem Weg nach Lichfield. Aber die ganze Zeit seit dieser schrecklichen Nacht bist du schon so still. Nach dem, was du mit ansehen musstest, und der Angst, die du durchstehen musstest, verstehe ich das ja. Aber wie du mich bewusst schneidest, das ist nun wirklich ausgesprochen unhöflich. Miss Pah, du hast mich vor den Kopf gestoßen, und ich will wissen, wieso.«

Da erhob sie sich von ihrem Stuhl und sah mir direkt in die

Augen. »Wieso? Ich werde dir sagen, wieso. Du hast die ganze Zeit gewusst, dass mein Vater dort unten in der Zelle eingesperrt war, und du hast mir kein Wort davon gesagt. Das werfe ich dir vor, und das werde ich dir immer vorwerfen.«

»Und wenn ich es dir gesagt hätte, was dann? Was hättest du denn tun können?«

»Nun, ich wäre selbstverständlich zu ihm gegangen. Ich hätte ihn immerhin trösten und ihm sagen können, dass ich gesund und in Sicherheit sei, und dass ich auf ihn warten würde, bis er seine Strafe abgesessen hätte.«

»Du hast also wirklich keine Vorstellung davon, in welchen Frevel er verwickelt war?«

»Frevel? Außer Trunkenheit und Flucht vor der Bestrafung hat er sich doch nichts zu Schulden kommen lassen. Du bist mir gefolgt, und zu meiner unauslöschlichen Schande habe ich dich zu ihm geführt.«

»Keineswegs. Ich wusste, dass ihr beide euch treffen würdet, um zusammen in die Kolonien auszuwandern.«

»Woher wusstest du das? Hat er dir das gesagt?«

»Nein, er bestätigte nur, was ich bereits erraten hatte.«

Sie schwieg einen Moment, während ihre großen Augen unruhig hin und her sprangen. Schließlich sagte sie: »Mord – er war Zeuge eines Mordes. Das hat doch dieser abscheuliche Kerl gesagt, der ihn getötet hat, oder?«

»Ja, allerdings, aber die ganze Geschichte würdest du gar nicht hören wollen, Clarissa, und von mir wirst du sie auch nicht zu hören bekommen. Doch es wird eine Zeit kommen, da wirst du alles wissen wollen. Dann musst du zu Sir John gehen und ihn fragen. Er ist derjenige, der es dir erzählen sollte – nicht ich.«

Damit wandte ich mich von ihr ab und ließ sie stehen, wo sie stand. Ohne ein besonderes Ziel im Sinn zu haben, ging ich zur Tür hinaus und die Treppe hinunter – nur weg von diesem schwierigen Mädchen.

Fast eine Woche verging. Clarissa und ich brachten sie in einem Zustand gespannter Waffenruhe zu. War ihr brüskierendes Verhalten mir gegenüber zuvor eine einseitige Angelegenheit gewesen, so zeigten wir uns nunmehr gegenseitig die kalte Schulter.

Was die bedeutenderen Entwicklungen betraf, so verlief alles planmäßig. Noch am Abend seiner Unterredung mit William Murray, dem Lordoberrichter, suchte Sir John Mr. Cowley auf. Er ging in Begleitung von Constable Bailey, weshalb ich nicht genau wiedergeben kann, was bei dem Besuch gesagt wurde; jedenfalls war der Zweck desselben, Mr. Cowley von der Rente zu unterrichten, die er erhalten würde. Der junge Constable (oder besser gesagt, der ehemalige Constable) war hocherfreut. Mr. Donnelly, mit seiner jahrelangen Erfahrung in der Royal Navy, war sehr überrascht, als er, am Bett seines Patienten stehend, von dieser großzügigen Regelung erfuhr. Er sagte mir später, wenn er während seiner Marinezeit gezwungen worden sei, ein Bein zu amputieren, sei es ihm jedes Mal so vorgekommen, als rette er nicht das Leben des Opfers, sondern verurteile den Betreffenden lediglich zu einem langsameren Tod durch Verhungern. Die Nachricht von der Rente weckte Mr. Cowleys Lebensgeister dergestalt, dass seine Genesung sich beschleunigte. Eine Woche nach seiner Operation konnte er bereits mit einer Krücke nach Hause gehen, welche Mr. Brede, der sehr talentiert im Werken mit Holz war, gefertigt hatte. Mr. Donnelly hatte ihm strenge Instruktionen über die Pflege seines Beinstummels mit auf den Weg gegeben.

Sir John und ich arbeiteten bei der Abfassung der Aktennotiz für den Lordoberrichter über den Fall Mary Bradbury eng zusammen. Einen großen Teil überließ er mir, da ich mit Einzelheiten wie der Identifizierung von George Bradburys Kopf durch Jimmie Bunkins, dem Kauf des Schimmels und Thomas Roundtrees Geständnis besser vertraut war. Ich verfasste dazu Entwürfe, die ich ihm zur Genehmigung vorlegte. Für mich war es eine äußerst lehrreiche Übung. Aber wenn mir die Arbeit auch Freude machte und wenn ich sie auch ausgesprochen ernst nahm, so erkannte ich andererseits klar die Unzulänglichkeiten der Anklageposition, wie Sir John sie vorgebracht hatte. Auch war ich ein wenig enttäuscht, als er, während ich in dieser Weise beschäftigt war, zu einem Besuch im Laningham'schen Hause aufbrach, wo er mit einigen der Bediensteten sprechen wollte – zumal er Clarissa eingeladen hatte, ihn zu begleiten, damit sie sich ein Bild vom Leben der Dienstboten in einem großen Haus machen könne. Ich sah natürlich den Sinn dieser Aktion ein, konnte aber nicht umhin, es so zu empfinden, als habe sie mich von meinem rechtmäßigen Platz verdrängt.

Aus meinen Entwürfen, die er ergänzte, wo immer es notwendig war, stellte Sir John ein umfangreiches, aber dennoch präzise und schlüssig formuliertes Dokument zusammen, welches er mir diktierte. Nachdem er es unterschrieben hatte, stellte ich es dem Lordoberrichter zu. Am darauf folgenden Tag erhielt Sir John einen Brief, in welchem er angewiesen wurde, Mary Brighton Bradbury unter der Anklage des Totschlags in Haft zu setzen; zum nächsten freien Termin würde ihr vor dem obersten Gericht der Prozess gemacht. Die Anweisung wurde zu Mrs. Bradburys großer Verblüffung unverzüglich in die Tat umgesetzt – sie wurde nach Newgate gebracht, wo alle Gefangenen, die eines Kapitalverbrechens angeklagt sind, inhaftiert werden.

Was Arthur Paltrow, Lord Laningham, betraf, so machte seine Genesung rasche Fortschritte. Wenige Tage nach unserem Besuch bei ihm erklärte ihn Mr. Donnelly für gesund genug, um das Bett zu verlassen, wenn er auch weiterhin die ihm verschriebene leichte Diät einzuhalten hatte. Als Sir John in Begleitung von Clarissa von seinem Besuch in Laninghams Haus zurückkehrte, fragte ich ihn, ob er auf irgendetwas Interessantes gestoßen sei. »Ein oder zwei Dinge vielleicht«, antwortete er – und mehr nicht. Ich bekam auch keine Gelegenheit, weiter in ihn zu dringen, denn er ging flugs zum Thema der Aktennotiz über – einem Thema, das mich natürlich viel unmittelbarer betraf. Später deutete er allerdings an, dass er noch einmal zum St. James Square zurückkehren würde, vielleicht irgendwann in der kommenden Woche, und dass ich ihn dann begleiten könne.

Kurz, er schien in der Angelegenheit keine sehr rapiden Fortschritte zu machen, was ihn jedoch merkwürdigerweise wenig zu bekümmern schien. Es war, als wenn er auf irgendeine neue Entwicklung oder eine entscheidende Information wartete, von deren Eintreffen er fest überzeugt war.

Wir waren daher alle sehr überrascht – Sir John vielleicht mehr als alle anderen –, als gegen Ende der Woche Mr. Perkins in unsere Abendmahlzeit hineinplatzte und uns mitteilte, ein Lakai aus dem Hause der Laninghams sei mit der Nachricht eingetroffen, dass jemand erschossen worden sei.

»Jeremy«, sagte Sir John, indem er sich von seinem Platz erhob, »hol bitte deinen Mantel und bring mir meinen Umhang. Ich muss nach unten gehen und mit dem Burschen sprechen.« Und zu Mr. Perkins: »Ist Mr. Bailey in der Nähe?«

»Er ist gerade eben gegangen, Sir. Er kann noch nicht weit sein. Ich werde ihn holen.«

»Tun Sie das, und besorgen Sie eine Kutsche. Ich will, dass Sie mich beide begleiten – mit Pistolen bewaffnet.«

Als ich Sir John das nächste Mal sah, war er schon im Erdgeschoss. Ohne großen Erfolg bemühte er sich, dem Lakaien die grundlegendsten Informationen zu entlocken.

»…das verstehe ich ja alles, guter Mann«, sagte er. »Es gab einen großen Kampf um eine Pistole, und dann wurde jemand erschossen. Aber ich frage Sie noch einmal: *Wer wurde erschossen?*«

Das Gesicht des Lakaien war rot angelaufen, ob durch den Ritt durch die kühle Abendluft oder aus reiner Verlegenheit, konnte ich nicht entscheiden. »Nun, Sir«, versuchte er zu erklären, »das kann ich eigentlich gar nicht sagen. Als Mr. Poole mich schickte, Sie zu holen, drängten sich die Damen gerade alle um die Tür, und bei dem Gewusel und Geschnatter hatte ich keine Gelegenheit, einen Blick in das Zimmer zu werfen.«

»Nun ja, lassen wir es gut sein. Reiten Sie zurück und sagen Sie Bescheid, dass ich unterwegs bin. Jeremy?«

Er rief meinen Namen in der Gewissheit, dass ich in der Nähe sei. An Stelle einer Antwort legte ich ihm den Umhang über die Schultern, während der Lakai bereits zur Haustür eilte, und sicherte ihn vorne mit einem Knoten.

»Da bist du ja, mein guter Junge. Ich möchte, dass du zu Mr. Donnelly läufst. Falls er nicht gerade bei einer großen Abendgesellschaft ist, bring ihn schnurstracks zu Laningham – mit einer Droschke, wohlgemerkt. Hast du genug Münzen, um den Kutscher zu bezahlen?«

»Gewiss, Sir John.«

»Gut, er wird nämlich in letzter Zeit immer knauseriger. Dann also ab mit dir.«

So kam es, dass wir beide, Mr. Donnelly und ich, wieder einmal nach den anderen bei Laningham eintrafen. Dieses Mal kamen wir jedoch unmittelbar nach ihnen an, da sie Schwierigkeiten gehabt hatten, eine freie Droschke zu finden. Ich sah ihr Gefährt noch davonfahren, als wir eben aus dem unseren ausstiegen. Sir John und Constable Bailey waren allerdings schon im Haus. Constable Perkins war als Wache an der Haustür postiert worden.

»Ich kann euch nicht sagen, was da drinnen los ist«, begrüßte er uns, »außer dass da viel gerufen und geschrien wird. Das Anklopfen könnt ihr euch sparen – es würde euch sowieso niemand hören.«

Wir platzten also einfach hinein und sahen uns von den weiblichen Mitgliedern der Paltrow-Familie umgeben – Felicity, Charity und Lady Laningham. Sie waren es, die zu dem allgemeinen Lärm die Schreie beisteuerten. Das Rufen kam von Sir John.

»Ich bitte Sie inständig, Mylord, schaffen Sie diese Frauen hier raus!«

Die drei Damen schienen tatsächlich von heftigen Weinkrämpfen befallen. Ja, wer war denn nun erschossen worden? Mit ihrem hysterischen Wehklagen schienen die Frauen das Opfer zu betrauern, bei dem es sich offensichtlich nicht um Lord Laningham handelte.

Der scheuchte sie nämlich soeben zu der großen geschwungenen Treppe hin, während er beruhigend auf sie einredete und sie beschwor, sich zu fassen und oben auf ihn zu warten. Der Schuss musste in dem Raum gleich links der Eingangshalle gefallen sein, denn dort stand die Tür offen. Sir John und Constable Bailey standen in der Tür, sodass sie mir die Sicht versperrten. Ich erinnerte mich, dass dies das so genannte Arbeitszimmer war, der Raum, in dem Lord Laningham sich aufgehalten hatte, als, wie er uns berichtet hatte, der von der Straße aus abgefeuerte Schuss ihn an seinen Schreibtisch nur knapp verfehlt hatte. Sir John wandte sich zu uns um.

»Ich hörte, wie die Tür auf- und zuging, als dieses Gejaule gerade besonders laut war. Waren Sie das, Mr. Donnelly? Jeremy?«

»Ja, wir waren das«, antwortete Mr. Donnelly. »Wir scheinen in diesem Haus eine Katastrophe nach der anderen vorzufinden, Sir John.«

»Allerdings. Gehen Sie nur durch und werfen Sie einen Blick auf diesen armen Kerl. Mr. Bailey versichert mir, dass er tot sei, aber Sie könnten vielleicht ein paar interessante Details beisteuern. Zumindest hoffe ich das.«

Sir John und der Constable traten zur Seite, um Mr. Donnelly Platz zu machen, sodass ich einen Blick auf das Opfer werfen konnte. Der Mann lag rücklings auf dem Teppich; seine Augen hatten jenen leeren, ausdruckslosen Blick, wie man ihn bei den meisten Toten findet. Obgleich er von kräftiger Statur war, hatte er nichts von einem Arbeiter an sich. Er war gut gekleidet; unter einem warmen Umhang trug er einen flaschengrünen Rock, ganz gleich dem meinen, und darunter wiederum eine Weste in hellerem Grün, die in der Gegend des Herzens einen dunkelroten Fleck aufwies. Mehr sah ich nicht, denn sobald Mr. Donnelly den Raum betreten hatte, schlossen Sir John und Mr. Bailey die Lücke wieder und nahmen mir die Sicht. Doch ich hörte alles.

»Seien Sie so nett, mir das Opfer zu beschreiben, Mr. Donnelly«, sagte Sir John.

»Es ist ein Mann von ungefähr vierzig Jahren, vielleicht auch ein, zwei Jahre jünger; gut gekleidet; er trägt noch einen Umhang, und sein Hut ist neben ihm auf den Boden gefallen.«

»Er ist also ausgehfertig gekleidet.«

»Ja, Sir, ganz offensichtlich«, erwiderte der Arzt und fuhr dann fort: »Er ist ein mittelgroßer, kräftiger Mann, etwa fünf Fuß und zehn Zoll groß und ungefähr hundertsiebzig Pfund schwer. Er scheint bei guter Gesundheit gewesen zu sein, aber … einen Augenblick, lassen Sie mich sehen …« Es folgte eine kurze Pause. »Seine Hände weisen keinerlei Schwielen oder raue Stellen auf, aber an den Fingern sind gelbe und rote Flecken zu sehen. Hmmm – oh, und neben seiner rechten Hand liegt eine Pistole von recht kleinem Kaliber. Der Lauf ist auf seine Hand gerichtet. Und noch ein Detail: An der linken Hand trägt er einen Ehering.«

»Die Pistole«, sagte Sir John, »ist in der Tat ein wichtiges Detail, Sir. Ich bin froh, dass Sie sie doch noch erwähnt haben.«

»Ich hätte sie fast vergessen, nicht wahr?«, sagte Mr. Donnelly mit einem leisen Lachen. »Ich war so fasziniert von den Flecken an den Fingern. Was das wohl sein könnte? Mir ist, als hätte ich so etwas schon einmal gesehen – eigentlich sollte ich wissen, was es ist.«

Inzwischen war Lord Laningham hinter Sir John aufgetaucht und wartete sichtlich ungeduldig darauf, zu Wort zu kommen.

»Und die Wunde?«, erinnerte Sir John den Arzt.

»Ach ja, die Wunde. Sie befindet sich in der Gegend des Herzens. Der Blutfleck um den Einschuss herum ist recht groß, was darauf hindeutet, dass der Tod nicht sofort eingetreten ist.

Allerdings kann es bei dieser Lage der Wunde auch nicht sehr lange gedauert haben.«

»Ich danke Ihnen, Mr. Donnelly. Sie können jetzt gehen, wenn Sie möchten. Ich hoffe, ich habe Ihre Pläne für den Abend nicht ruiniert, indem ich Sie rufen ließ.«

»Nicht doch, Sir John. Ich habe in der Tat Pläne, aber durch diesen bedauernswerten Zwischenfall bin ich schon ganz in der Nähe meines Zieles für heute Abend gelangt. Ich werde von hier aus zu Fuß dorthin gehen.« All dies sagte er, während er zwischen Sir John und Mr. Bailey hindurch den Raum verließ und auf den Ausgang zuging. Dort angelangt, verabschiedete sich der Arzt von uns und ging seiner Wege.

Als die Tür ins Schloss fiel, wandte Sir John sich zu Lord Laningham um und sprach ihn direkt an. »Mylord«, sagte er, »ich habe bereits gespürt, dass Sie es kaum erwarten können, zu sprechen. Das dürfen Sie nunmehr tun, doch ich muss Sie bitten, sich darauf zu beschränken, meine Fragen zu beantworten. Ist Ihnen das genehm?«

»Ich denke schon, ja – wenn es sein muss.«

»Dann lassen Sie uns beginnen. Wer ist der Mann, der hier am Boden liegt?«

»Seinen Namen kenne ich nicht. Ich habe sogar seine Taschen durchsucht, jedoch nichts gefunden, was diese Information enthalten hätte.«

»Haben Sie ihn gefragt? Mr. Donnelly sagte, er sei nicht sofort tot gewesen.«

»Er lebte höchstens noch ein, zwei Minuten, und er starb mit einem Fluch gegen mich auf den Lippen.«

»Weil Sie auf ihn geschossen hatten, nehme ich an?«

»Nun, so einfach war es bei weitem nicht. Wir kämpften um die Waffe. Es muss mir wohl gelungen sein, sie zu ergreifen, aber –«

»Mit anderen Worten, Sie hatten den Griff in der Hand und den Finger am Abzug?«

»So war es wohl, ja, aber er zerrte an der Pistole, um sie mir zu entreißen, und dabei löste sich ein Schuss, der ihn mitten ins Herz traf.«

»Wessen Waffe war es? Ihre? Seine?«

»Seine! Seine! Mein Gott, Sir John, so geht das nun wirklich nicht! Er verfluchte mich mit seinem letzten Atemzug, weil es sich um eben den Mann handelte, von dem ich Ihnen erzählt habe; derselbe, der geschworen hatte, sich an der ganzen Laningham-Sippe zu rächen; derselbe, der meinen Onkel und meine Tante vergiftet und mich zu vergiften versucht hat; derselbe, der durch das Fenster meines Zimmers, in dem wir jetzt stehen, auf mich geschossen hat, und zwar zweifellos mit ebendieser Pistole!«

»Und woher wissen Sie das?«

»Ich weiß es, weil er es mir gesagt hat. Bitte erlauben Sie mir, Ihnen die Ereignisse so wiederzugeben, wie sie sich zugetragen haben, ohne mich nach jedem Satz mit einer Frage zu unterbrechen.«

»Tun Sie das, wenn Sie unbedingt wollen; allerdings kann ich Ihnen nicht versprechen, dass Ihnen im Laufe Ihrer Erzählung keine Fragen gestellt werden.«

»Ich muss mich wohl damit abfinden.« Er hielt inne, um sich zu sammeln. »Nun«, begann er seine Erzählung, »ich saß an diesem Schreibtisch und war damit beschäftigt, die Haushaltsbücher durchzusehen, als ich plötzlich ein Klopfen an der Tür vernahm.« Seine linke Hand schoss zu seinem Ohr empor und vollführte die allgemein gebräuchliche Geste des Lauschens. Dann fuhr er fort: »Ich hörte, wie Poole die Tür öffnete…«

»Ach, übrigens«, unterbrach ihn Sir John, »wo ist eigentlich der Butler? Ich würde mich gerne mit ihm unterhalten, wenn ich mit Ihnen fertig bin.«

»Ich habe wirklich keine Ahnung, Sir, irgendwo im Haus vermutlich. Dienstboten sind ja bekanntlich nie da, wenn man sie braucht, und stets im Weg, wenn man sie nicht braucht.«

»So sagt man – aber fahren Sie doch bitte fort und verzeihen Sie die Störung.«

»Ja, nun, Poole öffnete also die Tür, und daraufhin entwickelte sich, wie ich bereits sagte, ein regelrechtes Wortgefecht – von diesem Zimmer aus kann man nämlich alles hören. ›Ich muss Lord Laningham sehen!‹ – so sagte diese tiefe, schroffe Stimme, die Stimme eines Schurken – ›und ich lasse mich nicht abweisen!‹ Der arme Poole suchte ihn zur Vernunft zu bringen, suchte aus ihm herauszubekommen, weswegen er gekommen war, doch es nützte alles nichts. Und dann habe ich wohl recht töricht gehandelt, wie ich fürchte, denn ich ging zur Tür, öffnete sie und …«

An dieser Stelle hob Sir John die Hand und brachte ihn zum Schweigen. »Sie sagen, Sie handelten töricht, und ich stimme Ihnen zu. Was hat Sie denn zu dieser Handlungsweise veranlasst?«

»Darüber habe ich nachgedacht, Sir John«, erwiderte er, indem er die Hand zur Stirn führte, »und ich glaube zu meiner Entschuldigung anführen zu können, dass ich wenige Augenblicke zuvor noch in die Haushaltsbücher vertieft gewesen war.«

»Wie bitte, Mylord?« Sir John schien sehr verblüfft über diese Antwort.

»Die Sache war die, Sir: Es war mir aufgefallen, dass mein Onkel mit der Bezahlung diverser Rechnungen in Verzug geraten war – Rechnungen diverser Kaufleute und Lieferanten. Wenn ich nun an die Situation zurückdenke, so scheint mir, dass ich irgendwie davon ausgegangen sein muss, es sei einer dieser Gläubiger, der gekommen war, um sein Geld einzutreiben. Ja, nachdem ich mir die Sache habe durch den Kopf gehen lassen, glaube ich wirklich, dass dies der Grund war, weshalb ich zur Tür ging und sie öffnete.«

»Ach, Sie haben ihn also hereingebeten, wie?«

»Aber ja, und Poole habe ich weggeschickt.«

»Das war ebenfalls töricht von Ihnen, nicht wahr? Aber sprechen Sie bitte weiter.«

»Er trat ein, und ich schloss die Tür und bat ihn, Platz zu

nehmen. Doch er lehnte ab, indem er sagte, er werde nicht lange bleiben. Ich fand es seltsam, dass er seinen Umhang nicht ablegte, und sehr unhöflich, dass er den Hut auf dem Kopf behielt. Aber dann kam er zur Sache; er ließ eine bösartige Schmährede gegen die Laninghams vom Stapel und zählte ein Beispiel nach dem anderen dafür auf, wie meine Familie die seine über Generationen hinweg immer wieder betrogen und ausgeplündert habe.«

»Aber den Namen seiner Familie nannte er nie?«

»Nein, nein, nicht ein Mal. Er sagte einfach nur, seinem Großvater sei dieses oder jenes Grundstück abgenommen worden, sein Onkel habe seinen Hof verloren, sein Vater seine sämtlichen Güter und so weiter – alles habe meine Familie an sich gerissen. Die meisten dieser angeblichen Freveltaten seien seinen Vorfahren in der Gegend um Laningham zugefügt worden. Ich hatte in der Zwischenzeit meinen Platz am Schreibtisch wieder eingenommen; nun aber erhob ich mich und erklärte, dass ich zwar tiefes Mitgefühl für das seiner Familie angetane Unrecht empfände, dass ich aber von alldem nichts wisse und daher kaum dafür zur Rechenschaft gezogen werden könne. Zu diesem Zeitpunkt wusste ich natürlich bereits, um wen es sich handelte und was er wahrscheinlich im Schilde führte.«

»Und Sie taten nichts, um ihn davon abzuhalten?«

»Wie denn? Ich sah, dass er ein Besessener war. Ich machte beschwichtigende Gesten, ja, und ich versuchte ihn auch von seinem Vorhaben abzubringen, indem ich vorschlug, mich während meines in Kürze anstehenden Aufenthalts auf Laningham Manor um die Angelegenheit zu kümmern. All dies sagte ich jedoch nur, um ihn hinzuhalten, denn meine wahre Absicht war es, das Hindernis des Schreibtischs zu umgehen, um mich in eine Position zu bringen, aus der ich ihn mit einer kühnen Attacke überwältigen könnte. Er ließ auch bald keinen Zweifel mehr daran, dass dies mein einziger Ausweg war.« Und dann imitierte er wieder die raue Stimme des Schurken: »›Lord

Laningham‹, sagte er zu mir, ›Ihre Familie hat meine Familie über ein Jahrhundert lang gequält. Jetzt habe ich mich an ihr gerächt. Ihren Onkel habe ich vergiftet, und auch seine Witwe. Sie haben meine Anschläge mit Pistole und Gift überlebt, aber, Mylord, diesmal werden Sie mir nicht entkommen.‹«

»Das hat er Ihnen alles gestanden?«

»Ja, allerdings, das hat er!«, erklärte Lord Laningham. »Und nachdem er das gesagt hatte, zog er eine Pistole hervor, die er unter seinem Mantel verborgen hatte, und da wusste ich, dass die Zeit zum Handeln gekommen war. Ich stürzte mich auf ihn, indem ich mit aller Kraft einen Satz quer durch das Zimmer vollführte, und warf ihn zu Boden. Wir rangen um die Pistole, wie ich es Ihnen bereits geschildert habe, und dabei wurde er angeschossen und tödlich verletzt. Ich sollte erwähnen, Sir, dass es nicht in meiner Absicht lag, ihn zu erschießen. Es war seine Bewegung und nicht die meine, durch die der Schuss ausgelöst wurde. Ich wollte nur mein Leben retten. Wenn ich darüber hinaus noch irgendeine Absicht gehabt hätte, so wäre es die gewesen, ihn mit Hilfe seiner eigenen Pistole in Schach zu halten und Sie herbeirufen zu lassen.«

»Nun, ich bin ja auch so gekommen«, sagte Sir John trocken. »Sie sagen also, dass Sie den Mann, der hier am Boden liegt, nicht absichtlich getötet haben?«

»O nein, gewiss nicht!«

»Trotzdem ist der Mann genauso tot, wie er es gewesen wäre, wenn Sie die Tat ganz gezielt geplant und durchgeführt hätten. Mit anderen Worten, Mylord, da Ihr Finger am Abzug war, sollte es – weil es nun einmal so üblich ist – eine gerichtliche Untersuchung der Todesursache durch den Coroner geben. Ich bin mir sicher, dass Sie von Mr. Trezavant nichts zu befürchten haben, wenn Sie ihm die Geschichte so erzählen, wie Sie sie mir soeben erzählt haben.«

»Das werde ich selbstverständlich tun, denn es ist die Wahrheit.«

»Gewiss, gewiss; doch das bedeutet, wie ich fürchte, dass ich

Sie morgen belästigen muss, und dass ich alle Zeugen dieses bedauerlichen Vorfalls befragen muss – was auch die Ereignisse einschließt, die sich unmittelbar davor und danach zugetragen haben. Das betrifft somit auch Ihre Töchter und Lady Laningham. Die Damen sind offensichtlich derzeit nicht in der Lage, auf meine Fragen zu antworten.«

»Ich fürchte nein.«

»Das bedeutet ebenfalls, dass wir den Leichnam an Ort und Stelle lassen müssen. Lassen Sie bitte das Zimmer abschließen und sorgen Sie dafür, dass nichts verändert wird. Die Leiche wird morgen früh abgeholt werden.«

»Es wird alles getan werden, wie Sie es wünschen, Sir John.«

»Und schließlich müssen wir auch die Pistole mit in die Bow Street nehmen. Mr. Bailey, würden Sie sich darum kümmern?«

»Ach? Muss das sein? Ich hatte gedacht…«

Mr. Bailey war bereits in das Zimmer getreten, um die Waffe zu holen.

»Was hatten Sie gedacht, Mylord? Sie wollten sie doch gewiss nicht als Erinnerung an dieses schreckliche Ereignis aufheben?«

»O nein, keineswegs. Ich hatte bloß gedacht… nun ja, da Sie wünschen, dass nichts verändert wird, dachte ich, Sie möchten die Pistole auch an ihrem Platz belassen – vielleicht, damit Mr. Trezavant sie begutachten kann.«

»Nein, ich fürchte, Mr. Trezavant ist ganz und gar auf uns als Informationsquelle angewiesen. Bislang haben wir ihm offenbar mehr geliefert, als ihm lieb ist.« Und dann beschloss Sir John die Unterredung, indem er mit seinem Stock auf den Boden pochte. »So, nun wollen wir uns verabschieden, Lord Laningham«, sagte er. »Ich wünsche Ihnen einen guten Abend, jedenfalls einen ruhigeren, als er Ihnen bisher vergönnt war.«

»Ich bringe Sie zur Tür. Wo Poole nur stecken mag?«

Er ging die wenigen Schritte bis zur Tür und öffnete sie, sodass wir einer nach dem anderen hindurchgehen konnten.

»Dann auf Wiedersehen, Sir John. Ich freue mich auf Ihren Besuch morgen früh.«

Dann fiel die große Tür hinter uns ins Schloss.

Sogleich nahm Mr. Perkins Sir John beiseite und flüsterte ihm zu: »Sir, da ist ein armer durchgefrorener Kerl, der die ganze Zeit hier draußen in der Kälte darauf gewartet hat, mit Ihnen sprechen zu können.«

»Bringen Sie mich gleich zu ihm, Mr. Perkins.«

Es war Poole, der Butler. Er trat hinter einem Gebüsch hervor, das ihn vollkommen verborgen hatte. Er trug Hauskleidung – ohne Mantel oder Umhang stand er da und rieb sich zitternd die Hände.

»Sir John«, sagte er, »ich muss mich beeilen, denn man wird mich vermissen.«

»Dann schießen Sie los, Mr. Poole.«

»Der Gentleman, der da drinnen tot am Boden liegt – nun ja, er war ein Kaufmann, aber er benahm sich wie ein Gentleman – wie dem auch sei, es war klar, dass er erwartet wurde. Das sagte er auch selbst. Er nannte seinen Namen und übergab mir seine Visitenkarte. Aber bevor ich ihn melden konnte, kam Mr. Paltrow, der sich selbst Lord Laningham nennt, schon aus dem Arbeitszimmer. Er begrüßte den Mann mit ziemlich ernster Miene, indem er ihn bei seinem Namen nannte, und führte ihn in das Zimmer. Kurz darauf, es waren nicht mehr als fünf Minuten vergangen, hörte ich den Schuss, aber die Damen des Hauses waren bereits herbeigeeilt, als er aus dem Zimmer trat – lächelnd. Die Frauen erhoben sogleich ein ganz fürchterliches Gejammer und Geheule, fast so als hätten sie alles untereinander abgesprochen. Darauf schickte er mich zu Sam, um ihm zu sagen, er solle Sie herholen. Nun, ich weiß nicht, was man Ihnen gesagt hat, Sir, aber das ist die Wahrheit, obwohl er es Ihnen gegenüber wahrscheinlich anders dargestellt hat.«

»Das hat er allerdings. Sagen Sie, da Sie ja keine Gelegenheit hatten, den Besuch zu melden, haben Sie vielleicht noch seine Karte?«

»Aber sicher doch, Sir.« Worauf Mr. Poole in seine Westentasche griff, die besagte Visitenkarte hervorzog und sie Sir John in die Hand drückte. »So weit ich mich erinnere, war der Name des Besuchers Mr. Pugh. Aber jetzt muss ich zurück ins Haus.«

»Nur noch eine Sache, Mr. Poole. Pflegte der verstorbene Lord Laningham in seinem Arbeitszimmer eine Pistole aufzubewahren – vielleicht in seinem Schreibtisch?«

»Ja, Sir, genauer gesagt, zwei Pistolen in einem Futteral. Ich kenne sie gut, denn er zeigte sie mir einmal und sagte, falls es je erforderlich sein sollte, einen unerwünschten Besucher von der Haustür zu vertreiben, so würde ich darin das entsprechende Werkzeug finden.«

»Dann habe ich eine Bitte an Sie. Sie haben die Schlüssel zum Arbeitszimmer. Ich möchte, dass Sie sich irgendwann heute Nacht, wenn Sie sich unbemerkt Zutritt zu dem Raum verschaffen können, das Futteral mit den Pistolen – eine wird zweifellos fehlen – an sich nehmen. Bewahren Sie es an einem sicheren Ort auf und übergeben Sie es mir morgen früh.«

»Das werde ich tun, Sir. Aber nun muss ich gehen.«

»Gehen Sie nur, und Gott segne Sie für Ihre Wahrheitsliebe.«

Daraufhin verabschiedete sich Mr. Poole und verschwand rasch in einem engen Durchgang an der Seite des großen Hauses, welcher gewiss zu irgendeinem Hintereingang führte.

Sir John reichte mir die Visitenkarte und forderte mich auf, sie ihm vorzulesen. Das Licht war schwach, doch ich konnte den Namen entziffern – Peter Pugh, Apotheker – sowie eine Adresse in der King Street in Twickenham; all das las ich Sir John laut vor.

»Meine Herren, sind Sie bereit für eine lange Kutschfahrt?«, fragte er. »Wir haben heute Abend noch ein gutes Stück Wegs vor uns, aber wir müssen in Twickenham sein, bevor ein weiterer Mord geschieht.«

13. KAPITEL

In welchem beide Angelegenheiten gewissermaßen zu einem Abschluss gebracht werden

Bei unserer Ankunft in Twickenham wussten wir drei – Constable Bailey, Constable Perkins und ich – noch ebenso wenig wie bei unserer Abfahrt vom St. James Square, was eigentlich der Zweck dieser Reise war. Auf der Fahrt über die holprige Landstraße, die dem Lauf des großen Themsestroms folgte, hatte Sir John beharrlich geschwiegen, während wir uns in der Kälte eng zusammengekauert hatten. Es kam mir vor, als gebe es Dutzende von Fragen, die einer Antwort harrten. Doch wie hätte ich diese Fragen stellen können, wenn zwei der Bow Street Runners – in meinen Augen zwei der tüchtigsten – sich damit zufrieden gaben, über Sir Johns Pläne im Dunkeln gelassen zu werden? Was ich am wenigsten verstand, war die Dringlichkeit der Reise. Warum hatten wir sie nicht auf den folgenden Morgen verschieben können, wenn es etwas wärmer gewesen wäre?

Sollten Sie, geneigter Leser, mit London und seiner Umgebung nicht vertraut sein, so sei Ihnen an dieser Stelle mitgeteilt, dass Twickenham hinter Richmond in der Grafschaft Middlesex gelegen ist. Wegen seiner Lage am Fluss und seiner angenehmen Umgebung finden sich dort einige vornehme Häuser, doch der Ort selbst ist kaum mehr als ein Dorf. Als wir dort ankamen, hatte es jedenfalls ganz den Anschein eines schlafenden Dorfes, obgleich es noch nicht wirklich spät war. Glücklicherweise lag unser Ziel in der King Street, denn dies war, wie sich herausstellte, die Hauptstraße des Ortes, sodass der Kutscher keine Mühe hatte, Peter Pughs Apotheke zu finden.

Als wir aus der Droschke stiegen, hielt Sir John kurz inne, um mit dem Kutscher zu sprechen.

»Wir werden Sie für die Rückfahrt nach London brauchen«, sagte er.

»Und ich werde jemanden brauchen, der mir die Rückfahrt bezahlt, denn hier finde ich bestimmt keinen.«

»Also gut«, sagte Sir John. »Hier sind noch zwei Shilling über das hinaus, was wir vereinbart haben.« Er gab die Münzen Mr. Bailey, welcher sie dem Kutscher hinaufreichte. »Suchen Sie sich eine Schenke oder ein Gasthaus hier in der Nähe und warten Sie dort. Um diese Zeit dürften noch welche offen sein.«

»Ja, das Coach House Inn, oder vielleicht das Eel Pie House.«

»Was auch immer, Hauptsache, Sie kommen nüchtern zurück, und zwar – nun, sagen wir in einer Stunde. Aber damit wir uns recht verstehen, ich möchte auf keinen Fall, dass Sie hier auf uns warten, wo Sie gesehen werden können. Ist das klar?«

»Klar, abgemacht, Sir.«

Worauf der Kutscher seine Pferde antrieb und uns vier vor dem Laden des Apothekers stehen ließ. Was war das wohl für eine Unternehmung, so fragte ich mich, die so dringend erledigt werden musste, aber nicht mehr als eine Stunde in Anspruch nahm? Nun, ich würde es schon bald wissen.

»Sagen Sie mir, meine Herren«, wandte sich Sir John an die Constables, »brennt über dem Laden Licht?«

»Ja, Sir John«, antwortete Mr. Bailey. »Irgendjemand ist noch wach.«

»Gibt es hier irgendwo Kieselsteine? Vielleicht auf der Straße?«

Ich stand zunächst dem Bordstein. Ich bückte mich und fand nach kurzer Suche einige Steinchen, die ich aufhob.

»Ich habe welche, Sir.«

»Hoffentlich nicht so groß, dass sie eine Fensterscheibe durchschlagen würden?«

»O nein, es sind bloß kleine Splitter von den Pflastersteinen.«

»Gut, Jeremy, dann wirf doch bitte ein paar davon gegen dieses erleuchtete Fenster. Vielleicht gelingt es uns, die Bewohner auf uns aufmerksam zu machen, ohne dass wir ein großes Spektakel veranstalten und die Nachbarn wecken.«

Ich warf zwei Steinchen auf einmal; das eine landete zu kurz, doch das andere schlug mit einem klickenden Geräusch gegen die Scheibe. Ich hatte mich eingeschossen; der nächste Kiesel traf das Ziel, und der folgende ebenfalls. Ich war soeben zur Straße zurückgegangen, um neue Munition zu sammeln, als plötzlich von oben Geräusche zu hören waren. Ich blickte auf und sah, wie das Fenster geöffnet wurde und der Kopf einer Frau erschien. Sie versuchte angestrengt, uns in der Dunkelheit auszumachen.

»Wer ist da? Was wollen Sie?«

»Madam Pugh?«, fragte Sir John. Er sprach kaum lauter als einige Augenblicke zuvor zu mir.

»Die bin ich, da haben Sie Recht, aber wer sind Sie?«

»Ich bin Sir John Fielding, Richter am Bow Street Court und zuständig für die City of Westminster und die City of London. Diese Herren hier sind Constables. Ich möchte mit Ihnen über Ihren Mann sprechen. Kommen Sie bitte herunter und öffnen Sie die Ladentür.«

»Oje, oje!«, jammerte sie. »Aber … aber woher soll ich denn wissen, dass Sie wirklich der sind, als der Sie sich ausgeben?«

»Ich kann Ihnen etwas sagen, von dem Sie wissen, dass es wahr ist – dass Peter Pugh heute nach London gefahren ist, um Lord Laningham aufzusuchen.«

»Oje!«, wiederholte sie. »Was – nun ja … also gut, ich komme gleich runter.«

Wir versammelten uns vor der Tür. Und in der Tat schien kaum mehr als ein Augenblick vergangen zu sein, als auch schon im Erdgeschoss ein schwaches Licht aufleuchtete wie hinter einer Milchglasscheibe. Dann zog die Frau einen Vorhang zurück und kam nach vorne in den Laden. In der einen Hand trug sie eine brennende Kerze, in der anderen einen großen Schlüsselring. Sie hatte keine Mühe, den passenden Schlüssel zu finden. Nachdem sie die Tür weit geöffnet hatte, bat sie uns hinein, und wir traten einer nach dem anderen in den Laden.

»Machen Sie die Tür hinter sich zu«, sagte sie. »Es ist furchtbar kalt draußen.«

Ich, der ich die Nachhut bildete, zog die Tür hinter mir fest zu. Mir fiel auf, dass die Hausherrin wohl wärmer angezogen war als wir alle zusammen. Über einem wollenen Nachtgewand trug sie einen dicken Wintermantel, und um den Kopf hatte sie einen wollenen Schal gewickelt.

Mrs. Pugh sah Sir John unverwandt an. »Was ist passiert? Schonen Sie mich nicht und sagen Sie mir alles.«

»Da Sie mich dazu auffordern«, erwiderte Sir John, »werde ich offen sein. Ihr Mann wurde vor knapp zwei Stunden von Arthur Paltrow, Lord Laningham, erschossen.«

Sie schien die Nachricht zunächst sehr gefasst aufzunehmen, denn eine ganze Weile sagte sie kein Wort. Sie verzog keine Miene und biss die Zähne so fest zusammen, dass ihr Unterkiefer zitterte. Und dann verlor sie mit einem Mal die Beherrschung; sie verzog das Gesicht, und die Tränen strömten ihr über die Wangen.

»O Gott«, schrie sie, »was soll jetzt bloß aus mir werden?«

»Das, Madam, ist einer der Gründe, weshalb wir hier sind. Ich habe den dringenden Verdacht, dass Lord Laningham in diesem Moment hierher unterwegs ist, um Sie ebenfalls zu ermorden.«

»Aber… aber…« Verzweifelt bemühte sie sich, über das heftige Schluchzen Herr zu werden, das sie erfasst hatte. Schließlich gelang es ihr so weit, dass sie fragen konnte: »Warum… sollte er… das tun?«

»Sie wussten doch von den beträchtlichen Mengen Arsen, die Ihr Mann an Arthur Paltrow verkauft hatte, oder etwa nicht?«

Nachdem sie sich wieder gefangen hatte, bejahte sie Sir Johns

Frage. »Peter schöpfte Verdacht, nachdem der Mann immer und immer wiedergekommen ist, um sich noch mehr zu besorgen. ›So viele Ratten gibt's in keinem Haus‹, hat er zu mir gesagt.«

»Aber Ihr Mann hat ihn dennoch weiter beliefert, nicht wahr?«

»Aus Neugier hat er's getan, und weil es keinen Grund gab, warum er es nicht hätte tun sollen. Einmal ist er ihm von hier aus gefolgt, weil er wissen wollte, wo denn dieses Haus mit all den Ratten eigentlich wäre. Da hat er rausgefunden, dass der Kerl zur Poststation gegangen ist und die Kutsche nach London genommen hat. Das fand Peter sehr sonderbar. Wenn der Bursche Arsen wollte, warum kaufte er es dann nicht in London, wo er es in jeder Apotheke hätte bekommen können?«

»Wann ist er zum ersten Mal bei Ihnen aufgetaucht? Und wie oft war er hier?«

»Das fing vor sechs Monaten an, und dann ist er jeden Monat ein Mal vorbeigekommen und hat ein gutes halbes Pfund oder noch mehr gekauft; jedes Mal musste es wieder ein bisschen mehr sein. Bei seinem letzten Besuch hat er über ein Pfund gekauft.«

»Und wann war das?«

»Vor ungefähr einem Monat«, antwortete sie. »Wissen Sie, Sir, mein Mann hat immer davon geträumt, einmal aus Twickenham zu entfliehen und eine Apotheke in London zu eröffnen. Er hat regelmäßig den *Public Advertiser* gelesen, und deshalb wusste er auch immer über den neuesten Londoner Klatsch Bescheid, so gut als wenn er dort gelebt hätte. Und eines Tages hat er mir die Geschichte über den Tod von Lord Laningham im Crown and Anchor vorgelesen, und da hat er zu mir gesagt: ›May‹, hat er gesagt, ›das klingt mir verdächtig nach Arsen, weißt du, und deshalb fahre ich nächsten Sonntag nach London und gehe zu dem Konzert, um herauszufinden, ob dieser Arthur Paltrow der Bursche ist, der jeden Monat zu mir kommt, um welches zu kaufen.‹ Na, und er ist dann auch hingegangen und hat ihn sich angesehen, und es war tatsächlich der Kerl. Und dann hat mein Mann die Meldung über den Tod von Lady Laningham gelesen, und das hat ihn noch darin bestärkt, an seinem Plan festzuhalten.«

»An seinem Erpressungsplan, meinen Sie?«

»So nennen Sie das also? Also, Peter hat ja wirklich nicht viel verlangt, bloß jeweils hundert Pfund für den Lord und für die Lady. Er hat in dem Brief geschrieben, er würde nicht mehr verlangen als das, auch später nicht. Aber er hat auch geschrieben, wenn er diese Summe nicht bekäme, dann würde er mit seinen Informationen zu irgendeinem Richter hingehen. Möglicherweise hat er sogar Ihren Namen erwähnt.«

»Wann wurde dieser Brief abgeschickt?«

»Vor nicht ganz einer Woche. Er hat auch gleich eine Antwort bekommen, und darin hieß es, er solle heute Abend um sieben Uhr erscheinen. Ach, ich hab ihn ja angefleht, nicht hinzugehen, ich hab ihm gesagt, es könnte doch eine Falle sein. Ich hab ihm dringend davon abgeraten, aber er war fest entschlossen zu gehen. Er sagte, das würde ihm das Geld einbringen, das er brauchte, um mit mir nach London ziehen und in einer guten Gegend eine Apotheke eröffnen zu können.«

»Dennoch, Madam, wussten Sie von den illegalen Absichten Ihres Mannes und versäumten es, diese zu melden. Damit haben Sie sich der stillen Mitwisserschaft an einer kriminellen Handlung schuldig gemacht. Doch ich verspreche Ihnen, dass Ihnen alles vergeben wird, wenn Sie nur an meinem Plan zur Ergreifung des Mörders Ihres Mannes mitwirken wollen.«

Sie dachte einen Augenblick lang über seinen Vorschlag nach. »Das werde ich«, sagte sie. »Ich tue, was immer Sie mir sagen.«

»Sehr schön. Sie haben eine weise Entscheidung getroffen. Wir rechnen damit, dass dieser Arthur Paltrow, der sich mit dem Titel des Lord Laningham schmückt, bald hier auftauchen wird. Ich möchte, dass Sie nach oben gehen und abwarten, bis er Sie herunterruft. Lassen Sie sich ein wenig bitten und erlauben Sie ihm dann, Sie zu überreden. Öffnen Sie ihm die Tür und ziehen Sie sich gleich darauf in den hinteren Teil des Ladens zurück. Wir werden dort warten. Bringen Sie ihn dazu, offen über das Geschehene zu sprechen, und sobald Sie das Gefühl haben, dass Ihr Leben in Gefahr ist, schreien Sie, und wir werden da sein und Sie retten. Ist das klar?«

»Ja«, erwiderte sie. »Aber… was meinen Sie damit, dass mein Leben in Gefahr sein soll?«

»Begreifen Sie denn nicht, Madam? Er kommt, um Sie ebenfalls zu ermorden, weil Sie zu viel über die Sache wissen. Aber das sollte Sie jetzt nicht kümmern. Gehen Sie nach oben, denn dieser Schurke könnte jeden Moment hier sein.«

Darauf sah sie ihn nur mit großen Augen an, drehte sich um und verließ uns. Einen Moment später hörte ich ihre Schritte auf der Treppe.

»Kommen Sie, meine Herren. Bringen Sie mich nach hinten; wir wollen uns eine Stelle suchen, wo man uns nicht sehen kann, und dort warten. Gibt es hier einen Vorhang? Ah, gut – umso besser.«

Wir mussten nicht lange warten. Sir John verbesserte seinen Plan noch in einem Punkt. Auf Anraten von Mr. Perkins ließ er den Constable in einer Ecke hinter dem Ladentisch Posten beziehen. Dort würde er nicht zu sehen sein, es sei denn, Arthur Paltrow würde selbst um den Ladentisch herumgehen, was nicht sehr wahrscheinlich war. Nachdem wir uns so geeinigt hatten, nahmen wir Übrigen unsere Positionen hinter dem Vorhang ein, etwas zur Seite versetzt, sodass Mrs. Pugh bequem hindurchgehen konnte.

»So, Jeremy, dir übertrage ich die Verantwortung für Mrs. Pughs Sicherheit. Wenn sie ruft, dass sie in Gefahr sei – oder wenn ich es befehle –, musst du mit der Hand um den Vorhang herum greifen – oder auch durch ihn hindurch – und die Frau packen und sie nach hinten ziehen. Reiß sie zu Boden, wenn es sein muss, aber bringe sie irgendwie in Sicherheit. Verstanden?«

»Verstanden, Sir«, sagte ich.

»Und Sie, Mr. Bailey, ziehen Ihre Pistole und spannen den Hahn, sobald die Frau an uns vorübergeht, sodass Sie bereit sind, in die Bresche zu treten und zu feuern, falls es nötig sein sollte. Verstanden?«

»Jawohl, Sir John, wie Sie befehlen.«

Wir warteten – wenn auch, wie gesagt, nicht sehr lange. Das erste Zeichen, dass unser erwarteter Besuch im Anmarsch war, kam von Sir John. Ein Lächeln breitete sich über sein Gesicht aus. Dann nickte auch Constable Bailey, und in etwa zur gleichen Zeit vernahmen auch meine eigenen, nicht sehr scharfen Ohren das Geräusch des Hufschlags auf dem Kopfsteinpflaster.

»So wie es sich anhört«, flüsterte ich, »handelt es sich nur um einen einzelnen Reiter.«

»Das hatte ich auch erwartet«, erwiderte Sir John. »Wäre er mit seinem Vierspänner angerückt, dann wären sein Kutscher und sein Lakai Zeugen des Mordes geworden. Das Pferd, auf dem er reitet, kann dagegen kaum gegen ihn aussagen.«

Die Hufschläge verstummten vor der Apotheke. Es fiel uns schwer, der sich nun entspinnenden Unterhaltung zwischen dem Reiter – dessen Stimme ihn eindeutig als Lord Laningham identifizierte – und Mrs. Pugh zu folgen, da wir nicht deutlich hören konnten, was sie sagte. Sie hatte die Tür am oberen Ende der Treppe geschlossen, und zumindest ich selbst konnte nur das verstehen, was von ihm gesprochen wurde. Er lockte sie mit dem Versprechen einer Bezahlung; er behauptete, ihr Mann sei plötzlich erkrankt, worauf er – Laningham – ihn vorübergehend in seinem Haus aufgenommen habe; er habe aber darauf bestanden, dass der Lord nach Twickenham reiten und seine Frau informieren solle, damit sie sich wegen seines Ausbleibens keine Sorgen machen müsse; dabei solle er ihr auch gleich das Geld übergeben.

»Ich bin nur gekommen, weil Mr. Pugh es selbst so gewünscht hat, Madam, also öffnen Sie doch bitte die Tür, damit ich Ihnen das Geld geben und mich wieder auf den Weg machen kann. Ich habe einen langen Ritt durch die kalte Winternacht hinter mir, und ich möchte die Sache bloß so schnell wie möglich hinter mich bringen.«

Obgleich ich nicht hören konnte, was sie darauf erwiderte, musste sie wohl nachgegeben haben, denn nur einen Augenblick später hörte ich, wie oben die Tür geöffnet wurde und sie die Treppe herunterkam. Sie wirkte sehr besorgt, als sie sich uns näherte.

»Ich hoffe, ich werde das hinterher nicht bereuen«, murmelte sie.

»Achten Sie nur darauf, dass Sie mit dem Rücken zum Vorhang stehen«, flüsterte Sir John.

Daraufhin ging sie an uns vorüber und betrat den vorderen Ladenraum. Ich hörte, wie der Schlüssel ins Schloss gesteckt wurde und die Tür in den schlecht geölten Angeln knarrte. Diesen Besucher musste sie nicht erst auffordern, die Tür zu schließen, denn kaum war er eingetreten, da warf er sie auch schon mit einem Knall hinter sich ins Schloss.

»Ah, Madam«, sagte er, »Sie ahnen ja nicht, was für ein gutes Gefühl es ist, aus dieser bitterkalten Nachtluft ins Warme zu kommen. Windig ist es übrigens auch noch. Der Ritt hierher war eine Tortur.«

»Und das alles, um eine Summe Geldes abzuliefern. Wo haben Sie es denn, bitte sehr?«

Sir Johns Miene verfinsterte sich. Auch ich fragte mich, ob sie nicht ein wenig übereilt an die Sache heranging. Und warum hatte sie sich nicht vor den Vorhang gestellt, wie man es ihr gesagt hatte?

Auch sie musste bemerkt haben, dass ihr Vorgehen etwas überstürzt gewesen war, denn nun verbesserte sie sich: »Aber sagen Sie mir doch zuerst, was meinem Mann eigentlich fehlt.«

»Sie wirken sehr aufgeregt, Madam, wenn ich mir die Bemerkung erlauben darf. Und warum weichen Sie denn so zurück?«

»Ich bin mir nicht sicher, ob es richtig war, Sie ins Haus zu lassen.«

»Seien Sie versichert, dass Sie von mir wenig zu befürchten haben, Sie werden Ihr Geld schon bekommen. Ich möchte mich vorher lediglich über ein, zwei Dinge vergewissern. Aber jetzt will ich Ihnen zunächst sagen, dass Ihr Mann unter Schmerzen in der Herzgegend gelitten hat. Ein Arzt hat ihn untersucht und ihm nichts weiter als Ruhe verordnet. In diesem Augenblick schläft er friedlich in einem unserer Zimmer.«

Nun endlich sahen wir, wie sich der Vorhang ein wenig bewegte und sich leicht nach innen wölbte. Jetzt stand sie also dort, wo sie hingehörte.

»Wann kommt er denn nach Hause?«

»Oh, Sie werden ihn bald wieder sehen, da bin ich sicher.«

»Er ist doch nicht vergiftet worden, oder?« Das sagte sie ihm ganz offen ins Gesicht.

»Ach ja, das ist eine der Fragen, die ich an Sie hätte. Es würde mich nämlich interessieren, ob Ihr Mann Ihnen irgendetwas über dieses kleine Arrangement erzählt hat, das er mit mir getroffen hatte. Ihre Frage lässt vermuten, dass er es Ihnen tatsächlich erzählt hat. Ich wüsste nun gerne, Madam, wie viel Sie wirklich wissen.«

»Ich weiß genug«, erwiderte sie schroff.

»Daraus schließe ich, dass Sie wohl alles wissen.« Er stieß einen etwas theatralischen Seufzer aus. Ich schätzte, dass er ein paar seiner Bemerkungen auf dem Ritt von London nach Twickenham eingeübt hatte. »Das ist ausgesprochen schade«, sagte er. »Ich hätte Sie vielleicht verschont, wenn Sie mir gesagt hätten, dass Sie nichts von dem Vorschlag wüssten, den Ihr Mann mir gemacht hat – oder vielleicht doch nicht, denn ein Mann in meiner Position muss mit dem Schlimmsten rechnen. Ich kann es mir leider nicht leisten, irgendein Risiko einzugehen.«

»Was meinen Sie damit?«

»Was ich damit meine, Madam, ist, dass ich befürchte, Sie vorhin ein wenig in die Irre geführt zu haben. Ich machte Sie glauben, dass Ihr Mann, sagen wir, bei besserer Gesundheit sei, als er es tatsächlich ist. Ich sagte, er schlafe friedlich in einem unserer Zimmer. Das ist in gewisser Weise wahr, doch in der Tat liegt er auf dem Teppich in meinem Arbeitszimmer und schläft den Schlaf des Todes. Und als ich sagte, er habe Schmerzen in der Herzgegend gehabt, nun, da habe ich nicht gelogen, denn ich selbst habe diese Schmerzen verursacht, indem ich ihm eine Kugel ins Herz schoss. Und genau dort, liebe Frau, gedenke ich Sie nun ebenfalls zu treffen.«

»O mein Gott, was ist das?«, schrie sie. »Eine *Pistole*?«

Das war mein Zeichen – ich streckte die Hand durch den Vorhang und griff zu. Ich bekam die Frau gerade so zu packen und riss sie mit aller Kraft nach hinten, sodass sie das Gleichgewicht verlor und mich unter sich begrub. Dabei rissen wir auch den Vorhang aus seiner Schiene, er stürzte auf uns herab. Und gleichzeitig fiel ein Schuss: ein krachender Donnerschlag – die Kugel sauste über uns beide hinweg, durchschlug die Glasscheibe hinter uns und blieb in der rückwärtigen Wand stecken. Fast gleichzeitig ertönten zwei weitere Schüsse, nicht minder laut, abgefeuert von den beiden Constables aus ihren verschiedenen Ecken. Als der Rauch sich verzogen hatte und ich mich von der gewichtigen Portion Weiblichkeit, die auf meiner Brust gelastet hatte, wie auch von den ellenlangen Stoffbahnen, die uns bedeckten, befreit hatte, hörte ich, wie Sir John mit lauter Stimme von mir eine Meldung verlangte. Ich suchte mich zu orientieren.

»Mrs. Pugh ist unverletzt, genau wie ich«, rief ich. »Das stimmt doch, Mrs. Pugh, oder? Sagen Sie doch was, bitte!«

»Ich hab mich schon mal besser gefühlt als nach diesem Sturz auf den Hintern, aber getroffen bin ich nicht.«

»Gut«, sagte Sir John, »und was ist mit Ihnen, Mr. Bailey? Und mit Ihnen, Mr. Perkins?«

»Mir geht's gut«, erwiderte Mr. Perkins.

»Alles bestens«, antwortete Mr. Bailey.

»Bleibt also nur noch unser Freund Arthur Paltrow. Wie ist sein Zustand, Mr. Bailey?«

»Nun, Sir John, wenn ich ihn mir so ansehe, wie er sich da

auf dem Boden wälzt und windet, würde ich mal schätzen, dass Mr. Perkins ihn am Oberarm erwischt hat und ich an der anderen Schulter.«

»Ich verlange, dass Sie mich zu einem Arzt bringen, bevor ich hier noch verblute!«

»Ach, das werden Sie gewiss nicht. Mr. Donnelly hat in seinem Leben schon eine ganze Menge Schussverletzungen verarztet. Er wird dafür sorgen, dass Sie dem Henker nicht durch die Lappen gehen.« Dann legte Sir John den Kopf schief und horchte. »Wenn ich mich nicht irre, ist das unsere Droschke, die hierher kommt, um uns in die Bow Street zurückzufahren. Helfen Sie dem Gefangenen auf, meine Herren, und gehen Sie mit ihm zur Kutsche. Mrs. Pugh, Sie haben Ihre Rolle in unserer kleinen Inszenierung recht gut gespielt. Sie werden bald eine Vorladung erhalten, in der Sie aufgefordert werden, als Zeugin gegen diesen Schurken auszusagen, der Ihren Mann getötet hat und auch Ihnen nach dem Leben trachtete. Erpressung der Sorte, wie sie Ihr Mann versucht hat, ist ein schweres Verbrechen, aber Mord ist noch viel, viel schlimmer.«

Während der Rückfahrt nach London klärte Sir John uns schließlich über alles auf. Im Laufe seiner Erläuterungen stieß er Paltrow hin und wieder mit dem Fuß an und forderte ihn auf, den einen oder anderen Punkt zu bestätigen – jedoch ohne Erfolg, denn der Prätendent auf den Titel des Earl of Laningham, der zwischen den beiden Sitzreihen am Boden der Droschke lag und vor sich hin blutete, bewahrte die ganze Fahrt über sein verdrossenes Schweigen. Sir John begann nicht sofort mit seinen Ausführungen. Zuerst machte er eine Bemerkung über die Menschenmenge, die sich bei unserer Abreise um uns herum versammelt hatte. Dann erkundigte er sich zur Sicherheit noch einmal, ob Paltrows Pferd auch fest am hinteren Ende der Droschke angebunden sei. Und darauf verfiel er eine Zeit lang in Schweigen. Erst als wir durch Richmond fuhren, begann er zu erzählen, wie er zu seinen diversen Schlussfolgerungen gelangt war. Er richtete seine Bemerkungen an mich, doch ich bin sicher, dass alle anderen (einschließlich Mr. Paltrow) ihm ebenso gebannt zuhörten.

»So sehr ich mich auch bemühte, unvoreingenommen an die Sache heranzugehen, Jeremy«, sagte er, »ich konnte einfach den Verdacht nicht loswerden, dass bei Lord und Lady Laninghams Tod Gift im Spiel war. Und da unser Mr. Paltrow hier am meisten davon profitieren würde, schien es mir wahrscheinlich, dass er der Giftmörder sei. So war es doch, Sir?«, fragte er den Gefangenen.

Paltrow knurrte nur.

»Aber um fortzufahren«, sagte Sir John, »da ich nun einmal in diese Richtung dachte, begegnete ich der Geschichte dieses Burschen hier über den Unbekannten, der angeblich geschworen hatte, sich an der gesamten Laningham-Sippe zu rächen, mit einiger Skepsis. Es mag sein, dass ich ihm diese Skepsis durch die Art meiner Reaktion zu erkennen gab, aber ich erteilte ihm dennoch einige praktische Ratschläge, wie er sich in Zukunft besser schützen könne – Ratschläge, die er bezeichnenderweise nicht befolgen wollte.

Doch dann erlebte ich eine Überraschung – genauer gesagt, meine Theorie erlitt einen Rückschlag. Ausgelöst wurde derselbe durch Mr. Paltrows Zusammenbruch während des musikalischen Abends kurz nach der Beisetzung seiner Tante. Ich sage ausgelöst, denn der Kollaps selbst – das Erbrechen und all die anderen Symptome, die auch bei den beiden Todesfällen aufgetreten waren – überraschte mich nicht. Ich hatte eine Vorahnung gehabt, ober vielleicht nur ein unbestimmtes Gefühl, dass wir aus einem bestimmten Grund eingeladen worden waren – um nämlich Zeugen eines bedeutenden Ereignisses zu werden. So überraschte mich das Ergebnis selbst, als es schließlich eintrat, keineswegs, denn mir war klar, dass die Symptome einer Vergiftung durch ein gewöhnliches Emetikum hervorgerufen werden konnten, eines, das stark genug war, um ein derart heftiges Erbrechen auszulösen. Nein, was mich verblüffte und mich in meinen Überlegungen ein wenig zurückwarf, war das Ergebnis unseres kleinen Experiments mit dem Wein, von dem Mr. Paltrow getrunken hatte, und den Ratten im Käfig. Ich musstc cingestehen, dass es in der Tat so aussah, als habe Mr. Paltrow selbst eine Arsenvergiftung erlitten. Ich war verwirrt, vollkommen durcheinander, um ehrlich zu sein, und ich war drauf und dran, der Geschichte über jene dunkle Gestalt, die allen Laninghams Tod und Verderben geschworen hatte, Glauben zu schenken.«

Wieder stieß Sir John Paltrow mit dem Fuß an. »Sie dachten, damit hätten Sie mich drangekriegt, nicht wahr, Sir?« Doch auch diesmal erhielt er keine Antwort.

»Aber«, fuhr Sir John fort, »dann kam mir Mr. Donnelly zu Hilfe, oder vielmehr sein alter Medizinprofessor mit seinem zweiten Brief. Du erinnerst dich doch noch, Jeremy? Du warst sehr neugierig auf den Inhalt dieses Briefes, und aus gutem Grund, denn er lieferte die Erklärung dafür, wie Paltrow die Arsenvergiftung hatte überleben können. Nein, es war nicht die Milch, die ihn rettete, wenn er mir auch versichert, sie habe geholfen. Wie du weißt, kam der Brief aus Wien – aus Österreich. Der Professor fügte seinem ersten Brief lediglich eine Beobachtung zum Thema Arsen hinzu, die er für erwähnenswert hielt. Es war die folgende: Die Bewohner des österreichischen Landstrichs Tirol haben die Angewohnheit, Arsen über ihr Essen zu streuen. Sie glauben, dass es ihnen Kraft gibt. Der Professor fügte hinzu, er sei nicht sicher, ob es die Leute tatsächlich stärker mache, obwohl sie in der Tat ein robustes Völkchen seien, es sei aber jedenfalls bewiesen, dass die regelmäßige Einnahme des Giftes sie auch gegen solche Dosen immun mache, die für jeden anderen Menschen tödlich wären. Du wirst dich erinnern, Jeremy, dass wir sogleich Mr. Paltrow einen Besuch abstatteten, vorgeblich, um uns nach dem Fortgang seiner Genesung zu erkundigen. Es gelang mir jedoch, das Gespräch auf Reisen in fremde Länder zu bringen, und dabei gab er zu, auch in Tirol gewesen zu sein – er sprach voller Begeisterung davon. Nun, die Tatsache, dass er die Region besucht hatte, war noch längst kein Beweis dafür, dass er von jenem merkwürdigen Brauch wusste. Doch dann fuhr ich in Begleitung von Clarissa noch ein weiteres Mal zu Laninghams Haus – du erinnerst dich doch daran, Jeremy? – und erfuhr dabei von den Bediensteten, dass Lord Laningham, wie sie ihn nannten, die Angewohnheit gehabt hatte, ein weißes Pulver über sein Essen zu streuen, welches er als seine Medizin bezeichnete. Das tat er natürlich, um seine Widerstandskraft gegen das Gift zu stärken, denn er hatte vorausgesehen, dass er, um der Entlarvung als Giftmörder zu entgehen, sich eines Tages selbst würde vergiften müssen – oder jedenfalls vorgeben, man habe auch ihn zu vergiften versucht, wie er es getan hatte, als er einen Schluck vom Wein seines Onkels trank. In der letzten Zeit – das heißt seit seinem Anfall von Erbrechen – hat er das Pulver jedoch nicht mehr zu sich genommen. Übrigens, diese dunkle Verfärbung um seine Augen herum, von der du mir erzählt hast, tritt laut Mr. Donnelly häufig als Folge der Einnahme von Arsen auf.

Nun, was war zu tun? Wenn er kein Arsen mehr zu sich nahm – und das war auch nicht notwendig, da er glaubte, sein Ziel schon erreicht zu haben –, dann musste er auch keines mehr im Haus haben und hatte es vermutlich beseitigt. Aber statt vor ohnmächtiger Wut mit den Zähnen zu knirschen, wartete ich einfach in aller Ruhe darauf, dass er einen Fehler machen würde. Den machte er auch schon bald, aber zuvor muss er sich ob der großartigen Gelegenheit, die sich ihm eröffnet hatte, selbst beglückwünscht haben. Er muss wirklich geglaubt haben, dass Mr. Pughs Drohbrief und sein späteres Erscheinen ihm einen Ausweg aus dem Schlamassel eröffnen würde, in den er sich selbst hineingeritten hatte.«

»Sie meinen die Erfindung dieser rätselhaften Person, Sir«, fragte ich, »die angeblich geschworen hatte, sämtliche Laninghams zu töten?«

»Genau, denn wenn er den Mann, der ihn aufsuchte, einfach erschießen würde, dann würde er ihn uns als den Rächer präsentieren können. Paltrow wollte sich dieser Figur, die seiner eigenen Phantasie entsprungen war, nun wieder entledigen. Der Rächer hatte seine Schuldigkeit getan. Nun sollte er vernichtet werden, und zwar in Gestalt dieses lästigen Burschen, der Geld von ihm erpressen wollte. Er hatte einen Brief bekommen, und so hatte er sich alles schon sorgsam zurechtlegen können, bevor Mr. Pugh bei ihm auftauchte. Doch als der Besucher tatsächlich kam, stellte er sich als ein kräftiger, strammer Bursche heraus. Und Paltrow – Mr. Perkins, auf wie viel würden Sie Mr. Paltrows Gewicht schätzen?«

»Oh, vielleicht auf knapp hundertdreißig Pfund, Sir John.«

»Das hatte ich auch in etwa geschätzt, aufgrund seiner Körpergröße und seiner Stimme. Ich bezweifelte natürlich, dass jemand von seiner Statur einem sehr viel kräftigeren Mann so mühelos eine Pistole würde entreißen können. Und dann war da auch noch die Mitteilung, die Mr. Bailey mir machte, nachdem er Mr. Pugh auf eventuelle Lebenszeichen hin untersucht hatte. Was haben Sie mir da zugeflüstert, Mr. Bailey?«

»Ich sagte Ihnen, dass es nach der Verteilung der Pulverspuren so aussehe, als sei er aus einer Entfernung von ungefähr fünf Fuß erschossen worden.«

»Was bedeutet, dass mehr als eine Armlänge zwischen den beiden lag – ein Widerspruch zu Paltrows Aussage. Doch erst als der Butler mir die Visitenkarte des Mannes überreichte, der tot im Arbeitszimmer des Laningham'schen Hauses lag, wurde mir alles klar. Zunächst einmal: Mr. Pugh war Apotheker. Jemand, der einen Giftmord mit Arsen plant, braucht einen Vorrat davon; und jemand, der Arsen über sein Essen streut, um sich dagegen immun zu machen, braucht einen beträchtlichen Vorrat. Und wo sollte er es sich beschaffen? Nicht in London, denn dort hätte er es zwar in jeder Apotheke bekommen können, doch diejenigen, die er vergiften wollte, waren in der Stadt wohl bekannt, wie er es selbst in Kürze ebenfalls ein würde. Ein Londoner Apotheker würde sich vielleicht irgendwann an Paltrows Einkäufe erinnern und sie, sollte er Verdacht schöpfen, den Behörden melden. Also nicht London – er würde sich irgendwo außerhalb der großen Stadt einen beliebigen Apotheker aussuchen. Sein Fehler bestand darin, dass er mit Twickenham einen Ort wählte, der nicht weit genug entfernt war, und zufällig auf einen Apotheker verfiel, der das Geschehen in der Hauptstadt regelmäßig verfolgte. Mir war klar, dass wir, sobald feststand, woher Peter Pugh kam, sofort dorthin eilen müssten, denn Mr. Pugh trug einen Ehering, und das konnte auch Paltrow nicht entgangen sein. Er konnte Mrs. Pugh sogar bei einem seiner Besuche in der Apotheke angetroffen haben. Sie würde über die Pläne ihres Mannes Bescheid wissen, und deshalb sollte sie ebenfalls sterben. Den Rest kennen Sie natürlich, denn Sie alle haben Ihre Rollen sehr gut gespielt.«

Nachdem er mit diesen Worten geendet hatte, suchte Sir John ein letztes Mal die Bestätigung seines Gefangenen. »Wie steht's, Mr. Paltrow? Möchten Sie meiner Darstellung der Ereignisse irgendetwas hinzufügen oder irgendwelche Abstriche machen? Was haben Sie zu sagen?«

»Ich will Ihrer Darstellung nichts hinzufügen und auch keine Abstriche machen«, erwiderte Paltrow, indem er sein Schweigen endlich brach. »Ich möchte Sie nur darauf hinweisen, dass im Falle meines Onkels wie auch in dem meiner Tante auf Tod durch natürliche Ursachen entschieden worden ist. Es dürfte schwierig sein, das Gegenteil zu beweisen.«

»Schwierig vielleicht, aber nicht unmöglich«, entgegnete Sir John. »Aber Ihr vorsätzlicher Mord an Peter Pugh ist keineswegs schwer zu beweisen. Das überlasse ich gerne dem Richter und den Geschworenen.«

Arthur Paltrow hatte dem nichts hinzuzufügen, und Sir John Fielding im Übrigen auch nicht. Während des letzten Abschnitts unserer Reise schwieg der Richter. Mr. Bailey döste vor sich hin, Mr. Perkins behielt derweil den Gefangenen stets im Auge. Was mich betraf, so ging ich Sir Johns Darstellung noch einmal Schritt für Schritt durch und erkannte die Logik seiner Schlussfolgerungen. Auch sah ich ein, dass ungeachtet seines frühen Verdachts, ja seiner Überzeugung, dass ein doppelter

Giftmord begangen worden war, es doch eine ganz andere Sache war, überzeugende Beweise für Paltrows Schuld in diesen beiden Fällen zu erbringen. Nachdem ich gründlich über die ganze Angelegenheit nachgedacht hatte, kam ich zu dem Schluss, dass Arthur Paltrow höchstwahrscheinlich nur wegen des Todes von Peter Pugh angeklagt und verurteilt werden würde. Und damit sollte ich Recht behalten.

Endlich erreichten wir die Bow Street Nummer vier. Dort stieg ich mit Sir John aus der Droschke aus; den Gefangenen überließ der Richter der Bewachung von Constable Bailey und Constable Perkins. »Bringen Sie ihn zu Mr. Donnelly«, wies er sie an. »Ich denke doch, dass der Herr Doktor inzwischen von seiner Feier zurück ist. Dann kommen Sie mit dem Gefangenen wieder hierher und stecken ihn in die Arrestzelle. Er wird morgen vor meinem Richterstuhl erscheinen.«

Im Prozess der Krone gegen Mary Brighton Bradbury übernahm der Lordoberrichter persönlich den Vorsitz, wie er es versprochen hatte. Dass er das Verfahren bei jeder sich bietenden Gelegenheit zu Ungunsten der Angeklagten beeinflusste, war kaum zu verkennen; dass er dabei zu unfairen Mitteln griff, hätte ebenfalls jedem klar sein müssen, der die Verhandlung von Anfang bis Ende verfolgte. Einer dieser Beobachter war ich selbst. Ich war darüber hinaus als Zeuge der Anklage geladen worden, ebenso wie Jimmie Bunkins. Er musste schon recht bald nach Prozesseröffnung seine Aussage machen. Ich dagegen wurde erst am zweiten Tag aufgerufen, musste jedoch schon am Eröffnungstag anwesend sein, da man nicht damit rechnete, dass der Prozess sich länger als einen Tag hinziehen würde. Das war zu jener Zeit bei Verhandlungen, in denen der Lordoberrichter den Vorsitz hatte, nur selten der Fall.

Dass das Verfahren sich so in die Länge zog, war in erster Linie dem Eifer und der Beredsamkeit des Verteidigers William Ogden zu verdanken. Der Angeklagten wurde ein Rechtsbeistand gewährt, da die Anklage gegen sie formell auf Verrat lautete, wie der Mord einer Frau an ihrem Ehemann damals wie heute eingestuft wurde und wird. Mr. Ogden stand zu jener Zeit am Beginn seiner glänzenden Karriere, und es erfüllte mich mit großer Bewunderung, ihm bei der Arbeit zuzusehen. Gerüchte besagten, dass Mrs. Bradbury ihm das doppelte Honorar versprochen habe, falls es ihm gelänge, sie von der Anklage wegen Mordes zu entlasten, während er für den Fall, dass sie am Galgen endete, leer ausgehen sollte. Da ich wusste, dass sie durch Mr. Bradburys Verkauf der Häuser und Ländereien seines Vaters sowie durch das Beiseiteschaffen von Wertgegenständen in den Besitz eines kleinen Vermögens gelangt war und dass sie zweifellos erst nach ihrer Entlassung davon würde Gebrauch machen können, vermutete ich, dass diese Gerüchte der Wahrheit ziemlich nahe kamen. Mr. Ogden musste die Beweislage gründlich unter die Lupe genommen haben, worauf er sich entschlossen hatte, die Herausforderung anzunehmen: das Doppelte oder gar nichts. Er ging wie ein Spieler an die Sache heran und legte sein ganzes Können und Geschick hinein; dabei konzentrierte er sich weniger auf die Frage von Mary Bradburys Schuld oder Unschuld, sondern vielmehr auf die Position der Anklage, die, wie er sehr wohl wusste, Schwächen aufwies.

Im Kreuzverhör erwies er sich als besonders aggressiv. Insbesondere nutzte er die Tatsache weidlich aus, dass Bunkins den Kopf nicht zweifelsfrei identifiziert hatte, und es gelang ihm sogar, sich dies zu Nutze zu machen, um Jimmies Identifizierung Jackie Carvers als der Person, die Bradburys Pfandhaus häufige und lange Besuche abgestattet hatte, in Zweifel zu ziehen. Er zwang den Stallmeister Matthew Gurney zu dem Eingeständnis, dass Carvers Gesicht durch Mr. Cowleys Schuss so weitgehend zerstört worden sei, dass er ihn nicht mit Gewissheit habe identifizieren können, sondern lediglich behaupten könne, dass »es den Anschein hatte, als könnte es sich um denjenigen gehandelt haben, der mir das weiße Pferd verkauft hat«. Auch ich bekam die Schärfe von Mr. Ogdens Verstand zu spüren, als ich als Zeuge der Krone aufgerufen wurde. Ich hatte bis zu diesem Zeitpunkt bereits genug von seinen Methoden gesehen, um zu wissen, was er im Kreuzverhör mit meiner Aussage anzustellen im Stande sein würde, und so achtete ich peinlich darauf, nicht mehr zu behaupten, als ich tatsächlich gesehen und gehört hatte. Dennoch musste ich im Kreuzverhör zugeben, dass weder Thomas Roundtree noch Jackie Carver je irgendetwas von einer Beteiligung Mrs. Bradburys an der Ermordung ihres Mannes gesagt hatten. Und er attackierte den einzigen schwachen Punkt in meiner Identifizierung Jackie Carvers als desjenigen, der bei dem mitternächtlichen Zugriff der Runners auf das Pfandhaus zugegen gewesen war.

»Wie konntest du so sicher sein, dass es sich bei dem Burschen um Jackie Carver handelte?«, fragte er.

»Weil ich ihn vom Sehen kannte und auch über seinen üblen Ruf Bescheid wusste.«

»Du warst ihm schon einmal begegnet? Vielleicht mehr als ein Mal?«

»Ich war ihm ein oder zwei Mal in der Gegend von Covent Garden begegnet, und ich wusste, dass er den Ruf hatte, Leute mit seinem Messer zu bedrohen und auch zu verletzen.«

»Warst du mit ihm befreundet?«

»Gewiss nicht.«

»Dann vielleicht verfeindet?«

»Gewiss nicht befreundet«, wiederholte ich. »Ich möchte allerdings betonen, dass meine Begegnungen mit ihm nur von kurzer Dauer waren. Er machte meist einen großen Bogen um mich, nicht weil er sich vor mir persönlich fürchtete, sondern wegen meiner bekannten Verbindung mit dem Gericht in der Bow Street und mit Sir John Fielding.«

Glücklicherweise wandte sich Mr. Ogden sodann anderen Dingen zu und ließ meine früheren Kontakte zu Jackie Carver auf sich beruhen.

In seinem Plädoyer für die Angeklagte las er den Geschworenen zunächst ein Dokument in voller Länge vor, welches die Anklage ihnen nur in Auszügen präsentiert hatte. Es handelte sich um den Brief des Richters von Warwick. Mr. Ogden betonte insbesondere die Tatsache, dass der Richter George Bradbury davor gewarnt hatte, die Reise nach London zu Pferde anzutreten, und er wiederholte die Stelle, wo es hieß: »Wenn es auch von hier bis zu Ihrer großen Stadt kein sehr weiter Weg ist, so ist doch bekannt, dass es an den Straßen von Wegelagerern wimmelt«, wie auch den Satz: »Vielleicht ist er in einen Hinterhalt geraten und liegt jetzt verscharrt in irgendeinem Waldstück zwischen hier und London.«

Daraufhin rief Mr. Ogden Mary Brighton Bradbury auf, zu ihrer eigenen Verteidigung zu sprechen. Er ließ sie die Geschichte wiederholen, die sie bereits Sir John erzählt hatte: Ihr Mann sei von seiner Reise nach Warwick nicht mehr zurückgekehrt, worauf sie sich in ihrer Verzweiflung darauf eingelassen habe, eine Ladung gestohlener Ware anzunehmen, was sie unter anderen Umständen nie getan hätte. Und was Jackie Carver betraf, so behauptete sie, ihn lediglich von der Straße weg angeheuert zu haben, um den Karren zu entladen, welcher angeblich die Beute aus dem Einbruch enthielt. Es war eine einfache Geschichte, die auch dem letzten Geschworenen einleuchtete. Während des Kreuzverhörs durch den Kronanwalt hielt sie beharrlich daran fest. Er beschimpfte sie, er scheute sich nicht vor allerlei Einschüchterungsversuchen zurück, doch sie brach nicht zusammen und blieb unbeirrt bei ihrer Aussage. Aber sie schien keineswegs kalt und gefühllos, denn sie gab die trauernde Witwe und weinte bitterlich um ihren verlorenen Gatten. Als der Kronanwalt mit seinen Attacken auf einen abschließenden Höhepunkt zusteuerte, rief sie aus: »Nein, nein, ich würde alles geben, wenn ich nur meinen George wiederhaben könnte – und ich bete darum, dass er eines Tages doch noch zurückkommt. Vielleicht hat er einen Schlag auf den Kopf bekommen, der ihm das Hirn benebelt hat, oder vielleicht muss er eine Schusswunde auskurieren. Er könnte immer noch zurückkommen!«

So sehr hatte sie die Geschworenen für diesen Gedanken

eingenommen, dass der Kronanwalt sich mächtig anstrengen musste, um aus den Trümmern des Belastungsmaterials gegen Mrs. Bradbury noch etwas zusammenzubasteln, womit er sie von ihrer Schuld würde überzeugen können. Doch er gab sich die größte Mühe, er wetterte in finsteren Andeutungen gegen ihre Untreue, tönte etwas von ihrem Verrat an ihrem Mann, der in ihrer Mitwirkung an seiner Ermordung gegipfelt habe, und verlangte schließlich, »dieses falsche Weib für seine Sünden zu hängen«.

Mr. Ogden dagegen war ruhig und besonnen, ganz die Stimme der Vernunft. Punkt für Punkt zählte er die Mängel und Lücken in der Argumentation der Anklage auf: Die Identifizierung des Kopfes sei unsicher; niemand habe George Bradbury auf dem weißen Pferd ankommen sehen; zwar sei ein weißes Pferd an einen Mietstall in der Nähe des Pfandhauses verkauft worden, doch der Verkäufer des Pferdes habe nicht mit Sicherheit als derjenige identifiziert werden können, der bei dem Zugriff der Bow Street Runners auf den Laden zugegen gewesen war; und was die auf Hörensagen beruhenden Geständnisse von Thomas Roundtree und Jackie Carver betreffe, so habe keiner der beiden Mrs. Bradbury mit dem angeblichen Mord an George Bradbury in Verbindung gebracht. »Wir wissen nicht wirklich, ob ein solcher Mord überhaupt stattgefunden hat«, sagte Mr. Ogden, indem er die Stimme ein wenig hob, »denn *es gibt keine Leiche*. Mrs. Bradbury tat recht daran, uns in ihrer Erwiderung auf die Fragen des Kronanwaltes an diesen wichtigen Punkt zu erinnern. Auch wenn sogar der Richter von Warwick es offenbar für unwahrscheinlich hielt, dass George Bradbury unversehrt ankommen würde, falls er überhaupt ankäme, so könnte er doch eines Tages tatsächlich wieder auftauchen. Wird er vielleicht einen Tag, nachdem seine Frau für den Mord an ihm gehenkt wurde, nach Hause zurückkehren? Bedenken Sie diese Möglichkeit, meine Herren Geschworenen. Die Entscheidung in dieser Sache liegt bei Ihnen, und nur bei Ihnen.«

Als der Lordoberrichter sich an die Geschworenen wandte

und den Fall zusammenfasste, klangen seine Ausführungen wie ein zweites Plädoyer für die Anklage. Dennoch schien er sich in gewisser Weise fast für die dürftige Beweislage, auf welche dieselbe beruhte, entschuldigen zu wollen. Er bemerkte, es sei in der Tat ungewöhnlich, einen Mordfall zur Verhandlung zu bringen, ohne dass die Leiche des Opfers irgendwo zu finden wäre, doch schließlich sei ja ein Kopf gefunden und unter Vorbehalt identifiziert worden – und wenn er nicht George Bradbury gehörte, wem dann? Soviel er wisse, sei kein solcher Körperteil als vermisst gemeldet worden. (Diese Bemerkung sorgte hier und da im Gerichtssaal für nervöses Gelächter, allerdings nicht bei den Geschworenen.) Und wenn die Aussagen über den Mord zum Teil auf Hörensagen beruhten, so habe er sie dennoch zugelassen, da sie überzeugend seien und aus verlässlicher Quelle stammten. (Ich richtete mich unmerklich auf, als ich das hörte.) Diese Aussagen belasteten Mary Brighton Bradbury vielleicht nicht direkt, doch immerhin belegten sie seiner Meinung nach hinreichend, dass ein Mord stattgefunden habe – und was hatte sie wohl nach Meinung der Herren Geschworenen gemacht, während ihr Mann ermordet und in Stücke gesägt wurde? Vielleicht hinter dem Ladentisch gestanden und Kunden bedient? Und so weiter. Der Lordoberrichter hatte darauf bestanden, die Sache zur Verhandlung zu bringen, und er wollte nicht am nächsten Morgen aufwachen und feststellen, dass er zwei Tage seines Lebens vergeudet hatte.

Und so verließen die Geschworenen den Saal, um über das Schicksal von Mrs. Bradbury zu entscheiden. Wie viele andere auch war ich entschlossen, das Urteil abzuwarten, ganz gleich, wie lange es dauern würde. Fast alle Anwesenden mit Ausnahme der Hauptakteure des Schauspiels, das sich vor unseren Augen abgespielt hatte, nahmen wieder ihre Plätze ein, entspannten sich ein wenig und begannen sich in gedämpftem, respektvollem Ton zu unterhalten.

Der Bursche neben mir, vielleicht ein paar Jahre älter als ich, wandte sich plötzlich zu mir um und überraschte mich mit der Bemerkung, meine Zeugenaussage habe ihn sehr beeindruckt.

»Wie oft haben Sie schon vor Gericht ausgesagt?«, fragte er.

»Das war das allererste Mal«, erwiderte ich ganz naiv, »das heißt, es ist der erste Prozess über ein Kapitalverbrechen, an dem ich teilnehme. Ich war auch noch nie in diesem Gericht hier, aber bei Sir John Fieldings Sitzungen im Bow Street Court habe ich schon so oft zugeschaut, dass ich es gar nicht mehr zählen kann.«

»Na, dann bin ich umso mehr beeindruckt – das muss man sich mal vorstellen: bei Ihrer ersten Verhandlung im Old Bailey schon eine Zeugenaussage zu machen! Aber in so einem erstinstanzlichen Gericht wie dem in der Bow Street muss es wohl ganz anders zugehen.«

»Nein, eigentlich ist es nicht so sehr anders.«

Er war ein gut aussehender Bursche mit rotblondem Haar, gut gekleidet und von lebhaftem Wesen. »Ich bin mir nicht ganz sicher, in welcher Beziehung Sie zu Sir John stehen. Das wurde nicht so recht klar.«

»Die Frage habe ich mir selbst auch schon gestellt. Eigentlich gehöre ich seinem Haushalt an, aber manchmal helfe ich ihm auch in Gerichtsangelegenheiten.«

»Hat er Ihnen wirklich erlaubt, diesen Roundtree zu verhören?«

»Ja, gelegentlich vertraut er mir derlei Aufgaben an. Er beriet mich über die beste Vorgehensweise, und ich folgte seinem Rat.«

»Mit gutem Erfolg.«

»Zufrieden stellend«, erwiderte ich, wie ich fürchte etwas selbstgefällig. Dann erkühnte ich mich hinzuzufügen: »Ich bereite mich darauf vor, bei ihm Jurisprudenz zu studieren.«

»Aha! In welcher Weise bereiten Sie sich denn vor?«

»Er hat mir aufgetragen, Sir Edward Cokes *Institutionen des englischen Rechts* zweimal durchzulesen – das erste Mal, um mich mit der Materie vertraut zu machen, und das zweite

Mal, um mir Notizen zu machen und Fragen zu formulieren, die wir dann nächstes Jahr besprechen werden, wenn wir es gemeinsam durchgehen. Und dann werden wir uns neuen Themen zuwenden, sagt er. Aber ich bin ja noch jung; ich habe Zeit.«

»Faszinierend«, meinte er. »Aber ich sollte mich vorstellen. Mein Name ist Archibald Talley, und ich bereite mich ebenfalls auf die juristische Laufbahn vor. Ich studiere bei meinem Onkel Benjamin; er ist Zivilrichter. Ich helfe auch in seiner Schreibstube aus.«

Ich stellte mich sogleich ebenfalls vor und sagte ihm, wie sehr es mich freue, jemanden kennen zu lernen, der ebenfalls den Rechtsberuf anstrebte.

»Aber unter uns gesagt«, meinte er, »Sie wissen doch sicherlich auch, dass Sir John einen so zweifelhaften Fall nie vor den obersten Strafgerichtshof hätte bringen dürfen.«

»Er hat sich ja auch gegenüber dem Lordoberrichter dagegen ausgesprochen; und als er mir auftrug, die Einzelheiten des Falles, über die ich am besten Bescheid wusste, zu Papier zu bringen, sah ich ein, dass er Recht hatte. Es war tatsächlich eine zweifelhafte Sache.«

»Sie haben ihm bei der Prozessvorbereitung geholfen?«

»Ich habe eine Aktennotiz mit einer Zusammenfassung der Beweislage abgefasst – das heißt nur zu den Punkten, mit denen ich vertraut war. Das war das erste Mal, dass er mir einen solchen Auftrag erteilt hat.«

»Wie auch immer, das ist äußerst beeindruckend. Ich beneide Sie um Ihre Mitwirkung bei diesem Fall, Mr. Proctor.«

»Aber war es nicht noch beeindruckender, wie Mr. Ogden die Argumente der Anklage in der Luft zerriss?«

»Er war einfach großartig!«, erwiderte Mr. Talley. »Ich hatte gehört, sein Auftritt allein sei einen Besuch hier wert – und ich bin gewiss nicht enttäuscht worden.«

Über eine Stunde lang diskutierten wir noch über den Prozess – oder genauer gesagt, über Mr. Ogdens geschicktes Vorgehen darin. Um das Verständnis für die Problematik und das breite Hintergrundwissen, das aus seinen Bemerkungen sprach, konnte ich ihn nur beneiden. Doch war er weder pedantisch, noch brüstete er sich mit seinem Wissen. Ich schwor mir, dass ich mich in den kommenden Monaten noch eifriger meinem Coke widmen würde.

Und dann gab die Rückkehr des Gerichtsdieners und des Protokollführers einen ersten Hinweis darauf, dass der Urteilsspruch der Geschworenen kurz bevorstand. Sie wurden gefolgt von Mrs. Bradbury in Begleitung eines zweiten Gerichtsdieners, dem Kronanwalt und Mr. William Ogden. Als dann die Geschworenen einer nach dem anderen eintraten, wurde es still im Saal. Alles erhob sich von den Plätzen, als der Lordoberrichter angekündigt wurde; erst nachdem er ebenfalls seinen Platz eingenommen hatte, setzten wir uns wieder hin. Es folgte die förmliche Frage nach dem Urteil der Geschworenen. Der Obmann, dem Aussehen nach ein Ladenbesitzer, erhob sich und sprach, nachdem er sich geräuspert hatte, die folgenden Worte: »Mylord, da keine Leiche gefunden wurde, befinden wir die Angeklagte für nicht schuldig.«

In dem ehrwürdigen Saal erhoben sich weder Beifallsbekundungen noch Äußerungen des Missfallens. Die einzige Gefühlsregung zeigte der Richter selbst, dessen ernste Miene sich in eine sichtlich verdrossene verwandelte, als er die Geschworenen entließ und Mary Brighton Bradbury aufrief, vor seinen Stuhl zu treten.

»Sie haben sehr viel Glück gehabt, Madam«, sagte er. »Was mich betrifft, so war ich von Ihrer Schuld überzeugt und bin es immer noch. Das hat jedoch wenig zu bedeuten, denn die Geschworenen haben anders entschieden. Sie sind in diesem Punkt freigesprochen, doch ich schicke Sie zurück ins Fleet-Gefängnis, wo Sie den Rest Ihrer Freiheitsstrafe wegen Verabredung zum Erwerb gestohlener Ware verbüßen müssen.«

Dann schlug er mit seinem Hammer auf den Tisch. Mrs. Bradbury wurde hinausgeführt, und dann standen wir alle wieder auf, bis William Murray, der Lordoberrichter, den Saal verlassen hatte.

Wir verabschiedeten uns, und Archibald Talley erklärte, es sei ihm ein Vergnügen gewesen, meine Bekanntschaft zu machen. Daraufhin lud ich ihn spontan ein, uns doch einmal zu besuchen, damit ich ihn Sir John vorstellen könne. (Ich gestehe, dass meine wahre Absicht dabei war, unsere Bekanntschaft zu festigen.) Angesichts dieses Vorschlags hellte sich sein Miene auf, und er versprach, der Einladung bald Folge zu leisten. Dann eilte er mit der Menge davon. Ich verließ das Old Bailey an jenem Tag mit einem Gefühl der Hochstimmung. Zwar war eine schuldige Frau ungestraft davongekommen, doch ich war Zeuge geworden, wie ein brillanter Anwalt die Mängel in der Argumentation und Beweislage der Anklage entlarvt hatte: Recht und Gesetz hatten obsiegt. Und ich hatte die Bekanntschaft eines jungen Mannes gemacht, der sich vielleicht einmal als Freund erweisen würde. Ich blickte mit größerer Zuversicht als je zuvor meiner Zukunft und meinem erwählten Beruf entgegen.

Doch gestatten Sie mir, die Geschichte der Mary Brighton Bradbury zu Ende zu bringen, indem ich der Zeit um einen Monat vorauseile, bis zu dem Tag ihrer Entlassung aus dem Fleet-Gefängnis. Wie es hieß, wartete William Ogden am Gefängnistor auf sie, als sie herauskam. Sie gingen dann gemeinsam zum Pfandhaus, wo sie mit den Schlüsseln, die ihr der Bow Street Court ausgehändigt hatte, die Tür öffnete. Sie bat ihn zu warten und verschwand im hinteren Teil des Ladens. Nach einigen Minuten kam sie mit seinem Honorar zurück – wie versprochen verdoppelt und in Goldguineen ausgezahlt. Er bedankte sich und ging. Am nächsten Tag erschien sie in der Redaktionsstube des *Public Advertiser* und rückte eine Anzeige ein, in welcher sie den Laden zum Verkauf anbot. Innerhalb eines Monats hatte sie einen Käufer gefunden, und das Pfandhaus samt Lagerbestand und allem Drum und Dran wechselte zu einem guten Preis den Besitzer. Und dann verschwand sie spurlos. Niemand schien es zu interessieren. Als ich Sir John fragte, ob er irgendeine Ahnung habe, wo sie sich aufhalten könne, zuckte er nur mit den Achseln und erwiderte: »Höchstwahrscheinlich in den Kolonien. Offenbar ist man dort bereit, unseren ganzen Abschaum aufzunehmen. Wenn es so etwas wie eine wahre Gerechtigkeit gibt, dann ist sie vielleicht während der Überfahrt von Bord gespült oder, falls sie heil angekommen ist, von irgendeiner Rothaut skalpiert worden.«

Arthur Paltrow erging es bei weitem nicht so gut. Wenn auch Mr. Donnelly, wie von Sir John vorhergesagt, keine Mühe hatte, die Pistolenkugeln aus seinem Arm und seiner Schulter zu entfernen, so hatte Mr. Perkins' Kugel doch den Knochen durchschlagen. Der linke Arm musste eingerichtet werden, was Paltrow noch stärkere Schmerzen bereitete, und mit einer Schlinge ruhig gestellt werden. Die Wunde in der rechten Schulter war nicht annähernd so schlimm, denn die Kugel hatte nur das Muskelgewebe getroffen und war fast auf der anderen Seite wieder ausgetreten. Sie hatte ein ziemliches Loch gerissen, das jedoch von Mr. Donnelly gründlich gereinigt und verbunden wurde.

Am nächsten Tag erhob Sir John Anklage gegen ihn wegen des Mordes an Peter Pugh und schickte ihn nach Newgate, wo er bis zu seinem Prozess vor dem Old Bailey verbleiben sollte. Mr. Paltrow protestierte lautstark und verlangte, dass ihm vor dem Oberhaus der Prozess gemacht werde. Sir John, dem an einem korrekten Verfahren gelegen war, ließ den Gefangenen noch einen weiteren Tag in der Arrestzelle verbringen, während er die Meinung des Parlaments zu der Angelegenheit einholte. Man teilte ihm mit, zwar habe das Oberhaus sein »Adelspatent« mit der Ernennung zum Earl of Laningham erhalten, doch sei seitens des Parlaments noch keine offizielle Ladung an Paltrow ergangen. Mr. Paltrow würde eine Einladung auch nicht erhalten. Somit war es zulässig, ihm am obersten Strafgerichtshof den Prozess zu machen, jedoch nicht, ihn als Lord Laningham anzureden. Und so wurde er nach Newgate gebracht, wo er bis zu seiner Verhandlung bleiben musste. Es erschien mir merkwürdig, dass er sich einen Prozess vor dem Oberhaus gewünscht hatte, denn würde er für schuldig befunden, woran nicht zu zweifeln war, dann würde er den Kopf unter das Beil des Henkers legen müssen. Der Tod durch den Strang, wie ihn der oberste Strafgerichtshof verhängte, wäre mir an seiner Stelle hundertmal lieber gewesen.

Endlich kam es zur Verhandlung. Lord Murray, der mit einem Fall wie diesem nichts zu tun haben wollte, in dem der Angeklagte auch nur einen Anspruch auf einen Adelstitel hatte, gab ihn an einen seiner untergeordneten Richter, Francis Seward, weiter. Richter Seward, den keine derartigen Bedenken plagten, fertigte Mr. Paltrow zügig ab. Der Angeklagte übernahm seine Verteidigung selbst. Unter den Zeugen, die gegen ihn aussagten, waren Mr. Poole, Constable Bailey und Mrs. Pugh. Die beiden Erstgenannten bestätigten, dass der Schuss abgefeuert worden war und dass Peter Pugh das Opfer gewesen war, wenn auch Paltrow versucht hatte, die Identität des von ihm Getöteten zu verschleiern. Mrs. Pugh benannte das Motiv für den Mord; sie wiederholte das Geständnis, das sie aus Paltrows Mund gehört hatte, und berichtete von dem Schuss, den er auf sie abgefeuert hatte. In seiner Befragung von Mrs. Pugh wurde deutlich – das entnahm ich jedenfalls Mr. Talleys späterem Bericht –, dass er seine Verteidigung auf dem Argument aufbaute, er sei berechtigt gewesen, Mr. Pugh zu erschießen, da dieser ein Verbrechen begangen habe, indem er Geld von ihm verlangte. Dies kam ganz explizit in einem Papier zum Ausdruck, welches Paltrow zu seiner Verteidigung abgefasst hatte und welches er mit Erlaubnis des Richters vorlas. »Im Grunde«, so schloss seine Erklärung, »versuchte besagter Pugh, mir zweihundert Pfund zu rauben – eine beträchtliche Summe, ja ein kleines Vermögen –, und zwar ebenso gewiss, als wenn er mir ein Messer an die Kehle gehalten hätte. Wäre dies in irgendeiner dunklen Gasse geschehen, hätte ich dann nicht das Recht gehabt, mich und mein Geld zu schützen? Selbstverständlich hätte ich das! Sie, meine Herren Geschworenen, hätten ebenso gehandelt, oder etwa nicht? Selbstverständlich hätten Sie das!«

Er schien sich in diesem Moment seiner Sache äußerst sicher zu sein, doch später stellte ihm Richter Seward ein paar Fragen, die ihn in einige Verlegenheit brachten.

»Mr. Paltrow«, fragte der Richter, »Mr. Pugh hielt Ihnen doch nicht etwa ein Messer an die Kehle, oder?«

»Nein, das war lediglich als Analogie gemeint.«

»Er benutzte die Waffe der Enthüllung, nicht wahr? Das war die Analogie zu dem Messer an Ihrer Kehle?«

»Ja, gewiss, aber…«

»Dann muss diese Enthüllung eine tödliche Bedrohung für Sie dargestellt haben. Nun wissen wir durch Mrs. Pughs Aussage, dass die Information, mit der ihr Mann Ihnen gedroht hatte, den Ankauf großer Mengen von Arsen durch Sie betraf – also eines starken Giftes. Warum, Sir, war es für Sie von so entscheidender Wichtigkeit, diese Information den Ermittlungsbehörden vorzuenthalten? Warum war dies eine so tödliche Bedrohung für Sie?«

»Bei allem gebührenden Respekt, Mylord – auf diese Frage möchte ich lieber nicht eingehen.«

»Sie verweigern die Antwort? Ich muss Sie darauf hinweisen, dass Sie dies nur mit einer einzigen Begründung tun dürfen, nämlich mit der, dass Sie sich durch eine Antwort selbst belasten würden. Verweigern Sie die Antwort mit dieser Begründung?«

Es war eine Weile still. Arthur Paltrow quälte sich sichtlich mit der ihm abverlangten Entscheidung. Endlich sagte er: »Wenn es denn sein muss, dann verweigere ich die Antwort mit dieser Begründung.«

Worauf Richter Seward die Geschworenen belehrte und sie aufforderte, sich zur Beratung zurückzuziehen. Nach etwa einer Viertelstunde wurde das Urteil verkündet. Mr. Paltrow wurde des Mordes für schuldig befunden und zum Tod durch den Strang verurteilt. Die Hinrichtung wurde für den übernächsten Tag angesetzt. Sein gesamtes Vermögen fiel der Krone zu.

Dem Verurteilten wurde sodann die Gelegenheit zu einem letzten Wort gegeben. Was er sagte, klang in meinen Ohren sehr sonderbar und einigermaßen pathetisch: »Alles, was ich getan habe«, erklärte er, »habe ich nur für meine Töchter getan, weil ich sie gut verheiratet sehen wollte.«

Dann wurde er nach Newgate geschafft und zwei Tage darauf auf Tyburn Hill in der Gesellschaft von Dieben und Einbrechern gehenkt. Sein linker Arm war noch in der Schlinge, als man ihm den Strick um den Hals legte.

Was aus seiner Frau, der verhinderten Lady Laningham, und deren Töchter, für die er das alles getan hatte, geworden ist, habe ich nie erfahren. Vielleicht war es ihnen gelungen, aus dem Vermögen des Onkels eine Summe beiseite zu schaffen, die ausreichte, um ihnen ebenfalls die Auswanderung in die amerikanischen Kolonien zu ermöglichen.

Ich erinnere mich noch gut an jenen Abend. Wir hatten gerade gut gespeist – Hammelfleisch mit Frühkartoffeln. Wie schon seit fast zwei Monaten saßen wir zu fünft um den Tisch, denn Clarissa Roundtree war immer noch bei uns. In verschiedenen großen Häusern war wegen einer Stellung für sie angefragt worden, doch keines schien angemessen – wenigstens nicht in Lady Fieldings Augen. Und so musste die Entscheidung über ihre Zukunft noch einige Wochen warten. Clarissa selbst hatte sich äußerlich stark verändert. Sie hatte sich nicht nur vollständig von ihrer Krankheit erholt, sondern wies inzwischen eine geradezu blühende Gesundheit auf. Sie hatte zugenommen, ihre Wangen hatten ein wenig Farbe bekommen, und ihr Gesicht war etwas fülliger geworden, sodass sie nicht mehr ganz so sehr wie ein obdachloses Waisenkind aussah. Wie es in ihr drin aussah, war jedoch schwer zu sagen, denn sie hatte, wie mir schien, ein Talent, ihre wahren Gefühle zu verbergen. So lachte sie zum Beispiel mit allen anderen am Tisch über irgendeine Geschichte von Annies Chorproben oder ihren Unterricht bei Mr. Burnham, und dann bemerkte ich diesen wachsamen Blick in Clarissas Augen, der von einem zum anderen wanderte, als wenn sie sich fragte, ob es wohl richtig sei zu lachen, oder jedenfalls so dreist und offen zu lachen. Sie schien immer sehr besorgt um den Eindruck, den sie auf andere machte. Übrigens machte sie einen hervorragenden Eindruck auf Lady Fielding. Sie sprang ein, um Annie und mich bei der einen oder anderen mühsamen Arbeit im Haushalt abzulösen; sie half beim Kochen und erwies sich als sehr fähig mit Besen und Schrubber; und jeden Abend nach dem Abendessen zog sie sich mit Annie in deren Zimmer zurück, wo sie ihr Leseunterricht erteilte. Auch Lady Fielding war sie eine große Hilfe, sowohl im Haus als auch im Magdalenenheim; sie schrieb Briefe, machte Besorgungen – kurz, sie tat alles, was von ihr verlangt wurde. Mir gegenüber, dem sie noch am ehesten ihr wahres Ich offenbarte, gab sie sich im Großen und Ganzen unverändert. In Gesellschaft begegnete sie mir zwar mittlerweile freundlich, ja sogar ungezwungen, doch sie hatte eine unsichtbare Mauer – nein, eher so etwas wie einen dichten Vorhang – zwischen uns errichtet. Ich konnte ihn nicht durchdringen, und sie hatte offensichtlich nicht das Bedürfnis.

Und so waren wir an dem besagten Abend alle um den Tisch versammelt. Wir hatten eben jenen Punkt behaglicher Entspannung zwischen der Beendigung der Mahlzeit und dem Aufheben der Tafel erreicht, und diesen Moment wählte Lady Fielding, um sich zu Clarissa zu beugen und in einem ganz und gar nicht unfreundlichen Ton zu ihr zu sagen: »Meine Liebe, hättest du wohl etwas dagegen, uns allein zu lassen und nach oben auf dein Zimmer zu gehen?«

Ohne Zögern und ohne ein Anzeichen von Überraschung stand Clarissa auf. Sie sagte nur »Ja, Ma'am« und eilte dann aus der Küche hinaus und die Treppe hinauf. Einen Augenblick später hörten wir, wie die Schlafzimmertür geschlossen wurde.

»War das wirklich nötig?«, fragte Sir John seine Frau. »Was haben wir denn zu besprechen, was sie nicht mithören darf?«

»Ja, Jack«, erwiderte sie, »ich glaube, es war nötig, denn es ist ihre Zukunft, über die ich sprechen will, und ich möchte, dass wir alle frei reden können, ohne die Hemmung, die wir natürlicherweise empfinden würden, wenn sie anwesend wäre und uns zuhörte.«

»Aha, ich verstehe. Da du den Anstoß zu diesem Gespräch gegeben hast, musst du etwas ganz Bestimmtes zu sagen haben. Bitte sehr, Kate, lass es uns hören.«

Darauf holte sie einmal tief Luft und stieß sie in einem einzigen kurzen Satz wieder aus:

»Jack, ich brauche eine Sekretärin.«

»Eine was?«

»Eine Sekretärin – eine, die mir im Magdalenenheim mit der Korrespondenz hilft und dort alles in Ordnung hält, die einen Zeitplan für mich aufstellt und mich daran erinnert, was an diesem Tag und in jener Woche alles zu erledigen ist. Und …« Hier zögerte sie einen Moment, fuhr dann aber unerschrocken fort: »Und Clarissa mag zwar noch jung sein, doch ich bin überzeugt, dass sie diese Arbeit für mich übernehmen könnte. Sie hat es doch schon demonstriert! Mein Arbeitszimmer war in wüster Unordnung, auf dem Schreibtisch stapelten sich unbeantwortete Briefe und unbezahlte Rechnungen, und in den Tagen, die sie dort mit mir verbrachte, hat sie alles in Ordnung gebracht und mir genau gezeigt, wo ich alles finden würde. Das Mädchen hat ein außerordentliches Geschick für solche Dinge. So etwas kann man nicht lernen – oder jedenfalls nur sehr mühsam. Kurz, ich möchte, dass sie hier bei uns bleibt. Sie könnte, sagen wir, an bestimmten Tagen der Woche dort bei mir sein und die restliche Zeit hier im Haushalt helfen.«

»Du willst also den Gedanken, eine Stellung für sie zu suchen, fallen lassen?«

»Hausmädchen haben bestenfalls eine ungewisse Zukunft«, erwiderte Lady Fielding. »Das weißt du so gut wie ich. Und außerdem, selbst wenn wir das beste Haus in ganz London für sie fänden, eines das frei von all den üblichen negativen Einflüssen ist, dann wäre es immer noch eine Vergeudung ihrer Talente, sie in Stellung zu geben – ich denke an ihre Belesenheit, ihr Schreibtalent, ihre Intelligenz. Das Mädchen hat einiges im Kopf, und das sollte nicht ungenutzt verkommen.«

»Hmmmm«, meinte Sir John, und dann sagte er eine ganze Weile nichts. Schließlich ergriff er das Wort: »Ich verstehe jetzt, weshalb du sie hinausgeschickt hast. Das ist eine Angelegenheit, die uns alle betrifft. Über das bisschen Essen, das sie verzehrt, mache ich mir keine Gedanken. Das können wir uns sehr wohl leisten. Sie teilt sich ein Bett mit Annie. Aber eine neue Person, eine neue Persönlichkeit dauerhaft in unseren Kreis aufzunehmen, das ist etwas, was unser aller Leben berührt. Ich würde gerne hören, wie Annie und Jeremy darüber denken. Annie, was sagst du?«

»Ich bin dafür«, sagte Annie wie aus der Pistole geschossen. »Sie ist 'n guter Kumpel und sie hat mir beim Lesen geholfen und auch beim Kochen. Aber es ist nicht nur deswegen. Wir verstehen uns gut, so gut wie zwei Mädchen sich nur verstehen können, die nicht gleichaltrig sind. Und für ein Mädchen, das so ein schweres Leben gehabt hat wie sie, hat sie 'ne Menge Humor. Sie kann mich zum Lachen bringen, wann immer sie will.« Dann hielt sie kurz inne und runzelte die Stirn. »Ach ja, und eine gute Bettgenossin ist sie obendrein. Zieht einem nicht die Decke weg, wenn's nachts kalt ist. Das ist alles, was mir dazu einfällt.«

Sir John hörte sich all das kommentarlos an; er nickte nur ab und zu und schob in tiefer Konzentration die Unterlippe vor. Endlich sagte er: »Und du, Jeremy?«

Ich hatte mit Bangen dem Moment entgegengesehen, da ich selbst aufgefordert würde, meine Meinung zu äußern, und ich hatte beschlossen, so wenig wie möglich zu sagen.

»Ich habe keine Einwände«, sagte ich.

»Keine Einwände?«, wiederholte Sir John. »Heißt das, dass du dafür bist? Möchtest du, dass sie ganz bei uns bleibt?«

»Also... ja.«

»Verzeih mir, Jeremy, wenn ich falsch liege, aber habe ich da nicht in den letzten Wochen gewisse Spannungen und eine wachsende Distanziertheit zwischen dir und Clarissa bemerkt?«

»Nun … vielleicht.« Und ich hatte gedacht, wir hätten es so gut verborgen. Der Mann verblüffte mich.

»Aber Jeremy«, rief Lady Fielding sichtlich verstört, »ich hatte ja keine Ahnung! Was ist denn da zwischen euch …«

»Bitte, Kate, es geht hier um Dinge, von denen du nichts mitbekommen hast.« Und dann wandte er sich wieder an mich: »Gibt sie dir die Schuld für das, was ihrem Vater zugestoßen ist?«

»Zum Teil schon, denke ich.«

»Hast du ihr gesagt, in welcher Weise er in das Verbrechen verwickelt war?«

»Nein, ich habe ihr gesagt, dass nur Sie das tun sollten.«

»Nun, das war richtig. Trotzdem hättest du diese Last nicht all die Wochen mit dir herumtragen sollen. Aber stehst du auch zu dem, was du gesagt hast? Dass du nichts dagegen einzuwenden hast, dass Clarissa in unseren Haushalt aufgenommen wird? Dass du wünschst, sie möge für immer bei uns bleiben?«

»Ja, ich will, dass sie bei uns bleibt. Ich weiß, dass sie sich das von Herzen wünscht. Ich weiß, dass sie sehr klug und talentiert ist. Und ich weiß, oder zumindest ahne ich, dass es wahr ist, was Lady Fielding gesagt hat, dass nämlich Mädchen, die in Stellung gehen, bestenfalls eine ungewisse Zukunft vor sich haben. Und ich bin überzeugt, dass sich für alle Probleme, die es zwischen Clarissa und mir geben mag, mit der Zeit eine Lösung finden wird.«

»Aber Jeremy«, sagte Sir John mit großem Nachdruck, »*willst* du auch, dass sie hier bleibt?«

»Ja, Sir, das will ich.«

»Nun gut«, sagte er, »dann ist es beschlossene Sache. Clarissa Roundtree kann bei uns bleiben, wenn es ihr Wunsch ist. Die Aufteilung ihrer Zeit zwischen dem Magdalenenheim und diesem Haus wird sich zufrieden stellend regeln lassen, da bin ich sicher. Wenn du möchtest, kannst du nach oben gehen und es ihr sagen, Kate.«

»Warum sagst du es ihr nicht, Jack?«

Er seufzte. »Ja, vielleicht sollte ich das tun.« Er stand auf und ging zur Tür. Am Fuß der Treppe hielt er noch einmal inne. »Es könnte eine Weile dauern«, sagte er.

Wir hörten, wie er an ihre Tür klopfte, dann ein paar gemurmelte Worte, und dann waren auf dem oberen Flur Schritte zu vernehmen – nicht viele. Ich wusste, dass er mit ihr in die kleine Kammer zwischen den beiden Schlafzimmern gegangen war, welche er sein Studierzimmer nannte. Er würde sie auffordern, eine Kerze anzuzünden, oder auch im Dunkeln Platz zu nehmen, denn für ihn war es ohnehin gleich. Und dann würde er ihr sagen, dass sie gerne bei uns wohnen bleiben könne, falls sie es wünsche. Und wenn sie dann antwortete, dass sie es in der Tat wünsche, dann würde er ihr sagen, dass es unter diesen Umständen nur recht und billig wäre, wenn sie die Wahrheit über ihren Vater erführe. Ich hatte nicht den geringsten Zweifel, dass sich ihre Unterredung so oder jedenfalls nicht sehr viel anders abspielen würde.

Während ich den Tisch abräumte, machte Annie sich nützlich, indem sie das restliche Hammelfleisch beiseite brachte und dann das Wasser für meinen Abwasch aufsetzte. Lady Fielding verließ uns. Während sie uns beiden gute Nacht sagte, warf sie mir noch einen merkwürdigen Blick zu. Sie ging geradewegs in ihr Schlafzimmer und machte die Tür hinter sich zu. Als das Wasser heiß war, nahm Annie es vom Herd und stellte es mir hin, auf dass ich meiner Pflicht nachkomme. Dann nahm sie zum Abschied meine Hand.

»Das war richtig, was du da gesagt hast, Jeremy«, sagte Annie. »Irgendwann musst du mir mal diese Sache mit ihrem Vater erklären, über die du mit Sir John gesprochen hast.«

»Irgendwann vielleicht, ja.«

Und so ließ Annie mich allein in der Küche zurück und ging nach oben.

Für den Abwasch brauchte ich unter normalen Umständen nicht viel länger als eine halbe Stunde. An jenem Abend ließ ich mir ein wenig mehr Zeit und gab mir besondere Mühe mit der fettigen Pfanne, in der das Hammelfleisch gebraten worden war. Ich war gerade damit beschäftigt, die Pfanne mit einem Lappen abzutrocknen, als plötzlich und ohne jede Vorwarnung Clarissa neben mir auftauchte und mir einen gehörigen Schrecken einjagte.

»Ich bin's nur«, sagte sie. »Ich wollte dich nicht erschrecken.«

Ich lachte verlegen auf.

»Ich war nur etwas überrascht», meinte ich. »Ich habe keine Tür gehen gehört, und auch keine Schritte auf der Treppe.«

»Du hast so laut mit der Bratpfanne geklappert. Einen Höllenlärm hast du veranstaltet. Bei dem Krach konntest du mich gar nicht kommen hören.«

»Na, du hättest ja pfeifen können oder dich wenigstens räuspern – irgendwas in der Art, damit ich wusste, dass du in der Nähe bist.«

Und dann erst bemerkte ich die Tränen, die in ihren Augenwinkeln schimmerten, und es fiel mir wieder ein, wo sie gerade herkam und was sie dort zweifellos hatte vernehmen müssen.

»Du musst entschuldigen, ich bin wohl heute Abend ein wenig gereizt.«

»Nein«, erwiderte sie, »ich hoffe vielmehr, dass du mir vergeben wirst, denn ich habe dich falsch eingeschätzt und habe dir übel genommen, was doch nur freundlich gemeint war. Ich möchte mich ganz aufrichtig bei dir entschuldigen.«

»Hat man dich zu dieser Geste gedrängt? Hat man dir gesagt, dass du das zu mir sagen sollst?«

»Natürlich nicht. Dann wäre es doch keine aufrichtige Entschuldigung gewesen.«

»Das ist wahr«, antwortete ich. »Ich nehme die Entschuldigung also an und gebe dir die Hand darauf.«

Und so schlossen wir mit einem kurzen Händedruck unseren Frieden.

»Jetzt geht es mir schon viel besser«, sagte sie. »Diese falsche Munterkeit dir gegenüber hätte mir fast den Verstand geraubt. Was ich am meisten vermisst habe, waren unsere Streitereien.«

»Ich bin sicher«, entgegnete ich, »dass wir in Zukunft noch reichlich Gelegenheit haben werden, das Versäumte nachzuholen.«

Später, viele Jahre später, als wir schon gute Freunde waren, hatte ich einmal die Gelegenheit, Clarissa zu fragen, warum sie so an ihrem Vater gehangen hatte. »Es war wohl so«, antwortete sie, »dass er nach dem Tod meiner Mutter alles war, was ich hatte.«

Ich erwiderte, dass er dasselbe über sie gesagt hatte.

»Aber es war noch etwas anderes«, fügte sie hinzu, »etwas ganz Besonderes, von dem meine Mutter immer gesprochen hat. Ganz gleich, wie unsere Lage war, ganz gleich, was wir durchmachen mussten, er konnte uns immer zum Lachen bringen.«

So möge denn dies sein Grabspruch sein: Er brachte die Menschen stets zum Lachen.